國家社會科學基金項目資助

巢湖學院人文社科研究項目資助

安徽師範大學中國詩學研究中心項目

重訂中晚唐詩主客圖校注

（清）李懷民 編撰
徐禮節 校注

上册

黄山書社

圖書在版編目(CIP)數據

重訂中晚唐詩主客圖校注 / (清)李懷民編撰;徐禮節校注. —合肥:黃山書社, 2022.6

ISBN 978-7-5461-9905-4

Ⅰ. ①重… Ⅱ. ①李… ②徐… Ⅲ. 唐诗-文学流派研究 Ⅳ. ①I207.22

中國版本圖書館 CIP 數據核字(2022)第 047171 號

重訂中晚唐詩主客圖校注　　(清)李懷民編撰　徐禮節校注

出品人　贾兴权
選題策劃　湯吟菲
責任編輯　江匯　郝敏
責任印製　李磊
裝幀設計　熙宇文化
出版發行　黃山書社(http://www.hspress.cn)
地址郵編　安徽省合肥市蜀山區翡翠路 1118 號出版傳媒廣場 7 層　230071
印　　刷　安徽新華印刷股份有限公司
版　　次　2022 年 6 月第 1 版
印　　次　2022 年 6 月第 1 次印刷
開　　本　880mm × 1230mm　1/32
字　　數　750 千
印　　張　37.875
書　　號　ISBN 978-7-5461-9905-4
定　　價　268.00 圓(全二册)

服務熱綫　0551-63533706
銷售熱綫　0551-63533761
官方直營書店(https://hsss.tmall.com)

前言

《重訂中晚唐詩主客圖》（後簡稱《主客圖》）是清代高密詩派領袖李懷民的唐詩選評著作，比較全面、集中地闡述和反映了高密詩派的詩學主張，在清代詩學史上有着比較重要的地位與影響。

李懷民（一七三八—一七九三），名憲噩，以字行，號十桐，世稱石桐，山東高密（今高密市）人。出生於官宦世家，自幼攻研詩書，屢試不售，終身白衣。與弟憲暠（字叔白，號蓮塘）、憲喬（字子喬，號少鶴）并稱高密詩派『三李』。結合懷民現存詩文等有關資料，可以大致梳理出《主客圖》所藴含的主要詩學思想。

一

懷民詩學思想具有鮮明的現實功利性。在懷民看來，明清詩壇萎靡不振，積重難返。

首先，門户對立，壁壘森嚴。《重訂中晚唐詩主客圖説》（後簡稱《圖説》）：『自明季歷下、竟陵諸公互主騷壇以來，各立門户，不本於古，使學者入於歷下則非竟陵，遁於竟陵則誚公安，迄無至是。』其次，詩風頹靡，不本於古。《圖説》：『自故明以來，學者非盛唐不言詩，於是乎襲爲渾淪宏闊之貌，飾爲高華典册之詞。　至前後「七子」，而其風益盛矣！』『用修之詩，務闊落而乏静細，矜才麗而欠真切，彼固詡詡以盛唐自命，豈知五霸三王之罪人也！』『吾鄉阮亭先生，爲詩不能盡脱時蹊。』其《紫荆書屋詩話·評弟叔白詩三首》：『自國初諸公，矜尚豪麗，流爲粗疏，古格不講久矣。』同書《論袁子才詩》：『漁洋先生……特興風韵一派。　然其流弊，遂成塗飾柔膩。』『子才之詩，品格未必高於漁洋，而粗鄙村率，不值漁洋一笑云。』《主客圖》評點李咸用《冬夜與修睦上人宿遠公亭寄南嶽玄泰禪師》頸聯：『涉尖，恐入後來「鍾譚」一派。』評點賈島《寄胡遇》頷聯：『僻極矣！　然却不是後來「鍾譚」一派。』所謂『尖』『僻』，指竟陵派因追求『幽深孤峭』而導致的峭僻晦奥。同時，懷民還認識到其所處的康乾盛世實際上已經政治腐敗、道德淪喪、世風澆薄。如其《寄子受三首》其三：『朝游酒肉場，暮追狎客群。　但務四時樂，坐亡千載文。』《送張陽扶佐莊使君幕校士河南》：『士聲嗟已靡，古道少復由。』抨擊的是士風墮落。再如《長沙别雲溪有感》：『早歲不爲周孔學，何難白手取公侯？』寫姐丈單煃（號雲溪）無能乏學却官居辰州知府，揭露的是官場腐敗。

正因此，懷民强調發揮詩歌的審美教化功能以矯正時弊。《圖説》明確指出其《主客圖》的編著目的：『願世之觀吾《主客圖》者，先求爲古之豪杰，舉凡世俗逢迎、諂佞、慳吝、鄙嗇、齬齪種種之見，一洗而空之，然後播爲風詩，以變澆風而振頹俗，或亦盛世之一助云。』所謂『求爲古之豪杰』，即净化士人心靈，除去種種俗見與不良品行；『播爲風詩』，即促使士人弘揚《詩經》傳統，以變澆風，振頹俗。

糾正躁妄、矯飾、浮靡、熟俗的詩風，是懷民詩學的直接目的。《圖説》：『一派張水部，天然明麗，不事雕鏤，而氣味近道，學之可以除躁妄，祛矯飾，出入風雅。一派賈長江，力求險奥，不吝心思，而氣骨凌霄，學之可以屏浮靡，却熟俗，振興頑懦。』『今略五言而學其七言，是棄其長而用其短也。吾之訂唐詩而不及七言，誠欲力矯此弊。』爲此，他主張師法古人。一方面，品德『法古』。『好古延清芬，媚時得俗病』（《寄子受三首》其一），師古纔能修美德，去俗病。最重要的是『法』古人『氣骨』，誠所謂賈島『氣骨凌霄，學之可以屏浮靡，却熟俗，振興頑懦』；憲喬《與秦希文書》明確説：『僕所謂以古爲法，法古人之氣骨。』另一方面，詩藝『師古』。憲喬《吾兄石桐先生之喪孫顧厓聞之大慟……因書此答之》：『嗟哉大雅久不作，詩辭雖具義已亡。先生獨不逐流轉，矯然力起陶韋章。提挈兩弟共師古，相命與我高頡頏。』可見，懷民是借助師法『陶韋』等古賢以復興大雅、轉變流俗的。其《叙吟和朱慶餘》：『古人如可作，千里也相尋。』這是他師古心切的形象表白。其《與某論詩》甚至説：『詩之爲言，古言也。』認爲弘揚古人傳統是詩歌創作的根本。因此，師古成爲高密詩派的詩學綱領，如憲喬《題後四靈集》：『吾党諸學子，力古一何勤。』

懷民的『師古』有其特定内涵和要求。首先，强調學習古人的藝術精神，反對泥古、擬古。如他評點清單襄棨《寄懷黄生》詩：『與左司神骨俱肖。』（單襄棨《夢築堂詩初集》）所謂『神』『骨』即指藝術精神。《主客圖》評點朱慶餘《贈道者》：『善學不是依樣葫蘆，須自别開生面。』明確反對機械模仿。高密詩派巨子劉大觀《贈錢叔美》贊美友人畫作『師古不泥古，因勢加染皴』，與此一脉相承。因此，懷民不滿『七子』學盛唐而『襲爲渾淪宏闊之貌』。他還反對盲目遵從古人，認爲詩聖杜甫也并非什麽都可學。如其《紫荆書屋詩話·批衆家詩話》：『老杜誠實過火處，又確確乎不可學，此中分際，煞費稱量。』其次，要名副其實。《圖説》：『唐初不能除陳、隋之習；陳子昂、李太白起，奮然以復古爲任，稍改其駢麗綺靡之陋，究亦自成其體，寔於古無涉；張九齡、元次山、韋蘇州、沈千運、柳宗元等，差爲近古，然亦未盡脱「選體」。』在他看來，陳子昂、李太白雖然『以復古爲任』，但『寔於古無涉』。再次，既要有所側重，又要轉益多師。懷民反對前後七子『文必秦漢，詩必盛唐』，誠如憲喬《與秦希文書》所云：『謂詩必學漢魏盛唐，不可落中晚、宋、元者，此世俗掎摭道塗之言，僕不敢爲是言也。』因此，他既師法『陶韋』與『張賈』，又『《離騷》以下，迄國朝人所作詩，盡覽之』（王熙甫《石桐先生墓志銘》）；既『師唐』，又『友宋』（單炤《祭李石桐先生文》）。

二

懷民詩學從本質上説，是倡導回歸儒家傳統。爲矯正時弊，除重視詩歌審美教化功能外，他還强調『養吾浩然之氣』和『吟咏情性』。

懷民注重詩人氣骨與品性、識見與胸次等方面的修養。他主張法古人『氣骨』，這也是重要因素，如《主客圖》評點劉得仁《夏日感懷寄所知》：『須具得此付氣骨，乃可與爲詩。』再如其《紫荆書屋詩話・雜記》：『詩文書畫，雖屬技藝之流，亦可以見定人品高下。』同書《書單子受詩後》：『（詩）在骨格，不在品貌；在識見，不在力量。而骨格既高，品貌亦清；識見既超，力量必到。』在懷民看來，作家『人品』『識見』等的修養決定作品的品位。又如《紫荆書屋詩話・雜記》：『須於學詩之外，究覽史傳，熟讀經書，方能益其識，而祛其陋。』『唐人作詩工夫，正是格物致知之學。其識力、氣節，即裕於此。』《主客圖》評點張籍《和裴僕射移官言志》：『正可見眼界胸次高處。』均從不同角度强調識見、胸次等的重要性。

懷民《嘗愛放翁示友詩……示閑雲》：『詩以道性情，不能掩其惡。』《主客圖》評點賈島《冬夜》：『詩固主乎情也；無情之人，不可與言詩。』可見，他認爲『吟咏情性』是詩歌的本質特徵。進而他强調，詩歌創作首要的是性情『正』——『詩亦有不得性情之正者乎？失其正亦可謂詩乎？』（《紫荆書屋詩話·批衆家詩話》）并指出『正』即『正心』，亦即『止乎禮義』。《圖説》：『其言書情，即正心之學也。（發乎情，必止乎禮義。）』此外，還要吟咏真切，不可『客氣』。『客氣』是懷民論詩的常用術語，指矯揉造作、虚誇浮泛的文風。如他評點王士禎引用《墨客揮犀》『老杜謂之「詩史」者，其大過人在誠實耳』論詩時指出：『「誠實」二字正對「客氣」言……學詩者須於此參入，方能進窺古賢，不然總是旁門。』（《紫荆書屋詩話·批衆家詩話》）他稱自己詩作『無須問千載，會取此中真』（《自題〈秋篓集〉》），是對此的最好詮釋。

值得注意的是，懷民并不拘泥於儒家傳統詩學。如强調『吟咏情性』，但不死守『中和』與『温柔敦厚』，反倒主張『狂狷』。其《紫荆書屋詩話·與某論詩》：『所謂性情者，非必如海陽鞠慕周所謂「致中和」也……詩人性情，祇是不合於衆，不宜於俗耳，略似古狂狷一流人。狂者如嵇康、阮籍，狷者如梁鴻、范丹。』因爲『狂狷』更有利於『變澆風』『振頹俗』。

正因立足儒學而又着眼於現實需要，懷民特别推崇中晚唐（貞元以後）五律。在他看來，以張籍、賈島爲代表的中晚唐五律具有兩方面特徵。一是得性情之正，符合儒家詩教。《圖説》：『王仲初曰：「君子抱仁義，不懼天地傾。」固已知孔氏之教矣。……「元白」、「張王」、韓文公、孟夫子各出其讜言正論以維持世教，是知唐詩……與「三百」之義相通。……要皆各得性情之正。』懷民認爲，唐人五言『其理則本於「經」』（《圖説》），尤其張籍派，『氣味近道』（《圖説》）。『道』即儒家詩學規範。二是詩人品行高潔，氣骨稜稜，『似於孔門之狂、狷』（《圖説》）者。《圖説》：『韓退之、盧仝、劉乂、白樂天，狂之流也；孟東野、賈島、李翺、張水部，狷之流也。』『張、賈門下諸賢……氣骨稜稜，俱有不可一世、壁立萬仞之概。』因此，變澆風，振頹俗，復興風雅，師法中晚唐五律是最佳選擇。當然，這裏還有習詩的因素。懷民認爲，因科考的影響，唐人『不輕作七言』而『專攻五言』，故『詩盡能工』；同時，『盛唐實不易學』，而『中、晚人得盛唐之精髓，無宋人之流弊』，故『學詩者誠莫如中、晚』。（《圖説》）

三

推崇并師法中晚唐五律，是懷民詩學的顯著特點。懷民之前，除賈島、姚合等少數詩人外，中晚唐五律并未引起足夠重視，如宋嚴羽主張『以漢、魏、晉、盛唐爲師，不作開元、天寶以下人物』（《滄浪詩話·詩辨》），明前後七子提倡『詩必盛唐』，均排斥中晚唐五律。懷民對中晚唐五律的審美特徵、成就與價值進行系統、深入思考，提出自己獨特的認識。除前文論及的得性情之正、氣骨稜稜等之外，其主要觀點還有以下幾方面。

分張籍、賈島兩派。此説由元方回最早提出（《瀛奎律髓》卷二〇評點朱慶餘《早梅》），後爲明楊慎所繼承（《升菴詩話》卷一一『晚唐兩詩派』條）。懷民與二人不謀而合，《圖説》：『余讀貞元以後近體詩，稱量其體格，竊得兩派焉。』『檢明楊升菴詩話，言晚唐之詩分爲二派，一派學張籍，一派學賈島，詩皆五言律。鄙意竊喜，古人已有定論。』《紫荊書屋詩話·與某論詩》進一步發揮：『詩自唐初盛以降，分爲兩派：一派清空和易，崇尚自然，錢劉、張王、元白以下諸君主之；一派生刻峭勁，力開生面，島、洞、松、鼎、馬戴、裴説以下諸君主之。……上溯漢魏六代，下及元明本朝，凡成家者，舉不能出二者之外。』同時他又指出，張、賈『雖稱兩派，其實一家耳』（《圖説》），『其性情相關處要無二致』（《主客圖》評點賈島《哭張籍》）。

總體成就高。懷民認爲中晚唐五律與盛唐一脉相承，有的堪比杜甫、王維之作。如《主客圖》評點馬戴《送人游蜀》中二聯：『試看此等，正是與杜同撰力。』評點張祜《送徐彦夫南遷》：『此等詩從老杜「秦州」詩來，即亦不必苦分盛、中。』評點鄭谷《搖落》：『通體得工部神骨。』評點許棠《塞外書事》頷聯：『同右丞詩意，其摹寫高迥逼真處，亦幾不多讓矣。』

審美特徵主要爲『真』『匠』『清』『淡』『奇』『格』。『真』，即真實動人。如《主客圖》評點張籍《江南春》：『寫得「江南春」出。』評點李咸用《送從兄坤載》頷聯：『情至味至，所以爲水部派。』評點鄭谷《水軒》頷聯：『入情處，張、賈同工。』『真』還指真切地表現主人公的性情。如《主客圖》評點張籍《過賈島野居》：『但平平叙一野居，而其品之高已可想也。』評點曹松《荅匡山僧贈椰栗杖》頸聯：『僻冷性情如見。』『匠』，指狀寫傳神。如《主客圖》王建傳按語：『（張王）工於匠物。』同書評點賈島《病蟬》：『匠物已神絶。』評點許棠《出塞門》頸聯：『極匠。』『清』，指風格清新。懷民分中晚唐五律爲『清真雅正』『清奇僻苦』兩派，『清』即謂此。再如《主客圖》王建傳按語：『（張王）字清意遠。』馬戴傳按語：『致極幽清。』同書評點唐求《題鄭處士隱居》首聯：『清刻見骨。』所謂『清』均指此。『淡』，指詩風平淡。如《主客圖》評點張籍《贈太常王建藤杖笋鞋》：『看似枯窘，實寓厚味……真是雪淡。』評點賈島《雨夜同厲元懷皇甫荀》頷聯：『淺淡便似烏江。』評點鄭谷《别同志》頷聯：『澹語深情，味之無盡，似張氏派。』『奇』，謂構思、想像與表現新奇。如《主客圖》評點張籍《贈海東僧》頸聯：『奇而真。』評點賈島《馬戴居華山因寄》頷聯：『直寫得奇絶。』評點許棠《過洞庭湖》：『力求新奇，乃力求寫生，故妙。』『格』，指講究藝術規範。如《主客圖》評點張籍《和户部令狐尚書喜裴司空見招看雪》：『看他運題之法，格即在此，妙即在此。』評點顧非熊《題覺真上人》頷聯：『如此對正是格也。』評點賈島《南池》頷聯：『句法倒裝，入格。』所評即是中晚唐五律講究制題、對仗、句法規範。

張、賈兩派差異在於『氣味格力』。《紫荆書屋詩話·雜記》：『張、賈分處，全在氣味格力。張寬，賈狠；張疏，賈嚴；張淡，賈幽；張平，賈奇；非以物類色象也。世無知者，但認「門前有橘花」是張派，「怪禽啼曠野」是賈派矣。須知「却望并州是故鄉」是賈非張，「時見猩猩樹上啼」是張非賈。』認爲兩派不同主要是風格，即張派自然清和、賈派生刻險峭。《主客圖》評點詩歌常觸及其間的具體差異，如評點張籍《贈辟穀者》頸聯：『似奇似常。』評點于鵠《題南峰褚道士》頷聯：『常事却寫得奇異。』評點賈島《寄胡遇》頷聯：

『僻極矣！』評點林寬《哭造微禪師》頸聯：『險怪肖賈。』認爲張派善於描寫平常的事物，構思新奇；賈派則長於描寫幽僻的事物，想像險怪。

四

發展傳統的雅俗觀，是懷民詩學的重要貢獻。雅和俗作爲對立的觀念，戰國時期就已出現，漢魏以後漸漸走進審美領域，成爲傳統詩學兩個既相互對立又可以相互轉化的基本範疇。經過不斷發展，二者的審美内涵日益豐富，誠所謂凡是『純正不雜』（朱自清《經典常談·文第十三》）、『精細』（許嘉璐《論民族文化的雅與俗》）、『屬於王公貴族』（鄧牛頓《藝術創作中雅與俗的辯證法》）的，或具有『普遍性』『傳統性』的（錢穆《中國文學講演集·中國文化與中國文學》），即爲『雅』，反之則是『俗』；同時，『崇雅黜俗』『化俗爲雅』成爲基本審美傾向。但由於審美的主觀性，歷代對於二者的認識又往往見仁見智，甚至矛盾相左。

懷民秉承『崇雅黜俗』傳統，强調明辨雅俗的重要性。他認爲關於『俗』，歷來缺乏正確認識，如『妄訾』『「元白」「郊島」總病一「俗」字』，即因『錯認「俗」字』（《圖説》）；故高度肯定王士禎所謂『爲詩且勿計工拙，先辨雅俗』（《紫荆書屋詩話·批衆家詩話》）。他在論述張籍、賈島兩派送行詩時還指出：『或就極平常處説，平常處正是新奇；或就極奇異處説，奇異正是平實。此中是非雅俗，有毫釐千里之别。』（《紫荆書屋詩話·雜記》）認爲雅俗是詩歌的根本問題，失之毫釐，會謬以千里。這與朱熹所謂『漱六藝之芳潤』，『須先識得古今體製雅俗鄉背』（魏慶之《詩人玉屑·詩法第二》『晦庵抽關啓鑰之論』條）是一脉相承的。

關於何爲『俗』，《圖説》有精闢論述。懷民崇敬王士禎『論「俗」字甚精』，肯定其指稱杜甫『緑垂風折笋，紅綻雨肥梅』（《陪鄭廣文游何將軍山林》其五）、高啓『雪滿山中高士卧，月明林下美人來』（《梅花詩》）爲俗『是真巨論也』，并就此指出：『詩之忌「俗」，猶詩之貴「清」，在神骨而不在皮膚。果其不俗，雖亂頭粗服，無礙其爲美女；而苟俗也，即荷衣蕙帶，終不得謂之仙人』；『樂天爲詩，八十老嫗亦解，彼固好以俗情入詩者』，『陶元亮曰：「相見無雜言，但道桑麻長。」王摩詰曰：「五帝與三王，古來稱天子。」宛肖不讀書人口吻』，皆『大不俗矣』；『俗在骨不在貌，俗關性情不關語句』。可見，懷民認爲『俗』不在於俗情、俗語，而在於『神骨』『性情』。他進而强調：『王鳳洲謂擬騷賦不可使不讀書人一見便曉，此等見識，正萬俗之源也。』將『萬俗』歸因於故作風雅、追求高深。其《主客圖》王建傳按語：『世所謂不俗者，吾知之矣！錯采鏤金，矯飾補假，以要博大精深之譽，至與言苦心體物、刻發難顯，其實不能耐心一思也，顧惟縱其情不以禮防者爲俗耳。……所謂不俗者，乃真俗矣！』明確指出『錯采鏤金，矯飾補假』纔是真俗。總之，懷民認爲『俗』是『神骨』『性情』的虚僞與虚榮及其産生的矯飾文風。懷民還指出『俗』的幾種具體表現。

熟套而乏新意。一是構思俗套。如《主客圖》評點張籍《和左司元郎中秋居十首》：『此等體易於俗，他人必謂易於雅也。』意謂『秋居』題材難出新意，構思易落俗套。同書評點李洞《同僧宿道者院》：『此等題若在後人，必極求切合儒、釋、道以爲制勝，不知正是俗。』所謂『俗』亦指此。二是内容熟套。如《主客圖》評點張籍《使至藍溪驛寄太常王丞》頷聯『雲中迷象鼻，雨裹下箏頭』：『此只可偶一及之，若專以此見長，則俗矣。』評點朱慶餘《和劉補闕秋園寓興之什十首》其二尾聯『幾見中宵月，清光墜樹梢』：『俗結。』所言皆是。三是措語熟泛。如《主客圖》評點鄭巢《送人赴舉》：『後世作此題，不知多少「擢桂」「鹿鳴」泛話，又或多作勉戒、興旺語，只成俗氣。』評點許棠《送龍州樊使君》頷聯『碧溪飛白鳥，紅旆映青林』：『「碧」「白」「紅」「青」字俗，斷不可學。』批評的均是此類俗病。

滑率而不嚴謹。懷民認爲率易、滑佻是典型的『俗』。如《主客圖》評點顧非熊《寄紫閣無名新羅頭陀僧》尾聯『紫閣人來禮，無名便是名』：『滑俗最不宜學，開宋人惡派。』評點李咸用《送從兄坤載》頸聯『語盡意不盡，路長愁更長』：『滑率易入時，最所當戒。』《紫荊書屋詩話・子才詩》評點清袁枚《十月八日同陸君景文……補作一章》『道人持槅杆，賈勇作前導』：『順手扯來便寫，脱不却俗惡派。』

矯飾而失本真。前文論及懷民抨擊『錯采鏤金，矯飾補假』爲『真俗』，即謂此。再如《主客圖》評點唐求《曉發》：『温飛卿「雞聲茅店月，人迹板橋霜」，非不佳也，然有意煊染，不免取俗人喜悦矣。』同書崔塗傳按語謂其『蝴蝶夢中家萬里，杜鵑枝上月三更』：『未免俗氣，不如「并聞寒雨多因夜，不得鄉書又到秋」「正逢搖落仍須别，不待登臨已合悲」本色語。』批評的皆是。

生造而顯硬澀。前引懷民所謂『王鳳洲謂擬騷賦不可使不讀書人一見便曉，此等見識，正萬俗之源也』，所批評的即包含此病。再如《主客圖》評點章孝標《破山水屏風》『雨滴膠山斷』之『膠』字：『此等近俗。』評點曹松《題甘露寺》頸聯『天垂無際海，雲白久晴峰』：『生造。』指出的也是此類俗病。

失理而傷邏輯。在懷民看來，不合事理也是『俗』。《紫荆書屋詩話・子才詩》評點清袁枚《獨秀峰》末二句『青山尚且直如弦，人生孤立何傷焉』：『誰説有傷來？結句只是貼題面，俗切伎倆。』評點袁枚《游風洞登高望仙鶴明月諸峰》末二句『底事急謀歸，雲濕衣裳重』：『意不相屬，率而凑也。再一留何妨？抵死俗煞，何耶？』指出二詩有悖邏輯，皆爲『俗』。

懷民還弘揚梅堯臣、蘇軾、黄庭堅等『以俗爲雅』的詩學思想，肯定俗情俚語入詩。如《主客圖》評點朱慶餘《送顧非熊下第歸》尾聯『知從本府薦，秋晚又辭親』：『妙在不廢俗情。』評點王建《答寄芙蓉冠子》尾聯『明年有閏閣，此樣必難求』：『只是入情，莫看作俗話也。』《紫荆書屋詩話・批衆家詩話》批評明陸時雍所謂張籍、王建病於『俚』：『然病不止於俚也，且俚不傷雅，何碍？』

懷民還就如何『化俗爲雅』提出主張。首先，『情真而理確』。如《紫荆書屋詩話・雜記》：『凡俗情入詩，最爲妙解，唐人所以不可及也。然必情真而理確，人人俱有，人人寫不出，方妙。』《主客圖》評點張籍《晚秋閑居》頷聯『家貧常畏客，身老轉憐兒』：『説俗情須是説到家。』評點林寬《寄省中知己》頷聯『花開封印早，雪下典衣頻』：『俗中情事，能説得高致。』據前引《主客圖》王建傳按語可知，懷民還認爲，祇要『真情而理確』，即使是『縱其情不以禮防者』，也不爲俗。

其次，尋常處求新奇。懷民在論述張籍、賈島兩派送行詩時指出，於尋常處求新奇關係到詩歌的『是非雅俗』（前引），故其《主客圖》評點中晚唐五律常對此予以肯定。如評點張籍《贈辟穀者》頸聯『無食犬猶在，不耕牛自閑』：『似奇似常。』評點于鵠《題南峰褚道士》頷聯『閉門醫病鶴，倒篋養神龜』：『常事却寫得奇異。』評點賈島《送朱可久歸越中》：

『新極矣！奇極矣！却只是眼前意。』評點張祜《題上饒亭》：『眼前景耳，寫來如此新穎。』

再次，『苦心體物，刻發難顯』，即生動地描寫典型的景物、事件或内心世界，餘味無窮。此源於宋梅堯臣，《圖説》：『梅宛陵曰：發難顯之情於當前，留不盡之意於言外。二語實盡古今詩法。』《主客圖》王建傳按語將此與『錯采鏤金，矯飾補假』對舉（前引），可見懷民視此爲矯正浮華、化俗爲雅的重要手段。《主客圖》評詩常點出『發難顯』，如評點張籍《夏日閑居》頷聯『早蟬聲寂寞，新竹氣清涼』：『發難顯。』評點司空圖《華下送文浦》頸聯『川明虹照雨，樹密鳥衝人』：『發難顯之景如在目前！』評點任翻《冬暮野寺》首聯『江東寒近臘，野寺水天昏』：『起句發難顯即留餘味。』

五

《主客圖》的傳世版本，有『劉本』與『趙本』兩個系統。

據《圖説》落款『乾隆甲午長夏高密李懷民識』可知，該著成書於乾隆三十九年（一七七四）六月。此後即在山東乃至廣西等地廣爲傳抄。山東萊陽趙擢彤（號睦堂）刻本（簡稱

『趙本』)跋：『吾鄉學詩者，每録而藏之，視若珍寶。』山東邱縣劉大觀(號松嵐)刻本(簡稱『劉本』)序：『余與高密李少鶴先生同官粤西時，臨川李松圃爲寓公……松圃及余皆從少鶴學詩，而少鶴又受詩法於其兄石桐先生。石桐常裒録貞元以後諸家五言律詩，倣張爲例重定《中晚唐詩主客圖》……學者宗之。』不過書成之後，懷民仍不斷完善，如評點張祜《題潤州金山寺》頷聯：『嘗游金山寺，流覽古今人題什，無如二句之高妙。』懷民游金山寺在由岑溪返鄉途中，即乾隆五十一年(一七八六)三月，可見其後懷民仍在修改書稿。

懷民卒後十三年，即嘉慶乙丑年(一八〇五)，劉大觀偕同李秉禮(號松圃)及懷民表侄也是其弟子王熙甫(名寧焯)，在京師將其『付刊』，這是該著的首次出版。劉大觀序：『石桐、少鶴遺集，前既與松圃梓以問世，今復取是書，商定付刊。……嘉慶乙丑嘉平望日邱縣劉大觀序。』趙本跋：『余同年侍御王熙甫，倡率同人刻於京師。』據劉本上卷《補遺》雍陶小傳、下卷《補遺》無可小傳後分别附按語：『寧焯按：國鈞詩格意清新……抄之以廣水部之緒。』『寧焯按：可師與無本同源……今補抄入卷，爲本公塤篪。』可知『劉本』是經王熙甫整理并增加『補遺』後付梓的。

劉本後來三次重刻。二版爲嘉慶壬申年(一八一二)三月江西臨川李秉禮刻於廣西桂林(簡稱『李本』)。李秉禮《重刻主客圖跋》：『前歲劉君松嵐寓書於余，欲刊刻，以公同好已共襄厥事矣，第板存京師，郵筒所寄，不過數十部，求者甚多，竟無以應，因取原刻，重付諸梓，并其間訛字悉命猶子宗澳校正……嘉慶壬申三月既望，臨川李秉禮題於桂林之湘南別墅。』『前歲』即嘉慶乙丑，『同好』指王熙甫等，『共襄厥事』謂刊刻『劉本』。可見，二版乃依劉本『原刻』『重付諸梓』，不過秉禮命侄宗澳校勘，糾正了其中『訛字』。又，四版『鄧本』（見後）鄧瑶《跋》：『嘉慶中，臨川李松圃先生刻於桂林，板尋毁於火，存者無幾，復補刻之。』可見，二版因毁於火而曾補刻，是爲三版。三版補刻時間不詳，據鄧《跋》所謂『先湘皋叔父館其（徐按：指李秉禮）家時，曾携歸一帙，授瑶兄弟；時瑶方在髫齡，今冉冉已三十餘年矣』推斷，當在嘉慶末或道光初。尋繹鄧跋語意，此次補刻純爲翻刻，没有校勘和增删。

四版爲咸豐四年（一八五四）江西趙準（字子繩）刻於桂林，鄧瑶（字伯昭）校并附《跋》（簡稱『鄧本』）。鄧《跋》：『中丞師招爲桂林之游。既至，索其書，弗得。頃，趙子繩明府語瑶曰：「《主客圖》舊板今歸余矣！其殘闕者，依原本補之。」旋以初印本屬校。……校竟，因識數語歸之。……時咸豐四年二月，新化鄧瑶敬跋。』所謂『舊板』指李秉禮補刻之三版，『原本』指李秉禮補刻本，『初印本』指李秉禮初刻本，可見『鄧本』亦是『李本』的翻刻。

另一版本爲山東萊陽趙擢彤嘉慶癸酉（一八一三）刊本。趙跋：『熙甫亡而板片不知所存。兹同邑宋吟山廣文，不遠二千里慰予於河清，携李氏更訂主客圖而來……遂偕冷君崇之、鄧君鶴圃，重加校閲，付諸梓……嘉慶癸酉六月萊陽睦堂趙擢彤跋於河清傳舍。』所謂『板片』指劉大觀與王熙甫首刻於京師的『劉本』。该本前有姚元之『記』，落款『青龍甲戌十月朔書於洛陽試院』，知其真正刊刻在嘉慶十九年（一八一四）冬； 又有劉大觀《重刻唐賢主客圖詩序》： 『觀初在桂林，與老友李松圃同受詩法於石桐季弟少鶴先生； 未幾，兩先生辭世。後死者分無所逃，遂致書嶺外，分任剞劂，傳遺稿於黄金臺下； 既又刻《重訂主客圖詩》。』『吾鄉萊陽趙睦堂，以此本品擇之精，天下覬覦之廣，爲析薄俸，重役梓人，而問序於觀。』可見，該本所據爲宋廣文所携抄本，顯然不及經王熙甫整理增訂的『劉本』完善。一九三五年，和州胡俊（字翔冬，或作廧東）於金陵大學國學研究班講授《主客圖》，曾油印『李本』，高小夫附《校記》： 『高密李石桐先生《重訂中晚唐主客圖》，坊間流傳極鮮，考是書有嘉慶乙丑邱縣劉大觀氏與嘉慶癸酉萊陽趙擢彤氏刻本。二刻出入甚大，而趙則遠不如劉，疑所據爲先生未定稿也。』所言當是。據『趙本』評點張祜《題潤州金山寺》而無『嘗游金山寺』等語判斷，其所據應爲懷民由岑溪返鄉前之稿本。

『趙本』不及『劉本』處主要體現在兩方面。一是詩歌評點簡略。如張籍《夜到漁家》，『劉本』每聯都有評點，且詩後總評： 『格法妙。』『此詩一氣讀下，看其叙布之妙，摹繪之工。』『趙本』則衹有詩後總評『格法妙』三字。很多詩歌，『趙本』衹有圈點符號，没有評點文字。二是缺少『劉本』的兩個『補遺』。當然，『趙本』也存有不少『劉本』没有的内容，如評點張籍《和左司元郎中秋居十首》：『此等體易於俗，他人必謂易於雅也。是俗是雅，煞費剖析。』評點許渾《晨起二首》其一：『氣味即近水部。』這些對於了解、研究懷民的詩學思想有着重要的意義。

本書是筆者所主持的國家社科基金一般項目『李懷民與《重訂中晚唐詩主客圖》研究』（批號12BZW070）成果之一。因水平限制，書中一定存在不少問題甚至錯誤，敬請讀者批評指正。

徐禮節

凡例

一、本書爲清代山東高密詩派代表作家李懷民的著名唐詩選評著作《重訂中晚唐詩主客圖》的整理本，整理工作主要包括標點、校勘、注釋、重出詩考證等方面。

二、《重訂中晚唐詩主客圖》刻本有『劉大觀本』『趙擢彤本』兩個系統，其間差异較大，本書以劉大觀系統本之四刻本——咸豐甲寅（一八五四）新化鄧瑶校跋本爲底本（簡稱『底本』，國家圖書館藏），校以萊陽趙擢彤嘉慶癸酉（一八一三）刻本（簡稱『趙本』，國家圖書館藏）與劉大觀系統本之首刻本——嘉庆乙丑（一八〇五）刻本（簡稱『劉本』，國家圖書館藏）、二刻本——嘉慶壬申（一八一二）李秉禮重刻本（簡稱『李本』，南京圖書館藏），以及一九三五年高小夫所校金陵大學國學研究班油印本（簡稱『油印本』，南京圖書館藏）。

三、書中所選唐詩，參校下列選集、總集：

（一）《御覽詩》，唐令狐楚編，《唐人選唐詩十種》本，上海古籍出版社一九七八年版，簡稱『御覽』。

(二)《又玄集》,唐韋莊編,《唐人選唐詩十種》本,同上,簡稱『又玄』。

(三)《才調集》,五代蜀韋縠編,《四部叢刊》影印述古堂影宋鈔本,簡稱『才調』。

(四)《文苑英華》,宋李昉等編,中華書局影印明刊配宋刊殘本,一九六六年版,簡稱『英華』。

(五)《古今事文類聚》,宋祝穆等編,《景印文淵閣四庫全書》本,臺灣商務印書館一九八三年版,簡稱『類聚』。

(六)《唐百家詩選》,宋王安石編選,萬有文庫本,商務印書館一九三七年版,簡稱『百家』。

(七)《唐詩紀事》,宋計有功編著,《四部叢刊》影印明嘉靖洪楩刊本,簡稱『紀事』。

(八)《樂府詩集》,宋郭茂倩編,文學古籍刊行社影宋本,一九五五年版,簡稱『樂府』。

(九)《瀛奎律髓》,元方回編,明成化三年(一四六七)紫陽書院刻本,國家圖書館藏,簡稱『律髓』。

(一〇)《三體唐詩》,宋周弼編,《景印文淵閣四庫全書》本,臺灣商務印書館一九八三年版,簡稱『三體』。

(一一)《衆妙集》,宋趙師秀編,日本享和元年(一八〇一)刊本,簡稱『衆妙』。

（一二）《唐僧弘秀集》，宋李龏編，《景印文淵閣四庫全書》本，臺灣商務印書館一九八三年版，簡稱『弘秀』。

（一三）《唐詩品彙》，明高棅編，上海古籍出版社影印明汪宗尼本，一九八一年版，簡稱『品彙』。

（一四）《全唐詩》，清彭定求等編，上海古籍出版社縮印康熙揚州詩局刻本，一九八六年版，簡稱『全詩』。

四、書中所選唐詩，參校下列別集：

（一）《張文昌文集》，唐張籍著，宋蜀刻殘本（存前四卷），國家圖書館藏，簡稱『宋籍』。

（二）《唐張司業詩集》（不分卷），唐張籍著，明正德十年（一五一五）劉成德刻本，國家圖書館藏，簡稱『劉籍』。

（三）《唐張司業詩集》八卷，唐張籍著，《四部叢刊》影印明嘉靖、萬曆年間刻本，簡稱『嘉籍』。

（四）《張司業詩集》八卷，附録一卷，唐張籍著，清席氏琴川書屋刻《唐詩百名家全集》本，國家圖書館藏，簡稱『席籍』。

（五）《張司業集》，唐張籍著，《景印文淵閣四庫全書》本，臺灣商務印書館一九八三年版，簡稱『庫籍』。

（六）《朱慶餘詩集》，唐朱慶餘著，《四部叢刊續編》影印宋臨安陳氏書棚本，簡稱『宋餘』。

（七）《王司馬集》，唐王建著，《景印文淵閣四庫全書》本，臺灣商務印書館一九八三年版，簡稱『庫建』。

（八）《于鵠詩集》，唐于鵠著，清席氏琴川書屋刻《唐詩百名家全集》本，國家圖書館藏，簡稱『席鵠』。

（九）《丁卯集》，唐許渾著，《四部叢刊》影印常熟歸氏藏影宋鈔本，簡稱『宋渾』。

（一〇）《許用晦文集》，唐許渾著，《續古逸叢書》影印宋蜀刻本，簡稱『蜀渾』。

（一一）《丁卯集箋註》，唐許渾著，清許培榮箋注，《續修四庫全書》影印清乾隆二十一年許鍾德等刻本，上海古籍出版社二〇〇二年版，簡稱『鍾渾』。

（一二）《丁卯詩集》，唐許渾著，《景印文淵閣四庫全書》本，臺灣商務印書館一九八三年版，簡稱『庫渾』。

（一三）《司空表聖詩集》，唐司空圖著，《四部叢刊》影印海鹽張氏涉園藏《唐音統籤》本，簡稱『統圖』。

（一四）《司空表聖詩集》，唐司空圖著，吴興劉氏嘉業堂刊本，國家圖書館藏，簡稱『嘉業』。

（一五）《姚少監詩集》，唐姚合著，《四部叢刊》影印明鈔本，簡稱『姚鈔』。

（一六）《姚少監詩集》，唐姚合著，明毛晋汲古閣刻《唐六名家集》本，國家圖書館藏，簡稱『姚刻』。

（一七）《賈浪仙長江集》，唐賈島著，清席氏琴川書屋刻《唐詩百名家全集》本，國家圖書館藏，簡稱『席島』。

（一八）《賈浪仙長江集》，唐賈島著，《四部叢刊續編》影印明翻刻宋本，簡稱『宋島』。

（一九）《周賀詩集》，唐周賀著，《續修四庫全書》影印宋臨安陳氏書鋪刻本，上海古籍出版社二〇〇二年版，簡稱『宋賀』。

（二〇）《张承吉集》，唐張祜著，《續修四庫全書》影印宋刻本，上海古籍出版社二〇〇二年版，簡稱『宋祜』。

（二一）《鄭守愚文集》，唐鄭谷著，《四部叢刊續編》影印蕭山朱氏藏宋刊本，簡稱『宋谷』。

（二二）《雲臺編》，唐鄭谷著，《景印文淵閣四庫全書》本，臺灣商務印書館一九八三年版，簡稱『庫谷』。

（二三）《鄭谷詩集》，唐鄭谷著，《續修四庫全書》影印范希仁抄補明胡震亨《唐音統籤》本，上海古籍出版社二〇〇二年版，簡稱『統谷』。

（二四）《玄英集》，唐方干著，《影印文淵閣四庫全書》本，臺灣商務印書館一九八三年版，簡稱『玄英』。

五、書中李懷民所引前人其他文字，參校下列文獻：

（一）《詩人主客圖》，唐張爲編著，清丁福寶《歷代詩話續編》本，中華書局一九八三年版，簡稱『張爲主客圖』；

（二）《升菴詩話》，明楊慎著，清丁福寶《歷代詩話續編》本，中華書局一九八三年版，簡稱『升菴』；

（三）《全唐文》，清董誥等編，中華書局一九八三年影印版，簡稱『全文』。

（四）《唐文拾遺》（《全唐文》附），清陸心源編，中華書局一九八三年影印版，簡稱『拾遺』。

（五）《劍南詩稿校注》，宋陸游著，錢仲聯校注，上海古籍出版社一九八五年版。

（六）《深雪偶談》，宋方嶽著，《叢書集成初編》排印陽山顧氏文房本，商務印書館一九三六年版。

（七）《鈐山堂集》，明嚴嵩著，《續修四庫全書》影印明嘉靖二十四年刻增修本，上海古籍出版社二〇〇二年版。

六、附録中《重刻〈唐賢主客圖詩〉序》，參校《玉磬山房文集》（卷一），清劉大觀著，道光年間刻本，南京圖書館藏，簡稱『玉磬』。

七、書中所選唐人詩歌，底本無而見於校本者，皆補出，注明『【增補】』； 校本與底本文字不同處，出校，但明顯錯誤者不出校； 以唐人詩歌總集、選集對校者，於校記首條注明校本卷次。

八、懷民之評點見於校本而不見於底本者，或校本與底本异文者，皆補出，於其前注明校本，如『【趙本】』『【劉本】』等。

九、唐詩原注之前注明『【原注】』，懷民增注之前注明『【懷民注】』，以示區别。

一〇、書中所選唐詩，後人有關整理本總集、選集、别集注釋詳明，本書不再注釋。

一一、注釋中所徵文獻，儘量直引原文； 不宜直引者，間接概述。 凡注者所補充、説明的内容，皆以『徐按』表明，以區别原書按語。

一二、書中關於重出詩的考證，注明『【重出】』。

目録

上册

序

劉大觀〔一〕

余與高密李少鶴先生同官①粤西時，〔二〕臨川李松圃②爲寓公，〔三〕稱『嶺南三友』。松圃及余皆從少鶴學詩，而少鶴又受詩法於其兄石桐先生。〔四〕石桐常裒録貞元以後諸家五言律詩，〔五〕倣張爲例重定《中晚唐詩主客圖》，〔六〕尊張、賈爲主，〔七〕而以朱慶餘、李洞以下諸賢爲客，學者宗之；〔八〕因以石桐爲張客，少鶴爲賈客，曩余所刊《二客吟》者是也。〔九〕是選搜擇精審，句評字勘，稱量高下，直與古人精神命脉相引接。其持論，欲使世之觀是圖者，求爲古之豪杰，一洗時俗鄙瑣之見，又非止以格律、對偶求工於字句之間而已。石桐、少鶴遺集，前既與松圃梓以問世，〔一〇〕今復取是書，商定付刊。嗟乎！石桐已矣，余與松圃數十年流連唱酬，研窮聲律於此道，少有所得，〔一一〕沿波討源，指歸斯在，先河後海，本不可誣，寧敢私爲枕中秘哉！廣其傳，所以報也。嘉慶乙丑嘉平望日邱縣劉大觀序。〔一二〕

【校記】

①官：油印本作『宦』。

②松圃：油印本、清張維屏《國朝詩人徵略初編·李秉禮》（卷五六）、清蔣寶齡《墨林今話》（卷一五）、盛叔清《清代畫史增編·李秉禮》（卷二六）等作『松甫』。徐按：此序後文同，不再出校。

【注釋】

〔一〕劉大觀（一七五三——一八三四）：清書法家，高密詩派主要詩人。字正孚，號松嵐，山東邱縣（今屬河北）人。乾隆丁酉（一七七七）拔貢。初仕廣西永福縣（今屬桂林市）令，署理象州（今屬來賓市）、馬平（治今柳州市）、賀縣（治今賀州市），調補天保（治今德保縣）令。丁憂，服闋，先委治承德縣（治今遼寧沈陽市），旋補開原（治今遼寧開原市）知縣，升寧遠州（治今遼寧興城市）知州，後官至山西布政使。罷官後，寓居懷慶府（治今河南沁陽市），直至終老王屋山。著有《玉磬山房詩文集》。陶湘《昭代名人尺牘續集小傳·劉大觀》（卷二一）：『字松嵐，山東邱縣人。乾隆丁酉拔貢，官至山西河東道署布政使。有《玉磬山房詩鈔》。』清王昶《湖海詩人小傳·劉大觀》（卷三八）：『其詩蕭閑刻峭，卓然自立於塵埃之表，正如梁伯鸞滅竈更炊，不因人熱。推其源，似出於《瀛奎律髓》，足與四靈三拜，分手抗行，不僅爲「五言長城」已也。』

〔二〕高密：清萊州府屬縣。光緒三十一年（一九〇五）改屬膠州，治今山東高密市。李少鶴：李憲喬（一七四七—一七九九）。清詩人、學者、書畫家，高密詩派代表作家。懷民之弟。《清史列傳》（卷七二）：『憲喬，字子喬，懷民弟。乾隆三十年拔貢生，四十一年召試舉人，官廣西歸順州知州。少受詩於懷民，而「規模較闊」，「文亦簡勁有法度」。袁枚見其詩文，歎曰：「今之蘇子瞻也。」性狷介，不能隨俗俯仰，與臨川李秉禮以風節相砥礪，秉禮從受詩法。憲喬卒於官，秉禮以千金送其喪。著有《少鶴詩文集》。』同官粵西：乾隆四十五年（一七八〇），劉大觀與李憲喬分別任廣西永福（今屬桂林市）、岑溪（治今岑溪市）知縣；五十一年，劉轉天保（治今廣西德保縣）知縣，李北歸。清謝啓昆等《廣西通志·職官表四一》（卷五三）『乾隆四十五年』：『劉大觀，山東邱縣人，拔貢，永福知縣。』『李憲喬，山東高密人，舉人，岑溪知縣。』同書同卷『乾隆五十一年』：『劉大觀，天保知縣。』李憲喬《北歸續日記二》自署：『乾隆五十一年丙午。』粵西，廣西。兩廣古爲百粵之地，合稱兩粵，廣東爲『粵東』，廣西爲『粵西』。

〔三〕李松圃：李秉禮（一七四八—一八三〇）。清詩人、書畫家。號松圃（甫）。詩崇韋應物，又號韋廬。江西臨川縣温圳（今屬進賢縣）人，寄籍廣西桂林。乾隆三十九年（一七七四）捐刑部江蘇郎中，四十二年辭歸桂林。懷民《紫荆书屋詩話·〈北歸日記〉摘録》：『李松圃者，名秉禮，字松圃。部員外郎，浙人。以商捐貲爲官；告養不仕，隨父李丹成爲鹾商廣西，西省之總商也。好爲詩寫字。』清張維屏《國朝詩人徵略初編》（卷五六）：『李秉禮，字敬之，號松甫。江西臨川人，官刑部郎中。』《清史列傳》（卷七二）：『秉禮……詩學韋蘇州，有《韋廬集》。』清袁枚《隨園詩話》（卷一〇）：『松圃詩才清絶，不慕顯榮。』徐按：懷民《北歸日記》所謂『字松圃。部員外郎，浙人』誤。寓公：寄居他鄉的官僚或紳士。

〔四〕石桐：李懷民（一七三八—一七九三）。清詩人、學者、書畫家，高密詩派領袖。名憲噩，以字行，號石桐、十桐。山東高密人。屢試不售而絶意科舉。弟憲喬官廣西，曾奉母居岑溪縣五載，與當地及宦游其地的詩人結社唱和。詩歌衆體兼善，古詩宗陶淵明、韋應物，律詩師張籍、賈島。《清史列傳・李懷民》（卷七二）：『與兩弟憲暠、憲喬相師友，以詩鳴，時稱「三李」。懷民嘗與憲喬依《主客圖》例，搜集元和以後諸家五律，辨其體格，奉張籍、賈島爲主，朱慶餘、李洞以下爲客，名曰《重訂中晚唐詩主客圖》。』『密之旁邑數百里間，言詩者咸宗焉。張維屏謂懷民生王士禎、趙執信後，而能「獨標宗旨」，「岸然自異」，「其五言樸而腴，淡而永，苦思而不見痕迹，用力而歸於自然」，實非易易云。』徐世昌《晚晴簃詩匯・李懷民》（卷九八）：『其詩體格謹嚴，詞旨清朗，時時有獨到語，不墮當時風氣。』李濬之《清畫家詩史・李懷民》（丁下卷）：『所居有十桐，因以爲號，又號石桐……山水倣麓臺。』著作除《中晚唐詩主客圖》外，尚有《石桐先生詩抄》《紫荆書屋詩話》《李石桐先生赴岑溪日記》《二客吟》（與憲喬合著）、《李石桐先生注易經》等。

〔五〕裒録：輯録。《新唐書・儒學傳下・啖助》（卷二〇〇）：『質與其子異裒録助所爲《春秋集注總例》，請匡損益。』裒，聚集。《詩・小雅・常棣》：『原隰裒矣，兄弟求矣。』毛傳：『裒，聚也。』

〔六〕張爲：晚唐詩人。生平不詳。宋計有功《唐詩紀事·張爲》（卷六五）：『唐末江南詩人，與周樸齊名。如「到處即閉户，逢君方展眉」，最有詩稱。』《唐才子傳校箋·張爲》周祖譔、賈晋華考爲袁州宜春（治今江西宜春市）人。據貫休《懷方干張爲》《懷周樸張爲》推知，與貫休、方干、周樸等友善。《新唐書·藝文志》（卷六〇）：『張爲詩一卷。』《全唐詩》小傳：『詩一卷，今存三首。』所著《唐詩主客圖》（或作《詩人主客圖》），對後世影響很大。宋陳振孫《直齋書録解題》（卷二二）：『《唐詩主客圖》一卷，唐張爲撰。所謂主者，白居易、孟雲卿、李益、鮑溶、孟郊、武元衡，各有標目，餘有升堂、及門、入室之殊，皆所謂客也。近世詩派之説，殆出於此，要皆有未然者。』

〔七〕張、賈：唐詩人張籍、賈島。生平分别見本書卷上《張籍傳》、卷下《賈島傳》。

〔八〕朱慶餘、李洞：皆爲晚唐詩人。生平分别見本書卷上《朱慶餘傳》、卷下《李洞傳》。

〔九〕《二客吟》：李懷民與弟憲喬詩歌合集。清袁枚《隨園詩話》（卷一〇）：『李懷民與弟憲橋（徐按：當作喬）選《唐人主客圖》，以張水部、賈長江兩派爲主，餘人爲客；遂號所咏爲《二客吟》。』

〔一〇〕梓：木名。木質優良。印書之雕版以梓木爲上，故借以稱雕版，亦指製版印刷。

〔一一〕少：稍，略。《莊子·雜篇·徐无鬼》：『今予病少痊，予又且復游於六合之外。』

〔一二〕嘉平：臘祭的別稱。《史記・秦本紀》（卷五）：『（惠文君）十二年，初臘。』唐張守節正义：『臘……獵禽獸以歲終祭先祖，因立此日也。《風俗通》云：「《禮傳》云『夏曰嘉平，殷曰清祀，周曰蜡，漢改曰臘』。」』後借以稱臘月。宋劉子翬《次韵蔡學士梅詩》：『凌晨燦爛忽驚眼，客中又過嘉平月。』望日：月圓之日。通常指農曆每月十五。清俞樾《茶香室續鈔三鈔・望日稱圓日》（卷一）：『《隆興塔磚題記》：「隆興二年九月圓日。」圓日，月圓之日，猶言「望日」。』

重訂中晚唐詩主客圖說

計敏夫《唐詩紀事》〔一〕：『張①爲作《詩人主客圖》，〔二〕序曰：「若主人門下處其客者，以法度一則也。〔三〕以白居易爲廣大教化主，〔四〕上入室楊乘，入室張祜、羊士諤、元稹，升堂盧仝、顧況、沈亞之，及門費冠卿、皇甫松、殷堯藩、施肩吾、周元範、祝天膺②、徐凝、朱可名、陳標、童翰卿。〔五〕以孟雲卿爲高古奥逸主，〔六〕上入室韋應物，入室李賀、杜牧、李餘、劉猛、李涉、胡幽貞，升堂李觀、賈馳、李宣古③、曹鄴、劉駕、孟遲，及門陳潤、韋④楚老。以李益爲清奇雅正主，〔七〕上入室蘇郁，入室劉畋、僧清塞、盧休、于鵠、楊洵美、張籍、楊巨源、楊敬之、僧無可、姚合，升堂方干、馬戴、任蕃、賈島、厲元⑤、項斯、薛壽⑥，及門僧良益⑦、潘誠⑧、于武陵、詹雄、衛準⑨、僧志定、喻鳧、朱慶餘。以孟郊爲清奇僻苦主，〔八〕上入室陳陶、周樸，及門劉得仁、李溟。以鮑溶爲博解⑩宏拔主，〔九〕上入室李群玉，入室司馬退之、張爲。以武元衡爲環奇美麗主，〔一〇〕上入室劉禹錫，入室趙嘏、長孫左⑪輔、曹唐，升堂盧頻、陳羽、許渾、張蕭遠，及門張陵、章孝標、雍陶、周祚、袁不約。」』共六主七十八客。余嘗讀其詩，皆不類，所立名號亦半强攝。〔一一〕即如元、白、張、劉，當時統謂『元和體』，〔一二〕爲乃獨以元稹屬白居易，〔一三〕而張籍、劉禹錫更分承之李益、武元衡，誠不知其何所見。以韋應物之冲淡，獨步三唐，〔一四〕宋人論者，惟柳宗元稍可并稱，而乃僅入孟雲卿之室，且與李賀、杜牧比肩，何其不倫耶？其他不可勝舉。至其所標目，適如司空表聖《二十四品》，〔一五〕但彼特明體之不同，非謂人專一體；且即六者，亦不能盡體矣。是蓋出奇以新耳目，未爲定論也。

【校記】

① 張：紀事（卷六五）無此字。
② 祝天膺：紀事作『況元膺』，張爲主客圖校『「天膺」一作「元膺」』。
③ 古：底本、劉本、油印本作『右』，據張爲主客圖、紀事、全文（卷八一七）等改。
④ 韋：張爲主客圖校『一作「常」』。
⑤ 元：張爲主客圖、紀事、全文等作『玄』。
⑥ 薛壽：張爲主客圖校『按唐無薛壽，疑是「薛濤」之訛』，當是。
⑦ 益：趙本、張爲主客圖、紀事等作『乂』。
⑧ 誠：張爲主客圖校『一作「咸」，一作「成」』。

⑨ 準：　張爲主客圖校『一作「單」』。

⑩ 解：　紀事作『容』。

⑪ 左：　張爲主客圖、紀事作『佐』。

【注釋】

〔一〕計敏夫：　計有功。生卒年不詳。字敏夫，號灌園居士，安仁（今四川大邑縣東南）人。宋徽宗宣和三年（一一二一）进士，紹興五年（一一三五）以右承議郎知簡州，提舉兩浙西路常平茶鹽公事。所著《唐詩紀事》，八十一卷，收録唐詩人一千一百五十位，采摭豐富，或録名作，或紀本事，兼輯品評，存留大量唐詩研究資料。

〔二〕張爲：　晚唐詩人。詳見前劉大觀《序》注釋〔六〕。

〔三〕法度一則：　遵循同一規範。此謂詩風相近。法度，藝術規範。唐韓愈《柳子厚墓志銘》：『其經承子厚口講指畫爲文詞者，悉有法度可觀。』則，效法。《易·繫辭上》：『河出《圖》，洛出《書》，聖人則之。』

〔四〕白居易（七七二—八四六）：　唐代詩人。字樂天，號香山居士。祖籍太原。詩歌題材廣泛，形式多樣，語言平易通俗。著有《白氏長慶集》。廣大：　内容博大淵深。《易·繫辭下》：『《易》之爲書也，廣大悉備，有天道焉，有人道焉，有地道焉。』教化：　教育感化。謂内容具有政教風化特徵。《禮記·經解》：『故禮之教化也微，其止邪也於未形。』

〔五〕上入室、入室、升堂、及門：由高而低比喻『客』人詩藝成就及與『主』人詩風相似程度的四個等級。語出《論語·先進》：『子曰：「由也升堂矣，未入於室也。」』宋邢昺疏：『言子路之學識深淺，譬如自外入内，得其門者。入室爲深，顔淵是也；升堂次之，子路是也。』漢揚雄《法言·吾子》：『詩人之賦麗以則，辭人之賦麗以淫。如孔氏之門用賦也，則賈誼升堂，相如入室矣。』

〔六〕孟雲卿：唐代詩人。約生於開元十三年（七二五）。河南人，郡望平昌（今山東商河縣西北）。曾爲校書郎。與杜甫、元結友善。《全唐詩》存詩一卷。元辛文房《唐才子傳·孟雲卿》：『工詩，其體祖述沈千運，漁獵陳拾遺，詞氣傷怨。雖然模效纔得升堂，猶未入室，當時古調無出其右，一時之英也。』高古：高雅古樸。唐司空圖《二十四詩品》有『高古』一品：『畸人乘真，手把芙蓉。泛彼浩劫，窅然空蹤。月出東斗，好風相從。太華夜碧，人聞清鐘。虚佇神素，脱然畦封。黄唐在獨，落落玄宗。』唐白居易《與元九書》：『以康樂之奥博，多溺於山水；以淵明之高古，偏放於田園。』奥逸：深奥閑放。唐皎然《詩式·辨體》：『體格閑放曰逸。』

〔七〕李益（七五〇—八三〇）：唐代詩人。字君虞，隴西姑臧（今甘肅武威）人。以邊塞詩作名世，擅長絶句，尤工七絶。清奇：清新奇妙。唐司空圖《二十四詩品》有『清奇』一品：『娟娟群松，下有漪流。晴雪滿汀，隔谿漁舟。可人如玉，步屧尋幽。載行載止，空碧悠悠。神出古異，淡不可收。如月之曙，如氣之秋。』雅正：典雅純正。

〔八〕孟郊（七五一—八一五）：唐代詩人。字東野，湖州武康（今浙江德清縣）人。長於五古，多寫窮愁困苦，世態炎涼。詩風精思古拙。僻苦：苦吟僻澀。

〔九〕鮑溶：唐代詩人。生卒年、里貫均不詳。字德源，元和四年（八〇九）進士。一生窮愁潦倒，客死三川。與韓愈、孟郊、李正封、李夷簡、范傳正、殷堯藩、許渾等均有交往，與李益交誼尤深。詩多懷古感興之作，尤以古樂府見長。《全唐詩》存詩三卷。博解：猶『博識』。唐李延壽《南史·朱异傳》（卷六二）：『异博解多藝，圍棋上品，而貪財冒賄，欺罔視聽。』宋晁公武《郡齋讀書志·别集類中》（卷一八）『鮑溶詩五卷』條：『張爲謂溶詩氣力宏贍，博識清度，雅正高古，衆才無不備具。』宏拔：氣勢宏贍。《隋書·楊素傳》（卷四八）：『素嘗以五言詩七百字贈番州刺史薛道衡，詞氣宏拔，風韻秀上，亦爲一時盛作。』

〔一〇〕武元衡（七五八—八一五）：唐代詩人。字伯蒼，緱氏（今河南偃師南）人。建中四年（七八三）進士及第。德宗朝官至御史中丞。順宗立，罷爲右庶子。元和二年（八〇七），拜門下侍郎，同平章事，尋出爲劍南節度使；八年，徵還秉政，力主對藩鎮用兵，爲李師道暗殺。工五言詩，詞藻瑰麗。《全唐詩》存詩二卷。環奇：藻繪錯雜奇妙。唐釋道世《法苑珠林·興福部》（卷一〇〇）：『罄丹青之矩矱，殫藻績之環奇。寶鐸鏘風，金槃承露。』

〔一一〕强攝：生拉硬拽。《説文解字·手部》（卷一二上）『摄』：『引持也。』段玉裁注：『謂引進而持之也。』

〔一二〕元和體：唐憲宗元和年間（八〇六—八二〇）各種新興文學風尚的統稱。唐李肇《唐國史補》卷下『叙時文所尚』條：『元和已後，爲文筆則學奇詭於韓愈，學苦澀於樊宗師；歌行則學流蕩於張籍；詩章則學矯激於孟郊，學淺切於白居易，學淫靡於元稹：俱名爲「元和體」。』宋初張洎《張司業集序》：『元和中，公及元丞相、白樂天、孟東野歌調，天下宗匠，謂之「元和體」。』源自元和五、六年間元稹、白居易所作百韵律詩與雜體詩章。元稹《白氏長慶集序》：『會予譴掾江陵，樂天猶在翰林，寄予百韵律詩及雜體，前後數十章。是後，各佐江、通，復相酬寄。巴蜀江楚間洎長安中少年，遞相倣效，競作新詞，自謂爲「元和詩」。』元稹《上令狐相公詩啓》：『稹自御史府謫官，於今十餘年矣，閑誕無事，遂專力於詩章。……唯杯酒光景間，屢爲小碎篇章，以自吟暢。……江湖間多新進小生，不知天下文有宗主，妄相倣效，而又從而失之，遂至於支離褊淺之詞，皆目爲「元和詩體」。稹與同門生白居易友善，居易雅能爲詩，就中愛驅駕文字，窮極聲韵，或爲千言，或爲五百言律詩，以相投寄。小生自審不能以過之，往往戲排舊韵，别創新詞，名爲次韵相酬，蓋欲以難相挑耳。江湖間爲詩者，復相倣效……亦自謂爲「元和詩體」。』白居易自注《餘思未盡加爲六韵重寄微之》詩：『衆稱元、白爲千字律詩，或號「元和格」。』

〔一三〕爲：張爲。詳見前劉大觀《序》注釋〔六〕。乃：却。

〔一四〕韋應物（七三七—七九二）：唐代詩人。長安（今陝西西安）人。曾爲玄宗近侍，歷官比部員外郎、滁州刺史、江州刺史、左司郎中、蘇州刺史，故世稱『韋江州』『韋左司』『韋蘇州』。詩多寫山水田園，清麗淡遠，時露幽憤。三唐：詩家論唐詩多以初、盛、中、晚分期，或以中唐分屬盛、晚，謂之『三唐』。明胡應麟《黄堯衢詩文序》：『自南渡嚴氏之説興，而詩自三唐外，汰百家矣！』

〔一五〕適如：猶『恰如』。司空表聖：司空圖（八三七—九〇八）。晚唐詩人、詩論家。字表聖，河中虞鄉（今山西永濟）人。懿宗咸通十年（八六九）進士及第，召爲殿中侍御史。唐哀帝被弑，絶食而死。著有《二十四詩品》（徐按：是否爲司空圖所作，學界有争議），以形象化的四言韵語，概括、描繪詩的各種風格、境界特點，是著名的詩歌理論著作，特别是以詩評詩，對後世詩論有很大影響。生平詳見本書卷上《司空圖傳》。《二十四品》：即《二十四詩品》。

余讀貞元以後近體詩，稱量其體格，〔一六〕竊得兩派焉。一派張水部，〔一七〕天然明麗，不事雕鏤，而氣味近道，〔一八〕學之可以除躁妄，祛矯飾，出入風雅。一派賈長江，〔一九〕力求險奥，〔二〇〕不吝心思，而氣骨凌霄，學之可以屏浮靡，却熟俗，振興頑懦。二君之詩，各有廣大、奥逸、宏拔、美麗之妙，而自成一家。一緒所延，在當時或親承其旨，在後日則私淑其風，〔二一〕昭昭可考，非余①一人私見。慨自明季歷下、竟陵諸公互主騷壇以來，〔二二〕各立門户，不本於古，使學者入於歷下則非竟陵，遁於竟陵則誚公安，〔二三〕迄無至是。〔二四〕豈知古人派别，依然具在，特不肯降心一尋耳。〔二五〕予每欲聚集諸家，分承兩派，訂成一書，嫌於創始，或驚俗目；喜得張爲《主客圖》，本鍾氏孔門用詩之意而推廣之，〔二六〕雖所用不當，而取義良佳，謹依其制，尊水部、長江爲主，而入室、升堂、及門以次及焉，庶學者一脉相尋，〔二七〕信所守之不謬，且由淺入深，自卑至高，可以循序漸進，不至躐等也。〔二八〕

【校記】

①余：　趙本作『予』。

【注釋】

〔一六〕體格：　體制與格調。唐封演《封氏聞見記・聲韻》：『自聲病之興，動有拘制，文章之體格壞矣。』此指詩歌藝術風格。

〔一七〕張水部：　張籍（七六六—八三〇）。曾官水部員外郎，故稱。生平詳見本書卷上《張籍傳》。

〔一八〕氣味：　比喻藝術風格。近道：　符合儒家的詩學思想和審美規範。

〔一九〕賈長江：　賈島（七七九—八四三）。官長江縣（治今四川蓬溪縣西）主簿，故稱。生平詳見本書卷下《賈島傳》。

〔二〇〕險奥： 奇特深奥。

〔二一〕私淑： 私下效倣。 淑，通『叔』，拾取。 語出《孟子》。《離婁下》： 『予未得爲孔子徒也，予私淑諸人也。』《盡心上》： 『君子之所以教者五，有如時雨化之者，有成德者，有達財者，有答問者，有私淑艾者。』清焦循正义： 『「叔」从又，故爲「拾取」之正訓。 ……「淑」與「叔」通……「私淑艾」者，即「私拾取」也。 ……未得爲孔子之徒，而拾取於相傳之人，故爲「私」。「私淑」猶云「竊取」也。』

〔二二〕歷下： 指『歷下詩派』。 歷下，即歷城（今山東濟南市），因城築於歷山之下，故稱。 明中後期，歷下詩人輩出，影響巨大，如『前七子』之邊貢（一四七六—一五三二）、『後七子』之李攀龍（一五一四—一五七〇），以及殷士儋（一五二二—一五八一）、許邦才（生卒年不詳）等，後世稱之『歷下詩派』或『濟南詩派』。 清王士禛《帶經堂詩話・記載門・軼聞類》（卷二五）： 『歷下詩派，始盛於弘治「四杰」之邊尚書華泉，再盛於嘉隆「七子」之李觀察滄溟。』王士禛《華泉先生詩選序》： 『吾濟南詩派，大昌於華泉、滄溟二氏（徐按： 分别指邊貢、李攀龍），而篳路藍縷之功又以邊氏爲首庸。』該詩派倡導『文必秦漢，詩必盛唐』，但詩歌創作摹倣古人痕迹明顯。竟陵： 明後期文學流派『竟陵派』。 因主要作家鍾惺（一五七四—一六二四）、譚元春（一五八六—一六三七）均爲竟陵（今湖北天門市）人，故稱。 該派反對『後七子』擬古之風，提倡抒寫性靈，與公安派主張基本相同，但認爲公安派俚俗膚淺，倡導『幽深孤峭』加以匡救，詩歌多抒寫孤僻情懷，雕詞琢句，求新求奇，文風艱澀。《明史·文苑·袁宏道傳》（卷二八八）附《鍾惺、譚元春傳》：『自宏道矯王、李（徐按：分別指王世貞、李攀龍）詩之弊，倡以清真，惺復矯其弊，變而爲幽深孤峭。與同里譚元春評選唐人之詩爲《唐詩歸》，又評選隋以前詩爲《古詩歸》。鍾、譚之名滿天下，謂之「竟陵體」。』

〔二三〕公安：明後期文學流派『公安派』。因領袖『三袁』兄弟（袁宏道、中道、宗道）爲公安（今屬湖北省）人，故稱。該派反對前後七子擬古風氣，主張『獨抒性靈，不拘格套』。創作成就主要在散文方面，尤其是小品文，文筆秀逸，率真自然，影響很大。但内容多限於寫閑情逸致，不夠廣泛。

〔二四〕迄無：始終没有。又作『迄未』。迄，始終。《後漢書·孔融傳》（卷七〇）：『融負其高氣，志在靖難，而才疏意廣，迄無成功。』唐李賢注：『迄，竟也。』至：最。是：正確。

〔二五〕降心：平抑心氣，心平氣静。《左傳·僖公二十五年》：『天子降心以逆公，不亦可乎？』

〔二六〕鍾氏：鍾嶸（约四六八—五一八）。南朝梁文學批評家。字仲偉，潁川長社（今河南長葛）人，曾任侍郎、參軍、記室等職，世稱『鍾記室』。所著《詩品》，以品評五言詩爲主，將兩漢至梁作家一百二十二人分爲上、中、下三品，論其優劣。提倡風力，反對玄言説理與聲病説；主張『直尋』，反對用典，提出比較系統的詩歌品評標準。孔門用詩：謂鍾嶸采用孔子以『升堂』『入室』劃分弟子學識深淺等次的方法來品評詩歌成就。用詩，移用於詩。《詩品・上》『魏陳思王曹植詩』条：『故孔氏之門如用詩，則公幹升堂，思王入室，景陽、潘、陸，自可坐於廊廡之間矣。』鍾嶸之前，揚雄在《法言》中曾移用『孔氏之門』於『賦』。詳見前注釋〔五〕『上入室、入室、升堂、及門』。

〔二七〕庶：希望。三國蜀諸葛亮《前出師表》：『庶竭駑鈍，攘除奸凶，興復漢室，還於舊都。』

〔二八〕躐等：不按次序。《禮記・學記》：『幼者聽而弗問，學不躐等也。』孔穎達疏：『逾越等差。』

詩自『三百篇』以後，一變而爲《離騷》，再變而爲『蘇李』、《古詩十九首》，〔二九〕沿至建安、黄初，〔三〇〕五言詩之盛極矣！降而六朝，古風浸滅。唐初不能除陳、隋之習；陳子昂、李太白起，奮然以復古爲任，稍改其駢麗綺靡之陋，究亦自成其體，寔於古無涉；〔三一〕張九齡、元次山、韋蘇州、沈千運、柳宗元等，差爲近古，然亦未盡脱『選體』，〔三二〕故李滄溟謂『唐無五古而自有其古詩』，〔三三〕亦通論也。〔三四〕學唐詩者，斷自沈、宋律體。〔三五〕律者，法律也，猶今制科之四書文，〔三六〕雖有韓、歐之筆，不得縱其馳騁；後生或襲古文格調，識者譏其破體。王鳳洲謂賦之與文猶竹之與木，〔三七〕予謂古、律亦然。①

【校記】

①此段文字見於趙本，劉大觀系統本皆無，蓋趙本爲未定稿本，後李懷民定稿時删去，亦或爲王熙甫整理刊刻時删去。

【注釋】

〔二九〕蘇李：西漢蘇武與李陵的合稱。舊署蘇、李所作古詩，今存十餘首，如《文選·雜詩類》（卷二九）所載蘇武詩四首、李陵《與蘇武三首》等，皆爲比較成熟的五言體，對後世影響很大。杜甫《解悶十二首》其五：『李陵蘇武是吾師，孟子論文更不移。』宋嚴羽《滄浪詩話·詩體》：『五言起於李陵、蘇武。』然而多數學者認爲西漢前期不可能産生如此成熟的五言詩，疑爲僞作。

〔三〇〕建安：東漢末代皇帝獻帝年號（一九六—二二〇）。黄初：三國魏文帝曹丕年號（二二〇—二二六）。

〔三一〕寔：同『實』。其實，實際上。《詩·召南·小星》：『肅肅宵征，夙夜在公，寔命不同。』朱熹集传：『「寔」與「實」同。』

〔三二〕差：稍微。選體：舊稱南朝梁蕭統《文選》所選詩歌的風格體制。因所選多爲五言古詩，或以爲指五古，非是。宋嚴羽《滄浪詩話·詩體》：『選詩時代不同，體制隨異，今人例謂五言古詩爲「選體」，非也。』蕭統《文選·序》自謂其選詩標準：『事出於沈思，義歸乎翰藻。』亦指受《文選》風格體制影響而創作的詩歌。宋劉克莊《贈翁卷》：『非止擅唐風，尤於選體工。』此指後者。

〔三三〕李滄溟：李攀龍（一五一四—一五七〇）。明代文學家，『後七子』領袖。字于鱗，號滄溟，歷城（今山東濟南）人。繼『前七子』而倡導文學復古運動，著有《滄溟集》。其《唐詩選序》：『唐無五言古詩而有其古詩，陳子昂以其古詩爲古詩，弗取也。』意謂五言古詩以漢魏爲上，『漢魏而下，其響絶矣』（明楊慎《升菴詩話》卷七『高棅選唐詩正聲』條）。

〔三四〕通論：通達的言論。《後漢書·馮衍傳下》（卷二八下）：『講聖哲之通論兮，心愊憶而紛紜。』

〔三五〕斷：起。指時間上限。唐劉知幾《史通·六家》（卷一）：『至子固，乃斷自高祖，盡於王莽……勒成一史，目爲《漢書》。』

〔三六〕制科：即制舉，又稱『特科』。由皇帝臨時詔試而非常選的考試科目。具體科目和考試時間均不固定，目的在於選拔各種特殊人才。此借指科舉考試。四書文：明清科舉考試所用文體。因題多出自《大學》《中庸》《論語》《孟子》『四書』，且須『依經按傳』，代聖人立言，故稱。又稱『八股文』『時文』『制藝』。

〔三七〕王鳳洲：　王世貞（一五二六—一五九〇）。明代文學家，『後七子』領袖之一。字元美，號鳳洲，又號弇州山人，太倉（今屬江蘇）人。積極倡導文學復古運動，李攀龍去世後，獨主文壇二十年。著有《弇山堂别集》《弇州山人四部稿》等。其《藝苑卮言》（卷一）：『騷賦雖有韵之言，其於詩文，自是竹之與草木，魚之與鳥獸，别爲一類，不可偏屬。』羅仲鼎注引清程廷祚《青溪集·騷賦論》（卷三）大意云：『詩者，騷賦之大原。詩之體大而該，其用博而能通，是以兼六義而被管弦。騷則長於言幽怨之情，而不可以登清廟。賦能體萬物之情狀，而比興之義缺焉。蓋風、雅、頌之再變而後有《離騷》，騷之體流而成賦。賦也者，體類於騷而義取乎詩者也。騷之於詩遠而近，賦之於騷近而遠。』

今之選唐詩者，大概古今并收，〔三八〕以希各體俱備之目，且矜尚①七言詩，利其句長調高，便於諷咏，不知七言律詩，唐人不輕作。嚴滄浪曰：　七言難於五言。〔三九〕余②嘗考唐詩，王、楊、盧、駱絶無七言近體；　燕、許稱『大手筆』，〔四〇〕張止十二篇，蘇十三篇；　沈、宋律體之始，沈七言十六首，宋止三首而已；　崔司勳《黄鶴樓》千古絶唱，然此篇及《行經華陰》一首，合生平纔兩首耳；　其他如王龍標亦止二首，李東川八首，高達夫七首，岑嘉州十一首；凡初、盛名家，俱各寥寥。杜工部、王右丞、劉長卿③稱七律最多，然合五言對較，曾不能及其半。由此觀之，唐之不輕作七言，明矣！『元白』、劉夢得沿及北宋，其風少熾，〔四一〕然未有如後世之甚者也。今則匝街遍市，無非七律填滿。使世之爲七律者，約其意，降其格，而爲短章，則并不能成語矣。夫不學短律而爲長律，猶不學步而趨也。唐人之所以專攻五言者，唐以此制科取士，例用五言排律，其他朝廟④樂歌，亦類用長排體，蓋取其體制宏整，法度嚴密，使長於才者不得濫其施，裕於學者可以勉而至。故唐二百八十年間，士子鏤心刻骨，研煉於五字之中，其理則本於『經』，其材則取於『選』，〔四二〕當時相矜相賞，總是此事。夫是以唐多詩人，詩盡能工；不然，何不謂『吟成七個字，撚斷數莖鬚』耶？〔四三〕今略五言而學其七言，是棄其長而用其短也。吾之訂唐詩而不及七言，誠欲力矯此弊，倘能由此而精之，因其體而充之，三唐七言具在，固自各能得所宗主矣。至若古體詩，或當別有支派，似非可專取於唐者，請異日細論之。

【校記】

①矜尚：疑『尚』爲『賞』之誤。矜尚，『誇耀』之意，與文意不符。《吕氏春秋·孟冬紀·節喪》：『今世俗大亂之主愈侈其葬，則心非爲乎死者慮也，生者以相矜尚也。』漢高誘注：『以厚葬奢侈相高大。』矜賞，謂『誇贊』『欣賞』，與文意合。唐李延壽《南史·何子平傳》（卷七三）：『蔡興宗

爲會稽太守，甚加矜賞，爲營冢壙。』據後文『當時相矜相賞』判斷，亦當作『矜賞』。

② 余：趙本、油印本作『予』。

③ 卿：趙本後有『等』字。

④ 朝廟：趙本後有『應制』二字。

【注釋】

〔三八〕古今：古體詩與今體詩。今體詩，即格律詩，相對於古體詩而言。因形成於唐代，故稱。亦稱近體詩。唐張籍《酬秘書王丞見寄》：『今體詩中偏出格，常參官裏每同班。』

〔三九〕嚴滄浪：南宋末詩論家、詩人嚴羽。生卒年不詳。字儀卿、丹邱，自號滄浪逋客，世稱嚴滄浪。邵武莒溪（今屬福建省）人。一生未曾出仕，大半隱居家鄉。論詩推重漢魏盛唐，主張詩有別裁、別趣，强調『妙悟』，反對當時以文字、才學、議論爲詩之弊，所著《滄浪詩話》對後世影響極大。《滄浪詩話·詩法》：『律詩難於古詩；絶句難於八句；七言律詩難於五言律詩；五言絶句難於七言絶句。』

〔四〇〕燕、許：唐開元初期文章家張説（六六七—七三〇）、蘇頲（六七〇—七二七）。張封燕國公，蘇襲封許國公，故稱。《新唐書·蘇頲傳》（卷一二五）：『自景龍後，與張説以文章顯，稱望略等，故時號「燕許大手筆」。』二人主張『崇雅黜浮』，爲文力矯陳、隋以來浮靡風氣，講實用，重風骨。又稱『蘇張』。唐元稹《代曲江老人百韻(年十六時作)》:『李杜詩篇敵,蘇張筆力勻。』

〔四一〕少:稍,略。詳見前劉大觀《序》注釋〔一一〕。

〔四二〕選:南朝梁蕭統所編《文選》。參見前注釋〔三二〕『選體』。

〔四三〕『何不謂……耶』:謂唐人祇云『吟成五個字,撚斷數莖鬚』。徐按:今存唐詩中不見二句,懷民當本於明楊慎《升菴詩話》所引。詳見後注釋〔五九〕。

自故明以來,學者非盛唐不言詩,於是乎襲爲渾淪宏闊之貌,〔四四〕飾爲高華典册之詞;〔四五〕至前後『七子』,而其風益盛矣!余讀其詩,貌爲高華,内實鄙陋。其體不外七言律,其題半屬館閣應酬,更可笑者,大半仗『中原』『紫氣』『黄金』『風塵』等字,希圖大聲,〔四六〕宜袁氏兄弟譏明三百年無詩,〔四七〕可存者《挂真兒》《銀柳絲》小令而已。〔四八〕此論誠過當,然盛唐實不易學。前輩謂學『選體』者讀初唐,學盛唐者看中、晚,學唐人者讀宋詩,蓋以初唐之與六朝,永貞、元和之與開、寶,北宋之與五代,時相近,人相接,其心法相授,〔四九〕屢降①而不離②其本,特氣運遞遷,〔五〇〕高者漸低,深者或淺,幽隱者或顯露,渾淪者乃③説破矣!〔五一〕後學徒厭其淺卑顯露,而務爲高深渾淪,是未下學而驟欲上達也。吾謂淺卑者實與人以可近，顯露者正與人以可尋，升其堂不患不入其室，故宋人不可輕也。但宋④自西崑混擾以後⑤，〔五二〕詩體頗難辨，又多染五代之習，流爲尖酸粗鄙，學者未能得其骨格而襲其皮貌，則敗矣。學詩者誠莫如中、晚，中、晚人得盛唐之精髓，無宋人之流弊。又恐晚唐風趨日下，而取晚之近於中者，類爲一家言。〔五三〕雖稱兩派，其實一家耳。學者潛心究覽，久久⑥自入於初、盛，譬由門户而造堂奥也。〔五四〕

【校記】

①降：趙本作『變』。
②離：趙本作『失』。
③乃：劉本作『或』。
④宋：趙本作『宋詩』。
⑤後：趙本作『來』。
⑥久久：趙本、油印本作『久之』。

【注釋】

〔四四〕渾淪：宇宙形成前的混沌狀態。《列子·天瑞》：『太初者，氣之始也；太始者，形之始也；太素者，質之始也。氣、形、質具而未相離，故曰渾淪。渾淪者，言萬物相渾淪而未相離也。』亦借指文藝作品質樸渾厚，自然天成。唐崔令欽《教坊記》：『任智方四女皆善歌，其中二姑子吐納凄惋，收斂渾淪。』

〔四五〕高華：典雅華美。宋胡仔《苕溪漁隱叢話後集·張芸叟》（卷三三）：『杜牧之詩，風調高華，片言不俗。』典册：記載典章制度等的重要書籍。北齊魏收《魏書·禮志三》（卷一〇八之三）：『山陵可依典册，如公卿所議。』亦作『典策』。《左傳·定公四年》：『備物、典策、官司、彝器。』楊伯峻注：『典策謂典籍簡册。』此指典册語言的莊重、精警風格。

〔四六〕大聲：本指高雅的音樂。《莊子·外篇·天地》：『大聲不入於里耳，《折楊》《皇荂》則嗑然而笑。』成玄英疏：『大聲，謂《咸池》《大韶》之樂也，非下里委巷之所聞。』此借指高雅的詩篇。

〔四七〕宜：無怪，難怪。《左傳·文公元年》：『江芈怒曰：「呼！役夫，宜君王之欲殺女而立職也！」』袁氏兄弟：『公安派』領袖『三袁』。詳見前注釋〔二三〕『公安』。明三百年無詩：見後注釋〔四八〕『《挂真兒》《銀柳絲》』所引袁宏道《叙小修詩》。

〔四八〕《挂真兒》《銀柳絲》： 明代俗曲名。袁宏道《與江進之》書：『毛詩《鄭》《衛》等風，古之淫詞媟語也，今人所唱《銀柳絲》《挂針兒》之類，可一字相襲不？』《挂真（針）兒》本爲南曲舊調，宋元南戲《小孫屠》《琵琶記》《殺狗記》等中已用，明時爲南南吕劇套中常用引曲，明蔣孝所編《舊編南九宫譜》列入『南吕引子』。袁宏道《叙小修詩》：『吾謂今之詩文不傳矣。其萬一傳者，或今閭閻婦人孺子所唱《擘破玉》《打草竿》之類，猶是無聞無識真人所作，故多真聲，不效顰於漢、魏，不學步於盛唐，任性而發，尚能通於人之喜怒哀樂、嗜好情欲，是可喜也。』

〔四九〕心法： 佛教語，指經典以外傳授之法。以心相印證，故名。佛教謂一切諸法分爲色法、心法兩種，分别指一切有形的物質、一切无形的精神。唐李華《潤州天鄉寺故大德雲禪師碑》：『自菩提達摩降及大照禪師，七葉相乘，謂之七祖，心法傳示，爲最上乘。』後泛指授受的重要心得和方法。宋朱熹《〈中庸〉章句》：『此篇乃孔門傳授心法，子思恐其久而差也，故筆之於書，以授孟子。』

〔五〇〕特： 衹是。氣運： 指詩歌的審美特質。遞遷： 更易，變化。南朝宋謝靈運《撰征賦》：『怨物華之推驛，慨舟壑之遞遷。』

〔五一〕説破： 將隱含的意思説明白。宋朱熹《与林熙之書》：『比詩，則全以彼物譬喻此物，有多不説破者。』

〔五二〕西崑： 西崑體。宋初的一種詩歌創作風尚（詩體），以《西崑酬唱集》而得名。代表作家爲楊億、劉筠、錢惟演等，作詩宗法李商隱，追求藻飾，堆砌典故，呈現整飭、典麗的藝術特徵，但思想内容貧乏，缺乏真情實感。歐陽修《六一詩話》：『蓋自楊、劉唱和，《西崑集》行，後進學者争效之，風雅一變，謂之「崑體」。』

〔五三〕類：　歸類。明高攀龍《崇正學辟異説疏》：『自漢儒以下取其同，而删其異，别以諸儒之書，類爲性理全書，同頒布天下。』言：　言辭。借指詩歌、歌辭。南朝宋鮑照《代東武吟》：『主人且勿諠，賤子歌一言。』

〔五四〕堂奥：　廳堂和内室。宋洪邁《夷堅丙志・九聖奇鬼》：『十六人復集，自設供張，變堂奥爲廣庭，幄帟皆錦繡，器用皆金玉。』亦喻習者所要通曉的事理精髓。北齊魏收《魏書・徐遵明傳》（卷八四）：『鑽經緯之微言，研聖賢之妙旨，莫不入其門户，踐其堂奥，信以稱大儒於海内。』奥，室的西南隅。《儀禮・少牢饋食禮》：『司宫筵於奥，祝設几於筵上，右之。』鄭玄注：『室中西南隅謂之奥。』

予①家藏書不多，耳目所接，積之既久，以私意潛究，有似淵源可尋，然尚不敢自信。後得龔半千《中晚唐詩紀》，〔五五〕間載原本傳序，據所稱張、賈弟子，頗與鄙見相合。又檢明楊升菴詩話，〔五六〕言晚唐之詩分爲二派，一派學張籍，一派學賈島，詩皆五言律。鄙意竊喜，古人已有定論，用修諒非無據。〔五七〕但用修又云，其體『起結皆平平。前聯俗語十字，一串帶過；後聯謂之「頸聯」，極其用工。又忌用事，謂之「點鬼簿」，〔五八〕惟搜眼前景而深刻思之，所謂「吟成五個字，撚斷數莖鬚」也。〔五九〕余嘗笑之，彼②視詩道也狹矣！〔六〇〕「三百篇」皆民間士女所作，何嘗撚鬚？今不讀古③而徒事苦吟，撚斷筋④骨亦何益哉！『『真處禪之蝨也！〔六一〕』據用修此論，直是粗心浮氣耳，雖聞二派之名目，實未睹二派之實也。『「三百篇」，民間士女不曾撚鬚作詩，亦曾切合平仄、較量聲律乎？且如文公多才，演成《雅》《頌》。〔六二〕其《國風》所陳，不盡出文人，凡變風淫辭⑤，悉可尤而效之乎？〔六三〕杜工部詩苦⑥致瘦，〔六四〕孟浩然眉毛盡脱，王右丞走入醋甕，〔六五〕是皆盛唐大家，用修所心慕者，且謂獨不撚鬚乎？〔六六〕至謂其『起結平平』，將何者方謂⑦不平？渠自不平，〔六七〕用修未見耳。其云『前聯俗語十字，一串帶過』，此正中、晚善學初、盛處。初、盛人平舉板對而氣自流動，總提渾括而意⑧無不包，降格而下，力量不及，則不敢妄襲其貌，於是化平板而爲流走，變深渾而爲淺顯，乍看似甚易能，細按始驚難到；要其體會物理，〔六八〕發揮人情，實能得初、盛人内裏至詣。最可怪者，中、晚人皆意三四，至後聯往往帶過，雖琢對精工，意不在此。用修不暇致詳，而顛倒説來，真負古人苦心。至若詩之用事，審其可用則用之，非主於不用，亦非主於用。陸士衡云：徵實難工，翻空易巧。〔六九〕《詩品》云：『「清晨登隴首」，羌無故實；〔七〇〕「明月照積雪」，詎出經史？〔七一〕觀古今勝語，多非補假，〔七二〕皆由直尋。〔七三〕』此皆閲歷有得之言也。中、晚人惟知力量不逮初、盛，深恐用事則意爲所用，反成疵累；而或意之必須借事以發者，然後用之，用則其事不必從乎其舊，而翻新之；又或其事不必與吾詩相符而巧合之，其中神妙又自難言。若止如後人之用事，徒事誇多鬪靡，即極切合妥當，豈免爲『點鬼簿』哉？天地間文章，衹在當前搜得出便成至文。鍾記室曰：〔七四〕『「思君如流水」，〔七五〕既是即目；「高臺多悲風」，〔七六〕亦唯所見。』梅宛陵曰：發難顯之情於當前，留不盡之意於言外。〔七七〕二語⑨實盡古今詩法。必如用修言，是驅天下人盡爲牛鬼蛇神而後快，〔七八〕恐詩道不如此也。且用修之詩，務闊落而乏静細，〔七九〕矜才麗而欠真切，彼固詡詡以盛唐自命，豈知五霸三王之罪人也！〔八〇〕究何曾細心味乎張、賈两派之妙？徒見清真瘦削，非九天閶闔規模，〔八一〕便存一卑視之心，吾恐晚唐人筋骨不失仙人清羸，而用修實遭肨⑩肛之困也，〔八二〕自處於褌而不知，尚暇譏人爲蝨耶？〔八三〕

【校記】

① 予：趙本作『余』。
② 彼：升菴作『彼之』。
③ 古：升菴作『書』。徐按：升菴是。

④筋：升菴作『肋』。

⑤辭：趙本作『詞』。

⑥苦：趙本作『工』。

⑦謂：趙本作『爲』。

⑧意：趙本作『義』。

⑨語：趙本作『句』。

⑩降：底本、劉本、李本皆作『降』，據趙本改。古代典籍唯見『胮肛』而未有『降肛』。

【注釋】

〔五五〕龔半千：龔賢（一六一八？——一六八九）。明末清初畫家。又名豈賢，字半千，號野遺、半畝、柴丈人等。昆山人（今屬江蘇），寓居金陵（今南京市），與同時活躍於金陵地區的畫家樊圻、高岑、鄒喆、胡慥、葉欣、吴宏、謝蓀并稱『金陵八家』，居八家之首。工詩文，著有《香草堂集》。《中晚唐詩紀》：中晚唐詩人詩集。龔賢搜輯勘刻。現存六十二種，其中『行本』（通行本）、『秘本』（稀見本）各三十一種。周亮工《讀畫録·龔半千》（卷二）：『酷嗜中晚唐詩，搜羅百餘家，中多人未見本。曾刻廿家於廣陵，惜乎無力全梓，至今珍什笥中。古人慧命所係，半千真中晚之功臣也。』龔賢《〈中晚唐詩紀〉僑立姓氏説》：『《古詩紀》，漢魏六朝也。《唐詩紀》，有初、盛而無中、晚，以中、晚篇帙浩繁，難於裒集。人有斯志，未見成書。今遇一家余便刻一家，利於寒士購買……分行本、秘本二種。……今計新舊友人出資助刻六十餘家……較之初、盛多寡，余約略計之，奚啻十倍，其去廿一史無幾。今凡大家、名家，世有善本者，或刻或緩刻。此後，唯一意搜括隱僻，隨得隨刊。』

〔五六〕楊升菴：楊慎（一四八八—一五五九）。明文學家。字用修，號升菴。四川新都（今成都市新都區）人。正德進士，授翰林院修撰。世宗繼位，任經筵講官，後以直言極諫謫戍雲南永昌衛（今雲南保山）。詩、文、詞、散曲兼善，重視民間文學。其詩雖不專主盛唐，仍有擬古傾向；貶謫後，多感憤之作。著述豐富，達百餘種，推爲明代之首。

〔五七〕用修：楊慎之字。諒：確實，委實。漢鄭玄《詩譜序》：『詩之興也，諒不於上皇之世。』孔穎達疏：『上皇謂伏犧，三皇之最先者，故謂之上皇。鄭知於時信無詩者。』

〔五八〕用事：引用典故。唐李延壽《南史·任昉傳》（卷五九）：『晚節轉好著詩，欲以傾沈，用事過多，屬辭不得流便。』宋周密《齊東野語·詩用事》（卷六）：『天下書雖不可不讀，然慎不可有意於用事。』點鬼簿：譏刺詩文濫用古人姓名或堆砌故實。唐張鷟《朝野僉載》（卷六）：『時楊（炯）之爲文，好以古人姓名連用，如「張平子之略談，陸士衡之所記」「潘安仁宜其陋矣，仲長統何足知之」，號爲「點鬼簿」。』

〔五九〕『吟成』二句：今存唐詩中不見，或楊慎錯串唐人相關詩句所致。如盧延讓《苦吟》：『吟安一個字，撚斷數莖鬚。』（見後蜀何光遠《鑒誡録》卷五『容易格』條、宋祝穆《古今事文類聚·別集》卷一〇、宋計有功《唐詩紀事·盧延讓》卷六五、《全唐詩·盧延讓》卷七一五等。又，『吟安一個字』，宋阮閲《詩話總龜前集·評論門四》卷八引《談苑》、宋胡仔《漁隱叢話·前集·杜少陵三》卷八引《蔡寬夫詩話》等，均作『吟成一個字』。）方干《貽錢塘縣路明府（一作感懷）》：『吟成五字句，用破一生心。』（見宋葛立方《韵語陽秋》卷二、宋計有功《唐詩紀事·方干》卷六三、元方回《瀛奎律髓·寄贈類》卷四二、明嘉靖刊本《玄英集》卷一、《全唐詩·方干》卷六四八等。又，『吟成五字句』，唐孫光憲《北夢瑣言》卷七『韋杜氣概』條作『祇將五字句』并署名李頻，宋吴曾《能改齋漫録·記詩》卷一一『程正叔不欲爲閑言語』條作『吟成五個字』；『用破一生心』，後蜀何光遠《鑒誡録》卷八『屈名儒』條作『使破一生心』。）

〔六〇〕詩道：作詩規則及主張、方法等。唐皎然《詩式·重意詩例》：『若遇高手如康樂公覽而察之，但見情性，不睹文字，蓋詩道之極也。』

〔六一〕處褌之蝨：比喻眼界、見識狹隘却自以爲是的人。語出唐房玄齡等《晋書·阮籍傳》（卷四九）：『獨不見群蝨之處褌中，逃乎深縫，匿乎壞絮，自以爲吉宅也。』褌，滿襠褲。

〔六二〕且如：就像。唐杜甫《兵車行》：『且如今年冬，未休關西卒。』文公：周公旦。謚『文公』。漢鄭玄《詩譜序》：『周公封魯，死謚曰文公。』相傳《頌》聲興於周公。《詩譜序》：『及成王，周公致太平，制禮作樂，而有《頌》聲興焉，盛之至也。』孔穎達疏：『《正義》曰：時當成王，功由周公，故《譜》説成王之詩，皆并舉周公爲文。』演成《雅》《頌》：創作《雅》詩、《頌》詩。《國語·周語中》：『周文公之詩曰：「兄弟鬩於墻，外禦其侮。」』韋昭注：『文公之詩者，周公旦之所作《常棣》之詩是也。』《常棣》，屬於《小雅》。《國語·周語上》：『周文公之頌曰：「載戢干戈，載櫜弓矢。……」』韋昭注：『頌，《時邁》之詩也。武王既伐紂，周公爲作此詩。巡守告祭之樂歌也。』《時邁》，屬於《周頌》。徐按：懷民舉周公旦之例，意在反駁楊慎所謂『「三百篇」皆民間士女所作』。

〔六三〕變風：《詩·國風》中作於周王朝衰落時期的作品。與周王朝興盛時期的『正風』相對。《詩大序》：『至於王道衰，禮義廢，政教失，國異政，家殊俗，而變風、變雅作矣。』清馬瑞辰《毛詩傳箋通釋·風雅正變説》（卷一）：『風專以化下爲正。……變化下之名爲刺上之什，變乎風之正體，是謂變風。』唐陸德明以爲指《邶風》至《豳風》等十三國作品（《詩·邶風·柏舟詁訓傳》題解）。尤而效之：明知其錯誤却倣效之。《左傳·僖公二十四年》：『尤而效之，罪又甚焉。』尤，認爲錯，責備。

〔六四〕詩苦致瘦：出自李白《戲贈杜甫》『飯顆山頭逢杜甫，頂戴笠子日卓午。借問别來太瘦生，總爲從前作詩苦』。

〔六五〕『孟浩然眉毛』二句：出自《詩源指訣》。後唐馮贄《雲仙雜記》卷二『苦吟』條引此書云：『孟浩然眉毫（一作「毛」）盡落，裴祐袖手衣袖至穿，王維至走入醋甕，皆苦吟者也。』王右丞，王維。因官至尚書右丞，故稱。

〔六六〕獨：豈，難道。《禮記·樂記》：『且女獨未聞牧野之語乎？』

〔六七〕渠：他，它。《三國志·吴書·趙達傳》（卷六三）：『滕如期往，至乃陽求索書，驚言失之，云：「女婿昨來，必是渠所竊。」』唐寒山《詩》之六三：『蚊子叮鐵牛，無渠下嘴處。』

〔六八〕物理：物態與情理。唐高仲武《中興間氣集·張南史》：『張君奕棋者，中歲感激……稍入詩境。如「已被秋風教憶鱠，更聞寒雨勸飛觴」，可謂物理俱美，情致兼深也。』

〔六九〕陸士衡：陸機（二六一—三〇三）。西晉文學家。字士衡，吴郡華亭（今上海松江）人。太康末，與弟陸雲入洛，得張華賞識，名動一時，世稱『二陸』。晉時官至河北大都督。其詩形式華美，技巧純熟，多擬古之作。所著《文賦》是中國古代重要的文學理論著作。『徵實難工』二句：今存陸機集中不見，當爲南朝梁劉勰語。劉勰《文心雕龍·神思》：『意翻空而易奇，言徵實而難巧也。』

〔七〇〕『清晨』句：晉張華詩句。唐虞世南《北堂書鈔·地理部一》（卷一五七）『隴八』條：『清晨登隴。』明陳禹謨註：『張華詩云：「清晨登隴首，坎壈行山難。」』羌：句首語助詞。戰國屈原《離騷》：『羌内恕己以量人兮，各興心而嫉妬。』故實：典故。

〔七一〕『明月』句：南朝宋謝靈運《歲暮》詩句。全詩云：『殷憂不能寐，苦此夜難頹。明月照積雪，朔風勁且哀。運往無淹物，年逝覺已催。』詎：豈，難道。

〔七二〕補假：補綴，假借。謂借典故以增文采。許文雨《鍾嶸〈詩品〉講疏》注：『案文資事義者謂之補假。』

〔七三〕直尋：鍾嶸《詩品》關於文學創作與審美的核心思想。許文雨《鍾嶸〈詩品〉講疏》：『直尋之義，在即景會心，自然靈妙，實即禪家所謂「現量」是也。』張少康主編《中國文學理論批評發展史》：『直尋是指用直接可感的形象來描繪詩人有感於外界事物所激起的感情，他并不排斥創作中理性的參與，但必須以直接可感的形象爲主體，使之作用於接受者的感官，進而感染、震撼其心靈。』

〔七四〕鍾記室：南朝梁文學批評家鍾嶸。曾官記室，故稱。詳見前注釋〔二六〕『鍾氏』。

〔七五〕『思君』句：三國魏徐幹《雜詩》（一作《室思》）詩句。全詩云：『浮雲何洋洋，願因通我辭。飄颻不可寄，徙倚徒相思。人離皆復會，君獨無返期。自君之出矣，明鏡暗不治。思君如流水，何有窮已時。』

〔七六〕『高臺』句：三國魏曹植《雜詩》詩句。全詩云：『高臺多悲風，朝日照北林。之子在萬里，江湖迥且深。方舟安可極，離思故難任。孤雁飛南游，過庭長哀吟。翹思慕遠人，願欲托遺音。形景忽不見，翩翩傷我心。』

〔七七〕梅宛陵：梅堯臣（一〇〇二—一〇六〇）。北宋詩人。字聖俞，宣城（今安徽宣州市）人。宣城古名宛陵，故世稱梅宛陵。一生仕途坎坷，知命之後賜進士出身，授國子監直講，官至都官員外郎。論詩注重内容，提倡寫實，强調興寄，對宋初以來靡麗文風表示不滿。詩作現實性强，風格平淡，但有時不免顯得板滯，對宋代詩風的轉變影響很大。『發難顯』二句：今存梅堯臣集中不見，當出自歐陽修《六一詩話》。該著引梅堯臣語：『狀難寫之景，如在目前；含不盡之意，見於言外。』徐按：本書懷民所謂『發難顯』不僅指『狀難寫之景』，有時也指『發難顯之情（理）』。

〔七八〕牛鬼蛇神：牛首之鬼和蛇身之神。形容作品虚幻、怪誕。亦喻虚幻、怪誕作品。唐杜牧《〈李賀集〉序》：『鯨呿鼇擲，牛鬼蛇神，不足爲其虚荒誕幻也。』明宋濂《〈徐教授文集〉序》：『是故揚沙走石，飄忽奔放者非文也；牛鬼蛇神，佹誕不經而弗能宣通者非文也。』

〔七九〕闊落：闊大而稀疏。宋蘇軾《次韵子由論書》：『書成輒棄去，謬被旁人裹。體勢本闊落，結束入細麽。』

〔八〇〕五霸三王之罪人：語出《孟子·告子》。『孟子曰：「五霸者，三王之罪人也；今之諸侯，五霸之罪人也；今之大夫，今之諸侯之罪人也。天子適諸侯曰巡狩，諸侯朝於天子曰述職。春省耕而補不足，秋省斂而助不給。入其疆，土地辟，田野治，養老尊賢，俊杰在位，則有慶，慶以地。入其疆，土地荒蕪，遺老失賢，掊克在位，則有讓。一不朝，則貶其爵；再不朝，則削其地；三不朝，則六師移之。是故天子討而不伐，諸侯伐而不討。五霸者，摟諸侯以伐諸侯者也。故曰：五霸者，三王之罪人也。」』孟子依據儒家禮制，認爲諸侯有罪，須有天子之命方能征伐，而五霸不待天子之命，擅自挾持諸侯以征伐，踐踏『三王』之禮。故稱『五霸』爲『三王』之罪人。此謂楊慎有違『盛唐』詩道，實乃詩之『罪人』。五霸，所指説法不一，或曰夏昆吾，殷大彭、豕韋，周齊桓公、晋文公；或曰春秋齊桓公、晋文公、宋襄公、楚莊公、秦繆公；或曰春秋齊桓公、晋文公、楚莊王、吴王闔閭、越王句踐；或曰春秋齊桓公、宋襄公、晋文公、秦穆公、吴王夫差。三王，指夏、商、周三代之君。具體所指説法不一，或曰夏禹、商湯、周武王，或曰夏禹、商湯、周文王，或曰商湯、周文王、周武王。

〔八一〕九天閶闔：皇宫宫門。語出唐王維《和賈舍人早朝大明宫之作》：『九天閶闔開宫殿，萬國衣冠拜冕旒。』九天，天之最高處。《淮南子・天文訓》：『天有九重。』因以指人間『高處』的皇宫。唐李益《漢宫少年行》：『暗聞弦管九天上，宫漏沉沉清吹繁。』閶闔，傳説中的天門。戰國屈原《離騷》：『吾令帝閽開關兮，倚閶闔而望予。』王逸注：『閶闔，天門也。』因以指宫門。《後漢書・寇榮傳》（卷一六）：『閶闔九重，陷穽步設，舉趾觸罘罝，動行絓羅網，無緣至萬乘之前。』

〔八二〕胮肛：臃腫，肥大。梁顧野王《玉篇・肉部》（卷七）『胮』字：『胮肛，脹大貌。』唐韓愈《病中贈張十八》：『連日挾所有，形軀頓胮肛。』

〔八三〕暇：須，要。唐李嶠《梅》：『若能遥止渴，何暇泛瓊漿？』

吾鄉阮亭先生，〔八四〕爲詩不能盡脱時蹊，其論『俗』字甚精。即如老杜，詩中之聖，阮翁指稱其『緑垂風折筍，紅綻雨肥梅』等句爲俗；〔八五〕明高季迪《梅花詩》，〔八六〕三百年無異辭，阮翁謂其『雪滿山中高士卧，月明林下美人來』爲真俗：是真巨論也。按工部以『垂』字形容風竹，以『綻』字刻繪①雨梅，時人所謂『工於匠物』也；〔八七〕季迪以『高士』方梅之品，〔八八〕以『美人』比梅之質，又時人所謂『妙於品梅』也——而阮翁總斷曰『俗』，彼豈好翻案哉？良謂詩之忌『俗』，猶詩之貴『清』，在②神骨而不在皮膚。果其不俗，雖亂頭粗服，無礙其爲美女；而苟俗也，即荷衣蕙帶，〔八九〕終不得謂之仙人。世之論者，不及見此，而誤以『元輕白俗』（按四字東坡亦帶言甚輕，非如今人所論。）之『俗』爲俗。〔九〇〕樂天爲詩，八十老嫗亦解，〔九一〕彼固好以俗情入詩者，而曰：『十首秦吟近正聲。』〔九二〕是則大不俗矣。陶元亮曰：『相見無雜言，但道桑麻長。』〔九三〕王摩詰曰：『五帝與三王，古來稱天子。』〔九四〕宛肖不讀書人口吻，是俱謂之俗乎？俗在骨不在貌，俗關性情不關語句。王鳳洲謂擬騷賦不可使不讀書人一見便曉，〔九五〕此等見識，正萬俗之源也。後世人大半爲此等論所誤，故爲辨『俗』如此。

【校記】

① 繪：趙本作『劃』。

② 在：趙本前有『所係』二字。

【注釋】

〔八四〕阮亭：王士禎（一六三四—一七一一）。清代學者、文學家。本名士禛，字貽上，號阮亭，又號漁洋山人，人稱王漁洋。新城（今山東淄博市桓臺縣）人。詩與朱彝尊并稱，繼錢謙益而爲康熙詩壇盟主。論詩創『神韵』説。中年以後詩風轉爲蒼勁，尤工七絶，但未能脱盡明『七子』摹古餘習。著有《帶經堂全集》。

〔八五〕『緑垂』二句：杜甫《陪鄭廣文游何將軍山林十首》其五詩句。詩云：『賸水滄江破，殘山碣石開。緑垂風折筍，紅綻雨肥梅。銀甲彈箏用，金魚换酒來。興移無灑掃，隨意坐莓苔。』

〔八六〕高季迪：高啓（一三三六—一三七四）。明初文学家。字季迪，長洲（今江蘇蘇州）人。元末隱居吴淞江之青丘，自號青丘子。博學工詩，與楊基、張羽、徐賁號稱『吴中四杰』。洪武初受詔參修《元史》，授翰林院編修；三年（一三七〇），擢户部右侍郎，不就，返青丘授徒自給；後因蘇州知府魏觀案被腰斬。其詩兼師衆長，雄健清逸，富有才情。反映人民生活的作品，質樸真切，富有生活氣息。有詩集《高太史大全集》、文集《鳧藻集》等。

〔八七〕匠物：描繪事物，創造意境。匠，刻畫，描繪。宋林逋《西湖》：『混元神巧本無形，匠出西湖作畫屏。』

〔八八〕方：比喻。《禮記·檀弓上》：『服勤至死，方喪三年。』孔穎達疏：『方，謂比方也。有比方父喪禮以喪君。』

〔八九〕荷衣蕙帶：神仙所服衣裳。語出屈原《楚辭·九歌·少司命》：『荷衣兮蕙帶，儵而來兮忽而逝。』荷衣，荷葉製成的衣裳。屈原《離騷》：『製芰荷以爲衣兮，集芙蓉以爲裳。』蕙帶，以香草作的佩帶。

〔九〇〕元輕白俗：謂元稹詩風輕佻，白居易詩風俚俗。語出宋蘇軾《祭柳子玉文》：『猗歟子玉，南國之秀。……獨以詩鳴，天錫雄咮。元輕白俗，郊寒島瘦。嘹然一吟，衆作卑陋。』宋張表臣《珊瑚鉤詩話》（卷一）：『（詩）以氣韵清高深眇者絶，以格力雅健雄豪者勝。元輕白俗，郊寒島瘦，皆其病也。』帶言：連帶言之，順帶提及。《孟子·萬章下》宋孫奭疏：『然以孟子於此乃言娶妻之謂者，蓋妻亦臣之喻，故因言爲仕，而帶言之也。』

〔九一〕老嫗亦解：謂白居易詩作追求通俗。宋惠洪《冷齋夜話》（卷一）『老嫗解詩』條：『白樂天每作詩，令一老嫗解之。問曰「解否？」嫗曰解，則録之；不解，則易之。故唐末之詩近於鄙俚。』

〔九二〕『十首秦吟』句：白居易《編集拙詩成一十五卷因題卷末戲贈元九李二十》詩句。全詩云：『一篇長恨有風情，十首秦吟近正聲。每被老元偷格律，苦教短李伏歌行。世間富貴應無分，身後文章合有名。莫怪氣粗言語大，新排十五卷詩成。』長恨，《長恨歌》。秦吟，《秦中吟十首》。

〔九三〕陶元亮：陶淵明(三六五—四二七)。晉宋時期詩人。一名潛，字元亮，號五柳先生，世稱靖節先生。潯陽柴桑(今江西九江)人。其田園詩感情真摯，意境高遠，樸素自然，對後世影響深遠。『相見』二句：陶淵明《歸田園居五首》其二詩句。全詩云：『野外罕人事，窮巷寡輪鞅。白日掩荆扉，虚室絶塵想。時復墟曲中，披草共來往。相見無雜言，但道桑麻長。桑麻日已長，我土日已廣。常恐霜霰至，零落同草莽。』

〔九四〕王摩詰：王維(七〇一—七六一)。字摩詰，河東蒲州(今山西運城)人，祖籍太原祁(今山西祁縣)。官至尚書右丞，世稱『王右丞』。盛唐山水田園詩派代表作家，與孟浩然并稱『王孟』。蘇軾曾評曰：『觀摩詰之詩，詩中有畫；观摩詰之畫，畫中有詩。』『五帝』二句：王維《偶然作六首》其二詩句。詩云：『田舍有老翁，垂白衡門裏。……五帝與三王，古來稱天子。干戈將揖讓，畢竟何者是。得意苟爲樂，野田安足鄙。且當放懷去，行行没餘齒。』

〔九五〕王鳳洲：王世貞。明代文學家。生平見前注釋〔三七〕。其《藝苑卮言》(卷一)：『擬騷賦，勿令不讀書人便竟。騷，覽之須令人裴回循咀，且感且疑；再反之，沉吟歔欷；又三復之，涕泪俱下，情事欲絶。賦，覽之初如張樂洞庭，褰帷錦官，耳目揺眩；已徐閲之，如文錦千尺，絲理秩然；歌亂甫畢，肅然斂容；掩卷之餘，徬徨追賞。』

『張王』固以樂府名，然惟後人衹知其樂府耳。當時謂之『元和體』，甯單指樂府哉？且水部自標律格，〔九六〕其近體固當與樂府并重，後人乃謂鴻鵠之腹毳，〔九七〕直目論耳。〔九八〕《紀事》稱賈島『變格入僻，以矯艷於「元白」』，〔九九〕『元白』誠無可矯，遂啓後人妄訾，乃謂『元白』『郊島』總病一『俗』字：『元白』譬若袒裼裸裎，〔一〇〇〕『郊島』等之囚首垢面。無論所譬不當，〔一〇一〕即如其言，亦非俗也。吾故云今人錯認『俗』字。但『元白』、劉夢得，恐學者利其省事，流爲率易；〔一〇二〕貞曜無近體；〔一〇三〕吏部衹能古作：〔一〇四〕故皆不録。

【注釋】

〔九六〕自標律格：謂張籍自稱格律詩過人。張籍《酬秘書王丞見寄》：『今體詩中偏出格，常參官裏每同班。』出格，謂與衆不同、超乎尋常。律格，格律詩。

〔九七〕乃：却。鴻鵠之腹毳：清賀裳語。謂張籍之律詩，無關其詩歌成就與詩名。賀裳《載酒園詩話又編》『張籍王建』條：『司業律詩以淺淡而妙，然實鴻鵠之腹毳也。』毳，鳥獸的細毛。漢劉向《説苑・尊賢》（卷八）：『（鴻鵠）背上之毛，腹下之毳，無尺寸之數，去之滿把，飛不能爲之益卑，益之滿把，飛不能爲之益高。』

〔九八〕直：衹不過。《孟子・梁惠王下》：『寡人非能好先王之樂也，直好世俗之樂耳。』目論：膚淺、狹隘的見解。南朝齊王中《頭陀寺碑文》：『順非辯僞者，比微言於目論。』張銑注：『比微妙之聖言於目前狹論也。』（《文選・碑文》卷五九）

〔九九〕《紀事》：宋計有功《唐詩紀事》。詳見前注釋〔一一〕『計敏夫』。《唐詩紀事・賈島》（卷四〇）：『字浪仙，范陽人。初爲浮屠，名無本。能詩，獨變格入僻，以矯浮艷於「元白」。』

〔一〇〇〕袒裼：亦作『襢裼』。脱去上衣，裸露肢體。《詩・鄭風・大叔於田》：『襢裼暴虎，獻於公所。』毛傳：『襢裼，肉袒也。』陸德明釋文：『襢，本又作「袒」。』裸裎：赤身裸體。《孟子・公孫丑上》：『爾爲爾，我爲我，雖袒裼裸裎於我側，爾焉能浼我哉？』裎，裸露。《説文解字》：『裎，袒也。』

〔一〇一〕無論：且不説。晋陶淵明《桃花源記》：『問今是何世，乃不知有漢，無論魏晋。』

〔一〇二〕利：喜好。晋左思《嬌女詩》：『握筆利彤管，篆刻未期益。』率易：率直平易。明方孝孺《答陳元采》：『公輔銘雖傷率易，然不害爲好也。』

〔一〇三〕貞曜：孟郊謚號。宋歐陽修等《新唐書・孟郊傳》（卷一七六）：『卒，年六十四。張籍謚曰貞曜先生。』

〔一〇四〕吏部：指韓愈（七六八—八二四）。唐代文學家，唐宋古文『八大家』之一。字退之，河陽（今河南孟縣）人。自稱郡望昌黎，人稱『韓昌黎』。貞元八年（七九二）進士及第。歷官監察御史、都官員外郎、史館修撰、中書舍人等，其間兩度被貶嶺南。晚年官至吏部侍郎，卒謚

『文』，故世稱『韓吏部』、『韓文公』。古作：　古體詩。

鍾記室《詩品》詳推漢、魏、晋人之詩，而定其源所從出，别爲上、中、下三品，遂資後人口實。余按所品，亦實有未允者。〔一〇五〕然記室亦特就詩論詩，明其體格相近，〔一〇六〕非真見其一脉相①傳也。至所論『陳思爲建安之杰，公幹、仲宣爲輔；陸機爲太康之英，安仁、景陽爲輔』，②〔一〇七〕又曰『孔門如用詩，〔一〇八〕則公幹升堂，陳思入室，潘、陸諸子自可坐於廊廡間矣』，此誠千古不刊之定論，〔一〇九〕即起諸賢而問之，亦應首肯。况余選③《主客圖》，初非敢如記室之尚論其淵源所自俱有明徵，〔一一〇〕特④效哀輯焉耳。〔一一一〕至圖中所列及門，不無斷以己意，要皆會昌以後人；又據升菴晚唐兩派之説，即有不盡然者，或亦⑤非古人所深罪也。〔一一二〕（耳目不廣，姑就所見引列，其有遺賢，後當補入。）

【校記】

①相：　趙本作『之』。

②趙本此後有『謝客爲元嘉之雄，顔延年爲輔』兩句。

③選：　趙本作『撰』。

④ 特：　趙本作『持』。

⑤ 亦：　趙本無此字。

【注釋】

〔一〇五〕未允：　不得當，不公正。北齊魏收《魏書·荀頽傳》（卷四四）：『頽方正好直言，雖文明太后生殺不允，頽亦言至懇切，未曾阿諛。』

〔一〇六〕體格：　指詩歌藝術風格。詳見前注釋〔一六〕。

〔一〇七〕陳思：　曹植（一九二—二三二）。因封陳王，卒謚思，世稱『陳思王』。公幹：　劉楨（？—二一七）。建安七子之一，字公幹。仲宣：　王粲（一七七—二一七）。建安七子之一，字仲宣。陸機：　見前注釋〔六九〕『陸士衡』。安仁：　潘岳（二四七—三〇〇）。西晋文學家。字安仁。景陽：　張協（？—三〇七？）。西晋文學家，字景陽。

〔一〇八〕孔門如用詩：　見前注釋〔二六〕『孔門用詩』。

〔一〇九〕不刊：　不容更易和改變。漢劉歆《答揚雄書》：『是縣諸日月，不刊之書也。』古代文書書於竹簡，有誤即削除，謂之刊。

〔一一〇〕尚論：　向上追論。《孟子·萬章下》：『以友天下之善士爲未足，又尚論古之人，頌其詩，讀其書。』明徵：　明確的證據。

〔一一一〕特：衹是。裒輯：收集輯録。宋陳振孫《直齋書録解題·别集類上》（卷一六）『劉賓客集三十卷外集十卷』條：『常山宋次道裒輯其遺文，得詩四百七篇、雜文二十二篇，爲外集。』參見前劉大觀《序》注釋〔五〕『裒録』。

〔一一二〕罪：責備。唐柳宗元《答吴武陵論非國語書》：『其不知言而罪我者，吾不有也。』

自《記①事》定爲初、盛、中、晚之目，〔一一三〕學者遵之。劉隨州，開元進士，而派入中唐；〔一一四〕馬戴與賈長江、姚武功同時，而别爲晚唐，〔一一五〕是蓋以詩爲升降也。然朱慶餘格律如水部，而不免爲晚唐；〔一一六〕僧清塞僻澀如李洞，而無礙其爲中唐，〔一一七〕亦似有不可盡憑者。余但因其體格之相近者，〔一一八〕次爲先後，并時代亦不拘，實非敢妄爲等殺，〔一一九〕觀者幸勿泥執。

【校記】

①記：趙本作『紀』。徐按：作『紀』是。

【注釋】

〔一一三〕記事：據前文所謂『紀事』可知，當指宋計有功《唐詩紀事》，然《唐詩紀事》未分『初、盛、中、晚』。徐按：據『定爲初、盛、中、晚之目』推斷，疑指明黄德水、吴琯等所輯《唐詩紀》(唯編成初、盛唐詩)與龔賢所輯《中晚唐詩紀》。

〔一一四〕劉隨州：劉長卿(？—七九〇？)。唐詩人。字文房。宣州(今屬安徽宣城)人，一説河間(今屬河北)人。早歲居洛陽；天寶進士，釋褐長洲尉；至德中攝海鹽令，因事下獄，貶南巴；大曆中任轉運使判官，擢鄂岳轉運留後，被誣再貶睦州司馬；建中間，官終隨州刺史，世稱『劉隨州』。『大曆詩風』的主要代表。平生致力於近體，主攻五律，自稱『五言長城』。與錢起并稱『錢劉』。有《劉隨州集》。

〔一一五〕馬戴：生平見本書卷下《馬戴傳》。姚武功：姚合。曾任武功主簿，故稱。生平見本書卷上《姚合傳》。

〔一一六〕朱慶餘：生平見本書卷上《朱慶餘傳》。水部：張籍。曾官水部員外郎，故稱。生平詳見本書卷上《張籍傳》。

〔一一七〕清塞：周賀之法名。生平見本書卷下《周賀傳》。李洞：生平見本書卷下《李洞傳》。

〔一一八〕體格：指詩歌藝術風格。詳見前注釋〔一六〕。

〔一一九〕等殺：　等次，等差。宋蘇舜欽《東京寶相禪院新建大悲殿記》：『宮室服用必有度，上下等殺各安其分限，而無流暴之患，此三代之所以爲盛也。』

宋儒之理，誠不可爲詩，而詩人實不能離。〔一二〇〕其言書情，即正心之學也；〔一二一〕（發乎情，必止乎禮義。〔一二二〕）其言匠物，即格物之學也。〔一二三〕故其詩曰：『君吟三十載，辛苦必能官。』〔一二四〕特唐時儒教不純，或雜佛、老。然王仲初曰：『君子抱仁義，不懼天地傾。』〔一二五〕固已①知孔氏之教矣②。李太白思復雅樂，〔一二六〕杜工部自比稷、契，〔一二七〕『元白』、『張王』、韓文公、孟夫子各出其讜言正論以維持世教，〔一二八〕是知唐詩雖小道，實與『三百』之義相通。但其間遇有隆替，〔一二九〕才有大小，其升之廟廊③而恢其才，〔一三〇〕則爲樂府，爲雅、頌；非然，即一室嘯呼而約其才，〔一三一〕爲苦吟，爲孤索。〔一三二〕要皆各得性情之正，而不流爲淫哇。〔一三三〕唐之盛也，道德渾於意中，和樂浮於言外；及其衰也，氣節形於激烈，名義著爲辨說，而凡李義山、段成式、温飛卿、韓致光等，淫詞艷語，不足以淆之。故余定中、晚以後人物，有似於孔門之狂、狷。〔一三四〕韓退之、盧仝、劉乂、白樂天，狂之流也；孟東野、賈島、李翺、張水部，狷之流也。後世人不識，或指其言爲俗劣，爲粗鄙，爲直率，爲妄誕。嗚乎！是皆浮沉世故、居心不正者，徒以香情麗質爲雅耳！古人固已先知之，乃曰：『今時出古言，在衆翻爲訛。』〔一三五〕又曰：『所得非衆語，衆人那得知？』〔一三六〕彼固衆人，安得不以衆人之見爲見耶？吾定《主客圖》，竊見張、賈門下諸賢，〔一三七〕微論其才識高遠，〔一三八〕要之，氣骨稜稜，〔一三九〕俱有不可一世、壁立萬仞之概。夫是以與時鑿枘④，〔一四〇〕坎坷多而遭遇難。然司空圖不事朱温，〔一四一〕顧非熊高隱茅山，〔一四二〕馬虞臣⑤以正言被斥，〔一四三〕劉得仁以違時不第，〔一四四〕此皆孔氏之所收也。〔一四五〕其餘諸子不能枚舉，間有行事無考者，〔一四六〕其言存，可按而知之。願世之觀吾《主客圖》者，先求爲古之豪杰，舉凡世俗逢迎、諂佞、慳吝、鄙嗇、齷齪種種之見，〔一四七〕一洗而空之，然後播爲風詩，〔一四八〕以變澆風而振頽俗，〔一四九〕或亦盛世之一助云。

乾隆甲午長夏高密李懷民識

【校記】

①已：趙本作『亦』。
②矣：趙本作『耳』。
③廟廊：趙本作『廊廟』。
④枘：趙本作『柄』。
⑤臣：趙本無此字。

【注釋】

〔一二〇〕宋儒之理：宋代程朱理學。此泛指孔孟儒學。徐按：懷民所論與宋嚴羽《滄浪詩話·詩辨》所謂『夫詩有别材，非關書也；詩有别趣，非關理也。然非多讀書，多窮理，則不能極其至』相通，或源於嚴羽。

〔一二一〕書情：抒寫情懷。正心：使人心歸於正。《禮記·大學》：『古之欲明明德於天下者，先治其國；欲治其國者，先齊其家；欲齊其家者，先修其身；欲修其身者，先正其心；欲正其心者，先誠其意；欲誠其意者，先致其知；致知在格物。物格而后知至，知至而后意誠，意誠而后心正，心正而后身修，身修而后家齊，家齊而后國治，國治而后天下平。』

〔一二二〕『發乎情』二句：出自《詩·大序》所謂『故變風發乎情，止乎禮義。發乎情，民之性也；止乎禮義，先王之澤也』。

〔一二三〕匠物：見前注釋〔八七〕。格物：推究事物之理。語出《禮記·大學》，詳見前注釋〔一二一〕『正心』所引。

〔一二四〕『君吟』二句：唐裴説《贈衡山令》詩句。詩見本書卷下裴説詩選。

〔一二五〕『君子』二句：唐王建《贈王侍御》詩句。詩云：『愚者昧邪正，貴將平道行。君子抱仁義，不懼天地傾。三受主人辟，方出咸陽城。遲疑匪自崇，將顯求賢名。自來掌軍書，無不盡臣誠。……幸君揚素風，永作來者程。』

〔一二六〕思復雅樂：謂以復古爲己任。李白《古風》其一：『大雅久不作，吾衰竟誰陳？王風委蔓草，戰國多荆榛。龍虎相啖食，兵戈逮狂秦。正聲何微茫，哀怨起騷人。揚馬激頽波，開流蕩無垠。廢興雖萬變，憲章亦已淪。自從建安來，綺麗不足珍。聖代復元古，垂衣貴清真。群才屬休明，乘運共躍鱗。文質相炳焕，衆星羅秋旻。我志在删述，垂輝映千春。希聖如有立，絶筆於獲麟。』

〔一二七〕自比稷契：語出杜甫《自京赴奉先縣咏懷五百字》。詩云：『杜陵有布衣，老大意轉拙。許身一何愚，竊比稷與契。……』

〔一二八〕孟夫子：孟郊。讜言：正直之言。《漢書·叙傳上》（卷一〇〇上）：『吾久不見班生，今日復聞讜言！』顔師古注：『讜言，善言也。』世教：當世正統的儒學禮教。三國魏嵇康《與山巨源絶交書》：『又每非湯武而薄周孔，在人間不止，此事會顯，世教所不容。』

〔一二九〕遇：際遇，恩遇。隆替：盛衰，興廢。晋潘岳《西征賦》：『人之升降，隨政隆替，杖信則莫不用情，無欲則賞之不竊。』

〔一三〇〕廟廊：同『廊廟』。太廟和殿下屋。借指朝廷。《宋史·京鏜傳》（卷三九四）：『龔茂良帥江西，見之曰：「子廟廊器也。」』恢：發揮，張揚。

〔一三一〕嘯呼：長嘯大呼。《楚辭·招魂》：『招具該備，永嘯呼些。』王逸注：『長嘯大呼，以招君也。』

〔一三二〕孤索：謂隱居而搜腸刮肚作詩。

〔一三三〕淫哇：淫邪的樂曲或詩歌。晋嵇康《養生論》：『目惑玄黄，耳務淫哇。』李善注：『《法言》曰：「哇則鄭。」李軌曰：「哇，邪也。」』（《六臣注文選》卷五三）

〔一三四〕狂：志向高遠而激進者。狷：拘謹而自守者。《論語·子路》：『子曰：「不得中行而與之，必也狂、狷乎！狂者進取，狷者有所不爲也。」』何晏集解引包咸曰：『中行，行能得其中者。言不得中行，則欲得狂、狷者。』『狂者，進取於善道。狷者，守節無爲。』朱熹注：『狂者，志極高而行不掩。狷者，知未及而守有餘。』

〔一三五〕『今時』二句：賈島《寓興》詩句。全詩云：『真集道方至，貌殊妬還多。山泉入城池，自然生渾波。今時出古言，在衆翻爲訛。有琴含正韵，知音者如何。一生足感激，世言忽嵯峨。不得市井味，思響吾岩阿。浮華豈我事，日月徒蹉跎。曠哉潁陽風，千載無其他。』

〔一三六〕『所得』二句：方干《贈喻鳧》詩句。詩見本書卷下方干詩選。

〔一三七〕見：猶言考量。

〔一三八〕微論：細論。漢王充《論衡·對作》：『况《論衡》細説微論，解釋世俗之疑，辯照是非之理，使後進曉見然否之分，恐其廢失，著之簡牘。』

〔一三九〕稜稜：威嚴盛大貌。唐李白《天馬歌》：『逸氣稜稜凌九區，白璧如山誰敢沽？』

〔一四〇〕鑿枘：『方鑿圓枘』之省略語。比喻兩者不相投合。語本《楚辭·九辯》：『圜鑿而方枘兮，吾固知其鉏鋙而難入。』鑿，卯眼。枘，榫頭。

〔一四一〕司空圖：見前注釋〔一五〕。不事朱温：事見於史乘。《舊唐書·司空圖傳》（卷一九〇下）：『昭宗遷洛，鼎欲歸梁，柳璨希賊旨，陷害舊族，詔圖入朝。圖懼見誅，力疾至洛陽，謁見之日，墮笏失儀，旨趣極野。璨知不可屈，詔曰：「司空圖……匪夷匪惠，難居公正之朝；載省載思，當徇栖衡之志。可放還山。」』《舊五代史·李敬義傳》（卷六〇）：『（司空）圖，河中虞鄉人……梁祖受禪，以禮部尚書徵，辭以老疾，卒時年八十餘。』『梁室大臣……皆唐朝舊族……其甚者贊成弒逆。惟圖以清直避世，終身不事梁祖。』所謂『梁』『賊』『梁祖』，皆指朱温。朱温（八五二—九一二），梁太祖。宋州碭山（今安徽碭山縣）人。曾參加王仙芝、黄巢起義軍，後歸附唐；因鎮壓黄巢有功，唐僖宗賜名『朱全忠』。天祐四年（九〇七），代唐稱帝，國號梁，史稱『後梁』。乾化二年（九一二）爲親子朱友珪所殺。

〔一四二〕顧非熊：生平見本書卷上《顧非熊傳》。高隱茅山：事見於相關詩歌與史籍。顧非熊《成名後將歸茅山酬群公見送》：『此名誰不得，人賀至公難。素業承家了，離筵去國歡。暮天行雁斷，曉渡落潮寒。舊隱茅峰下，松根石上盤。』厲玄《送顧非熊及第歸茅山》：『故山登第去，不似舊歸難。帆卷江初夜，梅生洞少寒。采薇留客飲，折竹掃仙壇。名在儀曹籍，何人肯挂冠。』《新唐書·藝文志》（卷六〇）：『《顧非熊詩》一卷。（况之子，大中盱眙簿，棄官隐茅山。)』

〔一四三〕馬虞臣：馬戴。生平見本書卷下《馬戴傳》。正言被斥：事見於南唐劉崇遠《金華子雜編》(卷下)。该书载：『以恩地爲恩府，始於唐馬戴。戴，大中初爲掌書記於太原李司空幕，以正言被斥，貶朗州龍陽尉。戴著書自痛不得盡忠於恩府，而動天下之浮議。』。

〔一四四〕劉得仁：生平見本書卷上《劉得仁傳》。違時不第：事見於元辛文房《唐才子傳·劉得仁》。該書載：『長慶間，以詩名。五言清瑩，獨步文場。……出入舉場二十年，竟無所成，投迹幽隱，未嘗耿耿。有寄所知詩云：「外族帝皇是，中朝親故稀。翻令浮議者，不許九霄蜚。」憂而不困，怨而不怒，哀而不傷，鏗鏘金玉，難合同流，而不厭於磨淬，端能確守格律，揣治聲病，甘心窮苦，不汲汲於富貴。王孫公子中，千載求一人不可得也。』

〔一四五〕孔氏之所收：猶言孔門弟子。收，接納。

〔一四六〕行事：行爲，事迹。宋范仲淹《與韓魏公》：『然始以之翰知師魯最深，又少與之游，盡見其行事，故衆謂之翰宜書其善狀。』

〔一四七〕舉凡：凡是。宋胡次焱《山園後賦》：『舉凡山園之内一草一木一花一卉，皆吾講學之機括，進修之實地。』

〔一四八〕風詩：如同《詩·國風》而具有社會教化功能的詩歌。

〔一四九〕澆風：浮薄的社會風氣。唐李白《古風》其二十五：『世道日交喪，澆風散淳源。』

主客圖人物表

時代	人物	備注
代宗 十七年 廣德二 永泰一 大曆十四	王建	大曆十年登第(徐按：誤，王建一生未曾舉進士，詳見本書卷上《王建傳》注釋〔二〕)
德宗 廿五年 建中四 興元一 貞元二十	于鵠	大曆、貞元間人
	張籍	貞元十五年登第
順宗 一年 永貞		
憲宗 十五年 元和	姚合	元和間登第
	周賀	
	鄭巢	姚合同時
	章孝標	元和十四年登第

穆宗 四年 長慶	賈島 文宗時貶長江。韓愈使應進士舉，當在憲宗、穆宗時 顧非熊 張祜
敬宗 二年 寶曆	朱慶餘
文宗 十四年 太和九 開成五	許渾 喻鳧 劉得仁
武宗 六年 會昌	趙嘏 馬戴 項斯
宣宗 十三年 大中	

懿宗 十四年 咸通	許棠 方干 司空圖 李咸用
僖宗 十五年 乾符六 廣明一 中和四 光啓三 文德一	鄭谷 崔塗
昭宗 十五年 龍紀一 大順二 景福二 乾甯四 光化三 天復三	曹松 李洞 唐求
哀帝 三年 天祐	裴説 于鄴 任翻 林寛 三人無考

清真雅正主客圖

主	張籍
上入室	朱慶餘
入室	王建 于鵠
升堂	項斯 許渾 司空圖 姚合
及門	趙嘏 顧非熊 任翻 劉得仁 鄭巢 李咸用 章孝標 崔塗

清奇僻苦主客圖

主	賈島
上入室	李洞
入室	周賀 喻鳧 曹松
升堂	馬戴 裴説 許棠 唐求
及門	張祜 鄭谷 方干 于鄴 林寬

重訂主客圖　卷上

張籍

張籍傳

籍，字文昌，和州烏江人。〔一〕貞元十五年丞相渤海公下及第，〔二〕授太常寺太祝，〔三〕久之，遷秘書郎。〔四〕韓愈薦爲國子博士。〔五〕歷水部員外郎、〔六〕主客郎中、〔七〕國子司業。〔八〕

【注釋】

〔一〕和州：治今安徽和縣。烏江：和州屬縣，治今和縣烏江鎮。《舊唐書·地理志三》（卷四〇）：『和州。隋歷陽郡。武德三年，杜伏威歸國，改爲和州。天寶元年，改爲歷陽郡。乾元元年，復爲和州。』『烏江。漢東城縣之烏江亭，屬九江郡。……隋爲烏江郡，縣皆治此。』徐按：一説，張籍爲蘇州（今江蘇州人市）人。

〔二〕丞相渤海公：高郢。宋初張洎《張司業集序》：『貞元十五年，丞相渤海公下及第。』清徐松《登科記考·貞元十五年》：『知貢舉：中書舍人高郢。』《舊唐書·高郢傳》（卷一四七）：『高郢字公楚，其先渤海蓨人。……拜禮部侍郎。時應進士舉者，多務朋游，馳逐聲名；每歲冬，州府薦送後，唯追奉讌集，罕肄其業。郢性剛正，尤嫉其風，既領職，拒絶請托，雖同列通熟，無敢言者。志在經藝，專考程試。凡掌貢部三歲，進幽獨，抑浮華，朋濫之風，翕然一變。拜太常卿。貞元十九年冬，進位銀青光禄大夫，守中書侍郎、同中書門下平章事。』又，元辛文房《唐才子傳·張籍》：『貞元十五年封孟紳榜及第。』

〔三〕太常寺：官府名。《舊唐書·職官志三》（卷四四）：『太常寺……掌邦國禮樂、郊廟、社稷之事，以八署分而理之：一曰郊社，二曰太廟，三曰諸陵，四曰太樂，五曰鼓吹，六曰太醫，七曰太卜，八曰廩犧。』太祝：太常寺屬官。《舊唐書·職官志三》（卷四四）：『太祝六人（正九品上）……太祝掌出納神主於太廟之九室，而奉享薦禘祫之儀。凡國有大祭祀，凡郊廟之祝版，先進取署，乃送祠所。將事，則跪讀祝文，以信於神；禮成而焚之。』張籍元和元年（八〇六）至十年任太常太祝。

〔四〕秘書郎：秘書省屬官。《舊唐書·職官志二》（卷四三）：『秘書省……秘書郎四員（從六品上）……掌甲、乙、丙、丁四部之圖籍，謂之四庫。經庫類十，史庫類十三，子庫類十四，集庫類三。』張籍約元和十五年（八二〇）秋遷秘書郎，元稹有《授張籍秘書郎制》。

〔五〕國子博士：國子監屬官。《舊唐書·職官志二》（卷四三）：『國子監……國子博士二人（正五品上)……掌教文武官三品已上、國公子孫,二品已上曾孫爲生者。……每歲生有能通兩經已上求出仕者,則上於監。堪秀才進士者,亦如之。典學掌抄録課業。廟幹掌灑掃學廟。』張籍於元和十五年冬因韓愈推薦遷國子博士。其《祭退之》:『我官麟臺中,公爲大司成。……特狀爲博士,始獲升朝行。』麟臺,秘書省的别稱;大司成,即國子祭酒韓愈。韓愈《舉薦張籍狀》:『登仕郎守秘書省校書郎張籍。右件官學有師法,文多古風;沈默静退,介然自守;聲華行實,光映儒林。臣當司見闕國子監博士一員,生徒藉其訓導;伏乞天恩,特授此官,以彰聖朝崇儒尚德之道。謹録奏聞,伏聽敕旨。』舊題注:『公時爲國子祭酒,以狀薦籍。籍用是自校書郎除國子博士,元和十五年也。』(徐按:『校書郎』爲『秘書郎』之誤。)

〔六〕水部員外郎: 尚書省工部屬官。《舊唐書·職官志二》(卷四三):『水部……員外郎一員(從六品上)……掌天下川瀆陂池之政令,以導達溝洫,堰决河渠。凡舟楫溉灌之利,咸總而舉之。』張籍於長慶二年(八二二)盛春遷水部員外郎。白居易《張籍可水部員外郎制》:『文教興則儒行顯,王澤流則歌詩作。若上以張教流澤爲意,則服儒業詩者,宜稍進之。頃籍自校秘文而訓國胄,今又覆名揣稱,以水曹郎處焉。』

〔七〕主客郎中: 尚書省禮部屬官。《舊唐書·職官志二》(卷四三):『禮部……主客郎中一員(從五品上)……掌二王後及諸蕃朝聘之事。』張籍於長慶四年(八二四)七月授主客郎中。

〔八〕國子司業: 國子監屬官。《舊唐書·職官志二》(卷四三):『國子監……司業二員(從四品下）……掌邦國儒學訓導之政令。』張籍於大和二年（八二八）三月任國子司業。

宋張洎《司業集①序》：〔一〕『公爲古風最善，〔二〕自李、杜之後，風雅道喪，繼其美者唯公一人，故白太傅讀公集曰：「張公何爲者？業文三十春。尤工樂府詞，舉代少其倫。」〔三〕又，姚秘監嘗讀公詩曰②：「妙絶《江南曲》，凄凉《怨女詞》。古風無手敵，新語是人知。」〔四〕其爲當時文士推服若③此。元和中，公及元微之、白樂天、④劉夢得⑤等歌詞⑥，天下宗匠，謂之「元和體」。〔五〕又長於今體律詩；貞元以⑦前，作者間出，大抵互相祖尚，拘於常態，迨公一變，而章句之妙，冠於流品矣！』

【校記】

①司業集：劉籍、嘉籍作『張司業集』，席籍作『張司業詩集』。

②曰：劉籍、嘉籍、席籍作『云』。

③若：趙本作『如』。

④元微之、白樂天：趙本作『白樂天、元微之』。又，微之，劉籍、嘉籍、席籍作『丞相』。

⑤劉夢得：劉籍、嘉籍、席籍作『孟東野』。徐按：作『孟東野』是。

⑥ 詞： 劉籍、嘉籍作『調』。

⑦ 以： 劉籍、嘉籍、席籍作『已』。

【注釋】

〔一〕張洎（九三四—九九七）： 字師黯，一字偕仁，滁州全椒（今屬安徽滁州市）人。南唐進士，官至中書舍人。入宋，授太子中允。太宗時，選直舍人院，出知相州，充史館修撰，判集賢院事。淳化中拜中書舍人，充翰林學士。後代蘇易簡爲參知政事，至道三年（九九七）罷爲刑部侍郎，尋卒，年六十四。宋晁公武《郡齋讀書志》（卷一七）： 『《張籍詩集》五卷。……張洎爲之編次。』

〔二〕古風： 古體詩。此指樂府詩。

〔三〕白太傅： 白居易。因其晚年官太子少傅，故稱。生平詳見前《重訂中晚唐詩主客圖說》注釋〔四〕『白居易』。『張公』四句： 白居易《讀張籍古樂府》詩句。詩云： 『張君何爲者？業文三十春。尤工樂府詩，舉代少其倫。爲詩意如何？六義互鋪陳。風雅比興外，未嘗著空文。……病眼街西住，無人行到門。』

〔四〕姚秘監： 姚合。因其官終秘書少監，故稱。生平詳見本卷後《姚合傳》。『絕妙』四句： 姚合《贈張籍太祝》詩句。詩云： 『妙絕《江南曲》，凄凉《怨女詞》。古風無手敵，新語是人知。飛動應由格，功夫過却奇。……聖朝文物盛，太祝獨低眉。』

〔五〕元和體：見前《重訂中晚唐詩主客圖説》注釋〔一二〕。

明劉成德《張司業詩序①》：〔一〕『唐開元盛時，杜甫、李白、高適、儲光羲、王維諸賢，至大曆以後，已兩變矣。當時以文名家者，韓愈②、柳宗元、李翱、張籍之徒，相與奮起，振六朝五季澆漓③之習，〔二〕而自成一家言。』籍『爲昌黎厚友』，『性狷直率，博聞好古，議論勝人。其排佛老，嘗言不能著書如孟軻、揚雄以垂世。〔三〕觀昌黎④代作李浙東書⑤，〔四〕議論風生，期大之意甚深，謂其善爲樂府，使人「憑几聽⑥之，未必不若⑦吹竹彈絲⑧、敲金擊石也」』。『余并其詩而觀之，其樂府真有風人之遺⑨；〔五〕而五言近體，又皆勁健清雅，脱落塵想，俱從胸臆中出。然後知昌黎之詩豐而腴，柳州之詩峭而勁，〔六〕司業之詩新而奇，李翱之詩悲而壯，卒皆可傳』也。

【校記】

① 張司業詩序：劉籍作『唐司業張籍詩集序』。
② 韓愈：劉籍前有『有』字。
③ 澆漓：趙本、劉籍作『漓澆』。
④ 昌黎：劉籍前有『其』字。
⑤ 書：劉籍前有『一』字。

⑥ 聽：馬其昶《韓昌黎文集校注》、劉籍前皆有『而』字。
⑦ 若：馬其昶《韓昌黎文集校注》作『如聽』。
⑧ 吹竹彈絲：劉籍作『絲竹管弦』。
⑨ 其樂府真有風人之遺：劉籍作『其樂府詩景真情真，有風人之意』。

【注釋】

〔一〕劉成德：生卒年不詳。蒲州（治今山西永濟縣西南蒲州鎮）人，明正德六年（一五一一）進士。官遼陽巡按御史、四川按察司佥事、湖廣參議。正德十年，曾校刊唐李頎、盧綸、張籍、韓翃、王建、郎士元六家詩。

〔二〕六朝五季：偏指六朝，即先後建都於今南京的吴、東晋、宋、齊、梁、陳六個朝代。五季，後梁、後唐、後晋、後漢、後周五代。澆漓：又作『澆醨』。文風浮艷不實。元辛文房《唐才子傳·殷文圭》：『唐末，文體澆漓，才調荒穢，稍稍作者，强名曰詩。』

〔三〕其排佛老，……以垂世：見於張籍《與韓愈書》。詳見拙著《張籍集繫年校注》卷一〇。

〔四〕代作李浙東書：事在元和六年（八一一），時張籍因眼疾罷官閑居。約七月，浙東觀察使李遜從事李翱由浙東返京師，張籍欲求助於李遜『以濟醫藥』，韓愈作《代張籍與李浙東書》（見《韓昌黎文集校注》卷三）。

〔五〕風人：即『風人體』，一種民歌體詩歌。宋嚴羽《滄浪詩話·詩體》：『論雜體則有風人。』郭紹虞校釋：『「風人」云者，謂其體從民歌中來。』清翟灝《通俗編·識餘》：『六朝樂府《子夜》《讀曲》等歌，語多雙關借意，唐人謂之風人體，以本風俗之言也。』

〔六〕峭：奇險。

張洎《項斯詩集序》：〔一〕元和中，『張水部爲律格詩，尤工於匠物，〔二〕字清意遠，不涉舊體，〔三〕天下莫能窺其奥，惟①朱慶餘一人②親受③其旨；〔四〕沿流而下，則有任翻④、陳標、章孝標、滕倪、司空圖等，咸及門焉。寶曆、開成之間⑤，君聲價藉甚，特⑥爲水部所⑦知賞，〔五〕故詩⑧格與⑨水部相類』。〔六〕

【校記】

①惟：拾遺（卷四七）作『唯』。

②一人：趙本無此二字。

③受：趙本『授』。徐按：『授』通『受』。

④任翻：拾遺作『任蕃』。

⑤間：拾遺作『際』字。
⑥特：拾遺前有『時』字。
⑦所：拾遺前有『之』字。
⑧詩：拾遺前有『其』字。
⑨與：拾遺前有『頗』字。

【注釋】

〔一〕張洎：見前所引宋張洎《司業集序》注釋〔一〕。

〔二〕匠物：見前《重訂中晚唐詩主客圖説》注釋〔八七〕。

〔三〕舊體：相對於格律詩（今體詩）而言的古體詩。

〔四〕親受其旨：謂朱慶餘在詩藝上長期受張籍的薰陶和指點。朱慶餘《上張水部》：『出入門闌久，兒童亦有情。不忘將姓字，常説向公卿。每許連床坐，仍容并馬行。恩深轉無語，懷抱甚分明。』據『出入門闌久』知二人交往時間長，關係密切；據『常説向公卿』『每許連床坐』以及『恩字，知張籍看重朱慶餘，在詩藝、應舉等多方面曾給予幫助。元吴師道《吴禮部詩話》引宋時天彝語：『朱慶餘，張籍門人，傳其詩法。』明胡震亨《唐音癸籤·評彙三》（卷七）：『朱慶餘學詩於張籍，具體而微。』

〔五〕爲水部所知賞：具體不詳。項斯《留别張水部籍》：『省中重拜别，兼領寄人書。已念此行遠，不應相問疏。子城西并宅，御水北同渠。要取春前到，乘閑候起居。』知二人曾『并宅』於街西，關係至厚。鄭薰云：『項斯逢水部，誰道不關情。』

〔六〕詩格：指包括詩法在内的詩歌藝術風格。

懷民按：水部五言，體清韵遠，意古神閑，與樂府詞相爲表裏，得《風》《騷》之遺，當時以律格標異，信非偶然。得其傳者，朱慶餘而外，又有項斯、司空圖、任翻、陳標、章孝標、滕倪諸賢。今考滕倪、陳標，詩已無存；任翻、司空圖、章孝標，亦寥寥數頁；惟朱慶餘、項斯兩君，賴後人搜輯，規格略具。愚按水部既殁①，聞風而起者尚不乏人，後世拘於時代，别爲晚唐；要其一脉相沿之緒，故自不爽。〔一〕兹得奉水部爲清真雅正主，而以諸賢附焉，合十六人，得詩四百四十二②首。

【校記】

① 殁：趙本作『没』。

② 四百四十二：趙本作『四百十一』。徐按：蓋趙本爲未定稿本，後李懷民定稿時增補三十一首，抑或爲王熙甫整理刊刻時增補。

【注釋】

〔一〕要：探求，求取。故自：仍舊。爽：喪失，失去。晋張載《雜詩》：『君子守固窮，在約不爽貞。』

薊北旅思①

日日望鄉國，空歌《白苧詞》。格。〔一〕長②因③送人處，憶得別家時。或問公生平最得意句，公止誦二語，〔二〕試思其所以爲生平得意處安在。【趙本】或問水部平生詩句何者爲佳，水部以此對，今觀之，信非虛也。失意④還獨語，多愁秖自⑤知。客亭門外柳，折盡向南枝。

【趙本】《白苧詞》，吴歌也。籍吴人，〔三〕故懷鄉而歌之。

【校記】

① 薊北旅思：又玄（卷中）作『離亭』，英華（卷二七七）作『送遠人』，類聚（別集卷二四）作『送遠』。

② 長：英華、類聚作『常』。

③ 因：全詩(卷三八四)校『一作「於」』。

④ 意：又玄作『計』。

⑤ 祇自：又玄、英華、類聚作『自不』。

【注釋】

〔一〕格：法式，規範。《禮記·緇衣》：『言有物而行有格也，是以生則不可奪志，死則不可奪名。』鄭玄注：『格，舊法也。』孫希旦集解引呂大臨語：『有格則無逾矩之行。』《後漢書·傅燮傳》(卷五八)：『朝廷重其方格。』李賢注：『格，猶標準也。』此謂二句堪爲詩歌開篇的法式和規範。『格』是李懷民評詩論詩重要術語之一。其評賈島《送賀蘭上人》頸聯『無師禪自解，有格句堪誇』云：『此乃做詩口訣。此可誇，則無法者不足言矣。然不曰「法」而曰「格」者，「法」是死的，「格」是活的。』徐按：此『格』當指元楊載《詩法家數·律詩要法》所謂『引事起』。

〔二〕公止誦二語：載於五代王定保《唐摭言》。其卷一三《矛盾》：『元和中長安有沙門，善病人文章，尤能捉語意相合處。張水部頗恚之，冥搜愈切，因得句曰：「長因送人處，憶得別家時。」徑往誇揚，乃曰：「此應不合前輩意也！」僧微笑曰：「此有人道了也。」籍曰：「向有何人？」僧乃吟曰：「見他桃李樹，思憶後園春。」籍因撫掌大笑。』

〔三〕籍吳人：關於張籍里貫，或曰蘇州(治今江蘇蘇州市)，或曰和州烏江(治今安徽和縣烏江鎮)，俟考。然籍青少年時代生活於蘇州無疑，且認蘇州爲故鄉。詳見拙著《張籍年谱》。吴，蘇州。

舊宮人

歌舞①秦②州女，歸時白髮生。先放此句。全家没蕃地，無③處問鄉程。不覺其爲偶句也。〔一〕宮錦不傳樣，御香空記名。祇舉纖瑣一二，而所包者多矣。一身難自説④，愁逐路人行。

【趙本】不覺其爲耦句也。

【校記】

① 歌舞：全詩（卷三八四）校『一作「得寵」』。

② 秦：宋籍、嘉籍、庫籍、全詩作『梁』。徐按：當作『秦』。據詩頷聯知宮人故鄉已陷敵，而梁州唐時未曾陷敵。《元和郡縣圖志·秦州》（卷三九）：『寶應二年（七六三）陷於西蕃。』西蕃，即吐蕃。秦州，治上邽（今甘肅天水市）。

③ 無：席籍作『何』。

④ 説：庫籍作『遂』。

【注釋】

〔一〕不覺其爲偶句： 頷聯爲流水對，語意相承，連貫而下，淡化形式上的對偶性，故謂。

春日留别①

游人欲别離，唱起。〔一〕醉復②對③花枝。看著④春又⑤晚，莫輕年少⑥時。如此對法，純是古味融結，〔二〕却非偷春格。〔三〕【劉本】看他對法，純是古味融結，却非偷春格。臨行記分處，回首⑦是⑧相思。各向天涯去，重來未有⑨期。

【校記】

①詩題才調（卷三）作『惜别』。

②醉復： 才調、全詩（卷三八四）作『半醉』，庫籍作『醉後』。

③對： 英華（卷二八八）作『看』。

④著： 宋籍、嘉籍、庫籍作『却』。

⑤又： 庫籍作『將』。

⑥年少： 嘉籍、全詩作『少年』。

⑦首： 才調作『面』。

⑧是： 庫籍作『更』。

⑨未有： 才調作『不可』，全詩作『未可』。

【注釋】

〔一〕唱起： 猶『領起』。開啓全篇。《説文解字·唱》：『導也。從口，昌聲。』

〔二〕古味： 古雅的意韵。古，不同凡俗。唐張彦遠《法書要録·竇蒙〈述書賦語例字格〉》：『除去常情曰古。』徐按： 此當指風詩（民歌）的意趣。融結： 融合凝結。語出晋孫綽《游天台山賦》：『融而爲川瀆，結而爲山阜。』唐權德輿《彭城郡王劉公墓志銘》：『析木之下，幽陵碣石，融結絪緼，誕靈熊渾，乃生元臣，以翼大君。』

〔三〕偷春格： 律詩對仗的一種。謂首聯替代頷聯對仗，如梅花偷春色而先開放。宋魏慶之《詩人玉屑·詩體下》（卷二）『偷春體』條：『其法頷聯雖不拘對偶，疑非聲律，然破題已的對矣。謂之「偷春格」，言如梅花偷春色而先開也。』徐按： 本書懷民所謂『偷春格』是指頷聯完全不對仗。見卷下賈島《下第》評點。

没蕃故人

前年伐①月支，城下②没全師。直起。〔一〕蕃漢斷消息，死生長別離。無人收廢帳，歸馬識殘旗。慘戚。欲祭疑君在，天涯哭此時。

衹就喪師事一氣叙下，至哭故人處，但用尾末一點，無限悲愴。○水部極沉著，〔二〕詩便不讓少陵。〔三〕

【校記】

①伐：英華（卷三〇四）、宋籍作『戍』。徐按：以安史亂後吐蕃不斷侵擾斷，當作『戍』。

②下：宋籍、嘉籍、庫籍作『上』。

【注釋】

〔一〕直起：開篇徑直點明題意。

〔二〕沉著：著實而不輕浮。亦作『沈著』。唐元稹《法曲》：『明皇度曲多新態，宛轉侵淫易沈著。』

此謂抒情深切感人。

〔三〕讓：遜色。少陵：杜甫（七一二—七七〇）。字子美。河南鞏縣（今河南鞏義市）人。因遠祖爲京兆杜陵（今陝西西安東南，因西漢宣帝劉詢陵墓得名，參見本卷朱慶餘《與賈島顧非熊無可上人宿萬年姚少府宅》注釋〔二〕『杜陵』）人，自己又曾居少陵（漢宣帝許皇后陵墓，在杜陵東南十餘里，規模較杜陵小，因名少陵）附近，故自稱『杜陵野客』『杜陵布衣』『少陵野老』，世稱『杜陵』『杜少陵』。偉大的現實主義詩人，與李白并稱『李杜』。

江南春

江南楊柳春，日暖地無塵。渡口過新雨，夜來生白蘋。元化。〔一〕〇與韋蘇州『微雨夜來過，不知春草生』同妙。〔二〕晴沙鳴乳燕①，芳樹醉游人。向晚青山下，誰家祭水神。

問：此景到處有之，何必是江南？曰：祇如此，便寫得『江南春』出，此可爲知者道。讀三謝詩，〔三〕當明此例。以下皆可類推矣。〔四〕

【校記】

① 燕：宋籍作『雁』。

【注釋】

〔一〕元化：造化。唐陳子昂《感遇》其六：『古之得仙道，信與元化并。』此謂寫景真實自然。

〔二〕韋蘇州：韋應物（七三七—七九二）。曾任蘇州刺史，故稱。詳見《重訂中晚唐詩主客圖説》注釋〔一四〕『韋應物』。『微雨』二句：韋應物《幽居》詩句。全詩云：『貴賤雖異等，出門皆有營。獨無外物牽，遂此幽居情。微雨夜來過，不知春草生。青山忽已曙，鳥雀繞舍鳴。時與道人偶，或隨樵者行。自當安蹇劣（一作「拙」），誰爲薄世榮。』

〔三〕三謝：南朝宋詩人謝靈運（三八五—四三三）、謝惠連（四〇七—四三三）與齊詩人謝朓（四六四—四九九）的合稱。宋胡仔《苕溪漁隱叢話前集·國風漢魏六朝下》（卷二）引唐子西《語録》：『江左諸謝，詩文見《文選》者六人。希逸無詩，宣遠、叔源有詩不工，今取靈運、惠連、玄暉（朓）詩合六十四篇爲三謝詩。』

〔四〕以下：指此後所選唐人詩歌。

西樓望月①

城西樓上月，復是②雪晴時。格。〔一〕寒夜③共來望，思鄉獨下遲。祇似無可説。〔二〕幽光落水④塹，净色遍⑤霜枝。明日千里去⑥，此中還別離。

最要於此等認水部真面目。

【校記】

①詩題英華（卷一五二）校「一作『登城望月』」。

②是：律髓（卷二二）作「見」，席籍作「值」。

③寒夜：英華作「寒食」。徐按：據所謂「雪晴」「霜枝」斷，作「寒食」非。

④水：趙本作「冰」。

⑤遍：英華、宋籍、全詩（卷三八四）作「在」。

⑥千里去：庫籍作「去千里」。

【注釋】

〔一〕格：謂二句堪爲詩歌開篇的法式和規範。詳見前《薊北旅思》注釋〔一〕。徐按：此當指元楊載《詩法家數·律詩要法》所謂『就題起』。

〔二〕似無可説：謂看似平常而缺乏意藴，實則耐人尋味。

江陵孝女

孝女獨垂髪，少年唯① 一身。無家空托墓，主祭不從人。相吊有行客，起廬因② 舊鄰。江頭聞哭處，寂寂③ 楚花春。

祇淡淡著筆，而孝女已千古如生； 若經後人手，不知有幾多膚闊理性語搬演來也。〔一〕

【校記】

① 唯： 趙本、庫籍作『惟』。

② 因： 庫籍、全詩（卷三八四）作『無』。

③ 寂寂：庫籍作『寂寞』。

【注釋】

〔一〕膚闊：空泛不切實際。搬演：把戲劇搬上舞臺或場子演出。《水滸傳》第八二回：『這五人引領着六十四回隊舞優人，百二十名散做樂工，搬演雜劇，裝孤打攛。』此爲比喻用法。

山①中古祠

春草空祠墓②，荒林唯鳥③飛。著此句好。記④年⑤碑石在，經亂祭人稀。野鼠緣珠⑥帳，陰塵蓋⑦畫衣。匠。〔一〕近來⑧潭水黑，時見宿龍歸。不是真見龍，祇匠得此潭水黑耳。〔二〕【趙本】陰森。

寫出陰森。

【校記】

① 山：英華（卷三二〇）、庫籍前有『題』字。

② 墓：英華、庫籍作『暮』。

③唯鳥：　英華、庫籍作『鳥雀』。

④記：　庫籍作『紀』。

⑤年：　全詩（卷三八四）校『一作「名」』。

⑥珠：　嘉籍、全詩作『朱』。

⑦蓋：　英華校『一作「幞」』，全詩校『一作「撲」，一作「滿」』。

⑧來：　英華、全詩作『門』，庫籍作『聞』。

【注釋】

〔一〕匠：　謂描繪事物精妙傳神。徐按：　『匠』爲李懷民評詩論詩重要術語之一。

〔二〕匠：　刻畫，描繪。詳見前《重訂中晚唐詩主客圖説》注釋〔八七〕『匠物』。

不食姑①

幾年山裏住，②已作綠毛身。想是如此。護氣常稀③語，存思④自見神。妙在不必奇異。養龜同不食，留藥任生塵。此不過言其『養龜』『留藥』耳。要問西王⑤母，仙中第幾人？却又似即真。

此等題有一定體例，集中如《隱者》《辟穀者》《海東僧》（徐按：後二詩分别指《贈辟穀者》《贈海東僧》），凡四見；要説得極神奇，而又不可巫婆氣，疑虚疑實，乃得詩家妙諦。〔一〕【趙本】此等題有一定體例，集中如《隱者》《辟穀者》《贈海東僧》，及此《不食姑》，凡四見；要説得極神奇，而又不可巫婆氣，疑虚疑實，乃得詩家妙諦。

【校記】

①不食姑：英華（卷二二九）作『贈山中女道士』。

②『幾年』句：英華作『女仙唯獨住』，庫籍作『何年山裏住』。

③稀：英華作『虚』，律髓（卷四八）作『希』。

④存思：英華作『齋心』。

⑤王：宋籍作『皇』。

【注釋】

〔一〕妙諦：精妙的真諦。清袁枚《隨園詩話補遺》（卷九）『六』條：『「八千里外常扶杖，五十年來不上朝。」將「杖」「朝」二字拆開一用，便成妙諦。』諦，佛教語，真實的事理。參見後張籍《嶺南遷客》注釋〔一〕『真諦、世諦』。

古苑杏花

廢苑杏花在，行人愁到①時。格。〔一〕【趙本】（『行人』句）所謂『無愁不到心』。〔二〕獨開新塹底，半露舊燒枝。晚色連荒轍，低陰覆折碑。茫茫②古陵下③，春盡又誰知。

所謂『無愁不到心』。

【校記】

① 到：英華（卷三二一）作『過』，席籍作『對』。

② 茫茫：英華作『濛濛』。

③ 下：英華作『路』。

【注釋】

〔一〕格：謂二句堪爲詩歌開篇的法式和規範。詳見前《薊北旅思》注釋〔一〕。徐按：此當指元楊載《詩法家數·律詩要法》所謂『就題起』。

〔二〕無愁不到心：唐朱慶餘《叙吟》詩句。詩見後朱慶餘詩選。

送流人①

獨向長城北，黄雲暗塞天。先總寫一句，愁絶。流名②屬邊③將，彼處。舊業作公田。此處。擁雪添軍壘，收冰當井泉。知君住應老，須記别鄉年。直作盡情語、無可奈何語。〔一〕

凡送流人遷客，大概止述其境地之遠苦，而不肯多爲吉祥禱頌之詞，此一定體例，而後人不知也。【趙本】此等有一定體例，不可泛作吉祥語。

【校記】

①送流人：律髓（卷四三）作『遷客』。

②名：庫籍作『民』。

③邊：劉籍作『遠』，席籍作『蕃』。

【注釋】

〔一〕直：祇，特。

宿臨江驛①

楚驛南渡口，夜深來客稀。須先如此安放。月明見潮上，『見』字匠出『潮』，〔二〕而妙尤在『明』字。

江静覺鷗飛。『覺』字匠出『鷗』，而妙尤在『静』字。旅宿②今已遠，此行猶③未歸。此等淡句，莫輕看過。

離家久無信④，又聽⑤擣寒衣。梅都官所謂『留不盡之意』，〔二〕尤當向水部領取。〔三〕

【校記】

①臨江驛：才調（卷三）作『溪中驛』，英華（卷二九八）作『江館』，宋劉攽《中山詩話》作『江上館』，宋曾慥《類説》（卷五六）、紀事（卷三四）作『江上』。

②宿：《類説》作『舍』，紀事作『次』。

③猶：趙本、紀事、庫籍、全詩（卷三八四）作『殊』，才調、宋籍作『獨』。

④久無信：席籍作『無信久』。

⑤聽：才調作『見』。

【注釋】

〔一〕匠：刻畫，描繪。詳見前《重訂中晚唐詩主客圖説》注釋〔八七〕『匠物』。

〔二〕梅都官：梅堯臣。生平見前《重訂中晚唐詩主客圖説》注釋〔七七〕『梅宛陵』。留不盡之意：即歐陽修《六一詩話》引梅堯臣所謂『狀難寫之景，如在目前；含不盡之意，見於言外』。詳見前《重訂中晚唐詩主客圖説》注釋〔七七〕。

〔三〕向水部領取：向張籍詩歌學習。謂張籍詩最具『留不盡之意』特徵。領取，獲取。

送蠻客

借問炎州①客，天南幾日行。江連惡溪路，山繞夜郎城。一指便如見。〔一〕椰②葉瘴雲濕，桂叢③蠻鳥聲④。知君却回日，記得海花名⑤。止指此一事，其餘都不消説。

【校記】

①州：宋籍作『洲』。

②椰：英華（卷二七七）、庫籍、全詩（卷三八四）作『柳』。

③叢：英華作『林』。

④聲：英華作『鷩』。

⑤海花名：英華作『梅花名』，庫籍作『早梅生』。

【注釋】

〔一〕一指：簡略寫及。一，形容少。指，點到。

襄國①別友②

曉③色④荒城下，相看秋草時。格。〔一〕【趙本】最是起興不可及。獨游無定計，不欲道來⑤期。真別處去家遠，愁中⑥驅馬遲。歸人⑦渡⑧烟水，遥映⑨野棠枝。情以景出，於此爲妙。

情衹在眼前，而含蘊甚深。

最是起興不可及。

【校記】

①國：英華（卷二八八）作『州』，品彙（卷六七）作『陽』。
②友：才調（卷三）作『人』。
③曉：才調、英華作『晚』。
④色：品彙作『夜』。
⑤來：英華作『歸』。
⑥中：英華作『來』。
⑦歸人：才調作『人歸』。
⑧渡：宋籍、品彙作『度』。
⑨遥映：席籍作『遥認』，英華作『葉落』。

【注釋】

〔一〕格：謂二句堪爲詩歌開篇的法式和規範。詳見前《薊北旅思》注釋〔一〕。徐按：此當指元楊載《詩法家數·律詩要法》所謂『對景色興起』。

送遠客①

南原相送處，秋草水邊生②。同作異③鄉客，如今④分路行。因誰寄歸⑤信，漸遠問⑥前程。明日重陽節，無人上古城。難處祇是平常而有至味。

【校記】

①客：趙本作『人』。

②『秋草』句：嘉籍、庫籍、全詩（卷三八四）作『秋水草還生』。

③異：宋籍、嘉籍、庫籍、全詩作『憶』，英華作『一』。

④如今：英華作『今知』。

⑤歸：英華作『回』。

⑥問：英華作『向』。

上國①贈日南僧

獨向雙峰老，松門閉兩涯②。翻經依貝③葉，掛衲④落⑤藤⑥花。甃石新開井，穿林自種茶。時逢海南客，蠻語問誰家。

【校記】

①上國：英華（卷二二二）、律髓（卷四七）、宋籍、席籍、庫籍、全詩（卷三八四）作『山中』。

②涯：英華、全詩作『崖』。

③依貝：英華、宋籍、庫籍、全詩作『上蕉』。

④衲：英華作『網』。

⑤落：席籍作『向』。

⑥藤：英華作『橙』，全詩校『一作「藤」』。

征[1]西將

黄沙北風起，半夜[2]又翻[3]營。戰馬雪中宿[4]，探人冰上行。一讀便如親到其地，其情事氣味皆是也。深山旗未展，陰磧鼓無聲。慘淡。【趙本】（『陰磧』句）慘淡。幾道征西將，同收碎葉城。

【校記】

①征：宋籍、律髓（卷三〇）無此字。
②半夜：英華（卷三〇〇）作『夜半』。
③翻：英華作『離』。
④宿：英華作『立』。

寄友人

憶在江南日，同游三月時。采茶尋遠澗，鬭鴨向春池。送客沙頭宿，招僧竹裏棋。全看此

等無可憶處却必及之。如今各千里，無計得相隨。格。〔一〕

【注釋】

〔一〕格：謂此詩堪爲詩歌創作的法式和規範。詳見前《薊北旅思》注釋〔一〕。

送防秋將

白首征西將，猶能射戟支。元戎選部曲，軍吏換旌旗。『選』字、『換』字寫得神采。逐虜招降遠，開邊舊壘移。重收隴外地，應似漢家時。

律僧①

苦行長不出，清羸最少年。持齋唯②一食，講③律豈④曾眠。避草每移徑，濾蟲還入泉。净業須細寫。〔一〕從來天竺法，到此幾人傳？愈遠愈妙！

【校記】

①律僧：英華（卷二二二）作『贈律師』。

②唯：趙本作『惟』。

③講：英華作『尋』。

④豈：英華作『不』。

【注釋】

〔一〕净業：佛教語。又作『清净業』，即世、戒、行三種福業，爲往生净土之正因。《觀無量壽經》：『阿彌陀佛去此不遠，汝當繫念，諦觀彼國净業成者。我今爲汝廣説衆譬，亦令未來世一切凡夫欲修净業者，得生西方極樂國土。欲生彼國者，當修三福：一者孝養父母，奉事師長，慈心不殺，修十善業。二者受持三歸，具足衆戒，不犯威儀。三者發菩提心，深信因果，讀誦大乘，勸進行者。如此三事，名爲净業。佛告韋提希，汝今知不？此三種業乃是過去、未來、現在三世諸佛净業正因。』

送新羅使

萬里爲朝使，離家今幾①年。應知舊行路，却上遠歸船。夜泊②避蛟窟，朝炊求③島泉。悠悠到鄉國，還望海西天。祇如此結。

【校記】

①今幾：英華（卷二九七）作『已經』，律髓（卷三八）作『經幾』。
②泊：席籍作『宿』。
③求：英華作『取』。

宿廣德寺寄從舅

古寺客堂空，開簾①四面風。移床動棲鴿②，匠。〔一〕【趙本】岑寂。停燭聚飛蟲。匠。閑卧逐涼處，遠愁生静中。林西微月色，思與甯家同。寄舅意一點便得，不用多擾。

【校記】

①簾：席籍作『檐』。

②鴿：宋籍、全詩（卷三八四）作『鶴』。

【注釋】

〔一〕匠：見前張籍《山中古祠》注釋〔一〕。

宿邯鄲館寄馬磁州①

孤客到空館，夜寒愁臥遲。雖沽主人酒，不似在家時。此等格法、對法，惟水部擅長。〔一〕幾宿得歡笑，如今成別離。明朝行更遠，回望隔山陂。不盡。〔二〕

【校記】

①詩題席籍作『宿邯鄲寄磁州友人』。

【注釋】

〔一〕格法：堪稱範式的藝術表現技巧。

〔二〕不盡：即歐陽修《六一詩話》引梅堯臣所謂『含不盡之意，見於言外』。參見前《重訂中晚唐詩主客圖説》注釋〔七七〕。

送閑師歸江南

遍住江南寺，隨緣到上京。多生修律業，外學得詩①名。講殿偏追入，齋家別②請行。青楓鄉路遠，幾日盡歸程。

【校記】

①詩：英華（卷二二二）作『書』。

②別：英華作『得』。

過賈島野居

青門坊外住，行坐見南山。此地去人遠，知君終日閑。蛙聲籬落下，草色户庭間。野色如是，真畫出『野居』。【趙本】野色如是。好是經過處，惟①愁暮獨還。

看他於島師更不著一贊語，〔一〕但平平叙一野居，而其品之高已可想也。

【校記】

① 惟：宋籍、嘉籍、庫籍、全詩（卷三八四）作『唯』。

【注釋】

〔一〕島師：賈島。生平見卷下《賈島傳》。

酬韓庶子

西街幽①僻處，正與懶相宜。尋寺獨行遠，借書常送遲。家貧無易②事，身病是③閑時。寂寞誰相問，祇應君自④知。

此皇皇泰山北斗之韓夫子也，〔一〕乃祇用家常閑話淡淡酬之，更不作意。〔二〕不知此不作意處正是高處，一時之胸次交情，〔三〕莫真切於此矣。在後人反不知添多少矜持張皇，〔四〕都成客氣。〔五〕

【校記】

①幽：英華（卷二四五）作『游』。

②易：英華作『異』。

③是：英華、全詩（卷三八四）作『足』。

④自：英華作『獨』，席籍作『子』。

【注釋】

〔一〕皇皇：莊嚴盛大貌。《禮記·曲禮下》：『天子穆穆，諸侯皇皇。』唐孔穎達疏：『諸侯皇皇者，自莊盛也。』泰山北斗：比喻韓愈在文學史上的突出成就與地位。語出《新唐書·韓愈傳贊》（卷一七六）：『自愈没，其言大行，學者仰之如泰山、北斗云。』韓夫子：韓愈。生平見前《重訂中晚唐詩主客圖説》注釋〔一〇四〕『吏部』。

〔二〕作意：刻意，著意。唐陸龜蒙《幽居有白菊一叢因而成咏呈知己》：『月中若有閑田地，爲勸嫦娥作意栽。』

〔三〕胸次：胸懷，胸襟。宋黄庭堅《題高君正適軒》：『豁然開胸次，風至獨披襟。』

〔四〕張皇：誇張，誇揚。唐陸贄《興元論解蕭復狀》：『朕比緣李懷光凶狂，權且就此回避。山南既與京畿接近，指麾兵馬，日望收城。今蕭復勸朕令幸江陵，表狀之中，張皇頗甚。』

〔五〕客氣：本謂言行虚驕而非出於真誠。《左傳·定公八年》：『公侵齊，攻廩丘之郛……主人出，師奔。陽虎僞不見冉猛者，曰：「猛在此，必敗。」猛逐之，顧而無繼，僞顛。虎曰：「盡客氣也。」』杜預注：『言皆客氣，非勇。』楊伯峻注：『客氣者言非出於衷心。』此指虚誇浮泛的文風。唐劉知幾《史通·雜説中》：『其書文而不實，雅而無檢，真迹甚寡，客氣尤煩。』李懷民《紫荆書屋詩話·批衆家詩話》：『「誠實」二字正對客氣言，阮翁（徐按：指王士禛）知引此論，自是有見識，然何一生多半客氣？……然老杜誠實過火處，又確確乎不可學，此中分際，煞費稱量。』徐按：『客氣』爲懷民評點詩歌常用術語。

答①姚合少府

病來辭赤縣，案上有丹經。爲客燒茶竈，教兒掃竹亭②。詩成添舊卷，酒盡卧空瓶。『添』字、『卧』字，自然得妙！闕下今遺逸，誰瞻③隱士④星。俱是空處著想。〔一〕

【校記】

①答：英華（卷二五九）、宋籍、嘉籍、庫籍、全詩（卷三八四）作『贈』。

②亭：英華作『庭』。

③瞻：英華、紀事（卷四九）、席籍作『占』。

④士：英華、全詩校『一作「者」』。

【注釋】

〔一〕著想：想象。

送僧游五臺① 兼謁李司空

遠去見雙節，因行上五臺。化樓②侵曉③出，雪④路向⑤春開。邊寺連⑥烽⑦去⑧，胡兒聽法來。就邊地生意。定知巡禮後，解夏始應回。祇如此結便妙。

【校記】

① 送僧游五臺：英華（卷二二二）作『送顥法師往太原』。
② 樓：英華作『雲』。
③ 曉：英華作『晚』。
④ 雪：英華作『隱』。
⑤ 向：英華作『到』。

⑥連：英華作『看』。
⑦烽：全詩（卷三八四）作『峰』。
⑧去：英華作『過』。

送鄭秀才①歸寧

桂檝綵爲衣，『歸寧』意祇此一點。【趙本】祇此一點。行當令節歸。【趙本】『歸寧』意自見。夜②潮迷浦遠③，晝雨見人稀。野芰④到時熟，宛然初到家景物。江鷗泊處飛。一路祇此一指，便已該括。〔一〕離琴一奏罷，山水⑤靄餘暉⑥。

送行詩，將以道彼美而樂乎往也，雖題類不一，要以此意爲主。省親，爲人子之常情，故凡唐人送歸覲歸寧之作，不過或起或結或中間一點便是，而其餘則仍言到家、載塗之景物，〔二〕其體例應如是也；在後人則有許多贊孝贊悌、至仁至性膚語，〔三〕不知反成闊泛。〔四〕試執此以考之，可定古今之分。〔五〕【趙本】送行詩，將以道彼美而樂乎往也，雖題類不一，要以此意爲主，向有景色處落想。即如此詩『歸寧』二字，後人不知多少迂腐俗情。豈以水部而不能切題者，當從此參入，〔六〕唐三百年送行詩俱可識其體格矣。〔七〕

【校記】

①鄭秀才：英華(卷二八四)作『秀才鄭君』，庫籍作『鄭才』。

②夜：英華、全詩(卷三八四)作『夕』。

③遠：英華作『盡』。

④芝：底本、嘉籍、席籍、庫籍作『艾』，據趙本、英華、宋籍、全詩等改。艾，即艾蒿，無所謂『熟』。

⑤水：嘉籍、庫籍、全詩作『雨』。

⑥暉：英華作『輝』。

【注釋】

〔一〕一指：見前《送蠻客》注釋〔一〕。該括：包羅，概括。南朝梁沈約《〈内典〉序》：『該括群流，集成兹典，事以例分，義隨理合。』

〔二〕載塗：沿塗。明陳子龍《薤露》：『其窘如泥行，顛覆嘗載塗。』

〔三〕膚語：膚淺空泛之語。清方苞《書〈烈婦東鄂氏事略〉後》：『欲獨爲傳，非衍以膚語，不能成章。』

〔四〕闊泛：虚闊浮泛。謂缺乏真情實意。

〔五〕古今之分：古人與今人的差異。分，區別。
〔六〕豈：希望。參入：領悟。參，領悟。
〔七〕體格：指詩歌藝術表現規範。詳見前《重訂中晚唐詩主客圖説》注釋〔一六〕。

送李評事游越①〔一〕

未習風塵②事，初爲吴③越游。露霑④湖草晚⑤，日⑥照海山⑦秋。就大處寫，須看其不闊落處。〔一〕梅市門何在⑧，蘭亭水尚⑨流。也不盡廢點染。【趙本】尚帶套氣。〔二〕西陵待潮處⑩，知汝不勝愁⑪。唐人『愁』字不必深看。

【重出】

此詩《全唐詩》卷三八四作張籍詩，卷一四八劉長卿集、卷二四八郎士元詩集皆重出。當爲張籍所作，詳見拙著《張籍集繫年校注》卷二該詩【重出】考。

【校記】

①詩題全詩卷一四八作『送人游越』，卷二四八作『送李遂之越』。

②塵：全詩卷一四八、卷二四八皆作『波』。

③吴：全詩卷二四八作『東』。

④霑：英華（卷二七七）、宋籍、嘉籍、庫籍作『沾』。

⑤草晚：嘉籍、庫籍作『草濕』；全詩卷一四八作『色曉』，卷三八四校『晚』『一作「夕」』。

⑥日：全詩卷一四八、卷二四八皆作『月』。

⑦山：全詩卷一四八作『門』。

⑧在：全詩卷二四八作『處』。

⑨尚：全詩卷二四八作『向』。

⑩『西陵』句：全詩卷二四八作『西興潮處信』。

⑪『知汝』句：全詩卷一四八作『落日滿扁舟』，卷二四八作『落日滿孤舟』。

【注釋】

〔一〕闊落：見前《重訂中晚唐詩主客圖説》注釋〔七九〕。

〔二〕套：俗套，熟套。

送越客

見説①孤帆去，東南到②會稽。春雲剡溪口，殘月鏡湖西。越中山水，累牘不能盡，於剡溪祇一指春雲，〔一〕於鏡湖祇一指殘月，〔二〕而其景如歷矣！且於越境，祇指兩處，而其他可概，此定法也。水鶴沙邊立③，山鼯竹裏啼。此就細小處寫，亦止一指。謝家曾住處，烟洞入應迷。

【校記】

①説：宋籍、劉籍作『語』。

②到：宋籍、劉籍作『别』。徐按：據詩意斷，作『到』是。

③立：英華（卷二七七）作『宿』。

【注釋】

〔一〕剡谿：流經今浙江省紹興市嵊州境内的曹娥江。又名戴溪。《元和郡縣圖志·越州·剡縣》

（卷二六）：『剡溪，出縣西南，北流入上虞縣界爲上虞江。』一指：見前《送蠻客》注釋〔一〕。

〔二〕鏡湖：古代大型農田水利工程，在今浙江紹興會稽山北麓。東漢永和五年（一四〇）會稽太守馬臻主持修建，水平如鏡，故名。

閑居①

其一

多病逢迎少，閑居又一年。藥看辰②日合，茶過卯時煎。偶取支干字對，〔一〕正見『閑』處，亦天然恰好。若專借此見長，則纖而陋矣。〔二〕草長晴來地，蟲飛雨後天。『閑』眼。〔三〕此時幽步③遠，不覺到山邊。真得自然之妙！

【校記】

①閑居：宋籍、嘉籍、庫籍、全詩（卷三八四）皆作『夏日閑居』。

②辰：宋籍、席籍作『成』。

③步：全詩作『夢』。

【注釋】

〔一〕支干：地支和天干。十二地支爲子、丑、寅、卯、辰、巳、午、未、申、酉、戌、亥。十天干爲甲、乙、丙、丁、戊、己、庚、辛、壬、癸。

〔二〕纖：細巧柔弱。陋：粗劣。

〔三〕『閑』眼：謂二句寫『閑』静時所見景象。

其二

東城南陌塵，紫幰與朱輪。唱入。〔一〕盡說無多事，能閑有幾人？冷眼看出，冷語唤醒。唯教推甲子，不信守①庚申。誰見衡門裏，終朝自在貧②。（『自在貧』）三字奇創得妙！○古詩人全須此副胸襟。

【校記】

① 守：席籍作『有』。

② 貧：席籍作『身』。

【注釋】

〔一〕唱入： 導入。謂二句猶如戲劇的序幕。參見前《春日留別》注釋〔一〕『唱起』。

晚秋閑居

獨坐高秋晚，蕭條足①遠思。家貧常②畏客，身老轉憐兒。說俗情須是說到家，〔一〕人人可按，〔二〕無古無今。【趙本】此等與王仲初一體，〔三〕確非白香山，〔四〕須辨。萬種盡閑事，一生能幾時。放此二句尤妙！從來疏懶性，應祇有僧知。

此與王仲初一體，確非白香山，須辨。

【校記】

① 足： 庫籍作『是』。

② 常： 趙本、宋籍、嘉籍作『長』。

【注釋】

〔一〕到家：謂到位，達到相當高的水平或程度。明李贄《覆楊定見書》：『文章若未到家，須到家乃已。』

〔二〕按：考察。此謂體味，產生共鳴。

〔三〕王仲初：王建。字仲初。生平見後《王建傳》。

〔四〕白香山：白居易。號香山居士。生平詳見前《重訂中晚唐詩主客圖説》注釋〔四〕『白居易』。

和陸①司業習靜寄所知

幽室獨焚香，清晨下未央。山開登竹閣，僧到出茶堂②。畫出高情，止是尋常事。收拾新琴譜，封題③舊藥方。偏於無關緊要處搜剔情事，正見閑靜處。【趙本】極似仲初。〔一〕逍遙無別事，不似在班行。

入情。

酬韓祭酒雨中見寄

雨中愁不出，陰黑晝①連宵。屋濕唯②添漏，泥深未放朝。無芻憐馬瘦，仲初云『家貧童僕瘦』。〔一〕少食信兒嬌。仲初云『兒病向來嬌』。〔二〕【趙本】仲初云『家貧童僕瘦』『兒病向來嬌』。聞道韓夫子，還同此寂寥。祇此一點。以上俱是自寫。

【注釋】

〔一〕仲初：王建之字。生平見後《王建傳》。

【校記】

① 陸：嘉籍目録作『裴』，卷二作『陸（裴）』。

② 堂：趙本、宋籍、席籍、全詩（卷三八四）作『床』。

③ 封題：嘉籍、庫籍作『尋封』。

【校記】

①晝：英華（卷一五三）、宋籍、嘉籍、庫籍、全詩（卷三八四）作『盡』。徐按：作『晝』更合詩意。

②唯：趙本、英華作『惟』。

【注釋】

〔一〕仲初：王建之字。生平見後《王建傳》。『家貧』句：《原上新居十三首》其四詩句。詩見後王建詩選。

〔二〕『兒病』句：《原上新居十三首》其十詩句。詩見後王建詩選。

和裴僕射移官言志①

身②在勤勞地，常思放曠時。功成③歸聖主，即指淮西事，〔一〕祇輕輕點過。位重委群司。須知祇此平常十個字，而裴令公相業已無可復加；〔二〕即作史贊，亦高筆也。【趙本】即指淮西事，祇輕輕點過，眼界絶大。看壘臺邊石，韓公有和公假山詩，〔三〕此是實也。閑④吟篋裏⑤詩。蒼生正瞻望⑥，難與故山⑦期。

如此極重極大題目，而衹平平提過，如此正可見眼界胸次高處。〔四〕

【校記】

①移官言志：英華（卷二四五）作『寄韓侍郎』。

②身：英華、席籍作『久』。

③成：英華作『高』。

④閑：英華、席籍作『行』。

⑤裏：律髓（卷六）作『内』。

⑥望：英華作『仰』。

⑦山：律髓、席籍作『人』。

【注釋】

〔一〕淮西事：裴度平淮西吴元濟之亂。元和九年（八一四），淮西節度使吴少陽卒，子元濟自襲父位，叛唐。十二年八月，裴度受詔持節蔡州諸軍事，督師征討，韓愈兼御史中丞充彰義軍行軍司馬；十月淮西平。事詳見《舊唐書》憲宗本紀、裴度傳等。

〔二〕裴令公：裴度（七六五—八三九）。中唐政治家。字中立，河東聞喜縣（今屬山西）人。貞元五年，進士及第。元和十年拜門下侍郎同中書門下平章事； 平蔡有功，封晉國公； 十四年出爲太原尹、河東節度使。長慶間以守司徒同平章事，復知政事，尋出爲山南西道節度使。文宗立，加門下侍郎、集賢殿大學士，充山南東道節度等使。大和八年，進位中書令。開成四年卒於東都。

〔三〕韓公： 韓愈。生平見前《重訂中晚唐詩主客圖説》注釋〔一〇四〕『吏部』。和公假山詩： 指韓愈《和裴僕射相公假山十一韵》。全詩云： 『公乎真愛山，看山旦連夕。猶嫌山在眼，不得着脚歷。枉語山中人，匄我澗側石。有來應公須，歸必載金帛。當軒乍駢羅，隨勢忽開坼。有洞若神剜，有岩類天劃。終朝岩洞間，歌鼓燕賓戚。孰謂衡霍期，近在王侯宅。傅氏築已卑，磻溪釣何激。逍遥功德下，不與事相摭。樂我盛明朝，於焉傲今昔。』

〔四〕胸次： 見前《酬韓庶子》注釋〔三〕。

酬①裴僕射朝回寄韓吏部

獨愛南園②裏，山晴竹杪風。先畫一幅景。從容朝早退，蕭灑客常通。祇似不作意。〔一〕按曲新亭上，移花遠寺中。唯③應有吏部，詩酒每相同。安放得平澹高妙！

【校記】

①酬：劉籍、席籍、全詩（卷三八四）作『和』。徐按：據題意判斷，作『和』是。

②園：底本、嘉籍、庫籍、全詩作『關』，據宋籍、席籍改。裴度興化池亭稱『南園』而非『南關』。楊鴻年《隋唐兩京坊里譜·興化坊》：『《長安志》：「晋國公裴度池亭。」注：「白居易詩，《宿裴相興化池亭兼借船舫游泛》。」《城坊考》加注：「按《獨異志》：裴晋公寢疾，暮春之月，忽遇游南園，令家僮舁至藥欄，蓋即此池亭。自永樂里視之在南，故曰南園。」』

③唯：趙本作『惟』。

【注釋】

〔一〕作意：見前《酬韓庶子》注釋〔二〕。

酬白二十二①舍人早春曲江見②招

曲江冰欲盡，風日③已恬和。柳色看猶淺，泉聲覺漸多。寫『早』字，妙！紫蒲生濕岸，青鴨戲④新波。仙掖高情客，相招共一過。酬意祇如此便出。

此等應酬體，越見性情，不同後人一味周旋世故，故讀唐詩者先須讀其應酬詩。○樂天推重水部至矣，〔一〕而水部却不混作贊語，〔二〕止和其詩景，而人自見。【趙本】此等應酬體，越見性情，不同後世一味……先須看其應酬詩。

【校記】

① 二十二：英華（卷二四五）無此三字。

② 見：席籍作『相』。

③ 日：英華作『物』。

④ 戲：英華作『弄』。

【注釋】

〔一〕樂天：白居易之字。生平見前《重訂中晚唐詩主客圖説》注釋〔四〕『白居易』。

〔二〕混：隨便。清李漁《閑情偶寄·居室部·联匾》『手卷額』條：『字則必用剞劂，各有所宜，混施不可。』

和李僕射秋日病中作

由來病根①淺，易見藥功成②。曉日杵臼靜，涼風衣服輕。猶疑少③氣力，漸覺有心情。獨倚紅藤杖，時時階上行。

此烈烈破蔡州第一功之李小太尉也，〔一〕乃祇用尋常病後閑話和之，更不作意〔二〕；不獨見自己胸次〔三〕，亦使僕射身分愈高，且所言不過病中，又何須分外張皇〔四〕？

【校記】

①根：席籍作『源』。

②成：宋籍、席籍作『程』。

③少：宋籍、劉籍、庫籍作『多』。

【注釋】

〔一〕破蔡州第一功之李小太尉：李愬。徐按：此詩所謂『李僕射』乃李絳，懷民誤。李絳寶曆元年

（八二五）官左僕射。《舊唐書·敬宗本紀》（卷一七上）：寶曆元年四月『乙亥，以劍南東川節度、檢校司空李絳爲左僕射』，十二月『甲子，以左僕射李絳爲太子少師，分司東都』。絳屢以疾辭官，與詩亦合。《舊唐書·李絳傳》（卷一六四）：『（元和）八年，封高邑縣男。絳以足疾，拜章求免。……穆宗即位，改御史大夫。……絳以疾辭。』

〔二〕作意：見前《酬韓庶子》注釋〔二〕。

〔三〕胸次：見前《酬韓庶子》注釋〔三〕。

〔四〕分外：格外，特別。張皇：見前《酬韓庶子》注釋〔四〕。

贈太常王建藤杖笋鞋

蠻藤剪爲杖，楚笋結成鞋。疏得珍重有致。〔一〕稱與詩人用，高妙！堪隨禮寺齋。對法之變尤妙。

【趙本】對法。尋花入幽徑，步日①下寒階。細細摹想。以此持相贈，君應愜素懷。

看似枯窘，實寓厚味。初學讀此，真是雪淡。

【校記】

①日：席籍、庫籍作『月』。徐按：作『月』意境尤佳。

【注釋】

〔一〕疏：粗拙，粗劣。謂贈物不精美。有致：有情趣，有韵味。明王世貞《答汪惟一》：『得足下所遺數詩，渢渢乎有致也。』

和周贊善聞子規

秦城啼楚鳥，古興。〔一〕遠思更紛紛。先停頓一筆，妙！【趙本】先停頓一筆。況是街西夜，偏當雨裏聞。祇似不作意，〔二〕所以升莽無從領取。〔三〕應投最高樹，似隔數重①雲。此處誰能聽，遥知獨有君。

【校記】

①重：庫籍作『層』。

【注釋】

〔一〕古興：古雅脱俗的興味。唐釋皎然等《登峴山觀李左相石尊聯句》：『覽事古興屬，送人歸思繁。』古，不同凡俗。參見前《春日留别》注釋〔二〕『古味』。

〔二〕作意：見前《酬韓庶子》注釋〔二〕。

〔三〕升莽無從領取：謂明楊慎無法領略其中的妙處。升莽，楊慎。莽，『菴』的古字，亦作『庵』。楊慎的中晚唐詩論及其生平，見前《重訂中晚唐詩主客圖説》相關部分及其注釋。

送李騎曹靈州歸覲

翩翩出上京，幾日到邊城。漸覺①風沙起②，還將弓箭行。席萁侵路暗，野馬見人驚。畫邊景真。軍府知歸慶，應教數騎迎。省覲意祇從傍一點，而情事如見。【趙本】淡極。

【校記】

① 覺：席籍作『過』。

②起：英華（卷二七七）、宋籍、席籍作『處』。

寒食夜寄姚侍御①

貧官多寂寞，不異野人居。作酒和山②藥，教兒寫道書。五湖歸去遠，百事病來疏。多少心中語，十字括盡。況③憶④同懷者⑤，寒庭月上初。

【校記】

①御：宋籍、劉籍、全詩（卷三八四）作『郎』。徐按：作『郎』非。姚侍御，即姚合，合未曾任侍郎。

②山：全詩校『一作「仙」』。

③況：宋籍作『沉』。

④憶：紀事（卷四九）作『是』。

⑤者：紀事、席籍作『客』。

古樹

古樹枝柯少，枯來復幾春。露根堪繫馬，空腹恐①藏人。匠物入神！〔一〕水部亦有此警筆也。〔二〕若當江浦上，行客祭爲神。古趣

〇下『腹』字妙！蠹節莓苔老，燒痕霹靂新。『新』字押得奇。諧妙。〔三〕

【校記】

①恐：英華（卷三二六）、庫籍、全詩（卷三八四）作『定』。

【注釋】

〔一〕匠物：見前《重訂中晚唐詩主客圖説》注釋〔八七〕。

〔二〕警筆：警策動人的詩句。

〔三〕諧：詼諧，戲謔。《漢書·東方朔傳》（卷六五）：『上以朔口諧辭給，好作問之。』

送徐① 先生歸蜀

日暮遠歸處，雲間仙觀鐘。唯②持青玉牒，獨立③碧雞峰。妙在『獨』字。陰洞④長收⑤乳，寒潭⑥舊養龍。祇虛寫，却似真個。〔一〕幾時因賣藥，得向海邊逢。

分明一幅仙人像，然説來却甚平實。

【校記】

①徐：英華（卷二二九）作『陰』。

②唯：趙本作『惟』。

③立：英華、宋籍、席籍作『上』。

④洞：宋籍、嘉籍作『澗』。

⑤長收：英華、庫籍作『新生』。

⑥潭：英華、宋籍、庫籍、全詩（卷三八四）作『泉』。

【注釋】

〔一〕真個：真的，真實。唐韓愈《盆池五首》其一：『老翁真個似童兒，汲水埋盆作小池。』

隱者①

先生已得道，市井亦容身。救病自行藥，得錢多與人。問年長②不定，傳法又非真。常③見鄰家④說，時聞⑤使鬼神。是虛是實？迷離恍惚，妙！妙！

此等若作正言則腐，若作妄言則癡，似異似常，疑真疑幻，而妙諦在焉。〔二〕凡贈道者、辟穀者、不食姑等（徐按：張籍有《羅道士》《贈辟穀者》《不食姑》詩），都是一例，〔三〕諸家皆以此類推。〔三〕

【校記】

①隱者：英華（卷二三二）、庫籍前有『贈』字。

②長：英華、庫籍作『常』。

③常：英華、庫籍、全詩（卷三八四）作『每』。

④家：庫籍作『翁』。

⑤聞：庫籍作『時』。

【注釋】

〔一〕妙諦：見前《不食姑》注釋〔一〕。

〔二〕一例：一律，同樣。北魏楊衒之《洛陽伽藍記·城西·法雲寺》：『至於鹽粟貴賤，市價高下，所在一例。』

〔三〕諸家：指選入本書的其他詩人此類詩作。

送友人歸山

出山成白首，重去結茅廬。移石修廢井，掃龕盛舊書。開田留杏①樹，分洞與僧居。高古。〔一〕長在幽峰裏，樵人見亦疏②。加倍寫。〔二〕

【校記】

① 杳：庫籍作『古』。

② 疏：宋籍作『初』，庫籍作『稀』。

【注釋】

〔一〕高古：高雅古樸。詳見前《重訂中晚唐詩主客圖説》注釋〔六〕。

〔二〕加倍寫：更進一層寫。古詩詞中常見的表現手法。就張籍此詩尾聯而言，指遞進式地表現友人的遁世情懷——不僅『長在幽峰裏』，而且『樵人見亦疏』。

哭山中友人

入雲遥便哭，突起。山友隔今生。繞墓招魂魄，鎸岩記姓名。妙祇在尋常。犬因無主善①，『善』字妙！鶴爲見人鳴。『無主』『見人』妙！○二語全從悲眼中看出，認真不得。○犬自善，豈因無主？鶴偶鳴，寧爲見人？而自哭者眼中都作如是觀，詩象之活也，〔一〕解此始可與言詩。長説能尸解，多應别路行。

【趙本】犬自善，豈因無主？鶴偶鳴，寧爲見人？而自哭者眼中都作如是，詩象之活也，解此始可與言詩矣。

【校記】

① 善：庫籍作『瘠』。

【注釋】

〔一〕詩象：詩歌的想象、意象。

老將

鬢衰頭似雪，行步急如風。不怕騎生馬，猶能挽硬弓。匠。〔一〕兵書封錦字，手詔滿香筒。今日身憔悴，還誇定遠功。

【注釋】

〔一〕匠：見前張籍《山中古祠》注釋〔一〕。

漁陽將

塞深沙草白，都護領燕兵。放火燒奚帳，分旗築漢城。下營看嶺勢，字法。尋雪覺人行。字法。更向桑①乾北，擒生②問磧名。

邊情逼真。

【校記】

①桑：宋籍作『乘』。

②生：庫籍作『王』。

贈同谿客①

幽居得相近，烟景每②寥寥。共伐臨谿樹，同爲過水橋。自教青③鶴舞，分采紫④芝⑤苗。更愛南峰住⑥，尋君路恐⑦遥。

先知此題之高古，〔一〕有情味，則知此詩妙處。

【校記】

①同谿客：又玄（卷中）作『同志』。
②每：又玄作『已』，英華（卷一六六）、席籍作『亦』。
③青：又玄、英華作『仙』。
④紫：又玄、英華作『玉』。
⑤芝：又玄作『枝』。
⑥住：又玄作『寺』，英華作『好』。
⑦路恐：又玄、宋籍作『恐路』，英華作『畏路』。

【注釋】

〔一〕高古：高雅古樸。詳見前《重訂中晚唐詩主客圖說》注釋〔六〕。

秋閨①

秋風窗下起，旅雁又②南飛。日日出門望，家家行客歸。無因見邊使，空待寄寒衣。獨閉③青樓暮，烟深鳥雀稀。

此等與其樂府相出入，〔一〕語淺意深，最不宜忽。〔二〕

【校記】

①秋閨：趙本、全詩（卷三八四）作『望行人』。

②又：全詩作『向』。

③閉：趙本作『倚』。

【注釋】

〔一〕出入： 或出或入，有相似處，亦有不同處。謂差不多。宋蘇轍《歷代論四·梁武帝》：『東漢以來佛法始入中國，其道與《老子》相出入，皆《易》所謂形而上者。』

〔二〕宜： 應該。忽： 忽視，輕視。

聽夜泉

細泉深處落，夜久漸聞聲。此句安放得妙。獨起出門聽，欲尋當澗行。靜！細！還疑隔林遠，復畏有風生。細極！靜極！月下長來①此，無人亦②到明。

靜到極處，故細到極處。○祇此一段高興，〔一〕後人萬萬不能及。其妙可與賈長江《玩月》古詩同看。〔二〕【趙本】祇如一段高興，後人萬萬不能企及。……古詩同看。

【校記】

① 長來： 趙本作『常來』，英華（卷一六四）、庫籍作『堪留』。

②亦：庫籍作『共』。

【注釋】

〔一〕高興：高雅的興致。唐杜荀鶴《戲題王處士書齋》：『先生高興似樵漁，水鳥山猿一處居。』

〔二〕賈長江：賈島。曾官長江縣（治今四川蓬溪縣西）主簿，故稱。生平詳見卷下《賈島傳》。賈島《玩月》：『寒月破東北，賈生立西南。西南立倚何？立倚青青杉。近月有數星，星名未詳諳。但愛杉倚月，我倚杉爲三。月乃不上杉，上杉難相參。眙愕子細視，睛瞳桂枝劖。目常有熱疾，久視無煩炎。以手捫衣裳，零露已濡霑。久立雙足凍，時向股髀淹。立久病足折，兀然黐膠黏。他人應已睡，轉喜此景恬。此景亦胡及，而我苦淫耽。無異市井人，見金不知廉。不知此夜中，幾人同無厭。待得上頂看，未擬歸枕函。强步望寢齋，步步情不堪。步到竹叢西，東望如隔簾。却坐竹叢外，清思刮幽潛。量知愛月人，身願化爲蟾。』

嶺①南遷客

去去遠遷客，瘴中衰病身。青山無限路，白首不歸人。祇作盡情語。此真諦，異於世諦。〔一〕○或海國戰騎象，蠻州市用銀。祇就二事指點，而風土如見。言此二句似盛唐人語。【趙本】或言二句似盛唐人語。一家分幾處，誰見日南春。

【校記】

① 嶺：即劉本、趙本、嘉籍、全詩（卷三八四）作『送』。

【注釋】

〔一〕真諦、世諦：佛教『二諦』。真諦爲出世間法，即真理上的實義；亦謂真實的意義或事理。真，真實無妄。諦，猶『義』，真實的事理。世諦，與『真諦』相對，又名『俗諦』或『世俗諦』，爲世間法，即俗事上的實義；亦謂淺明而易爲世俗之人所知的道理。世，世俗之事或人。明宋濂《重壕釋迦文佛卧像碑銘》：『本則真諦，迹則俗諦。真俗混融，皆不思議之事，烏可以異觀哉？』此處二諦之意義皆爲後者。

薊北春懷①

渺渺水雲外，别②來音③信稀。因逢過江使，却寄在家衣。真情遠味，祇在尋常情事中，若入後人手，便易鄙瑣。〔一〕問路更愁遠，逢人空説歸。今朝薊城北，又見塞鴻飛。

【校記】

①懷：英華（卷二九三）作『思』。

②别：英華作『望』。

③音：英華作『鄉』。

【注釋】

〔一〕鄙瑣：粗俗瑣屑。

思遠人①

野橋春水清，橋上送君行。去去人應老，年年草自生。出門看遠道，無信②向邊城。楊柳别離處，秋蟬今復鳴。

觸景生情，緣情成詩，都無迹象。水部於此等處真得古情古興，〔二〕世人安得以其輕淺而忽之也?〔二〕【趙本】觸景生情,緣情成詩,都無迹象。

【校記】

① 思遠人: 才調(卷三)作『寄遠客』。

② 信: 才調作『路』。

【注釋】

〔一〕古情: 古雅的情感。古興: 見前《和周贇善聞子規》注釋〔一〕。

〔二〕忽: 忽視,輕視。見前《秋閨》注釋〔二〕。

送宮人入道

舊寵昭陽裏,尋①仙此最稀。名初②出宮籍,身未稱霞衣。已別歌舞貴③,長隨鸞鶴飛。中官看入洞,空駕玉輪歸。餘意作結,令人邈然,〔一〕此真不盡也。〔二〕【趙本】最要學他結法,獨得不盡之味。

最要學他結法,獨得不盡之味。

【校記】

①尋：英華（卷二二九）作『求』。

②初：英華作『雖』。

③貴：庫籍作『綴』。

【注釋】

〔一〕邈然：茫然。謂耐人尋味。

〔二〕不盡：即歐陽修《六一詩話》引梅堯臣所謂『含不盡之意，見於言外』。參見前《重訂中晚唐詩主客圖説》注釋〔七七〕。

贈①辟穀者

學得餐霞法，逢人與②小還。身輕曾③試鶴，力弱未離④山。竟似真個，〔一〕妙！妙！細一思之，不過見其身輕力弱耳。○未離山是果然，曾試鶴是想當然。無食犬猶⑤在，不耕牛自閑。似奇似常。朝朝空漱水⑥，叩齒草堂間。祇自平實。

【校記】

①贈：英華（卷二三二）作『贈新』，律髓（卷四八）作『題』。

②與：席籍作『贈』。

③曾：英華作『堪』，劉籍作『會』。

④離：英華作『登』。

⑤猶：英華校『一作「常」』。

⑥空漱水：英華作『唯盥漱』。

【注釋】

〔一〕真個：真的，真實。詳見前《送徐先生歸蜀》注釋〔一〕。

思江南舊游

江皋三月時，花發石楠①枝。祇提一事，而萬感俱集。歸客應無數，春山自不知。詩人必深情，情獨行愁道遠，回信畏家移。「畏」字與「近鄉情更怯」「怯」字同令人悚感。〔一〕楊②柳東西渡，茫茫欲問誰。不深者不可與言詩。

【校記】

① 楠：宋籍、劉籍作「榴」。

② 楊：宋籍作「橋」。

【注釋】

〔一〕「近鄉」句：唐宋之問《渡漢江》詩句。全詩云：「嶺外音書斷，經冬復歷春。近鄉情更怯，不敢問來人。」

夜到漁家①

漁家在②江口，潮水入柴扉。格。〔一〕行客欲投宿，主人猶未歸。格。竹深村路暗③，月出釣船稀。是凝望之神。遙見尋沙岸，春④風動草衣。至此主人始歸也。

格法妙。〔二〕○此詩一氣讀下，看其叙布之妙、〔三〕摹繪之工。

【校記】

①詩題英華卷二一七作『宿漁家』；卷二九三重出，作『江行夜投漁家』。
②在：英華(卷二一七)作『住』。
③暗：全詩(卷三八四)作『遠』。
④春：英華(卷二一七)作『秋』。

【注釋】

〔一〕格：謂二句堪爲詩歌開篇的法式和規範。詳見前《薊北旅思》注釋〔一〕。徐按：此當指元楊載《詩法家數·律詩要法》所謂『對景興起』。
〔二〕格法：指堪爲範式的藝術表現技法。
〔三〕叙布：謀篇布局。

送邊使①

揚旌②過隴頭，隴水向西流。著此句妙。塞路依③山遠，戍城逢雨秋④。似常却不常。寒沙陰漫漫，疲⑤馬去⑥悠悠。爲問征行⑦將，誰封定遠侯？是正問，却出以閑意。

【校記】

① 邊使：劉籍、全詩（卷三八四）作『遠使』，庫籍作『邊客』。
② 揚旌：英華（卷二九七）、全詩校『一作「旌旗」』。
③ 依：英華作『見』。
④ 雨秋：宋籍、庫籍、全詩作『笛秋』，全詩校『一作「雨留」』。
⑤ 疲：席籍作『瘦』。
⑥ 去：英華校『集作「步」』。
⑦ 行：英華作『西』。

早春①病中

羸病及年初，心情不自如。多申請假牒，祇送賀官書。全於世務看其高閑。〔一〕幽徑獨行步，白頭常②懶梳。更憐晴日色，漸漸暖貧居。恰是新年病後，寫得閑官妙極。

【校記】

①早春：席籍作『春日』。

②常：趙本、宋籍、嘉籍、庫籍、全詩（卷三八四）作『長』。

【注釋】

〔一〕世務：世俗生活中的事務。漢桓寬《鹽鐵論·論儒》：『孟軻守舊術，不知世務，故困於梁、宋。』高閑：清高閑適。宋曾鞏《寄致仕歐陽少師》：『曠達林中趣，高閑物外身。』

送嚴大夫之桂州

旌旆過湘潭，幽奇得遍探。莎①城百越北，竹②路九疑南。略涉成趣。有地多生桂，無時不養蠶。今俗亦有不同。聽歌難辨③曲，風俗自相諳。

【校記】

① 莎：庫籍作『涉』。

② 竹：英華（卷二七七）、嘉籍、庫籍、全詩（卷三八四）作『行』。徐按：作『竹』是，既與『莎』對，又與『九疑』山多竹合。

③ 難辨：英華、全詩作『疑似』。

詠懷

老去多悲事，非唯見二毛。眼昏書字大，匠出『眼昏』。〔一〕耳重語①聲高。匠出『耳重』。望月偏增思，老人始知此意。尋山易②覺③勞。都無作官意，賴得在閑曹。此中便有人在。

寫老態入畫，而不似後人瑣鄙。〔二〕

【校記】

①語：庫籍、全詩（卷三八四）作『覺』。

②易：嘉籍作『覺』。

③覺：嘉籍、庫籍、全詩作『發』。

【注釋】

〔一〕匠：刻畫，描繪。詳見前《重訂中晚唐詩主客圖説》注釋〔八七〕『匠物』。

〔二〕瑣鄙：瑣碎粗俗。

使至藍谿驛寄太常王丞

獨上七盤去，峰巒轉轉稠。雲中迷象鼻，雨裏下①箏頭。此祇可偶一及之，若專以此見長，則俗矣。

水没荒橋路，鴉啼古驛樓。君今在城闕，肯見此中愁②。

【校記】

①下：席籍作『上』。

②愁：庫籍作『秋』。

留别江陵王少尹①

迢迢山上路，病客獨行遲。况此分襟日②，當君失意時。此等格法自劉文房印轉來也。〔一〕寒林露遠驛③，畫。〔二〕晚燒獵④荒陂。字法。非真有獵者也。别後空回首，相逢未有⑤期。

【校記】

①尹：英華(卷二八八)、宋籍、嘉籍、庫籍、全詩(卷三八四)作『府』。

②襟日：全詩作『手處』。

③露遠驛：英華作『路遠驛』；全詩作『遠路驛』，校『一作「露遠邑」』。

④ 獵：英華、宋籍、全詩作『過』。

⑤ 未有：席籍作『亦未』。

【注釋】

〔一〕格法：指堪稱範式的藝術表現技巧。劉文房：劉長卿。字文房。生平見前《重訂中晚唐詩主客圖説》注釋〔一一四〕『劉隨州』。印轉：承傳，演化。

〔二〕畫：謂描繪如畫。

霅溪西亭晚望①

霅水碧悠悠，西亭柳②岸頭。夕陰③生遠岫，斜照逐回流。此地動歸思，逢人④方倦游。

對法著意。〔一〕吴興耆舊盡，空見白蘋洲。

中四脱化六朝王籍《入若耶溪》詩，〔二〕而不嫌於套襲，可知古人之善學矣。

【校記】

①西亭晚望：英華（卷一六六）作『遠望』。

②柳：英華作『古』。

③陰生：英華作『光陰』。

④人：英華作『君』。

【注釋】

〔一〕著意：刻意，用心。《楚辭·九辯》：『罔流涕以聊慮兮，惟著意而得之。』朱熹集注：『著意，猶言著乎心，言存於心而不釋也。』

〔二〕王籍：南朝梁詩人。生卒年不詳。字文海，琅邪臨沂（今山東臨沂市）人。齊末爲冠軍行參軍，累遷外兵記室。梁天監末任湘東王蕭繹諮議參軍，遷中散大夫等。詩學謝靈運，《南史·王籍傳》稱『時人咸謂康樂之有王籍，如仲尼之有丘明，老聃之有莊周』。《入若邪溪》：『艅艎何泛泛，空水共悠悠。陰霞生遠岫，陽景逐回流。蟬噪林逾静，鳥鳴山更幽。此地動歸念，長年悲倦游。』

春日李舍人宅見兩省諸公唱和因書情即事

又見帝城裏，東風天氣和。官閑人事少，年長道情多。語能該括，〔一〕自然味長。紫掖發章句，青闈更咏①歌。和意祇此二語，〔二〕叙得閑適高致。〔三〕誰知幽寂處②，終日斷經過。

詩中長題，須看製題詳略法。

【校記】

① 咏：席籍作『和』。

② 幽寂處：嘉籍、全詩（卷三八四）作『余寂寞』，宋籍、劉籍作『幽寂寞』，庫籍作『常寂寞』。

【注釋】

〔一〕該括：見前《送鄭秀才歸寧》注釋〔一〕。

〔二〕和意：一種與『和韵』相對的和詩方式，即立足於原唱内容進行創作。宋洪邁《容齋隨筆》卷一六『和詩當和意』條：『古人酬和詩，必答其來意，非若今人爲次韵所局也。觀《文選》所編何劭、張華、盧諶、劉琨、「二陸」、「三謝」諸人贈答，可知已。唐人尤多，不可具載。姑取杜集數篇，略紀於此。高適寄杜公云：「愧爾東西南北人。」杜則云：「東西南北更堪論。」高又有詩云：「草《玄》今已畢，此外更何言。」杜則云：「草《玄》吾豈敢，賦或似相如。」』徐按：盛唐以前，和詩唯和意，中唐以後纔和韵（分爲『依韵』『用韵』『次韵』）。宋張表臣《珊瑚鉤詩話》（卷一）：『前人作詩，未始和韵。自唐白樂天爲杭州刺史，元微之爲浙東觀察，往來置郵筒倡和，始依韵，而多至千言，少或百數十言，篇章甚富。』明胡震亨《唐音癸籤・法微二》（卷三）『和韵聯句』條注：『盛唐人和詩不和韵……至大曆中李端、盧綸野寺病居酬答，始有次韵。後元、白二公次韵益多，皮、陸則更盛矣。』

〔三〕高致：情致、格調高雅。《三國志・吴書・周瑜傳》（卷五四）：『性度恢廓，大率爲得人，惟與程普不睦。』裴松之注引晋虞溥《江表传》：『幹還，稱瑜雅量高致，非言辭所間。』

山中春[1]夜

寂寂[2]春山[3]静，幽人歸卧[4]遲。横[5]琴當月下，壓[6]酒及[7]花時。冷[8]露濕[9]茆屋[10]，暗泉衝[11]竹籬。西峰采藥[12]伴，此夕恨無期。

全於言外想其靜懷。

【校記】

①春：英華（卷一六〇）作『作春』，嘉籍、庫籍、全詩（卷三八四）作『秋』。徐按：當作『春』，英華『作』字衍。

②寂寂：英華作『寂寞』。

③春山：英華、嘉籍、庫籍、全詩作『山景』，宋籍作『春景』。

④卧：嘉籍、全詩作『去』。

⑤横：英華、庫籍作『移』。

⑥壓：英華、庫籍作『漉』。

⑦及：庫籍作『對』。

⑧冷：英華、庫籍作『新』，劉籍校『一作「竹」』。

⑨濕：英華、庫籍作『冷』。

⑩屋：英華、庫籍作『席』。

⑪衝：席籍作『通』。

⑫藥：席籍作『芝』。

送南客

行路雨修修①，青山海盡②頭。天涯人去遠③，嶺北水空④流。似常却不常，須善辨。夜市連銅柱，巢居屬⑤象州。來時舊相識，誰向⑥日南⑦游。

【校記】

①修修：嘉籍、庫籍作『儵儵』。

②海盡：英華（卷二七七）、宋籍、嘉籍、庫籍、全詩（卷三八四）作『盡海』。

③遠：宋籍、席籍作『老』。

④空：英華、席籍作『廻』，全詩校『一作「南」』。

⑤屬：席籍作『獨』。

⑥向：席籍作『問』。

⑦南：英華作『邊』。

宿江店

野店①臨西②浦，門前有橘花。停頓。〔一〕停燈待賈客，賣酒與漁家。畫。〔二〕夜静江水③白，匠出『静』字。〔三〕路迴山月斜。匠出『迴』字。閑尋泊船④處，潮落見平沙。

【校記】

①店：　席籍作『路』。

②西：　英華（卷二九三）作『寒』，品彙（卷六七）作『江』。

③江水：　劉籍、庫籍作『秋江』。

④泊船：　英華作『舟泊』，品彙作『泊舟』。

【注釋】

〔一〕停頓：　謂詩人在野店門前停留。

〔二〕畫：　謂描繪如畫。

〔三〕匠：刻畫，描繪。詳見前《重訂中晚唐詩主客圖説》注釋〔八七〕『匠物』。

嶺外①逢故人

過嶺萬餘里，旅游經此稀。相逢去家遠，共説幾時歸。止道人人意中事，却非人人集中所有。海上見花發，瘴中聞鳥②飛。炎州③望鄉④伴，自⑤識北人衣。深情。

【校記】

①外：英華（卷二一八）、全詩（卷三八四）作『表』。

②聞鳥：嘉籍、全詩等作『唯鳥』，英華作『無雁』。

③州：英華作『塗』。

④鄉：英華作『行』。

⑤自：英華作『相』。

出塞①

秋塞雪初下，將軍遠出師。分營長記火，放馬不收旗。月冷邊帷②濕，沙昏夜探遲。征人皆白首，誰見滅胡③時？

妙能匠出邊塞情事如見。[一]若尾末垂戒，又是餘意。

【校記】

①出塞：英華（卷一九七）作『塞下曲』。

②帷：英華、宋籍、席籍、全詩（卷三八四）作『帳』。

③滅胡：庫籍作『凱歌』。

【注釋】

〔一〕匠：刻畫，描繪。詳見前《重訂中晚唐詩主客圖説》注釋〔八七〕『匠物』。

寄紫閣隱者

紫閣氣沉沉，先生住處深。有人時得見，無路可相尋。『時』字妙！第二句得此，亦非常語。

夜①鹿伴②茅屋，秋猿守栗林。『守』字妙！唯應采③靈藥，更不別營心④。似拙處正是古。〔一〕

【校記】

① 夜：英華（卷二三二）、類聚（前集卷三三）、庫籍作『野』。

② 伴：席籍作『投』。

③ 采：律髓（卷四八）作『掃』。

④ 營心：英華、類聚作『經心』，英華校『又作「相侵」』。

【注釋】

〔一〕古：不同凡俗。參見前《春日留別》注釋〔二〕『古味』。

夜①宿黑竈溪

夜到碧溪裏，無人秋月明。著此句妙。逢幽更②移宿，取伴亦探③行。花下紅泉色，雲西④乳鶴聲。明朝記⑤歸去⑥，石上自書名。

有第二句，則五、六便如仙境矣！故必書名記此游也。不然，分視之，〔一〕亦常語耳。

【校記】

①夜：英華（卷一六六）、宋籍、席籍無此字。

②更：英華、席籍作『便』。

③探：英華作『深』。

④西：英華作『中』。

⑤記：英華作『寄』。

⑥去：英華、宋籍、嘉籍、席籍、庫籍、全詩（卷三八四）作『處』。

【注釋】

〔一〕分視之：謂不將第二句與第五、六句聯繫起來看。

答僧拄杖

靈藤爲拄杖，白净色如銀。狀一句。〔一〕得自高僧手，將扶病客身。春游不騎馬，夜會亦呈人。人情如見。○此意再見《酬藤杖》絶句，〔二〕云：『倚來自覺身生力，每向旁人説得時。』持此歸山去，深宜戴角巾。

【趙本】此意再見絶句《酬藤杖》，云：『倚來自覺身生力，每見旁人説得時。』

【注釋】

〔一〕狀：描繪。此謂狀物。

〔二〕《酬藤杖》：張籍絶句。全詩云：『病裏出門行步遲，喜君相贈古藤枝。倚來自覺身生力，每向傍人説得時。』

送海客① 歸舊島

海上去②應遠，蠻家雲島孤。竹船來桂府③，山市④賣魚鬚。寫得蠻境逼真，不求異而自異。入國自獻寶⑤，逢人多贈珠。却歸⑥春洞口，斬⑦象祭天吴。

此等體例，止狀其風土，即所以『送』之，不用應酬習語。

【校記】

① 海客：英華（卷二七七）、全詩（卷三八四）作『海南客』。
② 去：英華作『歸』。
③ 府：底本作『蠹』，據趙本、宋籍、嘉籍、庫籍改；桂蠹，寄生於桂樹的一種蟲子，與語境不符。又，英華、全詩作『浦』。
④ 市：英華作『地』。
⑤ 寶：英華作『錦』。
⑥ 歸：英華作『迴』。

⑦斬：宋籍、嘉籍作『新』。徐按：『新』當爲『斬』之形訛。

靈都觀李道士

仙①觀雨來②静，繞房③瓊草春。素書天上字，花澗④古時人。暗用桃源。〔一〕泥竈煮靈液，掃壇朝玉真。幾回游閬苑，青節亦⑤隨身。

寫仙境幻渺，祗作尋常閑話，便似當真。

【校記】

①仙：劉本、嘉籍、庫籍作『山』。

②來：英華作『未』。

③房：庫籍作『屋』。

④澗：劉本、趙本、英華、劉籍、嘉籍、席籍、庫籍作『洞』。徐按：作『洞』是。

⑤亦：席籍作『自』。

【注釋】

〔一〕桃源：　陶淵明《桃花源記》所描繪的『桃花源』。

送韋① 評事歸華陰

三峰西面住②，先著此句。出見世人稀③。老大④誰相識，恓惶⑤又獨歸。掃⑥窗秋菌落，匠。〔一〕開篋夜⑦蛾飛。匠。若訪⑧雲中伴，還應著褐衣。

【校記】

①韋：　英華（卷二七七）作『韓』。

②『三峰』句：　英華作『蓮花峰下住』。

③稀：　英華作『希』。

④老大：　英華作『白髮』。

⑤恓惶：　英華作『青山』，席籍作『凄惶』。

⑥掃：英華作『拂』。

⑦夜：英華、宋籍、席籍作『蟄』。

⑧訪：宋籍、嘉籍、庫籍、全詩（卷三八四）作『向』。

【注釋】

〔一〕匠：見前張籍《山中古祠》注釋〔一〕。

送閩僧①

幾夏 字法。切『僧』。〔一〕京城住，今朝獨遠歸。修行《四分律》，護净七條衣。溪寺黄橙熟，沙田紫芋肥。寫閩風土，祇消一指。〔二〕九龍潭上路，同去客應稀。

【重出】

此詩《全唐詩》卷三八四作張籍詩；卷三七一吕温詩集重出。當爲張籍作，詳見拙著《張籍集繫年校注》卷二該詩【重出】考。

【校記】

①詩題全詩（卷三七一）作『送僧歸漳州』。

【注釋】

〔一〕切『僧』：謂以『幾夏』代稱『幾年』，切合詩題所言送『僧』人。佛制，僧尼一夏九旬安居，七月十五日期滿方可散去。南朝梁宗懍《荆楚歲時記》：『夏乃長養之節，在外行則恐傷草木蟲類，故九十日安居。……至七月十五日，應禪寺掛搭，僧尼盡皆散去，謂之解夏。』

〔二〕消：需要。《朱子語類·易五·乾下》（卷六九）：『不消如此費力。』一指：見前《送鑾客》注釋〔一〕。

登咸陽北寺樓①

高秋原上寺，下馬一登臨。渭水西來直②，秦山南去③深。『直』字、『深』字煉。故宮人不住④，荒碣路難尋。日暮凉風起，蕭條多遠心。

【校記】

①詩題席籍作『登感化寺樓』，庫籍作『登咸陽寺北樓』。
②直：宋籍作『急』。
③去：英華（卷三一二）、全詩（卷三八四）作『向』。
④住：英華作『見』。

游襄陽山寺

秋色江邊路，烟霞若有期。寺貧無利施①，狀其貧。僧老足慈悲。匠其老。〔一〕薛荔侵禪室②，蝦蟆占浴池。閑游殊未遍，即是下山時。雪淡無味，恰得情事，此等最妙。

【校記】

①利施：宋籍、席籍作『施利』。
②室：宋籍、庫籍、全詩（卷三八四）作『窟』。

【注釋】

〔一〕匠：刻畫，描繪。詳見前《重訂中晚唐詩主客圖説》注釋〔八七〕『匠物』。

登城寄王建

聞君鶴嶺住①，西望日②依依。遠客偏相憶，登城獨不歸。看其對格之妙。〔一〕【趙本】對法妙！

十年爲道侶，幾處共柴扉。今日烟霞外，人間得見稀。

【校記】

① 鶴嶺住：英華（卷二五九）、庫籍作『住鶴嶺』。

② 日：宋籍作『月』，英華、庫籍作『自』。

【注釋】

〔一〕對格：對仗技法。

送從弟戴玄往① 蘇州

楊柳閶門路②，悠悠水岸斜。乘舟③向山寺，著屐④到漁⑤家。高興。〔一〕夜月紅柑樹，秋風白藕花。『柑』『蓮』二物，何地無之？且豈遂足以盡蘇州之勝耶？然詩景已盡於此者，正東坡所謂『賦詩必此詩，定知非詩人』也，〔二〕不然，盧衍《蘇州志》一部且不能盡，〔三〕又不得詩景也，呵呵。江天詩景⑥好，回日莫令賒。

【校記】

① 往：英華（卷二七七）作『之』。
② 路：英華作『外』。
③ 舟：英華作『船』。
④ 屐：宋籍作『履』。
⑤ 漁：英華作『人』。
⑥ 景：英華作『境』。

【注釋】

〔一〕高興：高雅的興致。詳見前《廳夜泉》注釋〔一〕。

〔二〕『賦詩必此詩』二句：宋蘇軾《書鄢陵王主簿所畫折枝二首》其一詩句，謂作詩如同作畫，貴在神韻。全詩云：『論畫以形似，見與兒童鄰。賦詩必此詩，定知非詩人。詩畫本一律，天工與清新。邊鸞雀寫生，趙昌花傳神。如何此兩幅，疏澹含精勻。誰言一點紅，解寄無邊春。』

〔三〕臚衍：著述、著作。臚，列舉。衍，推演。

送朱慶餘及第歸越

東南歸路遠，幾日到鄉中。有寺山皆遍，無家水不通。湖聲蓮葉雨，如入耳。野氣①稻花②風。如入鼻。州縣知名久，爭邀與客同。及第意略見，又正閑甚。

【校記】

① 氣：英華（卷二七七）作『色』。

②花：席籍作『苗』。

夏日閑居

無事門多閉，偏知夏日長。早蟬聲寂寞，新竹氣清涼。發難顯。〔一〕閑對臨書案，【趙本】妙！未嘗寫字。看移曬藥床。淡極。自憐歸未得，猶寄在班行。每寫宦意，真是渺然。〔二〕

【注釋】

〔一〕發難顯：即歐陽修《六一詩話》引梅堯臣所謂『狀難寫之景，如在目前；含不盡之意，見於言外』。詳見前《重訂中晚唐詩主客圖説》注釋〔七七〕。

〔二〕渺然：遠闊貌。形容耐人尋味。

寄昭應王中①丞

借得街西②宅，開門渭③水頭。長貧唯要健，漸老不禁愁。此等親切入情，妙在理足。〔一〕獨凭藤書案，空懸④竹酒鈎。春風石甕寺，作意共⑤君游。

【校記】

①中：當爲衍文。王丞，王建。建曾爲昭應丞而未曾任『中丞』。岑仲勉《讀全唐詩劄記》：『此即寄王建詩也，「中」字衍。』

②街西：嘉籍作『西街』。

③渭：英華（卷二五九）作『御』。

④懸：庫籍作『閑』。

⑤作意共：英華作『會擬待』。

【注釋】

〔一〕理：指人生感悟與生活事理。

酬孫洛陽①

家貧相遠住②，學③館入時稀。獨坐看書卷，閑行著褐衣。高致。〔一〕早蟬庭笋老，新雨徑莎肥。各離争名地，無人見是非。

【校記】

①孫洛陽：席籍後有『革』字。

②遠住：庫籍作『住遠』。

③學：底本、趙本、宋籍、庫籍、全詩（卷三八四）作『齋』，據席籍改。張籍曾任國子監助教、司業，國子監即『學館』；尾聯與『學館』亦合。『齋館』爲齋戒時所住館舍，無所謂『入時稀』。

【注釋】

〔一〕高致：見前《春日李舍人宅見兩省諸公唱和因書情即事》注釋〔三〕。

送人任濟陰①

黄綬在腰②下，知君非旅行。將書報舊里，留褐與諸生。贈别盡沽酒，惜歡多出城。春風濟水上，候吏聽車③聲。起、結二句妙寫官様，〔一〕然却是冷眼。〔二〕

句句是尋常情事，而高致自見。〔三〕

【校記】

①任濟陰：英華（卷二七七）作『往濟南』。

②腰：劉籍、嘉籍作『陰』。

③車：席籍作『來』。

【注釋】

〔一〕官樣：官僚氣派。元孫鳳洲《贈歐陽圭齋》：『圭齋還是舊圭齋，不帶些兒官樣回。若使他人居二品，門前車馬鬧如雷。』

〔二〕冷眼：冷靜的眼光。此謂描寫客觀。

〔三〕高致：高雅的情致。參見前《春日李舍人宅見兩省諸公唱和因書情即事》注釋〔三〕。

晚春過崔駙馬①東園

閑園多好風，不意在街東。早早詩名②遠，長長酒性同。『詩』『酒』、『名』『性』對法妙。竹香新雨後，鶯語落花中。莫遣③經過少，年光漸覺空。

東坡稱王晉卿雖貴戚，而學問與寒士相角，〔一〕正是此等詩，骨子可以類推。〔二〕

【校記】

①駙馬：席籍後有『宅』字。

②名：席籍作『聲』。

③遣：宋籍作『道』。

【注釋】

〔一〕王晉卿：王詵。北宋畫家。生卒年不詳。字晉卿，祖籍太原（今屬山西）。熙寧二年（一〇六九）娶英宗女爲妻，拜左衛將軍、駙馬都尉。元豐二年（一〇七九）受蘇軾牽連貶官。元祐元年（一〇八六）復登州刺史、駙馬都尉。能詩善畫，亦工詞。詞風清麗，情致纏綿。私第有『寶繪堂』，專藏古今法書名畫。蘇軾作《寶繪堂記》：『駙馬都尉王君晉卿雖在戚里，而其被服禮義，學問詩書，常與寒士角。平居攘去膏粱，屏遠聲色，而從事於書畫，作「寶繪堂」於私第之東，以蓄其所有，而求文以爲記。』懷民認爲詩所寫崔駙馬與蘇軾眼中的王晉卿類似。相角：争勝。

〔二〕骨子：比喻崔駙馬的品格、性情。

送①安西②將

萬里海西路，茫茫邊草秋。計程沙塞口，得情。望伴驛峰頭③。入畫。雪暗非時宿，沙深獨去愁。憶④鄉人易老，莫住近番⑤州。

【校記】

①送：英華（卷三〇〇）無『此』字。
②安西：劉籍、庫籍作『西安』。
③頭：英華作『樓』。
④憶：英華、全詩（卷三八四）、宋籍、嘉籍、庫籍作『塞』。
⑤番：英華、全詩、宋籍、席籍作『蕃』。

題李山人幽居

襄陽南郭外，茅屋一書生。無事焚香坐，有時尋竹行。畫苔藤杖細，踏石笋鞋輕。應笑風塵客，區區逐世名。

早春閑游

年長身多病，偏①宜作冷官。從來閑坐慣，漸覺出門難。真能道得出。樹影新猶薄，匠。〔一〕池光晚尚寒。匠。○寫早春入細。〔二〕【趙本】早春入細。遙聞有花發，騎馬暫行看。

【趙本】格。〔三〕

【校記】

① 偏：嘉籍、全詩（卷三八四）作『獨』。

【注釋】

〔一〕匠：見前張籍《山中古祠》注釋〔一〕。

〔二〕入細：深入細微處。

〔三〕格：謂此詩堪爲詩歌創作的法式和規範。詳見前《薊北旅思》注釋〔一〕。

題清徹上人院

古[①]寺臨壇久，松間別起堂。看添浴佛水，自合讀經香。愛養無家客，多傳得效[②]方。遇[③]齋長不出，坐卧一繩床。

【校記】

①古：宋籍、劉籍作『本』。

②效：宋籍、劉籍、席籍作『力』。

③遇：宋籍、席籍、全詩（卷三八四）作『過』。

舟行寄① 李湖州

客愁②無次第，妙！川路重③辛勤。藻④密行舟⑤澀，灣多轉楫⑥頻。薄游空感惠⑦，失⑧計自憐貧。中括多少情事。賴誦⑨汀洲句，時時慰遠人。

【校記】

①寄：英華（卷二九三）作『重寄』。

②愁：英華（卷二五九）作『行』。

③重：英華（卷二五九）作『動』。

④藻：英華（卷二五九）、全詩（卷三八四）校『一作「萍」』。

⑤行舟：英華（卷二五九）作『舟行』，全詩校『一作「移舟」』。

⑥轉楫：英華（卷二五九）作『檝轉』。

⑦惠：席籍作『命』。

⑧失：英華（卷二五九）作『客』。

⑨賴誦：全詩作『賴有』，律髓（卷二九）作『煩誦』。

送安法師

出郭見落日，別君臨古津。遠程無野寺，宿處問何人。閑處不難學，淡處難學。原色不分路，錫聲遥隔塵。山陰到①家節，猶及蕙蘭春。

【校記】

①到：庫籍作『是』。

贈海東①僧

別家行萬里，自説過扶餘。學得②中州語，能爲外國書。與醫收海藻，持咒取龍魚。奇而真。更問同來伴，天台幾處③居。

此總與『島僧』『蠻客』一例。〔一〕

【校記】

①海東：律髓（卷三八）作『東海』。

②學得：庫籍作『得學』。

③處：席籍作『夏』。

【注釋】

〔一〕島僧：當指張籍《送海客歸舊島》。蠻客：指張籍《送蠻客》。二詩見前張籍詩選。一例：見前《隱者》注釋〔二〕。

寄漢陽故人

知君漢陽住，烟樹遠重重。歸使雨中發，寄書燈下封。極尋常事，却有新意；極無味語，却有深情。張洎所謂『字清意遠，不涉舊體，天下莫能窺其奥』者，〔一〕正當於極尋常、極無味處求之。同時買江塢①，今日別②雲松。欲問新移處，青蘿最北峰。

【校記】

① 塢：宋籍、劉籍、席籍作『島』。

② 別：席籍作『隔』。

【注釋】

〔一〕張洎：見前《張籍傳》所附宋張洎《司業集序》注釋〔一〕。字清意遠……窺其奥：語出張洎《項斯詩集序》。見前《張籍傳》後附。

和裴司空即事通簡舊僚

肅肅①上臺座，四方皆仰風。當朝奉明政，早日立元功。獨對赤墀下，密宣黄閣中。猶聞動高韵，思與舊僚同。『和』處如此便足。

此等衹平平寫去，更不加意矜持張皇，〔一〕即作者之識量高闊處。若謂作律格一味寒素，不敢道著冠冕一字，又不是也。【趙本】格亦別。〔二〕

【校記】

①肅肅：宋籍作『蕭蕭』。

【注釋】

〔一〕張皇：見前《酬韓庶子》注釋〔四〕。

〔二〕格：指堪爲範式的藝術表現技法。别：特别，與衆不同。

寄靈一上人初歸雲門寺①〔一〕

寒山②白雲裏，法侶自招③携。竹徑通城下，松門④隔水西。方同沃洲去，不作⑤武陵迷。倣佛遥看⑥處，秋風⑦是會稽。秋風可看乎？妙！

【重出】

此詩《全唐詩》卷三八四作張籍詩，卷一四八劉長卿詩集、卷二一〇皇甫曾詩集、卷二九六張南史詩集皆重出。又，宋孔延之《會稽掇英總集》卷七作郎士元詩，題同劉長卿詩；《唐詩紀事》卷七二『僧靈一』條署名錢起。孰是不可考，但非張籍詩。詳見拙著《張籍集繫年校注》附録一《删去詩及説明》。

【校記】

①詩題全詩卷一四八作『寄靈一上人初還雲門』，卷二一〇作『寄净虚上人初至雲門』，卷二九六作『寄静虚上人雲門』。
②山：全詩卷一四八作『霜』，卷二一〇作『蹤』，卷二九六作『日』。
③招：全詩卷一四八作『相』，卷二一〇、卷二九六作『提』。
④門：全詩卷一四八作『風』。
⑤作：全詩卷二一〇作『似』，卷二九六作『自』。
⑥遥看：庫籍作『通仙』；全詩卷一四八作『知心』，卷二一〇作『方知』，卷二九六作『心疑』。
⑦秋風：全詩卷一四八、卷二一〇、卷二九六皆作『高峰』。

使回留别襄陽李司空

江亭寒日晚，弦管①有離聲。須知此句中有多少繁鬧，然在詩人眼中，不過一點即過。從此一筵别，獨爲千里行。遲遲戀恩德，役役限②公程。此中有多少話説，止總括之，所以爲超。回首吟新句，霜雲滿楚城。

【校記】

①管：嘉籍、庫籍作『筦』。
②限：宋籍、嘉籍作『恨』。

和户部令狐尚書喜裴司空見招看雪

南園①新覆雪，上宰曉來看。誰共登春樹，唯聞有地官。對工處自成閑趣。【趙本】工對。色連山遠静②，氣與竹偏寒。寫雪高簡入妙。〔一〕高韵更相應，寧同歌吹歡。

以下三首看他運題之法，〔二〕格即在此，〔三〕妙即在此。後來不講律格，凌亂則雜，鋪陳則瑣，無復風人之致矣。〔四〕【趙本】看他運長題格法。〔五〕

【校記】

①園：底本作『原』，據趙本、全詩（卷三八四）、宋籍、嘉籍、庫籍改。裴度興化里池亭稱『南園』，詳見前《酬裴僕射朝回寄韓吏部》『校記』。

②静：席籍作『浄』。

【注釋】

〔一〕高簡：高妙簡約。明胡應麟《少室山房筆叢・四部正訛下》：『而其叙述高簡，詞又淳質。』

〔二〕運題：製題，命題。

〔三〕格：詩歌創作的法式和規範。參見前《薊北旅思》注釋〔一〕。

〔四〕風人之致：民歌體詩歌的獨特情韵與風味。此泛指繼承《詩經・國風》現實主義精神詩歌的韵味。風人，一種民歌體詩歌。詳見前《張籍傳》所附明劉成德《張司業詩序》注釋〔五〕。

〔五〕格法：堪爲範式的藝術表現技法。

和裴司空以詩請刑部白侍郎雙鶴

皎皎仙山①鶴，遠留閑宅中。徘徊幽樹②月，嘹唳小亭風。淡淡寫來，神已逼真，轉覺鮑明遠費力矣。〔一〕丞相西園好，池塘野色③通。從君求置此，④賞望與賓同。

【校記】

①山：宋籍、庫籍、全詩（卷三八四）作『家』。

②樹：宋籍、全詩作『樹』。

③野色：趙本、宋籍、全詩作『野水』，嘉籍、庫籍作『夜水』。徐按：當作『野水』，裴度原唱《白二十二侍郎有雙鶴留在洛下予西園多野水長松可以栖息遂以詩請之》：『且將臨野水，莫閉在樊籠。』

④『從君』句：宋籍、庫籍、全詩作『欲將來放此』，席籍作『欲將求放此』。

【注釋】

〔一〕鮑明遠：鮑照（四一五？—四七〇）。南朝宋文學家。字明遠，祖籍東海（治今山東郯城西南），久居建康（今南京）。家世貧賤，臨海王劉子頊鎮荆州時，任前軍參軍。劉子頊作亂，爲亂兵所殺。長於樂府詩，七言詩對唐代詩歌的發展起了重要作用。費力：謂鮑照《舞鶴賦》運用浪漫主義的誇張和想像，以賦法描繪鶴的習性和形象，没有此詩簡潔。

同綿①州胡郎中清明日對雨西亭宴

郡内新開②火，高齋雨氣清。惜花邀客賞，勸酒促歌聲。共醉移芳席，留歡閉暮城。五字中括情事多少。政閑方宴語，琴築任遥情。

【校記】

①綿：宋籍、庫籍、全詩（卷三八四）作『錦』。徐按：作『錦』是；據現存資料判斷，張籍未曾至綿州（治今四川綿陽市東）。

②新開：宋籍、嘉籍、庫籍、全詩作『開新』。

莊陵挽歌詞三首①【原注】敬宗

其一

白日已昭昭，干戈亦漸消②。迎師親③問④道，從諫早臨朝。史稱敬宗視朝，月不再三，大臣罕得進見：〔一〕此二句似反言，然不可謂譏訕，亦臣子稱頌之體，不得不爾。佞幸⑤威權薄，亦似反言之。忠良寵錫⑥饒。或即指裴晉公。〔二〕丘⑦陵今一變，無復《白雲謠》。

敬宗昏主，詩特妙於迴護，〔三〕亦『昭公知禮』之意，〔四〕若看作皮裏陽秋，則悖矣。〔五〕此亦循例，〔六〕不得不作，然語自斟酌，不同蕪靡之響，〔七〕所以存之。【趙本】敬宗昏主，詩特妙於迴護，亦『昭公知禮』之意，若看作皮裏陽秋，則大差矣。

【校記】

① 三首：趙本無此二字。

② 消：宋籍、席籍作『銷』。

③ 親：劉籍、嘉籍、庫籍作『新』。

④ 問：宋籍、劉籍、嘉籍、庫籍、全詩（卷三八四）作『出』。

⑤ 幸：趙本、全詩、宋籍、劉籍、嘉籍、庫籍作『倖』。

⑥ 錫：席籍作『賜』。

⑦ 丘：庫籍作『莊』。

【注釋】

〔一〕敬宗：李湛（八〇九—八二六）。唐穆宗李恒長子。長慶四年（八二四）正月繼位。次年改年號『寶曆』。在位兩年，爲宦官劉克明等謀殺，終年十八歲。葬於莊陵（今陝西省三原縣東北），謚號睿武昭湣孝皇帝。《舊唐書·敬宗本紀》（卷一七上）：『（長慶四年三月）戊辰，群臣入閤，日高猶未坐……諫議大夫李渤出次白宰相，俄而始坐。班退，左拾遺劉栖楚極諫，頭叩龍墀血流，上爲之動容，仍賜緋魚袋。』同書《李德裕傳》（卷一七四）：『敬宗荒僻日甚，游幸無恒，疏遠賢能，昵比群小。坐朝月不二三度。』

〔二〕裴晋公：裴度。因封晋國公，故稱。生平見前《和裴僕射移官言志》『裴令公』注釋〔二〕。

〔三〕迴護：庇護，袒護。宋朱熹《答楊志仁》：『前此諸儒説到此處，皆爲愛惜人情，宛轉迴護，不敢窮究到底，所以更不敢大開口説。』

〔四〕『昭公知禮』之意：孔子因維護宗法等級制而不得不袒護魯昭公違禮之舉的做法。《論語·述而》：『陳司敗問：「昭公知禮乎？」孔子曰：「知禮。」孔子退，揖巫馬期而進之，曰：「吾聞君子不黨，君子亦黨乎？君取於吴，爲同姓，謂之吴孟子。君而知禮，孰不知禮？」巫馬期以告。子曰：「丘也幸，苟有過，人必知之。」』魯昭公違禮而娶同姓女爲妻，孔子却説其『知禮』，這是『爲尊者諱』。

〔五〕皮裹陽秋：又作『皮裹春秋』，謂藏褒貶於心中。晋簡文帝皇后名『春』，晋人避諱，以『陽』代『春』。春秋，即《春秋》，相傳孔子所修，意含褒貶。借指心中的褒貶。唐房玄齡等《晋書·褚裒傳》（卷九三）：『裒少有簡貴之風……譙國桓彝見而目之曰：「季野有皮裹春秋。」言其外無臧否，而内有所褒貶也。』宋歐陽修《上胥學士偃啓》：『裹陽秋於皮裹，不言備乎四時，吞雲夢於胸中，相容盡於一介。』

〔六〕循例：依照往例，按照慣例。

〔七〕蕪靡：亂雜華靡。

其二

觀風欲巡洛，此即指罷修東都之事。〔一〕習戰且①開池。始改三年政，【趙本】巧切。〔二〕旋開②七月期。言其不久也，〔三〕敬宗在位二年耳。陵分内外使，官具吉凶儀。渭北新園路，簫③笳遠更悲。

【校記】

①且：劉籍、庫籍作『日』，宋籍、席籍、全詩（卷三八四）作『亦』。

②開：宋籍、席籍、庫籍、全詩作『聞』。徐按：作『聞』是。

③簫：嘉籍作『蕭』。

【注釋】

〔一〕罷修東都：指寶曆二年（八二六）敬宗欲幸東都洛陽而未成行。修，修繕東都行宫。《舊唐書·裴度傳》（卷一七〇）：『時昭愍欲行幸洛陽，宰相李逢吉及兩省諫官，累疏論列』，『帝不聽』，後裴度諫止。

〔二〕巧切：恰巧切合。謂敬宗父喪守孝三年服除與登位三年而崩在時間上巧合。長慶四年（八二四）正月壬申穆宗崩，次日敬宗柩前繼位；寶曆二年（八二六）十二月八日敬宗爲劉克明等所弑，時服除不久，登位近三年。

〔三〕言其不久：謂敬宗登位不久既崩。『七月期』，帝王之葬期。《禮記·王制》：『天子七日而殯，七月而葬。』史載敬宗大和元年（八二七）七月十三日葬於莊陵，時在被弒後七月。

其三

曉日龍車動，秋風閶闔開。行帷六宫出，執紼①萬方來。此等泛處正有意思。【趙本】不必定切敬宗方是佳句。慘慘郊原暮，遲遲挽唱哀。空山烟雨夕，新柏繞靈②臺。

【校記】

①紼：底本作『綍』，據宋籍、席籍、庫籍、全詩（卷三八四）改。

②靈：宋籍、嘉籍、席籍、庫籍、全詩作『陵』。

和左司元郎中秋居十首

其一

選得閑坊住，秋來草樹①肥。風前卷筒②簟，雨裏③脱荷④衣。野客留方去，山童取⑤藥歸。淡處正是高處。非因入朝省，過此出門稀。

【趙本】此等體易於俗，他人必謂易於雅也。是俗是雅，煞費剖析。

【校記】

①草樹：嘉籍、庫籍作『樹木』，劉籍作『草木』。

②筒：庫籍作『菌』。

③裹：庫籍作『後』。

④荷：宋籍、席籍作『生』。

⑤取：席籍作『收』。

其二

有地唯栽竹，無池亦養鵝。學書求墨迹，釀酒愛乾和①。此必當時釀法。古鏡銘文淺，閑眼。〔一〕神方謎語多。閑心。居貧閑自樂，豪客莫相過。

【校記】

①乾和：嘉籍、庫籍、全詩（卷三八四）作『朝和』。徐按：當作『乾和』。乾和，一種不攙水的釀酒法。亦指不攙水的酒。唐李肇《唐國史補》（卷下）：『酒則有郢州之富水，烏程之若下……劍南之燒春，河東之乾和蒲萄。』元陶宗儀《説郛》（卷六六）引宋竇苹《酒譜》：『張籍詩云「釀酒愛乾和」，即今人不入水酒也。并、汾間以爲貴品，名之曰乾酢酒。』

【注釋】

〔一〕閑眼：謂所寫爲閑静時所見景象。

其三

閑來松菊地，未省有埃塵。直去多將藥①，朝回不訪人。見僧收酒器，迎客换紗巾。妙衹更恐登清要，難成自在身。高情自然。尋常。

【校記】

①藥：席籍作『藁』。

其四

自知清静①好，不要問時豪。就石安琴枕，穿松壓②酒槽③。山情④因月甚，字法妙。詩語入秋高。字法妙。身外無餘事，唯應筆硯勞。

【校記】

①静：宋籍作『净』。

②壓：宋籍作『望』，嘉籍、庫籍作『厭』。

③槽：宋籍作『曹』。

④情：全詩（卷三八四）作『晴』。

其五

閑堂新掃灑①，稱是早秋天。書客多呈帖，偏不贊其工書，而書法可想。琴僧與合弦。偏不贊其工琴，而琴指可想。莎臺乘晚上，竹院就涼眠。終日無忙事，還應似得仙。唐人口吻。

【校記】

① 掃灑：趙本、律髓（卷一二）作『灑掃』。

其六

醉倚斑①藤杖，閑眠癭木床。案頭行氣訣，爐裏②降真香。尚儉經營少，居閑意思長。極淡語見真諦。〔一〕秋茶莫夜飲，新自③作松漿。

【校記】

① 斑：宋籍、嘉籍、庫籍作『班』。

② 裏：席籍作『内』。

③自：宋籍、劉籍作『月』。

【注釋】

〔一〕真諦：佛教語。真實的意義或事理。詳見前張籍《嶺南遷客》注釋〔一〕『真諦、世諦』。

其七

每憶舊山居，新教上墨圖。晚花迴字法。地種，好酒問字法。人沽。夜後開朝簿，申前發省符。此即郎官案牘，〔一〕有何佳趣？然偏要點綴，著以『夜後』『申前』二字，情事如見，亦形容得閑心閑眼。爲郎①凡幾歲，已見白髭鬚。

寫山林泉石不沾塵土氣，自易易耳；寫塵勞世務而自見高簡之性，〔二〕乃爲難也。讀『張王』詩，當於此會之。

【校記】

①爲郎：宋籍作『渭頭』。

【注釋】

〔一〕郎官案牘：指元宗簡所任左司郎中公務。左司，唐尚書省下屬機構。《通典·職官·尚書省》（卷二二）：『都堂居中，左右分司。都堂之東，有吏部、户部、禮部三行，每行四司，左司統之。都堂之西，有兵部、刑部、工部三行，每行四司，右司統之。』郎中，尚書省所屬各司首長。《舊唐書·職官志二》（卷四三）：『尚書省……左右司郎中各一員。（并從五品上。……）左司郎中，副左丞所管諸司事，省署鈔目，勘稽失，知省内宿直之事。若右司郎中闕，則并行之。……左右司郎中、員外郎各掌副十有二司之事，以舉正稽違，省署符目焉。』

〔二〕高簡：清高簡約。晉葛洪《抱樸子·外篇·行品》：『士有行己高簡，風格峻峭，嘯傲偃蹇……而立朝正色，知無不爲。』

其八

菊地纔通屐①，茶房不壘階。憑醫看蜀藥，寄信覓吴鞋。妙在『憑醫』『寄信』，字極尋常，事極閑心。盡得仙家法，多隨道客齋。本無榮辱意②，以此作骨。〔一〕不是學③安排。本《莊子》。〔二〕

【校記】

①屐：宋籍、全詩（卷三八四）作『履』。

②意：席籍作『慮』。

③學：宋籍、劉籍、庫籍作『覺』。

【注釋】

〔一〕骨：比喻詩所歌頌的元宗簡的思想品性。

〔二〕本《莊子》：謂末句『不是學安排』出自《莊子》。其《大宗師》：『造適不及笑，獻笑不及排，安排而去化，乃入於寥天一。』郭象注：『安於推移而與化俱去，故乃入於寂寥而與天爲一也。』安排，順應自然，聽任變化。

其九

林下無拘束，閑吟①放性靈。好時閑②藥竈，高處置琴亭。此亦唐人口頭如此。更撰③居山記，唯尋相鶴經。初當授衣假，無吏挽④門鈴。

【校記】

① 吟：全詩（卷三八四）作『行』。

② 閑：趙本、全詩、宋籍、席籍作『開』。徐按：當作『開』。一者，前句有『閑』，律詩用字當儘量避免重複。二者，作『閑』與組詩寫元宗簡喜好『神方』（其二）、『行氣訣』（其六）、『仙家法』（其八）、『多將藥』（其三）難諧。三者，作『開』與道教煉丹擇時合，據《黄帝九鼎神丹經訣》《上洞心丹經訣》載，煉藥須避五種忌日：合藥、發火時避五石死日（如秋之丙戌日），置辦藥材準備煉丹時避五邪生日（如秋之壬申日），合製丹藥時避五岳傷絶日（如秋之丙申日），合製神藥時避天開地破日（如秋之壬辰、壬戌日），合丹之時男避七月三日與七月甲寅日而女避正月七日與正月庚申日。

③ 撰：宋籍、劉籍、庫籍作『選』。

④ 挽：劉籍、庫籍作『换』。

其十

客散高齋晚，東園景象偏。晴明猶有蝶，涼冷漸無蟬。寫秋意入微，妙！亦不多及。藤拆①霜來子，蝸行雨後涎。匠。〔一〕新詩纔上卷，已得滿城傳。和意妙，〔二〕多贊不必。○凡和詩者，因其所見而共賦之，其相和意不過隨時一點足矣，不得以盛唐『陽春一曲和皆難』等句而鋪張之致，〔三〕使滿篇應酬濫語，而詩興反覺索然。此唐人和詩之體例也。【趙本】結出和詩意，渾雅無迹。

【校記】

①拆：宋籍、劉籍、嘉籍、庫籍、全詩（卷三八四）作『折』。

【注釋】

〔一〕匠：見前張籍《山中古祠》注釋〔一〕。

〔二〕和意：一種和詩方式。詳見前《春日李舍人宅見兩省諸公唱和因書情即事》注釋〔二〕。

〔三〕『陽春』句：唐岑參《奉和中書舍人賈至早朝大明宮》詩句。全詩云：『雞鳴紫陌曙光寒，鶯囀皇州春色闌。金闕曉鐘開萬户，玉階仙仗擁千官。花迎劍佩星初落，柳拂旌旗露未乾。獨有鳳皇池上客，陽春一曲和皆難。』

朱慶餘

朱慶餘傳

慶餘，名可久，以字行。〔一〕越州人，〔二〕登寶曆進士第。〔三〕

【注釋】

〔一〕以字行：以字行於世。謂世人多稱其字。行，流傳。

〔二〕越州：治今浙江紹興。《舊唐書·地理志三》（卷四〇）：『越州中都督府。隋會稽郡。武德四年，平李子通，置越州總管……領會稽、諸暨、山陰三縣。……天寶元年，改越州爲會稽郡。乾元元年，復爲越州。』

〔三〕寶曆：指唐敬宗寶曆二年（八二六）。宋陳振孫《直齋書録解題》（卷一九）『朱慶餘集一卷』：『唐朱可久慶餘……受知於張籍，寶曆二年進士。』

龔賢《朱慶餘詩序》：〔一〕『始張水部籍初爲律格詩①，惟朱慶餘親受其旨。〔二〕又，水部遇慶餘，因索其新舊篇什，留二十六章，置之懷袖而推贊之；時人以籍重名，皆繕録諷咏，遂登科，慶餘作《閨意》以獻曰：「洞房昨夜停紅燭，待曉堂前拜舅姑。妝罷低聲問夫婿，畫眉深淺入時無？」籍酬之曰：「越女新妝出鏡心，自知明艷更沉吟。齊紈未足②人間貴，一曲菱歌抵③萬金。」〔三〕』

懷民按：慶餘無古體，律格專學水部，表裏渾化，他人鮮能及者。斷推上入室。

【校記】

① 詩：趙本無此字。

② 足：庫籍作『是』。

③ 抵：趙本、庫籍作『敵』。

【注釋】

〔一〕龔賢：見前《重訂中晚唐詩主客圖説》注釋〔五五〕『龔半千』。

〔二〕始張水部……親受其旨：　本於宋初張洎《項斯詩集序》。詳見前《張籍傳》所附。又，宋計有功《唐詩紀事·項斯》（卷四九）：『始張水部籍爲律格詩，惟朱慶餘親授其旨，沿流而下有任蕃、陳標、章孝標、司空圖，咸及門焉。』

〔三〕水部遇慶餘……一曲菱歌抵萬金：　當本於唐范攄《雲谿友議》。其卷下『閨婦歌』条：『朱慶餘校書，既遇水部郎中張籍知音，遍索慶餘新製篇什數通，吟改後，祇留二十六章，水部置於懷抱，而推贊焉。清列以張公重名，無不繕録而諷咏之，遂登科第。朱君尚爲謙退，作《閨意》一篇，以獻張公。張公明其進退，尋亦和焉。詩曰：「洞房昨夜停紅燭，待曉堂前拜舅姑。妝罷低聲問夫婿，畫眉深淺入時無？」張籍郎中酬曰：「越女新妝出鏡心，自知明艶更沉吟。齊紈未足人間貴，一曲菱歌敵萬金。」朱公才學，因張公一詩名流於海内矣。』

宿陳處士書齋

結茅當此地，下馬見高情。菰葉寒塘晚①，杉陰白石②明。向爐③新茗色，隔雪二字妙。遠鐘聲。閑得相逢少，吟多寐不成。意竭便不必强爲有餘，唐人好處，所以勝於宋人。

祇就所居賦咏，足以見其高；俗手則必就實事鋪排。【趙本】祇就所居賦咏，足見其高，唐人定法；俗手則必向實事鋪排。

【校記】

①『菰葉』句：英華（卷二一七）作『菰菜高塘淺』；淺，英華校『集作「曉」』。

②陰白石：英華作『光小徑』。

③爐：英華作『燈』。

送盛長史①

莫辭東路遠，此別豈閑行。職處中軍要，官兼上佐榮。此等皆學師格，〔一〕非漫然也。〔二〕野亭楓葉②暗，秋水藕花明。拜省期將近，孤舟促去程。

【校記】

①詩題英華（卷二七八）作『送盛隨軍』。

②楓葉：英華作『嵐色』。

【注釋】

〔一〕師：指張籍。生平詳見前《張籍傳》。格：指堪爲範式的藝術表現技法。

〔二〕漫然：隨便貌。宋歐陽修《論更改貢舉事件劄子》：『凡臣所請者，若漫然泛言之，恐不能盡其利害。』此謂信手寫來。

上張水部

出入門闌久，從此説出，妙！兒童亦有情。凄然。不忘將姓字，常①説向公卿。真摯！言外有感慨。每許連床坐，仍②容并馬行。恩深轉無語，懷抱甚③分明。寫真知之感，已到極處，而與世俗感恩者迥不侔也。

生我者父母，知我者鮑叔。〔一〕

【重出】

《全唐詩》卷五一四作朱慶餘詩，卷五四四劉得仁詩集重出。據宋書棚本《朱慶餘詩集》、《文苑英華》卷二六〇、《衆妙集》等皆作朱慶餘詩，以及朱慶餘與張籍之密切關係判斷，當爲慶餘所作。

【校記】

①常：英華（卷二六〇）作『長』。

②仍：英華作『時』。

③甚：英華作『自』。

【注釋】

〔一〕鮑叔：鮑叔牙（前七二三或七一六—前六四四）的别稱。春秋時齊國政治家。以善於知人并篤於友誼著稱。後常以『鮑叔』代稱知己好友。

鳳翔西池與賈島納涼

四面無炎氣，清池闊復深。蝶飛逢草住，畫出蝶。魚戲見人沉。畫出魚。拂石安茶器，移床選樹陰。幾回同到此，盡日得閑吟。

送于中丞入蕃册立

上馬生邊思，興。戎裝别衆僚。雙旌銜命重，空磧去程①遥。迴没②沙中樹，孤飛雪外鵰。蕃庭過册禮，幾日却回③朝。祇如此，已合師法。〔一〕【趙本】平淡結，『張王』所長。

【校記】

①程：全詩（卷五一四）校『一作「城」』。

②没：英華（卷二九七）作『出』。

③回：英華作『歸』。

【注釋】

〔一〕師：指張籍。生平詳見前《張籍傳》。

送淮陰丁明府

之官未入境，已有愛人[①]心。遣吏回中路，學本師『歸使雨中發』而青出於藍矣！〔一〕泊[②]舟[③]對遠林。分明是個廉吏圖，貪官有此乎？島[④]聲淮浪靜，雨色[⑤]稻苗深。暇日公門掩，唯[⑥]應伴客吟。其不擾民可知。

水部集中亦不多覯。〔二〕○贊明府之愛人，〔三〕常情耳，而於未入境見之，奇矣！以下似應明其所以見愛人處，却又衹作尋常淡語，其故令讀者去想看。○惟淡然無欲者，能節用愛人也，然一落言詮便少味矣。〔四〕

【校記】

①人：英華（卷二七八）作『民』。

②泊：趙本、英華、宋餘、全詩（卷五一四）作『停』。

③舟：英華作『船』，校『集作「車」』。

④島：英華作『鳥』。

⑤色：英華校『集作「氣」』。

⑥唯：趙本、英華作『惟』。

【注釋】

〔一〕本師：業師，所從受業的老師。《後漢書·桓榮傳》（卷三七）：『世祖從容問湯本師爲誰，湯對曰：「事沛國桓榮。」』『歸使』句：張籍《寄漢陽故人》詩句。詩見前張籍詩選。

〔二〕水部：張籍。曾官水部員外郎，故稱。生平詳見前《張籍傳》。

〔三〕明府：唐時縣令的別稱。宋趙彥衛《雲麓漫鈔》（卷二）：『唐人則以「明府」稱縣令……既稱令爲明府，尉遂曰「少府」。』

〔四〕言詮：以言語詮釋。唐張說《聞雨》：『聲真不世識，心醉豈言詮？』亦作『言筌』，語本於《莊子·外物》：『筌者所以在魚，得魚而忘筌……言者所以在意，得意而忘言。』詩論家借以指在語言運用上留下用工的痕迹。宋嚴羽《滄浪詩話·詩辨》：『夫詩有別材，非關書也；詩有別趣，非關理也。然非多讀書，多窮理，則不能極其至。所謂不涉理路，不落言筌者，上也。』筌，捕魚的竹器。

上江州李使君①

起家聲望重，自古更誰過。得在朝廷少，還因諫諍多。此非水部派，〔一〕然學水部不可無此識力。經年愁瘴癘，幾處遇②恩波。入境無餘事，唯③聞父老歌。詩中有具史筆、以直確爲貴者，〔二〕此類是也。

【校記】

① 使君：宋餘、全詩（卷五一四）作『史君』，英華（卷二六〇）作『員外』。

② 遇：英華作『想』。

③ 唯：趙本作『惟』。

【注釋】

〔一〕水部：張籍。曾官水部員外郎，故稱。生平詳見前《張籍傳》。

〔二〕史筆：史家記叙史實的筆法，即對史實秉筆直書，不加掩飾。直確：猶『直諫』。確，通『榷』。

與賈島顧非熊無可上人宿萬年姚少府宅①

莫厭通宵坐②，貧中會聚③難。堂虛雪氣入，燈在漏聲殘。此即宮漏也。〔一〕萬年即霸陵、杜陵，〔二〕近京城地。役思字法。因生病④，當禪豈覺寒。開門各有事，非⑤不惜餘歡。妙是俗情。

【校記】

①詩題英華（卷二一七）作『與無可賈島宿姚少府宅』。

②坐：英華作『話』。

③會聚：英華作『聚會』。

④生病：英華作『成疾』，校『疾』『一作「病」』。

⑤非：英華作『誰』。

【注釋】

〔一〕宮漏：宮中以滴水多寡計時的儀器。漏壺中插入一根標竿，稱爲箭。箭下用一箭舟相托，浮於水面。水流出或流入壺中時，箭下沉或上升，藉以指示時刻。前者稱沉箭漏，後者稱浮箭漏，統稱箭漏。《後漢書・律曆志下・曆法》：『孔壺爲漏，浮箭爲刻，下漏數刻，以考中星，昏明生焉。』《白孔六帖・刻漏》（卷三一）引《説文解字》：『漏以銅盛水刻節，晝夜百刻。』

〔二〕萬年：唐京兆府屬縣，治今陝西省西安市。唐長安城以朱雀大街爲界，街西爲長安縣，街東爲萬年縣。《舊唐書・地理志一》（卷三八）：『皇城之南大街曰朱雀之街，東五十四坊，萬年縣領之。街西五十四坊，長安縣領之。』霸陵：又作『灞陵』。漢文帝陵墓。灞，灞河。陵近灞河，故名。建陵後，漢改所在芷陽縣爲霸陵縣。杜陵：漢宣帝陵墓。陵地古爲杜伯國，秦爲杜縣，故名。建陵後，漢改杜縣爲杜陵縣。兩陵均在唐萬年縣境。

題青龍寺

寺好因岡①勢，詩亦得勢。〔一〕登臨值夕陽。青山當佛閣，紅葉滿僧廊。竹色連平地，蟲聲在上方。最憐東面静，爲近楚城墻。

【校記】

①岡：宋餘、全詩（卷五一四）作『崗』。

【注釋】

〔一〕得勢：謂首句『就題起』，因突出青龍寺地勢特徵，發人想象，更加引人入勝。

送顧非熊下第歸

但取詩名遠，寧論下第頻。惜爲今日別，共受幾年貧。逆叙便覺深情，順則無味。此律格之妙處。知從本府薦，秋晚又辭親。妙在不廢俗情。【趙本】聽雨宿吳①寺，過江逢越人。想見。望之悵然。〔一〕却非時套。〔二〕

【校記】

①吳：全詩（卷五一四）校『一作「貝」』。

【注釋】

〔一〕想見：想象如眼見。之：指『越人』。

〔二〕時套：當時作詩的套語。

送李①侍御入蕃

遠使隨雙節，新官屬外臺。戎裝非好武，書記本多才。移帳②依泉宿，迎人帶雪來。心知玉關道，稀見一花開。

【校記】

① 李：英華（卷二九七）作『陳』。

② 移帳：英華作『歸帳』，全詩（卷五一四）校『一作「歸使」』。

望蕭關①

漸見②風沙暗，蕭關欲到時。兒童能探火，婦女解縫旗。川絶銜魚鷺，劣句。林多帶箭麋。警。暫來戎馬地，不敢苦吟詩。

此等與許棠相埒。〔一〕

【重出】

《全唐詩》卷五一四作朱慶餘詩，卷六〇一李昌符詩集重出。宋書棚本《朱慶餘詩集》載此詩。《文苑英華》卷二九九署名『李昌符』。孰作不可考。徐按：佟培基《全唐詩重出誤收考·朱慶餘》云，『《又玄》下尚載昌符《塞上行》詩：「莽蒼盧關北，孤城帳幕多。客軍甘入陣，老將望回戈。……」此詩或其出塞時作』，可參。

【校記】

① 望蕭關：英華（卷二九九）作『發臨洮望蕭關』。

②見：英華作『覺』。

【注釋】

〔一〕許棠：晚唐詩人。生平見卷下《許棠傳》。相埒：相等，相近。《梁書·文學傳上·何遜》（卷四九）：『時有會稽虞騫，工爲五言詩，名與遜相埒。』

題寄① 王秘書

唯②求買③藥價，此外更無機。扶病看紅葉，辭官著白衣。仲初寫真。〔一〕斷籬通野徑，高樹蔭鄰扉。時復留僧宿，餘④人得見⑤稀。

【校記】

①題寄：英華（卷二六〇）作『贈』。

②唯：趙本作『惟』。

③買：英華作『賣』。

④餘：英華校『集作「游」』。

⑤得見：英華作『見亦』。

【注釋】

〔一〕仲初：王建之字。生平見後《王建傳》。寫真：畫人的真容。北齊顔之推《顔氏家訓·雜藝》：『武烈太子偏能寫真，坐上賓客，隨宜點染，即成數人，以問童孺，皆知姓名矣。』此引申爲真實描繪人物，猶『寫照』。

山居

歸來青壁下，又見滿籬霜。轉覺琴齋静，閑從菊地荒。妙！如此説。山泉供①鹿飲，林果讓僧嘗。時復收新藥，隨雲過石梁。

【校記】

①供：宋餘、全詩（卷五一四）作『共』。

重過惟貞上人院

老去惟求静，『重過』意即此。都忘外學名。掃床秋葉滿，對客遠雲生。香閣①閑留宿，晴階暖共行。窗西暮山色，依舊入詩情。重過。

【校記】

① 閣：宋餘、全詩(卷五一四)作『閤』。

與石晝秀才過普照寺①〔一〕

問②人知寺路，松竹暗春山。潭黑龍應在，實而虚。巢空鶴未還。虚而實。經年爲③客倦，半日與僧閑。更共嘗新茗，聞鐘笑語間。

【重出】

此詩重出三家詩集。《全唐詩》卷五一四作朱慶餘詩，卷五一〇張祜詩集重出。宋書棚本《朱慶餘詩集》、宋刻本《张承吉集》卷三均載此詩。宋劉克莊《後村詩話》（卷一二）引頷聯，作張祜詩：『張祜……《題惠山寺》云：「潭黑龍應在，巢空鶴未還。」』又，宋潛説友《咸淳臨安志·寺院·富陽縣》卷八四『净明寺』條『題咏』收作徐凝詩，寺記云：『（寺）在縣北五里，舊普照寺。天福五年重建，治平二年改今額寺。枕高山，名曰舒壁。山坳有龍潭，澗水横流……』孰作不可考。

【校記】

① 詩題宋祐、全詩（卷五一〇）作『題普賢寺』。
② 問：宋祐、全詩（卷五一〇）作『何』。
③ 爲：宋祐、全詩（卷五一〇）作『來』。

送僧還① 太原謁李司空

已共鄰房别，應無更住心。中時過野店，後夜宿寒林。寺去人烟遠，城連塞雪深。禪餘字法。得新句，堪對上公吟。

此與賈師所送之霄韵、周賀所送之省己相似，〔一〕二僧中必居一也。其詩却與賈派别。

【校記】

①還：全詩（卷五一四）作『往』。

【注釋】

〔一〕賈師：賈島。生平見卷下《賈島傳》。霄韵：慈恩寺法師。生平不詳。賈島有《送慈恩寺霄韵法師謁太原李司空》（見卷下賈島詩選）。徐按：除朱慶餘、賈島二詩外，張籍、無可亦分别有《送僧游五臺兼謁李司空》（《文苑英華》卷二二二題作『送顥法師往太原』）、《送顥法師往太原講兼呈李司徒》，四詩所寫事件、季節相同，當同賦，詩題所謂『霄韵』『顥』爲一人，李嘉言《長江集新校》卷五即疑張籍詩異題『顥』字爲島詩『「霄韵」二字之形訛』（『韻』同『韵』）。又，劉禹錫有《送霄韵上人游天台》（《全唐詩》校『一作竇韵上人』）、曹松有《青龍寺贈雲顥法師》，所謂『霄韵』『竇韵』『雲顥』亦當爲同一人。孰是不可考。省己：生平不詳。周賀有《送省己上人歸太原》，見卷下周賀詩選。

贈道者①

自識來清瘦，句法。尋常語論②真。藥成休伏火，符驗不傳人。分明是學傳法，又非真。獨有年過鶴，從『問年常不定』翻出。〔一〕曾③無病到身。從『救病自行藥』翻出。潛教問弟子，居處與誰鄰。從『常見鄰家説』二句翻出。

全得水部贈方外詩訣。〔二〕○善學不是依樣葫蘆，須自別開生面，乃與吻合，如此等是也。

【校記】

① 者：英華（卷二二九）校『一作「士」』。

② 語論：底本、劉本作『論語』，據趙本、英華、宋餘、全詩（卷五一四）等改。語論，謂『説話』『談論』。宋曾鞏《祭亡妻晁氏文》：『將逝之夕，逆知其論，語論自若，精神不衰。』

③ 曾：英華作『長』。

【注釋】

〔一〕『問年』句：張籍《隱者》詩句。詩見前張籍詩選。下所引二句同。

〔二〕水部：張籍。曾官水部員外郎，故稱。生平詳見前《張籍傳》。

薔薇①

四面②垂③條密，浮雲④入夏清。緑攢傷手刺，紅墮斷腸英。煉處能匠，〔一〕遂以見才。粉著蜂鬚膩，光凝蝶翅明。雨中⑤看亦好，况復值初晴。平淡是水部家法。〔二〕

【校記】

① 詩題紀事（卷四六）、宋餘、全詩（卷五一四）作『題薔薇花』。

② 四面：英華（卷三二二）作『繞架』。

③ 垂：宋餘作『重』。

④ 雲：英華、全詩作『陰』。

⑤中：英華作『來』。

【注釋】

〔一〕匠：見前張籍《山中古祠》注釋〔一〕。

〔二〕水部：張籍。曾官水部員外郎，故稱。生平詳見前《張籍傳》。

題胡氏溪亭

亭與溪相近，無時不有風。澗松生便黑，野蘚看多紅。雨足秋聲後，山沈夜色中。主人能守静，略與客心同。

和劉補闕秋園寓興之什十首 【懷民注】選八

其一

閑園清氣滿，新興日堪追。隔水蟬鳴後，當檐雁過時。雨餘槐穟重，霜近藥苗衰。不以①朝簪貴，多將野客期。

【校記】

①以：律髓（卷一二）作『似』。

其二

誰言高静意，不異在衡茅。竹冷人離洞，天晴鶴出巢。深籬藏白菌，荒蔓露青匏。

幾見中宵月，清光墜樹梢。俗結。

匠。〔一〕

【注釋】

〔一〕匠：見前張籍《山中古祠》注釋〔一〕。

其三

逍遥人事外，杖屨入杉蘿。草色寒猶在，純學乃師，而『在』字下得尤好。蟲聲晚漸多。静逢山

鳥下，幽稱野僧過。幾許新開①菊，閑從落葉和②。

【校記】

①新開：律髓（卷一二）作『開新』。

②和：律髓作『柯』。

其四

留情新①景宴，朝罷有餘閑。蝶散紅蘭外，螢飛白露間。墻高微見寺，林静遠分山。吟足期相訪，殘陽自掩關。

【校記】

①新：全詩（卷五一四）作『清』。

其五

深齋常獨處，詎肯厭秋聲？翠篠寒逾①静，孤花晚更明。每因逢石坐，多見抱書行。入夜聽疏杵，遥知耿此情。

【校記】

①逾：趙本作『愈』。

其六

蒼翠經宵在，園廬景自深。風凄欲去雁①，月思向來砧。『欲去』『向來』字有味。碧石當莎徑，寒烟冒竹林。杯瓢閑寄咏，清絶是知音。【趙本】俗結。

【校記】

①雁：宋餘、全詩（卷五一四）作『燕』。

其九

竹徑通鄰圃，清深稱獨游。蟲絲交影細，藤子墜聲幽。勝『藤折霜來子』。〔一〕積潤苔紋厚，迎寒薺葉稠。閑來尋古畫，未廢執茶甌。

【注釋】

〔一〕『藤拆』句：張籍《和左司元郎中秋居十首》其十詩句。詩見前張籍詩選。

其十

風物已蕭颯，晚烟生霽容。斜分紫陌樹，遠隔翠微鐘。宿客論文靜，閑燈落燼重。無窮林下意，真得古人風。

水部有此題十首，〔一〕平平頗無可賞，此爲青出於藍。○分明是學乃師和元郎中《秋居》之什，然無一語雷同，正是滅竈更燃也。〔二〕如此乃謂善學。

【注釋】

〔一〕水部：張籍。曾官水部員外郎，故稱。生平詳見前《張籍傳》。此題十首：指張籍《和左司元郎中秋居十首》。詩見前張籍詩選。

〔二〕滅竈更燃：比喻不依附他人。典出《東觀漢記·梁鴻傳》（卷一八）：『梁鴻少孤，以童幼詣太學受業，治《禮》《詩》《春秋》，常獨坐止，不與人同食。比舍先炊已，呼鴻及熱釜炊。鴻曰：「童子鴻不因人熱者也。」滅竈更燃火。』比舍，鄰居。及熱，猶『趁熱』。

酬李處士見贈

十①上非無援，才多却累身。慨然。雲霄未得路，江海作閑人。局面。〔一〕○直説，正得古風。〔二〕

久別唯②謀道，相逢不話貧。此唐賢自信處，不爲誇也。行藏一如此，可便老風塵。

【趙本】局面。

【校記】

① 十：宋餘、全詩（卷五一五）作『干』。

② 唯：趙本作『誰』。

【注釋】

〔一〕局面：一定時期内的情形。宋周密《癸辛雜識别集·餘玠》：『然晦才望既薄，局面又生，蜀土軍民皆不安之。』

〔二〕古風：古人風尚。此指古樸淳厚的文風。唐韓愈《王公神道碑銘》：『天子曰：王某之文可思，最宜爲誥，有古風。』

同盧校書游新興寺

山深雲景別，有寺亦堪過。才子將迎遠，林僧氣性和。潭清蒲影定，松老鶴聲多。豈不思公府？其如野興何。

送祝秀才歸衢州

舊隱穀①溪上，憶歸年已深。學徒花下別，鄉路雪邊尋。騎吏陪春賞，江僧伴晚吟。高科如在意，當自惜光陰。祝其復還也。結常。〔一〕【趙本】祝其復還也。

【校記】

①穀：全詩（卷五一五）作『縠』。徐按：當作『縠』，衢州有縠溪。《方輿勝覽·衢州·山川》（卷

七)：『縠溪。出西安，合江山、常山之水。顧野王《輿地志》：「縠溪之水，交錯如羅紋。」』

【注釋】

〔一〕結常：結尾平常。

題①孟浩然舊居

命合終山水，一語到家。〔一〕才非不稱時。冢邊空有樹，身後更②無兒。散盡詩篇本，長存道德碑。平生誰見重？應祇是王維。古人直樸如此。

【校記】

① 題：英華(卷三〇七)、宋餘、全詩(卷五一五)作『過』。

② 更：宋餘、全詩作『獨』。

【注釋】

〔一〕到家：見前張籍《晚秋閑居》注釋〔一〕。

送許①上人游天台

青冥迎②去路，誰見獨隨緣。此地春前別，何山夜後禪。石橋隱深樹，朱闕見晴天。好是修行處，師當住幾年。純是水部聲口。〔一〕

【校記】

①許：趙本、宋餘、全詩（卷五一五）作『虚』。

②迎：趙本、宋餘、全詩作『通』。

【注釋】

〔一〕水部：張籍。曾官水部員外郎，故稱。生平詳見前《張籍傳》。聲口：猶『口氣』。此指詩歌的音韵格調、表現風格。明胡應麟《詩藪·近體上》：『蘇州五言古……自是大曆聲口，與「王孟」稍不同。』

孔尚書致仕①

高人心易足，（『心易足』）三字定得簡確。三表乞身閑。與世常②疏索，唯③僧得往還。直聲留闕下，生事④在林間。時復逢清⑤景，乘車看遠山。

【校記】

① 詩題英華（卷二六〇）後有題注『因而有寄贈』，全詩（卷五一五）作『孔尚書致仕因而有寄贈』。
② 常：趙本作『長』，英華校『集作「因」』。
③ 唯：趙本作『惟』。
④ 事：英華作『計』。
⑤ 清：英華作『晴』。

塞下曲①

萬里去②長征，連年慣野營。入群來擇③馬，抛伴去擒生。寫邊塞情事如見。○此『生』字是人也，所以與『馬』字正對。箭撚④雕翎闊，弓盤鵲角輕。問看行近遠，西過⑤受降城。此等處純是水部家法。〔二〕【趙本】人不知此等皆學水部。

【重出】

《全唐詩》卷五一五作朱慶餘詩，卷五一〇張祜詩集重出。佟培基《全唐詩重出誤收考·張祜》：『宋蜀刻本張集二載，但四部叢刊續編景印鐵琴銅劍樓藏宋刊本《朱慶餘詩集》亦收此詩，江標刊宋睦親坊本朱集同。』又，《文苑英華》卷一九七、《樂府詩集》卷九三作張祜詩。孰作不可考。

【校記】

① 詩題全詩卷五一〇作『塞下』。

② 去：全詩卷五一〇作『配』，卷五一五校『一作「事」』。

③擇：全詩卷五一〇作『揀』。

④撚：全詩卷五一〇作『插』。

⑤過：全詩卷五一〇作『去』。

【注釋】

〔一〕水部：張籍。曾官水部員外郎，故稱。生平詳見前《張籍傳》。

送僧游廬山①

客行皆有求②，師去是閑游。確！妙！野望携金策，禪栖寄③石樓。山深松翠冷，潭静菊花秋。幾處題青壁，袈裟濺瀑流。

【校記】

①詩題宋餘、全詩（卷五一五）作『送僧』。

②求：宋餘、全詩作『爲』。

③寄：英華（卷二二二）作『倚』。

旅中秋月有懷

久客未還鄉，中秋倍可傷。此句直促，非文昌體。〔一〕暮天飛旅雁，故國在衡陽。予每諷此兩句，爲之黯然神傷。○凡言情到至處，能使人黯然，故後此凡如此等句，謂之『黯然語』。島外歸雲迴，林間墜葉黄。數宵千里夢，時見舊書堂。

【注釋】

〔一〕文昌：張籍之字。籍生平見前《張籍傳》。

宿山店

山店燈前客，畫出凄冷。酬身未有媒。鄉關貧後别，風雨夜深來。蕭然！情、景俱無際。【趙本】蕭然。上國求丹桂，衡門長緑苔。堪驚雙鬢雪，不待歲寒催。

夏末留别洞庭知己

清秋時節近，分袂獨凄然。此地折高柳，何門聽暮蟬。浪搖湖外日，山背楚南天。空感迢迢事，榮歸在幾年。

過洞庭

帆掛狂風起，茫茫既往時。波濤如未息，舟楫亦堪疑。此等用力太狠處，却近曹松、裴説一輩人，〔一〕乃是張門變相。〔二〕旅雁投①孤島，長天下四維。前程有平處，誰敢與心期。

【校記】

① 投：宋餘作『捉』。

【注釋】

〔一〕曹松、裴説：均爲晚唐詩人。懷民分別列入『清奇僻苦主』賈島之入室、升堂。生平見卷下《曹松傳》《裴説傳》。

〔二〕張門：張籍詩派。變相：與原本不同的模樣。此指有所變化的詩法。

叙吟

雅道辛勤久，『辛勤』二字下得妙。潛疑鬢雪侵。未能酬片善，難更免孤吟。有景皆牽思，無愁不到心。唐三百年詩法，盡此十字中。遥天一輪月，幾夜見西沈。

此詩亦近曹、裴。〔一〕

【注釋】

〔一〕曹、裴：分別指曹松、裴説。參見前詩《過洞庭》注釋〔一〕。

夏日訪貞上人院

炎夏尋靈境，高僧澹蕩中。『澹蕩』二字妙。命棋隈緑竹，盡日有清風。對法妙。流水離經閣，閑雲入梵宫。此時祛萬慮，直似出塵籠。

廢宅花

數樹荒庭上，芬芳映緑苔。自緣逢暖發，不是爲人開。色艷鶯猶在，香消蝶已回。相從無勝事，誰向此傾杯？

氣味從《古苑杏花》來，〔一〕即項斯《晚春花》亦同一源派。〔二〕【趙本】與項子遷《晚春花》詩俱學水部《廢苑杏花》。

【注釋】

〔一〕《古苑杏花》：張籍詩。見前張籍詩選。徐按：趙本所謂『《廢苑杏花》』不確，蓋因其首句『廢苑杏花在』而致誤。

〔二〕項斯《晚春花》：見後項斯詩選。同一源派：謂同源於張籍《古苑杏花》。

寄友人

當代知音少，相思在此身。一分南北路，長問往來人。真水部。〔一〕然不善學，易入滑也。〔二〕是處應爲客，何門許掃塵。憑書正惆悵，蜀魄數聲新。

【注釋】

〔一〕真水部：謂酷似張籍詩作。水部，張籍。曾官水部員外郎，故稱。生平詳見前《張籍傳》。

〔二〕滑：油滑。指華而不實的文風。

途中感懷

世上名利①牽，途中意慘然。到家能幾日，爲客便經年。眼前、口頭語，却即至詣。〔一〕迹似萍隨水，情同鶴在田。何當功業②遂，歸路下遥天。

【校記】

① 名利：趙本作『利名』。

② 功業：宋餘、全詩（卷五一五）校『一作「勤苦」』。

【注釋】

〔一〕至詣：極高的水平。謂詩句表現力强。

贈江夏盧使君

詩人中最屈，無與使君儔。白髮雖求退，明時合見收。與『得在朝廷少』二句意境相同。〔一〕登山猶自健，縱酒可多愁。好是能騎馬，相逢在①鄂州。

【重出】

《全唐詩》卷五一五收作朱慶餘詩，卷五四四劉得仁詩集重出。《文苑英華》卷二六〇作朱慶餘詩，然『四部叢刊續編及江標刊宋本朱集皆無』（佟培基《全唐詩重出誤收考·朱慶餘》）。孰作不可考。

【校記】

①在：趙本、英華（卷二六〇）、全詩（卷五一五）作『見』。

【注釋】

〔一〕『得在』句：朱慶餘《上江州李使君》第三句。詩見前朱慶餘詩選。

長安春日野中

青春思楚地，閑步出秦城。從『秦城啼楚鳥』句分出。〔一〕【趙本】分明效水部『秦城啼楚鳥』句，〔二〕破一而爲兩也。滿眼是岐路，何年見弟兄。烟霞裝媚景，【趙本】（『裝』字）俗。霄漢指前程。【趙本】（『指』

字)俗。盡日徘徊處，歸鴻過玉京。『裝』『指』二字俗，結句亦不免，所取但起耳。

【注釋】

〔一〕『秦城』句：張籍《和周贊善聞子規》首句。詩見前張籍詩選。

〔二〕水部：張籍。曾官水部員外郎，故稱。生平詳見前《張籍傳》。

王建

王建傳

建，字仲初，潁川人。〔一〕大曆十年進士。〔二〕初爲渭南尉，〔三〕歷秘書丞、侍御史。〔四〕太和中，出爲陝州司馬，〔五〕從軍塞上。〔六〕後歸咸陽，卜居原上。建工樂府，與張籍齊名，《宫詞》百首尤傳誦①人口。

【校記】

①誦：趙本作『頌』。

【注釋】

〔一〕潁川：唐郡名，即許州（治今河南許昌市）。《舊唐書・地理志一》（卷三八）：『許州，望，隋潁川郡。武德四年，平王世充，改爲許州……天寶元年，改爲潁川郡。乾元元年，復爲許州。』徐按：據王建《送韋處士老舅》『憶昨癡小年，不知有經籍。常隨童子游，多向外家劇。……自從出關輔，三十年作客。風雨一飄飄，親情多阻隔』可知，其故鄉在『關輔』，即唐京畿地區。遲乃鵬《王建研究叢稿》認爲『關輔』指渭南縣（今屬陝西），當是。潁川或爲王建郡望。

〔二〕大曆十年進士：見載於《郡齋讀書志》《直齋書録解題》《唐才子傳》等，誤。據現存資料可斷，王建一生未曾舉進士，且大曆十年（七七五）方十二歲。參見傅璇琮主編《唐才子傳校箋·王建》譚優學考。

〔三〕初爲渭南尉：見載於《雲谿友議》《唐才子傳》等，誤。王建從未任渭南尉之職；元和八年（八一三）秋離魏博鎮軍幕赴京求官，元和九年秋初授昭應縣丞。詳見拙著《張籍王建詩歌研究》第一章第三節六《離魏博赴京求官》（黄山書社二〇一五年版）。

〔四〕秘書丞：秘書省官員。《舊唐書·職官志二》（卷四三）：『秘書省……丞一員（從五品上）……掌判省事。』王建約於長慶四年（八二四）至寶曆二年（八二六）任秘書丞。侍御史：此載不確。當作『侍御』（或爲殿中侍御史），詳見拙著《張籍王建詩歌研究》第一章第三節九《任侍御職》（黄山書社二〇一五年版）。

〔五〕陝州：治陝縣（今河南三門峽市西）。《舊唐書·地理志一》（卷三八）：『陝州大都督府：隋河南郡之陝縣。』司馬：官名。唐都督府、都護府、親王府、州府等設司馬，品位不一。《舊唐書·職官志三》（卷四四）：『大都督府……司馬二人，從四品下。』王建大和二年（八二八）秋由太常丞出爲陝州司馬。詳見拙著《張籍集繫年校注》卷四《贈王司馬赴陝州》詩『繫年』。

〔六〕從軍塞上：王建曾兩度從軍，即入幽州、魏博軍幕，但均在元和九年（八一四）任昭應縣丞之前。其出任陝州司馬期間是否『從軍塞上』，不可考。

懷民按：世之稱仲初者，但知其七言古與宮詞耳，即『張王』并列，亦止於樂府，若五、七律則概不相許，〔一〕至謂司馬律不能工，〔二〕或病其『俗』。噫嘻！世所謂不俗者，吾知之矣！錯采鏤金，矯飾補假，〔三〕以要博大精深之譽；〔四〕至與言苦心體物、刻發難顯，〔五〕其實不能耐心一思也，顧惟縱其情不以禮防者爲俗耳。〔六〕俗情入詩，直尋天妙，〔七〕固是《風》《雅》之本。世惟認錯『俗』字，并雅亦失之，而所謂不俗者，乃真俗矣！按仲初律詩，實與司業合調，〔八〕第司業妙於清麗，司馬偏於質厚，不無微分，不似朱慶餘之句句追步。至其字清意遠，工於匠物，〔九〕則殊途同歸也。尊爲入室，良不誣矣。

【注釋】

〔一〕相許：贊許。唐李廓《長安少年行》：『時輩皆相許，平生不負身。』

〔二〕司馬：王建。曾官陝州司馬，故稱。

〔三〕補假：　見前《重訂中晚唐詩主客圖説》注釋〔七二〕。

〔四〕要：　通『邀』。　謀求。《孟子·公孫丑上》：　『今人乍見孺子將入於井，皆有怵惕惻隱之心……非所以要譽於鄉黨朋友也，非惡其聲而然也。』

〔五〕體物：　描繪事物。　晉陸機《文賦》：　『詩緣情而綺靡，賦體物而瀏亮。』刻：　刻意。　發難顯：　即歐陽修《六一詩話》引梅堯臣所謂『狀難寫之景，如在目前；　含不盡之意，見於言外』。　詳見前《重訂中晚唐詩主客圖説》注釋〔七七〕。

〔六〕顧惟：　却思，却念。　縱其情不以禮防：　猶言『發乎情』而不能『止乎禮義』。　禮防，禮法。　謂禮之禁亂，猶防之止水。　語出《禮記·經解》：　『夫禮，禁亂之所由生，猶坊止水之所自來也。』陸德明釋文：　『坊，本又作防。』魏曹植《洛神賦》：　『收和顔而静志兮，申禮防以自持。』吕延濟注：　『言收静容志，以禮自持約也。』

〔七〕直尋：　鍾嶸《詩品》關於文學創作與審美的核心思想。　詳見前《重訂中晚唐詩主客圖説》注釋〔七三〕。　天妙：　自然精妙。　天，天然。

〔八〕司業：　張籍。　籍官終國子司業，故稱。　生平詳見前《張籍傳》。　合調：　本謂音律、音節和諧。　唐路德延《小兒詩》：　『合調歌楊柳，齊聲踏采蓮。』此謂詩歌藝術風格相近。

〔九〕匠物：　見前《重訂中晚唐詩主客圖説》注釋〔八七〕。

送人游塞

初晴天墮絲，興象化工。〔一〕【趙本】全是興象。晚色上春枝。城下路分處，邊頭人去時。停車數行日，勸酒問回期。亦是茫茫客，還從此別離。

格法乃與司業毫髮不異。〔二〕【趙本】乃與司業毫髮不異。

【注釋】

〔一〕興象：猶『意象』『意境』。化工：自然形成的工巧。謂巧奪天工。明李贄《雜説》：『《拜月》《西厢》，化工也；《琵琶》，畫工也。夫所謂畫工者，以其能奪天地之化工，而其孰知天地之無工乎？』

〔二〕格法：指堪爲範式的藝術表現技法。司業：張籍。籍官終國子司業，故稱。生平詳見前《張籍傳》。

塞[①]上逢故人

百戰一身在，相逢白髮生。何時得鄉[②]信，每日算歸程。對法全是司業。〔一〕走馬登寒壟，驅羊入廢城。羌笳[③]三兩曲，人醉海西營。

【校記】

①塞：百家（卷一三）、品彙（卷六七）作『邊』。

②鄉：百家、律髓（卷三〇）、品彙作『家』。

③笳：百家、律髓、品彙作『歌』。

【注釋】

〔一〕司業：張籍。官終國子司業，故稱。生平詳見前《張籍傳》。

南中

天南多鳥聲，五字已盡南中。〔一〕州縣半無城。野市依蠻姓，山村逐水名。瘴烟沙上起，陰火雨中生。獨有求珠客，年年入海行。結法亦是司業。〔二〕

【注釋】

〔一〕南中：嶺南地區。唐張説《嶺南送使》：『南中不可問，書此示京畿。』

〔二〕司業：張籍。籍官終國子司業，故稱。生平詳見前《張籍傳》。

汴路水驛

晚泊水邊驛，柳塘初起風。【趙本】此等處要學。蛙鳴蒲葉下，魚入稻花中。去舍已云①遠，問程猶向東。近來多怨别，不與少年同。

【校記】

①云：百家（卷一三）作『行』。

淮南使回留别竇侍御

戀戀春恨結，綿綿淮草深。病身愁至夜，遠道畏逢陰。情近而確，故成不刊〔一〕。【趙本】凡得一意，無不入情，『張王』勝處。忽逐酒杯會，暫同風景心。從今一分散，還是曉①枝禽。

【校記】

①曉：庫建作『繞』。

【注釋】

〔一〕不刊：不容更動和改變。詳見《重訂中晚唐詩主客圖説》注釋〔一〇九〕。

汴路即事

千里河①烟直，青槐②夾岸長。天涯同此路，人語各殊方。草市迎江貨，津橋稅海商。匠出繁盛。〔一〕○唐人匠物，無處不到，不必宜於冷僻而不宜於喧熱也。【趙本】包盡無限繁華。回看故宮柳，憔悴不成行。

【校記】

①河：全詩（卷二九九）校『一作「何」』。

②槐：品彙（卷六七）作『楓』。

【注釋】

〔一〕匠：刻畫，描繪。詳見前《重訂中晚唐詩主客圖說》注釋〔八七〕『匠物』。

山居

屋在瀑泉西，茅檐[1]下有溪。閉門留野鹿，『留』字不奇，『閉門』字妙。分食養[2]山雞。『養』字不奇，『分食』字妙。桂熟長收子，蘭生不作畦。初開洞中路，深處轉松梯。

【校記】

① 檐：百家(卷一三)、律髓(卷二三)作『房』，全詩(卷二九九)校『一作「屋」』。

② 養：百家作『與』。

醉後憶山中故人[1]

花開草復秋，雲水自悠悠。因醉暫無事，在山[2]難免愁。此等却高，難到。遇晴須看月，鬬[3]健且登樓。『鬬』字妙。暗想山中伴，如今盡白頭。

【校記】

① 山中故人：全詩（卷二九九）校『一作「故人山中」』。

② 山：百家（卷一三）作『生』。

③ 鬭：百家、庫建作『聞』。

送流人

見①説長沙去②，無親亦共愁。陰雲鬼門夜，寒雨瘴江秋。此等與水部并無差別。〔一〕水國山魈③引，蠻鄉洞主留。漸看歸處遠④，垂白住炎州⑤。聲情純是。【趙本】與司業如出一手。〔二〕

氣體乃爾沉雄。

【校記】

① 見：律髓（卷四三）作『且』。

② 去：全詩（卷二九九）校『一作「路」』。

③魈：百家(卷一三)作『墻』。
④遠：庫建、全詩皆校『一作「阻」』。
⑤州：百家、庫建作『洲』。

【注釋】

〔一〕水部：張籍。曾官水部員外郎，故稱。生平詳見前《張籍傳》。
〔二〕司業：張籍。籍官終國子司業，故稱。

貧居

眼底貧家計，多時總莫嫌。必有此見解。【趙本】(『多時』句)必有此見解。蠹生騰藥紙①，字暗②換書籤。看他説貧處止如此。【趙本】如此家計，亦復清絶。〔一〕避雨拾黄葉③，遮風下黑簾。近來身不健，時就六壬占。

如此家計，亦復清絶。

【校記】

①紙：全詩（卷二九九）校「一作『箆』」。

②暗：庫建、全詩皆校「一作『脱』」。

③「避雨」句：庫建作「避雨濕黄葉」，全詩校「一作『避濕堆黄葉』」。

【注釋】

〔一〕清絶：謂清貧至極。

過趙居士擬置①草堂處所

休師竹林北，空可兩三間。雖愛獨居好，終來相伴閑。猶嫌近前樹，偏説「嫌」。爲礙②看南山。偏説「礙」。○「雖愛」「終來」「猶嫌」「爲礙」，後人必以爲平頭矣，〔一〕烏知其妙？的有深耕處，春初須早還。

【趙本】「雖愛」「終來」「猶嫌」「爲礙」，後人必指爲平頭矣，焉知其妙？

【校記】

①置：庫建作『直』。徐按：『直』通『置』。

②礙：英華（卷三一四）作『好』，全詩（卷二九九）校『一作「愛」』。

【注釋】

〔一〕平頭：作詩八種聲病之一。唐李延壽《南史·陸厥傳》（卷四八）：『（沈）約等文皆用宮商，將平、上、去入四聲，以此製韻，有平頭、上尾、蠭腰、鶴膝。』日僧空海《文境秘府論·西卷》『文二十八種病』条：『平頭詩者，五言詩第一字不得與第六字同聲，第二字不得與第七字同聲。……平頭詩曰：「芳時淑氣清，提壺臺上傾。」（如此之類，是其病也。）又詩曰：「山方翻類矩，波圓更若規。樹表看猿掛，林側望熊馳。」又詩曰：「朝雲晦初景，丹池晚飛雪。飄枝聚還散，吹楊凝且滅。」』『釋曰：上句第一、二兩字是平聲，則下句第六、七兩字不得復用平聲，爲用同二句之首，即犯爲病。餘三聲皆爾，不可不避。』王建此詩頷、頸二聯每句首字皆爲平聲字，故懷民謂『後人必以爲平頭』。

飯僧

别屋二字先妙。炊香飯，薰辛不入家。温①泉調葛麵②，净手摘藤花。極其珍貴。蒲鮓除青葉，芹齏帶紫芽。願師常伴食，消氣有薑茶。

【趙本】矜貴。〔一〕

【校記】

①温：全詩（卷二九九）校『一作「濾」』。

②麵：全詩校『一作「粉」』。

【注釋】

〔一〕矜貴：高貴。宋丘宻《洞仙歌·賦金林檎》：『豐肌膩體，淡雅仍矜貴，不與群芳競姝麗。』

答寄芙蓉冠子

一學芙蓉葉，初開映水幽。雖經小①兒手，不稱老夫頭。枕上眠常戴，風前醉恐柔。字法。明年有閨閣，此樣必難求。妙寫俗情。【趙本】衹是入情，莫看作俗話也。

此等與司業詩參看。〔一〕

【校記】

①小：庫建校『一作「巧」』。

【注釋】

〔一〕司業：張籍。官終國子司業，故稱。生平詳見前《張籍傳》。

冬夜感懷

晚年恩愛少，仲初七言有云『再經婚娶尚單身』，〔一〕想晚年遂鰥居也。耳目靜於僧。竟①夜不聞語，空房唯②有燈。氣噓寒被濕，霜入破窗③凝。斷得人間事，長如此亦能。

沉著不讓少陵。〔二〕

【校記】

① 竟：庫建作『一』。

② 唯：趙本、庫建作『惟』。

③ 霜入破窗：全詩（卷二九九）校『一作「冷階月照」，一作「月照冷階」』。

【注釋】

〔一〕『再經』句：王建《自傷》詩句。全詩云：『衰門海内幾多人，滿眼公卿總不親。四授官資元七品，再經婚娶尚单身。圖書亦爲頻移盡，兄弟還因數散貧。獨自在家常似客，黄昏哭向野田春。』

〔二〕沉著：謂抒情深切感人。詳前張籍《没蕃故人》注釋〔二〕。讓：遜色。少陵：杜甫。詳見前張籍《没蕃故人》注釋〔三〕。

初到昭應呈同僚

白髮初爲吏，有慚年少郎。自知身上拙，不稱世間忙①。言外自見偃蹇。〔一〕秋雨縣②墻緑，暮山宫③樹黄。同官若容許，長借老僧房。

【校記】

①忙：英華（卷二五四）『作强』。

②縣：全詩作『懸』。徐按：『縣』通『懸』。

③宫：全詩校『一作「官」』。

【注釋】

〔一〕偃蹇：猶『困頓』。《新唐書·段文昌傳》（卷八九）：『憲宗數欲親用，頗爲韋貫之奇詆，偃蹇不得進。』

閑居即事

老病貪光景，尋常不下簾。妻愁耽酒僻，人怪考詩嚴。此句著眼。〔一〕當知此尋常淡語都經嚴考來。【趙本】可知其詩。小婢偷紅紙，嬌兒弄白髯。此等自不同樂天。〔二〕有時看舊卷，未免意中嫌。

嘗見米元章一帖，〔三〕横跋云：『此詩凡三四寫，僅有一兩字好。書亦一難事，須知其難，乃有入處。』看此結句，蓋可證矣。【趙本】此等似與白香山相近，〔四〕然須知其不同處。

【注釋】

〔一〕著眼：入眼。謂值得體味、深究。

〔二〕樂天：白居易之字。生平詳見前《重訂中晚唐詩主客圖説》注釋〔四〕『白居易』。

〔三〕米元章：米芾（一〇五一—一一〇七）。北宋書畫家、書畫理論家。字元章，祖籍太原（今屬山西），定居潤州（今江蘇鎮江）。歷知雍丘縣、漣水軍，轉太常博士，知無爲軍，召爲書畫學博士，擢禮部員外郎，出知淮陽軍。卒，年四十九。善詩，書畫自成一家。

〔四〕白香山：白居易。號香山居士。

林居

荒林四面通，門在野田中。頑僕長如客①，【趙本】入情。貧居未勝蓬。舊綿衣不暖，新草屋多風。匠物，〔一〕其理亦盡。【趙本】真能匠物。唯②去山南近，閑親販藥翁。

【校記】

①客：全詩（卷二九九）校『一作「友」』。

②唯：趙本作『惟』。

【注釋】

〔一〕匠物：見前《重訂中晚唐詩主客圖説》注釋〔八七〕『匠物』。

原上新居十三首①　【懷民注】選九

其一

新占原頭地，本無山可歸。荒藤生葉晚，老杏著花稀。稍有比意，不可執泥。〔一〕厨舍近②泥竈，家人初飽薇。高。弟兄今四散，何日更相依。

【校記】

① 詩題趙本作『原上新居九首』。

② 近：全詩（卷二九九）校『一作「新」』。

【注釋】

〔一〕稍有比意：謂含有王建自況意味。

其二

一家妙在二字。榆柳新，四面遠無鄰。人少愁聞病，莊孤幸得貧①。入情語，理亦確至。耕牛長願飽，樵僕每憐勤。終日憂衣食，何由得②此身。

莫教此等哄了，〔一〕陶公云：『人生歸有道，衣食固其端。』〔二〕但自是寓而不留，〔三〕學人胸中斷著不得此等事。〔四〕【趙本】莫教此等結句哄了……着不得此等事。

【校記】

①貧：全詩（卷二九九）校『一作「鄰」』。

②得：庫建作『脱』。

【注釋】

〔一〕莫教此等哄了：謂这類詩所寫并非都是事實。

〔二〕陶公：陶淵明。生平見前《重訂中晚唐詩主客圖説》注釋〔九三〕『陶元亮』。『人生』二句：陶淵明《庚戌歲九月中於西田獲早稻》詩句，謂衣食是人生一切的發端，人以衣食爲本。全詩云：

『人生歸有道，衣食固其端。孰是都不營，而以求自安。開春理常業，歲功聊可觀。晨出肆微勤，日入負耒還。山中饒霜露，風氣亦先寒。田家豈不苦，弗獲辭此難。四體誠乃疲，庶無異患干。盥濯息檐下，斗酒散襟顏。遥遥沮溺心，千載乃相關。但願長如此，躬耕非所嘆。』

〔三〕寓而不留：可以寓意於物而不可著意於物。語出蘇軾《寶繪堂記》：『君子可以寓意於物，而不可以留意於物。寓意於物，雖微物足以爲樂，雖尤物不足以爲病。留意於物，雖微物足以爲病，雖尤物不足以爲樂。』寓，寓意，托意。留，留意，著意。

〔四〕學人：學者。此等事：指詩所謂『終日憂衣食』。

其三

長安無舊識，百里是天①涯。寂寞思逢客②，荒涼喜見花。訪僧求賤藥，將③馬市④豪家。乍⑤得新蔬菜，朝盤忽覺奢。

【校記】

① 天：律髓（卷二三）、庫建作『生』。徐按：作『天』符合詩意。

② 客：庫建作『友』。

③將：全詩（卷二九九）校『一作「捋」』。
④市：律髓、庫建、全詩作『中』。
⑤乍：庫建校『一作「作」』，全詩校『一作「昨」』。

其四

雞鳴村舍遥，花發亦蕭條。此等自具元化，〔一〕最不易及。【趙本】得彭澤遺韵。〔二〕野竹初生笋，溪田未得苗。家貧童①僕瘦，春冷菜蔬焦。甘分長如此，無名在聖朝。

陶體。

【校記】

①童：庫建、全詩（卷二九九）作『僮』。

【注釋】

〔一〕元化：謂寫景真實自然。詳見前張籍《江南春》注釋〔一〕。

〔二〕彭澤：陶淵明。曾官彭澤縣令，故稱。生平見前《重訂中晚唐詩主客圖説》注釋〔九三〕『陶元亮』。

其五

春①來梨棗盡②，啼③哭小兒飢。鄰富雞常去④，莊⑤貧客漸稀。人情語，理亦確至。○或曰『莊貧何以有富鄰？』此高叟之見也。〔一〕借牛耕地晚，賣樹⑥納錢遲。墻下當官路⑦，依山補短⑧籬。

【重出】

《全唐詩》卷二九九收作王建詩；卷四九八姚合詩集重出，題注『一作王建詩』。宋書棚本《王建詩集》卷五、清席氏琴川書屋本《王建詩集》卷五、清胡介祉本《王司馬集》卷三等收此詩，《四部叢刊》影印明鈔本《姚少監詩集》卷六、明毛晋本《姚少監詩集》卷六等亦收此詩。又，元方回《瀛奎律髓》卷二三作王建詩，且考云：『此詩姚合集亦有之，然建集十三詩中第五首格律一同，當是建詩。又「春來梨棗盡」，則「啼哭小兒飢」，合集乃云「秋來梨棗熟」，益知其非。』當是。

【校記】

① 春：　姚鈔、姚刻、全詩（卷四九八）作『秋』。

② 棗盡：　姚鈔、姚刻、全詩（卷四九八）作『果熟』。

③啼：姚鈔、姚刻、全詩（卷四九八）作『行』。
④常去：律髓（卷二三）、庫建、全詩（卷四九八）作『長去』，姚鈔、姚刻、全詩（卷四九八）作『長往』。
⑤莊：姚鈔、姚刻校『一作「家」』。
⑥樹：全詩（卷二九九）校『一作「穀」』。
⑦路：姚鈔、姚刻、全詩（卷四九八）作『道』。
⑧山補短：律髓、庫建、全詩（卷二九九）作『山補竹』，姚鈔、姚刻、全詩（卷四九八）作『前夾竹』。

【注釋】

〔一〕高叟之見：借指機械、片面的詩學見解。高叟，高老先生。名不詳，齊人。孟子批評他治《詩》非常機械。典出《孟子·告子下》：『公孫丑問曰：「高子曰：《小弁》，小人之詩也。」孟子曰：「何以言之？」曰：「怨。」曰：「固哉，高叟之爲詩也！」』朱熹集注：『固，謂執滯不通也。爲，猶治也。』清顧炎武《與友人論易書二》：『必欲執一説以概全經，所謂「固哉高叟之爲詩」，而咸丘蒙疑瞽瞍之非臣者與之同失矣。』

其八

移家近住村，貧苦自安存。細問梨果植，遠求花藥根。倩人開廢井，趁犢字法。入新園。

長愛當山立，黄昏不閉門。

其九

和暖繞林行，新貧足喜聲。五字絶！人情絶高。〔一〕【趙本】可知不憂衣食。掃渠憂竹旱，澆①地引蘭生。山客憑栽②樹，家僮使入城。衹眼前語。門前粉壁上，書著縣官名。傲岸。

【校記】

① 澆：全詩（卷二九九）校『一作「洗」』。

② 栽：全詩校『一作「移」』。

【注釋】

〔一〕人情：此猶『情懷』。

其十

住處鐘鼓外，免争當路橋。身閑時却困，兒病向①來嬌。人情語，理亦確至。雞睡日陽暖，蜂②狂③花艷燒。筆有造化。〔一〕○『艷』『燒』二字如何聯？如何押？然必如此，乃能匠出『花』，〔二〕匠出蜂之『狂』來。若俗手，必曰『艷開』，曰『亂燒』矣！【趙本】真與造物同工。長安足門户，疊疊看登朝。

【校記】

①向：庫建、全詩（卷二九九）作『可』。

②蜂：庫建、全詩校『一作「蝶」』。

③狂：全詩校『一作「忙」』。

【注釋】

〔一〕筆有造化：謂巧奪天工，即趙本所謂『真與造物同工』。造化，自然界的創造者。《莊子·大宗師》：『今一以天地爲大鑪，以造化爲大冶，惡乎往而不可哉？』

〔二〕匠：刻畫，描繪。詳見前《重訂中晚唐詩主客圖説》注釋〔八七〕『匠物』。

其十三

住處去山近，傍園麋鹿行。野桑穿井出①，荒竹過墻生。新識鄰里面，未諳村舍②情。天然情事，自妙。石③田無力及，賤賃與人耕。

【趙本】情事絶妙。

【校記】

① 出：百家（卷一三）、律髓（卷二三）、庫建、全詩（卷二九九）作『長』。

② 舍：趙本、庫建、全詩作『社』。徐按：作『社』是。

③ 石：庫建、全詩作『名』。徐按：作『石』是。

送李評事使蜀

勸酒不依巡，明朝萬里人。轉江雲棧細，近驛板橋①新。【趙本】憑空著想，〔一〕妙！石冷啼猿②影，松昏戲鹿③塵。少年爲客好，况是益州春。

【校記】

① 板橋：全詩（卷二九九）校『一作「柳條」』。

②啼猿：英華（卷二七五）校『一作「猿啼」』。

③戲鹿：英華校『一作「鹿戲」』。

【注釋】

〔一〕著想：想象。

贈洪誓①師

老僧真古畫，先匠一句。〔一〕【趙本】祇要寫真。閑坐②語中聽。識病方書聖，諳山草木靈。人來多③施藥，願滿不持經。偏説『不持經』，妙！相伴尋溪竹，秋苔襪履青。

【校記】

①誓：庫建作『哲』。

②坐：庫建作『座』。

③多：庫建、全詩（卷二九九）校『一作「還」』。

【注釋】

〔一〕匠：刻畫，描繪。詳見前《重訂中晚唐詩主客圖説》注釋〔八七〕「匠物」。

寒食①

田舍清明日，家家出火遲。白衫眠古巷，紅②索搭高枝。田家寒食如畫。紗帶生難結，銅釵重欲③垂。斬新衣踏④盡，還似去年時。宛然入情。

【重出】

《全唐詩》卷二九九收作王建詩，題注「一作張籍詩」；卷三八四張籍詩集重出，亦題注「一作王建詩」。然宋蜀刻殘本《張文昌文集》、明劉成德本《唐張司業詩集》、明嘉萬本《唐張司業詩集》、清席氏本《張司業詩集》、《文淵閣四庫全書》本《張司業集》等張籍集皆不載。又，此詩早見於南宋蒲積中《歲時雜詠·寒食》（卷一二），前有七律《寒食看花》與七絶《寒食憶歸》《寒食》三詩，《寒食看花》題下署名「王建」，可見，當爲王建所作。《全唐詩》所以誤收爲張籍詩，當緣清季振宜唐詩稿本，佟培基《張籍詩重出甄辨》云，『此三首詩（徐按：另指《寒食看花》《寒食憶歸》）在《歲時雜咏》中緊接張籍《寒食日内宴二首》之後，季氏失檢一并補入張集中。……揚州書局《全唐詩》據之，而中華書局校勘之《張籍詩集》又據《全唐詩》補入』，此詩與《寒食看花》『南宋書棚本《王建詩集》卷五、卷八亦載，《唐音統籤》卷三四七《丁籤》七六王建集同，據此當爲王建作』，所言當是。

【校記】

①寒食：全詩（卷三八四）作『寒食後』。
②紅：庫建校『一作「結」』。
③欲：全詩（卷三八四）作『易』。
④踏：全詩（卷三八四）作『著』。

貽小尼師

新剃青頭髮，生來未掃①眉。身輕禮拜穩，心慢記經遲。匠『小』意，妙！〔一〕【趙本】『小』字妙！
喚起猶侵曉，催齋已過時。二句總是『小』意。【趙本】『小』字妙！春晴階下立，私地弄花枝。

【校記】

①掃：　全詩（卷二九九）校『一作「畫」』。

【注釋】

〔一〕匠：　刻畫，描繪。詳見前《重訂中晚唐詩主客圖説》注釋〔八七〕『匠物』。

惜歡

當歡須且歡，過後買應難。慨然起興。歲去停燈守，花開把火①看。狂來欺酒淺，愁盡覺天寬。次第頭皆白，齊年人已②殘。

【校記】

①火：　全詩（卷二九九）校『一作「燭」』。

②人已：　全詩校『一作「幾個」』。

山中惜花

忽①看花漸稀，罪②過酒醒遲③。尋覓風來處，驚張④夜落時。静缘。〔一〕游絲纏⑤故蕊，宿鳥⑥守空枝。開取當⑦軒⑧地，年年樹底期。

【校記】

①忽：庫建作『怨』，校『一作「愁」』。

②罪：趙本作『醉』，全詩（卷二九九）校『一本缺』。

③遲：庫建、全詩作『時』。

④張：英華（卷三二三）作『悵』。

⑤纏：庫建、全詩皆校『一作「縈」』。

⑥鳥：趙本、全詩作『夜』，英華、庫建作『葉』。

⑦當：庫建校『一作「溪」』。

⑧軒：全詩校『一作「溪」』。

【注釋】

〔一〕静緣：心静之道，即保持虚静，順應外物變化。唐張説《虚室賦》：『理涉虚趣，心階静緣。室惟生白，人則思玄。』緣，佛教所謂事物生滅與變化的輔助條件。

隱者居

山人住①處高，看日上蟠桃。雪縷青山脉，雲生白鶴毛。朱書護身咒，水噀斷邪刀。何物中②長食，胡麻慢火熬。

此與水部《隱者》《辟穀者》（徐按：指《贈辟穀者》）皆一例。〔一〕【趙本】可知體例。

【校記】

① 住：庫建校『一作「在」』。

② 中：庫建、全詩（卷二九九）皆校『一作「堪」』。

【注釋】

〔一〕水部：張籍。曾官水部員外郎，故稱。生平詳見前《張籍傳》。《隱者》《贈辟穀者》：見前張籍詩選。一例：見前張籍《隱者》注釋〔二〕。

昭應官舍

繞廳春草合，知道縣家閑。妙！行見雨遮院，卧看人上山。避風新浴後，請假未醒間。朝客輕卑吏，從他不往還。自見高致。〔一〕

【注釋】

〔一〕高致：高雅的情致。參見張籍《春日李舍人宅見兩省諸公唱和因書情即事》注釋〔三〕。

送嚴大夫赴桂州

嶺頭分界堠①，一半屬湘潭。水驛門旗出，山蠻洞主參。『出』『參』二字，宛如親歷。辟邪犀角重，解酒荔枝甘。莫嘆京華遠，安南更有南。

【校記】

① 堠：英華（卷二七五）、全詩（卷二九九）作『候』。徐按：『候』，『堠』之古字。

望行人

自從江樹秋，日日望江樓。夢見離珠浦，書來在桂州。恍惚迷離，寫出凝望深情！而『珠浦』『桂州』數色琢對，雅煉工妙，所以爲唐人之詩。【趙本】恍惚離迷，寫出凝望神理！而『珠浦』『桂州』數色琢對，雅煉工妙，所以爲唐人之詩也。終恨水分流。久不開明鏡，多應是白頭。

願①同魚比目②，此句不佳。

與司業《思遠人》詩同工異曲，〔一〕惜後四稍平。【趙本】與司業《思遠人》詩同工，惜後半不稱。

【校記】

①顧：全詩（卷二九九）作『不』。

②魚比目：樂府（卷二三）作『比目魚』。

【注釋】

〔一〕司業：張籍。籍官終國子司業，故稱。生平詳見前《張籍傳》。《思遠人》：見前張籍詩選。

塞上

漫漫復淒淒，黄沙暮漸迷。人當故鄉立，馬過舊營嘶。慘。斷雁逢冰①磧，回軍占雪溪。夜來山下哭，應是送降奚。寫邊事如見。

【校記】

①冰：樂府（卷九二）作『水』。

于鵠

于鵠傳

鵠，大曆、貞元間詩人也。隱居漢陽，〔一〕嘗爲諸府從事。〔二〕

【注釋】

〔一〕漢陽：唐鄂州屬縣，治今湖北武漢漢陽區。因位於漢水之陽，故稱。《舊唐書·地理志三》（卷四〇）：『漢陽。漢安陸縣地……煬帝改爲漢陽。武德四年，平朱粲，分沔陽郡置沔州，治漢陽縣。……太和七年，鄂岳節度使牛僧孺奏，沔州與鄂州隔江，都管一縣，請并入鄂州，從之。』

〔二〕從事：唐代節度使、觀察處置使等方鎮自辟的幕府屬官。

懷民按： 于鵠亡其字，出處亦不甚可考，傳者但知爲大曆、貞元間詩人而已。五古氣格沉雄，絶近岑嘉州，〔一〕七言律亦軒爽，〔二〕獨五言近體，則絶似原本於水部而窺其律格之秘者，〔三〕但水部貞元十五年進士，至元和中其名始重，若鵠①在大曆、貞元間，乃爲水部前輩。既不可考，姑就其詩次之，在王仲初下，〔四〕爲入室第二人。寧焯附後：〔五〕水部集中有《哭于鵠》詩云『我初有章句，相合者惟君』，則鵠固水部詩友也，自應與仲初齊肩。②

【校記】

① 鵠： 趙本無此字。

② 『寧焯附後……與仲初齊肩』： 趙本無此段文字。

【注釋】

〔一〕岑嘉州： 岑參（約七一五—七七〇）。唐代詩人。原籍南陽（今河南新野東北），遷居江陵（今屬湖北）。天寶三年（七四四）進士。官至嘉州（治今四川樂山市）刺史，人稱『岑嘉州』。詩歌形式多樣，尤長於七言歌行。邊塞詩雄奇瑰麗，與高適并稱『高岑』。

〔二〕軒爽： 敞朗高爽。明徐弘祖《徐霞客游記·游雁蕩山日記後》： 『觀南碧霄岡，軒爽無他奇。』

此謂詩風俊逸朗健。

〔三〕水部：張籍。曾官水部員外郎，故稱。生平詳見前《張籍傳》。

〔四〕仲初：王建之字。建生平見前《王建傳》。

〔五〕寧焯：王熙甫（？—一八〇三）。清高密詩派『後四靈』之一。清張維屏《國朝詩人徵略初編·王寧焯》（卷五〇）：『字熙甫，號直菴，山東高密人。乾隆五十四年進士，官御史，有《在山集》及《學静草廬文稿》。』余友林等《高密縣志·人物志·名宦·王寧焯》（卷一四上）：『字熙甫，號直菴。爲人精嚴淳厚，務實行。始學於李文齡，去文章浮靡；繼從李懷民兄弟受詩法，與李詒經、單鼎及其弟寧烻，入「後四靈」之選。乾隆乙酉成進士，授吏部郎，人無敢以私謁者，遷侍御。清直有聲，遇事敢言，章奏得大體，上多采行。』與劉大觀同爲《中晚唐詩主客圖》最早整理、勘刻者。趙擢彤嘉慶癸酉（一八一三）刻本《中晚唐詩主客圖》跋：『余同年侍御王熙甫，倡率同人刻於京師，熙甫亡而板片不知所存……重加校閲，付諸梓，以廣其傳，庶幾石桐、熙甫期望後學之志畢矣。』

南谿書齋①〔一〕

茅屋住②來久，山深不置門。草生垂井口，花落擁③籬根。閑！細！〔二〕入院將雛鳥，尋④

蘿抱子猿。曾逢異人説，風景似桃源。

【重出】

《全唐詩》卷三一〇作于鵠詩，卷五一七楊發詩集重出。據《文苑英華》卷三一七、《衆妙集》皆作楊發詩推斷，當爲楊發作。或因《文苑英華》次此詩於于鵠《過張老村園》詩之後，後人誤輯爲于鵠詩。

【校記】

①齋：英華（卷三一七）、全詩（卷五一七）作『院』。
②住：全詩（卷三一〇）作『往』。
③擁：英華、全詩（卷五一七）作『接』。
④尋：英華、全詩（卷五一七）作『攀』。

【注釋】

〔一〕閑：意境静謐。細：描繪細緻。

送客游邊①

若到②并州北，誰人不憶家？超拔！〔一〕塞深③無去伴④，路盡有平沙。磧冷唯⑤逢雁，天春不見花。莫隨征⑥將意，垂老事輕車。

氣味已是水部。〔二〕【趙本】氣體已是水部。

【校記】

①詩題英華（卷二九九）作『送張司直往單于』，席鵠、全詩（卷三一〇）題作『送張司直入單于』。

②到：英華、全詩作『過』。

③深：英華作『堡』。

④去伴：御覽、席鵠、全詩作『伴侶』。

⑤唯：趙本作『惟』。

⑥征：御覽、又玄（卷中）、才調（卷七）、英華作『邊』。

【注釋】

〔一〕超拔：超群，出色。北魏酈道元《水經注·洣水》：『蓋勝賞神鄉，秀情超拔矣。』

〔二〕水部：張籍。曾官水部員外郎，故稱。生平詳見前《張籍傳》。

春山居

獨來多任性，惟與白雲期。深處二字妙。花開盡，遲眠人不知。對法更妙。○深靜。水流山暗處，風起月明時。閑句都妙，〔一〕此最宜體會。【趙本】閑句都妙。望見南峰近，年年懶更移。

【注釋】

〔一〕閑句：指寫景而非直接表達思想情感的詩句。閑，無關緊要。南朝梁劉勰《文心雕龍·章句》：『據事似閑，在用實切。』詹鍈義證引牟世金語曰：『閑，空，指没有實際意義。』

山中自述

三十無名客，空山①獨卧秋。病多知藥性，年長信人愁。新警處全要真確。〔一〕螢影竹窗下，松聲茅屋頭。近來心更静，不夢世間游。

【校記】

①山：英華（卷一六〇）作『中』。

【注釋】

〔一〕新警：清新精闢。宋岳珂《桯史·快目樓題詩》（卷六）：『余反覆四詩，大概皆一軌轍，新警峭拔，足洗塵腐而空之矣。』

題鄰居

僻巷鄰家少，茅檐喜并居。蒸梨常共竈，澆薤亦同渠。傳屐朝尋藥，分燈夜讀書。雖然在城市，還得似樵漁。

全似學水部《贈同谿客》詩。〔一〕【趙本】似全學水部《贈同谿客》詩。

【注釋】

〔一〕水部：張籍。曾官水部員外郎，故稱。生平詳見前《張籍傳》。《贈同谿客》：見前張籍詩選。

題宇文褩① 山寺讀書院

讀書林下寺，不出動經年。草②閣連③僧院，山厨共石泉。雲④亭⑤無履迹，龕壁有燈烟。年少今頭白，删詩到幾篇。

【校記】

①褧：英華（卷二二三六）、全詩（卷三一〇）作『裔』。
②草：英華作『書』。
③連：英華作『通』。
④雲：英華作『雪』。
⑤亭：英華、席鵠、全詩作『庭』。

惜花

夜來花欲①盡，始②惜兩三枝。早起尋稀處，閑眠記落時。蘂③焦蜂自散，蒂折蝶還移④。攀著殷勤別，明年更有期。

宜與仲初《山中惜花》詩并看，〔一〕知其同出於水部也。〔二〕【趙本】宜與王仲初《山中惜花》詩同看，知其并出於水部也。

【校記】

①欲：英華（卷三二三）作『落』。

②始：英華作『偏』。

③蘂：趙本作『葉』。

④移：英華作『稀』。

【注釋】

〔一〕仲初：王建之字。建生平見前《王建傳》。《山中惜花》：見前王建詩選。

〔二〕水部：張籍。曾官水部員外郎，故稱。生平詳見前《張籍傳》。

送遷客

流人何處去，萬里向江州。江邊諸州也。若是九江，何得謂炎方？〔一〕孤驛瘴烟重，行人巴草秋。聲情絶似水部。〔二〕上帆南去遠，送雁北看愁。遍問炎方客，【趙本】絶似。無人得白頭。絶似。【趙本】

(『無人』句)絶似。

【趙本】江州，江邊諸州也。若指九江，何得便謂炎方？

【注釋】

〔一〕炎方：泛指南方炎熱地區。唐李白《古風》其三四：『怯卒非戰士，炎方難遠行。』

〔二〕水部：張籍。曾官水部員外郎，故稱。生平詳見前《張籍傳》。

贈李太守

幾年爲太①守，家似布衣貧。沽酒迎幽客，無金與近臣。直說得自高。〔一〕○宋『四靈』中有贈楊誠齋詩句云『貧惟帶有金』，〔二〕又翻出得妙。擣茶書院靜，講《易》藥堂春。都似水部語。〔三〕【趙本】水部集中語。歸闕功成後，隨車有野人。

【校記】

① 太：英華(卷二五六)、全詩(卷三一〇)作『郡』。

【注釋】

〔一〕自高：自傲，自得。唐薛能《牡丹四首》其二：『自高輕月桂，非偶賤池蓮。』

〔二〕四靈：指『永嘉四靈』，即南宋中葉永嘉（今浙江温州市）的徐照（字靈暉）、徐璣（號靈淵）、趙師秀（號靈秀）、翁卷（字靈舒）四位詩人。因其字或號中均有『靈』字，故稱『四靈』。他們反對江西詩派，推崇唐代賈島、姚合五言律詩。詩歌内容貧乏，詩風寒峭，成就不高。楊誠齋：楊萬里（一一二七—一二〇六）。字延秀，號誠齋，吉州吉水（今屬江西省）人。南宋杰出詩人。『貧惟』句：宋徐機《投楊誠齋》詩句。全詩云：『名高身又貴，自住小村深。清得門如水，貧惟帶有金。養生非藥餌，常語盡規箴。四海爲儒者，相逢問信音。』『帶有金』，謂腰帶上有用以裝飾的金銀。帶，古代官員束在腰間的皮帶，視官階高下，分别以金、玉、犀、銀、銅、鐵等爲飾。《宋史·輿服志五》（卷一五三）：『帶。古惟用革，自曹魏而下，始有金、銀、銅之飾。宋制尤詳，有玉、有金、有銀、有犀，其下銅、鐵、角、石、墨玉之類，各有等差。玉帶不許施於公服。犀非品官、通犀非特旨皆禁。銅、鐵、角、石、墨玉之類，民庶及郡縣吏、伎術等人，皆得服之。』

〔三〕水部：張籍。曾官水部員外郎，故稱。生平詳見前《張籍傳》。

出塞①

其一

單于驕愛獵，放火到軍城。乘②月調新馬③，防秋置遠營。此等總以能得邊塞情事、逼真爲妙。

空山朱戟影，寒磧鐵衣聲。渡水逢④胡説，沙陰⑤有伏兵。

【校記】

①出塞：樂府（卷二二）作『出塞曲』。

②乘：樂府作『待』。

③馬：樂府作『弩』。

④渡水逢：英華、樂府作『逢着降』，席鵠、全詩（卷三一〇）作『度水逢』。

⑤沙陰：樂府作『陰山』。

其二

微雪軍將出，[1]吹笳天未明。觀兵登古戍，斬將對雙旌。逼真。分陣瞻山勢，潛兵[2]制馬鳴。如今青[3]史上，已有滅胡名。

【校記】

① 『微雪』句：英華（卷一九七）作『微雲將出軍』，全詩（卷一八）作『微雪將軍出』。

② 兵：英華作『軍』。

③ 青：英華、全詩（卷一八）作『新』。

贈不食姑

不食非關藥，【趙本】妙。天生是女仙。妙。見人還起拜，不食，宜不能起拜。〔一〕『還』字妙。留伴亦開田。姑雖不食，伴自開田。『亦』字妙。○此皆於傍面著筆。〔二〕無窟[1]尋溪宿，兼衣掃葉眠。不知何代女，猶帶剪刀錢。『不知』二字妙。故爲疑惑，祇當雅謔。〔三〕

竟似有心學水部《不食姑》《贈辟穀者》等篇。〔四〕【趙本】極似有心學水部《不食姑》《贈辟穀者》等篇，何聲響宛肖乃爾？

【校記】

①窟：席鵠、全詩（卷三一〇）校『一作「屋」』。

【注釋】

〔一〕宜：應該。

〔二〕傍面：側面。指不食姑之『伴』。

〔三〕故：故意。雅謔：趣味高雅的戲謔。清田文《盧南村公傳》：『掀髯雄辨，舌本風生，如枚生《七發》，間出雅謔語。』

〔四〕水部：張籍。曾官水部員外郎，故稱。生平詳見前《張籍傳》。《不食姑》《贈辟穀者》：均見前張籍詩選。

出塞

葱嶺秋塵起，全①軍取月支。山川引行陣，蕃漢列旌旗。如見。轉戰疲兵少，孤城外救遲。情事逼真。邊人逢聖代②，不見偃戈時。戒黷武意説得婉妙。【趙本】詩史。

【校記】

① 全：英華（卷一九七）、全詩（卷三一〇）校『一作「收」』。

② 逢聖代：英華作『聖明代』。

尋李暹

任性常多出，人來得見稀。市樓逢酒住，野寺送僧歸。寫出高致。〔一〕檐下懸秋葉，籬頭晒褐衣。門前南北路，誰肯入柴扉。

【注釋】

〔一〕高致：高雅的情致。參見張籍《春日李舍人宅見兩省諸公唱和因書情即事》注釋〔三〕。

温泉僧房

雲裏前朝寺，修行獨幾年。一起便似。〔一〕山村無施食，盥漱亦安禪。純是水部。〔二〕古塔巢溪鳥，深房閉谷泉。自言曾①入室，知處梵王天。

【校記】

① 曾：英華（卷二三六）作『僧』。

【注釋】

〔一〕一起便似：謂開篇便是張籍的技法與風格。

〔二〕水部：張籍。曾官水部員外郎，故稱。生平詳見前《張籍傳》。

哭劉夫子

近問南州客，云亡已幾①春。痛心曾受業，追服恨無親。正見情深，非議古禮。〔一〕孀婦歸鄉里，書齋屬四鄰。不知經亂後，奠祭有何人。

【校記】

①幾：席鵠、全詩（卷三一〇）作『數』。

【注釋】

〔一〕非議古禮：并非討論行喪禮。古禮，指『追服（喪期過後補行服喪）』喪禮。

尋李逸人舊居

舊隱松林下，衝泉入兩崖①。琴書隨弟子②，雞犬在鄰家。暗用淮南王雲中雞犬意。〔一〕○本是鄰家自有雞犬，自我目中，全似故人之雞犬走向鄰家者。此與水部犬善鶴鳴同妙。[二]茅屋長黄菌，槿籬生白花。幽墳無處訪，恐是入烟霞。

【趙本】本是鄰家自養雞犬，自我目中，全似故人之雞犬走向鄰家者。此與水部犬善鶴鳴句同妙。

【校記】

①崖：全詩（卷三一〇）作『涯』。

②弟子：英華（卷三〇七）作『子弟』。

【注釋】

〔一〕雲中雞犬：淮南王劉安得道成仙的傳説。漢王充《論衡·道虚》（卷七）：『淮南王學道，招會天下有道之人。傾一國之尊，下道術之士，是以道術之士，并會淮南，奇方異術，莫不争出。王遂得道，舉家升天。畜産皆仙，犬吠於天上，雞鳴於雲中。此言仙藥有餘，犬雞食之，并隨王而升天也。』《藝文類聚·靈異部上·仙道》（卷七八）引《列仙傳》：『漢淮南王劉安，言神仙黄白之事，名爲《鴻寶萬畢》三卷，論變化之道。於是八公乃詣王，授丹經及三十六水方。俗傳安之臨仙去，餘藥器在庭中，雞犬舐之，皆得飛升。』

〔二〕水部：張籍。曾官水部員外郎，故稱。生平詳見前《張籍傳》。犬善鶴鳴：指張籍《哭山中友人》所謂『犬因無主善，鶴爲見人鳴』。詩見前張籍詩選。

題樹下禪師①

久行多不定，樹下是禪床②。寂寂心③無住，年年日自長。未免少率。〔一〕蟲蛇同宿④澗，妙！草木共經霜。妙！○真能寫出定身。〔二〕已見南人説，天台有舊⑤房。必説到此，方合體例。

【校記】

①詩題英華（卷二三二）作『樹下禪僧』。
②床：英華作『房』。
③心：英華作『身』。
④宿：英華作『在』。
⑤舊：英華作『上』。

【注釋】

〔一〕少率：稍顯率直。率，直率。

〔二〕定身：佛教語。明一如等《大明三藏法數》（卷一六）『五分法身』條：『謂二乘因修無漏净禪，證此身，故名定身。（無漏者，不漏落生死也。净禪者，謂因修禪定，能斷諸漏。漏即三界煩惱，既無煩惱，心則清净，故名無漏净禪也。）』

題南峰褚道士①

得道南山②久，曾教四皓棋。加倍寫。〔一〕【趙本】（『曾教』句）祇當真個。閉③門醫病鶴，【趙本】奇。倒篋養神龜。常事却寫得奇異。松際風常④在，泉中草不衰。可知其人。誰知茅屋裏，有路向⑤峨嵋。奇。

全得水部體格。〔二〕

【校記】

①詩題英華（卷二二八）作『終南褚尊師』。
②南山：英華作『終南』。
③閉：席鵠、全詩（卷三一〇）校『一作「閑」』。
④常：英華、全詩作『長』。
⑤向：英華作『通』。

【注釋】

〔一〕加倍寫：見前張籍《送友人歸山》注釋〔二〕。
〔二〕水部：張籍。曾官水部員外郎，故稱。生平詳見前《張籍傳》。體格：指詩歌藝術風格。詳見前《重訂中晚唐詩主客圖說》注釋〔一六〕。

山中寄樊僕射①

却憶東溪日，同年事魯②儒。僧房閑共宿，酒肆醉相扶。天畔③雙旌貴，山中病客孤。如此分接，〔一〕感意自深。無謀④還有計，春谷種桑無⑤。

【趙本】兩截格。〔二〕

【校記】

①樊僕射：英華（卷二五六）作『襄陽樊司空』，紀事（卷二九）作『樊尚書』。

②同年事魯：英華作『同年并學』，紀事作『同袍事魯』，全詩（卷三一〇）校『一作「同袍并學」』。

③天畔：紀事作『江上』。

④謀：英華、紀事作『媒』。

⑤無：劉本、趙本、英華、紀事、席鵠、全詩作『榆』。

【注釋】

〔一〕分接：謂兩句分別寫樊僕射、詩人自己以承接上文。

〔二〕兩截格：指由内容不同的兩部分構成的詩歌。清黄生《唐詩矩》評點唐王勃《送杜少府之任蜀川》：『前後兩截格。前二句實，後六句悉虚，恐筆力不到則易疏弱，此體固不足多尚。』此謂前四句寫往昔，後四句寫當下。

山中寄韋鉦①

懶成身病日②，因醉卧多時。送客出谿少，暗用過虎谿事。〔一〕讀書終卷遲。與水部句『借書常送遲』又別一意。〔二〕【趙本】水部句『借書常送遲』。幽窗聞墜葉③，静極。晴④景見游絲。細極！若是粗心浮氣人，那能理會得？【趙本】寂淡淵永之味。早晚來收藥，門前有紫芝。

寂淡淵永之味。

【校記】

① 詩題英華（卷二二五六）作『寄中山韋証』。

② 病日：英華作『似病』。

③ 葉：英華校『集作「露」』。

④ 晴：英華校『集作「秋」』。

【注釋】

〔一〕過虎溪：晋僧慧遠典故。宋祝穆《古今事文類聚·前集·仙佛部》（卷三五）『不過虎溪』條引《廬山記》：『（慧）遠法師居廬阜三十餘年，影不出山，迹不入俗。送客過虎溪，（虎）輒鳴號。昔陶元亮居栗里山南，陸修静亦有道之士，遠師嘗送此二人，與語道合，不覺過之，因相與大笑，今世傳三笑圖。』

〔二〕水部：張籍。曾官水部員外郎，故稱。生平詳見前《張籍傳》。『借書』句：張籍《酬韓庶子》詩句。詩見前張籍詩選。

夜會李太守宅①

郡齋常夜掃②，不卧獨吟詩。把燭迎③幽客，升堂戴接䍦④。好衹尋常，〔一〕宛合水部。〔二〕微風吹凍葉，餘⑤雪落寒枝。【趙本】淺淡絶近水部。明日逢山伴，須令隱者知。

【校記】

①詩題英華（卷二一七）作『宿太守李公宅』。

②掃：英華作『静』。

③迎：全詩（卷三一〇）作『近』。

④羅：趙本作『籮』。

⑤餘：英華作『殘』。

【注釋】

〔一〕好祇尋常：妙在祇寫日常生活事件。

〔二〕水部：張籍。曾官水部員外郎，故稱。生平詳見前《張籍傳》。

題柏臺山僧①

上方惟②一室，禪定③對山④容。行道臨孤壁，持齋聽遠鐘。枯藤離舊樹，朽石落高⑤峰。

僧在其中，道行可想。〔一〕後人則必贊道高德重矣！【趙本】僧在其中，故妙。後人則必贊道高德重矣！

不向雲間⑥見，還⑦應夢裏逢。

【校記】

① 詩題英華（卷二二一）作『題北臺僧』，校『僧』『一作「寺」』。
② 惟：英華、全詩（卷三一〇）作『唯』。
③ 定：英華作『坐』。
④ 山：英華作『金』。
⑤ 高：英華作『危』。
⑥ 間：英華、全詩校『一作「中」』。
⑦ 還：英華作『唯』。

【注釋】

〔一〕道行：道德，品行。宋王讜《唐語林·補遺》（卷七）：『僧從誨住安國寺，道行高潔，兼工詩，以文章應制。』

過張老園林[1]

身老無修飾，頭巾用白紗。開門朝掃徑，輂[2]水夜澆花。藥氣聞深巷，桐陰到數家。不愁還酒債，腰下有丹砂。

【校記】

①園林：英華（卷三一七）作『村園』。

②輂：全詩（卷三一〇）校『一作「濾」』。

項斯

項斯傳

斯，字子遷，江東人也。〔一〕會昌四年，左僕射王起下進士及第。〔二〕始命潤州丹徒縣尉，〔三〕卒於任。①

【校記】

① 此段文字出自宋初張洎《項斯詩集序》。

【注釋】

〔一〕江東：又稱『江左』。長江在今蕪湖至南京段呈西南、東北流向，故古稱此段長江以東之江南地區爲江東。此當指唐台州樂安縣（今浙江仙居）。宋樂史《太平寰宇記·台州·人物》（卷九八）：『唐項斯。臨海人。爲人清雅，工詩。楊敬之有句云：「平生不解藏人善，到處逢人說項斯。」』所謂臨海縣（今浙江臨海市），實際指樂安縣。樂安隋時并入臨海，唐武德四年分置，八年又并入臨海，上元二年復分置，故古籍中時稱樂安爲臨海。《光緒仙居縣志·古迹中·金石上》（卷二一）載宋初沙門願鴻《大宋台州永安縣遇明禪院碑銘》：『（遇明禅院）前枕寒谿，後連翠竇，桃園天姥，頂湖括蒼，烟霞一開，遠近如畫，項斯之宅可尋也。』宋永安縣即唐樂安縣（五代改名）。又，喻長霖等《台州府志·人物傳》（卷一一六）『項斯』條按語：『黃溍《項良才墓志銘》：「台之項氏所祖莫詳，丹徒尉斯肇見有唐。斯，仙居人，會昌進士。」《仙居志》：斯宅在介山下，三學寺古碑有「麻姑之峰不遠，項斯之宅可尋」語。又，東鄉有項斯坑。則斯當是仙居人，唐時爲樂安也。』

〔二〕王起（七六〇—八四七）：字舉之。祖籍太原（今山西太原），後定居揚州（今江蘇揚州）。貞元十四年（七九八）進士，歷官校書郎、兵部尚書、左僕射、山南西道節度使、同平章事。曾四典貢舉，所舉皆名士。宋張洎《項斯詩集序》：『會昌四年（八四四），左僕射王起下進士及第。』同榜及第者尚有趙嘏、馬戴。元辛文房《唐才子傳·馬戴》：『會昌四年左僕射王起下進士，與項斯、趙嘏同榜，俱有盛名。』

〔三〕潤州：治丹徒縣（今江蘇鎮江市）。《舊唐書·地理志三》（卷四〇）：『潤州上。……武德三年，杜伏威歸國，置潤州於丹徒縣……天寶元年改爲丹陽郡。乾元元年，復爲潤州。』縣尉：縣官名。《唐六典·京縣畿縣天下諸縣官吏》(卷三〇)：『縣尉親理庶務，分判衆曹，割斷追催，收率課調。』

張洎《項斯詩①序》：〔一〕『寶曆、開成之際，君聲價籍甚，時特爲張水部所②知賞，〔二〕故其詩格頗與水部相類，〔三〕詞清妙而句美麗奇絶，蓋得於意表，殆非常情所及。故鄭少師薰云〔四〕：「項斯逢水部，誰道不關情。」又楊祭酒敬之云〔七〕：「幾度見詩詩總好，及觀標格過於詩。平生不解藏人善，到處逢人説項斯。」』

懷民按：子遷無古詩，五、七律皆學水部。次於朱慶餘，斷爲升堂第一人③。

【校記】

① 詩：拾遺(卷四七)作『詩集』。

② 所：拾遺前有『之』字。

③ 人：趙本無此字。

【注釋】

〔一〕張洎：見前《張籍傳》所附宋張洎《司業集序》注釋〔一〕。

〔二〕爲張水部所知賞：見前《張籍傳》所附宋張洎《項斯詩集序》注釋〔五〕。張水部，張籍。曾官水部員外郎，故稱。

〔三〕詩格：指詩歌的藝術風格。

〔四〕鄭少師薰：名薰，字子溥。生卒年不詳。唐文宗大和二年（八二八）進士，累官吏部侍郎。後以太子少師致仕，故稱『鄭少師』。

〔五〕楊祭酒敬之：名敬之，字茂孝。生卒年不詳。憲宗元和二年（八〇七）進士。官至工部尚書兼祭酒，故稱『楊祭酒』。

寄石橋僧

逢師入山日，道在①石橋邊。別後何②人見，秋來幾處禪。活字。〔一〕溪中雲隔寺，夜半雪③添泉。生有天台約，知④無却⑤出緣。

【校記】

①在：英華(卷二二三)作『住』。

②何：英華作『無』。

③雪：律髓、全詩(卷五五四)校『一作「雨」』。

④知：英華作『應』。

⑤却：英華、全詩校『一作「再」』。

【注釋】

〔一〕活字：靈活用字。『禪』字本梵語『禪那』之意，指佛教或與佛教有關的事物，此用作動詞，猶『參禪』『修行』，故謂。

送歐陽衮歸閩中①

秦城幾年住，猶著故鄉衣。【趙本】的是有意學水部。〔一〕失意時相②識，成名後獨歸。海秋蠻樹黑，嶺夜瘴禽飛。爲學心難滿，知君更掩扉。

的是有意學水部。

【校記】

①中：英華（卷二八一）無此字。

②相：英華作『曾』。

【注釋】

〔一〕的：確實。水部：張籍。曾官水部員外郎，故稱。生平詳見前《張籍傳》。

題令狐處士谿房①

白髮已過半，【趙本】宛肖口角。〔一〕無心離此溪。宛肖口角。病嘗山藥遍，貧起草堂低。即見高致。〔二〕爲月窗從破，因詩壁重泥。近來常夜坐，寂寞與僧齊。

【校記】

①房：趙本、百家（卷一六）、律髓（卷二三）、全詩（卷五五四）作『居』。

【注釋】

〔一〕口角：言語。清張岱《柳敬亭説書》：『柳麻子貌奇醜，然其口角波俏，眼目流利。』此指張籍詩歌的語言風格。

〔二〕高致：高雅的情致。參見張籍《春日李舍人宅見兩省諸公唱和因書情即事》注釋〔三〕。

送僧歸南①岳

心知衡岳路，不怕去人稀。船裏猶②鳴磬，沙③頭自曝衣。有家從小別，是寺即④言歸。料得逢寒⑤字法。住，當禪字法。雪⑥滿扉。

【重出】

《全唐詩》卷五五四作項斯詩，卷五七二賈島詩集重出。又，《四部叢刊續編》影印明翻宋本《賈浪仙長江集》卷三、《文淵閣四庫全書》本《長江集》卷三收作賈島詩，而『《英華》二二三、《律髓》四七及江標刊宋本《項斯詩集》俱歸項作』（佟培基《全唐詩重出誤收考·項斯》）。孰作不可考。

【校記】

① 歸南：全詩（卷五七二）作『游衡』。
② 猶：全詩（卷五五四）作『誰』。
③ 沙：英華（卷二二三）、全詩（卷五七二）作『溪』。
④ 是寺即：英華作『是寺却』，全詩（卷五七二）作『無寺不』。
⑤ 寒：律髓（卷四七）、全詩（卷五五四）作『春』。
⑥ 禪雪：英華作『船雪』，律髓、全詩（卷五五四）作『禪雲』。

山友贈蘚花冠

塵污出華①髮，慚君青蘚冠。此身閑未得，終日戴應難。偏如此說。好就松陰挂，宜當枕石看。會須尋道士，簪去繞霜壇。

似學王丞《答寄芙蓉冠子》。〔一〕

【校記】

①華：百家（卷一六）作『山』。

【注釋】

〔一〕王丞：王建。曾爲昭應縣丞、秘書丞、太常丞，故稱。如唐楊巨源有《贈昭應王丞》，唐張籍有《酬秘書王丞見寄》《使至藍溪驛寄太常王丞》。《答寄芙蓉冠子》：詩見前王建詩選。

蠻家

領得賣珠錢，還歸①銅柱邊。看兒調小象，打鼓試②新船。醉後眠神樹，耕時語瘴烟。不逢寒便老③，相問莫知年。

從水部《送蠻客》《送南客》《送南遷客》《送海客》數篇中翻轉而得。〔一〕

【重出】

《全唐詩》卷五五四作項斯詩，卷五五五馬戴詩集重出。又，《唐詩紀事》卷五四、《瀛奎律髓》卷四署名馬戴，『但明刊本馬戴之《會昌進士詩集》無』（佟培基《全唐詩重出誤收考·項斯》）。又，『江標刊宋本《項斯詩集》收入』（同前），《唐百家詩選》卷一六亦作項斯詩。孰作不可考。

【校記】

①歸：　律髓（卷四）作『家』。

②試：　紀事（卷五四）、全詩（卷五五五）作『放』，律髓作『戲』。

③『不逢』句：全詩（卷五五五）作『又逢衰蹇老』。

【注釋】

〔一〕水部：張籍。曾官水部員外郎，故稱。生平詳見前《張籍傳》。《送蠻客》等四詩：見前張籍詩選。其中《送南遷客》《送海客》，本書分別作《嶺南遷客》《送海客歸舊島》。

晚春花

陰洞日光薄，花開不及時。當春無半樹，經燒①足空枝。疏與香風會，細將泉影移。此中人到少，開盡幾人知。

全學《古苑杏花》詩。〔一〕【趙本】學《廢苑杏花》。

【校記】

①燒：全詩（卷五五四）校『一作「晚」』。

【注釋】

〔一〕《古苑杏花》：張籍詩。見前張籍詩選。徐按：趙本所謂『《廢苑杏花》』不確，蓋因其首句『廢苑杏花在』而致誤。

送華陰隱者

往往到城市，得非徵藥錢？世人空識面，似常。弟子莫①知年。似奇。自説能醫死，相期更學仙。疑真疑幻。近來移住處，毛女舊峰前。可想。

體例是一定，而聲情是張非賈。〔一〕

【校記】

①莫：百家（卷一六）作『不』。

【注釋】

〔一〕張：張籍。指張籍詩派。賈：賈島。指賈島詩派。

留別張水部籍①

省中重拜別，兼領寄②人書。極尋常事，説得如此閑致，如此深情，似未經人道著。【趙本】善學。已念此行③遠，不應④相問疏。禁⑤城西并宅，御水北同渠。要取春前到，乘閑候起居。總是尋常，妙！

【校記】

① 詩題英華（卷二八八）作『省中留別』，百家（卷一六）作『留別張籍郎中』。

② 寄：紀事（卷四九）作『故』。

③ 行：英華作『程』。

④ 應：英華作『憂』。

⑤禁：紀事、全詩（卷五五四）作『子』。

小古鏡

字已無人識，唯應記鑄年。見來深似水，匠。〔一〕携去重於錢。匠。鸞翅巢空月，菱花遍小天。宮中照黄帝，曾得化爲仙。

【注釋】

〔一〕匠：見前張籍《山中古祠》注釋〔一〕。

題太白山隱者

高居在幽嶺，人得見時稀。寫籙扃虛白，尋僧到翠微。掃壇星下宿，收藥雨中歸。從服小還後，自疑身解飛。

病中懷王展先輩在天台

枕上用心静，惟①應改舊詩。强行休去早，暫卧起還遲。寫病意極真，極有味。因説來歸處，却愁初病時。赤城山下寺，無計得相隨。看他止此一點。

【校記】

① 惟：趙本、全詩（卷五五四）作『唯』。

邊游

古鎮門前去①，長安路在東。天寒明堠火，日晚裂字法。不尖。〔一〕【趙本】（『裂』字）不尖。旗風。②塞館皆無簟③，儒裝亦有弓。防秋故鄉卒，暫喜語音同。

【校記】

① 去：英華（卷二九九）作『候』。

② 頷聯英華作『天晴槐葉霧，日暮蘆花風』。

③ 箏：律髓（卷三〇）、全詩（卷五五四）作『事』。

【注釋】

〔一〕尖：新穎別致。唐姚合《和座主相公西亭秋日即事》：『酒濃杯稍重，詩冷語多尖。』本書李懷民多用爲貶義詞，謂怪僻生硬。

夜泊淮陰

夜入楚家烟，烟中人未眠。二『烟』，唐人聲口。〔一〕望來淮岸盡，坐到二字宛然。酒樓前。燈影半臨水，箏聲多在船。如聞。乘流向東去，別此易經年。

予每誦此詩，其味數日不能去懷，其音數日不能去耳，何必海上？〔二〕琴能移情耶！〔三〕

【注釋】

〔一〕聲口：　見前朱慶餘《送許上人游天台》注釋〔一〕。

〔二〕何必海上：　謂誦此詩，不必身處其境，均可引起共鳴。　海上，海邊。《呂氏春秋·恃君覽》：『柱厲叔事莒敖公，自以爲不知而去，居於海上，夏日則食菱芡，冬日則食橡栗。』此指膠州（今山東膠州市）濱海地區。　懷民常與友人縱游其地，詩酒酬唱，其境頗類『夜泊淮陰』。　王熙甫《石桐先生墓志銘》：『（懷民）所居待鴻村在膠水西涯……側近知名士時相過從，與縱游海上諸山，流連唱酬。』李懷民《贈别王蜀子》：『每約入山宿，新同觀海歸。』王蜀子，懷民妹丈王穎叔之侄，家珠山。　懷民《春日寄王穎叔》詩序：『余妹適王穎叔，家珠山北，近海。』珠山在膠州境内，今屬青島市黄島區，瀕臨黄海。　清張同聲等《膠州志·山川志》（卷一二）：『小珠山與大珠山皆古朱山也。……小珠在州東南九十里。』『大珠山在州南百二十里。《齊乘》：「大珠山，岸海名山也。」……其南峰臨海，曰望海樓。』王蜀子所居爲大珠山。　李懷民《與閑雲嘗中泠泉水》詩末自注：『閑雲家大珠山，嘗與品石門寺玉泉水。』閑雲，王克紹，王穎叔之兄。

〔三〕琴能移情：　謂詩中的琴（箏）聲能令人産生情感共鳴。

遠水

渺渺浸天色，一邊生晚光①。妙。闊浮②萍思③遠，寒入雁愁長。北極連平地，東④流即⑤故鄉。感。扁舟來⑥宿處，仿佛似瀟湘。

須看此等題，是唐人閑冷眼拈出。〔一〕

【校記】

①光：英華（卷一六三）作『凉』。
②浮：英華作『含』。
③思：英華作『勢』。
④東：英華作『南』。
⑤即：英華作『接』。
⑥來：英華作『當』。

【注釋】

〔一〕閑冷眼：悠閑、冷静的心境。

送殷中丞游邊

話別無長夜，燈前聞曙鴉。已行難避雪，何處合逢花。野①寺門多閉，羌樓酒不賒。還須見②邊將，誰擬静塵沙。

【校記】

①野：英華（卷二八一）作『隴』。

②見：英華作『問』。

日南[1]病[2]僧

雲水絶歸路，來時風送船。不言[3]身後事[4]，猶坐病中禪。深壁藏燈影，空窗出艾烟。匠！〔一〕以苦得。〔二〕已無鄉土信，起塔寺門前。[5]

【校記】

①南：趙本、英華（卷二二三）、律髓（卷三八）、全詩（卷五五四）作『東』，英華、全詩校『一作「本」』。

②病：英華無此字。

③不言：英華作『已無』。

④事：英華作『念』。

⑤尾聯英華作『要人知是客，白日指生緣』。

【注釋】

〔一〕匠：見前張籍《山中古祠》注釋〔一〕。

〔二〕苦：苦吟。

送顧少府①

作尉年猶②少，無辭去路賒。漁舟縣前泊，山吏日高衙。宛然。幽③景臨溪寺，秋蟬④織紵⑤家。如見。行程須過越，先⑥醉鏡⑦湖花。

【校記】

①詩題英華（卷二八一）作『送顧逢尉永康』。
②年猶：英華作『猶年』。
③幽：英華作『夏』。
④蟬：英華作『聲』。
⑤紵：全詩（卷五五四）作『杼』。
⑥先：英華作『應』。
⑦醉鏡：英華校『一作「滿非」』。

寄流人

毒草不曾枯，長添①客健無。霧開蠻市合，船散海城孤。真如親到見者。象迹頻②藏齒③，龍涎遠蔽④珠。家人秦地老，泣對日南圖。

【校記】

①添：百家（卷一六）、律髓（卷四三）作『流』。

②頻：趙本作『類』。

③藏齒：百家作『經水』，律髓作『驚水』。

④蔽：百家、律髓作『閉』。

華頂道者①

仙人掌中住，生②有上天期。不過『華頂』二字，寫得如此奇特。已廢燒丹處，猶多種杏時。養龍於淺水，祇似尋常，妙！寄鶴在高枝。妙在『寄』字。得道復無事，相逢盡日棋。

【校記】

①者：英華（卷二二九）作『士』。

②生：英華作『坐』。

酬從叔聽夜泉見寄

夢罷更開户，寒泉聲隔雲。共誰尋最遠？獨自坐偏聞。岩際和風滴，溪中泛月分。豈知當此夜，流念到江濆。此詩著意尤在結處。〔一〕

凡卷中聽泉詩，皆與水部一脉。〔二〕

【注釋】

〔一〕著意：刻意，用心。詳見前張籍《霅溪西亭晚望》注釋〔一〕。

〔二〕凡卷中……一脉：謂本書中凡聽泉詩皆承張籍《聽夜泉》而來。籍詩見前張籍詩選。水部，張籍。曾官水部員外郎，故稱。

送蘇[1]士歸西山

南游何所爲，一篋又空歸。守道安清世，無心換白衣。深林蟬噪[2]暮，絶頂客來稀。早晚重[3]相見，論詩更及微。

【重出】

《全唐詩》卷五五四作項斯詩，卷六七八許彬（一作『郴』，又作『琳』）詩集重出。佟培基《全唐詩重出誤收考·項斯》：『康熙間席氏《唐詩百名家全集》中有《許琳集》，此重出詩載其間……江標刊宋本《項斯詩集》收入。《統籤》六二一、六五五雙載二人下。北京圖書館藏有明初鈔本《唐十八家詩》之《許琳集》，收有此首，題中無西字。』孰作不可考。

【校記】

① 蘇：全詩（卷五五四）作『蘇處』。

②林蟬噪：全詩（卷六七八）作『溪猿共』。

③重：全詩（卷六七八）作『還』。

游爛柯山

步步出塵氛，溪山別是春。壇邊時過鶴，棋處字法。寂無人。訪古碑多缺，探幽路不真。翻疑歸去晚，清世累移晨。

意祇尋常，而空曠不同〔一〕。

【注釋】

〔一〕空曠不同：謂空寂不同尋常。空曠，空寂。《後漢書·左雄傳》（卷六一）：『或官寺空曠，無人案事，每選部劇，乃至逃亡。』

中秋夜懷①

趨馳早晚休，一歲又殘秋。若衹如今日，何難致②白頭。妙在無理。〔一〕【趙本】妙處在無理。滄波歸處遠，旅食向③邊愁。賴見前賢説，窮通不自由。即淵明『賴古多此賢』意。〔二〕

三、四所説『如今日』者，即在起處與五、六句。氣骨必有如此，唐諸詩人皆然。

【重出】

《全唐詩》卷五五四作項斯詩，卷六七八許彬（一作『郴』，又作『琳』）詩集重出；宋蒲積中《歲時雜咏》卷三〇、《唐詩紀事》卷七一亦作許彬詩。孰作不可考。

【校記】

① 懷：紀事（卷七一）、全詩（卷六七八）作『有懷』。

② 致：全詩（卷六七八）校『一作「到」』。

③ 向：全詩（卷五五四）作『尚』。

【注釋】

〔一〕妙在無理：即清賀裳所謂『無理而妙』。其《皺水軒詞筌》『詩詞無理而妙』條云：『唐李益詞曰：「嫁得瞿塘賈，朝朝誤妾期。早知潮有信，嫁與弄潮兒。」子野《一叢花》末句云：「沉恨細思，不如桃杏，猶解嫁東風。」此皆無理而妙。』無理，悖離常理。

〔二〕『賴古』句：晉陶淵明《咏貧士七首》其二詩句。全詩云：『淒厲歲云暮，擁褐曝前軒。南圃無遺秀，枯條盈北園。傾壺絶餘瀝，闚竈不見烟。詩書塞座外，日昃不遑研。閑居非陳厄，竊有慍見言。何以慰吾懷，賴古多此賢。』

寄富春孫路處士①

平生醉②與吟，誰是見君心。上國一歸去，滄江③閑至今。鐘繁秋寺近④，峰⑤闊晚濤深。疏放長如此，何人長⑥得尋。

【重出】

《全唐詩》卷五五四作項斯詩，卷六七八許彬詩集重出。《全唐詩重出誤收考·項斯》：『江標刊宋本項集收入。《統籤》六二〇、六五五雙載。姚合有《寄孫路秀才》，貫休有《旅中懷孫路》，鄭谷有《寄贈孫處士》，皆與項斯同時，疑此詩當爲項作。』當是。

【校記】

①詩題全詩（卷六七八）作『寄懷孫處士』。
②醉：全詩（卷六七八）作『酌』。
③江：全詩（卷六七八）作『波』。
④近：全詩（卷六七八）作『遠』。
⑤峰：全詩（卷六七八）作『岸』。
⑥長：全詩（卷六七八）作『更』。

送顧非熊及第歸茅山

吟詩三十載，成此一名難。自有恩門入，全無帝里歡。湖光愁裏碧，岩影①夢中寒。到後松杉②月，何人共曉看。

深情高致！〔一〕有此人，不可無此詩。

【校記】

① 影：全詩（卷五五四）作『景』。

② 松杉：紀事（卷六三）作『於松』。

【注釋】

〔一〕高致：高雅的情致。參見張籍《春日李舍人宅見兩省諸公唱和因書情即事》注釋〔三〕。

途中逢友人

長大有南北，山川各所之。相逢孤館夜，共憶少年時。爛醉百花酒，狂題幾首詩。來朝又分袂，後會鬢應絲。

送友人下第歸襄陽

失意已春殘，歸愁與别難。山分關路細，江繞夜城寒。水部家法。〔一〕草色連晴坂，鼉聲離曉灘。差池是秋賦，何以暫懷安。

【注釋】

〔一〕水部：張籍。曾官水部員外郎，故稱。生平詳見前《張籍傳》。

許渾

許渾傳

渾，字用晦，丹陽人，〔一〕故相圉師之後。〔二〕太和六年進士第，爲當塗、太平二縣令，〔三〕以病免，起潤州司馬。〔四〕大中三年，爲監察御史，〔五〕歷虞部員外郎，〔六〕睦、郢二州刺史。〔七〕潤州有丁卯橋，渾别墅在焉，因以名其集。

【注釋】

〔一〕丹陽：唐潤州屬縣，治今江蘇丹陽市。《舊唐書·地理志三》（卷四〇）：『丹陽。漢曲阿縣，屬會稽郡。……武德五年，於縣置簡州。八年，州廢，縣屬潤州。天寶元年，改爲丹陽縣，取漢郡名。』

〔二〕許圉師：（？—六七九），初唐大臣。安陸（今湖北安陸市）人。進士出身，博學多才。顯慶二年(六五七),累遷黄門侍郎、同中書門下三品,兼修國史。四遷爲左相。後坐事兩貶州刺史。上元中,再遷户部尚書。儀鳳四年卒,謚曰『簡』。

〔三〕當塗、太平: 唐宣州屬縣,分别治今安徽當塗縣、黄山市黄山區。《舊唐書·地理志三》(卷四〇):『當塗。漢丹陽縣地,屬丹陽郡。……武德三年,置南豫州,以縣屬。八年,省南豫州,縣屬宣州。』『太平。天寶十一載正月,析涇縣置。』

〔四〕潤州: 見前《項斯傳》注釋〔三〕。司馬: 官名。詳見前《王建傳》注釋〔五〕。潤州爲上州,司馬從五品下。《舊唐書·職官志三》(卷四四):『上州……司馬一人,從五品下。』

〔五〕監察御史: 唐御史臺屬官。《舊唐書·職官志三》(卷四四):『御史臺……監察御史十員,正八品上。……掌分察巡按郡縣、屯田、鑄錢、嶺南選補、知太府、司農出納,監決囚徒。監祭祀則閲牲牢,省器服,不敬則劾祭官。尚書省有會議,亦監其過謬。凡百官宴會、習射,亦如之。』

〔六〕虞部員外郎: 尚書省工部屬官。《舊唐書·職官志二》(卷四三):『虞部……員外郎一員,從六品上。……郎中、員外郎之職,掌京城街巷種植,山澤苑囿,草木薪炭,供頓田獵之事。』

〔七〕睦: 睦州,治今浙江建德縣。《舊唐書·地理志三》(卷四〇):『睦州。隋遂安郡。武德四年,平汪華,改爲睦州。……萬歲登封二年,移治建德。天寶元年,改爲新定郡。乾元元年,復爲睦州。』郢州: 治今湖北京山縣。《舊唐書·地理志二》(卷三九):『郢州。後魏置温州。武德四年,置郢州於長壽縣。……天寶元年,改爲富水郡。乾元元年,復爲郢州。』

懷民按：用晦詩豐潤有餘，清瘦不足，故格少降；〔一〕然韻遠情長，工於匠物，〔二〕撰力不在朱慶餘下，〔三〕或起結稍①遜耳。其宗水部雖無明文，〔四〕而淵源可尋。楊升菴乃據孫光憲論，以爲『唐詩至許渾，淺陋極矣』，『晚唐之最下者』，『當時已有公論』。〔五〕予②謂此直小兒檢瓜之見耳，〔六〕何曾窺見古人至處？且用修常稱晚唐律詩，『義山而下，惟杜牧之爲最』，〔七〕又稱韋莊『詩多佳』，〔八〕韋讀許詩曰：『江南才子許渾詩，字字清新句句奇。十斛珍珠量不盡，惠休空作碧雲詞。』〔九〕杜牧亦有寄渾句曰：『江南仲蔚多清③調，悵望青④雲⑤幾首詩。』〔一〇〕其爲當時名流推重如此。余嘗謂唐人論詩最精確，用修一人私見豈能杜絶天下後世之口？特著爲升堂第二，以爲學古先路。

【校記】

①稍：趙本作『少』。
②予：趙本作『余』。
③清：英華（卷二六一）、全詩（卷五二三杜牧詩、卷五三六許渾詩）作『情』。
④青：英華、全詩（卷五二三杜牧詩）作『春』。
⑤雲：英華、全詩（卷五二三杜牧詩）作『陰』。

【注釋】

〔一〕格：　指詩歌的格調、品位。

〔二〕匠物：　見前《重訂中晚唐詩主客圖説》注釋〔八七〕。

〔三〕撰力：　詩歌創作能力與水平。　朱慶餘：　生平見前《朱慶餘傳》。

〔四〕水部：　水部：　張籍。曾官水部員外郎，故稱。　生平詳見前《張籍傳》。

〔五〕楊升菴：　見前《重訂中晚唐詩主客圖説》注釋〔五六〕。　孫光憲（八九六？—九六八）：　花間派詞人。　字孟文，號葆光子。　陵州貴平（今四川仁壽縣）人。　曾任前蜀陵州判官，後仕南平三世，累官朝議郎、檢校秘書少監、試御史中丞；　入宋後，爲黄州刺史。　宋太祖乾德六年（九六八）卒。

『唐詩至許渾……已有公論』：　見《升菴詩話》卷九。　其『許渾』條：　『唐詩至許渾，淺陋極矣，而俗喜傳之，至今不廢。　高棅編《唐詩品彙》，取至百餘首。　甚矣，棅之無目也。　棅不足言，而楊仲弘選《唐音》，自謂詳於盛唐而略於晚唐，不知渾乃晚唐之尤下者，而取之極多。　仲弘之賞鑒，亦羊質而虎皮乎？　陳後山云：　「近世無高學，舉俗愛許渾。」斯卓識矣。　孫光憲云：　「許渾詩，李遠賦，不如不做。」當時已有公論，惜乎伯謙輩之懵於此也！』

〔六〕小兒檢瓜：　謂幼稚而不知優劣好壞。

〔七〕『義山而下，惟杜牧之爲最』：　見《升菴詩話》卷五。　其『杜牧之』條：　『律詩至晚唐，李義山而下，惟杜牧之爲最。宋人評其詩豪而艷，宕而麗，於律詩中特寓拗峭，以矯時弊，信然。』

〔八〕韋莊『詩多佳』：見《升菴詩話》卷八。其『韋莊古别離』條：『韋端己送别詩多佳，經諸家選者不載。』韋莊（約八三六—九一〇），字端己。京兆杜陵（今陝西西安）人，韋應物四世孫，五代前蜀宰相。

〔九〕『江南才子』四句：韋莊絶句，題爲《題許渾詩卷》。

〔一〇〕『江南仲蔚』二句：杜牧《初春雨中舟次和州横江裴使君見迎李趙二秀才同來因書四韵兼寄江南許渾先輩》詩句。全詩云：『芳草渡頭微雨時，萬株楊柳拂波垂。蒲根水暖雁初浴，梅徑香寒蜂未知。辭客倚風吟暗淡，使君回馬濕旌旗。江南仲蔚多情調，悵望青陰幾首詩。』徐按：此詩《全唐詩》卷五二三作杜牧詩，卷五三六許渾詩集重出，佟培基《全唐詩重出誤收考·杜牧》考爲杜牧之作，是。

陪王尚書泛舟蓮池①

蓮塘移畫舸，泛泛日華清。水暖魚頻躍，烟秋雁早鳴。便不同。〔一〕舞疑回雪態，歌轉遏雲聲。爲人輕處以此等句。〔二〕客散山公醉，風高月滿城。

祇是尋常字句，而韵遠味腴，便耐諷咏，後世不深入而妄詆之，[三]正不值作者一笑。〇陳后山云：『後世無高學，舉俗愛許渾。』[四]須知俗人所愛，非能得其妙處。其妙處，恐后山亦未及深求也。【趙本】丁卯詩祇是尋常字句，而韵遠味腴……正不值作者一笑。

【校記】

① 泛舟蓮池：英華（卷一六五）作『泛蓮池舟』。

【注釋】

〔一〕便不同：謂二句通俗平易，與張籍詩風有差異。

〔二〕爲人輕處以此等句：謂因爲這類詩句而受到後世詩論家的詬病。爲，被。參見前《許渾傳》懷民按語注釋〔五〕所引楊慎語。

〔三〕妄詆之：謂後世詩論家如陳師道、楊慎等錯誤地批評許渾詩淺俗。具體見後文陳師道語與前《許渾傳》懷民按語注釋〔五〕所引楊慎語。

〔四〕陳后山：陳師道（一〇五三—一一〇二）。字履常、無己，號後山居士。江西詩派重要作家。『後世』二句：陳師道《次韵蘇公西湖觀月聽琴》詩句。詩云：『公詩端王道，亭亭如紫雲。落世不敢學，謂是詩中君。……後世無高學，舉俗愛許渾。』

贈裴處士

爲儒白髮生，鄉里早聞名。暖酒雪初下，讀書山欲①明。清迴似此，〔一〕豈俗人所能學得？【趙本】清迴。字形翻鳥迹，詩調合猿聲。門外滄浪水，知君欲濯纓。

【校記】

①欲：蜀渾、庫渾作『未』。

【注釋】

〔一〕清迴：明净曠遠。南朝宋鮑照《舞鶴賦》：『鍾浮曠之藻質，抱清迴之明心。』

對雪

飛舞北風凉，玉人歌玉堂。簾帷增曙色，珠翠發寒光。賦雪之妙，從未到此，〔一〕不得以設色少之。〔二〕○後來蘇子瞻『超然臺上雪』詩有意及此，〔三〕然無此清艷逼真。柳重絮微濕，梅繁花未香。爲人輕處以此等句。〔四〕兹辰賀豐歲，簫鼓宴梁王。

【注釋】

〔一〕從未到此：謂無人能及。

〔二〕設色：着色。此喻藻飾。少：輕視。《史記·蘇秦列傳》（卷六九）：『顯王左右素習知蘇秦，皆少之。』司馬貞索隱引劉氏云：『少，謂輕之也。』

〔三〕『超然臺上雪』詩：指蘇軾《大雪青州道上有懷東武園亭寄交代孔周翰》。全詩云：『超然臺上雪，城郭山川兩奇絶。海風吹碎碧琉璃，時見三山白銀闕。蓋公堂前雪，緑窗朱户相明滅。堂中美人雪争妍，粲然一笑玉齒頰。就中山堂雪更奇，青松怪石亂瓊絲。惟有使君游不歸，五更上馬愁斂眉。君不見淮西李侍中，夜入蔡州縛取吴元濟。又不見襄陽孟浩然，長安道上騎驢吟雪詩。何當閉門飲美酒，無人毀譽河東守。』

〔四〕爲人輕處以此等句：見前《陪王尚書泛舟蓮池》注釋〔二〕。

早秋三首①　【懷民注】選一

遥夜泛清瑟，西風生翠蘿。殘螢委②玉露，早雁拂銀③河。全是韵勝。【趙本】（『早雁』句）全是韵勝。高樹曉還④密，遠山晴更多。此等處景真，尤在理足。〔二〕淮南一葉下，自覺老烟波。

【校記】

① 三首：趙本無二字。

② 委：全詩（卷五二八）校『一作「栖」』。

③ 銀：宋渾、蜀渾、庫渾、鍾渾作『金』。

④ 還：全詩校『一作「猶」』。

【注釋】

〔一〕理：指自然界的事理與規律。

送段覺師① 杜曲閑居

書劍南歸去，山扉别幾年。苔侵岩下路，果落洞中泉。紅葉高齋雨，青蘿曲檻烟。寧知遠游客，羸馬太行前。

【校記】

①師：宋渾、蜀渾、鍾渾、全詩（卷五二八）作『歸』。

晨起二首①

其一

桂樹緑層層，風微烟露凝。櫓楹銜落月，幃幌映②殘燈。爲人輕處以此等句。〔一〕蘄簟曙香冷，越瓶秋水澄。心閑即無事，何異住山僧。

【趙本】氣味即近水部。〔二〕

【校記】

①二首：趙本無二字。

②映：宋渾、蜀渾、庫渾、鍾渾作『耿』。

【注釋】

〔一〕爲人輕處以此等句：見前《陪王尚書泛舟蓮池》注釋〔二〕。

〔二〕水部：張籍。曾官水部員外郎，故稱。生平詳見前《張籍傳》。

其二①

殘月皓烟露②，掩門深竹齋。水③蟲鳴曲檻，山鳥下空階。淡味絶近『張王』。【趙本】淡味絶近水部。〔一〕清鏡曉看髮，素琴秋寄懷。因此④北窗客⑤，日與世情乖。

【校記】

①此詩英華（卷三一七）題作『山齋秋晚』。

②露：英華校『一作「霧」』。

③水：英華作『草』。

④此：英華、宋渾、鍾渾、全詩（卷五二八）作『知』。

⑤客：宋渾、全詩校『一作「卧」』。

【注釋】

〔一〕水部：張籍。曾官水部員外郎，故稱。生平詳見前《張籍傳》。

示弟

自爾出門去，淚痕長①滿衣。此起所以不及朱慶餘、項斯。家貧爲客早，路遠得書稀。絶似水部。〔一〕【趙本】水部。文字何人賞②，烟波幾日歸。秋風正搖落，孤雁又南飛。水部。

【校記】

① 長：趙本作『常』。

② 何人賞：蜀渾作『何人重』，校『一作「誰人賞」』；宋渾、全詩（卷五二八）校『一作「誰人重」』。

【注釋】

〔一〕水部：張籍。曾官水部員外郎，故稱。生平詳見前《張籍傳》。

題杜居士[①]

松偃石林[②]平，何人識姓名。溪冰寒棹響，字法。岩雪夜窗明。字法。水部佳句。〔一〕機盡心猿伏，神閑意馬行[③]。『心猿』『意馬』，對熟常。應知此來客，身世兩無情。

【校記】

① 詩題英華（卷二三〇）作『留題杜居士』，全詩（卷五二八）校『一作「贈題杜隱居」』。

② 林：趙本、英華、宋渾、蜀渾、鍾渾、全詩作『床』。

③ 行：趙本作『停』。

【注釋】

〔一〕水部佳句：謂此爲學習張籍詩法的佳句。水部，張籍。曾官水部員外郎，故稱。生平詳見前《張籍傳》。

神女祠①

停車祀②聖女，起亦不佳。凉葉下陰風。龍氣石床濕，字法。鳥聲③山廟空。字法。似水部語。〔一〕【趙本】水部佳句。〔二〕長眉留桂緑，丹臉寄蓮④紅。爲人輕處以此等句。〔三〕莫學陽臺畔，朝雲暮雨中。確得水部神致。〔四〕

【校記】

①詩題英華(卷三二〇)作『聖女廟』。

②祀：英華、宋渾、蜀渾、庫渾作『祠』。

③聲：英華作『鳴』。

④蓮：蜀渾作『蘭』。

【注釋】

〔一〕水部：張籍。曾官水部員外郎，故稱。生平詳見前《張籍傳》。

〔二〕水部佳句：　謂此爲學習張籍詩法的佳句。

〔三〕爲人輕處以此等句：　見前《陪王尚書泛舟蓮池》注釋〔二〕。

〔四〕神致：　神韵與情致。

游維①山新興寺宿石屏村謝叟家　【原注】村有魯肅廟②

晚過石屏村，村長日漸③曛。僧歸下嶺見，人語隔溪④聞。谷響寒耕雪，山明夜燒雲。家家扣銅鼓，欲賽魯將軍。

運筆工絶，氣味亦純是水部。〔一〕【趙本】運筆工絶，幾於天成，韵味亦近水部。

【校記】

①維：　全詩（卷五二八）校『一作「樵」』。

②村有魯肅廟：　宋渾、蜀渾、庫渾、鍾渾、全詩等皆置於詩後。

③漸：　宋渾、蜀渾、全詩校『一作「易」』。

④溪：　蜀渾作『江』。

【注釋】

〔一〕水部：張籍。曾官水部員外郎，故稱。生平詳見前《張籍傳》。

晚泊七里灘

天晚日沈沈，歸舟①繫柳陰。江村平見寺，【趙本】名句。山郭遠聞砧。何必是此地？却是此地。

【趙本】名句。樹密猿聲響，波澄雁影深。榮華②暫時事，誰識子陵心？止一點足矣。

【校記】

①舟：英華（卷二九四）作『船』。

②華：英華作『名』。

送前緱氏韋明府南游

酒闌横劍歌，【趙本】總不是。〔一〕日暮望關河。道直去官早，家貧爲客多。此等皆從水部變出。〔二〕【趙本】確是水部語。山昏函谷雨，木①落洞庭波。莫盡遠游興，故園荒薜蘿。

【校記】

①木：英華（卷二八〇）作『水』。

【注釋】

〔一〕總不是：謂總歸不同於張籍詩風。總，總歸，終究。

〔二〕水部：張籍。曾官水部員外郎，故稱。生平詳見前《張籍傳》。

留贈偃師主人

孤城漏未殘，徒侶拂征鞍。洛北去程①遠，淮南歸夢闌。曉燈回壁暗，晴雪捲簾寒。此等劉文房與張文昌合調者也。〔一〕【趙本】似劉文房，正似張文昌。强②盡主人酒，出門行路難。

【重出】

《全唐詩》卷五二九作許渾詩；卷七八五重出，作無名氏詩。《才調集》卷一〇亦作無名氏詩。據《文苑英華》卷二六一、《四部叢刊》影印宋鈔本《丁卯集》卷下、《續古逸叢書》影印宋蜀刻本《許用晦文集》卷二、《文淵閣四庫全書》本《丁卯詩集》卷下、《續修四庫全書》影印清許鍾德等刻本《丁卯集箋註》卷二皆作許渾詩，以及『又見《寶真齋法書贊》六許渾手迹』（《全唐詩重出誤收考·許渾》）可斷，當爲許渾作。

【校記】

①程：趙本、才調（卷一〇）、英華（卷二六一）、全詩（卷七八五）作『愁』，宋渾、蜀渾、鍾渾、全詩（卷

五二九)作『游』。

②强：才調、宋渾、蜀渾、庫渾、鍾渾、全詩(卷七八五)作『更』。

【注釋】

〔一〕劉文房：劉長卿。生平見前《重訂中晚唐詩主客圖説》注釋〔一一四〕『劉隨州』。張文昌：張籍。生平見前《張籍傳》。合調：謂詩歌藝術風格相近。詳見前《王建傳》懷民按語注釋〔八〕。

別①韋處士

南北斷蓬飛，別多②相見稀。更傷今日酒③，未換昔年④衣。舊友幾人⑤在，故鄉何處⑥歸。秦原向西路，雲晚雪霏霏。

通首氣味全似，〔一〕特撰力弱耳。〔二〕【趙本】通首氣韵全似，特撰力弱耳。

【校記】

①別：英華(卷二三三一)作『送』。

②多：蜀渾作『來』。
③酒：英華作『鬢』。
④年：英華作『時』。
⑤人：宋渾、蜀渾、全詩（卷五二九）校『一作「多」』。
⑥處：英華作『所』。

【注釋】

〔一〕全似：謂與張籍詩風完全相似。
〔二〕撰力：詩歌創作能力與水平。

送惟素上人歸新安

山空葉復落，一徑下新安。風急渡溪晚，雪①晴歸寺寒。畫。〔一〕尋雲策藤杖，向日倚蒲團。寧憶西游客，勞勞歌路難。

【校記】

①雪：庫渾作『雲』。

【注釋】

〔一〕畫：謂描繪如畫。

尋戴處士

車馬長安道，誰知大隱心。蠻僧留古鏡，【趙本】似。〔一〕蜀客寄新琴。古情全在『留』字、『寄』字。〔二〕曬藥竹齋暖，【趙本】更似。擣茶松院①深。須看此等，全似。【趙本】更似。思君一相訪，殘雪似山陰。

【重出】

《全唐詩》卷五二九作許渾詩；卷二五〇皇甫冉詩集重出。又，《四部叢刊》影印宋鈔本《丁卯集》

卷下、《續古逸叢書》影印宋蜀刻本《許用晦文集》卷二、《文淵閣四庫全書》本《丁卯詩集》卷下、《續修四庫全書》影印清許鍾德等刻本《丁卯集箋註》卷三皆收此詩，而《唐音統籤·丁籤二三》（卷二六一至二六六）皇甫冉詩集不收，據此推斷，當爲許渾所作。

【校記】

①院：宋渾、蜀渾、全詩（卷五二九）校『一作「徑」』。

【注釋】

〔一〕似：謂與張籍詩風相近。徐按：後文『更似』『全似』同。

〔二〕古情：古雅的性情。

放猿

殷勤解金鎖，昨①夜雨凄凄。格。〔一〕【趙本】（『昨夜』句）是了。〔二〕山淺憶巫峽，水寒思建溪。遠尋②紅樹宿，深向③白雲啼。好覓來時路④，烟蘿莫自⑤迷。

【校記】

①昨：又玄（卷下）、才調（卷七）、英華（卷三三〇）作『别』。

②遠尋：英華作『每尋』，宋渾、全詩（卷五二九）校『一作「好依」』。

③向：又玄、才調作『入』。

④『好覓』句：又玄作『使覓南歸路』，才調作『好覓南歸路』，英華作『好去長江路』，宋渾校『一作「便覓南歸路」』。

⑤莫自：全詩作『莫共』，英華作『更莫』。

【注釋】

〔一〕格：謂二句堪爲詩歌開篇的法式和規範。詳見前張籍《薊北旅思》注釋〔一〕。徐按：此當指元楊載《詩法家數·律詩要法》所謂『就題起』。

〔二〕是了：謂正是張籍的詩風。了，表示肯定的語助詞。

將離郊園留示弟侄

身賤與心違，【趙本】是了。〔一〕秋風生旅衣。久貧辭國遠，多病在家稀。山暝客初散，樹涼人未歸。西都萬餘里，明旦別荆①扉。

純乎張格張派。〔二〕【趙本】是水部。〔三〕

【校記】

①荆：宋渾、庫渾、鍾渾、全詩（卷五二九）作『柴』。

【注釋】

〔一〕是了：見前詩《放猿》注釋〔一〕。

〔二〕張：張籍。生平見前《張籍傳》。格：指詩歌藝術風格。

〔三〕水部：張籍。曾官水部員外郎，故稱。

秋日衆哲館對竹①

蕭蕭凌②雪霜，濃翠異三湘。疏影月移壁，寒聲風滿堂。刻畫亦是水部。〔一〕【趙本】刻劃亦是水部。

捲簾秋更早，高枕夜偏長。逼真。忽憶秦溪③路，萬竿今正涼。

【校記】

①詩題英華（卷三二五）作『題渚塘館竹』，蜀渾作『秋日白沙館對竹』，宋渾作『秋日白沙館對行』。徐按：宋渾『行』當作『竹』。

②凌：英華作『陵』。

③秦溪：英華作『南游』，蜀渾作『南溪』。

【注釋】

〔一〕水部：張籍。曾官水部員外郎，故稱。生平詳見前《張籍傳》。

秋日赴闕題潼關驛樓①

紅葉晚蕭蕭②，長亭酒一瓢。殘雲歸太華，疏雨過③中條。與許元化又自不同。〔一〕樹色隨關④迥，河聲入塞⑤遥。帝鄉明日到，猶自夢漁樵。⑥

博大，得登眺意。

【校記】

① 詩題英華（卷二一八）作『夜行次東關逢魏扶東歸』，校『夜行次東關』『一作「行次潼關驛」』；宋渾、全詩（卷五二九）校『一作「行次潼關逢魏扶東歸」』。

② 『紅葉』句：英華作『南北斷蓬飄』。

③ 過：宋渾、蜀渾、全詩校『一作「落」』。

④ 關：全詩作『山』。

⑤ 塞：宋渾、蜀渾、庫渾、鍾渾、全詩作『海』。

⑥ 尾聯英華作『勞歌此分首，風急馬蕭蕭』，校『首』『一作「手」』。

【注釋】

〔一〕許：許渾。元化：謂描寫真實自然。詳見前張籍《江南春》注釋〔一〕。

送魚思別處士歸有懷①

宴罷衆賓散②，長歌携一卮③。溪亭相送遠，山郭獨歸遲。全得水部妙處。〔一〕風檻夕雲④散，月⑤軒寒露滋。病來雙鬢白，不是舊⑥離時。純是，〔二〕不但純似。【趙本】亦是。

【校記】

① 詩題全詩（卷五三〇）校『一作「南亭送張祜」』。
② 散：全詩校『一作「送」』。
③ 卮：宋渾、蜀渾、庫渾、鍾渾作『枝』。
④ 雲：全詩校『一作「陽」』。
⑤ 月：全詩校『一作「日」』。

⑥ 舊：蜀渾作『別』。

【注釋】

〔一〕水部：張籍。曾官水部員外郎，故稱。生平詳見前《張籍傳》。

〔二〕純是：謂完全是張籍的詩歌風格。

將赴京師留題孫處士山居二首①【懷民注】選一

草堂近西郭，遥對敬②亭開。枕膩海③雲起，簟涼山雨來。二句意未盡，故又暢作七言，『溪雲初起日沉閣，山雨欲來風滿樓』是也。〔一〕高歌懷地肺，遠賦憶天台。應學④相如志，終須駟馬回。爲人輕處以此等句。〔二〕【趙本】結意不高。

【校記】

① 二首：趙本無此二字。

② 敬：英華（卷二三二）作『鏡』。

③海：庫渾作『江』。
④學：英華作『笑』。

【注釋】

〔一〕『溪雲』二句：許渾《咸陽城東樓》詩句。全詩云：『一上高城萬里愁，蒹葭楊柳似汀洲。溪雲初起日沉閣，山雨欲來風滿樓。鳥下緑蕪秦苑夕，蟬鳴黄葉漢宫秋。行人莫問當年事，故國東來渭水流。』

〔二〕爲人輕處以此等句：見前《陪王尚書泛舟蓮池》注釋〔二〕。

洛中秋日

故國無歸處，官閑憶遠游。吴僧秣陵寺，楚客洞庭舟。此等天妙，〔一〕亦不同常熟。○此不可以摹擬得，一著迹便常熟矣。〔二〕久病先知雨，長貧早覺秋。此等情真，尤在理足。〔三〕壯心能幾許，伊水更東流。

脱去摹擬之迹，〔四〕全任神行。

【注釋】

〔一〕天妙：見前《王建傳》懷民按語注釋〔七〕。

〔二〕著迹：留有痕迹。此謂摹擬斧琢而不自然。清惲敬《答顧研麓》：『此後題咏者必多，但此題不可著迹，一著迹非腐即滯矣。』

〔三〕理：指人生感悟與生活事理。

〔四〕摹擬：同『摹擬』，模倣。

潼關蘭若①

來②往幾經過，前軒③枕大河。遠帆春水闊，『遠帆』匠，〔一〕『闊』字妙。【趙本】名句。高寺夕陽多。『高寺』匠，『多』字妙。【趙本】名句。蝶影下紅藥，鳥聲喧綠蘿。故山④歸未得，徒詠采芝⑤歌。

【校記】

① 詩題才調（卷七）作『題潼關西蘭若』。

②來：才調作『東』。

③軒：才調作『山』。

④山：才調作『鄉』。

⑤芝：蜀渾、全詩（卷五三〇）校『一作「薇」』。

【注釋】

〔一〕匠：見前張籍《山中古祠》注釋〔一〕。

春泊弋陽

江行春欲半，孤枕弋陽堤。雲暗猶飄雪，潮寒未應溪。飲猿聞棹散，飛鳥背船低。真妙。

此路成幽絶，家山犖洛西。

晨别翛然上人

吴僧誦經罷,【趙本】好! 敗衲倚蒲團。【趙本】好! 鐘韵花猶斂,樓陰月向①殘。晴山開殿響,字妙。秋水捲簾寒。此水部所未及道。〔一〕【趙本】水部所未及道。獨恨孤舟去,千灘②復萬灘。

【校記】

① 向: 劉本、蜀渾作『尚』。

② 灘: 全詩(卷五三〇)校『一作「山」』。

【注釋】

〔一〕水部: 張籍。曾官水部員外郎,故稱。生平詳見前《張籍傳》。

題岫上人院

病客與僧閑，頻來不掩關。水部口角。〔一〕高窗雲外樹，疏磬雨中山。離索秋蟲響，登臨夕鳥還。心知落帆處，明月淛河灣。

【注釋】

〔一〕水部：張籍。曾官水部員外郎，故稱。生平詳見前《張籍傳》。口角：指語言風格。詳見前項斯《題令狐處士谿房》注釋〔一〕。

送客南歸有懷

綠水暖青蘋，湘潭萬里春。瓦尊①迎海客，銅鼓賽江神。非真水部而何？〔一〕【趙本】是水部。避雨松②楓岸，看雲楊③柳津。長安一杯酒，座上有歸人。

格老。〔二〕

【校記】

①尊：鍾渾作『樽』。

②松：蜀渾校『一作「緑」』，全詩（卷五三〇）校『一作「歸」』。

③楊：蜀渾校『一作「漢」』，全詩校『一作「漾」』。

【注釋】

〔一〕真水部：謂詩風酷似張籍。水部，張籍。曾官水部員外郎，故稱。生平詳見前《張籍傳》。

〔二〕格：指堪爲範式的藝術表現技法。老：老練，純熟。

江西鄭常侍赴鎮之日有寄酬①和

來暮亦何愁，金貂在鷁舟。旆隨寒浪動，帆帶夕陽收。布令滕王閣，裁②詩郢客樓。即應歸鳳沼，中外贊天休。此等少涉膚腴。〔一〕

【校記】

①酬：趙本、蜀渾、鍾渾、全詩（卷五三〇）作『因酬』。

②裁：鍾渾作『題』。

【注釋】

〔一〕少：稍，略。詳見前劉大觀《序》注釋〔十一〕。膚腴：本謂肌膚豐滿。宋陸游《夜讀兵書》：『嘆息鏡中面，安得長膚腴。』此喻言辭華美。

與裴三十①秀才自越西歸望亭②阻凍登虎邱山寺③精舍④

春草越吴間⑤，心期旦夕還。酒鄉逢客病，詩境遇僧閑。倚棹冰生⑥浦，登樓雪滿山。

『開門雪滿山』自是右丞語，〔一〕『門對寒流雪滿山』自是左司語，〔二〕『登樓雪滿山』自是丁卯橋語，其發興而吐屬自別。〔三〕

東風不⑦可待，歸鬢坐⑧斑斑。

【趙本】與右丞先後争奇。

【校記】

①三十：蜀渾、庫渾、鍾渾無此二字。
②望亭：蜀渾、庫渾、鍾渾無此二字。
③山寺：英華（卷二三八）無此二字。
④精舍：蜀渾、庫渾、鍾渾無此二字。
⑤間：英華作『闕』。
⑥生：英華作『交』。
⑦不：英華作『猶』。
⑧坐：英華作『已』。

【注釋】

〔一〕『開門』句：唐王維《冬晚對雪憶胡居士家》詩句。全詩云：『寒更傳曉箭，清鏡覽衰顔。隔牖風驚竹，開門雪滿山。灑空深巷静，積素廣庭閑。借問袁安舍，翛然尚閉關。』右丞：王維。官至尚書右丞，故稱。生平見前《重訂中晚唐詩主客圖説》注釋〔九四〕『王摩詰』。

〔二〕『門對』句：唐韋應物《休假日訪王侍御不遇》詩句。全詩云：『九日驅馳一日閑，尋君不遇又空還。怪來詩思清人骨，門對寒流雪滿山。』左司：韋應物。曾任左司郎中，故稱。生平見《重訂中晚唐詩主客圖說》注釋〔一四〕『韋應物』。

〔三〕吐屬：吐而屬文。謂作詩。《三國志·魏書·阮瑀傳》（卷二一）：『太祖并以琳、瑀爲司空軍謀祭酒，管記室。』裴松之注：『又其辭云「他人焉能亂」，了不成語。瑀之吐屬，必不如此。』別：不同。

贈高處士

宅前雲水滿，高興一書生。垂釣有深意，寫神。望山多遠情。寫神。夜棋留客宿，春酒勸僧傾。『留』字、『勸』字妙！未作干時計，何人問姓名。

寄殷堯藩①

直道知難②用，經年向水濱。唐詩人多具此骨子，所以朗然自負，後人無是，故易餒也。【趙本】唐人學問如是，後世便不見矣。宅從栽竹貴，偏說『貴』，妙！家爲買書貧。說得好！就學多新③客，登朝盡故人。

蓬萊自有路，莫羡武陵春。

【校記】

①詩題蜀渾、庫渾、鍾渾作『再寄殷堯藩秀才』。

②難：蜀渾作『誰』。

③新：鍾渾作『名』。

送友人罷舉歸東海

滄波①天塹外，何島是新羅。舶主辭番②遠，棋僧入漢多。海風吹白鶴，沙日曬紅螺。此去知投筆，須求利劍磨。即同温岐『欲將書劍學從軍』意，〔一〕皆本項羽傳。〔二〕

【校記】

①波：英華（卷二八〇）作『海』。

②番：趙本作『蕃』。

【注釋】

〔一〕温岐：温庭筠（約八一二—約八六六年）。本名岐，字飛卿。并州祁縣（今山西省晋中市祁縣）人。晚唐著名詩人、詞人。其詩辭藻華麗，穠艷精緻。其詞注重文采和聲情，被尊爲『花間』鼻祖。『欲將』句：温庭筠《過陳琳墓》詩句。全詩云：『曾於青史見遺文，今日飄蓬過古墳。詞客有靈應識我，霸才無主始憐君。石麟埋没藏春草，銅雀荒凉對暮雲。莫怪臨風倍惆悵，欲將書劍學從軍。』

〔二〕項羽傳：指《史記·項羽本紀》（卷七）所載『項籍少時，學書不成，去學劍，又不成。項梁怒之。籍曰：「書足以記名姓而已。劍一人敵，不足學，學萬人敵。」於是項梁乃教籍兵法，籍大喜』。

游茅山〔一〕

步步入山門，仙家鳥徑分。漁樵不到處，進一層。麋鹿自成群。石面迸出①水，松頭穿破②雲。二句樸拙，酷似仲初。〔二〕【趙本】酷似王仲初。道人星月下，相次禮茅君。

【重出】

《全唐詩》卷五三一作許渾詩，卷六九一杜荀鶴詩集重出。又，《衆妙集》、《三體唐詩》卷六、《瀛奎律髓》卷三三皆署名杜荀鶴，《文淵閣四庫全書》本《唐風集》卷一亦作杜荀鶴詩。又，宋周應合《景定建康志·文籍志五》（卷三七）作許渾詩，但《四部叢刊》影宋鈔本《丁卯集》、《續古逸叢書》影宋蜀刻本《許用晦文集》、《文淵閣四庫全書》本《丁卯詩集》皆未收。據許渾本集未收推斷，當爲杜荀鶴所作。

【校記】

①出：全詩（卷六九一）校『一作「流」』。
②破：全詩（卷六九一）校『一作「亂」』。

【注釋】

〔一〕仲初：王建之字。生平見前《王建傳》。

暝投靈智寺渡溪不得却取沿江路往

雙岩瀉一川，回馬斷橋前。古廟陰風地，寒鐘暮雨天。如見。沙虚留虎迹，水滑帶龍涎。却下臨江路，潮深無渡船。

此二句皆似水部。〔一〕少鶴尤取次句，〔二〕而嫌必『龍』『虎』對。〔三〕【趙本】似水部。

看其運題之法，既非拋撇又非挨叙，此中有斷制剪裁在，即所謂格也。〔四〕

【注釋】

〔一〕水部：張籍。曾官水部員外郎，故稱。生平詳見前《張籍傳》。

〔二〕少鶴：李懷民弟憲喬，號少鶴。見前劉大觀《序》注釋〔二〕『李少鶴』。

〔三〕嫌：不滿，認爲不好。

〔四〕格：詩歌創作的法式和規範。參見前張籍《薊北旅思》注釋〔一〕。

下第歸蒲城墅居

失意歸三徑，傷春別九門。薄烟楊柳①路，微雨杏花村。牧豎還呼犢，『還』字妙。鄰翁亦抱孫。『亦』字妙。不知余正苦，迎馬問寒温。情真景真，妙！妙！

皆失意眼中看出。【趙本】妙！妙！

【校記】

① 柳：蜀渾作『葉』。

尋周煉師不遇留贈

閉門池館静，云訪紫芝翁。零落槿花雨，參差荷葉風。夜棋全①局在，春酒半壺空。妙於尋常中見高致。〔一〕【趙本】絶似水部。〔二〕長嘯倚西閣，悠悠名利中。結興遠。

【校記】

①全：蜀渾校『一作「殘」』。

【注釋】

〔一〕高致：高雅的情致。參見張籍《春日李舍人宅見兩省諸公唱和因書情即事》注釋〔三〕。

〔二〕水部：張籍。曾官水部員外郎，故稱。生平詳見前《張籍傳》。

山居冬夜喜魏扶見訪因贈①

霜②風露葉下，遠思獨徘徊。夜久草堂靜，月明山客來。極常語却不常，惟知者知之。遺貧相勸酒，憶字共書灰。逼真。【趙本】（『憶字』句）逼真。何事清平世，干名待有媒。

【校記】

①因贈：趙本無二字。

②霜：蜀渾作『壯』。

題愁①

聚散竟無形，迴腸百②結成。古今銷③不得，離別覺④潛生。降虜將軍思，窮秋遠客情。何人更憔悴，落第泣秦京。詩中有人爲之主也。

【重出】

《全唐詩》卷五三二作許渾詩，卷五二四杜牧詩集重出。又，《文淵閣四庫全書》本《丁卯詩集・補遺》收此詩，但《四部叢刊》影宋鈔本《丁卯集》、《續古逸叢書》影宋蜀刻本《許用晦文集》皆未收。佟培基《全唐詩重出誤收考》：『此載《樊川外集》中。尾聯：「何人更憔悴，落第泣秦京。」顯爲久未登第者，杜牧於大和二年（八二八）一舉登第。《摭言》三載其：「東都放榜未花開，三十三人走馬回。秦地少年多釀酒，却將春色入關來。」杜牧時二十六歲，孟棨《本事詩》稱其：「弱冠成名，當時制策登科，名振京邑。」故此詩與杜牧不合。許渾四十二歲屢試不第，其下第別人、寄友之詩，集中常見，但此詩在其諸本集中不載，如四部叢刊宋本《丁卯集》、《續古逸叢書》景宋蜀本《許用晦文集》及《統籤》五八三至五九一許集等；　揚州書局編臣將此詩增入許渾集五。』當是。

【校記】

①詩題全詩（卷五二四）作『愁』。

②百：　全詩（卷五二四）作『自』。

③銷：　全詩（卷五二四）作『留』。

④覺：　全詩（卷五二四）作『又』。

司空圖

司空圖傳

圖，字表聖，河中虞鄉人。〔一〕咸通末擢進士第，〔二〕由宣歙幕歷禮部郎中；〔三〕僖宗行在用爲知制誥、中書舍人，〔四〕歸隱中條山王官谷。〔五〕龍紀、乾寧間，〔六〕徵拜舊官，及以户、兵①二部侍郎召，〔七〕皆不起。遷洛後，被召入朝，以野耄丐②歸。朱全忠受禪，〔八〕召爲禮部尚書，〔九〕不食而卒。圖少有俊才，晚年避世栖遁，自號『知非子』『耐辱居士』。有先世别墅，泉石林亭，頗愜幽趣，日與名僧、高士游咏其中。有《一鳴集》三十卷，内詩十卷。

【校記】

①户、兵：趙本作『兵、户』。

②丐：趙本作『乞』。

【注釋】

〔一〕虞鄉：　唐河中府屬縣，治今山西省永濟縣虞鄉鎮。《舊唐書·地理志二》（卷三九）：『虞鄉。漢解縣地……貞觀十七年，省解縣，并入虞鄉縣。二十年，復置解縣，省虞鄉。天授二年，復分解縣置虞鄉縣。』

〔二〕咸通末：　指咸通十年（八六九）。《舊唐書·司空圖傳》（卷一九〇下）：『圖咸通十年登進士第，主司王凝於進士中尤奇之。』

〔三〕宣歙：　宣歙池都團練觀察使。又称宣歙池觀察使、宣歙觀察使。治今安徽宣州市。肅宗李亨乾元元年（七五八）設置，統領宣、歙、池三州二十縣。禮部郎中：　尚書省禮部所屬禮部首長。《舊唐書·職官志》（卷四三）：『禮部……郎中一員（從五品上）……掌貳尚書、侍郎。舉其儀制，而辯其名數。』

〔四〕知制誥：　掌管起草誥命之官名。唐初以中書舍人爲之，掌外制。其後亦有以他官代行其職者，則稱某官知制誥。开元末，改翰林供奉爲學士院，翰林入院一歲，則遷知制誥，專掌内命，典司詔誥。中書舍人：　中書省屬官。《舊唐書·職官志二》（卷四三）：『中書省……中書舍人六員（正五品上）……掌侍奉進奏，參議表章。凡詔旨敕制，及璽書册命，皆按典故起草進畫；既下，則署而行之。』

〔五〕中條山：　在陜州、河中府境内，即今山西省西南部，黄河、涑水河間。《元和郡縣圖志・陜州・安邑縣》（卷七）：『雷首山，一名中條山，在縣南二十里。其山有銀谷，在縣西南三十五里，隋及武德初并置銀冶監，今廢。』同書《河中府・河東縣》（卷一四）：『雷首山，一名中條山。在縣南十五里。』王官谷：　在今山西永濟市境。《舊唐書・司空圖傳》：『圖有先人别墅在中條山之王官谷，泉石林亭，頗稱幽栖之趣。自考槃高卧，日與名僧高士游咏其中。』《（嘉慶重修）大清一統志・蒲州府》『王官谷』條：『在虞鄉縣東南十里中條山中，石樓峪西。今名其地爲横嶺峪，北虞鄉峪，南芮城。』徐按：　司空圖歸隱王官谷在光啓三年（八八七）。

〔六〕龍紀、乾寧：　唐昭宗李曄（八六七—九〇四）年號。龍紀爲公元八八九年之農曆正月至十二月，乾寧爲公元八九四年農曆正月至八九八年農曆八月。

〔七〕侍郎：　尚書省吏、户、禮、兵、刑、工六部長官之副。《舊唐書・職官志》（卷四三）：『户部……侍郎二員（正四品下）……掌天下田户、均輸、錢穀之政令。』『兵部……侍郎二員（正四品下）……掌天下武官選授及地圖與甲仗之政令。』

〔八〕朱全忠：　梁太祖朱温。生平見前《重訂中晚唐詩主客圖説》注釋〔一四一〕『不事朱温』。

〔九〕禮部尚書：　尚書省禮部首長。《舊唐書・職官志》（卷四三）：『禮部尚書一員（正三品）……掌天下禮儀、祭享、貢舉之政令。』

圖爲諫議，〔一〕避亂隱王官谷。預爲壽藏，〔二〕與故人壙中吟飲；出則布衣鳩杖。〔三〕歲時村社，〔四〕必往盡醉。爲王重榮作碑，〔五〕贈絹千匹，置市門，恣人取之。

【注釋】

〔一〕諫議：諫議大夫。唐門下省屬官。《唐六典·門下省》（卷八）：『諫議大夫四人，正五品上。諫議大夫掌侍從贊相，規諫諷諭。』

〔二〕壽藏：生時所建墓壙。《後漢書·趙岐傳》（卷六四）：『年九十餘，建安六年卒。先自爲壽藏。』李賢注：『壽藏，謂冢壙也。稱壽者，取其久遠之意也。猶如壽宫、壽器之類。』

〔三〕鳩杖：杖頭刻有鳩形的拐杖。《太平御覽》卷九二一引漢應劭《風俗通》：『俗説高祖與項羽戰，敗於京索，遁叢薄中，羽追求之，時鳩正鳴其上，追者以鳥在，無人，遂得脱。後及即位，異此鳥，故作鳩杖以賜老者。』

〔四〕村社：農村祭祀社神的日子或盛會。《舊唐書·司空圖傳》（卷一九〇下）：『歲時村社雩祭祠禱，鼓舞會集，圖必造之，與野老同席，曾無傲色。』

〔五〕王重榮（？—八八七）：唐末將領。太原祁（今山西祁縣）人。僖宗廣明初爲河中馬部都虞侯，尋歷河中留後、河中節度使。因敗黄巢有功，進太尉、同中書門下平章事。後引李克用兵攻關中，致僖宗出逃。邠甯節度使朱玫立李熅爲帝，重榮殺李熅，擁僖宗回長安。光啓三年（八八七）

爲部下所殺。

圖著《詩品》二十四則，曰『雄渾』『冲淡』『纖濃』『沉著』『高古』『典雅』『洗鍊①』『勁健』『綺麗』『自然』『含蓄』『豪放』『精神』『縝密』『疏野』『清奇』『委曲』『實境』『悲慨』『形容』『超詣』『飄逸』『曠達』『流動』，每則六韵，每句四字。

蘇軾曰：『唐末司空圖，崎嶇兵亂之間，而詩文高雅，猶有承平之遺風。其論詩曰：「梅止於酸，鹽止於鹹，飲食不可無鹽、梅，而其美常在鹹、酸之外。」』〔一〕云云。②

蘇軾《游白鶴觀詩序》：『司空表聖自論其詩，得味外味，「棋聲花院静，幡影石壇高」之句爲尤善。余嘗獨游五老峰白鶴觀，松陰滿地，不見一人，惟聞棋聲，然後知此句之工。』

【校記】

① 鍊：趙本作『煉』。

② 云云：趙本無此二字。

【注釋】

〔一〕『唐末司空圖……酸之外』：出自宋蘇軾《書黄子思詩集後》。原文：『唐末司空圖，崎嶇兵亂之間，而詩文高雅，猶有承平之遺風。其論詩曰：「梅止於酸，鹽止於鹹，飲食不可無鹽、梅，而其美常在鹹、酸之外。」蓋自列其詩之有得於文字之表者二十四韵，恨當時不識其妙，予三復其言而悲之。』

懷民按：表聖詩格韵清妙，〔一〕與水部有神骨之肖，〔二〕但遺文散失，五律纔有二十首，稍汰之，僅得九篇，其他古體十首、七律十八首、五七言絶句三百餘首，多寡乃爾不倫，〔三〕固知表聖五言詩尚多。其散見於他書者，如『人家寒食月，花影午時天』『棋聲花院静，幡影石壇高』等句，俱清奇新警，〔四〕抉律格之精，今俱不得全篇，惜哉！聊就所存者，推爲升堂第三人。

【注釋】

〔一〕格韵：格調與韵味。

〔二〕水部：張籍。曾官水部員外郎，故稱。生平詳見前《張籍傳》。

〔三〕多寡乃爾不倫：謂五七言絶句多而五律少，如此懸殊不符合詩歌創作邏輯。乃爾，如此。不倫，不相當。

〔四〕新警：清新精闢。詳見前于鵠《山中自述》注釋〔一〕。

早春

傷懷仍①客處，病眼②却③花朝。草嫩④侵沙長⑤，冰輕著雨消⑥。有味處全在細，故天下物之粗者味短。【趙本】細！切『輕』妙！風光知⑦可愛，容髮⑧不相饒。此等却非樂天。〔一〕早晚丹丘伴⑨，飛書肯⑩見招。

【校記】

①仍：英華（卷一五七）、統圖、嘉業、全詩（卷六三二）作『同』。

②眼：律髓（卷一〇）作『起』。

③却：英華、統圖作『即』。

④嫩：律髓校『一作「軟」』。

⑤長：全詩作『短』。

⑥消：英華、統圖作『銷』。

⑦知：律髓校『一作「和」』。

⑧容髮：律髓作『客鬢』。
⑨伴：英華、嘉業、全詩作『去』。
⑩肯：英華作『首』。

【注釋】

〔一〕樂天：白居易之字。生平見前《重訂中晚唐詩主客圖説》注釋〔四〕『白居易』。

上陌梯寺懷舊僧二首①

其一

雲根禪客居，皆説舊無②廬。松日明金像，山風③響木魚。依栖應不阻，名利本來疏。

【趙本】觀詩詞，題似有誤，或未是。一結照應，〔一〕然亦不甚楚楚，〔二〕存疑。

縱有人相問，林間懶拆書。

象外超逸。〔三〕

【校記】

①二首：趙本無二字。

②無：統圖、嘉業作『吾』。

③山風：英華（卷二二四）、統圖、嘉業、全詩（卷六三二）校『一作「苔龕」』。

【注釋】

〔一〕一結：猶『收煞』『結尾』。一，全。結，結束。

〔二〕楚楚：鮮明貌。《詩·曹風·蜉蝣》：『蜉蝣之羽，衣裳楚楚。』毛傳：『楚楚，鮮明貌。』此謂清晰、明確。

〔三〕超逸：不同凡俗。

其二

高鴉隔谷見，路轉寺西門。塔影蔭泉脉，山苗侵燒痕。此在《詩品》，當屬『含蓄』『縝密』『委曲』『形容』四則。鐘疏含杳靄，閣①迥亘黄昏。更待他僧到，長如前信存。

二詩結處皆不甚楚楚，〔一〕或題有闕誤。

【校記】

① 閤：英華（卷二二四）、嘉業、全詩（卷六三二）作『閣』。

【注釋】

〔一〕楚楚：見前首詩注釋〔一〕。

贈①信美寺岑上人

巡禮諸方遍，湘南頻有緣。焚香老山②寺，乞食向江船。是水部。〔一〕【趙本】（『乞食』句）似水部語。

紗碧籠名畫，燈寒照凈禪。我來能永日，蓮漏滴寒泉③。

【重出】

《全唐詩》卷六三二作司空圖詩；卷六七四鄭谷詩集重出，題注『一作司空圖詩』。爲鄭谷所作，詳見祖保泉等《司空表聖詩文集箋校·前言》關於此詩作者的考證。參見卷下鄭谷《贈圓昉公》重出考。

【校記】

①贈：全詩(卷六七四)無此字。

②山：全詩(卷六七四)校『一作「僧」』。

③寒泉：全詩(卷六七四)作『階前』。

【注釋】

〔一〕是水部：謂與張籍詩歌風格相似。水部，張籍。曾官水部員外郎，故稱。生平詳見前《張籍傳》。

江行

地闊分吴塞，楓高映楚天。曲①塘春盡雨，【趙本】工！方響夜深船②。寫景妙矣！當思其中之情，方得其中之味。【趙本】氣味絶似水部。〔一〕行紀添新夢，羈愁甚往年。何時京洛路，馬上見人烟。

余每諷此，其味數日不能去懷，其音數日不能去耳。○按：方響以鐵爲之，〔二〕修八寸，廣二寸，圓上方下，架如磬而不設業。〔三〕宇文周時，〔四〕方響一架十六枚，梁曰銅磬，蓋倣古編磬之制而爲者。今之雲鑼變方爲圓，〔五〕共九枚，上一枚虛設不用，而以八枚盡十六枚之妙，或即其遺意矣。

【校記】

①曲：英華（卷二九五）、統圖作『迴』。

②『方響』句：其後嘉業、全詩（卷六三二）夾注『《舊唐書》：方響以鐵爲之，長九寸，廣二寸，員上方下』。

【注釋】

〔一〕水部：張籍。曾官水部員外郎，故稱。生平詳見前《張籍傳》。

〔二〕方響：古磬類打擊樂器。由十六枚大小相同、厚薄不一的長方鐵片組成，分兩排懸於架上。用小鐵槌擊奏，聲音清濁不等。爲隋唐燕樂中的常用樂器。

〔三〕業：版，大版。古代覆在懸掛鐘、鼓等樂器架橫木上的裝飾物，刻如鋸齒形，塗以白色。《詩·

周頌·有瞽》：『有瞽有瞽，在周之庭。設業設虡，崇牙樹羽。』毛傳：『業，大板也，所以飾栒爲縣也……植者爲虡，衡者爲栒。』

〔四〕宇文周：南北朝時期的北周。因皇室姓宇文，故稱。

〔五〕雲鑼：打擊樂器。通常由十面大小相同而厚薄不一的小銅鑼組成，按音質編懸於有方格的木架上，用小木槌敲擊演奏；也有用十三面、十五面或二十四面小銅鑼者。《清會典圖·雲鑼圖》：『雲鑼，范銅，形如小銅鑼，十枚同懸一架，應四正律、六半律，皆四旁穿竅，繫以黄絨紃。中四，左右各二，合三行爲九宫形，其一上出……架高二尺，闊一尺五寸，髹朱，上兩端加塗金雲龍。柄長五寸五分，繫以小緑槌，朱柄。』

贈步寄①李員外

危橋轉溪路，經雨石叢荒。幽瀑下仙果，此『仙』字却不亂下。孤巢懸夕陽。病辭青瑣秘，心在紫芝房。更喜諧招隱，詩家有望郎。

【校記】

① 步寄：統圖、嘉業無此二字。

塞上

萬里隋[1]城在[2]，三邊虜氣衰。沙填孤障[3]角，燒斷故關碑。寫邊色如見。馬色經寒慘，雕聲帶晚悲[4]。將軍正閑暇，留客换歌辭。

【重出】

《全唐詩》卷六三二作司空圖詩，卷一一四殷遥詩集重出。祖保泉等《司空表聖詩文集箋校》未注意到重出，未作考辨。《唐音統籤》本《司空表聖詩集》、《全唐詩》本司空圖詩集、吴興劉氏嘉業堂刊本《司空表聖詩集》等皆收録此詩，《三體唐詩》卷五署名司空圖，宋潘自牧《記纂淵海·郡縣部·河東路·遼州》卷二三摘録頷聯時亦署名司空圖，合上推斷，當爲司空圖所作。

【校記】

①隋：全詩（卷一一四）作『隤』。

②『萬里』句：其後統圖夾注『隋大業三年筑長城』。

③障：全詩（卷一一四）作『嶂』。

④悲：統圖作『饑』。

僧舍貽友①

笑破人間事，吾徒莫自欺。【趙本】即僧家事。解吟僧亦俗，愛舞鶴終卑。不『解吟』更清，不『愛舞』更高。此翻奇語不必深泥。【趙本】言多事耳，不必深看。竹上題幽夢，溪邊約敵棋。言隨興耳。舊山歸有阻，不是故遲遲。

【校記】

①友：統圖、紀事（卷六三）作『友人』。

華下送文浦① 【原注】河北亂，圖寓華陰②

郊居謝名利，何事最相親。漸與論詩久，皆知得句新。川明虹照雨，新！樹密鳥銜人。發難顯之景如在目前！〔一〕然從前人未經道得，即所謂『新』也，不必盧同③《月蝕》、李賀《夢天》。應念從今去，還來岳下頻。

【趙本】河北亂，圖寓華陰。〔二〕

【校記】

① 浦：統圖、律髓(卷四七)作『涓』。

② 題注嘉業作：『舊史云：河北亂，圖寓華陰。』

③ 同：通常作『仝』。徐按：『仝』爲『同』之古字。《廣韻·平東》：『仝，「同」古文。』

【注釋】

〔一〕『發難顯』句：即歐陽修《六一詩話》引梅堯臣所謂『狀難寫之景，如在目前；含不盡之意，見於言外』。詳見前《重訂中晚唐詩主客圖説》注釋〔七七〕。

〔二〕華陰：唐京兆府屬縣。《舊唐書·地理志一》（卷三八）：『華陰。隋縣。垂拱二年，改爲仙掌縣。天授二年，分置同津縣於關口，長安中廢。神龍元年，復爲華陰。上元元年，改爲太陰縣。寶應元年復舊。』

姚合

姚合傳

姚①合，陜州硤石人，〔一〕宰相崇曾孫。〔二〕登元和進士第，〔三〕授武功主簿，〔四〕調富平、萬年尉。〔五〕寶曆中監察御史、户部員外郎，〔六〕出爲杭州刺史，後爲給事中、陜虢觀察使。〔七〕開成末，終秘書監。〔八〕與馬戴、費冠卿、殷堯藩、張籍游，李頻師之。合詩名重於時，人稱『姚武功』云。

【校記】

①姚：趙本無此字。

【注釋】

〔一〕硤石：陝州屬縣。治今河南三門峽市陝縣硤石鎮。《舊唐書・地理志一》（卷三八）：『陝州大都督府。……峽石。隋崤縣。義寧二年省。武德元年，復置。……八年，改屬陝州。十四年，移治峽石隖，因改爲峽石縣。』『硤』，同『峽』。徐按：據《唐才子傳校箋・姚合》吴企明所考，合乃吴興而非陝州硤石人，『姚合之貫籍，緣兩《唐書》誤認姚合爲姚崇嫡裔所致，康海《武功縣志》卷二亦云：「姚合，陝郡硤石人。」然詳考姚合及同時代人之詩文，則知其實爲吴興人（今浙江湖州市）』，當是。

〔二〕崇：姚崇（六五〇—七二一）。武則天、玄宗時期宰相。字元之，本名元崇，因避『開元』年號諱改名崇。祖籍吴興，因先輩於陝州爲官，遂定居陝州硤石。徐按：據《唐才子傳校箋・姚合》吴企明所考，姚合并非姚崇曾孫，而爲『姚崇之曾侄孫』，當是。

〔三〕元和：指元和十一年（八一六）。元辛文房《唐才子傳・姚合》：『元和十一年，李逢吉知貢舉，有夙好，因拔泥塗，鄭解榜及第。』

〔四〕武功：唐京兆府屬縣，今屬陝西省。《舊唐書・地理志一》（卷三八）：『京兆府。隋京兆郡。……舊領縣十八。……萬年……富平……武功……』主簿：縣官名。《唐六典・京縣畿縣天下諸縣官吏》（卷三〇）：『主簿掌付事勾稽，省署抄目，糾正非違，監印，給紙筆、雜用之事。』

〔五〕富平、萬年：　唐京兆府屬縣。參見本詩注釋〔四〕『武功』。富平，今屬陝西省。萬年，治今陝西省西安市。詳見前朱慶餘《與賈島顧非熊無可上人宿萬年姚少府宅》注釋〔二〕。尉：　縣官名。詳見前《項斯傳》注釋〔三〕。

〔六〕監察御史：　唐御史臺屬官。見前《許渾傳》注釋〔五〕。户部員外郎：　尚書省户部屬官。《舊唐書・職官志二》（卷四三）：『户部……員外郎二員（從六品上）……郎中、員外之職，掌分理户口、井田之事。』

〔七〕給事中：　門下省官員。《舊唐書・職官志二》（卷四三）：『門下省……給事中四員（正五品上）』，『掌陪侍左右，分判省事』，『凡百司奏抄，侍中審定，則先讀而署之，以駁正違失』，『凡制敕宣行，大事則……覆奏而請施行；　小事則署而頒之』，『凡國之大獄……則援法例退而裁之』，『凡發驛遣使，則審其事宜，與黄門侍郎給之』，『凡文武六品已下授職官，所司奏擬，則校其仕歷淺深，功狀殿最，訪其德行，量其才藝』。陝虢觀察使：　唐陝虢地區最高政長官。治陝州（今河南三門峽市西南）。觀察使，全稱『觀察處置使』。《新唐書・百官志四下》（卷四九下）：『觀察處置使，掌察所部善惡，舉大綱。凡奏請，皆屬於州。（貞觀初，遣大使十三人巡省天下諸州，水旱則遣使，有巡察、安撫、存撫之名。……開元二年，曰十道按察采訪處置使，至四年罷，八年復置十道按察使，秋、冬巡視州縣，十年又罷。十七年復置十道、京都、兩畿按察使，二十年曰采訪處置使，分十五道，天寶末，又兼黜陟使，乾元元年，改曰觀察處置使。）』

〔八〕秘書監：秘書省官員。《唐六典·秘書省》（卷一〇）：『秘書省：監一人，從三品。……秘書監之職，掌邦國經籍圖書之事。有二局：一曰著作，二曰太史，皆率其屬而修其職。』

懷民按：武功詩集，古今體存遺甚多。其五言律，樸茂新奇，酷似王仲初。〔一〕仲初故與水部合體，〔二〕而姚君與水部爲友，其得於漸摩者深矣。〔三〕佳篇美不勝收，然無逾《縣居詩》者，且君以武功得名，未必不由此詩起也。次爲升堂第四。

【注釋】

〔一〕王仲初：王建。字仲初。生平見前《王建傳》。

〔二〕水部：張籍。曾官水部員外郎，故稱。生平詳見前《張籍傳》。合體：謂詩風相近。合，相同。

〔三〕漸摩：浸潤，耳濡目染。語本《漢書·董仲舒傳》（卷五六）：『漸民以仁，摩民以誼。』顏師古注：『漸謂浸潤之，摩謂砥礪之也。』

縣居詩三十首①

其一

縣去京都②遠，爲官與隱齊。馬隨山鹿放，鷄雜野禽栖。連③舍惟藤架，侵階是藥畦。

更師嵇叔夜，不擬作詩④題。領三十首。〔一〕

此等隨興之什，初無先後倫次，但於起首、結首略加鈎勒而已。

【校記】

① 詩題姚鈔、姚刻、全詩（卷四九八）作『武功縣中作三十首』，紀事（卷四九）作『武功縣閑居』，趙本作『縣居詩』。

② 京都：姚鈔、姚刻、律髓（卷六）、全詩作『帝城』，紀事作『京城』。

③ 連：姚鈔、姚刻、律髓、全詩作『繞』。

④ 詩：姚鈔、姚刻、紀事、律髓、全詩作『書』。

【注釋】

〔一〕領三十首：謂尾聯交代此三十首詩皆不具體擬題的原因。領，統領。

其二

方拙天然性，『方拙』二字是骨。爲官世①事疏。惟尋向山路②，不寄入城書。此城當指都城也。因病多③收藥，緣溪④學釣魚。養身誠⑤好事，此外更⑥空虛。

【趙本】絶肖王丞。〔一〕

【校記】

① 世：姚鈔、姚刻、全詩（卷四九八）作『是』。
② 路：姚刻、全詩校『一作「道」』。
③ 多：姚鈔、姚刻、全詩校『一作「方」』。
④ 溪：姚鈔作『浪』，姚刻、全詩作『餐』。
⑤ 誠：姚鈔、姚刻、全詩作『成』。
⑥ 更：姚刻、全詩校『一作「盡」』。

【注釋】

〔一〕王丞：王建。詳見前項斯《山友贈鮮花冠》注釋〔一〕。

其三

微官如馬足，秖是在泥塵。到處貧隨我①，終年老趁人。絶肖王丞。〔一〕簿書銷眼力，杯酒耗心神。早作歸休計，深居養②此身。

【校記】

①我：又玄（卷中）作『客』。

②養：又玄作『過』。

【注釋】

〔一〕王丞：王建。詳見前項斯《山友贈蘚花冠》注釋〔一〕。

其四

簿書多不會，薄俸亦難消①。諧。〔一〕醉卧慵開眼，閑行懶繫腰。覺得陶公多了一折。〔二〕移花兼蝶至，買石得雲饒。且自心中樂，從他笑寂寥。仲初云『從他不往還』。〔三〕

【校記】

①消：姚刻、又玄（卷中）、全詩（卷四九八）、紀事（卷四九）作『銷』。

【注釋】

〔一〕諧：詼諧，戲謔。詳見前張籍《古樹》注釋〔三〕。

〔二〕陶公：陶淵明。生平見前《重訂中晚唐詩主客圖説》注釋〔九三〕『陶元亮』。多一折：謂陶淵明與姚合均『不爲五斗米折腰』，但陶淵明尚束腰帶（『折腰』）爲官，姚合則腰帶有時也懶得繫。唐房玄齡等《晋書·隱逸傳·陶潛》（卷九四）：『（潛）素簡貴，不私事上官。郡遣督郵至縣，吏白應束帶見之，潛嘆曰：「吾不能爲五斗米折腰，拳拳事鄉里小人邪！」義熙二年，解印去縣，乃賦《歸去來》。』帶，腰帶，即官員束在腰間的皮帶，視官階高下而分别飾以金、玉、犀、銀、銅等。

〔三〕仲初：　王建之字。生平見前《王建傳》。『從他』句：　王建《昭應官舍》詩句。詩見前王建詩選。

其五

曉鐘驚睡覺，世①事便相關。小市柴薪貴，貧家砧杵閑。聲吻全是王丞，〔一〕乃真似《原上十三首》也。〔二〕【趙本】祇是當前。〔三〕讀書多旋忘，賒酒數空還。長羨劉伶醉②，高眠出世間。

【趙本】直作一首王司馬詩，〔四〕聲響之相似乃爾。

【校記】

①世：　姚鈔、姚刻、律髓（卷六）、全詩（卷四九八）作『事』，皆校『一作「是」』。

②醉：　姚鈔、姚刻、律髓、全詩作『輩』。

【注釋】

〔一〕王丞：　王建。詳見前項斯《山友贈蘚花冠》注釋〔一〕。

〔二〕《原上十三首》：　指王建《原上新居十三首》。見前王建詩選。

〔三〕衹是當前：謂衹寫眼前生活中的細小事件。

〔四〕直：真，簡直。《莊子·田子方》：『吾所學者直土梗耳，夫魏真爲我累耳！』陸德明釋文：『（直）本亦作真，下句同。元嘉本此作真，下句作直。』王司馬：王建。曾任陝州司馬，故稱。

其六

性疏常愛卧，親故笑悠悠。縱出多携枕，因衙始裹頭。上山方覺老，過寺暫忘愁。三考千餘日，低腰不擬休。

其七

客至皆相笑，詩書滿卧床。愛閑求病假，因醉①棄官方。鬢髮寒惟②短，衣衫瘦漸長。『長』字最工，妙中有理致。〔一〕〇『瘦』宜寬，似不宜『長』，然『長』字實妙。【趙本】『瘦』宜寬，似不宜『長』，然『長』字實妙。唐人下字之工如此。自嫌多檢束，不似舊來狂。

【校記】

① 醉：姚刻、全詩（卷四九八）校『一作「酒」』。

②惟：姚鈔、全詩作『唯』。

【注釋】

〔一〕理致：事理情致。北齊顔之推《顔氏家訓·文章》：『文章當以理致爲心腎，氣調爲筋骨，事義爲皮膚，華麗爲冠冕。』王利器集解：『理致，義理情致。』

其八

一日看除目，終年損道心。山宜衝雪上，詩好帶風吟。野客嫌知印，家人笑買琴。祇都①隨分②過，已③是錯彌深。

【校記】

①祇都：又玄（卷中）作『不應』，姚鈔、姚刻、律髓（卷六）、全詩（卷四九八）作『祇應』。

②分：又玄作『日』。

③已：又玄作『覺』，姚鈔、姚刻、律髓、全詩校『一作「定」』。

其九

鄰里皆相愛，門開①數見過。秋涼送客遠，夜靜咏詩多。就架題書目，尋欄記藥窠。到官無別事，種得滿庭莎。

【校記】

①門開：趙本作『開門』。

其十

窮達天應與，人間事莫論。微官長①似客，遠縣豈勝村。竟日多無食，連宵不閉門。齋心調筆硯，惟②寫五千言。

【校記】

①長：姚鈔、姚刻作『從』。

②惟：姚鈔、姚刻、全詩（卷四九八）作『唯』。

其十一

縣僻仍牢①落，游人到便回。妙！宋人云『未嘗一飯能留客』，〔一〕便説破矣。【趙本】（『游人』句）妙！路當邊地去，村入郭門來。酒户愁偏長，詩情病不開。可曾衙活字。〔二〕小吏？恐爲②踏青苔。高絶！即倪雲林『不使踐壞青苔』意。〔三〕

【校記】

①牢：姚刻、全詩（卷四九八）校『一作「寥」』。

②爲：姚鈔、姚刻、全詩作『謂』。

【注釋】

〔一〕『未嘗』句：宋黄庭堅《戲贈彦深（李原字彦深厚之弟居南陽）》詩句。詩云：『李髯家徒立四壁，未嘗一飯能留客。春寒茅屋交相風，倚墻捫虱讀書策。……我讀揚雄逐貧賦，斯人用意未全疏。』

〔二〕活字：靈活用字。『衙』本爲名詞，官署之稱，此用作動詞，『排列成行』之意（『衙小吏』謂上堂處理公務），故謂。南唐尉遲偓《中朝故事》：『天街兩畔槐樹，俗號爲槐衙，曲江池畔多柳，亦號爲柳衙。謂其成行列如排衙也。』元舒頔《春雪》：『籬寒春雀陣，檐凍午蜂衙。』

〔三〕倪雲林：倪瓚（一三〇一—一三七四）。字元鎮，號雲林居士。無錫（今屬江蘇）人。元末明初畫家、詩人。尤擅畫山水、墨竹，師法董源、趙孟頫。早年畫風清潤，晚年變法，平淡天真。書法從隸入，有晋人風度。與黄公望、王蒙、吴鎮合稱『元四家』。參見後鄭巢《題崔中丞北齋》『吴倪黄王』注釋。不使踐壞青苔：指倪瓚潔癖事。明顧元慶《雲林遺事·潔癖》：『閣前置梧石，日令人洗拭，及苔蘚盈庭，不留水迹，緑褥可坐。每遇墜葉，輒令童子以針綴杖頭刺出之，不使點壞。』

其十二

自下青山路，三年著緑衣。官卑食肉僭，才短事①人非。諧中見傲骨。〔一〕【趙本】是何傲岸！野客教長醉，高僧勸早②歸。不知何計是，免與本心違。

【校記】

① 事：全詩（卷四九八）校『一作字』。

②早：姚鈔、姚刻作『却』。

【注釋】

〔一〕諧：詼諧，戲謔。詳見前張籍《古樹》注釋〔三〕。

其十三

日①出方能起，庭前看種莎。吏來山鳥散，酒熟野人過。名句。岐路荒城少，烟霞遠岫②多。同官更③相引④，下馬上西坡。

【校記】

①日：全詩（卷四九八）作『月』。

②岫：姚鈔、姚刻、品彙（卷六八）作『縣』。

③更：姚鈔、姚刻、律髓（卷六）、品彙、全詩作『數』。

④引：品彙作『見』。

其十四

作吏荒城裏，窮愁欲不勝。病多惟①識藥②，年老漸親僧。名句。○此自與仲初近，〔一〕與樂天殊。〔二〕夢覺空堂月，詩成滿硯冰。苦搜可想。【趙本】（『詩成』句）可知得句煞非易事。故人多得路，寂寞不相稱。

【校記】

① 惟：姚鈔、全詩（卷四九八）作『唯』。

② 藥：姚刻校『一作「鬼」』。

【注釋】

〔一〕仲初：王建之字。建生平見前《王建傳》。

〔二〕樂天：白居易之字。居易生平見前《重訂中晚唐詩主客圖説》注釋〔四〕『白居易』。

其十五

誰念東山客，栖栖守印床。何年得事盡，終日逐人忙。醉卧誰①知叫，閑書不著②行。此等過真樸，〔一〕須善學。人間尚③檢束，與世④豈相當。

【校記】

①誰：趙本作『惟』，姚鈔作『唯』。

②著：姚刻、全詩（卷四九八）校『一作「正」』。

③尚：姚鈔、姚刻、全詩作『長』。

④世：姚鈔、姚刻、全詩作『此』。

【注釋】

〔一〕過：非常，極其。

其十六

朝朝眉不展，多病怕逢迎。引水遠通澗，壘山高過城。秋燈照樹色，寒雨落池聲。好是吟詩夜，披衣坐到明。後世詩人祇解睡覺耳。〔一〕

【注釋】

〔一〕解：懂得。

其十七

簿籍誰能問，風寒①趁早②眠。每旬常③乞④假，隔月探支⑤錢。還往嫌詩癖，親情怪酒顛。謀身須上計，終久是歸田。

【校記】

①風寒：趙本作『寒風』。

②早：姚刻校『一作「暇」』。

③常：姚刻校『一作「外」』。

④乞：姚刻校『一作「假」』。

⑤探支：姚刻、全詩（卷四九八）校『一作「請官」』。

其十八

閉門風雨裏，落葉與階齊。野客嫌杯小，山翁喜枕低。愈質愈妙，〔一〕然須善學。聽琴知道力①，尋藥得詩題。誰更能騎馬，閑行衹②杖藜。

【校記】

①力：姚鈔、姚刻、律髓（卷六）、全詩（卷四九八）作『性』。

②衹：姚刻作『衹』，校『一作「衹」』。

【注釋】

〔一〕質：樸實，真實。

其十九

腥羶都不食，稍稍覺神清。夜犬因①風吠，鄰雞帶②雨鳴。對，不過。〔一〕【趙本】便對，不過。守官常卧病，學道別③稱名。少④有洞中路，誰能引我行。

【校記】

①因：姚刻校『一作「風」』。

②帶：姚刻校『一作「雨」』。

③別：律髓（卷六）作『不』。

④少：姚鈔、姚刻、律髓、全詩（卷四九八）作『小』。

【注釋】

〔一〕對：對仗。不過：没有差錯。謂符合對仗規則。《易·豫》：『天地以順動，故日月不過。』孔穎達疏：『若天地以順而動則日月不有過差，依其晷度。』

其二十

宧名渾不計，【趙本】其寔不足『計』也。酒熟且①開封。晴②月銷③燈④色，寒天挫筆鋒。驚禽時并起，閑客數⑤相逢。舊國蕭條思，青山隔幾重。

【校記】

① 且：趙本作『日』。
② 晴：趙本作『借』。
③ 銷：趙本、姚鈔作『消』。
④ 燈：姚刻、全詩（卷四九八）校『一作「雲」』。
⑤ 數：姚刻、全詩校『一作「夜」』。

其二十一

假日多無事，誰知我獨忙。偏是如此說。【趙本】妙！移山入縣①宅，種竹上城墻。『忙』得妙！

驚蝶遺花蘂，游蜂帶蜜香。惟②愁明早出，端坐吏人旁。諧妙！〔一〕然須觀其內象方可學。〔二〕【趙本】諧極！然須觀其內象方可學。

【校記】

① 縣：律髓（卷六）作『院』。

② 惟：姚鈔、姚刻、律髓、全詩（卷四九八）作『唯』。

【注釋】

〔一〕諧：詼諧，戲謔。詳見前張籍《古樹》注釋〔三〕。

〔二〕內象：猶『內涵』，內在涵義。宋馮椅《厚齋易學·易輯傳》（卷五）：『《易》有內象，有外象。內象，理也；外象，物也。』

其二十二

門外青山路，因循自不歸。養閑①宜縣僻，説②品喜官微。諧處見傲骨。〔一〕【趙本】（『説品』句）

可知胸次。〔二〕净愛山僧飯，閑披野客衣。惟③憐幽谷鳥，不解入城飛。妙在『不解』。

【校記】

①閑：姚鈔、姚刻、全詩（卷四九八）作『生』。

②説：姚刻校『一作「手」』。

③惟：姚鈔、姚刻、全詩作『誰』。

【注釋】

〔一〕諧：詼諧，戲謔。詳見前張籍《古樹》注釋〔三〕。

〔二〕胸次：見前張籍《酬韓庶子》注釋〔三〕。

其二十三

一官無限日，愁悶欲何如。掃舍驚巢燕，尋方落壁魚。此謂匠物。〔一〕從僧乞净水，憑客報閑書。白髮誰能鑷①，年來四十餘。

【校記】

①鑷：底本、李本作『攝』，據趙本、劉本、姚鈔、姚刻、全詩（卷四九八）改。

【注釋】

〔一〕匠物：見前《重訂中晚唐詩主客圖說》注釋〔八七〕。

其二十四

朝朝門不閉，長似在山時。賓客①抽書讀，兒童斫竹騎。久貧還易老，到家語。〔一〕【趙本】語到家。多病賴②能醫。道友應相怪，休官日已遲。

【校記】

①客：姚鈔、姚刻作『旅』。

②賴：姚鈔、姚刻、律髓（卷六）、全詩（卷四九八）作『懶』。

【注釋】

〔一〕到家：　見前張籍《晚秋閑居》注釋〔一〕。

其二十五

戚戚常無思，循資格上官。閑人得事晚，常骨覓①仙難。醉②卧疑身病，貧居覺道寬。新詩久不寫，自算少人看。古之詩人，必到得『少人看』，其詩始高，安得使時流人人悦之？【趙本】古之詩人，必到得『少人看』，其詩始高，焉得使時流人人悦之？

【校記】

①覓：　姚鈔、姚刻、全詩（卷四九八）校『一作「學」』。

②醉：　姚鈔、姚刻作『愁』。

其二十六

漫①作容身計，今知②拙有餘。青衫③迎驛使，白髮憶山居。道友憐④蔬食，吏人嫌草書。諧妙！〔一〕須爲長久事，歸去自耕鋤。

【校記】

①漫：趙本作『謾』。
②知：姚刻校『一作「朝」』。
③衫：姚刻、全詩（卷四九八）校『一作「袍」』。
④憐：姚鈔、全詩校『一作「喜」』。

【注釋】

〔一〕諧：詼諧，戲謔。詳見前張籍《古樹》注釋〔三〕。

其二十七

主印三年坐，山居①百事休。焚香開敕庫，踏月上城樓。飲酒多成②病，吟詩易③長④愁。殷勤問漁者，暫借手中鈎。

【校記】

①居：姚鈔、姚刻作『家』。
②成：姚鈔、姚刻校『一作「如」』。
③易：姚刻校『一作「長」』。
④長：姚刻校『一作「似」』。

其二十八

長憶青山下，深居遂性情。壘階溪石净，燒竹竈烟輕。點筆圖雲勢，彈琴學鳥聲①。句不佳。今朝知縣印，夢裏百憂生。『長憶』『今朝』相應。

【趙本】『長憶』『今朝』相應。

【校記】

①聲：律髓（卷六）作『鳴』。

其二十九

自知狂僻性，吏事固相疏。祇是看山立，無因①出縣居。印朱霑墨硯，户籍雜經書。月俸尋常請，無妨②乏斗儲。

【校記】

①因：全詩（卷四九八）作『嫌』。

②妨：姚刻、全詩校『一作「嫌」』。

其三十

作吏無能事①，爲文舊致②功。詩標八病外，真堪自負。【趙本】自負。心樂③百憂中。非真詩人，不能體會如此。拜別登朝客，歸依煉藥翁。不知還往内，誰與此心同？以此綰結，即三十首之章法也。

此等體與水部『秋居』、司馬『原上』詩一例，〔一〕隨景觸興，無倫次，無章法，而自有天然妙趣，後世不知，則以爲破體矣。〔二〕○三十首中，皆於諧處見胸次骨格，〔三〕所以見重處正在此耳。

【校記】

① 無能事：　姚刻、全詩（卷四九八）校『一作「渾無思」』。

② 致：　姚刻、全詩校『一作「著」』。

③ 樂：　姚鈔、姚刻、全詩作『落』。

【注釋】

〔一〕水部：張籍。曾官水部員外郎，故稱。生平詳見前《張籍傳》。秋居：指《和左司元郎中秋居十首》。見前張籍詩選。司馬：王建。曾任陜州司馬，故稱。生平見前《王建傳》。原上：指《原上新居十三首》。見前王建詩選。一例：見前張籍《隱者》注釋〔二〕。

〔二〕破體：不符合創作規範。

〔三〕諧：詼諧，戲謔。詳見前張籍《古樹》注釋〔三〕。胸次：見前張籍《酬韓庶子》注釋〔三〕。

趙嘏

趙嘏傳

嘏，字承祐，山陽人。〔一〕會昌二年，登進士第。〔二〕大中間，仕至渭南尉，〔三〕卒。有《渭南集》三卷。

杜牧嘗愛嘏『長笛一聲人倚樓』之句，吟嘆不已，人因目爲『趙倚樓』。〔四〕

【注釋】

〔一〕山陽：唐楚州屬縣。治今江蘇淮陰市。《舊唐書·地理志三》（卷四〇）：『山陽。漢射陽縣地，屬臨淮郡。晋置山陽郡，改爲山陽縣。武德四年，置東楚州。八年，去「東」字，治於此縣。』

〔二〕會昌二年：當爲會昌四年（八四四）。《唐才子傳校箋·趙嘏》譚優學考：『辛傳言趙嘏會昌二年鄭言榜進士，大誤。《郡齋讀書志》云會昌四年（八四四），不誤。』參見前《項斯傳》注釋〔二〕

所引宋張洎《項斯詩序》。

〔三〕渭南：京兆屬縣。治今陝西省渭南市。《新唐書·地理志一》(卷三七)：『京兆府京兆郡。……領縣二十。……長安……渭南……』尉：縣官名。詳見前《項斯傳》注釋〔三〕。

〔四〕杜牧嘗愛嘏……人因目爲『趙倚樓』：出自五代王定保《唐摭言》。其卷七『知己』條：『杜紫微覽趙渭南卷《早秋》詩云：「殘星幾點雁横塞，長笛一聲人倚樓。」吟味不已，因目嘏爲「趙倚樓」。』

懷民按：承祜詩七言最多，七律八十餘篇，獨五律寥寥。雖性有偏好，亦散軼耳。昔人稱其詩『贍美，多興味』，〔一〕余謂五言風格尤絶近水部。〔二〕斷爲及門第一人。

【注釋】

〔一〕『贍美，多興味』：當指《全唐詩》卷五四九趙嘏小傳語。傳云：『趙嘏，字承祜……嘏爲詩贍美，多興味。』

〔二〕水部：張籍。曾官水部員外郎，故稱。生平詳見前《張籍傳》。

越中寺居寄上元主人①

遲客疏林下，斜溪小艇通。野橋連寺月，高竹半樓風。水静魚吹浪，人②閑鳥下空。數峰相向緑，日夕郡城東。

【校記】

① 寄上元主人：　英華（卷二三八）、全詩（卷五四九）無此五字。

② 人：　英華、全詩作『枝』。

曉發

旅行宜早①發，况復是南歸。月影緣山盡，鐘聲隔浦②微。殘星③螢共映④，落葉⑤鳥驚⑥飛。去去渡南渚⑦，村深⑧人出稀。

【重出】

《唐音統籤》卷六〇九、《全唐詩》卷五四九趙嘏集收此詩，皆題注『一作姚鵠詩』；《唐音統籤》卷六一五、《全唐詩》卷五五三姚鵠詩集均重出，亦皆題注『一作趙嘏詩』。又，《文苑英華》（卷二九四）、《瀛奎律髓》（卷一四）、《唐詩品彙》（卷六九）皆署名姚鵠。孰作不可考。徐按：據《文苑英華》所載推斷，或爲姚鵠詩。

【校記】

①早：全詩（卷五四九）作『蚤』。徐按：『蚤』通『早』。

②浦：英華（卷二九四）、《唐音統籤》（卷六一五）作『水』。

③殘星：全詩（卷五四九）作『星殘』。

④映：英華、律髓（卷一四）、品彙（卷六九）、全詩（卷五五三）作『失』。

⑤落葉：全詩（卷五四九）作『葉落』。

⑥驚：英華、律髓、全詩（卷五五三）作『和』，品彙作『俱』。

⑦渡南渚：英華、統籤（卷六一五）作『渡南曉』，律髓、全詩（卷五五三）作『渡南浦』，品彙作『關河曉』。

⑧深：英華、律髓、全詩（卷五五三）作『中』。

洛中逢盧郢石歸覲

不堪俱失意，相送出東周。緣切倚門戀，倍添爲客愁。情味確是水部。〔一〕春山和雪霽①，寒水帶冰流。別後期君處，靈原②紫閣秋。

情遙韵永，非學水部何以有此？

【校記】

①霽：英華（卷二八四）、全詩（卷五四九）作『静』。

②原：全詩作『源』。

【注釋】

〔一〕是水部：謂與張籍詩歌相似。水部，張籍。曾官水部員外郎，故稱。生平詳見前《張籍傳》。

贈越客

故國波濤隔，明時心[1]久留。獻書雙闕晚，看月五陵秋。南棹何當[2]返，長江憶共游。定知釣魚伴[3]，相望在汀州。

【重出】

《唐音統籤》卷六〇九、《全唐詩》卷五四九趙嘏集收此詩；《唐音統籤》卷六一八、《全唐詩》卷五五五馬戴詩集重出。《文苑英華》（卷二六三）署名趙嘏。孰作不可考。徐按：據《文苑英華》所載推斷，或爲趙嘏詩。

【校記】

①心：全詩（卷五五五）作『已』。
②當：全詩（卷五五五）作『時』。
③『定知』句：全詩（卷五五五）作『遥知釣船畔』。

風蟬

風蟬旦夕鳴，秋葉①送新②聲。故里客歸③盡，水邊身獨行。此等似賈，却是張。[一]噪軒高樹合，驚枕暮山横。聽處無人見，塵埃滿甑生。

聲韵絶肖水部《思遠人》一首。[二]

【重出】

《唐音統籤》卷六〇九、《全唐詩》卷五四九趙嘏集收此詩；《唐音統籤》卷三七四、《全唐詩》卷五七四賈島詩集重出。《唐音統籤》卷三七四題注：『《文苑英華》補。』可知賈島本集無此詩。《四部叢刊續編》影印明翻宋本《賈浪仙長江集》即無。孰作不可考。

【校記】

① 秋葉：英華（卷三三〇）、統籤（卷三七四）作『伴葉』，全詩（卷五四九）作『伴夜』。

② 新：統籤（卷三七四）、全詩（卷五四九）作『秋』。

③ 歸：趙本作『俱』。

【注釋】

〔一〕賈：賈島。張：張籍。

〔二〕水部：張籍。曾官水部員外郎，故稱。生平詳見前《張籍傳》。《思遠人》：見前張籍詩選。

贈僧①〔一〕

心法本②無住，流沙歸復來。錫隨山鳥動，經附海船回。洗足柳遮寺，坐禪花委苔。惟將一童子，又欲上③天台。

【重出】

《唐音統籤》卷六〇九、《全唐詩》卷五四九趙嘏詩集收此詩，《全唐詩》題注『一作許渾詩』；《唐音統籤》卷五八四、《全唐詩》卷五二九許渾詩集皆重出，《唐音統籤》題注『一作趙嘏詩』。又，《續古逸叢書》影印宋蜀刻本《許用晦文集》拾遺、《四部叢刊》影印宋鈔本《丁卯集》卷下均載此詩，皆注又作『趙嘏詩』。孰作不可考。

【校記】

①僧：全詩（卷五四九）作『金剛三藏』。

②本：全詩（卷五四九）作『云』。

③上：蜀渾作『向』，全詩（卷五四九）作『過』。

東歸道中二首①【懷民注】選其二

未明喚僮僕，江上憶殘春。須看其發端處，含毫邈然，〔一〕乃絶得水部神韵。〔二〕【趙本】起興杳然。〔三〕風雨落花夜，山川驅馬人。莫看作常語，能具味外味，〔四〕正是水部派也。星星一鏡髮，草草百年身。此日念前事，滄洲情更親。

【趙本】須看其發端處，含毫邈然，乃絶得水部風韵。

【校記】

①二首：趙本無此二字。

【注釋】

〔一〕含毫邈然：謂構思艱苦。語出晋陸機《文賦》：『或操觚以率爾，或含毫而邈然。』張銑注：『率爾，謂文速成；邈然，謂文遲成也。』含毫，含筆口中，借指構思。

〔二〕水部：張籍。曾官水部員外郎，故稱。生平詳見前《張籍傳》。

〔三〕杳然：渺遠貌。此謂意味雋永。

〔四〕味外味：言辭之外的意境、情味等，即唐司空圖所謂的『韵味』。詳見司空圖《與李生論詩書》。

江邊

終日勞車馬，江邊欹①竹扉。殘花春浪闊，小酒故人稀。戍鼓客帆遠，津雲夕照微。何由兄與弟，俱及暮春②歸。真語！不病其淺。

【趙本】不厭淺薄。

【校記】

①欵：英華（卷一六二）、全詩（卷五四九）作『款』。徐按：『欵』同『款』，叩、敲擊之意。北魏酈道元《水經注·渭水三》：『鄭容行至鄗池，見一梓下果有文石，取以款梓，應曰：「諾。」』

②春：全詩校『一作「潮」』。

虎邱寺贈魚①處士

蘭若雲深處，前年客重過。岩空秋色動，水闊夕陽多。煉法從水部出，〔一〕許用晦輩并是一路。〔二〕【趙本】煉句俱從水部來。早負江湖志，今如鬢髮何。惟君②閑勝我，釣艇在烟波。氣味絶佳，令人不能舍去。

【校記】

①魚：全詩（卷五四九）作『漁』。

②惟君：全詩作『唯思』。

【注釋】

〔一〕水部：張籍。曾官水部員外郎，故稱。生平詳見前《張籍傳》。

〔二〕許用晦：許渾。字用晦。生平見前《許渾傳》。

送韋處士歸省朔方

映柳見行色，興。故山當落暉。浮①雲知已歿②，白首一身歸。蕭然。滿袖蕭關雨，連沙塞雁飛。到家翻有喜，借取老萊衣。

【校記】

①浮：劉本、趙本、英華（卷二三一）、品彙（拾遺卷七）、全詩（卷五四九）作『青』。

②歿：劉本、趙本、品彙（拾遺卷七）作『没』。

顧非熊

顧非熊傳

顧①非熊，况之子。〔一〕性滑稽，好凌轢。〔二〕困舉場三十年。穆宗長慶中，登進士第，累佐使府。〔三〕大中間，爲盱眙尉。〔四〕慕父風，棄官隱茅山。〔五〕况，海鹽人。〔六〕肅宗至德進士，〔七〕以校書徵遷著作郎。〔八〕性好詼諧，坐詩語調謔，貶饒州司户參軍，〔九〕卒隱茅山。

【校記】

①顧：趙本無此字。

【注釋】

〔一〕况：顧况（约七二七—约八一五），字逋翁。生平見《顧非熊傳》後所附顧况傳。

〔二〕好凌轢：謂喜好戲侮氣焰囂張的貴族子弟。五代王定保《唐摭言》（卷八）『已落重收』條：『顧非熊，况之子。滑稽好辯，陵轢氣焰子弟，爲衆所怒。非熊既爲所排，在舉場三十年，屈聲聒人耳。』凌轢，冒犯。《史記·魏其武安侯列傳》：『凌轢宗室，侵犯骨肉。』

〔三〕使府：唐代以節度使、觀察使等領銜的集軍、政、財於一體的地方官府，即通常所謂的『方鎮』『藩鎮』。初行使使職（朝廷臨時性的差遣），後實爲地方行政機構。

〔四〕大中：唐宣宗李忱年號（八四七—八六〇）。盱眙：唐楚州屬縣，今屬江蘇省。《舊唐書·地理志三》（卷四〇）：『盱眙。漢縣，屬臨淮郡。武德四年，置西楚州。……領盱眙一縣。八年，廢西楚州，以盱眙屬楚州。』尉：縣官名。詳見前《項斯傳》注釋〔三〕。

〔五〕茅山：位於今江蘇省句容市東南。原名句曲山，相傳漢茅盈與弟衷、固采藥修道於此，世號三茅君，因改名茅山。爲道教聖地。唐李延壽《南史·隱逸下·陶弘景》（卷七六）：『於是止於句容之句曲山。恒曰：「此山下是第八洞宫，名金壇華陽之天，周迴一百五十里。昔漢有咸陽三茅君得道來掌此山，故謂之茅山。」』《元和郡縣圖志·潤州·延陵縣》（卷二五）：『茅山，在縣西南三十五里。三茅得道之所。』

〔六〕海鹽：　唐蘇州屬縣，今屬浙江省。《舊唐書·地理志三》（卷四〇）：『海鹽。漢縣，屬會稽郡。久廢。景雲二年，分嘉興縣復置。先天元年，復廢。開元五年，復置，治吴禦城。』徐按：　顧況故鄉獅嶺今劃歸浙江海寧市。

〔七〕至德：　指唐肅宗至德二載（七五七）。元辛文房《唐才子傳·顧況》：『至德二年，天子幸蜀，江東侍郎李希言下進士。』

〔八〕校書：　指校書郎。《舊唐書·李泌傳》（卷一三〇）附顧況傳：『柳渾輔政，以校書郎徵。』唐門下省弘文館、中書省所屬秘書省皆設校書郎。《舊唐書·職官志二》（卷四三）：『弘文館：……校書郎二人（從九品上）……掌校理典籍，刊正錯謬。』『秘書省：……校書郎八人（正九品上）。……著作局……校書郎二人（正九品上）。』顧況所任不詳。著作郎：　唐中書省所屬秘書省著作局官職。《舊唐書·職官志二》：『著作局……著作郎二人（從五品上。龍朔爲司文郎中，咸亨復也）。……著作郎、佐郎掌修撰碑志、祝文、祭文，與佐郎分判局事也。』

〔九〕坐詩語調謔：　事見史籍。《舊唐書·李泌傳》（卷一三〇）附顧況傳：『顧況者，蘇州人。能爲歌詩，性詼諧，雖王公之貴與之交者，必戲侮之，然以嘲誚能文，人多狎之。……復遇李泌繼入，自謂已知秉樞要，當得達官，久之方遷著作郎，况心不樂，求歸於吴。而班列群官，咸有侮玩之目，皆惡嫉之。及泌卒，不哭，而有調笑之言，爲憲司所劾，貶饒州司户。』饒州：　治鄱陽縣（今江西省波陽縣）。《舊唐書·地理志三》（卷四〇）：『饒州下。隋鄱陽郡。武德四年，平江左，置饒州。』司户參軍：州府官員。《新唐書·百官志四下》（卷四九下）：『户曹司户參軍事，掌户籍、計帳、道路、過所、蠲符、雜傜、逋負、良賤、芻藁、逆旅、婚姻、田訟、旌别孝悌。』『下州……司倉參軍事、司户參軍事、司田參軍事、司法參軍事各一人，從八品下。』

懷民按：非熊詩體不備，不及乃父廣博，然其五言近體，易樸茂爲清永，似勝逋翁。〔一〕或自更有宗承，不盡家學也。以詩體列之水部門下。〔二〕

【注釋】

〔一〕逋翁：顧況之字。元辛文房《唐才子傳·顧況》：『况字逋翁，蘇州人。』

〔二〕水部：張籍。曾官水部員外郎，故稱。生平詳見前《張籍傳》。

秋日陝州道中作①

孤客秋風裏，驅車入②陝西。關河午時路，村落一聲雞。此等句能匠千古之情，〔一〕勿以淺而易之。【趙本】此謂發難顯於當前。〔二〕樹勢標③秦遠，天形到岳低。偏説『低』，妙！【趙本】此謂留不盡於言外。

誰知我名姓，來往自栖栖④。

【校記】

①作：律髓（卷二九）無此字。

②入：才調（卷九）、英華（卷二九四）作『出』。

③標：律髓作『飄』。

④栖栖：才調、英華、律髓作『凄凄』。

【注釋】

〔一〕匠：刻畫，描繪。詳見前《重訂中晚唐詩主客圖説》注釋〔八七〕『匠物』。

〔二〕發難顯於當前：即歐陽修《六一詩話》引梅堯臣所謂『狀難寫之景，如在目前；含不盡之意，見於言外』。詳見前《重訂中晚唐詩主客圖説》注釋〔七七〕。徐按：後趙本所謂『留不盡於言外』同。

經杭州

郡郭繞江濆①，人家近白雲。晚濤臨檻看，即錢塘潮也。夜艣隔城聞。浦轉山初盡，即靈隱、龍井南北諸峰。〔一〕虹斜雨未②分。有誰知我意，心緒逐鷗群。

後人必謂此景隨處有之，何足以切杭州？【趙本】即此是水部。〔二〕

【校記】

①濆：全詩（卷五〇九）校『一作「濱」』。

②未：英華（卷二九四）、全詩校『一作「半」』。

【注釋】

〔一〕靈隱：山名。在杭州西湖畔。宋樂史《太平寰宇記·杭州·錢塘縣》（卷九三）：『靈隱山，在縣西十五里。許由、葛洪皆隱此山，入去忘歸，本號稽留山。今立寺焉。』龍井：泉名。在杭州西湖上。《明一統志·杭州府·山川》（卷三八）：『龍井。在西湖上，舊名龍泓。相傳有龍居之。宋元豐中，僧辯才即其處爲亭，率其徒環而咒之，俄見大魚自泉中躍出，觀者異焉。秦觀記。』

〔二〕是水部：謂與張籍詩風相近。水部，張籍。曾官水部員外郎，故稱。生平詳見前《張籍傳》。

題① 覺真上人②

長安車馬地，此院閉松聲。【趙本】便不同。〔一〕新罷九天講，舊曾諸岳行。如此對正是格也。〔二〕

能詩因作偈，好客豈關名。約我中秋夜，同來看月明。

【校記】

① 題：英華（卷二二三）作『贈』。

② 上人：趙本、全詩（卷五〇九）後有『院』字。

【注釋】

〔一〕便不同：謂二句與張籍詩風有差異。

〔二〕格：指對仗的法式和規範。參見前張籍《薊北旅思》注釋〔一〕。

舒州酬别侍御①【懷民注】此必有姓而失之②

故交他郡見，下馬失愁容。執手向殘日，分襟在晚鐘。鄉心隨皖③水，客路過廬峰。司空表聖所謂『不著一字』，〔一〕正當於此等領取。〔二〕衆惜君材器，何爲滯所從。

【趙本】水部佳句。〔三〕

【校記】

① 侍御：英華（卷二八八）作『上卿』。

② 此必有姓而失之：趙本無此題注。

③ 皖：底本、李本作『院』，據劉本、趙本、英華、全詩（卷五〇九）等改。『皖水』，流經舒州（治今安徽省潛山市），又與下句『廬峰』對。

【注釋】

〔一〕司空表聖：司空圖。生平詳見前《司空圖傳》。不著一字：司空圖《二十四詩品·含蓄》詩句。

全詩云：『不著一字，盡得風流。語不涉己，若不堪憂。是有真宰，與之沉浮。如淥滿酒，花時返秋。悠悠空塵，忽忽海漚。淺深聚散，萬取一收。』

〔二〕領取：領會，獲取。

〔三〕水部佳句：謂此爲學習張籍詩法的好句。水部，張籍。曾官水部員外郎，故稱。生平詳見前《張籍傳》。

姚岩寺路懷友①

路向姚岩寺，口角純是。〔一〕多行洞壑間。鶴聲兼野②静，溪色帶村閑。『帶』字好，『兼』字尤不易下。疏葉③秋前渚，斜陽雨外山。幾層。憐④君不得見，詩思最相關。

【校記】

① 詩題全詩（卷五〇九）校『一作「桃岩懷賈島」』。

② 兼野：英華（卷二三九）、全詩作『連塢』。

③ 葉：全詩校『一作「葦」，又作「荻」』。

④憐：英華、全詩校『一作「羨」』。

【注釋】

〔一〕口角純是：謂風格絶似張籍。口角，指語言風格。詳見前項斯《題令狐處士谿房》注釋〔一〕。

夏日會修行段將軍宅

愛君書院靜，莎覆蘚階濃。連穗古藤暗，匠。〔二〕領雛幽鳥重。匠。樽前迎遠客，林杪見晴峰。此句與右丞『碧峰出山後』、〔二〕鄭谷『木①落見他山』參看，〔三〕亦不分高下。【趙本】（『林杪』句）畫。〔四〕誰謂朱門内，照顧『將軍』，止此一點。雲山滿座②逢。

【趙本】與右丞『碧峰出山后』句異調同工。

【校記】

①木：底本、李本作『水』，誤；據劉本以及才調（卷五）、品彙（卷六九）、全詩（卷六七四）等鄭谷詩改。

②座：趙本作『坐』。

【注釋】

〔一〕匠：見前張籍《山中古祠》注釋〔一〕。

〔二〕右丞：王維。官至尚書右丞，故稱。生平詳見前《重訂中晚唐詩主客圖説》注釋〔九四〕『王摩詰』。『碧峰』句：王維《新晴晚望》詩句。全詩云：『新晴原野曠，極目無氛垢。郭門臨渡頭，村樹連溪口。白水明田外，碧峰出山後。農月無閑人，傾家事南畝。』

〔三〕鄭谷：生平見卷下《鄭谷傳》。『木落』句：鄭谷《登杭州城》詩句。詩見卷下鄭谷詩選。

〔四〕畫：謂描繪如畫。

送喻鳧春歸江南

去年登第客，今日及①春歸。（『及春歸』）三字寫出榮華。【趙本】一起，嘆羡之情筆不容掩。鶯影②離秦馬，蓮香入楚衣。里閭争慶賀，親戚共③光輝。極意寫，不嫌其繁熱者，正反映結句之冷落也。唯我門前浦④，苔應滿釣磯。深情真覺無盡。

深情，故須曲筆。

【校記】

①及：英華（卷二八一）作『早』。

②影：全詩（卷五〇九）校『一作「引」』。

③共：英華作『盡』。

④浦：英華作『渚』。

寄九華山費拾遺①

先生九華隱，鳥道②隔塵埃。石室和雲住，山田引燒開。妙。久閑仙客降③，高卧詔書來。一入④深林去，人間更不回。

【校記】

①詩題紀事（卷六三）作『寄費冠卿』。

②鳥道：全詩（卷五〇九）校『一作「篠徑」』。
③降：全詩校『一作「至」』。
④入：紀事作『人』。

天津橋晚望

晴登洛橋望，寒色古槐稀。真水部。〔一〕【趙本】（『寒色』句）真水部。流水東不息，翠華西未歸。
雲收中岳近，鐘出後宮微。回首禁門路，群鴉度晚①暉。
此蓋德宗西幸之時，〔二〕故登橋而傷感，〔三〕亦老杜曲江之意。〔四〕

【校記】

①晚：全詩（卷五〇九）作『落』。

【注釋】

〔一〕真水部：謂詩風酷似張籍。水部，張籍。曾官水部員外郎，故稱。生平詳見前《張籍傳》。

〔二〕德宗西幸：　指德宗因『四鎮二王』之亂而西逃。建中三年（七八二），盧龍鎮朱滔、成德鎮王武俊、魏博鎮田悦、淄青鎮李納合縱叛唐，各自稱王；　淮西李希烈亦自稱建興王、天下都元帥，反叛朝廷。四年八月，李希烈圍襄城（今河南省襄城縣），朝廷調發涇原鎮（駐今甘肅省涇縣）兵前往救援。軍至長安嘩變，擁立朱泚爲帝，德宗逃往奉天（今陝西省乾縣）。興元元年（七八四）二月，自河北前綫入援奉天的朔方節度使李懷光又反，與朱泚聯合，德宗又倉皇逃往梁州（今陝西省漢中市）；　五月李晟收復長安，德宗纔得以回京。

〔三〕橋：　指東都洛陽天津橋。《資治通鑑·唐紀·高宗永隆元年》（卷二〇二）：『焚其甲於天津橋南以示士民。』胡三省注：『隋大業元年，自故洛城西移十八里，置新都，今都城是也。北據邙山，南對伊闕，洛水貫都，有河漢之象，跨洛爲橋，曰天津橋。』

〔四〕曲江之意：　指至德二年（七五六）春，杜甫作《哀江頭》詩，通過回憶唐玄宗與楊貴妃游幸曲江盛事，感傷玄宗蒙難出逃與貴妃之死，哀嘆曲江昔盛今衰，表達真誠的愛國情懷及對國破家亡的悲慟之情。徐按：　德宗西幸在建中四年（七八三），時顧非熊當未成年，李懷民此説值得商榷。

月夜登王屋仙壇①

月臨峰頂壇，氣爽覺天寬。身去銀河近，衣霑玉露寒。此等詩一學便須能之，蓋下此便無格矣。〔一〕雲中日已赤，陸務觀句『赤日行天午』與此皆借『赤』字，〔二〕得成奇妙。若改『赤日』爲『白日』，『日已赤』爲『日已出』，便索然矣！【趙本】此等詩一學便須能之，蓋下此便無格矣。山外夜初殘。即『海日生殘夜』意，〔三〕說來特妙。【趙本】即『海日生殘夜』也，說來特妙。即此是仙境，惟愁再上難。

【校記】

① 壇：律髓(卷一五)作『臺』。

【注釋】

〔一〕格：指詩歌的藝術規範與藝術品位、格調。

〔二〕陸務觀：陸游(一一二五—一二一〇)。南宋詩人、詞人。字務觀，號放翁。越州山陰(今浙江紹興)人。高宗時應禮部試，爲秦檜所黜。孝宗時賜進士出身。中年入蜀，投身軍旅生活，官至寶章閣待制。晚年退居家鄉。一生筆耕不輟，今存詩九千多首，内容極爲豐富。『赤日』句：陸游《東湖新竹》詩句。全詩云：『插棘編籬謹護持，養成寒碧映淪漪。清風掠地秋先到，赤日行天午不知。解籜時聞聲簌簌，放梢初見葉離離。官閑我欲頻來此，枕簟仍教到處隨。』

〔三〕『海日』句：唐王灣《次北固山下》詩句。全詩云：『客路青山外，行舟緑水前。潮平兩岸闊，風正一帆懸。海日生殘夜，江春入舊年。鄉書何處達，歸雁洛陽邊。』

下第後送友人不及

失意經寒食，先已難堪。情偏感别離。如此叙。來逢人已去，坐見柳空垂。學唐人，須是於似無可著眼處著眼，似無可涉想處涉想，似無可著筆處著筆。此等接落，〔一〕亦非後人所知。【趙本】此等接落，此等襯寫，亦非後人所知。細雨飛黄鳥，新蒲長緑池。自傾相送酒，終不展愁眉。真覺情無盡也。

此等筆格，〔二〕不讀水部無從下手，〔三〕并無從著眼。噫！水部尚難著眼，何况學水部者？【趙本】此等筆格，不讀水部者無從下手，并無從著眼。噫！水部尚難，何况學水部者？

【注釋】

〔一〕接落：謂承接前文。

〔二〕筆格：堪爲範式的藝術表現技法。參見前張籍《薊北旅思》注釋〔一〕『格』。

〔三〕水部：張籍。曾官水部員外郎，故稱。生平詳見前《張籍傳》。

題馬儒乂石門精舍①

尋君石門隱，山近漸無青。刻意。【趙本】（『山近』句）刻劃。鹿迹入柴户，樹身穿草亭。『身』字對得拙而巧。【趙本】『身』字拙而巧。雲低收藥徑，苔惹取泉瓶。『惹』字客氣。〔一〕【趙本】（『惹』字）客氣。此地客難到，夜琴誰共聽？

【校記】

①精舍：律髓（卷二三）、全詩（卷五〇九）作『山居』。

【注釋】

〔一〕客氣：指（文風）虚誇浮泛。詳見前張籍《酬韓庶子》注釋〔五〕。

夏夜漢渚歸舟即事

扁舟江瀨盡，歸路海山青。巨浸分煉。圓象，危檣入煉。衆星。能狀難寫之景，〔一〕然須細心看，稍粗便失之。雨遥明電影，蜃曉識樓形。不是長游客，那知造化靈。

【注釋】

〔一〕狀難寫之景：即歐陽修《六一詩話》引梅堯臣所謂『狀難寫之景，如在目前；含不盡之意，見於言外』。詳見前《重訂中晚唐詩主客圖説》注釋〔七七〕。

酬均州鄭使君見送歸茅山

餞行詩意厚，惜别獨筵重。解纜城邊柳，還舟海上峰。飲猿當瀨見，浴鳥帶槎逢。吏隱應難逐①，爲霖是蟄龍。語帶嘲詼。此等却開宋派。【趙本】此等却開宋派。

性慕高隱，宜其詩之超也。〔二〕以三十年困頓，一舉而遂去之，足見其高。【趙本】性慕高隱，宜其詩格之超也。〔二〕……足見其高。

【校記】

①遂：趙本作『遂』。

【注釋】

〔一〕宜：無怪，難怪。詳見前《重訂中晚唐詩主客圖説》注釋〔四七〕。

〔二〕詩格：指詩歌的藝術品位與格調。

闗試後嘉會里聞蟬感懷呈主司

昔聞驚節換，常抱異鄉愁。幾年失意之感，一時觸起。今聽當名遂，方歡上國游。吟纔依樹午，風已報庭秋。有遲暮意。【趙本】感傷遲暮。并覺聲聲好，懷恩忽泪流。痛定思痛。〇老杜聞官軍平賊而曰『初聞涕泪滿衣裳』，〔一〕此喜登第而曰『懷恩忽泪流』，皆同一情真。

【注釋】

〔一〕『初聞』句：杜甫《聞官軍收河南河北》詩句。全詩云：『劍外忽傳收薊北，初聞涕泪滿衣裳。却看妻子愁何在，漫卷詩書喜欲狂。白日放歌須縱酒，青春作伴好還鄉。即從巴峽穿巫峽，便下襄陽向洛陽。』

落第後贈同居友人

有情天地内，多感是詩人。見月長憐夜，看花又惜春。四句是一部《全唐詩》訣。〔一〕愁爲終日客，閑過少年身。寂寞正相對，笙歌滿四鄰。【趙本】其實彼此到底不相入。〔二〕

【趙本】一部《全唐詩》訣，四句盡之。

【注釋】

〔一〕《全唐詩》訣：《全唐詩》創作的秘訣、訣竅。

〔二〕不相入：人與人之間性情、愛好不同，不投合。宋蘇軾《蒜山松林中可卜居作此詩與金山元長老》：『莫年欲學柳下惠，嗜好酸鹹不相入。』

冬日寄蔡先輩校書京

弱冠下茅嶺，當時從父原居此也。中年道不行。不過求一第耳，却説『道不行』，〔一〕可知唐人志趣之高。

舊交因貴絶，新月對愁生。旅思風飄葉，歸心雁過城。惟君知我苦，何異爨桐鳴。

【趙本】微。〔二〕

【注釋】

〔一〕道：指思想、道德、品行、詩藝等各方面的修養。

〔二〕微：精深。宋戴埴《鼠璞·麥秀黍離之歌》：『箕子之歌簡而直，周人之詩微而婉。』

寄紫閣無名新羅頭陀僧

棜床已自檠，野宿更何營。大海誰同過，空山虎共行。身心相外盡，鬢髮定中生。紫閣人來禮，無名便是名。滑俗最不宜學，開宋人惡派。〔一〕【趙本】（『無名』句）開宋人惡派。

【注釋】

〔一〕滑：油滑。指華而不實的文風。宋人惡派：指宋詩中『以議論爲詩』（宋嚴羽《滄浪詩話·詩辨》）、追求理趣而忽視興象的創作傾向。

送于中丞入回鶻

風沙萬里行，邊色看雙旌。真水部。〔一〕【趙本】（『邊色』句）真水部。去展中華禮，將安外國情。朝衣驚異俗，牙帳見新正。料得歸來路，春深草未生。真樸！全是水部。【趙本】真樸！亦似水部。

【注釋】

〔一〕真水部：謂詩風酷似張籍。水部，張籍。曾官水部員外郎，故稱。生平詳見前《張籍傳》。

送造微上人歸淮南覲兄

到家方坐夏，柳巷對兄禪。押『禪』字是賈師法，〔一〕其格、味却全是水部。〔二〕【趙本】（『柳巷』句）真水部。雨斷蕪城路，虹分建鄴天。赴齋隨野鶴，迎水上漁船。純是。〔三〕【趙本】氣味渾是水部。終擬歸何處，三湘望①渺然。

【校記】

①望：趙本、全詩（卷五〇九）作『思』。

【注釋】

〔一〕賈師：賈島。生平詳見卷下《賈島傳》。

〔二〕格：詩歌創作的法式和規範。參見前張籍《薊北旅思》注釋〔一〕。是水部：謂與張籍詩歌相似。水部，張籍。曾官水部員外郎，故稱。生平詳見前《張籍傳》。

〔三〕純是：謂風格與張籍詩歌完全相似。

任翻

任翻傳

翻，一作蕃，唐末人。字與爵里俱無考。〔一〕存詩十八首。

【注釋】

〔一〕爵里：官爵和鄉里。據《唐才子傳校箋·任翻》梁超然所考，任翻『應是江南人』。

懷民按：張洎稱翻①爲水部門人，〔二〕所爲詩當不止此，惜已無考。姑就所存者抄八篇，以延水部之緒。其用筆頗生峭，微近閬仙，〔三〕然細味其風韵，自是水部一派。

【校記】

① 翻：趙本作『蕃』。徐按：《新唐書·藝文志四》（卷六〇）作『翻』（『任翻詩一卷』），宋陳振孫

《直齋書録解題》(卷一九)作『藩』(『任藩集一卷』)。

【注釋】

〔一〕張洎：見前《張籍傳》所附宋張洎《司業集序》注釋〔一〕。水部：張籍。曾官水部員外郎，故稱。生平詳見前《張籍傳》。

〔二〕生峭：生新奇險。閬仙：賈島之字。一作『浪仙』。生平見卷下《賈島傳》。

春晴①

楚國多春雨，柴門喜晚晴。幽人臨水坐，好鳥隔花鳴。野色臨②空闊③，江流接海平。門前到④溪路，今夜月分明。

【校記】

① 春晴：品彙(卷六九)作『晴詩』。

② 臨：品彙作『連』。

③ 闊：英華（卷一五五）作『闕』，注『疑作「闊」』。

④ 到：品彙作『向』。

秋晚郊居

遠聲霜後樹，秋色水邊村。野徑無來客，寒風自動門。海山藏日影，江月①落潮痕。惆悵高飛晚，年年別故園。

【重出】

《全唐詩》卷七二七作任翻詩，《三體唐詩》卷六作喻鳧詩。孰作不可考。

【校記】

① 月：三體（卷六）作『石』。

秋晚途次

秋色滿行路，此時心不閑。孤貧游上國，少壯有衰顔。感深語切。【趙本】自是水部家法。〔一〕衆鳥已歸樹，旅人猶過山。此等風味皆水部也。蕭條遠村①外，風急水潺潺。

【校記】

①村：衆妙、全詩（卷七二七）作『林』。

【注釋】

〔一〕水部：張籍。曾官水部員外郎，故稱。生平詳見前《張籍傳》。

葛仙井

古井碧沈沈，分明見百尋。味甘傳邑内，脉冷應山心。圓入月輪静①，直涵峰影深。匠得真，〔一〕妙！【趙本】工絶！自從仙去後，汲引到如今。看他於『葛仙』處止一句點，若在後人，不知臚衍多少矣！〔二〕【趙本】不作意爲結，正妙於結也。〔三〕

【校記】

① 静：衆妙、全詩（卷七二七）作『净』。

【注釋】

〔一〕匠：刻畫，描繪。詳見前《重訂中晚唐詩主客圖説》注釋〔八七〕『匠物』。

〔二〕臚衍：列舉鋪陳。參見前張籍《送從弟戴玄往蘇州》注釋〔三〕。

〔三〕作意：見前張籍《酬韓庶子》注釋〔二〕。

冬暮野寺①

江東寒近臘，著此句妙。野寺水天昏。寫出荒寒曠渺、羈寂無聊之況。【趙本】（『野寺』句）荒寒在目。

無酒可銷②夜，隨僧早③閉門。此猶不難，難在起句發難顯即留餘味也，〔一〕純得張師口訣。〔二〕照墻燈影短④，著瓦雪⑤聲繁。飄泊仍千里，清吟欲斷魂。可惜一結以『輕』入詩。〔三〕【趙本】一結少意。

【趙本】確是學水部。〔四〕

【重出】

《全唐詩》卷七二七作任翻詩；卷六四八方干詩集重出，題作『冬夜泊僧舍』。又，方干《玄英集》卷二收此詩，今存蘇軾《書方干詩卷》墨迹（美國二石老人藏，後簡稱『蘇墨』）亦有此詩，皆題作『冬夜泊僧舍』。《玄英集》乃方干『甥楊弁、泊門僧居遠，收綴其遺詩』（唐王贊《玄英先生詩集序》）而成，當可信。故此詩應爲方干之作。

【校記】

① 詩題全詩（卷六四八）、蘇墨作『冬夜泊僧舍』。

② 可銷：全詩（卷六四八）、蘇墨作『能消』。

③ 早：蘇墨作『蚤』。徐按：『蚤』通『早』。

④ 影短：全詩（卷六四八）、蘇墨作『焰細』。

⑤ 雪：全詩（卷六四八）、蘇墨作『雨』。

【注釋】

〔一〕起句：指首聯『江東寒近臘，野寺水天昏』。發難顯：即歐陽修《六一詩話》引梅堯臣所謂『狀難寫之景，如在目前；含不盡之意，見於言外』。詳見前《重訂中晚唐詩主客圖説》注釋〔七七〕。

〔二〕張師：張籍。生平詳見前《張籍傳》。

〔三〕一結：結尾。詳見前司空圖《上陌梯寺懷舊僧二首》其一注釋〔一〕。輕：輕率。謂未經錘煉，缺少意蘊，即趙本所評『少意』。

〔四〕水部：張籍。籍曾官水部員外郎，故稱。

贈濟禪師

碧峰秋寺内，禪客已無情。半頂髮根白，一生心地清。似王司馬，又似賈長江。〔一〕竹房侵月靜，石徑到門平。山下塵囂路，終年誓不行。

【注釋】

〔一〕王司馬：王建。曾官陝州司馬，故稱。生平見前《王建傳》。賈長江：賈島。曾官長江縣（治今四川蓬溪縣西）主簿，故稱。生平詳見卷下《賈島傳》。

長安冬夜書事

憂來長不寐，往事重思量。清渭幾年客，故衣今夜霜。天然水部。〔一〕春風誰識面，水國但牽腸。十二門車馬，昏明各自忙。

【注釋】

〔一〕天然水部：謂與張籍詩風幾乎没有差異。天然，形容看不出區别。水部，張籍。曾官水部員外郎，故稱。生平詳見前《張籍傳》。

越江漁父

借問釣魚者，持竿多少年。眼明汀島畔，頭白子孫前。櫂入花時浪，燈留雨夜船。越江
深見底，誰識此心堅。

劉得仁

劉得仁傳

得仁，貴主之子。〔一〕長慶中，即以詩名。自開成至大中三朝，昆弟皆歷貴仕，〔二〕而得仁出入舉場三十年，卒無成。詩集一卷。

【注釋】

〔一〕貴主：公主。所指不詳。

〔二〕昆弟皆歷貴仕：謂劉得仁兄弟均以貴戚擢顯仕。具體情况不詳。劉得仁《陳情上李景讓大夫》：『辛苦文場久，因緣戚里深。』原注：『親弟大中元年尚主。』尚，娶公主爲妻。

懷氏按：得仁詩亦水部派也。〔一〕前輩見其愁苦吟呻，擬之賈氏，〔二〕其實唐末淒厲之音大半相似，要自各有宗承，不相混。獨惜得仁三十年苦功，齎志已歿，〔三〕後世并亦無能知者。引爲張司業門人，〔四〕或有傳焉。

【注釋】

〔一〕水部：張籍。曾官水部員外郎，故稱。生平詳見前《張籍傳》。

〔二〕賈氏：賈島。生平見卷下《賈島傳》。

〔三〕齎志：懷抱志願。南朝梁江淹《恨賦》：『齎志没地，長懷無已。』齎，懷抱（思想、情感、理想等）。已：通『以』。

〔四〕張司業：張籍。官終國子司業，故稱。

題王處士山居

茅堂入谷遠，林暗絶其鄰。學究氣。【趙本】（『其』字）學究氣。終日有流水，經年無到人。自佳。

溪雲常欲雨，山洞别開春。自得仙家術，栽松獨養真。

淺淺亦妙。

昊天觀新栽竹

清風枝葉上，山鳥已栖來。興。根別古溝岸，影生秋觀苔。冷浄。遍思諸草木，惟①此出塵埃。恨爲移君②晚，空庭更擬栽。

【校記】

① 惟：英華（卷三二五）、衆妙作『唯』。

② 君：衆妙作『居』。

秋夜①喜友人宿

莫話②春闈事，清宵且共③吟。頻年遺我輩，何④日值公心⑤？直説乃契古義。〔一〕【趙本】真是可憐。逼⑥曙天傾斗，匠。〔二〕將寒葉墜林。匠。無爲⑦簪紱意，從古貴知音⑧。結意。

【校記】

①夜：趙本作『晚』。
②話：全詩（卷五四四）作『説』。
③且共：英華（卷二一七）作『且醉』，全詩校『一作「但醉」』。
④何：英華作『有』。
⑤值公心：全詩作『遇知音』。
⑥逼：英華校『集作「通」』。
⑦爲：全詩作『將』。
⑧末句全詩作『祇損壯夫心』。

【注釋】

〔一〕古義：古賢人立身行事之道。《詩·鄭風·女曰雞鳴》毛序：『陳古義，以刺今不説德而好色也。』孔穎達疏：『陳古之賢士好德不好色之義。』
〔二〕匠：見前張籍《山中古祠》注釋〔一〕。

送蔡京東歸迎侍

高堂惟①兩別，此別是榮②歸。熟滑便易入宋人惡派。〔一〕【趙本】此等俱熟滑，開宋人惡派。薄俸迎親遠，平時知己③稀。鄆郊秋木見，魯寺夜鐘微。莫輕覷此等閑句。〔二〕近臘西來日，多逢霰雪飛。似無可説處，正水部家法。〔三〕【趙本】極似無可説，乃恰到好處。純淡中看水部本色。【趙本】絶淡中看水部本色。

【校記】

①惟：英華（卷二八四）作『唯』。

②是榮：英華作『有成』。

③平時知己：英華作『雄文解易』。

【注釋】

〔一〕熟滑：熟套，油滑。指華而不實的文風。宋人惡派：見前顧非熊《寄紫閣無名新羅頭陀僧》注釋〔一〕。

〔二〕閑句：詳見本卷于鵠《春山居》注釋〔一〕。

〔三〕似無可説處：指看似平常、缺乏意藴而實則耐人尋味的叙寫。水部：張籍。曾官水部員外郎，故稱。生平詳見前《張籍傳》。

秋夕即事

永夕坐暝久，蕭蕭①猿狖啼。漏微砧韵隔，月落②斗杓③低。危葉無風墜④，匠。〔一〕幽禽并樹栖。匠。自憐在岐路⑤，不醉亦沉⑥迷。

【校記】

①蕭蕭：趙本作『瀟瀟』，英華（卷一五八）作『不聞』。

②落：英華作『朗』。

③杓：英華作『星』。

④墜：英華作『落』。

⑤在岐路：英華作『無援者』。
⑥不醉亦沉：英華作『甘與路歧』。

【注釋】

〔一〕匠：見前張籍《山中古祠》注釋〔一〕。

送越客歸

霜薄東南地，江楓落木①齊。衆山離②楚上，孤棹宿吴西。渚客留僧語，籠③猿失子啼。到家冬即是，拙。【趙本】（『冬即是』三字）拙。荷盡若耶溪。

【校記】

①木：英華（卷二七九）、全詩（卷五四四）作『未』。
②離：英華作『秋』。
③籠：英華作『檻』。

送蔡京侍御赴大梁幕①

同城各多故，會面亦稀疏。及道須相別，臨岐恨有餘。淡極！淺極！情濃極！味深極！此水部勝處。〔一〕【趙本】白話須有至味，水部所以勝也。梁園飛楚鳥，汴水走淮魚。衆説裁軍檄，陳琳遠不如。

【校記】

① 幕：英華（卷二七九）校『集作「辟」』。

【注釋】

〔一〕水部：張籍。曾官水部員外郎，故稱。生平詳見前《張籍傳》。

送僧歸玉泉寺

玉泉歸故剎①，便老是僧②期。亂木③孤蟬後，寒山絶鳥時。若尋流水去，轉出白雲遲。見説千峰路，溪深頂復④危。

【校記】

① 剎：英華（卷二二二）、品彙（卷六九）作『里』，皆校『集作「寺」』。
② 僧：英華、品彙作『心』。
③ 木：趙本作『水』。
④ 頂復：英華、品彙、全詩（卷五四四）作『復頂』。

宿宣義池亭①

暮色繞柯②亭，南山幽③竹青。夜深斜舫月，風定一池星。『一池星』不異，妙在『定』字。【趙本】

（『風定』句）寫生。〔一〕島嶼無人迹，菰蒲有鶴翎。此中足吟眺④，何用⑤泛滄溟。

【校記】

①詩題英華（卷三二六）作『宣義亭子』。
②柯：英華作『高』。
③幽：英華作『出』。
④足吟眺：英華作『休便可』，三體（卷五）作『休便得』。
⑤用：英華、三體作『必』。

【注釋】

〔一〕寫生：寫出生意。謂把對象寫活。宋蘇軾《書鄢陵王主簿所畫折枝》其一：『邊鸞雀寫生，趙昌花傳神。』

冬日題邵公院①

無事門②多掩，陰階竹掃③苔。勁風吹雪聚，渴鳥啄冰開。此等莫作賈師派，〔一〕然却與賈近。

【趙本】莫認此等作賈師派。樹向寒山得，人從瀑布來。終期天目老，擎錫逐雲迴。

【校記】

①詩題百家（卷一七）、全詩（卷五四四）作『題邵公禪院』。

②門：英華（卷二三七）、律髓（卷四七）作『關』。

③掃：英華、律髓作『拂』。

【注釋】

〔一〕賈師：賈島。生平見卷下《賈島傳》。

聽夜泉

靜裏層層石，潺湲到鶴林。流迴①出幾洞，源遠歷千岑。寒助空山月，清兼此夜心。全用狠力結撰，〔一〕『助』字奇，『兼』字更奇。 幽人聽達曙，相和②蘚床吟。

合諸水部『夜泉』詩，〔二〕便有菩薩低眉、金剛努目之別。〔三〕此正善於變相，〔四〕不然，樹下種樹，〔五〕斷難高出矣！【趙本】須合水部『夜泉』詩同看，知有菩薩低眉、金剛努目之别。

【校記】

① 流迴：英華（卷一六四）作『迴流』。

② 相和：英華作『難罷』。

【注釋】

〔一〕結撰：構思撰寫。《楚辭・招魂》：『結撰至思，蘭芳假些。』朱熹集注：『謂結述其深至之情思。』

〔二〕水部：張籍。曾官水部員外郎，故稱。生平詳見前《張籍傳》。夜泉：指張籍《聽夜泉》。詩見前張籍詩選。

〔三〕菩薩低眉：菩薩以慈悲相度人。多形容人慈祥、善良。金剛努目：金剛以怒目相阻人行惡。多形容人面目威猛可畏。努，亦作『怒』。二語對用，本謂菩薩、金剛雖形相、作法不同，却皆爲度化衆生。《太平廣記》卷一七四引宋龐元英《談藪・薛道衡》：『隋吏部侍郎薛道衡，嘗游鍾山開善寺，謂小僧曰：「金剛何爲努目？菩薩何爲低眉？」小僧答曰：「金剛努目，所以降伏四魔；菩薩低眉，所以慈悲六道。」道衡憮然不能對。』此謂劉、張二詩，雖面目迥異，却皆是『聽泉』

詩的極品。

〔四〕變相：形式改變而内容實質未變。

〔五〕樹下種樹：小樹種於大樹下，缺少陽光，永遠不能長成參天大樹。比喻不能守正出新。

夏日感懷寄所知

了了見歧路，欲行難負心。『歧路』即邪路，言不可枉道。〔一〕【趙本】『歧路』即邪路，言枉道也。趨時不圓轉，自古易湮沉。孔、孟同一喟。〔二〕日正林方合，蜩鳴夏已深。二句合寫。〔三〕中郎①今遠在，誰識爨桐②音。

放翁詩『氣骨真當勉』，〔四〕唐詩人氣骨，須著眼看取，如此等是。〔五〕【趙本】須具得此付氣骨，乃可與爲詩。

【校記】

①中郎：英華（卷二六〇）校『一作「蔡邕」』。

②桐：英華校『集作「中」』。

【注釋】

〔一〕枉道：違背正道。《管子·形勢》：『小人者，枉道而取容，適主意而偷説，備利而偷得，如此者，其得之雖速，禍患之至亦急。』

〔二〕孔、孟同一喟：謂孔子和孟子同樣有『趨時不圓轉，自古易湮沉』的感慨。如《易·繫辭下》：『八卦成列，象在其中矣。因而重之，爻在其中矣。剛柔相推，變在其中矣。繫辭焉而命之，動在其中矣。吉凶悔吝者，生乎動者也。剛柔者，立本者也。變通者，趨時者也。』《孟子·公孫丑下》：『彼一時，此一時也。』同書《離婁下》：『大人者，言不必信，行不必果，惟義所在。』同書《萬章下》：『伯夷，聖之清者也；伊尹，聖之任者也；柳下惠，聖之和者也；孔子，聖之時者也。』

〔三〕合寫：謂二句分别從所見、所聞的角度描寫夏日景色。

〔四〕放翁：陸游。生平見前顧非熊《月夜登王屋仙壇》注釋。『氣骨』句：陸游《示友》詩句。全詩云：『道向虚中得，文從實處工。凌空一鶚上，赴海百川東。氣骨真當勉，規模不必同。人生易衰老，君等勿怱怱。』

〔五〕著眼看取：謂用心觀察體味。等是：都是。宋蘇軾《和子由除夜元日省宿致齋》：『等是新年未相見，此身應坐不歸田。』

陳情上知己

性與才俱拙，名場迹甚微。久居顔益①厚，獨立事多非。定力卓志，〔一〕於此等處求之。刻骨搜新句，無人憫白衣。明時自堪戀，不是不知②機。沉鬱頓挫。〔二〕此之謂卓，此之謂定。

體仁所求，不過一第耳，然説來如此嶄然，〔三〕便與聖賢用世之心一般切摯，可知其志趣本自不同，所慕者非浮世之榮也。老杜説『儒冠多誤身』，〔四〕老韓悲『二鳥』，〔五〕多少凄凄嗟嗟！〔六〕然已得拾遺反生《曲江》之感喟，〔七〕才擢侍郎便甘潮陽之謫遷，〔八〕則其向日之嘆老嗟卑者，豈俗人所得知哉？

【校記】

① 益：全詩（卷五四四）作『亦』。

② 知：英華校『集作「忘」』。

【注釋】

〔一〕定力：佛教語。能使人破除障礙、得到解脱的五種力量之一，即伏除煩惱、妄想的禪定之力。見《雜阿含經》卷二六。亦借指處變和把握自己的意志力。宋赵善璙《自警篇·善處事》：『或問張無垢，倉卒中、患難中處事不亂，是其才耶？抑其職耶？先生曰：「未必才識了得，必其胸中器局不凡，素有定力。不然，胸中先亂，何以臨事？」』此指堅持科舉考試的意志力。卓志：宏大的理想。明胡直《同年章近洲補令桐城語别序》：『若二君，非所謂閎瑰卓志者與？』

〔二〕沉鬱頓挫：唐杜甫《進雕賦表》評揚雄、枚乘辭賦語，後人用以概括杜詩風格。沉鬱，主要指内容深廣，意境雄渾，感情深沉。頓挫，主要指表情達意抑揚跌宕，音調、聲情起伏迭變。清吴瞻泰《杜詩提要》：『沉鬱者，意也；頓挫者，法也。』

〔三〕嶄然：形容山勢高峻突兀。唐柳宗元《柳州山水近治可游者記》：『北有雙山，夾道嶄然。』此形容與衆不同而突出鮮明。

〔四〕『儒冠』句：杜甫《奉贈韋左丞丈二十二韵》詩句。詩云：『紈袴不餓死，儒冠多誤身。丈人試静聽，賤子請具陳。……白鷗没浩蕩，萬里誰能馴。』

〔五〕老韓悲『二鳥』：謂貞元十一年韓愈創作《感二鳥賦》以抒發懷才不遇之悲。《韓昌黎文集》舊題注：『公貞元十一年正月至三月，以前進士三上宰相書，不報。時宰相趙憬、賈耽、盧邁，宜其不遇也。五月東歸，遇所獻二鳥，感而作。公之賦，見於集者四，大抵多有取於《離騷》之意。此篇蘇子美亦謂其悲激頓挫，有騷人之思，疑其年壯氣鋭，欲發其藻章，以耀於世。蘇語雖少貶，然《進學解》所云不虚矣。』

〔六〕嗟嗟：嘆詞。表示感慨。《楚辭·九章》：『曾歔欷之嗟嗟兮，獨隱伏而思慮。』

〔七〕拾遺：唐官名。武則天時置左右拾遺，分屬門下、中書兩省，掌供奉諷諫。此指左拾遺。杜甫至德二年（七五七）五月任此職。《唐會要·左右補闕拾遺》（卷五六）：『垂拱元年二月十九日敕：「……置左、右補闕各二員，從七品，左、右拾遺各二人，從八品上，掌供奉諷諫，行列次立於左、右史之下。』《曲江》之感喟：謂乾元元年（七五八）暮春杜甫創作《曲江二首》，表現及時行樂、何須爲浮名所累的感慨。詩云：『一片花飛減却春，風飄萬點正愁人。且看欲盡花經眼，莫厭傷多酒入脣。江上小堂巢翡翠，花邊高冢卧麒麟。細推物理須行樂，何用浮名絆此身。』『朝回日日典春衣，每日江頭盡醉歸。酒債尋常行處有，人生七十古来稀。穿花蛺蝶深深見，點水蜻蜓款款飛。傳語風光共流轉，暫時相賞莫相違。』二詩作於乾元元年（七五八）暮春，時杜甫任左拾遺。

〔八〕侍郎：官名。唐中書、門下及尚書省所屬各部長官之副。此指刑部侍郎。韓愈元和十二年（八一七）因平淮西有功授此職。《舊唐書·職官志二》（卷四三）：『刑部……侍郎一員（正四品下）……掌天下刑法及徒隸、勾覆、關禁之政令。其屬有四：一曰刑部，二曰都官，三曰比部，四謂曰司門。總其職務，而行其制命。凡中外百司之事，由於所屬，咸質正焉。』甘潮陽之謫遷：韓愈甘願冒犯唐憲宗而被貶潮州。《舊唐書·韓愈傳》(卷一六〇)：『(元和)十四年正月，上令中使杜英奇押宫人三十人，持香花，赴臨皋驛迎佛骨。自光順門入大内，留禁中三日，乃送諸寺。王公士庶，奔走捨施，唯恐在後。百姓有廢業破産、燒頂灼臂而求供養者。愈素不喜佛，上疏諫曰：……疏奏，憲宗怒甚。間一日，出疏以示宰臣，將加極法。裴度、崔群奏曰：「韓愈上忤尊聽，誠宜得罪，然而非内懷忠懇，不避黜責，豈能至此？伏乞稍賜寬容，以來諫者。」上曰：「愈言我奉佛太過，我猶爲容之。至謂東漢奉佛之後，帝王咸致夭促，何言之乖刺也？愈爲人臣，敢爾狂妄，固不可赦！」於是人情驚惋，乃至國戚諸貴亦以罪愈太重，因事言之，乃貶爲潮州刺史。』潮陽，唐郡名，即潮州。治今廣東省潮州市。《新唐書·地理志七上》(卷四三上)：『潮州潮陽郡，下。本義安郡。』

寄謝觀

十五年餘苦，今朝始遇君。無慚於白日，言其知我也。【趙本】言知我也。不枉别孤雲。言不虚來也。○體仁貴戚，非寒素也，何以言『别孤雲』？【趙本】言不虚游也。得失天難問，稱揚鬼亦聞。二十字中有滿襟血泪。此恩銷鏤骨，通首之旨。吟坐葉紛紛。

得一知己可以不恨。此詩可與朱慶餘《上張水部》詩同看。〔一〕【趙本】得一知己可以不恨，此詩可與朱慶餘《上張水部》詩同看，惜劉君不得與水部相識也。〔二〕

【注釋】

〔一〕《上張水部》：見前朱慶餘詩選。

〔二〕水部：張籍。曾官水部員外郎，故稱。生平詳見前《張籍傳》。

送友人下第歸覲①

君②此卜③行日，高堂應夢歸。慘凄。莫將和氏泪，滴著④老萊衣。何嘗不用事？〔一〕岳雨連河細，田禽出麥飛。到家調膳後，吟苦⑤送斜⑥暉。

【重出】

《全唐詩》卷五四四收作劉得仁詩；卷一一四殷遥詩集重出，題注『一作劉得仁詩』。《文苑英華》

卷二八四、《三體唐詩》卷六皆署名劉得仁。又，宋阮閱《詩話總龜前集·送別門》（卷四三）引盧環《抒情》作劉禹錫（夢得）詩。據《文苑英華》所載推斷，當爲劉得仁作。

【校記】

①覯：全詩（卷一一四）作『省』。

②君：《詩話總龜前集》（卷四三）作『今』。

③卜：三體（卷六）作『北』。

④著：《詩話總龜前集》作『向』。

⑤苦：三體、全詩（卷一一四）作『好』。

⑥送斜：英華（卷二八四）作『落蟾』，全詩（卷五四四）作『落禪』。

【注釋】

〔一〕何嘗不用事：此乃駁斥楊慎所謂張、賈兩派『忌用事』之論。詳見前《重訂中晚唐詩主客圖說》注釋〔五八〕。用事，引用典故。

長信宫①

簟凉秋氣②初，長信恨何如。拂黛月生指，解③鬟雲滿梳。初學從此等入手，免落佻滑。〔一〕一從悲畫④扇，幾度泣前魚。此便熟，〔二〕熟便易入佻滑。坐聽南宫樂，清風摇翠裾。

【趙本】初學宜從此等試手，便不流佻滑。

【重出】

《唐詩紀事》卷五三、《全唐詩》卷五四四作劉得仁詩，《唐詩紀事》卷五八、《全唐詩》卷五九五于武陵詩重出。據《才調集》卷八、《唐百家詩選》卷九、《瀛奎律髓》卷三一收作于武陵詩推斷，當爲于武陵作。

【校記】

① 宫：才調（卷八）作『愁』。

② 氣：才調作『夜』。

③ 解：才調作『理』。

④ 畫：才調作『盡』。

【注釋】

〔一〕佻滑：輕佻，油滑。指華而不實的文風。

〔二〕熟：熟套，老套。

春日雨後作

朝來微有雨，天地爽無塵。北闕明如畫①，南山碧動人。寄托不即不離。車輿終日別，草樹一城新。枉是吾君戚，何門謁紫宸。直説，更不宛轉，所以能合古誼。〔一〕知此可與讀二雅、楚騷矣！〔二〕

【校記】

① 畫：英華（卷一五五）、全詩（卷五四四）作『晝』。

【注釋】

〔一〕古誼：同『古義』。古賢人立身行事之道。《宋史·文天祥傳》（卷四一八）：『是卷古誼若龜鑑，忠肝如鐵石，臣敢爲得人賀。』

〔二〕二雅：《詩經》中《大雅》《小雅》的合稱。楚騷：戰國楚屈原《離騷》。徐按：在懷民看來，『二雅』與『楚騷』是詩歌言志抒情的『古誼』典範。

鄭巢

鄭巢傳

巢，不知何時人，亡其字，爵里并無考。〔一〕詩多與姚郎中酬答，〔二〕或與姚合同時。

【注釋】

〔一〕爵里：見前《任翻傳》注釋〔一〕。

〔二〕姚郎中：姚合。生平見前《姚合傳》。

懷民按：鄭巢詩以淺易近水部，〔一〕或即水部之徒也。附之及門，以便初學。

【注釋】

〔一〕水部：張籍。籍曾官水部員外郎，故稱。生平詳見前《張籍傳》。

瀑布寺貞上人院

林疏多暮蟬，師去宿山烟。古壁燈熏畫，秋琴雨潤①弦。純是水部『和《秋居》』氣味。〔一〕竹間窺遠鶴，岩上取寒泉。西岳沙②房在，歸期更幾年。

【校記】

① 潤： 三體（卷六）、律髓（卷四七）作『慢』。

② 沙： 三體、律髓作『莎』。

【注釋】

〔一〕水部： 張籍。曾官水部員外郎，故稱。生平詳見前《張籍傳》。和《秋居》： 指張籍《和左司元郎中秋居十首》。詩見前張籍詩選。

送姚郎中罷郡游越

逍遥方罷郡，高興接東甌。幾處行杉徑，何時宿石樓。湘聲穿古竇，華影在空舟。華山也。惆悵雲門路，無因得從游。

送魏校書赴夏口從事

西風吹遠蟬，驛路在雲邊。獨夢諸山外，高談大旆前。夜燈分楚塞，秋角滿湘船。郡邑多岩竇，何方便學仙。

送邊使

關河度幾重，邊色上離容。灞水方爲别，沙場又入冬。曙雕回大旆，夕雪没前峰。畫不出。漢使多長策，須令遠國從。

【趙本】與水部《送邊使》詩合看。〔一〕

【注釋】

〔一〕水部：張籍。曾官水部員外郎，故稱。生平詳見前《張籍傳》。《送邊使》：見前張籍詩選。

送人赴舉

篇章動玉京，『赴舉』止五字。墜葉滿前程。【趙本】插此句（徐按：指『墜葉』句），水部法。〔一〕舊國與僧別，秋江罷釣行。此等學水部却高。【趙本】氣味確是張公派。馬過隋代寺，檣出楚山城。應近嵩陽宿，潛聞瀑布聲。

後世作此題，不知多少『擢桂』『鹿鳴』泛話，〔二〕又或多作勉戒、興旺語，祇成俗氣，選此隅反。〔三〕【趙本】後世作此題，不知多少『擢桂』『鹿鳴』泛語，又或多作興旺、勉戒語，祇成俗氣，選此隅反。

【注釋】

〔一〕水部：張籍。曾官水部員外郎，故稱。生平詳見前《張籍傳》。

〔二〕擢桂：同『折桂』。《晋書·郤詵傳》（卷五二）：『武帝於東堂會送，問詵曰：「卿自以爲何如？」詵對曰：「臣舉賢良對策，爲天下第一，猶桂林之一枝，崑山之片玉。」』後因以『折桂』『擢桂』『攀桂』等謂科舉及第。唐杜甫《同豆盧峰知字韵》：『夢蘭他日應，折桂早年知。』唐方干《送李恬及第後還貝州》：『擢桂誰相比，籯金已不如。』鹿鳴：古代宴饗群臣、嘉賓所用樂歌，《詩·小雅》中即有《鹿鳴》。《儀禮·大射》：『小樂正立於西階東，乃歌《鹿鳴》三終。』科舉時代，因舉人中式爲賦《鹿鳴》，遂用以指科舉考試。唐韓愈《送楊少尹序》：『楊侯始冠，舉於其鄉，歌《鹿鳴》而來也。』

〔三〕隅反：舉一反三，觸類旁通。語出《論語·述而》：『舉一隅不以三隅反，則不復也。』宋朱熹注：『物之有四隅者，舉一可知其三。反者，還以相證之義。』元劉將孫《彭丙公詩序》：『既神變於親承，復隅反於紙上，故其趣味不但形似。』

送李式

瀟湘路杳然，清興起秋前。去寺多隨磬，看山半在船。不如『箏聲多在船』。〔一〕緑雲天外鶴，紅樹雨中蟬。莫使游華頂，逍遙更過年。

【注釋】

〔一〕『箏聲』句：項斯《夜泊淮陰》詩句。詩見前項斯詩選。

送韋弇

掛席曙鐘①初，家山半在吴。艫聲過遠寺，江色潤秋蕪。【趙本】畫。〔一〕陂鶴巢城木，邊鴻宿岸蘆。知君當永夜，獨釣五湖隅。

【校記】

① 鐘：全詩（卷五〇四）作『鍾』。

【注釋】

〔一〕畫：謂描繪如畫。

送省空上人歸南岳

又歸衡岳寺，舊院樹冥冥。後人再不於此著想。〔一〕【趙本】（『舊院』句）後人再不於此著想。坐石縫寒衲，尋龕補壞經。極常！極高！嶠雲籠曙磬，潭草落秋萍。細。【趙本】（『潭草』句）細。誰伴高窗宿，禪衣掛桂馨。結凑。〔二〕【趙本】（『禪衣』句）凑。

【注釋】

〔一〕『後人』句：謂後世送別詩不再有這樣的寫法。著想，想象。

〔二〕凑：拼凑，凑合。

送琇上人

古殿焚香外，清羸坐石稜。茶烟開瓦雪，【趙本】三句近賈生。〔一〕鶴迹上潭冰。此等近賈喻。〔二〕孤磬侵雲動，靈山隔水登。白雲歸意遠，舊寺在廬陵。

【注釋】

〔一〕賈生：賈島。生平見卷下《賈島傳》。

〔二〕賈喻：賈島、喻鳧。詳見卷下《喻鳧傳》懷民按語。

贈印①先生

雲泉心不爽，（『心不爽』）三字下得妙。垂目②坐柴關。硯取檐前雨③，『檐前』二字應倒轉。〔一〕圖。開異國山。看他對法，便見格也。〔二〕原僧招過宿，沙鳥伴長閑。地與中峰近，殘陽獨不還。

了不異人，絶不猶人，〔三〕此唐人高處。【趙本】絶不説人好處，是唐人家法。

【校記】

①印：劉本、趙本作『邱』，全詩（卷五〇四）作『丘』。

②目：全詩作『日』。

③雨：全詩校『一作「水」』。

【注釋】

〔一〕倒轉：互換次序。宋羅大經《鶴林玉露補遺》：『古詩云：「人生不滿百，常懷千歲憂。」而淵明以五字盡之，曰「世短意嘗多」是也。東坡云「意長日月促」，則倒轉陶句爾。』

〔二〕格：詩歌創作的法式和規範。參見前張籍《薊北旅思》注釋〔一〕。

〔三〕了不……猶人：謂此詩寫出印先生個性特徵。了，完全。北齊顏之推《顏氏家訓·名實》：『屬音賦韻，命筆爲詩，被造次即成，了非向韻。』異人，與别人不同。猶人，與别人相同。《論語·述而》：『文，莫吾猶人也。躬行君子，則吾未之有得。』宋朱熹注：『猶人，言不能過人，而尚可以及人。』

秋思

寒蛩鳴不定，郭外水雲幽。南浦雁來日，北窗人卧秋。後人學此，祇成率句。〔一〕【趙本】後人學之，祇成率句。病身多在遠，生計少於愁。計較得妙，〔二〕轉覺孟東野『家具①少於車』猶常而著迹也。〔三〕【趙本】（『生計』句）與孟東野『家具少於車』同妙。薄暮西風急，清砧響未休。

【校記】

① 具：底本、李本作『真』，據劉本、趙本改。

【注釋】

〔一〕率：直率。

〔二〕計較：猶『比較』。就『生計少於愁』句而言。

〔三〕『家具』句：孟郊《借車》詩句。全詩云：『借車載家具，家具少於車。借者莫彈指，貧窮何足嗟。百年徒役走，萬事盡隨花。』著迹：謂斧琢痕迹明顯。參見前許渾《洛中秋日》注釋〔二〕。

楚城秋夕

故苑多愁夕，西風木葉黃。寒江浸霧月，曉角滿城霜。弟侄來書少，關河去路長。幾時停桂楫，故國隔瀟湘。

秋日陪姚郎中登郡中南亭

雲水生寒色，高亭發遠心。雁來疏角韵，槐落減秋陰。隔石嘗茶坐，當山抱瑟吟。退之詩中亦有『孺人』『鳴瑟』句，〔一〕必是當時尚有能彈之者。誰知瀟灑意，不似有朝簪。

錚錚細響，却自正道，學者勿嫌之。〔二〕

【注釋】

〔一〕『孺人』『鳴瑟』句：唐韓愈《感春五首（分司東都作）》詩句。其一：『辛夷高花最先開，青天露坐始此迴。已呼孺人戛鳴瑟，更遣稚子傳清杯。選壯軍興不爲用，坐狂朝論無由陪。如今到死得閑處，還有詩賦歌康哉。』

〔二〕嫌：猜疑。《漢書·杜鄴傳》（卷八五）：『則黎庶群生無不說喜，上帝百神收還威怒，禎祥福禄何嫌不報！』顔師古注：『嫌，疑也。』此謂懷疑彈瑟非『正道』。

宿天竺寺

暮過潭上寺，獨宿白雲間。鐘磬遙連樹，【趙本】新奇。星河半隔山。如畫。畫不出。【趙本】更新奇。石中泉暗落，松外户初關。【趙本】佳句。却憶終南裏，前秋此夕還。

陳氏園林

當門三四峰，高興幾人同。尋鶴新泉外，留僧古木中。絶高處在『尋』字、『留』字。蟬鳴槐葉雨，魚散芰荷風。多喜陪幽賞，清吟繞石叢。

題崔中丞北齋

湖近草侵庭，秋來道興生。寒潮添井味，遠漏帶松聲。放卷聽泉坐，畫。〔一〕尋僧踏雪行。

畫。『吴倪黄王』畫筆多與詩相通,〔二〕所以異於俗工。〔三〕何年各無事,高論宿青城。

向水部『和《秋居》十首』討其韵味所自。〔四〕【趙本】向水部『和《秋居》十首』中討其韵味所自。

【注釋】

〔一〕畫: 謂描繪如畫。

〔二〕吴倪黄王: 畫史上的『元四家』,即元中後期的吴鎮、倪瓚、黄公望、王蒙。他們注重詩、書、畫、印的結合,强調繪畫的娱樂性和個性抒發,尤其在山水畫創作方面,廣泛汲取前人所長,注重筆墨趣味,將山水畫推到新的高峰,形成以『文人畫』爲主的山水畫派,對明清畫壇影響極大。參見前姚合《縣居詩三十首》其十一首『倪雲林』(倪瓚)注釋。

〔三〕俗工: 一般畫工。

〔四〕水部: 張籍。曾官水部員外郎,故稱。生平詳見前《張籍傳》。和《秋居》十首: 指張籍《和左司元郎中秋居十首》。見前張籍詩選。

李咸用

李咸用傳

咸用，與來鵬同時，〔一〕蓋咸通後人也，嘗應闢爲推官。〔二〕有《披沙集》。

懷民按：咸用字與里皆不可考。生逢亂世，淒厲多而和平少。其詩各體俱備，五言近體獨效張氏，蓋亦及門之矯矯者。

【注釋】

〔一〕來鵬：唐末詩人。五代孫光憲《北夢瑣言》（卷七）『來鵬詩』條：『唐進士來鵬，詩思清麗，福建韋尚書岫愛其才，曾欲以子妻之，而後不果。爾後游蜀，夏課卷中有詩云：「一夜綠荷風剪破，賺他秋雨不成珠。」識者以爲不祥，是歲不隨秋賦，而卒於通議郎。』

〔二〕推官：唐節度使、觀察使、團練使、防禦使、采訪處置使屬官，位次於判官、掌書記，掌推勾獄訟之事。詳見《新唐書·百官志四下》（卷四九下）『外官』。

自愧

多負懸弧禮，危時隱薜蘿。有心明俎豆，無力執干戈。慨然。〇『張王』何嘗作此語？然此從『張王』來。【趙本】氣味是『張王』。壯士難移節，【趙本】氣骨。貞松不改柯。纓塵徒自滿，欲濯待清波。

秋夕

寥廓秋雲薄，空庭月影微。樹寒栖鳥密，砌冷夜蛩稀。凄厲之音。【趙本】凄厲之響。曉鼓軍容肅，疏鐘客夢歸。吟餘何所憶，聖主尚宵衣。生逢播亂，〔一〕故所感在君王，與杜陵一般真性，〔二〕不比尋常頌語。

【注釋】

〔一〕播亂：作亂。明胡應麟《顏魯公祭侄草歌》：『漁陽播亂飛黃塵，旄頭月黑纏妖氛。』此謂亂世。

〔二〕杜陵：杜甫。詳見前張籍《没蕃故人》注釋〔三〕『少陵』。

寄楚瓊上人

遥知無事日，静對五峰秋。不似起調，學者忌此。〔一〕【趙本】不似起調，學者避此。鳥隔寒烟語，泉和夕照流。【趙本】景新而不尖，〔二〕故近水部。〔三〕憑欄疏磬盡，瞑目遠雲收。與『雲生閉目中』又别。〔四〕幾句出人意？風高白雪浮。率。〔五〕

【注釋】

〔一〕學者：學習作詩的人。

〔二〕尖：怪僻生硬。詳見前項斯《邊游》注釋〔一〕。

〔三〕水部：張籍。曾官水部員外郎，故稱。生平詳見前《張籍傳》。

〔四〕『雲生』句：賈島《寄華山僧》詩句。詩見卷下賈島詩選。

〔五〕率：直率。

秋興

木葉亂飛盡，興。故人猶未還。心雖游紫闕，時合在青山。感意極真極淡。【劉本】感意極真極遠。近寺僧鄰静，臨池鶴對閑。真是可羡。兵戈如未息，名位莫相關。

氣味純襲水部。〔一〕

【注釋】

〔一〕水部：張籍。籍曾官水部員外郎，故稱。生平詳見前《張籍傳》。

山居

草堂書一架，苔徑竹千竿。都率意。〔一〕難世投誰是，清貧且自安。前四都不免滑熟氣。〔二〕鄰居皆學稼，客至亦無官。新而樸，正似仲初。〔三〕焦尾何人聽？涼宵對月彈。又率。【趙本】亦率意。

【趙本】似水部。〔四〕

【注釋】

〔一〕都率意：謂兩句均直率。率，不含蓄。後文『率』同。

〔二〕滑熟：油滑，熟套。指華而不實的文風。

〔三〕仲初：王建之字。建生平見前《王建傳》。

〔四〕水部：張籍。曾官水部員外郎，故稱。生平詳見前《張籍傳》。

送從兄坤載

忍泪不敢下，恐兄情更傷。別離當亂世，骨肉在他鄉。情至味至，所以爲水部派。〔一〕【趙本】情至語，亦近水部。語盡意不盡，路長愁更長。滑率易入時，〔二〕最所當戒。【趙本】此是沿當時惡習，力戒！力戒！那堪回首處，殘照滿衣裳。

【注釋】

〔一〕水部：張籍。曾官水部員外郎，故稱。生平詳見前《張籍傳》。

〔二〕滑率：油滑，直率。指華而不實的文風。

贈任肅

元①髮難姑息，青雲有路歧。莫言多事日，虛擲少年時。松色雪中出，人情難後知。二語格。〔一〕【趙本】二句格。聖朝公道在，中鵠勿差池。

【校記】

①元：趙本、全詩（卷六四五）作『玄』。

【注釋】

〔一〕格：謂二句堪爲詩歌創作的法式和規範。詳見前張籍《薊北旅思》注釋〔一〕。

贈來鵬

默坐非關悶，凝情祇在詩。庭閑花落後，山静月明時。答客言多簡，尋僧步稍遲。既同和氏璧，終有玉人知。

聞泉

淅淅夢初驚，幽窗枕簟清。更無人共聽，祇有月空明。急想穿岩曲，低應過石平。五字妙想。○此雖亦用力，然近水部處多，與劉得仁又别。〔一〕欲將琴强寫，不是自然聲。落晚唐格調。

【趙本】『平』字妙想，百思不到。

【注釋】

〔一〕水部：張籍。曾官水部員外郎，故稱。生平詳見前《張籍傳》。劉得仁：生平見前《劉得仁傳》。

九江和人贈陳生

天畏斯文墜，憑君助素風。意深皆可補，句逸不因功。暮替雲愁遠，『替』字妙。秋鷺月占空。『鷺』字妙。【趙本】唐人如出一師之門。寄家當瀑布，時得笑言同。

陸放翁曰：『天孫①雲錦用在我，剪裁妙處非刀尺。』〔一〕自謂有悟，不知古人已發揮在此。○三、四口訣，〔二〕可意會不可言傳，然此言已傳矣！【趙本】陸放翁云：……不知古人已發揮在此。

【校記】

①孫：《劍南詩稿》（卷二五）作『機』。

【注釋】

〔一〕『天孫』二句：宋陸游《九月一日夜讀詩稿有感走筆作歌》詩句。全詩云：『我昔學詩未有得，殘餘未免從人乞。力孱氣餒心自知，妄取虛名有慚色。四十從戎駐南鄭，酣宴軍中夜連日。打毬築場一千步，閱馬列廄三萬匹。華燈縱博聲滿樓，寶釵艷舞光照席。琵琶弦急冰雹亂，羯鼓手匀風雨疾。詩家三昧忽見前，屈賈在眼元歷歷。天機雲錦用在我，剪裁妙處非刀尺。世間才杰固不乏，秋毫未合天地隔。放翁老死何足論，廣陵散絶還堪惜。』

〔二〕口訣：指作詩的秘訣、訣竅。

友生携修睦上人詩見訪

雪中敲竹户，袖出岳僧詩。語盡景皆活，吟闌角獨悲①。意如將俗背，業必少人知。斬斷直截語！〔一〕須是高識，須是定力。〔二〕共約冰銷日，雲邊訪所思。

【趙本】俗人猶愛未爲詩。〔三〕

【校記】

① 悲：全詩（卷六四五）作『吹』。

【注釋】

〔一〕斬斷直截：謂直截了當。『斬斷』與『直截』同意。

〔二〕定力：見前劉得仁《陳情上知己》注釋〔一〕。徐按：所謂『高識』『定力』均就頸聯所寫修睦上人而言。

〔三〕『俗人』句：宋陸游《朝飢示子聿》詩句。謂『俗』人所愛的詩歌并非好詩。參見卷下裴説《寄貫休》注釋〔二〕。陸游《朝飢示子聿》：『水雲深處小茅茨，雷動空腸慣忍飢。外物不移方是學，俗人猶愛未爲詩。生逢昭代雖虛過，死見先親幸有辭。八十到頭終强項，欲將衣鉢付吾兒。』

冬夜與修睦上人宿遠公亭寄南岳玄泰禪師

丈室掩孤燈，更深霰雹增。相看雲夢客，共憶祝融僧。敘處便見品格。〔一〕【趙本】詩須有聲色，不可一味質白。語合茶忘味，吟欹卷有稜。涉尖，〔二〕恐入後來『鍾譚』一派。〔三〕楚南山水秀，行止豈無憑①。亦似少意。【趙本】亦似少味。

【校記】

①憑：全詩（卷六四五）校『一作「朋」』。

【注釋】

〔一〕叙處：指二句所『叙』内容。品格：指詩人的思想境界。

〔二〕尖：怪僻生硬。詳見前項斯《邊游》注釋〔一〕。

〔三〕『鍾譚』派：即明後期的文學流派『竟陵派』。代表人物爲鍾惺、譚元春。詳見前《重訂中晚唐詩主客圖説》注釋〔一二〕『竟陵』。

訪友人不遇

出門無至友，動即到君家。空掩一庭竹，去看何寺花。宛然高致。〔一〕短僮應捧杖，虚。稚女學擎茶。實。吟罷留題處，苔階日影斜。

【注釋】

〔一〕高致：高雅的情致。參見張籍《春日李舍人宅見兩省諸公唱和因書情即事》注釋〔三〕。

章孝標

章孝標傳

孝標，桐廬人，〔一〕登元和十四年進士第。〔二〕除秘書省正字。〔三〕太和中，試大理評事。〔四〕

【注釋】

〔一〕桐廬：唐睦州屬縣。今屬浙江杭州市。《舊唐書·地理志三》（卷四〇）：『睦州。隋遂安郡。……舊領縣三：雉山、遂安、桐廬。』唐范攄《雲谿友議》（卷下）『巢燕詞』條：『前有章八元，後有章孝標，皆桐廬人，名雖遠而位俱不達。』

〔二〕登元和十四年進士第：見於唐代典籍。唐范攄《雲谿友議》（卷下）『巢燕詞』條：『章正字孝標……元和十三年下第，時輩多爲詩以刺主司，獨章君爲歸燕詩，留獻庾侍郎承宣。小宗伯得詩，展轉吟諷，誠恨遺才，仍候秋期，必當薦引。庾果重秉禮曹，孝標來年擢第。』

〔三〕秘書省正字：秘書省屬官。《唐六典·秘書省》（卷一〇）：『正字四人，正九品下。掌詳定典籍，正其文字。』

〔四〕試大理評事：唐藩鎮幕府試官，職掌與品位同朝廷職事官。《舊唐書·職官志三》（卷四四）：『大理寺……評事十二人（從八品下），掌出使推覈。』

懷民按：孝標父子俱以詩名，〔一〕張洎稱孝標爲水部門人。〔二〕水部名盛於元和中，孝標元和進士，必應親受水部律格。今檢其集，諸體淩雜，多他家竄入；聊抄數篇以見其概，仍多率句，〔三〕恐非盧山真面目也。

【注釋】

〔一〕以詩名：因詩出名。孝標父元八詩名不詳。明楊守仁等《（萬曆）嚴州志·人物志·文苑》（卷一五）：『章元八，桐廬人，登大曆六年進士。貞元中，調句容主簿，遷協律郎。少從嚴維學詩，有悟，號「章才子」。……子孝標，孫碣。』

〔二〕張洎：見前《張籍傳》所附宋張洎《司業集序》注釋〔一〕。水部：張籍。曾官水部員外郎，故稱。生平詳見前《張籍傳》。

〔三〕率：直率。

贈茅山高拾遺蔓

人皆貪禄利，此等最忌。〔一〕白首更營營。若見無爲理，兼忘不朽名。幽禽窺飯下，好藥入籬生。夢覺幽泉滴，應疑禁漏聲。

【注釋】

〔一〕此等：指首句所謂『貪禄利』。

送無相禪師入關

九衢車馬塵，不染了空人。暫捨中峰雪，應看内殿春。齋心無外事，定力見前身。分明從賈生句翻出。〔一〕聖主方崇教，深宜謁紫宸。

【趙本】賈長江云『定力見他生』，〔二〕此改『前身』，便自不同，可知詩之分别甚微耳。

【注釋】

〔一〕賈生：賈島。生平見卷下《賈島傳》。

〔二〕賈長江：賈島。曾官長江縣（治今四川蓬溪縣西）主簿，故稱。『定力』句：賈島《贈莊上人》詩句。詩見卷下賈島詩選。定力，見前劉得仁《陳情上知己》注釋〔一〕。

贈匡山道者

嘗聞一粒功，足以反衰容。方寸如不達，此生安可逢。寄書時態盡，憶語道情濃。争得携巾屨，同歸鳥外峰。

歸海上舊居

鄉路繞蒹葭，縈紆出水①涯。人衣披②蜃氣，馬③迹印鹽花。草没題詩石，潮摧坐釣槎。還歸舊窗裏，凝思向餘④霞。

【校記】

①水：又玄（卷上）、紀事（卷四一）、全詩（卷五〇六）作『海』。

②披：紀事作『被』。

③馬：紀事作『鳥』。

④向餘：又玄、紀事、全詩作『賞烟』。

答友人惠牙簪

牙簪不可忘，率。〔一〕【趙本】（『不可忘』三字）率。來處隔炎荒。截得半環月，磨成四寸霜。太涉尖。〔二〕【趙本】（『四寸霜』三字）學水部太質率。〔三〕曉辭梳齒膩，秋入髮根涼。好是紗巾下，纖纖錐出囊。

讀此詩，想見水部風格矣。

【注釋】

〔一〕率：直率。

〔二〕尖：怪僻生硬。詳見前項斯《邊游》注釋〔一〕。

〔三〕水部：張籍。曾官水部員外郎，故稱。生平詳見前《張籍傳》。質樸直率。

田家①

田家無五行，水旱卜蛙聲。古味，〔一〕純是『張王』。牛犢乘春放，兒童②候暖耕。池塘烟未起③，桑柘雨初晴。歲晚香醪熟，村村自送迎。

【趙本】起調似乃師。〔二〕

【校記】

① 詩題又玄（卷上）、百家（卷一七）、全詩（卷五〇六）作『長安秋夜』，紀事（卷四一）作『長安秋日』。

② 童：又玄、百家、三體（卷五）作『孫』。

③ 起：三體作『歇』。

【注釋】

〔一〕古味：古雅的意韵。徐按：此當謂有風詩（民歌）的意趣。參見前張籍《春日留別》注釋〔二〕。

〔二〕乃師：指張籍。生平詳見前《張籍傳》。

破山水屏風①

時人嫌古畫，倚壁不曾收。正與乃師《古叙嘆》同感。〔一〕【趙本】可嘆。雨②滴膠山斷，【趙本】（『膠』字）此等近俗。風吹絹③海秋。此等近俗，不可學。殘雲飛屋裏，片水落床頭。頗有語妙。【趙本】（『飛』『落』二字）頗有語妙。尚勝凡花鳥，君能補綴休④。【趙本】寄慨良深。

【趙本】此詩出入諸家，竟不知爲誰作也。

【重出】

《全唐詩》卷五〇六作章孝標詩，題注『一作姚合詩』；卷五〇二姚合詩集重出，亦題注『一作章孝標詩』。又,《四部叢刊》影印明鈔本《姚少監詩集》卷一〇、明毛晋本《姚少監詩集》卷一〇皆收此詩。孰是不可考。徐按: 據章孝標詩集『多他家竄入』以及姚合本集收此詩推測,或爲姚合所作。

【校記】

① 詩題姚鈔、全詩(五〇二)作『咏破屏風』。

② 雨: 姚鈔作『漏』。

③ 絹: 姚鈔作『綃』。

④ 休: 姚鈔作『不』。

【注釋】

〔一〕《古釵嘆》: 張籍樂府詩。全詩云: 『古釵墮井無顔色,百尺泥中今復得。鳳凰宛轉有古儀,欲爲首飾不稱時。女伴傳看不知主,羅袖拂拭生光輝。蘭膏已盡股半折,雕文刻樣無年月。雖離井底入匣中,不用還與墜時同。』

和顧校書新開①井

霜銛破桐陰，青絲試淺深。月輪開地脉，鏡面寫天心。此等近試律，〔一〕然是唐人試律。碧甃花千片，香泉乳百尋。欲知爭汲引，聽取轆轤音。

【趙本】直是試帖伎倆，〔二〕然唐人試帖正自不同。

【校記】

①開：全詩校『一作「穿」』。

【注釋】

〔一〕試律：科舉考試所作的五言排律。

〔二〕試帖：唐明經科試士之法。即在試卷上抄録一段經文，覆以他紙，中開一行，顯露字句，被試者據以填補上下文。《新唐書·選舉志上》（卷四四）：『乃詔自今明經試帖粗十得六以上，進士試雜文二篇，通文律者然後試策。』後泛指科場所作詩歌。唐孟棨《本事诗·徵咎》：『崔曙進士作《明堂火珠》詩試帖，曰：「夜來雙月滿，曙後一星孤。」』

崔塗

崔塗傳

塗，字禮山①，江南人，〔一〕光啓四年登進士第。詩一卷。

【校記】

①禮山：百家（卷一七）作『禮仙』。徐按：據《新唐書·藝文志》（卷六〇）、《唐詩紀事·崔塗》（卷六一）、《直齋書録解題》（卷一九）『崔塗集一卷』條、《唐才子傳·崔塗》等皆作『禮山』判斷，作『禮山』是，或『仙』爲『山』之形誤。

【注釋】

〔一〕江南：據《唐才子傳校箋·崔塗》周祖譔、吴在慶所考，所謂『江南人』始自明胡震亨《唐音戊籤》卷六七，『當可信』；『江南』指唐江南道睦州桐廬縣。

懷民按：禮山，坊本但傳其《春夕》篇，〔一〕所謂『蝴蝶夢中家萬里，杜鵑枝上月三更』也。按此殊未免俗氣，不如『并聞寒雨多因夜，不得鄉書又到秋』『正逢摇落仍須别，不待登臨已合悲』本色語，〔二〕乃絶得張水部格韵。〔三〕今檢其五言律，學水部尤切，但才短意近，不及朱慶餘、項斯諸君。要其格律所承，固張氏嫡派子孫也。附及門後，以爲初學入手。

【注釋】

〔一〕坊本：舊時民間書坊刻印的書籍。區别於官本、書塾本。書坊包括五代時的書肆，北宋時的書林、書堂，南宋時的書鋪，以及元明清時的書局、書店等。范文瀾等《中國通史》第四編第一章第二节：『民營的書坊、書肆、書籍鋪，分布更廣，刻書、賣書成爲世業。民營書坊刻印的書，後世稱爲坊本。』《春夕》：或題作『春夕旅懷』。全詩云：『水流花謝兩無情，送盡東風過楚城。蝴蝶夢中家萬里，子規（一作「杜鵑」）枝上月三更。故園書動經（一作「多」）年絶（一作「别」），華髮春唯（一作「移」）滿鏡（一作「兩鬢」）生。自是不歸歸便得，五湖烟景有誰争？』

〔二〕『并聞』二句：崔塗《途中感懷寄青城李明府》詩句。全詩云：『鱗鬣催殘志未休，壯心翻是此身讐。并聞寒雨多因夜，不得鄉書又到秋。耕釣舊交吟好憶，雪霜危棧去堪愁。如何祇是三年別，君著朱衣我白頭。』『正逢』二句：崔塗《途中秋晚送友人歸江南》詩句。全詩云：『又指烟波算路岐，此生多是厭羈離。正逢摇落仍須別，不待登臨已合悲。里巷半空兵過後，水雲初冷雁來時。扁舟未得如君去，空向滄江夢所思。』

〔三〕水部：張籍。曾官水部員外郎，故稱。生平詳見前《張籍傳》。格韵：格調與韵味。

晚次修路僧

平盡不平處，即用慧浄禪師引佛語『以我不平破汝不平，汝若能平即我平矣』之説。〔一〕尚嫌功未深。此等自落晚唐，然却精健。【趙本】自落晚唐，然却精健。應難將世路，【趙本】自應有此感慨。便得稱師心。語淺感深。高鳥下殘照，【趙本】『晚』。白烟生遠林。『晚』。更聞清磬發，【趙本】『次』。聊喜緩塵襟。『次』。○後半是題中『晚次』二字。

置題處皆不同後人。【趙本】後篇是題中『晚次』二字。

【注釋】

〔一〕慧净禪師：隋唐高僧。俗姓房，常山真定（今河北正定）人。十四歲出家。隋開皇年間，於長安開講筵，頗得聲譽。唐貞觀二年，新經來，筆受大莊嚴論，撰疏三十卷，名喧一時。十九年，玄奘歸朝，敕與譯經，病不赴。其年寂，年六十八。唐釋道宣《續高僧傳·唐京師紀國寺沙門釋慧净傳》（卷三）：『國子祭酒孔穎達，心存道黨，潛扇蠅言曰：「佛家無諍，法師何以構斯？」净啓令曰：「如來在日已有斯事。佛破外道，外道不通反謂佛曰：『汝常自言平等，今既以難破我，即是不平，何謂平等？』佛爲通曰：『以我不平破汝不平，汝若得平即我平也。』而今亦爾。以净之諍破彼之諍，彼得無諍即净無諍也。」』

夕次洛陽①道中

秋風吹故城，城下獨吟行。此自是水部家法。〔二〕【趙本】直是學水部。高樹鳥已息，古原人尚耕。流年川暗度，往事月空明。不復嘆岐路，馬前②塵夜生。

初學水部者，宜從此入手。

【校記】

①洛陽：英華（卷二一九五）作『維揚』。

②前：衆妙、律髓（卷一五）、品彙（卷六九）作『頭』。

【注釋】

〔一〕水部：張籍。曾官水部員外郎，故稱。生平詳見前《張籍傳》。

秋夕與友人①話别

懷君非一夕，此夕倍堪悲。華髮猶漂泊，滄洲又别離。正從水部『獨游無定計，此中還别離』等句翻出。〔一〕【趙本】升菴所訊『俗語十字』者也，〔二〕然正是水部。冷禽栖不定，（『栖不定』）三字匠得『冷』字。〔三〕衰葉墮無時。（『墮無時』）三字匠得『衰』字。【趙本】極刻繪，却不費力，所以爲水部。况值干戈隔，相逢未可期。

極刻繪，却不費力，所以爲水部。

【校記】

①人：律髓(卷二四)無此字。

【注釋】

〔一〕水部：張籍。曾官水部員外郎，故稱。生平詳見前《張籍傳》。『獨游』二句：張籍《襄國別友》詩句。詩見前張籍詩選。

〔二〕升菴：楊慎。号升菴。生平見前《重訂中晚唐詩主客圖説》注釋〔五六〕『楊升菴』。訊：説話多。此猶『説』，有『亂説』『胡説』之意。俗語十字：見前《重訂中晚唐詩主客圖説》所引楊慎詩論。

〔三〕匠：刻畫，描繪。詳見前《重訂中晚唐詩主客圖説》注釋〔八七〕『匠物』。

與友人同懷江南別業

因君話故國，此夕倍依依。舊業臨秋水，何人在釣磯。此等要於深味中觀其格，〔一〕即得法門。〔二〕浮名如縱得，滄海亦終歸。却是風塵裹，『却是』二字著迹。〔三〕【趙本】不必用此等字（徐按：指『却是』二字）。如何便①息機。

【趙本】一氣如話之中，有深情以緯之，〔四〕所以近水部。〔五〕

【校記】

①便：全詩（卷六七九）校『一作「更」』。

【注釋】

〔一〕格：堪爲範式的藝術表現技法。參見前張籍《薊北旅思》注釋〔一〕。

〔二〕法門：佛教語。指修行者入道的門徑。《法華經·序品》：『以種種法門，宣示於佛道。』亦泛指入門的途徑、方法。宋陳亮《又乙巳秋書》：『此英雄豪杰所以自絶於門外，以爲立功建業别是法門。』

〔三〕著迹：謂斧琢痕迹明顯而不夠自然。參見前許渾《洛中秋日》注釋〔二〕。

〔四〕緯：組織布局。《宋書·謝靈運傳論》（卷六七）：『以情緯文，以文被質。』

〔五〕水部：張籍。曾官水部員外郎，故稱。生平詳見前《張籍傳》。

苦吟

朝吟復暮吟，祇此望知音。舉世輕孤立，【趙本】品格。何人念苦心。品與詣俱至。〔一〕他鄉無舊識，落日羨歸禽。情真。況住寒江上，漁家似故林。

【注釋】

〔一〕詣：技藝所達到的程度或境界。南朝宋劉義慶《世説新語·文學》：『諸葛宏年少不肯學問，始與王夷甫談，便已超詣。』此指詩歌藝術的至高境界。

言懷

干時雖苦節，趨世且無機。干時必有苦節，〔一〕趨世必是無機，〔二〕孔孟『棲棲』亦是此義，〔三〕不然則成患得患失之鄙夫矣。唐末士品要於此等求之。及覺知音少，翻疑所業非。竟用『吾道非歟？何爲至此！』意而不覺。〔四〕其闊且侈者，〔五〕有真骨氣在也。崔塗且然，則在塗之上者可知矣。青雲如不到，白首亦難歸。所以落言詮。〔六〕【趙本】回避且另换實，好似此。〔七〕滄江上，年年别釣磯。

【趙本】干時必有苦節，趨世定須無機，宣聖『栖栖』亦是此義，〔八〕不然則成鄙夫矣。唐末士品要於此等語見之。

【注釋】

〔一〕干時：求合於當時。《管子·小匡》：『寡人欲修政以干時於天下，其可乎？』苦節：本謂儉約過甚。《周易·節》：『苦節，不可貞。』孔穎達疏：『節須得中。爲節過苦，傷於刻薄，物所不堪，不可復正，故曰「苦節，不可貞」也。』後亦謂矢志不渝。宋陸游《漣漪亭賞梅》：『苦節雪中逢漢使，高標澤畔見湘纍。』

〔二〕趨世：奔走於世俗事務。此猶『干時』。無機：没有機遇。唐司空圖《陳疾》：『自憐旅舍亦酣歌，世路無機奈爾何。』

〔三〕孔孟：此偏義指孔子。栖栖：忙碌不安貌。《論語·憲問》：『微生畝謂孔子曰：「丘何爲是栖栖者與？無乃爲佞乎？」孔子曰：「非敢爲佞也，疾固也。」』何晏集解引包咸曰：『疾世固陋，欲行道以化之。』邢昺疏：『栖栖，猶皇皇也。』

〔四〕吾道……至此：孔子語。《孔子家語·在厄》（卷五）：『楚昭王聘孔子，孔子往拜禮焉，路出於陳蔡。陳蔡大夫相與謀曰：「孔子聖賢，其所刺譏，皆中諸侯之病，若用於楚，則陳蔡危矣。」遂使徒兵距孔子。孔子不得行，絶糧七日，外無所通，藜羹不充，從者皆病。……乃召子路而問焉，曰：「《詩》云：『匪兕匪虎，率彼曠野。』吾道非乎？奚爲至於此！」……顔回入，問亦如之。顔回曰：「夫子之道至大，天下莫能容。雖然，夫子推而行之。世不我用，有國者之醜也，夫子何病焉？不容然後見君子。」孔子欣然嘆曰：「有道哉，顔氏之子！使爾多財，吾爲爾宰。」』

〔五〕闊且侈：即『侈闊』，廣闊。漢劉歆《遂初賦》：『惟太階之侈闊兮，機衡爲之難運。』此謂心胸極其豁達。

〔六〕言詮：見前朱慶餘《送淮陰丁明府》注釋〔四〕。

〔七〕實：猶今所謂『實詞』。好似：勝過。《初刻拍案驚奇》（卷二）：『憑他怎麽，畢竟還好似爲娼。』

〔八〕宣聖：孔子。漢平帝元始元年（公元一年）謚孔子爲褒成宣公，此後歷代王朝皆尊之爲聖人，詩文中常稱『宣聖』。宋周煇《清波別志》（卷中）：『紹興幸學，亦製贊曰：「大哉宣聖，斯文在兹。帝王之式，古今之師。」』

秋夜僧舍聞猿

哀猿聽未休，禪景夜方幽。暫得同僧静，那能免客愁。影摇雲外樹，聲褭月中秋。曾向巴江宿，當時泪亦流。純水部派。〔一〕【趙本】水部。

【趙本】水部。

【注釋】

〔一〕水部：張籍。曾官水部員外郎，故稱。生平詳見前《張籍傳》。

南山旅舍與故人别①

一日又將②暮，一年看即③殘。病知新事少，老别舊交④難。情深尤在理足。〔一〕【趙本】絶肖水部意。〔二〕匠。〔三〕山盡路猶險，雨餘春却⑤寒。此等在水部集中不可勝賞；〔四〕然在後人正不宜埋没。那堪更⑥回首，烽火是⑦長安。

此詩在張門下可與項子遷伯仲。〔五〕

【校記】

①詩題英華（卷二九五）作『商山道中』，衆妙、律髓（卷二四）作『旅舍別故人』。

②將：衆妙、律髓作『欲』。

③即：衆妙、律髓作『又』。

④舊交：英華作『故人』，校『人』『一作「交」』。

⑤却：衆妙、律髓作『尚』。

⑥更：衆妙、全詩（卷六七九）作『試』。

⑦是：律髓作『到』。

【注釋】

〔一〕理：此指人生感悟與生活事理。

〔二〕水部：張籍。曾官水部員外郎，故稱。生平詳見前《張籍傳》。

〔三〕匠：見前張籍《山中古祠》注釋〔一〕。

〔四〕不可勝賞：欣賞不盡。謂詩作非常多。勝，盡。《孟子·梁惠王上》：『不違農時，穀不可勝食也。』

〔五〕張：張籍。項子遷：項斯。字子遷。生平見前《項斯傳》。

孤雁二首①　【懷民注】選一

幾行歸去②盡，片影③獨何之。起不作意而能得其分，〔一〕正是水部。〔二〕暮雨相呼失，寒塘獨④下遲。一結，真感深情宛轉無極。〔三〕

渚雲低暗度⑤，關月冷遙⑥隨。未必逢矰⑦繳，孤飛自可疑。

何嘗有心自況？然寄托處妙甚顯然！〔四〕唐詩所以高也。

【校記】

①二首：趙本無此二字。

②去：百家（卷一七）、衆妙、品彙（卷六九）作『塞』。

③片影：百家、衆妙、品彙作『念爾』。

④獨：衆妙、品彙作『欲』。

⑤度：百家作『渡』。

⑥遥：百家、衆妙、品彙作『相』。

⑦繒：百家、衆妙、品彙作『矰』。

【注釋】

〔一〕作意：見前張籍《酬韓庶子》注釋〔二〕。得其分：謂起到開篇的作用。

〔二〕水部：張籍。曾官水部員外郎，故稱。生平詳見前《張籍傳》。

〔三〕一結：結尾。詳見前司空圖《上陌梯寺懷舊僧二首》其一注釋〔一〕。

〔四〕妙甚：非常精妙。甚，極。顯然：非常明顯。

寄青城山顥禪師

懷師不可攀，師往杳冥間。林下誰聞法，塵中祇見山。右丞《桃源行》：『峽裏誰知有人事，世中遥望空雲山。』〔一〕嘉州《太白胡僧歌》：『山中有僧人不知，城裏看山空黛色。』〔二〕此襲二家之意，入律。〔三〕終年人不到，盡日鳥空還。曾聽無生説，應憐獨未還。

【趙本】右丞《桃源行》：『峽裏誰知有人事，世中遥望空雲山。』嘉州《太白胡僧歌》：

『山中有僧人不知，城裏看山空黛色。』『塵中』五字襲用二家之意，變古體而爲律句，真金聖嘆所謂『高手賊人』，〔四〕古所同也。

【注釋】

〔一〕右丞：王維。官至尚書右丞，故稱。生平詳見前《重訂中晚唐詩主客圖説》注釋〔九四〕『王摩詰』。《桃源行》：『漁舟逐水愛山春，兩岸桃花夾去津。……初因避地去人間，及至成仙遂不還。峽裏誰知有人事，世中遥望空雲山。不疑靈境難聞見，塵心未盡思鄉縣。出洞無論隔山水，辭家終擬長游衍。自謂經過舊不迷，安知峰壑今來變。當時衹記入山深，青溪幾曲到雲林。春來遍是桃花水，不辨仙源何處尋。』

〔二〕嘉州：岑參。生平詳見前《于鵠傳》李懷民按語注釋〔一〕『岑嘉州』。《太白胡僧歌》：『聞有胡僧在太白，蘭若去天三百尺。……此僧年幾那得知，手種青松今十圍。心將流水同清净，身與浮雲無是非。商山老人已曾識，願一見之何由得。山中有僧人不知，城裏看山空黛色。』

〔三〕入律：即後趙本所謂『變古體而爲律句』。

〔四〕金聖嘆（一六〇八—一六六一）：名采，字若采。一説原姓張。明亡後改名人瑞，字聖嘆。吴縣人（治今江蘇蘇州市）。明末清初文學家、文學批評家。高手賊人：出處不詳。

牛渚夜泊

烟老客氣。〔一〕【趙本】（『老』字）稍客氣。石磯平，袁郎夜泛情。數吟人不遇，千古月空明。自是不敢望太白，〔二〕然初學祇宜如此。須知以此淺近學太白高渾。人事年年别，春潮日日生。無因逢謝尚，風物自凄清。

【趙本】自是不敢望太白，然初學祇宜如此。須知以此淺近學太白高渾。

【注釋】

〔一〕客氣：指（文風）虚誇浮泛。詳見前張籍《酬韓庶子》注釋〔五〕。

〔二〕太白：李白（七〇一—七六二）。字太白，號青蓮居士。唐代偉大的浪漫主義詩人。

送友人歸江南

渚田芳草遍，共憶故山春。獨往滄洲暮，妙。相看白髮新。妙。定過林下寺，應見社中人。祇恐東歸後，難將鷗鳥親。

江上旅舍①

汀洲一夜泊，久客半連檣。盡説逢秋色，多同憶故鄉。極淡語，極有味。孤岡生晚燒，獨樹隱回塘。欲問東歸路，遥知隔渺茫。

力量稍減，然其韵味居然水部矣！〔一〕三復不厭。〔二〕【趙本】力量稍減，要其韵味，已居然水部矣！三復不厭。

【校記】

①舍：全詩（卷六七九）作『泊』。

【注釋】

〔一〕水部：張籍。曾官水部員外郎，故稱。生平詳見前《張籍傳》。

〔二〕三復：反復誦讀。晋陶淵明《答龐参軍》詩序：『三復來貺，欲罷不能。』

題興善寺隋松院與人期不至

青青伊澗松，【趙本】借韵。〔一〕移植在蓮宫。蘚色前朝雨，【趙本】『隋』字。秋聲半夜風。對法妙。長閑應未得，暫賞亦難同。【趙本】『期人不至』。不及禪栖者，相看老此中。

裁對製題煞有苦心，〔二〕要全從水部陶出。〔三〕【趙本】裁對製題煞有苦心，要全從水部陶出。

【注釋】

〔一〕借韵：五、七言近體詩的首句，因入韵需要而借用可通押的旁韵。宋嚴羽《滄浪詩話·詩體》：『有借韵（如押「七之」韵，可借「八微」或「十二齊」韵是也）。』郭紹虞校釋：『此當指宋時《廣韵》或《集韵》韵目通用之例。』清錢大昕《十駕齋養新録·借韵》：『五、七言近體第一句借用旁韵，謂之借韵。唐詩「犬吠水聲中，桃花帶雨濃」（李白《訪戴天山道士不遇》詩。「中」，《廣韵》屬「東」韵；「濃」，屬「鍾」韵），「錦幃初卷衛夫人，綉被猶堆越鄂君」（李商隱《牡丹》詩。「人」，《廣韵》屬「真」韵；「君」，屬「文」韵），始啓其端。至皮（皮日休）、陸（陸龜蒙）《松陵集》，則舉之不勝舉矣。宋人借韵尤多。近代名家以此爲戒，此後生之勝於前賢者。』

〔二〕裁對：剪裁、對仗。

〔三〕水部：張籍。曾官水部員外郎，故稱。生平詳見前《張籍傳》。陶：化育。

宿廬山絶頂山舍

一磴出林端，千峰次第看。長閑如未遂，暫到亦應難。谷樹雲埋老，僧窗瀑影寒。自嫌心不達，向此夢長安。高在不迴護，〔一〕自知不達便已達矣。【趙本】自知不達便已達矣。

【注釋】

〔一〕迴護：庇護，袒護。詳見前張籍《莊陵挽歌詞三首》其一注釋〔三〕。此謂諱言、隱晦。

王逸人隱居

一徑入千岑，幽人許重尋。『許』字最易客氣，〔一〕此猶可耐。不逢秦世亂，未覺武陵深。意亦深亦真。

石轉生寒色，雲歸帶夕陰。發難顯。〔二〕却愁危坐久，看盡暝栖禽。

【趙本】發難顯。

【注釋】

〔一〕客氣：指（文風）虚誇浮泛。詳見前張籍《酬韓庶子》注釋〔五〕。

〔二〕發難顯：即歐陽修《六一詩話》引梅堯臣所謂『狀難寫之景，如在目前；含不盡之意，見於言外』。詳見前《重訂中晚唐詩主客圖説》注釋〔七七〕。

主客圖　上卷　補遺

雍陶

雍陶傳

雍陶，字國鈞，成都人，太和間第進士。大中八年，自國子《毛詩》博士出刺簡州。〔一〕詩一卷。

【注釋】

〔一〕國子：國子監。唐代最高學府。《舊唐書·職官志三》（卷四四）：『國子監……有六學（一國子學、二太學、三四門、四律學、五書學、六算學也)。凡春、秋二分之月,上丁釋奠於孔宣父,祭以太牢,樂用登歌軒懸。……凡教授之經,以《周易》《尚書》《周禮》《儀禮》《禮記》《毛詩》《春秋左氏傳》《公羊傳》《穀梁傳》各爲一經,《孝經》《論語》兼習之。』《毛詩》博士:國子監屬官《五經》博士之一。《舊唐書·職官志三》(卷四四):『國子監……《五經》博士各一人(五品下。舊無《五經》學科,自貞元五年一月敕特置《三禮》《開元禮》科,長慶二年二月始置《三傳》《三史》科,後又置《五經》博士)。』簡州:治陽安縣(今四川省簡陽市西北)。《舊唐書·地理志四》(卷四一):『簡州。隋蜀郡之陽安縣。武德三年,分益州置。天寶元年,改爲陽安郡。乾元元年,復爲簡州。』

寧焯按〔一〕:國鈞詩格意清新,〔二〕張洎所列水部門下諸賢雖無其名,〔三〕然劉補闕《秋園寓興》之什與張、朱同和,〔四〕則其嘗親受律格,不卜可知。蓋朱、項而外,〔五〕逸者尚多,不止國鈞一人也。抄之以廣水部之緒。

【注釋】

〔一〕寧焯:王熙甫。高密詩派『後四靈』之一。見前《于鵠傳》懷民按語注釋〔五〕『寧焯』。

〔二〕格意:格調與内容。《四庫全書總目提要·元張觀光〈屏岩小稿〉》:『全集皆格意清淺,頗窘於邊幅，然吐屬婉秀，無鈎章棘句之態。』

〔三〕張洎：　見前《張籍傳》所附宋張洎《司業集序》注釋〔一〕。水部：　張籍。曾官水部員外郎，故稱。

〔四〕劉補闕：　劉寬夫。陶敏《全唐詩人名匯考·朱慶餘》『《和劉補闕秋園寓興之什十首》』條：『劉補闕，劉寬夫。《舊唐書》本傳：「寶曆中，入爲監察御史。……俄轉左補闕。」《册府元龜》卷五一六：「寶曆元年閏七月，監察御史劉寬夫上言……」《唐會要》卷五六：「（寶曆）三年九月，以新授濠州刺史陳岵爲太常少卿。……左補闕劉寬夫上表自言……」』《秋園寓興》：今佚。張、朱：　指張籍、朱慶餘。徐按：　現存唐詩中唯見朱慶餘與雍陶有和劉補闕《秋園寓興》詩（俱見本書二人詩選），而不見張籍之和作；　據懷民評朱慶餘《和劉補闕秋園寓興之什十首》其十所謂『水部有此題十首』（詳見前朱慶餘詩選）推測，王熙甫或誤視張籍《和左司元郎中秋居十首》爲和劉補闕之作。

〔五〕朱、項：　指朱慶餘、項斯。　據懷民評朱慶餘《和劉補闕秋園寓興之什十首》其十所謂『水部有此題十首』（詳見前朱慶餘詩選）推測，王熙甫或誤視張籍《和左司元郎中秋居十首》爲和劉補闕之作。

贈金河戍客

慣獵金河路，曾逢雪不迷。句法是水部。〔一〕射雕青冢北，走馬黑山西。調度是水部。〔二〕戍遠旌幡少，年深①帳幕低。理足，故如畫。〔三〕酬恩須盡敵，休説夢中閨。

【校記】

① 年深：英華（卷三〇〇）校「一作『沙平』」。

【注釋】

〔一〕水部：張籍。曾官水部員外郎，故稱。生平詳見前《張籍傳》。

〔二〕調度：格調與氣度。戰國楚屈原《離騷》：『和調度以自娱兮，聊浮游而求女。』朱熹集注：『調，猶今人言格調之調。度，法度也。』蔣驥注：『度，器氣也。』

〔三〕理：指生活事理。

送徐使君赴岳州

渺渺楚江上，風旗搖去舟。起興藐然，〔一〕真水部。〔二〕馬歸雲夢晚，猿叫洞庭秋。别思滿南渡，鄉心生北樓。閑淡，是水部。巴陵山水郡，應①稱謝公游。

【校記】

①應：英華（卷二八〇）校『集作「偏」』。

【注釋】

〔一〕藐然：深遠貌。謂境界闊遠杳茫，耐人尋味。藐，通『邈』。

〔二〕真水部：謂詩風酷似張籍。水部，張籍。曾官水部員外郎，故稱。生平詳見前《張籍傳》。

送裴璋還蜀因亦懷歸①

客在劍門外，新年音信稀。自爲千里別，已送幾人歸。情遙味永，非水部而何？〔一〕陌上月②初落，馬前花正飛。離言殊未盡，春雨滿③行衣。留不盡，是水部。〔二〕

【校記】

①詩題衆妙、品彙（卷六九）作『送裴璋還蜀』。

②月：衆妙、品彙作『日』。

③滿：英華（卷二八〇）校『集作「濕」』。

【注釋】

〔一〕水部：張籍。曾官水部員外郎，故稱。生平詳見前《張籍傳》。

〔二〕留不盡：即歐陽修《六一詩話》引梅堯臣所謂『狀難寫之景，如在目前；含不盡之意，見於言外』。詳見前《重訂中晚唐詩主客圖說》注釋〔七七〕。

送前鄠縣李少府

近出圭峰下，還期又不賒。身閑多宿寺，官滿未移家。是水部平淡處。〔一〕罷釣臨秋水，開尊①對月華②。自當蓬③閣選，豈得卧④烟霞。

【校記】

①尊：英華（卷二八〇）作『樽』。

②對月華：英華校『集作「向晚花」』。

③蓬：英華校『集作「臺」』。

④卧：英華校『集作「戀」』。

【注釋】

〔一〕水部：張籍。曾官水部員外郎，故稱。生平詳見前《張籍傳》。

送宜春裴明府之任

南行春已滿，路半水茫然。楚望花當渡，祇説花。湘陰橘①滿川。祇説橘。山橫湖色上，帆出鳥行前。力學水部。〔一〕匠！〔二〕工！此任無辭遠，親人貴用還②。晦。〔三〕

【校記】

①橘：英華（卷二八〇）作『月』。

②還：全詩（卷五一八）校『一作「遷」』。

【注釋】

〔一〕水部：　張籍。曾官水部員外郎，故稱。生平詳見前《張籍傳》。

〔二〕匠：　見前張籍《山中古祠》注釋〔一〕。

〔三〕晦：　謂『貴用還』三字意藴晦澀。

贈宗静上人

世上方傳教①，山中未得歸。閑花飄講席，馴鴿污禪衣。積雨誰過寺，殘鐘自掩扉。閑　寒來垂頂②帽，白髮剃應稀。畫。〔一〕

極！淡極！無味極！乃宛然一位高禪。

解得此詩五、六句妙處，可與讀水部之詩矣！〔二〕

【校記】

① 教：　衆妙、品彙（卷六九）作『法』。

② 頂：　衆妙作『項』。

【注釋】

〔一〕畫：謂描繪如畫。

〔二〕水部：張籍。曾官水部員外郎，故稱。生平詳見前《張籍傳》。

同賈島宿無可上人①院

何處銷②愁宿③，攜囊就遠僧。中宵吟有雪，空屋語無燈。略近仲初。〔一〕靜境④唯⑤聞鐸，寒床但枕肱。還因愛閑客，始得見南能。祇如分作結。〔二〕

【校記】

①上人：衆妙無此二字。

②銷：衆妙作『消』。

③宿：衆妙作『寞』。

④境：英華（卷二一七）作『鏡』，衆妙作『院』。

⑤唯：衆妙作『惟』。

【注釋】

〔一〕仲初：王建之字。建生平見前《王建傳》。

〔二〕祇如：就象。唐韋應物《答李博士》：『舊居共南北，往來祇如昨。』分作結：謂二句分别就無可上人、詩人自己作結。徐按：詩人將無可比作『南能』，即南禪之祖慧能。

和劉補闕秋園寓興六首

其一

水木夕陰冷，無從寫處寫得出。池塘秋意多。庭風吹故葉，階露净寒莎。愁燕窺燈語，情人見月過。妙。砧聲聽已别，蟲響復相和。

其二

閉門無事後，此地即山中。但覺鳥聲異，不知人境同。晚花開爲雨，理足。〔一〕殘果落因風。理足。獨坐還吟酌，詩成酒已空。

【注釋】

〔一〕理：指自然界的事理與規律。

其三

自得家林趣，常時在外稀。水部聲口如是。〔一〕對僧餐野食，迎客著山衣。雀鬥翻檐散，蟬驚出樹飛。匠。功成他日後，何必五湖歸。匠。〔二〕

【注釋】

〔一〕水部：張籍。曾官水部員外郎，故稱。生平詳見前《張籍傳》。聲口：見前朱慶餘《送許上人游天台》注釋〔一〕。

〔二〕匠：見前張籍《山中古祠》注釋〔一〕。

其四

秋色庭蕪上，清朝見露華。疏篁抽晚笋，幽藥吐寒芽。引水新渠凈，登臺小徑斜。宛然。

○匠在『小』字。〔一〕人來多愛此，蕭爽似仙①家。

【校記】

①仙：百家（卷一七）作『山』。

【注釋】

〔一〕匠：見前張籍《山中古祠》注釋〔一〕。

其五

禁掖朝回後，林園勝賞時。野人來辨藥，庭鶴往①看棋。『往』字奇妙傳神。晚日明丹棗，朝霜潤紫梨。還因重風景，猶自有秋詩。

【校記】

①往：百家（卷一七）作『住』。

其六

聖代少封事，閑居方屏喧。漏寒雲外闕，木落月中園。幽迥。山鳥宿檐樹，水螢流洞門。

無人見清景，林下自開尊①。

與水部『秋居』毫髮不異。〔一〕

【校記】

①尊：百家（卷一七）作『罇』，律髓（卷一二）作『樽』。

【注釋】

〔一〕水部：張籍。曾官水部員外郎，故稱。生平詳見前《張籍傳》。秋居：指《和左司元郎中秋居十首》。詩見前張籍詩選。

塞上宿野寺

塞上蕃僧老，天寒疾上關。邊塞暮景，一指如見。〔一〕遠烟平似水，高樹暗如山。是塞垣，是暮天。去馬朝常急，行人夜始閑。偏説『閑』，妙！更深聽刁斗，時到磬聲間。『宿』字衹一點。

【注釋】

〔一〕一指：見前張籍《送蠻客》注釋〔一〕。

寒食夜池上對月懷友

人間多别離，處處是相思。聲情韵味全是水部。〔一〕海内無烟夜，天涯有月時。跳魚翻荇葉，驚鵲出花枝。親友皆千里，三更獨繞池。

【注釋】

〔一〕水部：張籍。曾官水部員外郎，故稱。生平詳見前《張籍傳》。

自述①

萬事誰能問，一名猶未知。貧當多累日，閑過少年時。『張王』勝處已全據之。〔一〕燈下和愁睡，花前帶酒悲。『閑』句絶肖。無謀②常委命，轉覺命堪疑。結又絶肖。

【校記】

① 自述：全詩（卷五一八）校『一作「下第」』。

② 謀：百家（卷一七）作『媒』。

【注釋】

〔一〕據：占有。謂具備。

送契元① 上人南游

紅葉落湘川，楓明映水天。尋鐘過野②寺，擁錫上瀧船。病客思留藥，迷人待說禪。南中多古迹，應訪虎溪泉。

平淡、無可說處，乃純是水部。〔一〕

【校記】

① 元：百家（卷一七）、全詩（卷五一八）作『玄』。

② 野：百家、全詩作『楚』。

【注釋】

〔一〕無可說處：看似平常、缺乏意蘊而實則耐人尋味的叙寫。水部：張籍。曾官水部員外郎，故稱。生平詳見前《張籍傳》。

國家社會科學基金項目資助

巢湖學院人文社科研究項目資助

安徽師範大學中國詩學研究中心項目

重訂中晚唐詩主客圖校注

（清）李懷民 編撰
徐禮節 校注

下册

黄山書社

目録

下册

李洞

唐求

于鄴

重訂主客圖　卷下

賈島

賈島傳

島，字浪①仙，范陽人。〔一〕初爲浮屠，名無本。來東都，時洛陽令禁僧午後不得出，島爲詩自傷，韓愈憐之，因教其②爲文，遂去浮屠，舉進士。詩思入僻，當其苦吟，雖逢公卿貴人，不之覺也。累舉不中第。文宗時，坐誹③謗貶長江主簿。〔二〕會昌初，以普州司倉參軍遷司户，〔三〕未受命卒。有《長江集》十卷，小集三卷。

【校記】

①浪：趙本作『閬』。

②其：趙本作『之』。

③誹：趙本作『飛』。

【注釋】

〔一〕范陽：唐幽州屬縣，大曆四年後屬涿州。治今河北涿州市。《舊唐書·地理志二》（卷三九）：『范陽。漢涿郡之涿縣也，郡所治。……隋爲涿縣。武德七年，改爲范陽縣。大曆四年，復於縣置涿州。』

〔二〕長江：唐遂州屬縣。治今四川省蓬溪縣西。《舊唐書·地理志四》（卷四一）：『遂州中。……領方義、長江、青石三縣。』『長江。東晋巴興縣，魏改爲長江。舊治靈鷲山，上元二年，移治白桃川也。』主簿：縣官名。見卷上《姚合傳》注釋〔四〕。據《新唐書》之《地理志》《百官志》載，長江縣爲中縣，主簿從九品上。

〔三〕普州：治安岳縣（今屬四川省）。《舊唐書·地理志》（卷四一）：『普州中。隋資陽郡之安岳縣。武德二年，分資州之安岳、隆康、安居、普慈四縣置普州。……天寶元年，改爲安樂郡。乾元元年，復爲普州。』司倉參軍：州府官員。《新唐書·百官志四下》（卷四九下）：『倉曹司倉參軍事，掌租調、公廨、庖厨、倉庫、市肆。』司户：司户參軍。州府官員。《新唐書·百官志四下》（卷四九下）：『户曹司户參軍事，掌户籍、計帳、道路、過所、蠲符、雜徭、逋負、良賤、芻藁、逆旅、婚姻、田訟、旌别孝悌。』唐中州司倉參軍、司户參軍皆爲正八品下。《新唐書·百官志四下》（同前）：『中州……司倉參軍事、司户參軍事、司田參軍事、司兵參軍事、司法參軍事、司士參軍事各一人，正八品下。』

《隋唐嘉話》：『島於京師騎驢得句云：「鳥宿池邊樹，僧敲月下門。」〔一〕初欲作「推」字，煉之未定，不覺衝尹。〔二〕時韓吏部權京尹，〔三〕左右擁至前，島具告所以。韓立馬良久，曰：「作『敲』字佳矣。」遂與并轡歸，爲布衣交。』

島嘗得句云：『鳥從井口出。』〔四〕經年求對，未就。一日，友從岳陽見過，遂得偶句曰：『人自岳陽過。』時謂『經年求對』。又，島吟成《送無可上人》詩，〔五〕其五、六云：『獨行潭底影，數息樹邊身。』二句之下自注一絶云：『二句三年得，一吟雙泪流。知音如不賞，歸卧故山秋。』

『長江風送客，孤館雨留人』見《升菴集》，『古岸崩將盡，平沙長未休』見《吟窗雜録》，全篇不可復①考，知賈詩散軼尚多。

【校記】

①可復：趙本作『復可』。

【注釋】

〔一〕『鳥宿』二句：賈島《題李凝幽居》詩句。詩見後。

〔二〕尹：指京兆尹（後文『京尹』同）。唐京都地區的行政長官，職權相當於郡太守。《舊唐書・地理志一》（卷三八）：『京師。秦之咸陽，漢之長安也。……皇城之南大街曰朱雀之街，東五十四坊，萬年縣領之。街西五十四坊，長安縣領之。京兆尹總其事。』同書《職官志三》（卷四四）：『京兆、河南、太原等府：……尹各一員（從三品。京城守，秦曰内史，漢曰尹，後代因之。隋爲内史。武德初置牧，以長史總府事。開元初，雍、洛、并改爲府，乃昇長史爲尹，從三品，專總府事也）。』

〔三〕韓吏部：韓愈。詳見前《重訂中晚唐詩主客圖説》注釋〔一〇四〕『吏部』。

〔四〕『鳥從』句：賈島《原上秋居》詩句。詩見後。

〔五〕《送無可上人》：詩見後。

懷民按：浪仙詩無七古，其五古、五七言律以及絶句皆生峭險僻，〔一〕鍾煉之功，不遺餘力；故韓吏部詩云：『無本於爲文，身大不及膽。……蛟龍弄角牙，造次欲手攬。』〔二〕孟東野亦云：『瘦僧卧冰凌，嘲咏含金痍。金痍非戰痕，峭病方在兹。』〔三〕尤好爲五言律，存遺二百餘篇，較別體爲多，東野所謂『燕本』『越淡』『五言』『寶刀』也。〔四〕沿流而下，李洞之外，又有周賀、曹松、喻鳧，皆宗派之可考者。其他諸賢，雖於古①無聞，〔五〕體格不殊，可推尋而得之。本欲全録，以極其體之變，因賈詩刻苦過煉，後學不善，流爲尖酸；又，遺集魯亥尤多，〔六〕往往兩存之，猶不得妥當。兹删去四分之一，尊爲『清奇僻苦』主，與張水部分壇領袖。學者或性不近水部者，其入此派，不失正宗。合十四人，得詩四百六十②首。又按③：宋方嶽《深雪偶談》一則，〔七〕鄙意稍覺未允，今録原文，并附管見於後。

【校記】

①於古：趙本作『古』。
②十：趙本作『十一』。
③又按……見於後：趙本無。

【注釋】

〔一〕生峭：生新奇險。

〔二〕『無本於爲文……造次欲手攬』：韓愈《送無本師歸范陽》詩句。全詩云：『無本於爲文，身大不及膽。吾嘗示之難，勇往無不敢。蛟龍弄角牙，造次欲手攬。衆鬼囚大幽，下覷襲玄窅。天陽熙四海，注視首不頷。鯨鵬相摩窣，兩舉快一啖。夫豈能必然，固已謝黯黮。狂詞肆滂葩，低昂見舒慘。奸窮怪變得，往往造平澹。蜂蟬碎錦纈，綠池披菡萏。芝英擢荒榛，孤翮起連菼。家住幽都遠，未識氣先感。來尋吾何能，無殊嗜昌歜。始見洛陽春，桃枝綴紅糝。遂來長安里，時卦轉習坎。老懶無鬬心，久不事鉛槧。欲以金帛酬，舉室常顑頷。念當委我去，雪霜刻以憯。獰飆攪空衢，天地與頓撼。勉率吐歌詩，慰女別後覽。』

〔三〕『瘦僧卧冰凌……峭病方在茲』：孟郊《戲贈無本》二首其一詩句。全詩云：『長安秋聲乾，木葉相號悲。瘦僧卧冰凌，嘲咏含金痍。金痍非戰痕，峭病方在茲。詩骨聳東野，詩濤湧退之。有時踉蹌行，人驚鶴阿師。可惜李杜死，不見此狂痴。』

〔四〕『燕本』等語：出自孟郊（字東野）《送淡公十二首》其一所謂『燕本冰雪骨，越淡蓮花風。五言雙寶刀，聯響高飛鴻。……』燕本，指賈島。賈島故鄉范陽古爲燕地，又名無本，故稱。（越淡，指淡公，即淡然。淡然爲越人，故稱。）徐按：本書懷民評詩常稱賈島『燕本』。

〔五〕於古無聞：謂古代文獻没有他們師承賈島的相關記載。

〔六〕魯亥：即『魯魚亥豕』。把『魯』字錯成『魚』字，把『亥』字錯成『豕』字。指書籍在撰寫或刻印過程中出現的文字錯誤。語出《呂氏春秋·慎行論·察傳》：『有讀史記者曰：「晋師三豕涉河。」子夏曰：「非也，是己亥也。夫『己』與『三』相近，『豕』與『亥』相似。」』《抱樸子内篇·遐覽》（卷四）：『諺曰：「書三寫，魚成魯，虚成虎。」』

〔七〕方嶽（一一九九—一二六二）：字巨山，字元善，號秋崖，又號菊田。徽州祁門（今屬安徽黄山市）人。南宋詩人、詞人。

《深雪偶談》：『賈閬仙，燕人，産寒苦地，故立心亦然。〔一〕誠不欲以才力、氣勢掩奪性情，特於事物理態，〔二〕毫忽體認。〔三〕深者寂入仙源，〔四〕嶮①者迴出靈岳。〔五〕』『同時喻鳧、顧非熊，繼此張喬、張蠙、李頻、劉得仁，凡唐晚諸子，皆於紙上北面，〔六〕隨其所得淺深，皆足以終其身而名後世。獨李洞佛名閬仙，〔七〕所謂「瓣香之師」，〔八〕執而不宏②，〔九〕捧心過甚，〔一〇〕反以空圓蕭散之氣不復少有，豈非不善學下惠者耶！〔一一〕司空表聖，後輩也，本用其機，〔一二〕反以閬仙非附寒澀無所置才〔一三〕（坡公不細考，亦然其言〔一四〕），獨非叛道者歟？不然，則隸者不力；其文擠而實。〔一五〕予則歸敬閬仙也③亦至矣。〔一六〕』按：其論賈氏甚允，論門下諸子多不確，方君蓋不知有水部派也。〔一七〕顧非熊、劉得仁，皆水部門人，司空圖亦張氏後裔，〔一八〕方乃以顧、劉屬賈生④，而譏司空爲叛道，左矣！至李洞，實善學賈氏者，方君不肯静索而漫擬捧心，毋⑤乃過歟！⑥

【校記】

①巘：叢書集成本《深雪偶談》作『峻』。
②宏：叢書集成本《深雪偶談》作『弘』。
③也：趙本無此字。
④生：趙本無此字。
⑤毋：趙本作『勿』。
⑥此段所引《深雪偶談》及『按』語，趙本置於前段『懷民按』語之前。

【注釋】

〔一〕立心：謂詩歌立意。明楊慎《歐陽公非非堂記》：『試取韓文公《原毀》一篇觀之，其立心之公私高下何如哉！』
〔二〕理態：内在的物理與外在的形態。

〔三〕毫忽： 極微小處。毫、忽均是微小的度量單位。宋蘇軾《上皇帝書》：『差舛毫忽，則邪沴之氣干之矣。』體認： 體察認識。

〔四〕仙源： 道教所稱神仙居所。《雲笈七籤·洞天福地部》（卷二七）：『七十二福地……第四東仙源，在台州黄岩縣，屬地仙福劉奉林治之。第五西仙源，亦在台州黄岩縣喬嶺一百二十里，屬地仙張兆期治之。』亦借指安謐的僻境。清吴偉業《避亂》其一：『白雲護仙源，劫灰應不擾。』

〔五〕靈岳： 靈秀的山岳。唐王勃《晚秋游武擔山寺序》：『豈如武擔靈岳，開明故地，蜀夫人之葬迹，任文公之死所。』

〔六〕北面： 面向北。古禮，臣拜君，卑幼拜尊長，皆面北行禮，因而居臣下、晚輩之位曰『北面』。《周禮·夏官·司士》：『正朝儀之位，辨其貴賤之等。王南嚮，三公北面東上。』此謂以賈島爲師。

〔七〕佛名閬仙： 以『佛』稱賈島，即『鑄其像，事之如神』（見後《李洞傳》）。名，稱。

〔八〕瓣香： 即『一瓣香』，猶一炷香。佛教禪宗長老開堂講道，燒至第三炷香時，長老即云這一瓣香敬獻傳授道法的某某法師。後遂以『瓣香』『一瓣香』謂師承或敬仰（某人）。宋李劉《代回弋陽曾知縣》：『角巾東洛，諒無煩關尹之迎； 瓣香南豐，請歸爲宗派之賀。』

〔九〕執： 固執，拘泥。《莊子·人間世》：『將執而不化，外合而内不訾，其庸距可乎？』宏： 擴大，光大。

〔一〇〕捧心：《莊子·天運》載，春秋時美女西施有心痛病，常捧心而顰（皺眉頭），鄰居醜女亦以爲美，於是倣效，反而顯得更醜。後以『捧心』喻拙劣的模倣。南朝梁劉勰《文心雕龍・雜文》：『可謂壽陵匍匐，非復邯鄲之步；里醜捧心，不關西施之嚬矣。』

〔一一〕善學下惠：魯男拒色之典。謂善學者當師其意而不師其迹。《詩・小雅・巷伯》：『哆兮侈兮，成是南箕。』漢毛亨傳：『魯人有男子獨處於室，鄰之釐婦又獨處於室。夜，暴風雨至而室壞，婦人趨而託之，男子閉户而不納。婦人自牖與之言曰：「子何爲不納我乎？」男子曰：「吾聞之也，男子不六十不閒居。今子幼，吾亦幼，不可以納子。」婦人曰：「子何不若柳下惠然？嫗不逮門之女，國人不稱其亂。」男子曰：「柳下惠固可，吾固不可。吾将以吾不可，學柳下惠之可。」』柳下惠，春秋時魯國大夫展獲，字季，食邑柳下，謚惠。相傳有坐懷不亂之事。《荀子・大略》：『柳下惠與後門者同衣，而不見疑，非一日之聞也。』元陶宗儀《輟耕録》（卷四）『不亂附妾』條：『柳下惠夜宿郭門，有女子來同宿，恐其凍死，坐之於懷，至曉不爲亂。』

〔一二〕用其機：謂繼承賈島詩法。用，采用。機，關鍵。此指作詩技巧。

〔一三〕以：認爲。閬仙非附寒澀無所置才：謂賈島詩歌唯有追求『寒澀』方能展現其才華。司空圖《與李生論詩書》：『賈浪仙誠有警句，視其全篇，意思殊餒，大抵附於寒澀，方可致才，亦爲體之不備也。』

〔一四〕坡公：蘇軾。號『東坡居士』，故稱。然其言：指蘇軾《祭柳子玉文》所謂『元輕白俗，郊寒島瘦』之論。

〔一五〕隸者：指司空圖追隨、效法賈島之處。隸，追隨。唐韓愈《魏博節度觀察使沂國公先廟碑銘》：『臣適執筆隸太史，奉明命，其可以辭。』不力：才力不夠。文：指詩歌。擠而實：謂内容密實，缺乏『空圓蕭散之氣』。

〔一六〕歸敬：歸心敬仰。《太平廣記》卷三九五引五代范資《玉堂閑話·法門寺》：『長安西法門寺……如來中指節在焉，照臨之内，奉佛之人，罔不歸敬。』

〔一七〕方君：《深雪偶談》的作者方嶽。詳見前《賈島傳》懷民按語注釋〔七〕『方嶽』。

〔一八〕後裔：猶言『弟子』『門生』。

哭柏岩禪師①

苔覆石床新，師曾占②幾春。寫留③行道影，焚却坐禪身。分明有不壞身在。〔一〕後來作哭僧詩，皆法此。刻苦，〔二〕然於禪理之空妙處，不能及也。【趙本】思路都別。塔院關松雪④，經房⑤鎖隙塵。自嫌雙泪下，不是解空人。

【校記】

①禪師：又玄（卷中）、全詩（卷五七二）作『和尚』。

②師曾占：又玄作『吾師占』，全詩校『一作「吾師去」』。

③留：英華（三〇五）作『流』。

④雪：英華作『路』。

⑤經房：又玄作『房門』。

【注釋】

〔一〕不壞身：佛教對諸佛菩薩無生無滅的法身之稱。《涅槃經·壽命品》：『云何得長壽，金剛不壞身。』

〔二〕刻苦：謂錘煉極其用心、勤苦。

山中道士

頭髮梳千下，休糧帶瘦容。養雛成大①鶴，種子作高松。手法極高。白石通宵煮，寒泉盡日春。不曾離隱處，那得世人逢。

【校記】

①大：英華（卷二二九）作『老』。

就可公宿

十里尋幽寺，寒流數派分。僧同雪夜坐，雁向草堂聞。警聳處全是煉功，〔一〕若改云『雪夜同僧坐，草堂聞雁來』，便爲小兒語矣。静語終字法。燈焰，餘生許字法。嶠雲。由①來多抱疾，聲不達明君。從第六句遞下。〔二〕

開首三篇，集中最著意者。〔三〕【趙本】三、四全是敲煉得生警，他人必謂『雪夜同僧坐，草堂聞雁來』，便索然矣！

【校記】

①由：宋島、英華（卷二三七）、律髓（卷四七）作『猶』。

【注釋】

〔一〕警聳：警策新奇。聳，令人驚異。

〔二〕從第六句遞下：謂尾聯順承第六句『餘生許嶠雲』之意而來。遞，順次。

〔三〕著意：刻意，用心。詳見卷上張籍《霅溪西亭晚望》注釋〔一〕。

旅游

此心非一事，書札若爲傳。舊國別多日，故人無少年。『少』字去聲，然以對『多』字却妙！若依袁子才傳某論詩，〔一〕必謂是『差半個字』也。〔二〕空巢霜葉落，疏牖水螢穿。留得林僧宿，中宵坐默①然。結得平澹。

【校記】

① 默：宋島校『一作「黯」』。

【注釋】

〔一〕袁子才：　袁枚（一七一六—一七九七）。清代詩人、散文家。字子才，號簡齋，晚號倉山居士、隨園主人。錢塘（今浙江杭州市）人。乾隆四年進士，歷任沭陽、江寧等縣知縣。四十歲告歸，於江寧（今南京市）小倉山下築隨園，廣收弟子，吟咏其中。詩歌創作主張抒寫『性靈』，表現真情實感；藝術上不泥古，追求真率自然、清新活潑的風格。有《小倉山房詩文集》《隨園詩話》等。某：　指尹繼善（一六九五—一七七一）。字元長，號望山。雍正元年進士，歷官編修、兩江總督、文華殿大學士兼翰林院掌院學士等。有《尹文端公詩集》。

〔二〕差半個字：　尹繼善詩論。謂個别字使用不盡妥當而造成對仗不够工整。袁枚《隨園詩話》卷二：『尹文端公論詩最細，有「差半個字」之説。如唐人「夜琴知欲雨，晚簟覺新秋」。「新秋」二字，現成語也。「欲雨」二字，以「欲」字起「雨」字，非現成語也，差半個字矣。以此類推，名流多犯此病。必云「晚簟恰宜秋」，「宜」字方對「欲」字。』

送鄒明府①游靈武

曾宰西畿縣，三年馬不肥。債多平②劍與，官滿載書歸。邊雪藏行徑，林風透卧衣。靈州聽曉角，客館未開扉。止説到此，妙！

【校記】

① 府：英華（卷二七八）作『甫』。

② 平：英華作『憑』。

題皇甫荀藍田廳

任官經一年，縣與玉峰連。竹籠拾山果，瓦瓶擔石泉。客歸秋雨後，印鎖暮鐘前。此等似無可寫，看他偏要著筆。久別丹陽浦，時時夢釣船。

贈王將軍

宿衛爐烟近，除書墨未乾。可知寵遇。馬曾金鏃中，倒襯有力，却是虚筆，〔一〕故妙。身有寶刀瘢。『鏃』必是『金』，『刀』必是『寶』。偏於人馬受傷處，寫出名將身分。父子同時捷，君王畫陣看。唐賢用史之妙。○此等平常對處著眼。〔二〕【趙本】（『君王』句）唐賢用史之妙。何當爲外帥，白日出長安。『白日』二字寫出光寵。

【注釋】

〔一〕虚筆：指聯想過去曾經的戰鬥場景。

〔二〕著眼：見卷上王建《閑居即事》注釋〔一〕。

下第①

下第衹空囊②，如何住③帝鄉。杏園啼百舌，誰醉在花傍？④偷春格。〔一〕○感羡極矣！〔二〕却不損其高致。〔三〕淚落故山遠，病來春草長。知音逢豈易⑤，孤棹負⑥三湘。

【趙本】三、四全不對，昔人謂之『偷春格』。

【校記】

①下第：英華（卷二八八）後有『别人』二字。

②祇空囊：英華作『鬢毛蒼』；祇，全詩（卷五七二）校『一作「惟」』。
③如何住：英華作『徘徊懸』；住，宋島校『一作「在」』。
④頷聯英華作『鶯聲寒食後，人醉曲江傍』。
⑤逢豈易：英華作『豈易別』；逢，宋島、席島、全詩校『一作「酬」』。
⑥負：英華作『復』。

【注釋】

〔一〕偷春格：見卷上張籍《春日留別》注釋〔三〕。此指頷聯完全不對仗。
〔二〕感羨：感慨仰慕。
〔三〕高致：高雅的情致、格調。參見張籍《春日李舍人宅見兩省諸公唱和因書情即事》注釋〔三〕。此指頷聯完全不對仗。

憶吴處士

半夜長安雨，【趙本】一字一板。〔一〕燈前越客吟。合拍。孤舟行一月，萬水與千岑。對法妙！乍看似不對。【趙本】對法妙！粗看似不對。島嶼夏雲起，汀洲芳草深。何當折松葉，拂石剡溪陰。

【注釋】

〔一〕一字一板：形容節奏凝重，情感憂傷。板，節拍。清李漁《閑情偶寄·演習·授曲》：「字頭、字尾及餘音，皆爲慢曲而設，一字一板或一字數板者，皆不可無。」

哭孟郊

身死①聲名在，多應②萬古傳。再煉之，止消「才行古人齊」五字。〔一〕【趙本】非此詩不稱此人。寡妻無子息，此尚常語，再煉之爲「遠日哭惟妻」。破宅帶林泉。此尚熟語，再煉之爲「葬時貧賣馬」。冢近登山道，詩隨過海船。此二句實勝後作，〔二〕蓋愛而不忍蠲也，〔三〕故兩存之。故人相吊後，斜日下寒天③。二句常矣。

看來此與《哭孟協律》本是一詩，〔四〕此初脱稿，後乃再三改煉，以成奇絶。【趙本】見解、撰力無一不到。〔五〕

【校記】

①死：全詩(卷五七二)校『一作「没」』。

②應：百家(卷一五)作『團』。徐按：團，猜測之意，亦通。

③寒天：英華(卷三〇四)校『一作「天邊」』。

【注釋】

〔一〕消：需要。唐吕岩《絶句》：『來往八千消半日，依前歸路不曾迷。』『才行』句：賈島《吊孟協律》詩句，詩見後。後文所引『遠日哭惟妻』『葬時貧賣馬』同。

〔二〕後作：指後所選賈島《吊孟協律》。

〔三〕斶：删除。

〔四〕《哭孟協律》：指後詩《吊孟協律》。

〔五〕撰力：詩歌創作能力與水平。

吊孟協律

才行古人齊，五字贊盡，故其下更不用贊。○世皆知東野所長在詩，而昌黎與浪仙皆極贊其行，所以爲深知，而詩之高又不待言。生前品位低。葬時貧賣馬，遠①日哭惟妻。質極！樸極！老極！痛極！狠苦結撰，〔一〕非老郊何以當此？【趙本】（『葬時』二字）質極！（『賣馬』二字）樸極！（『遠日』二字）老極！（『惟妻』二字）痛極！孤冢北邙外，此墳不朽。空齋中岳西。此居不朽。○二句似不如前作，而格意覺高於前。〔二〕集詩應萬首，物象遍曾題。止以餘意及之。【趙本】看結句，知唐人詩學。

非此詩不稱此人，見解、撰力無一不到。〔三〕○此即前《哭孟郊詩》改煉而成；此因有第二句，故題中著其官名。

【校記】

① 遠：全詩（卷五七二）校『一作「逝」』。

【注釋】

〔一〕結撰：見卷上劉得仁《聽夜泉》注釋〔一〕。

〔二〕格意：見卷上補遺《雍陶傳》寧焯按語注釋〔二〕。

〔三〕撰力：詩歌創作能力與水平。

送崔定

未知游子意，何不避炎蒸。幾日到漢水，新蟬鳴杜陵。賈師即自然處亦與『張王』不同。〔二〕秋江待得月，夜語①恨無僧。『夜語』何必有僧？然可想其風尚。【趙本】（『夜語』句）一時非僧不可。巴峽吟過否，連天十二層。

【校記】

① 語：英華（卷二七八）作『話』。

【注釋】

〔一〕即：即使。

寄白閣① 默公

已知歸白閣②，山遠晚③晴看。石室人心静，此句尤勝於對句，知者少耳。冰潭月影殘。微雲分片滅，古木落薪乾。押『乾』字，老而不尖。〔一〕夜夜風飄磬④，西峰絶頂寒。

【趙本】押『乾』字老而不尖。七句一作『誰聞磬』。

【校記】

①白閣：英華（卷二二二）無二字。

②閣：英華作『閤』。

③晚：英華作『曉』。

②『夜夜』句：英華作『夜後風飄磬』，宋島、席島、全詩作『後夜誰聞磬』。

【注釋】

〔一〕老：老練。尖：怪僻生硬。詳見卷上項斯《邊游》注釋〔一〕。

雨後宿劉司馬池上

藍溪秋漱玉，此地漲清澄。蘆葦聲兼雨，此意想到。芰荷香繞燈。此景想不到。【趙本】此意想到，此景寫不到。岸頭秦古道，亭面漢荒①陵。静想泉根水②，幽崖落幾層。賈生面目如見。

【校記】

① 荒：英華（卷一六六）作『光』。

② 水：趙本、宋島、英華、全詩（卷五七二）作『本』。

送朱①可久歸越中

石頭城下泊，北固暝鐘初。汀鷺潮衝②起，或作『衝潮』，不佳。船窗月過③虚。或作『過月』，亦不佳。吴山侵越衆，隋柳入唐疏。樸拙得妙！【趙本】（『侵』『衆』『入』『疏』）全是下字妙！日欲躬④調膳，【趙本】『歸』字意。辟來何府書。

新極矣！奇極矣！却祇是眼前意，足知推敲有力。

【校記】

①朱：三體（卷五）無此字。

②潮衝：三體、品彙（卷六八）作『衝潮』。

③月過：三體、品彙作『過月』。

④躬：三體、律髓（卷二四）作『供』。

送田卓入華山

幽深足①暮蟬，驚覺石床眠。妙從已住說起。瀑布五千仞，草堂瀑布邊。此五丁開山之句，〔一〕即在古人亦難必得，得者乃天成也。○『草』字單平落調，〔二〕然不可改者。其句已絶，故寧使律不諧耳。若改『草』字爲『茅』字，或改『瀑布』爲『飛瀑』，即失其妙。此可爲知者道也。【趙本】二句不對，『五』字下句不拗，『草』字亦落調，而稱千古奇句，學者有伊尹之志則可。〔三〕壇松涓滴露，岳月沉②寥天。此等不待深思，但一吟之，已可想其高寒。鶴過君須看，上頭應有仙。妙！

【校記】

①足：英華（卷二八七）作『是』，全詩（卷五七二）校『一作「入」』。

②沉：英華作『沉』。

【注釋】

〔一〕五丁開山：關於開闢蜀道的歷史傳説。《藝文類聚·山部上·總載山》（卷七）引《蜀王本紀》：『天爲蜀王生五丁力士，能獻山。秦王獻美女與蜀王，蜀王遣五丁迎女，見一大蛇入山穴中，五丁并引蛇，山崩，秦五女皆上山，化爲石。』同書《獸部中·牛》（卷九四）引《蜀王本紀》：『秦惠王欲伐蜀，乃刻五石牛，置金其後。蜀人見之，以爲牛能大便金。牛下有養卒，以爲此天牛也，能便金。蜀王以爲然，即發卒千人，使五丁力士，拖牛成道，致三枚於成都。秦得道通，石牛力也，後遣丞相張儀等，隨石牛道伐蜀。』此謂詩句所寫境界奇絶，猶五丁開山所形成，前所未有。

〔二〕落調：謂不符合格律要求。

〔三〕有伊尹之志則可：孟子語。《孟子·盡心上》：『公孫丑曰：「伊尹曰：『予不狎於不順。』放太甲於桐，民大悦。太甲賢。又反之，民大悦。賢者之爲人臣也，其君不賢，則固可放與？」孟子曰：「有伊尹之志，則可；無伊尹之志，則篡也。」』朱熹注：『伊尹之志，公天下以爲心，而無一毫之私者也。』伊尹，商初大臣，曾輔佐商湯滅夏建商。商湯死後，又輔佐其子、其孫。但其孫太甲暴虐亂德，伊尹將其放逐到桐宫，親自攝政。三年後，太甲悔過自責，伊尹又將他接回，還政於他，自己告老還鄉。孟子本謂有伊尹的忠心則可行廢立，否則便是篡位。此謂祇有忠誠於詩歌藝術的人纔可學此。

送董正字常州覲省

相顧①一行鴻。『一行』二字，善學。〔一〕【趙本】二字須善學。何時出磧中。？江流翻白浪，木葉落青楓。輕楫浮吴國，繁霜下楚空。（『楚空』）二字新。【趙本】『楚空』二字極新。春來歡侍阻，止如此一反，〔二〕點亦止一句。〔三〕正字在②東宫。

【校記】

① 顧：劉本、趙本、宋島、席島、英華（卷二八四）、全詩（卷五七二）作『逐』。

② 在：英華作『來』。

【注釋】

〔一〕善學：即趙本所謂『須善學』。謂不善學則可能誤入歧途。

〔二〕反：謂逆『覲省』之意而寫春天歸朝。

〔三〕點：點題『覲省』。

酬姚少府

梅①樹與山木，俱應摇落初。古本作『梅樹』。梅，木之美者，以寓姚；『山木』無用，以自寓。然俱當衰老也。後人不識，改爲『海樹』；『山』『海』似乎對舉，而按之全無義意。柴門掩寒雨，蟲響出秋蔬。細響琤琤。【趙本】(『蟲響』句)細響琤琤。枯槁彰。字法。清鏡，孱愚友。字法。道書。刊文非不朽，君子自相於。

【趙本】『梅』一作『海』，非。

【校記】

①梅：全詩(卷五七二)校『一作「海」』。

送無可上人

圭峰霽色新，畫。〔一〕送此草堂人。麈尾同離寺，高。蛩鳴暫別親①。對法妙！○無可在俗，〔二〕爲浪仙從弟，故詩中用『親』字，非泛下也。獨行潭底影，此幻影也，獨行者誰？數息樹邊身。此色身也。〔三〕數息者誰？○此等李洞諸人皆不能道，非不及其詩，不及其精於禪也。○此爲師生平得意語，須思其得意處安在。【趙本】禪。終有烟霞約，天台作近鄰。

【趙本】五、六句自云『三年』始得，〔四〕真堪落泪也。○『親』一作『秦』。

【校記】

①親：英華（卷二二二）作『秦』。

【注釋】

〔一〕畫：謂描繪如畫。

〔二〕無可：俗姓賈，范陽（今河北涿州市人）。賈島從弟。少年時出家爲僧。生平詳見本卷『補遺』《無可傳》。俗：佛教謂塵世間，與出家相對。此謂無可未出家時。

〔三〕色身：佛教語，即肉身。《金剛經·離色離相分》：『如來説具足色身，即非具足色身。』陳雄注引《壇經》：『皮肉是色身。』

〔四〕自云『三年』始得：見載於《苕溪漁隱叢話前集》（卷二〇）。其『劉賓客』條：『賈島云：「獨行潭底影，數息樹邊身。」其自注云：「二句三年得，一吟雙泪流。知音如不賞，歸卧故山秋。」』

送李騎曹①

歸騎雙旌遠，歡生此別中。蕭關分磧路，嘶馬背寒鴻。當句對。〔一〕朔色晴天北，河源落日

東。○無此奇筆，如何匠得塞垣景出？〔二〕○此與王右丞『大漠孤烟直，長河落日圓』有正變之分，〔三〕而發難顯則同。〔四〕

賀蘭山頂草，時動卷旗②風。

【校記】

① 曹：趙本、宋島作『胄』，趙本題注『「胄」一作「曹」』。徐按：當作『曹』，『騎曹』爲官名。

② 旗：宋島、席島、品彙（拾遺卷七）、全詩（卷五七二）作『帆』。

【注釋】

〔一〕當句對：謂『蕭關』對『磧路』，『嘶馬』對『寒鴻』。

〔二〕匠：刻畫，描繪。詳見前《重訂中晚唐詩主客圖説》注釋〔八七〕『匠物』。

〔三〕王右丞：王維。官至尚書右丞，故稱。生平詳見前《重訂中晚唐詩主客圖説》注釋〔九四〕『王摩詰』。『大漠』二句：王維《使至塞上》詩句。全詩云：『單車欲問邊，屬國過居延。征蓬出漢塞，歸雁入胡天。大漠孤烟直，長河落日圓。蕭關逢候騎，都護在燕然。』

〔四〕發難顯：即歐陽修《六一詩話》引梅堯臣所謂『狀難寫之景，如在目前；含不盡之意，見於言外』。詳見前《重訂中晚唐詩主客圖説》注釋〔七七〕。

送覺興上人歸中條山兼謁河中李司空

又憶西岩寺，秦原草白時。山尋樵徑上，人到雪房遲。暮磬①潭泉凍，荒林野燒②移。字匠。〔一〕聞師新譯偈，補此句，格。〔二〕說擬對旌麾。

【趙本】『磬』一作『罄』，『燒』一作『火』。

【校記】

① 磬：英華（卷二二二）作『罄』。

② 燒：英華作『火』。

【注釋】

〔一〕匠：見卷上張籍《山中古祠》注釋〔一〕。

〔二〕格：謂此句堪爲詩歌創作的法式和規範。詳見卷上張籍《薊北旅思》注釋〔一〕。

寄無可上人

僻寺多高樹，涼天憶重游。磬過溝水盡，此『盡』字斟量得好。月入草堂秋。【趙本】省力句矣。〔一〕穴蟻苔痕靜，藏蟬柏葉稠。名山思遍往，早①晚到嵩邱。

【校記】

①早：席島作『蚤』。徐按：『蚤』通『早』。

【注釋】

〔一〕省力句：非苦思冥想寫成的詩句。

南池

蕭條微雨絶①，荒岸抱清源。『抱』字未能恰好。【趙本】『抱』字極作意，〔一〕而未見佳處。入舫山侵②

塞，分泉稻③接村。『山侵塞』者，舫中所見；『稻接村』者，泉之所分。句法倒裝，入格。〔二〕秋聲依樹色，月影在蒲根。搜剔極細。淹泊方難遂，他宵關夢魂。

【重出】

《全唐詩》卷五七二作賈島詩，卷四六二白居易詩集重出。當爲賈島所作。首先，此詩白居易自編之《白氏長慶集》不載，而見載於《四部叢刊續編》影印明翻宋本《賈浪仙長江集》卷三，王安石《唐百家詩選》卷一五亦作賈島詩。其次，清歙縣汪立名所編《白香山詩集·補遺上》（卷三九，《文淵閣四庫全書》本）收此詩，知此詩爲後人所補輯。檢《文苑英華》，卷一六五收此詩，題下未署名，亦未注『前人』；而其前爲白居易《秋池二首》《新池》，其後爲《宿池上》。據《白香山詩集·補遺上》亦收《新池》《南池》《宿池上》三詩且排序同《文苑英華》推測，或輯者因『前人』例而誤將《南池》《宿池上》視爲白居易之作（《宿池上》亦見於《四部叢刊續編》影印明翻宋本《賈浪仙長江集》卷五，同誤輯爲白居易詩，參見後該詩『重出』考）。

【校記】

①絶：百家（卷一五）作『後』。

② 侵：宋島作『偏』。

③ 稻：全詩（卷五七二）校『一作「道」』。

【注釋】

〔一〕作意：見卷上張籍《酬韓庶子》注釋〔二〕。

〔二〕格：詩歌創作的法式和規範。詳見卷上張籍《薊北旅思》注釋〔一〕。

寄龍池寺貞空二上人

受請①終南住，俱妨去石橋。林中秋信絶，峰頂夜禪遥。此等最高，非洞輩可及。〔一〕寒草烟藏虎，止匠得寒草。〔二〕高松②月照雕。止匠得高松。霜天期到寺，寺置即前朝。此等搏挽，〔三〕師開法門。〔四〕【趙本】結意自妙。

【校記】

① 請：百家（卷一五）作『命』。

②松：英華（卷二二二）作『僧』。

【注釋】

〔一〕洞：李洞。生平見後《李洞傳》。

〔二〕匠：刻畫，描繪。詳見前《重訂中晚唐詩主客圖説》注釋〔八七〕『匠物』。

〔三〕搏挽：猶『逆挽』。一種出奇制勝的表現手法。即前文故意平常至極，而後文翻新出奇，別開生面，令人耳目一新。清朱庭珍《筱園詩話》：『所謂逆挽者，倒撲本題，先入正位，叙現在事，寫當下景，而後轉溯從前，追述已往，以反襯相形，固不用平筆順拖，而用逆筆倒挽。』朱氏所謂即采用倒叙的『逆挽』。此詩尾聯所用『逆挽』同。

〔四〕法門：見卷上崔塗《與友人同懷江南別業》注釋〔二〕。

送貞空二上人

林下中餐後，天涯欲去時。衡陽過有伴，夢澤出應遲。二公行徑高處，於言外想之。妙在澹極，似無可說。〔一〕石磬疏寒韵，銅瓶結夜澌。殷勤訝此別，且未定歸期。

【注釋】

〔一〕似無可説：謂看似平常而缺乏意藴，實則耐人尋味。

丹陽① 精舍南臺對月寄姚合

月向南臺見，秋霖洗滌餘。出逢危葉落，『逢』字有神理。静看②衆峰疏。『静』字有神理。冷露常③時有，禪窗此夜虚。相思聊悵望，潤氣遍衣初④。

【校記】

①丹陽：宋島、英華（卷二三七）、全詩（卷五七二）作『昇道』。

②看：席島、英華作『益』。

③常：宋島、英華作『尋』。

④初：英華作『裾』，注『集作「初」非』。

送路①　【原注】一本有『某從軍』三字②

別我就蓬蒿，言『就蓬蒿』而來『別我』也。日斜飛伯勞。龍門流水急，嵩岳片雲高。興起。從軍。
嘆命無知己，梳頭落白毛。二語或自傷。從軍當此去，風起廣陵濤。

【校記】

① 詩題：趙本作『送路某從軍』。
② 趙本、宋島無此題注。

江亭①晚望②

浩渺浸雲根，烟嵐没③遠村。鳥歸沙有迹，帆過浪無痕。此句尤妙。望水知柔性，句率。〔一〕
看山欲倦④魂。句率。【趙本】『倦魂』二字稍尖。〔二〕縱情猶未已，回馬欲黄昏。

【重出】

《全唐詩》卷五七二收此詩，卷五二宋之問詩集重出。據《四部叢刊續編》影印明翻宋本《賈浪仙長江集》卷三、席氏琴川書屋本《賈浪仙長江集》卷三、《文淵閣四庫全書》本《長江集》卷三，以及《文苑英華》卷三一六、《瀛奎律髓》卷三四等皆作賈島詩推斷，當爲賈島之作。

【校記】

①江亭：英華（卷三一六）、全詩（卷五七二）作『登江亭』。

②望：英華作『眺』。

③没：律髓（卷三四）、全詩（卷五二）作『出』。

④倦：英華作『捲』，律髓、全詩（卷五二）作『斷』。

【注釋】

〔一〕率：直率。

〔二〕尖：怪僻生硬。詳見卷上項斯《邊游》注釋〔一〕。

過唐校書書齋

池滿風吹竹，時時得爽神。聲齊雛鳥語，倒裝句法。畫卷老僧真。高古。〔一〕【趙本】（『畫卷』句）高古。月出行幾步，花開到四鄰。江湖心自切，未可掛頭巾。

【注釋】

〔一〕高古：高雅古樸。詳見前《重訂中晚唐詩主客圖説》注釋〔六〕。

送杜秀才東游

東游誰見待，盡室寄長安。【趙本】（『盡室』句）此等須記取。〔一〕別夜①葉頻落，去程②山已寒。淡味深情，貫師與張先生是一是二。〔二〕大河風色度③，曠野燒④烟殘。匣有青銅鏡，時將照鬢看。

【校記】

①夜：宋島、全詩（卷五七二）作『後』。

②去程：英華（卷二七八）作『登途』。

③度：英華作『渡』。

④燒：趙本作『曉』。

【注釋】

〔一〕記取：記得，記住。唐韓翃《題龍興寺澹師房》：『記取無生理，歸來問此身。』

〔二〕張先生：張籍。生平見卷上《張籍傳》。是一是二：謂不分上下，非常相似。

送天台僧

遠夢歸華頂，扁舟背嶽陽。寒蔬修静①食，夜浪動禪床。雁過孤峰曉②，猿啼一樹霜。身心無别念，餘習在詩③章。

真高僧，自不僅以詩著。末語有識。

【校記】

① 静：英華（卷二二二）、全詩（卷五七二）作『净』。

② 曉：趙本、英華（卷二二二）作『晚』。

③ 詩：英華作『文』。

懷紫閣隱者

寂寥思隱者，孤燭①坐秋霖。梨栗猿喜熟，雲山僧説深。生峭極矣。〔一〕〇『深』字下得確妙。【劉本】『僧』字下得確妙。（徐按：劉本所謂『僧』當爲『深』之誤。）寄書應不到，結伴擬同尋。廢寢方終夕，迢②紫閣心。

【趙本】三、四生峭極矣。

【校記】

① 燭：英華（卷二三二）作『竹』。

② 迢迢：英華、全詩（卷五七二）校『一作「沈沈」』。

【注釋】

〔一〕生峭：生新奇險。

雨夜同厲元①懷皇甫荀

桐竹繞庭匝，雨多風更吹。狀境逼真，寓情已極。還如舊山夜，卧聽瀑泉時。淺淡便似烏江。〔一〕

磧雁來期近，秋鐘到夢遲。溝西吟苦客，中夕話兼思。拙得妙。

【趙本】淺淡便近烏江。

【校記】

①元：趙本、宋島、全詩（卷五七二）作『玄』。

【注釋】

〔一〕烏江：張籍。或説張籍和州烏江（今安徽和縣烏江鎮）人，故稱。生平見卷上《張籍傳》。

秋暮

北門楊柳葉，不覺已繽紛。值鶴因臨水，迎僧忽背雲。寫景已透微，〔一〕而寓意自渺然。〔二〕【趙本】苦思。白鬢相并出，清①泪兩行分。默默空朝夕，苦吟誰喜聞？後世能喜者誰與？何論當時？

○結明五、六之旨。

【趙本】後世能喜者誰歟？何論當時？

【校記】

①清：宋島、英華（卷一五八）作『暗』。

【注釋】

〔一〕透微：非常細微。透，充分。

〔二〕渺然：遠闊貌。形容耐人尋味。

哭胡遇

夭壽知齊理，何曾免嘆嗟。祭迴①收朔雪，吊罷②折寒花。偏於不悲處寫悲。野水秋吟③斷，空山暮景④斜。弟兄相識遍，猶⑤得到⑥君家。【趙本】千古同慨。

【趙本】『祭迴』一作『葬時』。

【校記】

①祭迴：宋島、全詩（卷五七二）校『一作「葬時」』。

②罷：宋島、全詩作『後』。

③秋吟：宋島作『吟秋』。

④暮景：宋島作『影暮』，英華（卷三〇四）、全詩作『暮影』。

⑤猶：英華作『那』。

⑥到：英華校『集作「見」』。

送安南① 惟鑒法師

講經春殿②裏，花繞御床飛。南海幾回渡③，舊山臨老歸。此等與『張王』派相似，却又不同。【趙本】（『舊山』句）又似烏江。〔一〕潮搖蠻草落，月濕島松微。④雲水路迢遞，⑤往來消息稀。

題李凝幽居

閑居少鄰并，草徑入荒園①。鳥宿池邊②樹，僧敲月下門。二句本佳，亦不在『推』『敲』一重公案。〔一〕過橋分野色，移石動雲根。暫去還來此，幽期不負言。

【注釋】

〔一〕烏江：張籍。或説張籍和州烏江（今安徽和縣烏江鎮）人，故稱。生平見卷上《張籍傳》。

【校記】

① 安南：紀事（卷四〇）作『長安』。
② 殿：又玄（卷中）、紀事作『色』。
③ 渡：宋島作『過』，英華（卷二三二）作『度』。
④ 頸聯又玄、英華、紀事作『觸風香損印，霑雨磬生衣』。
⑤ 『雲水』句：宋島、全詩（卷五七二）作『空水既如彼』；遞，英華作『繞』。

【校記】

①園：又玄（卷中）、紀事（卷四〇）作『村』。

②邊：又玄、百家（卷一五）作『中』。

【注釋】

〔一〕『推』『敲』一重公案：事見後蜀何光遠《鑑誡録》。其卷八『賈忤旨』條：『島初赴名場，日常輕於先輩，以八百舉子所業，悉不如己。自是往往獨語，傍若無人，或鬧市高吟，或長衢嘯傲。忽一日，於驢上吟得「鳥宿池中樹，僧敲月下門」，初欲著「推」字，或欲著「敲」字。煉之未定，遂於驢上作推字手勢，又作敲字手勢。不覺行半坊，觀者訝之，島似不見。時韓吏部愈權京尹，意氣清嚴，威振紫陌，經第三對呵唱，島但手勢未已。俄爲官者推下驢，擁至尹前，島方覺悟。顧問欲責之，島具對：「偶得一聯，吟安一字未定，神游詩府，致衝大官，非敢取尤，希垂至鑒。」韓立馬良久思之，謂島曰：「作『敲』字佳矣。」遂與島并轡語笑，同入府署，共論詩道，數日不厭，因與島爲布衣之交。』

寄董武

雖同一城裏，少省得從容。門掩園林僻，日高巾幘慵。孤鴻來半夜，積雪在諸峰。風骨高騫。〔一〕〇二句獨絶千古，然不如此對，亦不見如此好。〇賈集中此最高格，〔二〕非才江輩所能追。〔三〕【趙本】亦流水句，〔四〕却非宋人所得藉口。〔五〕正憶毗陵客，聲聲隔水鐘。

【趙本】風骨高騫。

【注釋】

〔一〕高騫：高超不凡。清蒲松齡《聊齋志異·僧術》：『才情頗贍，夙志高騫。』

〔二〕格：詩歌的藝術品位、格調。

〔三〕才江：李洞之字。生平見後《李洞傳》。

〔四〕流水句：詩中相對獨立而在邏輯上又連貫相承的前後兩個對句，如王之涣《凉州詞》：『羌笛何須怨楊柳，春光不度玉門關。』

〔五〕宋人所得藉口：宋人形成惡習所能找到的托辭。

宿賾上人房

階前多是竹，閑地擬栽松。朱點草書疏，雪平麻履蹤。『草』『麻』對，奇。御溝寒夜雨，宮寺靜時鐘。此室①無他事，來尋②不厭重。

【趙本】『草』『麻』琢對，工！

【校記】

①室：宋島、全詩（卷五七二）作『時』。

②尋：英華（卷二三七）校『集作「多」』。

訪李甘原居

原①西居處靜，門對曲江開②。石縫銜枯草，楂③根積古④苔。搜剔不遺細小。○僻澀。可念！〔一〕翠微泉夜落，紫閣鳥時來。仍憶尋淇岸，同行采蕨回。

【校記】

①原：百家（卷一五）作『團』。

②開：百家作『間』。

③楂：趙本作『槎』，宋島、百家、全詩（卷五七二）作『查』。

④積古：趙本、律髓（卷二三）、百家作『漬古』，宋島、全詩作『上浄』。

【注釋】

〔一〕可念：可愛。唐韓愈《馬君墓志》：『眉眼如畫，髮漆黑，肌肉玉雪可念。』

題山寺井①

沈沈百尺餘，功就豈斯須。汲早僧出定，鑿新蟲自無。對法格。〔一〕藏源重嶂底，澄翳太②空隅。此地如經劫，凉潭會共枯。

【校記】

①井：宋島作『屏』。

②太：宋島、全詩（卷五七二）作『大』。

【注釋】

〔一〕格：謂二句堪爲對仗的法式和規範。詳見卷上張籍《薊北旅思》注釋〔一〕。

僻居無可上人相訪

自從居此地，少有事相關。積雨荒鄰①圃，畫。〔一〕秋池照遠山。畫。硯中枯葉落，枕上斷雲閑。野客將禪子，依依偏往還。

【校記】

①鄰：英華（卷二二二）作『林』。

【注釋】

〔一〕畫：謂描繪如畫。

送李餘及第歸蜀

知音伸久屈，覲省去光輝。止一點。〔一〕津渡①逢清夜，途程盡翠微。何必是蜀？却是蜀。雲當綿竹疊，鳥離錦江飛。二句固切其地，亦略著色，寫及第興頭。肯寄書來否，原居出亦②稀。唐人多是如此說，可知古誼非世情也。〔二〕

【校記】

①渡：英華（卷二八四）、紀事（卷四六）作『濟』。

②亦：宋島、英華、紀事作『甚』。

【注釋】

〔一〕一點：謂寫『及第歸蜀』，點到即止。

〔二〕古誼：見卷上劉得仁《春日雨後作》注釋〔一〕。

荒齋

草合①徑微微，終南對掩扉。晚涼疏雨絶，初曉遠山②稀。以確故真。落葉③無青④地，閑身著白衣。樸愚猶⑤本性，不是學忘機。

【趙本】『猶』一作『由』，『猶』字勝。

【校記】

① 合：趙本、英華（卷三一七）作『舍』。

② 山：英華作『禪』。

③ 落葉：英華作『葉落』。

④青：英華作『情』。

⑤猶：英華作『由』。

夜喜賀蘭三見訪

漏鐘仍夜淺，時節欲秋分。泉聒棲松鶴，用『聒』字愈覺其靜。風除翳月雲。用『翳』字愈覺其浄。踏苔行引輿，枕石卧論文。即此尋常静，『尋常静』妙！來多祇是君。

題青龍寺鏡公房

一夕曾留宿，終南摇落時。孤燈岡①舍掩，殘磬雪風吹。樹老因寒折，泉深出井遲。此乃爲汲者言。疏慵豈有事，多失上方期。

【校記】

①岡：宋島、全詩（卷五七二）校『一作「龕」』。

送陳判官赴綏①德

【趙本懷民注】『綏』一作『天』

將軍邀②入幕，束帶便離家。寫得壯懷出。身暖蕉衣窄，天寒磧日斜。火燒岡斷草③，風捲雪平④沙。絲竹豐州有，春來衹欠花。

【校記】

① 綏：英華（卷二七八）作『天』。

② 邀：宋島作『遙』。

③ 草：宋島、全詩（卷五七二）作『葦』。

④ 平：宋島作『和』，英華作『龢』。徐按：『龢』同『和』。

送唐環歸敷水莊

毛女峰當户，日高頭未梳。地侵山影掃，葉帶露痕書。松徑僧尋藥①，沙泉鶴見魚。『尋一川風景好②，恨不有吾廬。字、『見』字皆極平常字，然二句傳神入妙卻全在此二字。

【趙本】『尋』字、『見』字之妙，不可思議。

【校記】

①藥：宋島、律髓（卷二三）作『廟』。

②風景好：英華（卷二七八）作『人境別』。

原東居喜唐温琪①頻至

曲江春草生，紫閣雪分明。汲井②嘗泉味，聽鐘問寺名。此等與『張王』最近。墨研秋日雨，茶試老僧鐺。對句亦不佳。地近勞頻訪，烏紗出送迎。强凑句。

【趙本】五句嫌强凑對句也。

【校記】

①琪：律髓（卷二三）作『淇』。

②井：律髓作『水』。

送駿法師

度歲不相見，嚴冬始①出關。孤烟寒色樹②，高雪夕陽山。名畫。〔一〕○好句天成。瀑布寺應到，牡丹房甚閑③。南朝遺迹在，此去幾時還。

【趙本】三、四好句天成。

【校記】

①始：宋島、英華（卷二二二）作『知』。

②色樹：趙本作『樹色』。

③閑：英華作『寒』。

【注釋】

〔一〕名畫：謂如同絶妙的畫卷。

寄錢庶子

曲江春水滿，北岸枕①柴關。【趙本】『枕』一作『掩』。祇有僧鄰舍，全無物映山。對法極高。樹陰終日掃，藥債②隔年還。時人必以爲常而無味，不知不常有味處正在阿堵。〔一〕猶記聽琴夜，寒燈竹屋間。

【校記】

①枕：宋島、律髓（卷二三）、全詩（卷五七二）作『掩』。

②藥債：英華（卷二五九）作『詩債』，校『集作「藥價」』。

【注釋】

〔一〕阿堵：六朝人口語。猶『這』『這個』。《晉書·文苑傳·顧愷之》（卷九二）：『愷之每畫人成，或數年不點目精。人問其故，答曰：「四體妍蚩，本無闕少於妙處，傳神寫照，正在阿堵中。」』

原上秋居

關西[①]又落木，心事復如何？歲月辭山久，秋霖入夜多。鳥從井口出，人自岳[②]陽過。經年求對，[一]却不見佳，可知古人得意亦不作準。[二]倚仗聊閑望，田家未剪禾。

【趙本】『西』一作『山』。○五句乃經年求對之句，却不見佳，對句亦無奇處。○此詩本可删，存之見自己得意處，雖在古人，不可爲準，[三]學者更宜戒之。[四]

【校記】

① 西：全詩(卷五七二)校『一作「山」』。

② 岳：全詩作『洛』。

【注釋】

〔一〕經年求對：見載於宋黄徹《䂬溪詩話》。宋阮閱《詩話總龜後集・苦吟門》(卷二〇)引該著云：『賈島詩如「鳥從井口出，人從岳陽來」，貫休「此夜一輪滿，清光何處無」，皆經年方得句，以見其詞澀思苦。若非好事者詩辭，亦繆用其心也。』

〔二〕得意：稱心，滿意。漢劉向《列女傳·黎莊夫人》：『既往而不同欲，所務者異，未嘗得見，甚不得意。』作準：猶言『保準』『一定』。準，一定。

〔三〕爲準：同『作準』。

〔四〕戒之：謂不要以爲詩人自己滿意的詩篇就一定是優秀的。

冬夜

羈旅復經冬，瓢空盎亦空。泪流寒枕上，迹絶舊山①中。凌結浮萍水，雪和衰柳風。曙光雞未報，嘹唳兩三鴻。

極形凄寂之苦，學空人亦不廢此，〔一〕以詩固主乎情也；無情之人，不可與言詩。

【校記】

① 山：全詩（卷五七二）校『一作「溪」』。

【注釋】

〔一〕形：描繪，形容。學空人：習佛之人。空，佛門。唐唐求《夜上隱居寺》：『尋師擬學空，空住虎溪東。』

送厲宗上人

擁策背岷峨，終南雨雪和。漱泉秋鶴至，禪樹夜猿過。高頂白雲盡，前山黄葉多。曾吟廬岳上，月動九江波。可想高躅。〔一〕

【注釋】

〔一〕高躅：崇高的品行。唐韋應物《南園陪王卿游矚》：『君子有高躅，相携在幽尋。』躅，足迹。《漢書·叙傳上》（卷一〇〇上）：『伏周孔之軌躅。』顔師古注引鄭氏曰：『躅，迹也。三輔謂牛蹄處爲躅。』

贈無懷禪師

身從劫劫修，果以此生周。禪定石床暖，非無本不能作此語。【劉本】非燕本不能作此語。〔一〕（徐按：劉本中凡稱賈島『燕本』者，底本皆改爲『無本』，後文同。）月移山樹秋。二句合看，則常處皆奇。捧盂觀宿飯，敲磬過清流。以禪理觀則妙。不掩元①關路，教人問白②頭。

【趙本】『禪定石床暖』，固非無本不能作此語。

【校記】

①元：趙本、宋島、律髓（卷四七）、全詩（卷五七二）作『玄』。

②白：律髓作『到』。

【注釋】

〔一〕燕本：賈島。詳見前《賈島傳》懷民按語注釋〔四〕。

送友人棄官游江左

羡君休作尉，萬事且[①]全身。寰海多虞日，江湖獨往人。此等不盡是家法，〔一〕然可觀其對法也。姓名何處變，鷗鳥幾時親。别後吴中使，應須訪子真。

【校記】

① 且：宋島作『具』。

【注釋】

〔一〕不盡：不完全。

南齋[①]

獨自南齋[②]卧，神閑景亦[③]空。有山來[④]枕上，無事到心中。此調被後人學壞。簾捲侵床月⑤，屏遮入座風。望春春未至⑥，應在海門東。

【重出】

《全唐詩》卷五七二收作賈島詩，卷四四六白居易詩集重出。當爲白居易之作。白居易自編之《白氏長慶集》卷二三收此詩；《瀛奎律髓》卷二三詩後方回注『恐祇是白公詩』，清紀昀亦評曰『通體平易，決是白詩』。

【校記】

① 詩題：全詩（卷四四六）作『閑卧』。
② 獨自南齋：全詩（卷四四六）作『盡日前軒』。
③ 景亦：律髓（卷二三）作『景自』，全詩（卷四四六）作『境亦』。
④ 來：全詩（卷四四六）作『當』。
⑤ 月：全詩（卷四四六）作『日』。
⑥ 至：全詩（卷四四六）作『到』。

早春題友人湖上①新居二首②

其一

近得雲中路③，（『路』）或作『看』，誤。門長侵早開。到時猶④有雪，行處已⑤無苔。勸酒客初醉，留茶僧未來。每逢晴暖日，惟⑥見乞花栽。

近文昌。〔一〕【趙本】二詩體格近王仲初、姚武功，〔二〕隱其名不知爲長江作也。〔三〕

【重出】

二詩《全唐詩》卷五七二皆收作賈島詩，題注『一作項斯詩』；卷五五四項斯詩集重出。《瀛奎律髓》卷二五收二詩，署名賈島；卷二三重出，署名項斯。又，《四部叢刊續編》影印明翻宋本《賈浪仙長江集》卷四收二詩；《衆妙集》收第一首，亦署名『項斯』。此詩當爲項斯所作。佟培基《全唐詩重出誤收考·項斯》：『第一首之頸聯「客、僧」二字拗對，這種用法在項斯詩中還有，如《宿山寺》：「月明古寺客初到，風度閑門僧未歸。」詩題中之顧氏爲顧非熊，《直齋》一九云：「顧非熊，大中盱眙主簿，（顧）

况之子，會昌五年（八四五）進士。」《紀事》及《才子傳》言其由盱眙主簿棄官歸茅山，項斯集中有送其歸茅山詩，所云之湖光岩影與此重出詩極似。《衆妙》載此第一首作項斯，題爲《春題湖上顧伐新居》，伐爲氏字形誤。蘇絳《賈公墓志銘》云賈島於會昌癸亥歲七月二十八日終於郡官舍，見《全唐文》七六三。癸亥爲會昌三年（八四三），時顧非熊尚未及第，故此題顧氏湖上新居詩非賈島作。《律髓》二三收作項斯，批云：「蜀本賈島集誤收此詩，賈詩更覺苦硬，而此覺寬慢。」當爲篤論。』甚是。

【校記】

①友人湖上：律髓（卷二五）作『湖上友人』，律髓（卷二三）、全詩（卷五五四）作『湖上顧氏』。

②二首：趙本、律髓（卷二三）無此二字。

③雲中路：趙本作『雲中看』，律髓（卷二三）、全詩（卷五五四）作『水雲看』，衆妙作『雲山看』。

④猶：律髓（卷二三）、全詩（卷五五四）作『微』。

⑤已：全詩（卷五五四）作『又』。

⑥惟：律髓（卷二三）、全詩（卷五五四）作『唯』。

【注釋】

〔一〕文昌：張籍之字。籍生平見卷上《張籍傳》。

〔二〕體格：指詩歌藝術風格。詳見前《重訂中晚唐詩主客圖説》注釋〔一六〕。王仲初：王建。建字仲初。生平見卷上《王建傳》。姚武功：姚合。曾任武功主簿，故稱。生平詳見卷上《姚合傳》。

〔三〕長江：賈島。曾官長江縣（治今四川蓬溪縣西）主簿，故稱。

其二

門不當官道，行人到亦稀。故從餐後出，多是①夜深歸。開篋收詩②卷，掃床移卧③衣。幾時同買宅，相近④有柴扉。

近王仲初、姚武功。〔一〕

【校記】

①多是：律髓（卷二三）、全詩（卷五五四）作『方至』。

②收詩：律髓（卷二三）、全詩（卷五五四）作『揀書』。

③卧：律髓（卷二三）、全詩（卷五五四）作『褐』。

④近：宋島、全詩（卷五七二）作『送』。

【注釋】

〔一〕王仲初：王建。建字仲初。生平見卷上《王建傳》。姚武功：姚合。曾任武功主簿，故稱。生平詳見卷上《姚合傳》。

送雍陶入蜀

江山事若諳，那肯滯雲南。草色分危磴，杉陰近古潭。日斜褒谷鳥，夏淺①巂州蠶。句有格法。〔一〕吾自疑雙鬢，相逢更不堪。

【校記】

① 淺：趙本作『晚』。

【注釋】

〔一〕格法：指堪稱範式的藝術表現技法。

張郎中過原東居

年長惟添懶，經句止①掩關。高人餐藥後，下馬此林間。對法古妙。對坐天將暮，同來客亦閑。極無可説處寫得出，便是真詩。〔一〕○看此句可知，必不止張郎中一人也，而題中并不多及。此唐人置題有法，不似後人作會合詩，〔二〕輒如開請客帖也。幾時能重至，水味似深山。

【趙本】五、六似張水部，〔三〕極無可説處説得出，即是真詩。

【校記】

①止：趙本作『衹』。

【注釋】

〔一〕無可説處：看似平常而無可叙寫之處。

〔二〕會合詩：因親友相聚會合而作的詩歌。如韓愈、張籍等《會合聯句》。

〔三〕張水部：張籍。曾官水部員外郎，故稱。生平詳見卷上《張籍傳》。

送李餘往湖南

昔去候温凉，秋山①滿楚②鄉。今來從闕命，春物遍涔陽。隔句對法。【趙本】前四隔對法。岳石掛海③雪，野楓④堆渚檣。若尋吾祖宅，寂寞在瀟湘。此指誼也，〔一〕然不必即其宗派。〔二〕

【校記】

①山：紀事（卷四六）作『生』。

②楚：紀事作『蜀』。

③掛海：紀事作『桂陽』。

④楓：紀事作『帆』。

【注釋】

〔一〕誼：賈誼（前二〇〇—前一六八）。洛陽（今河南省洛陽市孟津縣）人。西漢初年政論家、文學家。十八歲有才名，二十餘歲被文帝召爲博士，旋遷太中大夫。因遭群臣忌恨，被貶長沙王太傳。後召回長安，爲梁懷王太傅。因與賈島同姓，故島詩稱其爲『吾祖』。

〔二〕宗派：指宗族。

偶作

野步隨吾意，那知是與非。稔年時雨足，閏月暮蟬稀。閑心妙。獨樹依岡老，遥峰出草微。礙而通。〔一〕○峰遠出平地上，故言『出草』。○《文心雕龍》有云『礙而實通』，故凡詩句中有乍看似無理，細思乃確妙者，〔二〕皆謂之『礙而通』，後倣此。【趙本】峰遠出平地上，故云『出草』。園林自有主，宿鳥且同歸。

【注釋】

〔一〕礙而通：即宋姜夔所謂『礙而實通』。姜夔《白石詩説》：『詩有四種高妙：一曰理高妙，二曰意高妙，三曰想高妙，四曰自然高妙。礙而實通，曰理高妙；出事意外，曰意高妙；寫出幽微，如清潭見底，曰想高妙；非奇非怪，剥落文采，知其妙而不知其所以妙，曰自然高妙。』徐按：後文謂此乃南朝梁劉勰《文心雕龍》語，誤。

〔二〕看似無理，細思乃確妙者：見卷上項斯《中秋夜懷》注釋〔一〕『妙在無理』。

過雍秀才居

夏木鳥巢邊，終南嶺色鮮。就凉安坐石，煮茗汲鄰泉。鐘遠清霄①半，蜩稀暑雨前。幽齋如葺罷，約我一來眠。

【校記】

①霄：劉本、趙本作『宵』。

送慈恩寺霄韵法①師謁太原李司空

何故謁司空，雲山知幾重。磧遥來雁盡，雪急去僧逢。【趙本】『逢』字。清磬先寒角，禪燈徹曉烽②。舊房閑片石，倚著最高松。【趙本】題後結妙。〔一〕

此等是無本真本領、真力量，學者未易企及。○此與清塞所送之省已似是一人，〔二〕兩詩風格略同，而此尤勝。【劉本】此等是燕本真本領……而此尤勝。〔三〕

【校記】

① 法：趙本作『禪』。

② 烽：趙本作『峰』。

【注釋】

〔一〕題後結：謂以描寫題所謂『送』別霄韵法師之後景作結。

〔二〕清塞：周賀之法名。生平見本卷《周賀傳》。賀有《送省己上人歸太原》，見本卷周賀詩選。省己：生平不詳。徐按：所謂霄韵與省己似是一人，參見卷上朱慶餘《送僧還太原謁李司空》之評點及其注釋。

〔三〕燕本：賈島。詳見前《賈島傳》懷民按語注釋〔四〕。

送知興上人

久住巴興寺，如今始拂衣。欲臨秋水別，不向故山①歸。錫掛天涯樹，房開②岳頂扉。警聳。〔二〕下看千③里曉，（『千里曉』）三字奇。霜海日生微。

【校記】

①山：宋島、全詩（卷五七二）作『園』。

②開：英華（卷二二二）、品彙（卷六八）作『閑』。

③千：宋島、英華、品彙作『萬』。

【注釋】

〔一〕警聳：見前《就可公宿》注釋〔一〕。

送惠雅法師歸玉泉

祇向①瀟湘水，洞庭湖未游。飲泉看月別，下峽聽猿愁②。講不停雷雨，吟當③近海流。

警聳。〔一〕降霜歸楚夕，星冷玉泉秋。

【校記】

①向：宋島、全詩（卷五七二）作『到』。

②愁：宋島作『浮』。

③當：全詩校『一作「曾」』。

【注釋】

〔一〕警聳：見前《就可公宿》注釋〔一〕。

憶江上① 吴處士

閩國揚帆去，蟾蜍虧復團②。秋風吹③渭水，落葉滿長安。二句誠佳，然不是本家筆。世有選賈詩，專推此種，正是摸象見識。〔一〕【趙本】此等句是水部派，〔二〕非賈生本色，學賈者多失之。此地聚會夕④，當時雷雨寒。蘭橈殊未返，消息海雲端。

【校記】

①上：英華（卷二三〇）作『山』。

②『蟾蜍』句：宋島、律髓（卷二六）作『蟾蜍虧復圓』，英華作『蟾虧還復圓』；虧，品彙（卷六八）作『缺』，全詩（卷五七二）校『一作「還」』。

③吹：全詩作『生』，英華作『吟』。

④夕：英華作『久』。

【注釋】

〔一〕摸象：即盲人摸象。《大般涅槃经·師子吼菩薩品》（卷三二）：『爾時大王，即喚衆盲各各問言：「汝見象耶？」衆盲各言：「我已得見。」王言：「象爲何類？」其觸牙者即言象形如蘆菔根，其觸耳者言象如箕，其觸頭者言象如石，其觸鼻者言象如杵，其觸脚者言象如木臼，其觸脊者言象如床，其觸腹者言象如甕，其觸尾者言象如繩。』後以『盲人摸象』比喻看問題以偏概全。

〔二〕水部：張籍。曾官水部員外郎，故稱。生平詳見卷上《張籍傳》。

石①門陂留辭②從叔謩③

幽鳥飛不遠，此④行千里間。寒衝陂水霧⑤，醉下菊花山。有恥長爲客，無成又入關。何時臨澗柳，吾黨共來攀。

後人爲之，必又多叔侄濫語。

【校記】

①石：百家（卷一五）作『百』。

②辭：品彙（卷六八）作『醉』。

③謩：品彙作『譽』。

④此：百家、品彙作『我』。

⑤霧：百家、品彙作『路』。

送朱兵曹回越

星彩練中見，澄江豈有泥。起興。潮生垂釣罷，楚盡去檣西。『楚盡』二字尤妙。磧鳥辭沙至，山鼯隔水啼。會稽半侵海，濤白禹祠溪。

但叙越境，而不及其人，正可於言外推想。

懷博陵故人

孤城易水頭，不忘舊交游。雪壓圍棋石①，風吹飲酒樓。路遥千萬里②，人别十三秋。吟苦相思處，天寒水③急流。

【校記】

①石：百家（卷一五）作『屋』。

②萬里：百家作『里月』。

③水：百家作『江』。

夕思

秋宵已難曙，漏向二更分。我憶山水坐，蟲當寂寞聞。真不求工，乃入高格。〔一〕洞庭風落木，天姥月離雲。會自東浮去，將何欲致君。

【注釋】

〔一〕真：真實。工：表現形式工巧。格：詩歌的藝術品位、格調。

寄河中楊少尹

非惟咎曩時，投刺詣門遲。悵望三秋後，參差萬里期。禹留疏鑿迹，舜在寂寥祠。此致①杳難共，回風逐所思。

此詩并無好處，正是不作意爲難。〔一〕

【校記】

①致：全詩（卷五七二）作『到』。

【注釋】

〔一〕不作意爲難：很難做到不苦心推敲。作意，見卷上張籍《酬韓庶子》注釋〔二〕。賈島長於苦吟，故謂。

孟融逸人

孟君臨水居，不食水中魚。起興超然。○以古行律法如此。〔一〕衣衲①惟②粗帛，筐箱祇素書。樹林幽鳥戀，世界此心疏。擬棹孤舟去，何峰又結廬。

【趙本】以古行律法如此。

【校記】

①衲：全詩（卷五七二）作『褐』。

②惟：全詩作『唯』。

【注釋】

〔一〕以古行律：用古詩之法作律詩，即創作古律詩。古律是介於古體與今體之間的詩體，始於盛唐。宋嚴羽《滄浪詩話·詩體》：『有古律（陳子昂及盛唐諸公多此體）。』明陸時雍《唐詩鏡》卷一一評孟浩然《與諸子登峴山作》：『孟浩然、李白俱以古行律，故多率意一往，不爲律束。』

晚晴見終南諸峰

秦分①積多峰，連巴勢不窮。半旬藏雨裏，此日到窗中。乘興而作，汩汩其來。○得興在起，三、四一氣説下不難。圓②魄將升兔，高空③欲叫鴻。故山思不見，碣石沉寥東。五字中想見無本冰雪骨。

【劉本】五字中想見燕本冰雪骨。〔一〕

【趙本】乘興而作，汩汩其來。

【校記】

①分：宋島、全詩（卷五七二）校『一作「下」』。

②圓：英華（卷一五九）作『團』。

③空：英華作『虛』。

【注釋】

〔一〕燕本：賈島。詳見前《賈島傳》懷民按語注釋〔四〕。

宿池上

泉來從絶壑，亭敞在中流。竹密無空岸，松長可絆舟。蟪蛄潭上夜，河漢島前秋。空凈。

異夕①期深②漲，攜琴却此游。

【重出】

《全唐詩》卷五七二作賈島詩，卷四六二白居易詩集重出。又，白居易自編《白氏長慶集》不載，而見於清歙縣汪立名所編《白香山詩集·補遺上》（卷三九），知爲後人所補輯。又，《四部叢刊續編》影印明翻宋本《賈浪仙長江集》（卷五）收此詩。當爲賈島之作。所以誤輯爲白居易之作，當同《南池》詩。詳見前《南池》『重出』考。

【校記】

①夕：宋島、全詩（卷五七二）校『一作「日」』。

②深：全詩（卷四六二）作『新』。

喜姚郎中自杭州回

路多楓樹林，累日泊清陰。來去泛流水，翛然通①此心。一披江上作，三②起月中吟。東省期司諫，雲門悔不尋。

【校記】

①通：趙本、宋島、英華（卷二五九）、全詩（卷五七二）作『適』。

②三：趙本作『二』。

送鄭長史之嶺南[1]

雲[2]林頗重疊，岑渚復幽奇。泊[3]水斜陽岸，騷[4]人正則[5]祠。看如此對法，似織却得古趣。蒼梧多蟋蟀，白露濕江蘺。擢第榮南[6]去，晨昏近九疑。此亦當是登第歸覲，題所不及，詩中補之。

【校記】

①詩題全詩（卷五七二）校『一本題作「送鄭史」』。

②雲：紀事（卷五六）作『葛』。

③泊：趙本作『汩』。

④騷：紀事作『羈』。

⑤則：宋島作『側』。
⑥南：紀事作『回』。

題長江廳①

言②心俱好静，五字一篇自贊叙。〔一〕廨署落暉空。歸吏封宵鑰，行蛇入古桐。冷官可想。長江頻雨後，明月衆星中。若任遷人去，西浮③與剡通。不盡。〔二〕

【校記】

①廳：宋島、律髓（卷六）、全詩（卷五七二）無此字。
②言：律髓作『玄』。
③浮：全詩作『溪』。

【注釋】

〔一〕叙：同『序』。早期寫作『叙』，後多寫作『序』。

〔二〕不盡：即歐陽修《六一詩話》引梅堯臣所謂『含不盡之意，見於言外』。參見前《重訂中晚唐詩主客圖説》注釋〔七七〕。

泥陽館

客愁何并起，暮送故人回。廢館秋螢出，空城寒雨來。夕陽飄【趙本】犯。〔一〕白露，樹影掃【趙本】湊。〔二〕青苔。獨坐離容①慘，孤燈照不開。

於此等題看古人詩興。

【校記】

①容：律髓（卷二九）作『懷』。

【注釋】

〔一〕犯：犯病。謂違背詩歌格律。

〔二〕湊：拼湊，湊合。

送徐員外赴河中

原野正蕭瑟，中間分散行①。煉意起。〔一〕吏從甘扈罷，題中『員外』二字。詔許朔方行。邊日②沉字法。殘角，河關截字法。夜城。雲居閑獨往，長老出房迎。却如此結，故高。【趙本】（『長老』句）率。〔二〕

【校記】

①行：趙本、宋島、全詩（卷五七二）作『情』。

②日：全詩校『一作「月」』。

【注釋】

〔一〕意起：就題意開篇。

〔二〕率：直率。

送賀蘭上人

野僧來别我，略坐傍泉沙。遠道擎空鉢，深山蹋落花。真得道僧。〔一〕無師禪自解，有格句堪誇。此乃做詩口訣。此可『誇』，則無『法』者不足言矣！然不曰『法』而曰『格』者，『法』是死的，『格』是活的。此去非緣事，孤雲不定家。

【注釋】

〔一〕得道：佛教謂修行戒、定、慧三學而發斷惑證理之智爲得道，然後可以成佛。《法華經·方便品》：『我今所得道，亦應説三乘。』《宋書·謝靈運傳》（卷六七）：『得道應須慧業文人，生天當在靈運前，成佛必在靈運後。』

崇聖寺斌公房

近來惟①一食，樹下掩禪扉。落日寒山磬，多年壞衲衣。如此對法。白鬚長更剃，青靄遠還歸。仍説游南岳，經行是息機。

【校記】

①惟：英華(卷二三七)作『唯』。

岐下送友人歸襄陽

蹉跎隨泛梗，羈旅到西州。舉翮籠中鳥，知心海上鷗。此等在貫師集中反成廓落，〔一〕不知者詫爲盛唐，陋矣。山光分手①暮，草色向家秋。出力煉法，能括衆情。若更登高峴，看碑定泪流。

【校記】

①手：宋島、全詩(卷五七三)作『首』。

【注釋】

〔一〕廓落：豁達，寬弘。唐房玄齡等《晋書·姚萇載記》：『廓落任率，不修行業。』

送友人游蜀①

萬岑②深積翠，路向此中難。欲暮多羈思，因高莫遠看。何必是蜀？確是蜀。能知此法，思過半矣。〔一〕卓家人寂寞，揚子業凋③殘。略及蜀事，又寓感慨。若止覼縷故實，〔二〕不過有韵之地輿志耳，〔三〕何足有無？惟④有⑤岷江水，悠悠帶月寒。

【重出】

《全唐詩》卷五七三作賈島詩，卷二六八耿湋詩集重出。《文苑英華》卷二七五作耿湋詩，『但南宋陳思本耿集無載』（佟培基《全唐詩重出誤收考·耿湋》）；《唐百家詩選》卷一五、宋邑仲榮等《成都文類》卷一二皆作賈島詩，《四部叢刊續編》影印明翻宋本《賈浪仙長江集》卷五亦收此詩。合上推知，當爲賈島所作。

【校記】

① 詩題全詩（卷二六八）作『送蜀客還』。

②岑：全詩(卷二六八)作『峰』。
③凋：全詩(卷二六八)作『荒』。
④惟：宋島、全詩(卷五七三)作『唯』。
⑤有：全詩(卷二六八)作『見』。

【注釋】

〔一〕思過半：謂領悟大半。語出《易·繫辭下》：『知者觀其彖辭，則思過半矣。』孔穎達疏：『思慮有益，以過半矣。』
〔二〕覼縷：謂詳述。宋蘇軾《答陳季常書》其二：『恐此書到日，已在道矣。故不覼縷。』
〔三〕地輿志：記載山川、城池、物産等的地理著作。地輿，又作『輿地』。《易·説卦》：『坤爲地……爲大輿。』《淮南子·原道訓》：『以地爲輿，則無不載也。』地載萬物，猶如車輿，故稱大地爲地輿。後借指地理。

送鄭少府

江岸一相見，空令惜此分。夕①陽行帶月，酌水少留君。對妙！野地初②燒草，荒山過雪

雲。高手畫不出。〔一〕明年還調集，蟬可在家聞。止就『蟬』一指。〔二〕

【校記】

① 夕：全詩（卷五七三）校『一作「湓」』。

② 初：全詩校『一作「多」』。

【注釋】

〔一〕高手畫不出：謂二句的意境是任何畫家所畫不出的。贊美其意境深遠蘊藉。

〔二〕一指：見卷上張籍《送蠻客》注釋〔一〕。

子規

游魂自相叫，寧復記前身。飛過鄰①家月，聲連②野寺③春。夢邊催曉急，愁處④送風頻。『邊』字、『處』字是唐人用法，後人多不解也。自有沾花血，相和雨⑤滴新。

【重出】

《全唐詩》卷五七三收作賈島詩，題注『一作項斯詩』；卷五五四項斯詩集重出，亦題注『一作賈島詩』。又，『四部叢刊本《長江集》、江標刊宋本《項斯詩集》雙收，《統籤》三七四、六二一亦重出』（佟培基《全唐詩重出誤收考·項斯》）。孰作不可考。

【校記】

① 鄰：全詩（卷五五四）作『人』。
② 連：全詩（卷五七三）校『一作「憐」』。
③ 野寺：宋島、全詩（卷五七三）作『野路』，全詩（卷五五四）作『客路』。
④ 處：全詩（卷五五四）作『外』。
⑤ 雨：全詩（卷五五四）作『泪』，校『一作「露」』。

送僧歸天台

辭秦經越過，歸寺海西峰。起興絶佳。石澗雙流水，山門九里松。到此却易。〔一〕曾聞清禁漏，却聽①赤城鐘。妙宇②研磨講，應齊智者蹤。

【校記】

①聽：品彙（卷六八）作『憶』。

②宇：英華（卷二二二）、品彙作『字』。

【注釋】

〔一〕易：平易。與賈島『僻苦』詩風相對。

讓糾曹上樂使君

戰戰復兢兢，猶如履薄冰。雖然叨一掾，還①似説三乘。妙！瓶汲南溪水，書來北岳僧。戇愚兼抱疾，權紀②不相應。結出『讓』意。

【校記】

①還：宋島作『猶』。

②紀：宋島作『糾』。

贈友人

五字詩成卷，清新①少得②偕。不同狂客醉，自伴律僧齋。春別和花樹，秋辭帶月淮。却歸登第日，名近③榜頭排。此等語亦不廢，却説得高閑。〔一〕

【校記】

①新：宋島作『詩』。

②少得：全詩（卷五七三）作『韵具』。

③近：宋島作『姓』。

【注釋】

〔一〕此等語：指尾聯。廢：多餘。

謝令狐綯①相公賜衣九事

長江飛鳥外，先著此五字得神。主簿跨驢歸。長江小像如是。〔一〕【趙本】自寓長江小像。酸極。逐客寒前夜，元戎予②厚衣。雪來松更緑，自喻。霜降月彌輝。喻綯。即日③調殷鼎，朝分是與非。島以坐誹謗遭貶，畢竟未明誹謗何語，所謂『朝分是非』正指此耳。不得其事，〔二〕或疑與前不相應；所以讀詩必知其人，論其世。

此詩前半感令狐之知，後半愬自己之謫，惟知之深，故望之切也。【趙本】後四便易着手。

【校記】

①綯：宋島無此字。

②予：宋島作『與』。

③日：宋島作『入』。

【注釋】

〔一〕長江：賈島。曾官長江縣（治今四川蓬溪縣西）主簿，故稱。

〔二〕不得其事：（倘若）不知賈島『坐誹謗遭貶』之事件。

送譚遠上人

下視白雲時，山房蓋①樹皮。境高到頂，詩亦如之。垂②枝松落子，側③頂鶴聽棋。傳神在『側』字。清净從沙劫，中終未日欹。金光明本行，同侍出峨嵋。

【校記】

①蓋：趙本作『挂』。

②垂：全詩（卷五七三）校『一作「雪」』。

③側：全詩校『一作「佛」』。

新年

嗟以龍鍾貌①，如何歲復新。石門思隱久，銅鏡强窺頻。花發新移樹，心知故國春。誰能平此恨，豈是北宗人。前六句中無限感傷，所以有此結句。

【校記】

①貌：趙本、宋島、全詩（卷五七三）作『身』。

寄山中①長孫栖嶠

此時氣蕭颯②，琴院可應關。鶴似君無事，不曰『君似鶴』而曰『鶴似君』，加一倍寫乃逾高。〔一〕風吹雨遍山。第三句奇妙！得未曾有，〔二〕却止以極尋常語對之。試去合看，無奇非常即無常非奇也，後來李洞詩『千年松繞屋』止對以『半夜雨連溪』，〔三〕正得此訣。松生青石上，泉落白雲間。此亦佳，然不及王右丞『明月松間照』

有徑連高③頂，二句。〔四〕可知盛唐不用力而自勝，中晚以後必須用力乃能與相追。難以概論，〔五〕粗心人不能省也。心期相與還。

【校記】

①中：宋島、全詩（卷五七三）作『友』。

②颯：全詩校『一作「瑟」』。

③高：全詩校『一作「嵩」』。

【注釋】

〔一〕加一倍寫：見卷上張籍《送友人歸山》注釋〔二〕『加倍寫』。

〔二〕得未曾有：從來没有過。語出《楞嚴經》（卷一）：『法筵清衆，得未曾有。』

〔三〕李洞：生平見本卷《李洞傳》。『千年』『半夜』二句：李洞《贈唐山人》詩句。詩見本卷李洞詩選。

〔四〕王右丞：王維。官至尚書右丞，故稱。生平詳見前《重訂中晚唐詩主客圖説》注釋〔九四〕『王摩詰』。『明月』句：王維《山居秋暝》詩句。全詩云：『空山新雨後，天氣晚來秋。明月松間照，清泉石上流。竹喧歸浣女，蓮動下漁舟。隨意春芳歇，王孫自可留。』

〔五〕概論：一概而論。明胡應麟《詩藪·唐上》：『（一時并稱者）中間或品格差肩，以踪迹離而不能合；或才情迴絶，以聲氣合而不得離，難概論也。』

送空公往金州①

七百里山水，手中榔②栗粗③。『榔』字則落調，若作『鄉』字則無出，俟考。〔一〕松生師坐石，潭滌祖傳盂。字字從鋼板拔出。〔二〕長擬老岳嶠，又聞思海湖。惠能同俗姓，不是嶺南盧。

此詩具見定力，〔三〕非初禪所能參。【趙本】字字從鋼板拔出。

【校記】

① 州：趙本作『川』。

② 榔：宋島作『鄉』。

③ 粗：宋島作『麄』，全詩（卷五七三）作『粗』。徐按：『粗』通『麄』，此皆爲『粗』意。

【注釋】

〔一〕落調：謂不符合格律要求。無出：没有出處。謂意義不通。

〔二〕從鋼板拔出：謂穩妥剛勁，不可更易。

〔三〕定力：見卷上劉得仁《陳情上知己》注釋〔一〕。

病起

嵩①邱歸未得，空自責遲回。身事豈能遂，蘭花又已開。此等對法脱化，〔一〕然不善學，恐易入滑派。〔二〕病令新作少，雨阻故人來。燈下南華卷，祛愁當酒杯。

【校記】

① 嵩：全詩（卷五七三）作『高』。

【注釋】

〔一〕脱化：變化，衍生。謂非常格。

〔二〕滑：油滑。指華而不實的文風。

秋夜仰懷錢孟二公琴客會

月色四時好，秋光君①子知。提出『君子知』，加之『月色』，又爲謝莊輩不曾見到。〔一〕南山昨夜雨，爲我寫②清規。此便不難。獨鶴聳寒骨，高杉韵細飔。『韵』字沾客氣。〔二〕仙家縹緲弄，倣佛此中期。

【校記】

①君：宋島、全詩（卷五七三）校『一作「吾」』。

②寫：全詩校『一作「寄」』。

【注釋】

〔一〕謝莊（四二一—四六六）：南朝宋文學家。字希逸。陳郡陽夏（今河南太康縣）人。官至中書令，加金紫光禄大夫。以《月賦》聞名。

〔二〕客氣：指（文風）虚誇浮泛。詳見卷上張籍《酬韓庶子》注釋〔五〕。

贈李金州

綺里祠前後，山程踐白雲。泝流隨大旆，登岸見全軍。止五字，寫出戎行之盛。曉角吹人夢，秋風卷雁群。霧開方露日，漢水與①沙分。

【校記】

① 與：宋島、英華（卷二一五九）、全詩（卷五七三）作『底』。

酬姚合① 校書

因貧行道遠②，得見舊交游。美酒易③傾盡，祇眼前情事。好詩難卒酬。非周旋世態。公堂朝共到，私第夜相留。多少欵洽語都括在中。〔一〕不覺入關晚，別來林木秋。

【校記】

①合：英華（卷二四五）、律髓（卷二五）無此字。

②道遠：英華、全詩（卷五七三）、律髓作『遠道』。

③易：英華作『一』。

【注釋】

〔一〕欵洽：又作『款洽』，親密，親切。欵，同『款』。唐魏徵等《隋書·長孫平傳》（卷四六）：『高祖龍潛時，與平情好款洽，及爲丞相，恩禮彌厚。』

送獨孤馬二秀才居明月山讀書

濯志俱高潔，儒科慕冉顏。家辭臨水郡，雨到讀書山。栖鳥棕花上，聲鐘字法。礫①閣間。【趙本】字法新。寂寥窗户外，時見一僧②還。結亦新。【趙本】結意亦新。

【校記】

① 礫：全詩（卷五七三）校「一作『櫟』」。

② 僧：趙本、宋島、全詩作「舟」。

病蟬

病蟬飛不得，向我掌中行。拆翼猶能薄，下一「能」字。酸吟尚極清。用一「極」字。露華凝在腹，塵點誤侵睛。此句尤神警逼真。黄雀并①鳶②鳥，俱懷害爾情。

此自是賦，而兼自寓意，然不必泥，即匠物已神絶。〔一〕【趙本】此意在不即不離之間。

【校記】

①并：英華（卷三三〇）作『兼』。

②鳶：紀事（卷四〇）作『烏』。

【注釋】

〔一〕匠物：見前《重訂中晚唐詩主客圖説》注釋〔八七〕。

青門里作

燕存鴻已過，海内幾人愁。欲問南宗理，將歸北岳修。若無攀桂分，祇是卧雲休。既得禪悦，豈復沾沾一桂然？〔一〕唐賢志尚如此，勿以爲疑。泉樹一爲别，依稀三十秋。

【注釋】

〔一〕禪悦：佛教語。謂入於禪定，心神怡悦。沾沾：執著。清施閏章《吴舫翁集序》：『近世文與道二，蓋自有宋諸儒來矣。以其湛深性學，不沾沾小言，故別創爲「語録」。』桂：借指科舉及第。

詳見卷上鄭巢《送人赴舉》注釋〔二〕『擢桂』。

盧秀才南臺

居在青門里，臺當千萬岑。下因岡助勢，上有樹交陰。陵遠根纔辨①，空長畔可尋。新晴登嘯月②，驚起宿枝禽。

【校記】

① 辨：宋島、全詩（卷五七三）作『近』。

② 月：宋島、全詩作『處』。

過楊①道士居

先生修道處，茅屋遠囂氛。叩齒坐明月，搘【趙本】音支。頤望白雲。尋常語，却是得道者。〔一〕

精神含藥色，妙是『含藥色』，若作『得仙貌』，則庸矣。衣服帶霞紋。妙是『霞紋』②，若作『似雲霞』，則庸矣。每語③瀛洲④路，多年別少君。祇似真個。

【趙本】『藥色』『霞紋』，新警之極。〔二〕

【校記】

①楊：英華（卷二二七）作『陽』。

②霞紋：當作『帶霞紋』，否則與下文『似雲霞』不合。

③每語：宋島、全詩（卷五七三）作『無話』。

④洲：英華作『州』。

【注釋】

〔一〕得道：道教謂存神煉氣有五時七候，第一候，宿疾并銷，六情沈寂，名爲得道，由此可成仙或長生。晉葛洪《抱樸子·内篇·金丹》：『上士得道，昇爲天官；中士得道，栖集崑崙；下士得道，長生世間。』

〔二〕新警：清新精闢。詳見卷上于鵠《山中自述》注釋〔一〕。

贈僧

亂山秋木穴，裏有靈蛇藏。古句。鐵錫掛臨海，①石樓聞異香。異樣！高踪！〔一〕出塵頭未白，入定衲凝霜。非真僧未能道此。莫話五湖事，令人心欲狂。

【校記】

①『鐵錫』句：宋島校『一作「楊桂臨滄海」』，全詩（卷五七三）校『一作「錫拄臨滄海」』；臨，全詩校『一作「陵」』。

【注釋】

〔一〕高踪：高尚的行迹。

送友人游塞

飄蓬多塞下，君見益潸然。迴磧沙銜日，煉。長河水接天。試思，何必是塞外始然？夜泉行客火，曉戍向京烟。少結相思恨，佳期芳草前。

思游邊友人

凝愁對孤燭，昨日飲離杯。格。〔一〕葉①下故人去，天中新雁來。二句倒轉來便味减。〔二〕連沙秋草薄，帶雪暮山開。苑北紅塵道，何時見遠回。

【校記】

① 葉：全詩（卷五七三）校『一作「鄴」』。

【注釋】

〔一〕格：謂二句堪爲詩歌開篇的法式和規範。詳見卷上張籍《薊北旅思》注釋〔一〕。徐按：此當指首聯點題，即元楊載《詩法家數·律詩要法》所謂『就題起』。

〔二〕倒轉：見卷上鄭巢《贈印先生》注釋〔一〕。

秋暮寄友人

寥落關河暮，霜風樹葉低。遠天垂地外，寒日下峰①西。有志烟霞切，無家歲月迷。清宵話白閣，已負十②年栖。

【校記】

①峰：英華（卷二五九）、品彙（卷六八）作『山』。

②十：英華、品彙作『數』。

雪晴晚望

倚杖望晴①雪，溪雲幾萬重。格。〔一〕樵人歸白屋，寒日下危峰。岩峭，不可名狀。野火燒岡草，斷烟生石②松。二句中有雪在。却回山寺路，聞打暮天鐘。其聲亦帶寒苦。

對之三伏中，凛凛有寒意。○古今雪詩，至歐、蘇始稱白戰，〔二〕其實自退之即不持寸鐵也，〔三〕但用鬱思定力，〔四〕峭骨沉響，筆補造化，〔五〕無逾此作。

【校記】

①晴：律髓（卷一三）作『松』。

②石：宋島、全詩（卷五七三）作『古』。

【注釋】

〔一〕格：謂二句堪爲詩歌開篇的法式和規範。詳見卷上張籍《薊北旅思》注釋〔一〕。徐按：此當指首聯點題，即元楊載《詩法家數·律詩要法》所謂『就題起』。

〔二〕白戰： 空手作戰。謂作『禁體詩』時禁用某些較爲常用的字。宋皇祐二年（一〇五〇），潁州太守歐陽修於聚星堂與客會飲，作《雪》詩，其詩序： 『玉、月、梨、梅、練、絮、白、舞、鵝、鶴、銀等字，皆請勿用。』元祐六年（一〇九一）蘇軾知潁州，效『歐陽體』作《聚星堂雪》詩，序云： 『十一月一日，禱雨張龍公，得小雪，與客會飲聚星堂。 忽憶歐陽文忠公作守時，雪中約客賦詩，禁體物語，於艱難中特出奇麗。 爾來四十餘年，莫有繼者。 僕以老門生繼公後，雖不足追配先生，而賓客之美，殆不減當時。 公之二子，又適在郡，故輒舉前令，各賦一篇。』因蘇詩末二句爲『當時號令君聽取，白戰不許持寸鐵』，後遂謂『禁體物語』的咏雪詩爲『白戰體』或『白戰』。 清錢謙益《半塘雪中戲成次東坡韵》： 『却笑詞人多白戰，腰間十韵手頻叉。』

〔三〕退之： 韓愈之字。 生平詳見前《重訂中晚唐詩主客圖説》注釋〔一〇四〕『吏部』。 不持寸鐵： 比喻寫咏雪詩而不用常用以咏雪的字眼。 語出蘇軾《聚星堂雪》詩。 參見本詩注釋〔二〕『白戰』。

〔四〕鬱思： 深刻的思考。 明李東陽《集句後録小引》： 『幽情鬱思，欲托之吟諷而未能者，略尋往年故事，集古句以自況。』定力： 見卷上劉得仁《陳情上知己》注釋〔一〕。

〔五〕筆補造化： 筆墨可以彌補自然界的不足。 形容妙筆生花，筆力高超。 語出唐李賀《高軒過》： 『二十八宿羅心胸，元精耿耿貫當中。 殿前作賦聲摩空，筆補造化天無功。』

寄朱錫珪

遠泊與誰同，來從古木中。長江人釣月，曠野火燒風。夢澤吞楚大，閩山阨①海叢。此時檣底水，濤起屈原通。此『通』字如何下？

【校記】

① 阨：全詩（卷五七三）校『一作「隱」』。

馬戴居華山因寄

玉女洗頭盆，孤高不可言。瀑流蓮岳頂，河注華山根。『頂』『根』二字煉。○二句直寫得奇絶，真大法力。絶雀林藏鶻，無人境有猿。此即降一等。秋蟬①纔過雨，石上古松門。

【校記】

① 蟬： 宋島、律髓（卷二三）、全詩（卷五七三）作『蟾』。

寄胡遇

一自殘春別，經炎復到涼。螢從枯樹出，蛩入破階藏。僻極矣！然却不是後來『鍾譚』一派。〔一〕落葉書勝紙，閑砧坐當床。東門因送客，相訪也何妨。

【注釋】

〔一〕『鍾譚』一派： 即明後期的文學流派『竟陵派』。代表人物爲鍾惺、譚元春。詳見前《重訂中晚唐詩主客圖説》注釋〔一二二〕『竟陵』。

送李戎扶侍往壽安

二千餘里路，一半是波濤。未曉著衣起，出城逢日高。對法都變。關山多寇盜，扶侍帶弓刀。止點一句。〔一〕臨別不揮泪，誰知心鬱陶。

【注釋】

〔一〕點一句：祇一句點題『送李戎扶侍』。

送孫逸人

衣履①猶同俗，妻兒亦宛然。偏如此說，妙！不餐能累月，無病②已多年。是藥皆諳性，令人漸信仙。妙！杖頭書數卷，荷入翠微烟。仙圖。

此與張水部《隱者》《道者》等篇，〔一〕都一體例，要知亦不止兩公爲然。【趙本】所謂疑虛疑實，水部集中多此體。

【校記】

①屨：英華(卷二三二)作『履』。

②病：全詩(卷五七三)校『一作「疾」』。

【注釋】

〔一〕張水部：張籍。曾官水部員外郎，故稱。生平詳見卷上《張籍傳》。《隱者》：見卷上張籍詩選。《道者》：指《羅道士》。全詩云：『城裏無人得實年，衣襟常帶臭黄煙。樓中賒酒唯留藥，洞裏争棋不睹錢。聞客語聲知貴賤，持花歌咏似狂顛。尋常行處頻逢見，世上多疑是謫仙。』

寄華山僧

遥知白石室，松柏隱朦朧。月落看心次，雲生閉目中。非無本不能道此。非深於宗旨者，未可輕學。〔一〕五更鐘隔岳，萬尺水懸空。此『空』字却是實字。○此等可學。苔蘚嵌岩所，依稀有徑通。

【趙本】三、四非無本不能道，長江獨善僧詩。〔二〕

【注釋】

〔一〕宗旨：佛教教義。唐權德輿《李韶州著書常論釋氏之理貴州有能公遺迹詩以問之》：『曹溪有宗旨，一爲勘心源。』

〔二〕長江：賈島。曾官長江縣（治今四川蓬溪縣西）主簿，故稱。

易州過郝逸人居

每逢詞翰客，邀我共尋君。果見閑居賦，未曾流俗聞。一氣順遞，然却有逸致，非時下滑調，〔一〕最宜審辨。也知鄰市井，宛似出囂①氛。學此易於熟滑。〔二〕却笑巢由輩，何須隱白雲。

【趙本】此世俗所喜一氣如話之詩，古人初不以此見長，學者若無他骨子，祇辨得熟滑耳。

【校記】

①囂：全詩（卷五七三）校『一作「塵」』。

【注釋】

〔一〕滑調：指華而不實的文風。滑，油滑。

〔二〕熟滑：熟套，油滑。

净業寺與前鄠縣李廓少府同宿

來從城上峰，渺然。京寺暮相逢。往往語復默，微微雨灑松。二語中無限情感。家貧初罷吏，年長畏聞蛩。對妙！前日猶拘束，披衣起曉鐘。

即此詩，而前賢叙次之法、置題之法具可見矣。後人不省置題法，故叙次亦止是靡亂。

送去華法師

在越居何寺？東南水路歸。秋江洗一鉢，寒日曬三衣。三衣，祖衣、五衣、七衣也。〔一〕默聽鴻聲盡，行看葉①影飛。囊中無寶貨，船户夜扃稀。

【趙本】三衣，祖衣、五衣、七衣也。

【校記】

①葉：律髓（卷四七）作『蝶』。

【注釋】

〔一〕三衣：梵文trinl civarani 的意譯。佛教比丘所穿三種衣服，别稱袈裟（kasaya）。一曰僧伽梨（sanghati），即大衣，大衆集會或行授戒禮時所著。二曰郁多羅僧（uttarasanga），禮誦、聽講、説戒時所著。三曰安陀會（antarvasa），日常作業和安寢時所著。亦泛指僧衣。祖衣：三衣之僧伽梨。趙樸初《佛教知識答問》第三章：『比丘衣服有大中小三件……一是九條乃至二十五條布縫成的大衣，我國俗稱祖衣，是禮服，出門或見尊長時穿的。』五衣：五條衣，即三衣之安陀會。用五條布片縫成，故稱。七衣：七條衣，即三衣之郁多羅僧。用七條布片縫成，故稱。

題朱慶餘所居

天寒吟竟曉，極寫詩人苦興。〔一〕古屋瓦生松。此句妙！格。〔二〕寄信船一隻，隔鄉山萬重。樹來沙岸鳥，窗度雪樓鐘。每憶江中嶼，更看城上峰。此爲不結之結，最高，最不易學。

真高士。

【注釋】

〔一〕苦興：猶『苦吟』。興，創作詩歌的興致。

〔二〕格：謂堪爲詩歌創作的法式和規範。詳見卷上張籍《薊北旅思》注釋〔一〕。

送黄知① 新歸安南

池亭沉飲遍，非獨曲江花。地遠路穿海，春歸冬到家。當句中自對。火山難下雪，瘴土不生茶。知決移②來計，相逢期尚賒。

【校記】

① 知：英華（卷二七八）作『和』。

② 移：英華作『秋』。

贈胡禪師①

自是根機鈍，非關夏臘深。秋來江上寺，夜坐嶺頭②心。禪悟。井鑿山含月，風吹磬出林。祖師携③隻履，去路杳難尋。却如此結，須知非以祖師比胡也。〔一〕

【趙本】『根機鈍』或自謂耶？

【校記】

① 師：全詩（卷五七三）作『歸』。

② 頭：宋島、全詩作『南』。

③ 携：全詩校『一作「遺」』。

【注釋】

〔一〕祖師：佛教、道教創立宗派者之稱。唐韓偓《游江南水陸院》：『除却祖師心法外，浮生何處不堪愁。』胡：詩題所謂胡禪師。

元日女道士受籙

元日更①新夜，齋身稱净衣。數星連斗出，萬里斷雲飛。霜下磬聲在，月高壇影微。立聽師語了，左②肘繫符歸。

題與詩皆近『張王』，結味尤似。【趙本】『元日』何得『月高』耶？

【校記】

① 更：律髓（卷四八）作『天』。

② 左：趙本、律髓作『右』。

重與彭①兵曹

故人在城裏，休寄海邊書。漸去老不遠，別來情豈疏。對法都變。硯冰催臘日，山雀到貧居。妙！每②有平戎計③，官家別勅④書⑤。感慨。【趙本】（『官家』句）今古同嘆。

【趙本】『書』韻重，〔一〕『別』字亦重。〔二〕

【校記】

①彭：宋島作『曹彭』。

②每：英華（卷二五九）作『羡』。

③計：全詩（卷五七三）校『一作「策」』。

④家別勅：全詩校『一作「名勅盡」』；家，英華、全詩校『一作「蒙」』。

⑤書：全詩作『除』。徐按：據第二句已用『書』判斷，此當用『除』。

【注釋】

〔一〕『書』韻重：謂第二句與末句重複用『書』韻。

〔二〕『別』字亦重：謂第四句與末句用兩個『別』字。

贈莊上人①

不語焚香坐，心知道已成。流年衰此世，『衰』字活用，妙！定力見他生。如何見得？非深通佛

理，未易輕學。暮雪餘春冷，寒燈續晝明。尋常五侯至，敢望下階迎。非榮之也，正見道成身分。〔一〕

【趙本】僧詩都好。

【重出】

《全唐詩》卷五七三收作賈島詩，卷二六八耿湋詩集重出。又，《文苑英華》卷二二二作賈島詩，題注『一作耿湋』，尾注『二百三十五卷重出，今已削去，注異，同爲一作』；卷二三五作耿湋詩，題注『已見二百二十二卷』。《四部叢刊續編》影印明翻宋本《賈浪仙長江集》卷七收此詩。佟培基《全唐詩重出誤收考·耿湋》：『明銅活字本《耿湋集》上收入。季振宜墨筆將此詩從朱之蕃校本《賈長江集》中删去，可見季氏以爲非賈島詩。《季稿》（徐按：指季振宜《全唐詩稿本》）所用《耿湋集》乃汲古閣刊本，此詩載卷上，而季氏墨筆於題下注云：「一作張籍詩。」不知所據。《全詩》張籍集不收。詩題中之「莊上人」也不見中、晚唐人之詩集中。《統籤》二七九《丁籤》三二胡震亨曾引徐獻忠論耿湋詩云：「湋詩不深琢削，而風格自勝。」賈島句斟字酌費於推敲，觀此篇似耿湋作。李嘉言《長江集新校》七僅作校記。江標影刻南宋陳思本《耿湋詩集》載。』孰作不可定論。

【校記】

① 詩題英華（卷二三三五）、全詩（卷二六八）作『題莊上人房』。

【注釋】

〔一〕道成：猶『得道』。見前賈島《送賀蘭上人》注釋〔一〕『得道』。

皇甫主簿期游山不及赴

休官匹馬在，新意入山中。更往①應難遂，前②期恨不同。祇叙明前事，〔一〕而中有曲味。集蟬苔樹僻，留客雨堂空。深夜誰相訪，惟當清净翁。後四就自己邊説。

【校記】

① 往：趙本、宋島、全詩（卷五七三）作『住』，趙本注『疑「往」字』。

② 前：全詩校『一作「相」』。

【注釋】

〔一〕前事：指詩題所謂與皇甫主簿相約游山事。

宿成湘林下

相訪夕陽時，千株木未衰。石泉流出①谷，山雨滴栖鵶。僻。漏向燈聽數，酒因客寢遲。『酒』字落調，〔一〕句當有誤。今宵不盡興，更有月明期。

【校記】

① 流出：宋島作『出幽』。

【注釋】

〔一〕落調：謂不符合格律要求。

酬胡遇

麗句傳人口，科名立可圖。移居見山燒，買樹帶巢烏。宛然。游遠風濤急，吟清[①]雪月孤。却思初識面，仍未有多鬢。尋常情語，妙！

【校記】

① 清：英華（卷二四五）作『情』。

宿慈恩寺郁公房

病身來寄宿，自掃一床閑。反[①]照臨江磬，新秋過雨山。斬新古畫！畫有不能到。竹陰移冷月，荷氣帶禪關。獨住[②]天台意，方從内請還。

【校記】

①反：趙本、品彙（卷六八）作『返』。

②住：趙本、英華（卷二三七）、品彙作『往』。

送褚山人歸日東①

懸帆待秋色②，去入杳冥關③。東海幾年別，中華此日還。岸遙生白髮，波盡露青山。隔水相思在，無書也是閑。必

寫到此地位方爲到家，〔一〕俱是加一倍寫法。〔二〕【趙本】俱是加一倍寫法。

【校記】

①東：英華（卷二三二）、全詩（卷五七三）作『本』。

②色：宋島、全詩作『水』。

③關：英華、律髓（卷三八）、全詩作『間』。

【注釋】

〔一〕到家：見卷上張籍《晚秋閑居》注釋〔一〕。

〔二〕加一倍寫法：見卷上張籍《送友人歸山》注釋〔二〕『加倍寫』。

雨夜寄馬戴

芳林杏花樹，花落子西東。今夕曲江雨，寒吹①朔北風。亦隔句對，然不甚相當，即是偷春之類。〔一〕鄉書滄海絕，隱路翠微通。寂寂相思際②，孤③釭殘漏中。

【校記】

①吹：宋島、英華（卷一五三）、全詩（卷五七三）作『催』。

②際：全詩校『一作「處」』。

③孤：英華作『紅』。

【注釋】

〔二〕相當：相對，相互對仗。偷春：即『偷春格』。見卷上張籍《春日留別》注釋〔三〕。

喜無可上人游山回

一食復何如，尋山無定居。相逢新夏滿，是僧語。不見半年餘。聽話龍潭雪，休傳鳥道①書。別來還似舊，白髮日高梳。

【校記】

①道：英華（卷二二二）作『迹』。

寄毗陵徹公

身依吴寺老，黄葉幾回看。早講林霜在，孤禪隙月殘。真高僧。井通潮浪遠，鐘與角聲寒。已有南游①約，誰言禮謁難。

【校記】

①游：英華（卷二二二）作『浮』。

送穆少府知眉州

劍門倚青漢，君昔未曾過。日暮行人少，山深異鳥多。『怪禽啼曠野』二句又從此翻出。〔一〕猿①啼和峽雨，棧盡到江波。一路白雲裏，飛泉灑薜蘿。

近蜀境如歷。

【校記】

①猿：全詩（卷五七三）校『一作「狖」』。

【注釋】

〔一〕『怪禽』句：賈島《送過山村》詩句。詩見後。

宿孤館

落日投村戍，愁生爲客途。寒①山晴②後緑，秋月③夜來④孤。境常意常，無一字不常，然却能如此異様出色，乃撰力勝耳。〔一〕橘樹千株在，漁家一半無。自知風水静，舟繫岸邊蘆。

【校記】

① 寒：英華（卷二九八）、品彙（卷六八）作『春』。

② 晴：英華校『集作「寒」』。

③ 秋月：英華、品彙作『江月』，宋島作『秋水』。

④ 來：品彙作『深』。

【注釋】

〔一〕撰力：詩歌創作能力與水平。

哭宗密禪師

鳥道雪岑巔，師亡誰去禪。此等句義，惟師有之。〔一〕几塵增滅後，樹色改生前。分明『几塵』『樹色』，都是幻象。層塔當松吹，殘踪傍野泉。唯①嗟聽經虎，時到壞菴邊。寫得虎有泪。

【趙本】『樹色改生前』，不必定『改』，〔二〕自詩人眼中如此。

【校記】

①唯：趙本作『惟』。

【注釋】

〔一〕師：指賈島。

〔二〕定：確定，一定。

宿山寺①

衆岫聳寒色，精廬向此分。流星透疏木，走月逆②行雲。『透』字、『走』字過於煉字，反帶傖氣。〔一〕絶頂人來少，高松鶴不群。一僧年八十，世事未曾聞。結超古無上。

【校記】

① 宿山寺：三體（卷六）作『暮過山寺』。

② 逆：律髓（卷四七）作『送』。

【注釋】

〔一〕傖氣：粗魯的習氣。清王士禛《居易録》（卷五）：『何遜詩「薄雲岩際出，初月波中上」，佳句也。杜甫偷其語止改四字云：「薄雲岩際宿，孤月浪中翻。」便有傖氣。』

題竹谷上人院

禪庭高鳥道，回望極川原。樵徑連峰頂，石泉通竹根。刻煉。〔一〕木深猶積雪，山淺未聞猿。欲別塵中苦，願師貽一言。

【注釋】

〔一〕刻煉：雕琢錘煉。清黄景仁《詩評》：『二晁宗蘇參黄，其沈峻刻煉處，又公然有離立之勢。』

京北①原作

登原見城闕，策蹇思②炎天。日午路中客，槐花風處蟬。千古一情。〇此『處』字，唐人用法。【趙本】千古一情。遠山秦木③上，清渭漢陵前。何事居人世，皆從④名利牽。

【校記】

①京北：趙本作『京兆』，律髓（卷二六）作『寓北』。

②思：律髓作『畏』。

③木：律髓作『樹』。

④從：宋島、全詩（卷五七三）校『一作「因」』。

寄江上人

紫閣舊房在，新家中岳東。烟波千里隔，消息一朝通。此等不免率。〔一〕寒日汀洲路，秋晴島嶼風。分明杜陵葉，别後兩①經紅。

【校記】

①兩：宋島、全詩（卷五七三）校『一作「雨」』。

【注釋】

〔一〕率：直率。

送僧歸太白山

堅冰連夏處，『處』字又妙。〔一〕太白接青天。雲塞石房路，峰明雨外巔。王右丞『碧峰出山後』視此猶易盡。〔二〕夜禪臨虎穴，寒漱撇字法。龍泉。後會不期日，相逢應信緣。

【注釋】

〔一〕又：相對於前詩《京北原作》『槐花風處蟬』之『處』而言。參見《京北原作》懷民評點。

〔二〕王右丞：王維。官至尚書右丞，故稱。生平詳見前《重訂中晚唐詩主客圖説》注釋〔九四〕『王摩詰』。『碧峰』句：王維《新晴野望》詩句。全詩云：『新晴原野曠，極目無氛垢。郭門臨渡頭，村樹連溪口。白水明田外，碧峰出山後。農月無閑人，傾家事南畝。』易盡：相對於『不盡』而言，謂蘊藉不够。『不盡』，即歐陽修《六一詩話》引梅堯臣所謂『含不盡之意，見於言外』。參見前《重訂中晚唐詩主客圖説》注釋〔七七〕。

送①過山村

數里聞寒水，山家少四鄰。怪禽啼曠野，落日恐行人。可畏！是謂能狀難顯。〔一〕【趙本】可畏！初月未終夕，邊烽不過秦。蕭條桑柘外，烟火漸相親。

【趙本】是謂能狀難顯。

【校記】

①送：劉本、趙本、宋島、三體（卷五）、全詩（卷五七三）作『暮』。

【注釋】

〔一〕狀難顯：即歐陽修《六一詩話》引梅堯臣所謂『狀難寫之景，如在目前；含不盡之意，見於言外』。詳見前《重訂中晚唐詩主客圖説》注釋〔七七〕。

鷺鷥

求魚未得食，一句傳神。沙岸往來行。島月獨栖影，暮天寒過聲。墮巢因木折，失侶遇弦驚。頻向烟霄望，吾知爾去程。

内道場僧宏紹

麟德燃①香請，長安春幾回。夜閑②同像寂，人知愛其『閑』，再不想如此寫。晝定爲吾開。人知崇其『定』，再不料如此對。〇三、四匪夷所思，然不如此，亦不能匠得出得道高僧。〔一〕【趙本】試問從何處來此意？又從何處對此句？真是奇絶！講罷松根老，經浮海水來。六年雙足履，祇步院中苔。真高絶。

【校記】

① 燃：趙本作『然』。

② 閑：宋島、全詩（卷五七三）校『一作「寒」』。

【注釋】

〔一〕匠：刻畫，描繪。詳見前《重訂中晚唐詩主客圖説》注釋〔八七〕『匠物』。得道：見前賈島《送賀蘭上人》注釋〔一〕。

留别光州王使君建①

杜陵千里外，期在末秋歸。既見林花落，須防木葉飛。『既見』『須防』四字中，有深感曲味。楚從何地②盡，淮隔數峰微。回首餘霞失，斜陽照客衣。看他通首更不著『使君』一句，而情誼自可想。

【校記】

① 建：英華（卷二八八）無此字。
② 地：趙本作『處』。

宿姚合宅寄張司業籍[1]

閑宵因集會[2]，柱史話先生。身愛無一事，心期往四明。十字贊司業超逸，〔一〕在古無上。松枝影搖動，石磬響寒清。誰伴南齋宿，月高霜滿城。

【校記】

① 籍：英華（卷二二五九）無此字。

② 集會：全詩（卷五七三）校『一本作「會集」』。

【注釋】

〔一〕司業：張籍。官終國子司業，故稱。生平詳見卷上《張籍傳》。

哭張籍

精靈歸恍惚，詩人關係。石磬韵曾聞。即從前詩來。〔一〕即日是前古，誰人耕此墳。舊游孤棹①遠，故域九江分。與哭東野詩五、六同意。〔二〕本欲蓬瀛去，餐芝御白雲。以溯作結，〔三〕亦是不結之結。

張、賈雖兩派，其性情相關處要無二致，〔四〕故須合訂。【趙本】張、賈雖是兩派……故須合訂。

【校記】

①棹：宋島作『枕』。

【注釋】

〔一〕前詩：指賈島《宿姚合宅寄張司業籍》所謂『石磬響寒清』。

〔二〕哭東野詩：即賈島《哭孟郊》。詩見前。

〔三〕溯：　謂追憶往事。

〔四〕二致：　不一致，兩樣。

靈準上人院

掩扉當太白①，臘數等松椿。禁漏來遙②夜，山泉落近鄰。經聲終卷曉，草色幾芽③春。海内知④名士，交游準上人。直結得古致。〔一〕

【校記】

① 當太白：　英華（卷二三七）作『常太半』。

② 遙：　英華、全詩（卷五七三）校『一作「遲」』。

③ 芽：　英華作『牙』。

④ 知：　趙本作『多』。

【注釋】

〔一〕古致：　古雅且有情致。

寄柳舍人宗元①

格與功俱造，何人意不降。一宵三夢柳，孤泊九秋江。擢第名重列，衝天字幾雙。尖酸。誓爲仙者僕，側執馭風幢。即執鞭欣慕之意，〔一〕而寫來入畫。

所以推崇柳州者至矣！〔二〕然亦止贊其文筆才力，而不及其他，即是有識處。

【校記】

① 宗元：　全詩（卷五七三）校『一本無「宗元」二字』。

【注釋】

〔一〕執鞭：　手握馬鞭，爲人駕馭車馬。亦指追隨別人。清宋犖《別張長人十九年矣遠道新篇見贈依韵奉答》：『詩來又得題襟樂，依舊低頭願執鞭。』

〔二〕柳州：柳宗元。因官終柳州刺史，故稱。

寄宋州田中丞

古郡近南徐，關河萬里餘。相思深夜雨①，未答去秋②書。自別知音少，難忘識面初。舊山期已久，門掩數畦蔬。僻澀。

【校記】

①雨：宋島、品彙（拾遺卷七）、律髓（卷二六）、全詩（卷五七三）作『後』。

②秋：英華（卷二五九）作『年』。

送朱休歸劍南

劍南歸受賀，太學賦聲雄。山路長江岸，朝陽十月中。芽新抽雪茗，枝重集猿楓。【趙本】此等却成累句，〔一〕勿學。卓氏琴臺廢，深蕪想徑通。

【注釋】

〔一〕累句：有問題、有瑕疵的句子。《宋書·宗室列傳·鮑照》（卷五一）：『照悟其旨，爲文多鄙言累句，當時咸謂照才盡，實不然也。』

送皇甫侍御

曉鐘催早朝，自是①赴嘉招。身②泊湘③江闊，田收④楚澤遥。雁驚起衰草，猿渴下寒條。得情尤在『渴』字。來使黔南日，時應問寂寥。賈師一生是寂寥。【趙本】賈生一生是寂寥。

【校記】

① 自是：英華（卷二七八）作『獨自』。

② 身：全詩（卷五七三）作『舟』。

③湘：英華作『襄』。
④收：英華作『妝』。

喜李餘自蜀至

迢遞岷峨外，西南驛路高。寫蜀道止一『高』字，下乃疏之。〔一〕幾程尋嶮棧，獨宿聽寒濤。白鳥飛還立，青猿斷更號。此等自是不經意處。【趙本】『號』字太重，宜避。往來從此過，詞體近風騷。

【注釋】

〔一〕下：下文，指頷聯和頸聯。疏之：闡釋『高』字。

王侍御南原莊

買得足雲地，地名奇。新栽藥數窠。峰頭盤一徑，『盤』字匠。〔一〕原下注雙河。『注』字匠。春寺閑眠久，晴臺獨上多。高致須看『久』字、『多』字。〔二〕南齋宿雨後①，仍許重來過②。

【校記】

① 後：英華（卷三一九）、全詩（卷五七三）校『一作「夜」』。

② 過：宋島、英華、全詩作『歷』。

【注釋】

〔一〕匠：見卷上張籍《山中古祠》注釋〔一〕。

〔二〕高致：高雅的情致。參見張籍《春日李舍人宅見兩省諸公唱和因書情即事》注釋〔三〕。

送僧

此生披衲過，在世①得身閑。日午游都市，天寒往華山。於極尋常中可想！極神異！全由合寫得法也。〔一〕〇此與寄張司業詩同意。〔二〕言歸文字外，意出②有無間。仙掌雲邊樹，巢禽時出關。

【校記】

① 世：宋島作『此』。

② 出：趙本作『在』。

【注釋】

〔一〕合寫：謂二句從不同角度描寫『僧』友『身閑』。

〔二〕寄張司業詩：指賈島《宿姚合宅寄張司業籍》。詩見前。

送僧

大内曾持論，天南化俗行。舊房山雪在，春草岳陽生。此等思力煉功，皆非李洞以下所可造。〔一〕

○賈集中，此爲最上乘，後來未易領會。〔二〕曉了蓮經義，堪任寶蓋迎。王侯皆護法，何寺講鐘鳴。

【注釋】

〔一〕造：達到某種藝術境界。宋陸游《老學菴筆記》（卷二）：『吾力學三十年，今乃能造此地。』

〔二〕後來：後人。《後漢書·盧植傳》（卷六四）：『宜置博士，爲立學官，以助後來，以廣聖意。』

送惟一游清涼寺

去有巡臺侶，荒溪衆樹分。瓶殘秦地水，錫入晉山雲。秋月離喧見，可知『喧』中不爲『見』月。人間②臨欲別，句日雨寒泉出①定聞。可知『定』中未嘗『聞』泉。○三、四妙矣！五、六之妙乃尤殊絶。紛紛。

【校記】

①出：百家（卷一五）作『入』。

②間：百家作『關』。

送烏行中還① 石淙② 別業

寒水長繩汲，丁泠數滴翻。草通石淙脉，硯帶海潮痕。岳色何曾遠，蟬聲尚未繁。勞思當此夕，苗稼在西原。

【校記】

① 還：宋島、全詩（卷五七二）無此字。

② 淙：宋島、全詩校『一作「琮」』。

代舊將

舊事説如夢，誰當信老夫。戰場幾處在，部曲一人無。彌淡彌永。【趙本】淡味彌永。落日收疲①馬，晴天曬陣圖。後半仍是本體。〔一〕猶希聖朝用，自鑷白髭鬚。

以下五首附於集後者，龔賢訂《中晚唐詩》賈集所不載。〔二〕今按：其體格淺淡清妙，[三]大不類賈生口吻，却與『張王』逼近；或浪仙少時所擬，後乃獨闢生峭之門。[四]録之，并見張、賈同宗，學者出入彼此，互見不妨。【趙本】自此以下五首附於集後者也，龔賢訂《中晚唐詩》賈島集中不載。今按：其體格淺淡清妙，大不類賈生口吻，乃極似『張王』；或浪仙少年所擬，後始獨開生峭之門耶？鈔之，足見張、賈同宗，學者出入彼此，互見不妨。

【校記】

① 疲：才調（卷一）、全詩（卷五七四）作『病』。

【注釋】

〔一〕本體：賈島詩體。島名無本，故稱。

〔二〕龔賢：見前《重訂中晚唐詩主客圖説》注釋〔五五〕『龔半千』。《中晚唐詩》：即《中晚唐詩紀》。見前《重訂中晚唐詩主客圖説》注釋〔五五〕『《中晚唐詩紀》』。

〔三〕體格：指詩歌藝術風格。詳見前《重訂中晚唐詩主客圖説》注釋〔一六〕。

〔四〕生峭：生新奇險。

春行

去去行人遠，塵隨馬不窮。旅情斜日後，一拍可念。〔一〕春色早烟中。一指如歷，〔二〕愈淡愈永。

【趙本】愈淡愈永。

流水穿空館，閑花發故宫。【趙本】閑句都似水部。〔三〕舊鄉千里思，池上緑楊風。

【注釋】

〔一〕一拍：謂簡略寫及。拍，吟咏。唐吕岩《七夕》：『父子生來有兩口，多好歌笙不好拍。』原注：『拍，吟也。』可念：可愛。詳見前賈島《訪李甘原居》注釋〔一〕。

〔二〕一指：見卷上張籍《送蠻客》注釋〔一〕。

〔三〕閑句：見卷上于鵠《春山居》注釋〔一〕。水部：張籍。曾官水部員外郎，故稱。生平詳見卷上《張籍傳》。

早行

早起赴前程，鄰雞尚未鳴。主人燈下別，羸馬暗①中行。此即發難顯。〔一〕蹋石新霜滑，穿林宿鳥驚。水部句。〔二〕遠山鐘動後，曙色漸分明。

【校記】

① 暗：英華（卷二九四）作『月』。

【注釋】

〔一〕發難顯：即歐陽修《六一詩話》引梅堯臣所謂『狀難寫之景，如在目前；含不盡之意，見於言外』，也包括『發難顯之情』。詳見前《重訂中晚唐詩主客圖説》注釋〔七七〕。

〔二〕水部：張籍。曾官水部員外郎，故稱。生平詳見卷上《張籍傳》。

送人南歸

分手向天涯，從古通。〔一〕迢迢泛海波。【趙本】『歌』『麻』古通，故得借韻。〔二〕雖然南地遠，見説北人多。山暖花常發，秋深雁不過。炎方饒勝事，此去莫蹉跎。

【注釋】

〔一〕從古通：依古代聲律可以通押，即『涯』屬於『麻』韻，『波』『多』『過』『跎』屬於『歌』韻，古代通押。

〔二〕借韻：見卷上崔塗《題興善寺隋松院與人期不至》注釋〔一〕。

清明日園林寄友人

今日清明節，園林勝事偏。晴風吹柳絮，新火起厨烟。杜草開三徑，文章憶二賢。即『羊求』二賢。〔一〕【趙本】即『羊求』二仲也。幾時①能命駕，對酒落花前。結率意。〔二〕

【校記】

① 時：《文淵閣四庫全書》本《歲時雜咏》（卷一四）作『人』。

【注釋】

〔一〕羊求：東漢高士羊仲、求（一作『裘』）仲的并稱，又稱『二仲』。《初學記》卷一八《交友》引漢趙岐《三輔決録》：『蔣詡字元卿，舍中三徑，唯羊仲、裘仲從之游。二仲皆推廉逃名。』後用以泛指廉潔隱退之士。

〔二〕率意：直率。

送耿處士

一瓶離別酒，未盡即言行。萬水①千山路，孤舟幾月②程。【趙本】（『孤舟』句）如不善學，便成滑調。〔一〕川原秋色静，蘆葦晚風鳴③。迢遞不歸客，人傳虛隱名。

【增補】

此詩底本、劉本、李本未選，據趙本補。

【校記】

①水：品彙（拾遺卷七）作『里』。

②月：品彙作『日』。

③鳴：英華（卷二三〇）作『輕』。

【注釋】

〔一〕滑調：指華而不實的文風。滑，油滑。

寄慈恩寺郁上①人

中秋期夕望，虛室省相容。北斗生清漏，南山出碧重。露寒鳩宿竹②，鴻過月懸③鐘。

此夜情應切，衡陽舊住峰。

【增補】

此詩底本、劉本、李本未選，據趙本補。

【校記】

①上：宋島作『山』。

②竹：宋島作『雨』。

③懸：宋島、全詩（卷五七三）作『圓』。

夏夜

原寺偏鄰近，開門物景澄。磬通多葉罅，【趙本】極力刻入，〔一〕然作者、讀者俱費事。月離片雲稜。寄宿山中鳥，相尋海畔僧。惟①愁秋色至，乍可在炎蒸。

【增補】

此詩底本、劉本、李本未選，據趙本補。

【校記】

①惟：宋島、律髓（卷一一）、全詩（卷五七二）作『唯』。

【注釋】

〔一〕刻入：雕琢深入。謂構思新奇峭拔。

寄令狐綯①相公

官蒙明②敕授，老免③把犁鋤。一主長江印，三封東省書。不無濠上思，唯食圃中蔬。夢幻將泡影，浮生事止④如。

【趙本】詩亦無好處，存之見其行事。

【增補】

此詩底本、劉本、李本未選，據趙本補。

【校記】

①絇：　全詩（卷五七三）校『一本無「絇」字』。

②蒙明：　宋島、全詩作『高頻』。

③免：　宋島作『色』。

④止：　宋島、全詩作『祇』。

李洞

李洞傳

洞，字才江，京兆人，〔一〕諸王孫也。〔二〕慕賈島爲詩，鑄其像，事之如神。時人但誚其僻澀，不能貴其奇峭，唯吴融稱之。〔三〕昭宗時，不第，游蜀卒。詩三卷①。按：融字子華，越州人。〔四〕龍紀進士，〔五〕累晋户部侍郎。〔六〕昭宗反正，〔七〕造次草詔，〔八〕無不稱旨。〔九〕有《唐英集》三卷，與韓致光齊名。〔一〇〕

【校記】

① 詩三卷：趙本無此三字。

【注釋】

〔一〕京兆：府名。治長安城朱雀大街西光德坊。《新唐書·地理志一》（卷三七）：『京兆府京兆郡，本雍州，開元元年爲府。……天寶元年……領縣二十：萬年、長安、咸陽、興平、雲陽、涇陽、三原、渭南、昭應、高陵、同官、富平、藍田、鄠、奉天、好畤、武功、醴泉、華原、美原。』《舊唐書·地理志一》（卷三八）：『京兆府。……理京城之光德坊。』

〔二〕諸王孫：李洞當爲唐高祖李淵叔父蔡王岡之十一世孫。《新唐書·宗室世系表上》（卷七〇上）『蔡王房』：『蔡王岡……（十一世孫）陪位出身洞。』徐按：《新唐書》校勘記云，『蔡王岡：「岡」，本書卷七八及舊書卷六〇《宗室傳》并作「蔚」』。

〔三〕吴融稱之：見載於五代王定保《唐摭言》。其卷一〇『海叙不遇』條：『李洞……時人但誚其僻澀，而不能貴其奇峭，唯吴子華深知之。子華才力浩大，八面受敵，以八韵著稱。游刃頗攻騷雅，常以百篇示洞，洞曰：「大兄所示百篇中，有一聯絶唱，《西昌新亭》曰：『暖漾魚遺子，晴游鹿引麛。』」子華不怨所鄙，而喜其所許。』

〔四〕越州：見卷上《朱慶餘傳》注釋〔二〕。

〔五〕龍紀：指唐昭宗龍紀元年（八八九）。元辛文房《唐才子傳·吴融》：『龍紀元年，李瀚榜及進士第。』

〔六〕户部侍郎：見卷上《司空圖傳》注釋〔七〕『侍郎』。

〔七〕反正：指唐昭宗於光化三年（九〇〇）十一月遭宦官廢黜而於天复元年（九〇一）正月復位之事。《舊唐書·昭宗本紀》（卷二〇上）：『（光化三年十一月）庚寅，左右軍中尉劉季述、王仲先廢昭宗，幽於東内問安宫，請皇太子裕監國。』『甲午，宣上皇制，太子登皇帝位，宰臣、百寮、方鎮加爵進秩。』『時朱全忠在定州行營，崔胤與前左僕射張濬告難於全忠，請以兵問罪，全忠自行營還大梁。』『十二月……癸未夜，護駕鹽州都将孫德昭、周承誨、董彦弼以兵攻劉季述、王仲先，殺仲先……宫人破鑰，帝與皇后方得出。』『天復元年春正月甲申朔，昭宗反正，登長樂門樓，受朝賀。』

〔八〕造次：倉促，匆忙。《後漢書·吴漢傳》（卷一八）：『漢爲人質厚少文，造次不能以辭自達。』

〔九〕無不稱旨：事見史載。《新唐書·吴融傳》（卷二〇三）：『昭宗反正，御南闕，群臣稱賀，融最先至。于時左右歡駭，帝有指授，疊十許稿，融跪作詔，少選成，語當意詳，帝咨賞良厚。進户部侍郎。』

〔一〇〕韓致光：韓偓（八四二—九二三）。晚唐詩人。字致光（一説「致堯」），晚號玉山樵人。唐京兆萬年（今陝西西安市）人。龍紀元年（八八九）進士，佐河中幕，召拜左拾遺，累遷左諫議大夫，歷翰林學士、中書舍人、兵部侍郎。以不附朱全忠，貶濮州司馬、鄭州司馬。後爲避迫害而舉族南入閩，依王審知而卒。

《北夢瑣言》①：『洞三榜，裴贄②第二榜，[一]策夜，[二]簾前獻詩云③：「公道此時如不得，昭陵慟哭一生休。[三]」尋卒蜀中。贄④無子，人謂屈洞所致⑤。』

【校記】

①檢今存五代孫光憲《北夢瑣言》，不見所引文字，懷民當據宋計有功《唐詩紀事·李洞》（卷五八）此段文字後所注『《北夢瑣言》』。所引文字最早實見於《唐摭言》（卷一〇）『海叙不遇』條。

②贄：《唐摭言》作『公』。

③簾前獻詩云：《唐摭言》作『簾獻曰』。

④贄：《唐摭言》作『裴公』。

⑤所致：《唐摭言》作『之致也』。

【注釋】

[一]三榜：謂李洞第三次參加科舉考試。榜，告示應試録取的名單。裴贄（？—九〇五）：字敬臣，及進士第，擢右補闕、御史中丞、刑部尚書。昭宗時，拜中書侍郎，兼本官同中書門下平章事，

尋兼户部尚書。帝幸鳳翔，爲大明宫留守，罷；俄進尚書左僕射，以司空致仕，爲朱全忠所害。生平事迹見《新唐書·裴贄傳》（卷一百八二）。第二榜：謂裴贄第二次知貢舉。據徐松《登科記考》（卷二四）載，事在大顺二年（八九一）。

〔二〕策夜：試策之夜。策，試策。唐科考場次之一。通常从早晨考至當天晚上點完三根蠟燭爲止。明胡震亨《唐音癸籤》（卷一八）『進士科故實』條：『唐進士初止試策。調露中，始試帖經；經通，試雜文，謂有韻律之文，即詩賦也；雜文又通，試策。凡三場。其後先試雜文，次試論，試策，試帖經爲四場。第一場雜文放者，始得試二、三、四場。』『試夜給燭三條。韋承貽《都堂紀事》：「三條燭盡鐘初動，九轉丹成鼎未開。」』

〔三〕昭陵：唐太宗陵墓名。在今陝西省禮泉縣九嵕山。唐太宗重視選拔、任用人才，積極推行科舉制度。五代王定保《唐摭言》（卷一五）『雜記』：『貞觀初放榜日，上私幸端門，見進士於榜下綴行而出，喜謂侍臣曰：「天下英雄，入吾彀中矣！」』

懷民按：才江無古詩，五七律及絶句、長排，俱師閬仙。〔一〕五言尤逼肖，一字一句必依賈生格式，〔二〕當其得意，幾於緑玉楮葉。〔三〕而負性孤僻，筆端峭直，實由天授，非他人所能及。惜生也晚，不能如朱慶餘之遇水部，〔四〕落拓終身，抱鬱以卒。然其誠心鑄像，克肖厥師，〔五〕宜有閬仙神助，即亦不啻朱君之受律格也。推爲上入室，學者不得與唐末詩體同論。

【注釋】

〔一〕閬仙：賈島之字。一作『浪仙』。生平見本卷《賈島傳》。

〔二〕賈生：賈島。

〔三〕緑玉楮葉：緑色的以玉刻成的楮葉。借指幾可亂真的倣作。典出《韓非子·喻老》：『宋人有爲其君以象爲楮葉者，三年而成。豐殺莖柯，毫芒繁澤，亂之楮葉之中而不可别也。』象，象牙。其他書或作『玉』，如《太平御覽·工藝部九·巧》（卷七五二）。楮，一種落葉喬木，葉子可造紙。明馮夢龍《智囊補·明智·經務序》：『寧爲鉛刀，毋爲楮葉。』

〔四〕水部：張籍。曾官水部員外郎，故稱。生平詳見卷上《張籍傳》。

〔五〕克肖：相似。唐韓愈《平淮西碑》：『天以唐克肖其德，聖子神孫繼繼承承於千萬年。』厥：其。《書·伊訓》：『古有夏先后，方懋厥德，罔有天災。』

贈唐山人

垂鬚長似①髪，【趙本】人奇詩奇。七十色②如黳。人奇語奇。醉眼青天小，吟情太華低。不言眼大而曰天小，不言情高而曰華低，〔一〕正是善於用筆處。千年松繞屋，半夜雨連溪。③二語正得無本格力。〔二〕【劉本】二句正得燕本格力。〔三〕邛蜀路無限，往來琴獨④携。

【趙本】黳，小黑子也。《酉陽雜俎》：『釋子希遁，深於繕生之術，見海州司馬鬢白，曰：「貧道爲公擇日拔之。」經五六日，爲鑷其半，及生，色若黳矣。』

【校記】

①似：英華（卷二三二）作『我』。

②色：英華作『黑』。

③頸聯英華作『房烘離海日，舟陷落潮泥』。

④獨：英華、紀事（卷五〇）作『自』。

【注釋】

〔一〕華：太華山，即西岳華山。在今陝西華陰市。因其西有少華山，故稱『太華』。

〔二〕無本：賈島之名。生平見本卷《賈島傳》。格力：指詩歌的格調和藝術表現力。唐元稹《上令狐相公詩啓》：『然以爲律體卑痹，格力不揚，苟無姿態，則陷流俗。』

〔三〕燕本：賈島。詳見本卷《賈島傳》懷民按語注釋〔四〕。

送雲卿上人游安南①

春往海南②邊，秋聞半夜③蟬。言自春歷秋也。【趙本】言自春徂秋也。鯨吞④洗鉢水，犀觸點燈船。【趙本】力搜奇險，何必真見？確如真也。【趙本】力搜奇險。島嶼分諸國，星河共一天。偏於此處説，妙！【趙本】偏如此説，妙！長安⑤却回⑥日，松偃舊房前。

【校記】

①詩題又玄（卷下）、英華（卷二二三）、律髓（卷四）作『送僧游南海』，三體（卷五）作『送僧還南海』。
②海南：三體作『南海』。
③半夜：又玄作『平路』，英華、紀事（卷五八）作『半路』。
④吞：又玄、英華作『吹』。
⑤安：紀事作『空』。
⑥回：又玄、紀事作『歸』。

鄭補闕山居

高節諫垣客，白雲居静坊。馬饑餐落葉，鶴病曬殘陽。清瘦，得無本之髓。〔一〕【劉本】清瘦，得燕本之髓。〔二〕野霧昏朝燭，溪箋惹御香。相招倚蒲壁，論句夜何長。

【趙本】三、四清瘦，得燕本之髓。

【注釋】

〔一〕無本：賈島之名。生平見本卷《賈島傳》。

〔二〕燕本：賈島。詳見本卷《賈島傳》懷民按語注釋〔四〕。

送曹郎中①南歸時南中用軍②

桂水净③和天，南歸似謫仙。繫緣輕象笏，買布接蠻船。此對句尤妙！海氣蒸鼙軟④，江風激⑤箭偏。罷郎吟亂裏⑥，帝遠豈知賢。

【校記】

①中：英華（卷二八〇）後有『棄官』二字，全詩（卷七二一）校『一本有「罷官」二字』。

②時南中用軍：英華無此五字。

③净：英華作『清』。

④軟：全詩校『一作「濕」』。

⑤激：英華作『擘』，注『疑作「劈」』。

⑥裏：英華作『里』。

錦江陪兵部鄭侍郎話詩着棋①

落葉濺吟身，會棋雲外②人。海枯搜③不盡，天定着④常⑤新。道家語。○神箭欲透七札。〔一〕月上分題遍，鐘殘布子匀。⑥六句皆分對。〔二〕忘餐二絶境⑦，取意鑄⑧陶鈞。結嫌頭巾氣。〔三〕

凡於人情物理透闢確不可易者，乃到家者也。〔四〕故後此凡有類是者，皆謂之『到家語』；其不到家者，顛撲易破，〔五〕理不足故也，嚴滄浪言不多窮理不足以極其至，〔六〕正此之謂也。【劉本】凡於人情物理透闢確不可易者，乃到家語也。……正此之謂也。【趙本】神箭直透七札。

【校記】

①詩題英華（卷二四六）作『和兵部永崇侍郎勾筵茶席』。

②雲外：英華作『雲雪』，全詩（卷七二一）校『一作「風雪」』。

③搜：全詩校『一作「談」』。

④定着：英華作『在下』。

⑤常：英華、全詩作『長』。

⑥頸聯全詩校『一作「穿闗茅山敵，臨江謝客鄰」』。

⑦『忘餐』句：英華作『忘機二高客』。

⑧取意鑄：英華作『絶意任』。

【注釋】

〔一〕神箭：喻頷聯的藝術表現力。七札：七層鎧甲。札，鎧甲葉片。《左傳·成公十六年》：『潘尪之黨，與養由基蹲甲而射之，徹七札焉。』

〔二〕六句皆分對：謂三聯皆分別對仗。

〔三〕頭巾氣：讀書人的迂腐習氣。明孫傳庭《朋來艸小序》：『情之所至，文亦同趣，一切道學氣、頭巾氣、腐鼠氣，盡掃而空之。』頭巾，明清時讀書人所戴的儒巾。清李漁《奈何天・慮婚》：『就是一頂秀才頭巾，也像天平冠一般，再也承受不起。』

〔四〕物理：事物的道理與規律。到家：見卷上張籍《晚秋閑居》注釋〔一〕。

〔五〕顛撲易破：『顛撲不破』的反義語。比喻言論、學説不可靠，容易被推翻、駁倒。

〔六〕嚴滄浪：宋人嚴羽。詳見前《重訂中晚唐詩主客圖説》注釋〔三九〕。不多窮理不足以極其至：語出嚴羽《滄浪詩話》。其《詩辨》：『夫詩有別材，非關書也；詩有別趣，非關理也。然非多讀書，多窮理，則不能極其至。所謂不涉理路，不落言筌者，上也。』

送沈光赴福幕①

泉齊嶺②鳥飛，瀑布也。雨熟③荔枝肥。南斗看應近，北人來恐④稀。潮浮廉使宴，珠照島僧歸。真島師。幕下逢⑤還拜，何官著茜衣。閑逸。

【校記】

①詩題英華(卷二八〇)作『送福州從事』。

②泉齊嶺：英華作『嶺前齊』。

③熟：英華作『過』。

④恐：英華作『甚』。

⑤逢：英華作『聞』。

鄠郊山舍題趙處士林亭①

圭峰秋後疊②，亂葉落寒墟③。（『疊』『墟』）字先求生。〔一〕四五百竿竹，二三千卷書。此從賈派變出，句法亦變。然止可偶爲之，若專以此見長，則陋矣。【趙本】真島。〔二〕雲深猿拾④栗，雨霽蟻緣⑤蔬。【趙本】（『雨霽』句）真島。祇隔門前水，如同萬里餘。

【校記】

①詩題三體(卷五)作『鄠北李生舍』;鄠,全詩(卷七二一)校『一作「酆」』。
②疊:三體作『夜』,全詩校『一作「矗」』。
③墟:三體作『虚』。
④拾:三體作『盜』。
⑤緣:三體作『沾』。

【注釋】

〔一〕生:陌生。謂生新、新奇。
〔二〕真島:謂二句酷似賈島詩句。島,賈島。生平詳見本卷《賈島傳》。

賦得送賈島謫長江

敲驢①吟雪月,浪仙小像。〔二〕【趙本】妙! 謫出國西門。行傍長江影,秋②深汨水魂。極推贊。

筇③携過竹④寺，琴典⑤在花村。饑拾⑥山松子⑦，誰知賈傳孫。極推贊。

長江之謫，豈得與屈、賈比？〔二〕才江既篤好其詩，遂以鑄其人，〔三〕直使與二人同列，所以爲極贊之也。【趙本】首句五字傳神。

【校記】

①驢：紀事（卷五八）作『爐』。

②秋：全詩（卷七二一）、紀事作『愁』。

③筇：紀事作『印』。

④竹：紀事作『燒』。

⑤典：紀事作『曲』。

⑥拾：紀事作『食』。

⑦子：趙本作『食』。

【注釋】

〔一〕浪仙：賈島之字。一作『閬仙』。生平見本卷《賈島傳》。

〔二〕屈、賈：分别指屈原和賈誼。

〔三〕鑄其人：事見前《李洞傳》。

河陽道中

衝風仍躡凍，提轡手頻呵。此語未超健。〔一〕【趙本】極力摹寫。得事應須早，此所感。愁人不在多。雪田平入塞，『平』字煉。烟郭曲隨河。畫。〔二〕翻憶江濤裏，【趙本】真島。〔三〕船中睡蓋蓑。真島。

【注釋】

〔一〕超健：脱俗而勁健。

〔二〕畫：謂描繪如畫。

〔三〕真島：謂此句酷似賈島詩句。島，賈島。生平詳見本卷《賈島傳》。

送知己赴濮州

中路行僧謁，【趙本】一起便捉住。〔一〕郵亭話海濤。一起便捉住，想與興俱超超。〔二〕劍搖林狖落，旗閃岳禽高。憑空結撰。〔三〕苔長空州獄①，花開夢省曹。此人必由省郎出也，〔四〕然題中亦不必補注。【趙本】（『花開』句）無思不到。濮陽流政化，一半布②風騷。【趙本】純是想，純是興。

【校記】

①獄：英華（卷二八〇）作『嶽』。

②布：英華、全詩（卷七二一）校『一作「有」』。

【注釋】

〔一〕捉住：抓住讀者的注意力，引人入勝。

〔二〕想與興：想象與興致。超超：超出塵俗。唐李延壽《南史·劉訏傳》（卷四九）：『訏超超越俗，如半天朱霞。歘獝獝出塵，如雲中白鶴。』

〔三〕結撰：見卷上劉得仁《聽夜泉》注釋〔一〕。

〔四〕省郎：尚書省各司所設郎中、員外郎。

送行脚僧

瓶枕繞腰垂，匠出古怪。〔一〕【趙本】祇求真。出門何所之。毳衣沾雨重，字匠。〔二〕【趙本】畫。〔三〕棕笠看山歀。字匠。【趙本】畫。夜觀入枯樹，『入』字妙！野眠逢斷碑。『逢』字尤妙！【趙本】（『野眠』句）畫。鄰房母泪下，相課別離詞。

此等想頭後人俱錯過，〔四〕由不解古人格律也。

【注釋】

〔一〕匠：刻畫，描繪。詳見前《重訂中晚唐詩主客圖説》注釋〔八七〕『匠物』。古怪：奇異。明劉基《題王元章梅花圖》：『春窗走筆生古怪，中有窈窕傾城姿。』

〔二〕匠：見卷上張籍《山中古祠》注釋〔一〕。

〔三〕畫：謂描繪如畫。

〔四〕想頭：指構思立意。明謝榛《四溟詩話》卷四：『作詩有學釀蜜法者，要在想頭別爾。』

送安撫從兄① 夷偶中丞

奉詔向軍前，朱袍映雪鮮。畫一筆。河橋吹角凍，岳月捲旗圓。極追賈師，并用其韵調。〔一〕【趙本】（『岳月』句）明倣賈。僧救焚經火，人修著釣船。妙！以此二句寫『安撫』。六州安撫後，萬户解衣眠。

【校記】

①兄：全詩（卷七二一）校『一作「口」』。

【注釋】

〔一〕賈師：賈島。生平見本卷《賈島傳》。徐按：後趙本所謂『賈』所指同。

送①遠上人

海岳②兩③無邊，去來都偶然。齒因吟後冷，心向静中圓。禪悦積習。〔一〕【趙本】（『心向』句）無本語。〔二〕蟲網花間④井，鴻鳴⑤雨後⑥天。葉書歸舊寺，應附載⑦鐘船。

【校記】

①送：英華（卷二二三）作『題贈』。

②岳：英華、全詩（卷七二二）校『一作「島」』。

③兩：英華作『南』。

④間：英華作『宫』。

⑤鳴：英華、全詩校『一作「嘶」』。

⑥後：英華作『夜』。

⑦附載：英華作『載附』。

【注釋】

〔一〕禪悦：見本卷賈島《青門里作》注釋〔一〕。

〔二〕無本：賈島之名。生平見本卷《賈島傳》。

宿鳳翔天柱寺窮易元① 上人院②

天柱暮相逢，吟思天柱峰。墨研青③露月，茶吸白雲鐘。【趙本】此等却成肖病。〔二〕卧語身粘蘚，行④禪頂拂松。探元⑤爲一訣⑥，明日去臨邛。

【校記】

①元：趙本無此字，英華（卷二三八）、律髓（卷四七）、全詩（卷七二二）作『玄』。

②院：英華、律髓、全詩作『房』。

③青：英華、律髓、全詩作『清』。

④行：英華作『參』，校『一作「安」』。

⑤ 探元：英華、律髓、全詩作『探玄』；探，英華、律髓校『一作「深」』。
⑥ 訣：全詩作『决』。

【注釋】

〔一〕肖病：疑爲『峭病』之誤。峭病，刻意追求奇險的創作傾向。語出孟郊《戲贈無本》二首其一：『金痍非戰痕，峭病方在兹。』

下第送張霞歸覲江南

此道背於時，得此五字，入古人不難矣。〔一〕【趙本】今人不解此語。携歸一軸詩。樹沈孤鳥遠，風逆蹇驢遲。苦寫，逼真。草入吟房壞，苦思至此。潮衝釣石移。苦思至此。○匠出荒色，〔二〕正爲下第致感。〔三〕恐傷歡覲意，半路摘愁髭。苦思至此。○歸覲如此點，情感尤深。【趙本】（『半路』句）苦思至此。

此等以下第爲主，而歸覲帶言之。若泛作思親腐語，則八寸三頭巾人人可帶戴矣。〔四〕

【注釋】

〔一〕入古人： 謂懂得李洞等晚唐窮士詩人的内心世界。

〔二〕匠： 刻畫，描繪。 詳見前《重訂中晚唐詩主客圖説》注釋〔八七〕『匠物』。 荒色： 荒凉的景象。

〔三〕致感： 表達情感。 南朝梁劉勰《文心雕龍·誄碑》： 『始序致感，遂爲後式，景而效者，彌取於工矣。』此謂烘托下第的感傷。 徐按： 釣石，隱含歸隱之意。

〔四〕八寸三頭巾： 喻到處適用的迂腐套語。 八寸三，指人人適用的帽子。 清魏禧《日録雜説》：『古今道理、經濟，有一種八寸三分帽，却人人戴得恰好者，切莫認作先儒正心誠意，封建井田看。』頭巾，明清時讀書人所戴的儒巾。 此借指書生的迂腐習氣。 參見前李洞《錦江陪兵部鄭侍郎話詩着棋》注釋〔三〕『頭巾氣』。

送人之①天台

行李一枝藤②，高絶。雲邊扣曉③冰。冷絶。丹經如不謬，白髮亦何④能。淺井仙⑤人鏡，明珠海客燈。乃知真隱者，笑就漢廷⑥徵。

【趙本】必有此高人，乃得此高詩。

【校記】

①之：英華（卷二八〇）作『游』。

②枝藤：英華作『條籐』。

③扣曉：英華、全詩（卷七二一）作『曉扣』。

④亦何：英華作『若爲』。

⑤仙：英華作『山』。

⑥廷：英華作『庭』。

送張喬下第歸宣州

詩道世難通，歸寧楚浪中。早程殘岳月，夜泊隔淮鐘。一鏡隨雙鬢，全家老半峰。無成來往過，折盡謝亭松。

送盧①郎中赴金州

雲明天②嶺高，刺郡輟仙曹。危棧窺猿頂③，勝對句。公庭掃鶴毛。『頂』『毛』二字何處著想？〔二〕出軍青④壁罅，話道白眉毫。遠集歌謠客，州⑤前泊幾艘。

【趙本】凡學賈詩，俱善用『頂』字，亦奇。

【校記】

① 盧：全詩（卷七二一）校『一作「唐」』。
② 天：英華（卷二八〇）作『添』。
③ 猿頂：全詩校『一作「鴻背」』。
④ 青：英華作『明』。
⑤ 州：英華作『舟』。

【注釋】

〔一〕著想：想象。

山寺老僧

雲際衆僧裏，獨攢眉似愁。匠。〔一〕護茶高夏臘，愛火老春秋。海浪南曾病，河冰北苦游。歸來諸弟子，白遍後生頭。

【注釋】

〔一〕匠：見卷上張籍《山中古祠》注釋〔一〕。

同僧宿道者院

携文過①水宿，拂席四廊塵。墜果敲樓瓦，高螢映鶴身。此間有三高人在。點燈吹葉火，談佛悟山人。盡有栖霞志，好謀三教鄰。

此等題若在後人，必極求切合儒、釋、道以爲制勝，不知正是俗；泛看他著意，〔一〕仍在賦此清境，而三教意至後半始略及之，乃正見格法之高。〔二〕

【校記】

①過：全詩（卷七二一）校『一作「三」』。

【注釋】

〔一〕泛：整體，籠統。著意：刻意，用心。詳見卷上張籍《霅溪西亭晚望》注釋〔一〕。

〔二〕格法：指堪爲範式的藝術表現技法。

古柏

手植知何代，年齊偃蓋松。結根生別樹，吹子落鄰峰。『古』字神妙。○言『古』而高大可知，然寫高大處，却用加倍法，〔一〕無一常意。古幹經龍嗅，意奇。高烟過雁衝。意新。可佳繁葉盡，聲不礙秋

鐘。【趙本】餘勇可賈。〔二〕

【注釋】

〔一〕加倍法：見卷上張籍《送友人歸山》注釋〔二〕『加倍寫』。

〔二〕餘勇可賈：謂古柏仍富有旺盛的生命力。

避地冬夜與二三禪侶吟集茅齋①

四海通禪客，搜吟會草亭②。然③髭孤燭白，閉目衆④山青。『雲生閉目中』又翻出此句。〔一〕松⑤掛敲冰杖，鑪⑥温注月瓶。獨愁懸⑦舊旆，笏冷立殘星。

【校記】

① 詩題英華（卷三一七）作『扶持山州避難冬夜二三禪侶吟茅齋』。徐按：英華署名『李涸』，『涸』當爲『洞』之形誤。

② 會草亭：英華作『葉擁扃』。

③然：趙本、英華、全詩（卷七二二）作『撚』。
④衆：英華作『亂』。
⑤松：英華作『壁』。
⑥罏：英華作『爐』。
⑦懸：英華作『銜』。

【注釋】

〔一〕『雲生』句：賈島《寄華山僧》詩句。詩見本卷賈島詩選。

弔草堂禪師

杖履①疑師在，房關四壁蛩。貯瓶經臘水，從『銅瓶結夜澌』來，〔一〕勝『殘踪傍野泉』。〔二〕響塔隔山鐘②。從『窗度雪樓鐘』來，〔三〕勝『層塔當松吹』。〔四〕乳鴿沿苔井③，齋猿散雪峰。寫得猿有泪。如何不相接④，倚遍寺前松⑤。

自是學本師《哭宗密禪師》之作，〔五〕然亦不專此首。惟『齋猿散雪峰』句，從『惟嗟聽經

虎』一結化出，[六]遂各成其妙。此所以爲善學也。【趙本】不讓貫詩《哭柏岩和尚》。[七]

【重出】

《全唐詩》卷七二一收作李洞詩，卷五四四劉得仁詩集重出。《文苑英華》卷三〇五收此詩，題下未署名，亦未注『前人』，然其前詩《題山中故静禪師》署劉得仁，後詩《哭栖白》署李洞，據卷首目録『劉得仁一首 李洞二首』可知，此詩爲劉得仁之作，蓋未依體例而致題下遺漏『前人』二字。

【校記】

①履：全詩（卷七二一）作『屨』。
②山鐘：英華（卷三〇五）校『集作「生鐘」』。
③『乳鴿』句：英華校『集作「樵客收林果」』。
④相接：英華作『見性』，全詩（卷五四四）作『相見』。
⑤『倚遍』句：英華校『集作「星下哭雙松」』，全詩（卷七二一）校『一作「月下哭雙松」』。

【注釋】

〔一〕『銅瓶』句：賈島《送貞空二上人》詩句，詩見本卷賈島詩選。

〔二〕『殘蹤』句：賈島《哭宗密禪師》詩句，詩見本卷賈島詩選。

〔三〕『窗度』句：賈島《題朱慶餘所居》詩句，詩見本卷賈島詩選。

〔四〕『層塔』句：賈島《哭宗密禪師》詩句，詩見本卷賈島詩選。

〔五〕本師：業師。詳見卷上朱慶餘《送淮陰丁明府》注釋〔一〕。此指賈島。

〔六〕『惟嗟』句：賈島《哭宗密禪師》詩句，詩見本卷賈島詩選。一結：結尾。詳見卷上司空圖《上陌梯寺懷舊僧二首》其一注釋〔一〕。

〔七〕《哭柏岩和尚》：即賈島《哭柏岩禪師》，詩見本卷賈島詩選。

秋宿經①上人房②

江房無葉落，松影帶山高。滿寺中秋月，孤窗入夜濤。四句寫净境，有妙繪不能傳者。〔一〕舊真懸石③壁，衰④髮落⑤銅刀。煉字道響。○此地著此二語，格法高絶。〔二〕卧聽⑥曉耕者，與師知苦勞。

【校記】

①經：英華（卷二三八）作『荆』。

②房：英華作『禪房』。

③石：英華作『磬』。

④衰：英華作『老』。

⑤落：英華作『逐』。

⑥聽：英華作『看』。

【注釋】

〔一〕妙繪：絶妙的繪畫。傳：表達，描繪。《莊子·天道》：『意之所隨者，不可以言傳也。』

〔二〕格法：指堪爲範式的藝術表現技法。

喜鸞公自蜀歸

禁院對①生臺，尋師到②綠槐。寺高猿看講，『看』字妙。鐘動鳥知齋。『知』字妙。掃石月盈帚，濾泉花滿篩。歸來逢聖節，吟步上堯階。

【校記】

① 對：才調（卷九）、英華（卷二二三）作『閉』。

② 到：才調作『别』。

江峽寇亂寄懷吟僧

半錫探寒流，别師猿鶴洲。二三更後雨，四十字邊①秋。變調，〔一〕不可專以此見長。立塞吟霞石，敲礬看雪樓。扶親何處隱，驚夢入嵩邱。

【趙本】三、四及前《鄠郊山舍》，〔二〕皆學長江『一千尋樹直，三十六峰鄰』等句，〔三〕然長江句凡再見，〔四〕俱不佳，才江襲其調，可謂青出藍矣。學者須知，生造之句必有天成之趣乃佳。○賈詩『火燒岡斷草，風卷雪平沙』猶當遜此。〔五〕

【校記】

①邊：全詩（卷七二二）校『一作「論」』。

【注釋】

〔一〕變調：謂承傳賈島詩法而有所變化。

〔二〕《鄠郊山舍》：指李洞《鄠郊山舍題趙處士林亭》。詩見前。

〔三〕長江：賈島。曾官長江縣（治今四川蓬溪縣西）主簿，故稱。『一千』二句：賈島《送李登少府》詩句。全詩云：『伊陽耽酒尉，朗咏醉醒新。應見嵩山裏，明年躑躅春。一千尋樹直，三十六峰鄰。流水潺潺處，堅貞玉澗珉。』

〔四〕再見：多次出現。如『孤舟行一月，萬水與千岑』（《憶吴處士》頷聯）、『路遥千萬里，人別十三秋』（《懷博陵故人》頸聯）、『杜草開三徑，文章憶二賢』（《清明日園林寄友人》頸聯）等。

〔五〕『火燒』二句：賈島《送陳判官赴綏德》詩句。詩見本卷賈島詩選。

送人歸覲河中

青門冢前別，道路武關西。有寺雲連石，無僧葉滿溪。河長隨鳥盡，山遠與人齊。絶妙畫訣。觀省波濤縣，寒窗響曙雞。

後人不省，必謂前後七句與『歸覲』何涉？〔一〕

【注釋】

〔一〕前後七句：指『覲省波濤縣』前的六句與其後的一句。

中秋月

四十五秋宵，刻算太分明。〔一〕月分千里毫。陰①沉嵩②岳短，光溢太行③高。極意寫，然却似難如此分別。〔二〕【趙本】亦難如此分別。不寐清④人眼，移栖濕鶴毛。祇此五字，不能捨去此詩。露華臺上別，吟⑤望十年勞。

【校記】

①陰：英華（卷一五一）、全詩（卷七二一）作『冷』。

②嵩：英華、全詩作『中』。

③太行：英華作『大河』。

④清：全詩校『一作「醒」』。

⑤吟：英華作『愁』。

【注釋】

〔一〕刻算：刻意計算。分明：明確，具體。

〔二〕分別：謂分辨出『嵩岳短』與『太行高』。

周賀

周賀傳

賀，字南卿①，東洛人。〔一〕初爲浮屠，名清塞。杭州太守姚合愛其詩，〔二〕加以冠巾，〔三〕改名賀。

【校記】

①卿：趙本作『鄉』。

【注釋】

〔一〕東洛：指河南府洛陽縣（今河南洛陽市）。周賀《贈王道士》（見後）曾自謂『洛陽人』。

〔二〕姚合：　生平見卷上《姚合傳》。

〔三〕加以冠巾：　給戴上帽子和頭巾。謂使僧人還俗。宋陸游《老學菴筆記》（卷七）：『（杭僧思聰）挾琴游梁，日登中貴人之門。久之，遂還俗，爲御前使臣。方其將冠巾也，蘇叔黨因浙僧入都，送之詩曰：「試誦《北山移》，爲我招琴聰。」詩至已無及矣。』將冠巾，猶『加冠巾』。五代王定保《唐摭言》（卷一〇）『海叙不遇』：『周賀，少從浮圖，法名清塞，遇姚合而反初。』

懷民按：　南卿無古體，七言亦不多，五律六十餘篇皆學賈長江，〔一〕工力悉敵。周、賈同時，其出身由浮屠并同無本，〔二〕或亦猶水部之與司馬也。〔三〕檢選諸賢，定爲入室。

【注釋】

〔一〕賈長江：　賈島。曾官長江縣（治今四川蓬溪縣西）主簿，故稱。生平詳見本卷《賈島傳》。

〔二〕無本：　賈島之名。

〔三〕水部：　張籍。曾官水部員外郎，故稱。生平詳見卷上《張籍傳》。司馬：　王建。曾任陝州司馬，故稱。生平見卷上《王建傳》。

送耿山人歸湖南①

南行隨越②僧，別③業幾④池菱。故求尖刻。〔一〕○與『行李一枝藤』同一高致。〔二〕【趙本】（『別業』句）故求尖刻。兩鬢已垂雪⑤，五湖歸掛罾。清響戛然。夜濤鳴柵鎖，寒葦露船燈。此去應⑥無事，却來知不⑦能。

長江集中亦是杰作。〔三〕

【校記】

① 詩題三體（卷六）作『送耿山人游湖南』，紀事（卷七六）作『送耿逸人南歸』。
② 越：全詩（卷五〇三）校『一作「老」』。
③ 別：三體、紀事作『舊』。
④ 幾：三體、紀事作『一』。
⑤ 垂雪：宋賀、英華（卷二三二）、律髓（卷四八）、全詩作『垂白』，紀事作『如雪』。
⑥ 此去應：宋賀、英華、律髓作『此去已』，全詩作『去此應』，三體作『此去更』。

⑦ 知不：　英華作『知未』，三體作『猶未』，紀事作『期未』。

【注釋】

〔一〕尖刻：　怪僻生新。參見卷上項斯《邊游》注釋〔一〕『尖』。

〔二〕『行李』句：　李洞《送人之天台》詩句。詩見本卷李洞詩選。高致：　高雅情致。參見卷上張籍《春日李舍人宅見兩省諸公唱和因書情即事》注釋〔三〕。

〔三〕長江：　賈島。曾官長江縣（治今四川蓬溪縣西）主簿，故稱。生平詳見本卷《賈島傳》。

送省己上人歸太原

惜别聽邊漏，窗燈落燼①重。寒僧回絶塞，夕雪下窮冬。峭如峰，利如劍。出定②聞殘角，休兵見壞鋒③。奇險。【趙本】（『休兵』句）奇險。何年更來此，老却倚階松。

此篇具見力量，與賈師『送霄韻』篇正在伯仲之間，〔一〕餘子皆在下矣。〔二〕【趙本】全學賈師『送宵韻法師謁太原李司空』篇。

【校記】

① 燼：英華（卷二七九）作『盡』。

② 定：英華作『馬』。

③ 鋒：宋賀作『峰』。

【注釋】

〔一〕送霄韵：指賈島《送慈恩寺霄韵禪師謁太原李司空》。詩見本卷賈島詩選。徐按：後文趙本所謂『送宵韵法師謁太原李司空』所指同。

〔二〕餘子：其餘的人。指賈派其他門人的詩篇。

出關寄賈島①

舊鄉無子孫，誰共老青門。迢遞早秋路，別離深夜村。伊流偕遠②客，岳響答啼③猿。清響。學賈者必好用『岳』字，亦奇。【趙本】學賈師者好用『岳』字，亦奇。去後期招隱，何當復此言。

【校記】

① 詩題英華(卷二六一)、全詩(卷五〇三)校『一作「送客」』。

② 偕遠： 宋賀作『背遠』,全詩作『偕行』。

③ 啼： 英華、全詩校『一作「清」』。

暮冬長安旅舍

湖外誰相識,思歸日日頻。遍尋新住客,少見故鄉人。此學其『舊國別多日,故人無少年』等句。〔一〕【趙本】做佛賈生『舊國別多日,故人無少年』等句。失計空知命,勞生恥爲身。此等見唐人安身立命處,乃作詩之骨也。陶淵明之詩,獨高千古,亦於此等求之。【趙本】(『勞生』句)最是見解好。〔二〕惟①看洞庭樹,即是舊山春。

【校記】

① 惟： 全詩(卷五〇三)校『一作「閑」』。

【注釋】

〔一〕『舊國』二句：賈島《旅游》詩句。詩見本卷賈島詩選。

〔二〕最是見解好：謂此詩最佳處是抒發『勞生恥爲身』的人生感慨。

贈胡僧

瘦形①無血色，極畫！〔一〕高奇！亦加倍。〔二〕【劉本】極畫！高奇！亦加倍寫。草屨②著行③穿。【趙本】奇險極矣！不可輕摹。閑話④似持咒，妙！匠！〔三〕不眠同坐禪。妙！匠！背經來漢地，袒膊過冬天。情性人難會，游方應信緣。

與水部雖兩派，〔四〕而體例無二，學者辨之。

【校記】

①形：紀事（卷七六）作『影』。

②屨：英華（卷二二六一）、紀事作『履』。

③行：紀事作『從』。

④話：紀事作『語』。

【注釋】

〔一〕極畫：著力描繪、刻畫。

〔二〕加倍：見卷上張籍《送友人歸山》注釋〔二〕『加倍寫』。

〔三〕匠：見卷上張籍《山中古祠》注釋〔一〕。

〔四〕水部：張籍。曾官水部員外郎，故稱。生平詳見卷上《張籍傳》。

同朱慶餘宿翊西上人①房

溪僧還共謁，相與坐寒②天。屋雪凌高燭，【趙本】『凌』字。山茶稱遠泉。【趙本】『稱』字。夜清③更徹寺，空闊雁衝烟④。莫怪⑤多時話⑥，重來又隔年。

【校記】

① 翊西上人：英華（卷二一七）作『僧』。
② 寒：宋賀作『中』。
③ 清：英華校『集作「深」』。
④ 烟：宋賀作『天』。
⑤ 怪：英華作『惜』。
⑥ 話：英華作『坐』。

休糧①僧

一齋難過②日，况是③更休糧。養力時行道，聞鐘不上堂。說得妙！唯留温④藥火，未⑤寫化金⑥方。舊有山厨在，從僧請作房。妙！

【校記】

①休糧：英華（卷二三二）作『絶粒』，紀事（卷七六）作『贈絶粒』。

②過：趙本作『度』。

③是：英華、紀事作『復』。

④温：英華、紀事、弘秀（卷四）作『煨』。

⑤未：英華、紀事作『不』，弘秀作『豈』。

⑥金：英華作『銀』。

宿開元寺樓

西峰殘日落，誰見寂寥心。風骨稜稜，〔一〕突過長江。〔二〕孤枕客眠久，兩廊僧話①深。此與貫師『雲山僧説深』『深』字又别，〔三〕『雲山』句是極寫興會，『兩廊』句是極寫寂寥。寒扉關②雨氣，風葉隱鐘音③。愛此④東樓望，仍期别夜尋。

【趙本】風骨稜稜，突過長江。

【校記】

①話：全詩（卷五〇三）校『一作「語」』。
②闕：宋賀作『開』。
③音：宋賀作『陰』。
④愛此：宋賀、弘秀（卷四）作『此愛』。

【注釋】

〔一〕稜稜：見前《重訂中晚唐詩主客圖説》注釋〔一三九〕。
〔二〕突過：勝出。唐杜甫《蘇大侍禦訪江浦賦八韵記異》：『再聞誦新作，突過黄初詩。』長江：賈島。曾官長江縣（治今四川蓬溪縣西）主簿，故稱。生平詳見本卷《賈島傳》。
〔三〕『雲山』句：賈島《懷紫閣隱者》詩句。詩見本卷賈島詩選。

送僧還南岳①

辭僧下水棚②，因夢③岳鐘聲。直是賈句。遠④路⑤獨歸寺，幾時重⑥到城。風高寒葉⑦落，雨絶夜堂清。自説深⑧居後，鄰州亦不行。

【校記】

① 南岳：三體（卷六）作『岳』。
② 棚：全詩（卷五〇三）作『栅』。
③ 夢：三體、弘秀（卷四）作『聽』。
④ 遠：英華（卷二二二）作『徑』。
⑤ 路：全詩校『一作「客」』。
⑥ 重：趙本作『同』。
⑦ 葉：英華、三體作『木』。
⑧ 深：宋賀作『溪』。

山居① 秋思

一從雲水住，曾不下西岑。落木孤猿在，秋庭積霧深。②此清塞『真』也。〔一〕泉流通井脉，蟲響出墻陰。竟似有意襲『蟲響出秋蔬』句。〔二〕【趙本】（『蟲響』句）賈師『蟲響出秋蔬』。夜静溪③聲徹，寒燈尚獨④吟。清寒在目。

【校記】

① 居：紀事（卷七六）作『舍』。
② 頷聯紀事作『故水故園在，秋庭秋葉深』；霧，宋賀作『葉』。
③ 夜静溪：紀事作『静夜更』。
④ 尚獨：紀事作『獨自』。

【注釋】

〔一〕真：真實的山居環境。
〔二〕『蟲響』句：賈島《酬姚少府》詩句。詩見本卷賈島詩選。

入静隱寺途中作

亂雲迷①遠寺，入路認青松。鳥道②緣巢影，僧鞋印雪蹤。草烟連野燒，溪霧隔霜鐘。

更遇③樵人問④，猶言過數⑤峰。

【趙本】『迷』『認』『緣』『印』『連』『隔』，俱煉第三字，固是小疵，然真詩絶不關此，〔一〕後人遂多指摘矣。

【校記】

①迷：英華（卷二三七）作『遙』。

②道：英華作『翅』。

③遇：英華作『問』。

④問：英華作『院』，校『集作「説」』。

⑤數：全詩（卷五〇三）校『一作「幾」』。

【注釋】

〔一〕真詩：指抒寫真情實感的優秀詩作。

贈朱慶餘校書

風泉盡①結冰，寒夢②徹西陵。越信楚城得，當句對。〔一〕【趙本】妙！遠懷中夜興。此等妙處，難以迹求。〔二〕【趙本】妙！樹停沙島鶴，茶會石橋僧。非清塞不能爲此言。【趙本】（『茶會』句）固非清塞，不解作此語。寺閣連官舍，行吟過③幾層。

【趙本】三、四之妙，難以迹求。

【校記】

① 盡：全詩（卷五〇三）校『一作「夜」』。

② 夢：英華（卷二六一）校『一作「入」』。

③ 過：英華、全詩校『一作「到」』。

【注釋】

〔一〕當句對：謂『越信』對『楚城』。

〔二〕迹求：循迹尋求。謂依據文字去體味。徐按：這裏懷民强調的是生活體驗對於鑒賞詩歌的重要性。

贈王①道士

藥力資蒼鬢，應非舊日身。一爲嵩岳客，幾葬洛陽人。石②縫瓢探水，【趙本】此等亦是峭病。〔一〕雲根斧斫③薪。是峭病。關西來往路④，誰得水銀銀。

【校記】

①王：弘秀（卷四）無此字。
②石：紀事（卷七六）作『冰』。
③斫：英華（卷二二九）作『斷』，紀事作『斲』。
④路：紀事作『熟』。

【注釋】

〔一〕峭病：見本卷李洞《宿鳳翔天柱寺窮易元上人院》注釋〔一〕『肖病』。

冬日山居思鄉

大野始嚴凝，雲天曉色澄。樹寒稀宿鳥，【趙本】峭寒。山迴少來僧。清響。背日收窗雪，開爐釋硯冰。忽然歸故國，孤想寓西陵。

峭寒。

長安送人①

上②國多離别，年年渭水濱。空將未歸意，説向欲③行人。此却與張水部相近。〔一〕【趙本】此則張、賈合調者也。〔二〕雁④度池塘月⑤，山連井邑春。臨岐惜分手⑥，日暮一沾巾。

【校記】

①人：英華（二一七九）作『鄉人』。

②上：品彙（卷六九）作『京』。

③説向欲：英華作『欲説向』。

④雁：英華作『雨』。

⑤月：英華作『草』。

⑥『臨岐』句：宋賀、品彙作『臨分惜携手』。

【注釋】

〔一〕水部：張籍。曾官水部員外郎，故稱。生平詳見卷上《張籍傳》。

〔二〕合調：詩歌藝術風格相近。詳見卷上《王建傳》懷民按語注釋〔八〕。

哭閑霄上人①

林徑②西風急，慘！松枝講鈔餘。凍髭亡夜剃，遺偈病③時書。地燥焚身後，堂空著④影。

初。怵劌逼真，〔一〕乃至於此。【趙本】中四奇險，俗人不肯想到，亦不肯喜賞。吊來頻落泪，⑤曾憶⑥到吾廬。

哭僧詩至此已到極處，蔑以尚矣！〔二〕然不能不讓閬師『柏岩』之篇者，〔三〕彼得圓寂之理甚妙，身外有身，化而不化也，此則和尚真死矣。【趙本】從無本『寫留行道影』二句推擴而出，〔四〕居然分路揚鑣，不肯相下。

【校記】

①詩題紀事（卷七六）作『哭柏岩師』，衆妙作『哭柏岩』。

②徑：宋賀作『遠』。

③病：紀事作『疾』。

④著：紀事作『卧』。

⑤『吊來』句：紀事、衆妙作『此時頻泪下』，弘秀（卷四）作『此來頻下泪』。

⑥憶：紀事、衆妙、弘秀作『省』。

【注釋】

〔一〕怵劌：同『劌鉥』。雕琢。明李東陽《麓堂詩話》：『李長吉詩，字字句句欲傳世，顧過於劌鉥，無天真自然之趣。』

〔二〕蔑以尚：無出其上。蔑，無。《新唐書·突厥傳贊》（卷二一五下）：『自《詩》《書》以來，伐暴取亂，蔑如帝神且速也。』

〔三〕閬師：賈島。島字閬仙，故稱。生平見本卷《賈島傳》。『柏岩』之篇：指賈島詩《哭柏岩禪師》。見本卷賈島詩選。

〔四〕無本：賈島之名。『寫留』句：《哭柏岩禪師》詩句。

秋宿洞庭①

洞庭初葉下②，旅③客不勝愁。明月天涯夜，青山江上秋。一官成白首，萬里寄滄洲。祇被浮名繫，寧④無愧海鷗。

【趙本】按：此詩爲劉隨州作，〔一〕誤刻入清塞集。○全用直尋，〔二〕絶無雕鏤之痕，是又向上等詩。〔三〕○清塞雖加巾服，〔四〕不曾及第，『一官』二字自是無着。

【增補】

此詩底本、劉本、李本未選，據趙本補。

【重出】

《全唐詩》卷五〇三收作周賀詩，卷一四八劉長卿詩集重出。明清刊本劉長卿本集皆收此詩，《文苑英華》卷二九二、《後村詩話》卷一一、《唐詩品彙》卷六四等亦作劉長卿詩，而宋書棚本《周賀詩集》不收，爲劉長卿作無疑。

【校記】

① 詩題英華（卷二九二）、劉長卿本集作『松江獨宿』。
② 葉下： 英華、劉長卿本集作『下葉』。
③ 旅： 英華作『南』，劉長卿本集作『孤』。
④ 寧： 英華、劉長卿本集作『能』。

【注釋】

〔一〕劉隨州：劉長卿（？—七九〇？）。生平見前《重訂中晚唐詩主客圖説》注釋〔一一四〕。

〔二〕直尋：鍾嶸《詩品》關於文學創作與審美的核心思想。詳見前《重訂中晚唐詩主客圖説》注釋〔七三〕。

〔三〕向：接近。上等詩：優秀詩作。

〔四〕加巾服：同『加冠巾』。詳見前《周賀傳》注釋〔三〕『加以冠巾』。

喻鳧

喻鳧傳

鳧，毗陵人，〔一〕登開成五年進士第，終烏程尉。〔二〕

【注釋】

〔一〕毗陵：隋朝郡名。治今江蘇省常州市。《舊唐書·地理志三》（卷四〇）：『常州，上。隋毗陵郡。武德三年，杜伏威歸化，置常州，領晉陵、義興、無錫、武進四縣。』

〔二〕烏程：唐湖州屬縣。治今浙江省湖州市。《舊唐書·地理志三》（卷四〇）：『湖州，上。隋吳郡之烏程縣。武德四年，平李子通，置湖州，領烏程一縣。』『烏程。漢縣，屬會稽郡。梁置震州，取震澤爲名。隋改湖州，取州東太湖爲名。皆治烏程。』尉：縣官名。詳見前《項斯傳》注釋

〔三〕。

懷民按：喻鳧專攻五言近體，前輩謂其效賈島爲詩，人稱之『賈喻』；今觀之，信不虛也。然宋人所推如『木落山城出，潮生海棹歸』『硯和青靄凍，簾對白雲垂』，〔一〕唐人推其『滄州①違釣隱，紫閣負僧期』，〔二〕今集皆不載，固知散失多矣。姑就所存詩，推爲入室二人。

【校記】

① 州：張爲主客圖作『洲』。

【注釋】

〔一〕『木落』等兩聯：非喻鳧詩句，而分别出自唐喻坦之《晚泊富春寄友人》《寄華陰姚少府》二詩（見載於《文苑英華》卷二六五『寄贈』類、《全唐詩》卷七一三等），懷民誤。所謂『宋人所推』，指兩聯爲宋魏慶之稱賞，其《詩人玉屑·唐人句法》（卷三）『工巧』條：『「木落山城出，潮生海棹歸。」（喻坦之《晚泊富春》）』同卷『閑適』條：『「硯和青靄凍，簾對白雲垂。」（喻坦之《寄姚少府》）』

〔二〕『滄州』二句：見載於唐張爲《詩人主客圖》。

懷書①

衹是守琴書，僧中獨寓居。心唯務②鶴静，分合與名疏。對法斟酌得妙。暮雨啼螿次，凉風落木初。家山太湖渌，歸去復何如。

【校記】

① 詩題趙本、全詩（卷五四三）作『書懷』。

② 務：全詩校『一作「慕」』。

懷鄉

秋風江上家，（『江上家』）三字古質，時人不肯下，即不能下。【趙本】此字（徐按：指『家』字）學賈。〔一〕釣艇泊蘆花。斷①岸緑楊蔭，疏籬紅槿遮。二句易能，然畫鄉景如目前。鼉鳴積雨窟，此句尤佳。【趙本】宋傳句。〔二〕鶴步夕陽沙。二語所謂發難顯，〔三〕聲與象之外有情不盡。抱疾僧窗夜，歸心過月斜。二句方叙

明『懷』字，古拙得妙。【趙本】『過月』二字亦賈語。〔四〕

【校記】

① 斷： 全詩（卷五四三）校『一作「古」』。

【注釋】

〔一〕此字學賈： 謂『家』字師法賈島。賈島喜用『家』字，如『山光分手暮，草色向家秋』（《岐下送友人歸襄陽》）、『地遠路穿海，春歸冬到家』（《送黃知新歸安南》）等，故謂。

〔二〕傳句： 廣爲傳頌的詩句。傳，傳頌。《墨子·所染》：『此五君者所染當，故霸諸侯，功名傳於後世。』

〔三〕發難顯： 即歐陽修《六一詩話》引梅堯臣所謂『狀難寫之景，如在目前；含不盡之意，見於言外』。詳見前《重訂中晚唐詩主客圖說》注釋〔七七〕。

〔四〕『過月』二字亦賈語： 謂『過月』二字源於賈島《送朱可久歸越中》頷聯『汀鷺潮衝起，船窗月過虛』（『月過』或作『過月』）。

得子侄書

遠書來阮巷，闕下見江東。用意學長江。[一]【趙本】(『闕下』句)刻意學長江。不得經史力，枉抛耕稼功。看此心境，豈以浮榮絆者？雁天霞脚雨，漁夜葦條風。【趙本】宋傳句。[二]無復琴杯興，開懷向爾同。

二詩五、六皆宋人傳句，[三]而愚尤愛前聯，[四]蓋後聯則，[五]好者衆矣，然情景亦最真切，無一字俗諦。[六]

【注釋】

〔一〕長江：賈島。官長江縣（治今四川蓬溪縣西）主簿，故稱。生平詳見本卷《賈島傳》。

〔二〕傳句：見前喻鳧《懷鄉》詩注釋〔二〕。

〔三〕二詩：指此詩與前詩《懷鄉》。

〔四〕前聯：指前詩《懷鄉》頸聯『鼉鳴積雨窟，鶴步夕陽沙』。

〔五〕後聯：指本詩頸聯『雁天霞脚雨，漁夜葦條風』。則：講究法則。

〔六〕俗諦：佛教語。淺明而易爲世人理解的道理。詳見卷上張籍《嶺南遷客》注釋〔一〕『真諦、世諦』。此謂淺俗。

龍翔寺居喜胡權見訪因宿①

林栖無異歡，煮茗就花欄。雀啅②北岡曉③，僧開西閣寒。意亦尋常，牙齒間不同。〔一〕衝橋二水急，扣月一鐘殘。此等反成賈生累（徐按：底本作『類』，顯誤，據趙本改）句。〔二〕【趙本】（『扣月』句）却是賈生累句。明發還分手，徒悲行路難。

朱子謂江西派中吕紫薇詩欲字字響，〔三〕某謂吕詩尚未見得，若老喻詩，乃真字字響。此詩可按也。【趙本】三、四意亦尋常，齒牙間不同。

【校記】

① 詩題三體（卷六）作『龍翔喜胡權訪宿』。
② 啅：三體作『啄』。
③ 岡曉：三體作『窗晚』。

【注釋】

〔一〕牙齒間不同：謂與賈島詩風格不同。牙齒間，借指風味。宋黄庭堅《以梅餽晁適道戲贈二首》其二：『渴夢吞江起解顔，詩成有味齒牙間。前身鄴下劉公幹，今日江南庾子山。』

〔二〕賈生累句：謂是賈派詩中有瑕疵的詩句。賈生，賈島。生平見本卷《賈島傳》。累句，見本卷賈島《送朱休歸劍南》注釋〔一〕。

〔三〕朱子：朱熹（一一三〇—一二〇〇）。字元晦、仲晦，號晦菴，謚文，世稱朱文公。徽州婺源（今屬江西省）人。宋理學家、思想家、哲學家、教育家、詩人，儒學集大成者，世尊稱爲『朱子』。呂紫薇：呂本中（一〇八四—一一四五）。宋代詩人、詞人、道學家。壽州（今安徽壽縣）人。字居仁，世稱東萊先生；因曾任中書舍人，世又稱呂紫薇。明謝肇淛《五雜俎·地部一》（卷三）：『紫微原爲帝星，以其政事之所從出，故中書省亦謂之紫微，而舍人爲紫微郎。』字字響：呂本中詩論。《朱子語類·論文下（詩）》（卷一四〇）：『呂居仁嘗言，詩字字要響。其晚年詩都啞了，不知是如何，以爲好否？』宋阮閱《詩話總龜後集·用字門》（卷二四）引呂本中《呂氏童蒙訓》：『潘邠老云：「七言詩第五字要響，如『返照入江翻石壁，歸雲擁樹失山村』，『翻』字、『失』字是響字也。五言詩第三字要響，（如）『圓荷浮小葉，細麥落輕花』，『浮』字、『落』字是響字也。所謂響者，致力處也。」予竊以爲字字當活，活則字字自響。』

一公房

幽深誰掩關，清净自多閑。一雨收衆木，孤雲生遠山。天造之句。花萎緑苔上，鴿乳翠樓間。嵐靄燃香夕①，客聽半偈還。

【校記】

①夕：趙本作『火』。

岫①禪師南溪蘭若

錫影配貫字。瓶光，孤溪②照③貫字。草堂。水懸煉字。青石磴，鐘動煉字。白雲床。樹色含殘雨，河流帶夕陽。唯應無月夜，瞑目見他方。禪理最要得實。

【趙本】字法俱新奇。

【校記】

①岫：　英華（卷二三八）作『隱』。

②孤溪：　英華校『集作「修心」』。

③照：　英華作『默』。

夏日題岫禪師房

朝朝磬聲①罷，童子掃藤陰。花過少游客，日長無事心。看他對法，可知變化，不如時人所説差一個字半個字也。〔一〕回山閉院直，落水下橋深。安得開方便，容身老此林。

【校記】

①磬聲：　全詩（卷五四三）作『聲磬』。

【注釋】

〔一〕差一個字半個字：清人尹繼善的詩論。詳見本卷賈島《旅游》注釋〔二〕『差半個字』。

酬王檀見寄

馳心栖杳冥，何物比清泠。夜月照巫峽，秋風吹洞庭。與島師『秋風吹渭水』二句相媲而少次之，〔一〕自是不甚用力處。或乃張皇爲盛唐，〔二〕陋甚！賈、喻争勝處却在此等。〔三〕酬難塵鬢皓，坐久壁燈青。可想見其原詩。竟晚蒼山咏，喬枝有鶴聽。設想、屬詞無一不肖。〔四〕

【注釋】

〔一〕『秋風』句：賈島《憶江上吴處士》詩句。詩見本卷賈島詩選。少，稍。

〔二〕張皇爲盛唐：因氣勢盛大而視之爲盛唐詩。張皇，勢盛。

〔三〕賈、喻：賈島、喻鳧。詳見前《喻鳧傳》懷民按語。

〔四〕設想：想象。屬詞：遣詞造句。無一不肖：謂全與賈島類似。

呈薛博士

辛勤長在學，一室少曾開。時憶暮山寺，獨登衰草臺。名期五字立，迹愧九年來。此意今聊寫，還希君子哀。後半真摯可感。

冬日寄友人①

空爲梁甫吟，誰竟是知音。風雪坐閑②夜，鄉園來舊心。二句讀之令人愀然、惘然、突然、憮然，是何妙筆能寫得如此！〇『坐』字已高，『來』字更奇確，誰能下？滄江孤棹迥，字妙！落日③一鐘深。字尤妙！君子久忘我，悠然年鬢侵④。

身世之感、羈游之況，盡此中矣。【趙本】『迥』字妙，『深』字尤妙。

【重出】

《全唐詩》卷五四三作喻鳧詩；卷六四九方干詩集重出，題注『一作喻鳧詩』。又，《文苑英華》卷二六二作方干詩，『江標影宋本《喻鳧詩集》不收』（佟培基《全唐詩重出誤收詩考·喻鳧》）。孰作不可考。

【校記】

① 詩題英華（卷二六二）、全詩（卷六四九）作『暮冬書懷呈友人』。
② 坐閑：英華、全詩（卷六四九）作『生寒』。
③ 落日：英華、全詩（卷六四九）作『白閣』。
④ 『悠然』句：英華、全詩（卷六四九）作『此懷甘自沈』，全詩（卷五四三）作『此誠甘自沈』。

寺居秋日對雨有懷

倏倏①復霙霙，黄葉此時飛。隱几客吟斷，鄰房僧話稀。匠出寥闃。〔一〕○似從清塞『孤枕客眠久，兩廊僧話深』翻出，〔二〕而此尤多情感。【趙本】周南卿『兩廊僧話深』（之『深』字）與此『稀』字同妙，然正各有其妙也。

鴿寒栖樹定，螢濕在窗微。即事瀟湘渚，漁翁披草衣。

【校記】

① 倏倏：全詩（卷五四三）作『修修』。

【注釋】

〔一〕匠：刻畫，描繪。詳見前《重訂中晚唐詩主客圖説》注釋〔八七〕『匠物』。

〔二〕清塞：周賀之法名。生平見本卷《周賀傳》。『孤枕』二句：周賀《宿開元寺樓》詩句。詩見本卷周賀詩選。

游雲際寺

澗壑吼風雷，禪關①絶頂開。閣寒僧不下，『下』字。鐘定虎常②來。字字響，〔一〕當從百煉來。○起句是實賦，次聯却是虚寫，若謂當晚果遇得一隻虎來，則真鈍材矣！真高叟之爲詩矣！〔二〕鳥啄林梢果，鼯跳竹裹苔。心源無一③事，塵界擬休回。

【趙本】賈生佳句。〔三〕

【校記】

①禪關：英華（卷二三八）、律髓（卷四七）、全詩（卷五四三）作『香門』。

②常：英華校『一作「長」』。

③無一：英華作『暫無』。

【注釋】

〔一〕字字響：見喻鳧前詩《龍翔寺居喜胡權見訪因宿》注釋〔三〕。

〔二〕高叟之爲詩：謂像高老先生那樣機械論詩。詳見卷上王建《原上新居十三首》其五注釋〔一〕『高叟之見』。

〔三〕賈生：賈島。生平見本卷《賈島傳》。

題①翠微寺

沿溪又涉嶺②，始喜入③前軒。鐘度鳥沉壑，殿扃雲濕幡。涼泉墮衆石，古木徹疏猿。

『徹』字，字法。月上僧初定④，斯游豈易言。

此等詩，即是人力，非天工也，初學正不得忽此。〔一〕【趙本】此等詩，全是人力，非天也，然初學正不得忽。

【校記】

①題：英華（卷二三八）作『宿』。

②嶺：全詩（卷五四三）作『巔』。

③入：英華校『集作「到」』。

④初定：英華作『皆近』，全詩作『階近』。

【注釋】

〔一〕忽：忽視，輕視。

贈李商隱

羽翼恣搏扶，山河使筆驅。一『使』字便是賈。〔一〕月疏吟夜桂，龍失咏春珠。意常，煉來却大奇，其所以切義山處亦無極矣。〔二〕【趙本】『疏』字、『失』字，憑空下字，極險，極穩，唯賈生能之。草細盤金勒，花繁倒玉壺。鱗甲中珠。〔三〕徒嗟好章句，無力致前途。

句句切西昆。〔四〕【趙本】句句切西昆。○次句『使』字看似粗，便要知非老賈不能。

【注釋】

〔一〕賈：賈島。生平見本卷《賈島傳》。徐按：後文『賈生』同。

〔二〕義山：李商隱（約八一三—約八五八）。字義山，號玉溪（谿）生。開成二年（八三七）進士及第，歷官秘書省校書郎、弘農尉等。因身陷『牛李黨争』而備受排擠，一生困頓不得志。詩歌構思新奇，風格穠麗，尤以愛情詩和咏史詩著稱。無極：無盡。謂非常貼切。

〔三〕鱗甲中珠：驪龍口中的珠寶。謂此二句爲喻島詩句之精粹。典出《莊子》與白居易語。《莊子·雜篇·列禦寇》：『莊子曰：「河上有家貧恃緯蕭而食者，其子没於淵，得千金之珠。其父謂其子曰：『取石來鍛之！夫千金之珠，必在九重之淵而驪龍頷下，子能得珠者，必遭其睡也。使驪龍而寤，子尚奚微之有哉！』」』五代後蜀何光遠《鑒誡録·四公會》（卷七）：『長慶中，元微之、劉夢得、韋楚客同會白樂天之居，論南朝興廢之事。』白居易云：『今群公畢集，不可徒然，請各賦《金陵懷古》一篇。』劉禹錫『不劳思忖，一筆而成。白公覽詩曰：「四人探驪，吾子先獲其珠，所餘鱗甲何用？」三公於是罷唱。』白居易所謂『探驪』比喻吟詩作文；『獲其珠』比喻得詩之精髓；『鱗甲』，驪龍之鱗甲，白居易借以喻自己與元稹、韋楚客三人尚未作出的詩歌，懷民於此借以喻喻鳧的其他詩句。

〔四〕西昆：宋初詩歌流派。盛行於真宗朝。代表作家有楊億、劉筠、錢惟演等，因楊億編《西昆酬唱集》而得名。詩歌創作師法李商隱，然停留於藝術模倣，摭拾典故，堆砌辭藻，講究對偶，追求藝術美感，缺乏真情實感和藝術個性。對宋初詩壇影響很大，直到歐陽修倡導詩文革新，流弊才被肅清。

贈張濆處士

露白覆棋宵，林青讀易朝。道高天子問，名重四方招。對法超。許鶴歸華頂，妙似鶴前屢請而未許者。期僧過石橋。看他次句對，不知用如何奇幻，却止如此尋常語。蓋此尋常語者，以見凡極奇幻之境皆作尋常視之也，閬仙詩如『鶴似君無事，風吹雨遍山』，〔一〕多用此法，而世俗不知耳。雖然在京國，心迹自逍遥。

【趙本】『許』字、『期』字最難用，此獨絶無客氣，〔二〕但覺奇而穩也。

【注釋】

〔一〕閬仙：賈島之字。一作『浪仙』。生平見本卷《賈島傳》。『鶴似』二句：賈島《寄山中長孫栖嶠》詩句。詩見本卷賈島詩選。

〔二〕客氣：指虚誇浮泛的文風。詳見卷上張籍《酬韓庶子》注釋〔五〕。

曹松

曹松傳

松，字夢徵，舒州人。[一] 學賈島爲詩，久困名場。[二] 至天復初，杜德祥主文，[三] 放松及王希羽、劉象、柯崇、鄭希顔等及第，年皆七十餘，時號『五老榜』。[四] 授秘書省正字。[五]

【注釋】

〔一〕舒州：治今安徽省潛山市。《舊唐書·地理志三》（卷四〇）：『舒州，下。隋同安郡。武德四年，改爲舒州，領懷寧、宿松、太湖、望江、同安五縣。……乾元元年，復爲舒州。』

〔二〕名場：求功名的科舉考場。唐劉復《送黄曄明府岳州湘陰赴任》：『擬占名場第一科，龍門十上困風波。』

〔三〕天復：唐昭宗李曄年號（九〇一—九〇四）。杜德祥：京兆萬年（今陝西西安市）人，字應之。

杜牧子。昭宗乾寧三年（八九六），自考功員外郎，遷工部郎中、知制誥。天復元年，任禮部侍郎，知貢舉。主文：主持科舉考試。五代王定保《唐摭言》（卷八）『通榜』條：『貞元十八年，權德輿主文。』

〔四〕五老榜：見載於五代王定保《唐摭言》。其卷八『放老』條：『天復元年，杜德祥榜，放曹松、王希羽、劉象、柯崇、鄭希顔等及第。……皆年逾耳順矣。時謂「五老榜」。』元馬端臨《文獻通考·選舉考二·舉士》（卷二九）：『昭宗天復元年赦文，令中書門下選擇新及第進士中有人在名場、才沾科級、年齒已高者，不拘常例，各授一官。於是，禮部侍郎杜德祥奏：揀到新及第進士陳光問，年六十九；曹松，年五十四；王希禹，年七十三；劉象，年七十；柯崇，年六十四；鄭希顔，年五十九。詔：光問、松、希禹可秘書省正字，象、崇、希顔可太子校書。』

〔五〕秘書省正字：秘書省屬官。詳見卷上《章孝標傳》注釋〔三〕。

懷民按：夢徵刻苦深思，老志不衰，氣骨已不可及。其學賈氏，亦專攻近體。雖生末世，詩格不以氣運而降。〔一〕奉爲入室，與喻跐陵伯仲焉。〔二〕

【注釋】

〔一〕詩格：指詩歌的格調和品位。

〔二〕喻跐陵：喻鳧。喻爲跐陵人，故稱。生平詳見本卷《喻鳧傳》。

崇義里言懷

馬蹄京洛岐，復此少閑時。老積滄洲夢，秋乖白閣期。平生五字句，一夕滿頭絲。把向侯門去，侯門未可知。

【趙本】結即似賈。

貽世

富者非義取，樸風争肯還？紅塵不待曉，白首有誰閑。到家語。〔一〕淺度四溟水，平看諸國山。秪消年作劫，俱到總無間。

浮世勞勞，真是可笑，然先生必欲登『五老榜』，〔二〕是又何心？【趙本】浮世……是又何説？

【注釋】

〔一〕到家：見卷上張籍《晚秋閑居》注釋〔一〕。

〔二〕五老榜：見前《曹松傳》注釋〔四〕。

南游

直到①南箕下，方諳②漲海頭。學貫者，必是進一層。君恩過銅柱，此『恩』字不必泥，不過言化遠耳戎節限交州。犀占花陰卧，波衝瘴色流。遠（徐按：『化』字底本、李本皆作『北』，意不通，據劉本改）。〔一〕夷非③不樂，自是北人愁。無意不搜。〔二〕【趙本】（『自是』句）無意不出。

【校記】

① 到：英華（卷二九五）作『道』。

② 諳：英華校『集作「諸」』。

③ 非：英華作『君』。

【注釋】

〔一〕化：教化。

〔二〕無意不搜：謂括盡南游之『北人』各種内心感受。

言懷

冥心坐似痴，寢食亦如遺。爲覓出人句，祇求當路知。質言之，更無少迴護，〔一〕便見其真氣。豈能窮到老，未信達無時。此道須天付，三光幸不私。可知求榮處皆如青天白日之清明，不肯以詭遇也。〔二〕

鑿險闢空，〔三〕揉碎筋骨；〔四〕千古夢夢，〔五〕良可浩嘆。然足見古人氣骨，足知唐人詩學後世斷不能及也。【趙本】鑿險闢空，揉碎筋骨，祇爲着當路一知；千古夢夢，良可浩嘆。然足見唐人氣骨，足知唐人學問後世不能及也。

【注釋】

〔一〕質：質樸，誠實。少：稍，略。詳見前劉大觀《序》注釋〔一一〕。迴護：庇護，袒護。詳見卷上張籍《莊陵挽歌詞三首》其一注釋〔三〕。此謂諱言、婉言。

〔二〕詭遇：違背禮法而横射禽獸。《孟子・滕文公下》：『吾爲之範我馳驅，終日不獲一；爲之詭遇，一朝而獲十。』趙岐注：『横而射之，曰詭遇，非禮之射，則能獲十。』後喻以非正當手段謀取利益。唐白居易《適意二首》其二：『直道速我尤，詭遇非吾志。』

〔三〕鑿險闢空：形容馳騁想象，追求清新奇僻的藝術境界。

〔四〕揉碎筋骨：形容苦吟而極度勞形傷神。

〔五〕夢夢：執政者昏亂。《詩・小雅・正月》：『民今方殆，視天夢夢。』陸德明釋文：『夢，莫紅反，亂也。』朱熹集傳：『夢夢，不明也。』

答匡山僧贈椰栗杖

栗杖出匡頂，【趙本】『頂』字。百中無一枝。雖因野僧得，猶畏岳神知。奇絶！高絶！妙絶！

○水部則云『得自高僧手，將扶病客身』矣。〔一〕畫月冷光在，【趙本】（『畫月』二字）賈。〔二〕指雲秋片移。煉字不免涉纖尖，〔三〕然僻冷性情如見。【趙本】（『指雲』二字）賈。宜留引蹇步，他日訪峨嵋。

【趙本】三、四意奇變。水部則云『得自高僧手，將扶病客身』矣。

【校記】

①榔：全詩（卷七一六）作『榔』。

【注釋】

〔一〕水部：張籍。曾官水部員外郎，故稱。生平詳見卷上《張籍傳》。『得自』二句：張籍《答僧拄杖》詩句。詩見卷上張籍詩選。

〔二〕賈：賈島。生平見本卷《賈島傳》。此謂『畫月』二字師法賈島。

〔三〕纖尖：纖巧怪僻。尖，怪僻生硬。詳見卷上項斯《邊游》注釋〔一〕。

商山夜聞① 泉

瀉月聲不斷，【趙本】刻苦求肖。〔一〕坐來心益閑②。字妙。【趙本】『閑』字妙。無人知落處，【趙本】孤迥。〔二〕萬木冷空山。此等空闊疏宕，正從極研煉中來，不可不知。○此對法，亦仍是本體。〔三〕不知者，張皇初盛，〔四〕乃目論爾。〔五〕遠憶雲容外，『雲容』字可厭。〔六〕幽疑石縫間。那辭通曙聽，明日③度藍關。

【校記】

① 夜聞：趙本作『聞夜』。

② 閑：趙本作『閒』。

③ 日：全詩（卷七一六）校『一作「月」』。

【注釋】

〔一〕求肖：追求與賈島相似的風格。

〔二〕孤迥：僻遠荒寂。明危素《雲松隱者圖序》：『及其强健，乞身以去，托迹烟霞水石孤迥寂寥之地，則隱者之稱宜歸於僕。』

〔三〕本體：賈島詩體。島名無本，故稱。

〔四〕張皇初盛：謂因氣勢盛大而視之爲初盛唐詩。參見前喻鳧《酬王檀見寄》注釋〔二〕『張皇爲盛唐』。

〔五〕目論：如同眼睛衹見毫毛而不見睫毛的言論。語出《史記·越王勾踐世家》（卷四一）：『吾不貴其用智之如目，見豪毛而不見其睫也。今王知晋之失計，而不自知越之過，是目論也。』司馬貞索隱：『言越王知晋之失，不自覺越之過，猶人眼能見豪毛而自不見其睫，故謂之「目論」也。』

此喻膚淺的認識。

〔六〕可厭：令人厭惡。

書懷

默默守吾道，望榮來替愁。『望』『替』字法可憐。〔一〕『替』字似尖，〔二〕却穩妥。【趙本】『替』字似尖，然却穩妥。吟詩應有罪，當路却如仇。憤極之詞，無怪其然。陸海儻難溺，九霄争便休。敢言名譽出，天末白吾頭。死而後已，至死不變，同一毅氣。

唐人所業者不過詩句，然其心骨詣力堅確不易。〔三〕此亦聖門强矯之徒也，〔四〕故其氣盛而詞抗，不可磨滅。【趙本】此等詩俱見氣骨，後人固不能喜也。

【注釋】

〔一〕可憐：可愛。

〔二〕尖：怪僻生硬。詳見卷上項斯《邊游》注釋〔一〕。

〔三〕詣力：追求學問的態度。《（乾隆）皇朝通典·職官六·國子監》（卷二八）：『月有試，季有考，以辨其詣力之勤惰，學業之優劣。』

〔四〕聖門：孔子門下。指信奉儒學者。强矯：强健。《禮記·中庸》：『故君子和而不流，强者矯。』孔穎達疏：『矯，亦强也。』

道中

出門嗟世路，【趙本】嫌『世』字。〔一〕何日樸風歸。是處太行險，此身應解飛。主人厚薄禮，客子故新①衣。十字中括盡萬千。所以澆浮態，多令行者違。此等接落太質直，〔二〕却不可爲訓。〔三〕

【趙本】入情。

【校記】

① 故新：全詩（卷七一六）作『新故』。

【注釋】

〔一〕嫌『世』字：謂『世』字不够妥帖。嫌，不滿。

〔二〕接落：承接前文。

〔三〕訓：法則，準則。

晨起

曉色教不睡，捲簾清氣中。林殘數枝月，【趙本】（『數枝』二字）貫。〔一〕髮冷一梳①風。【趙本】（『一梳』二字）貫。并鳥含②鐘語，【趙本】『含』字。欹荷③隔霧空。【趙本】『隔』字。莫疑④營白日，道路本無窮。

篇中煉字法都涉尖纖，〔二〕而僻冷之性、閑闃之境，一一能狀出。【趙本】字字模擬。〔三〕

【重出】

《瀛奎律髓》卷一四作劉禹錫詩，誤。

【校記】

① 梳：百家（卷一九）作『流』。
② 含：紀事（卷六五）作『聞』。
③ 荷：百家、律髓（卷一四）作『河』。
④ 疑：紀事作『徒』。

【注釋】

〔一〕賈：賈島。生平見本卷《賈島傳》。此謂『數枝』二字師法賈島。
〔二〕尖纖：怪僻纖巧。尖，怪僻生硬。詳見卷上項斯《邊游》注釋〔一〕。
〔三〕模擬：謂模擬賈島詩風。

山中寒夜呈① 許棠

山寒②草堂暖，寂夜有良朋。讀《易》分③高燭，煎茶取折④冰。庭垂河半角，【趙本】題中『寒』字。窗露月微稜。『寒』字。俱入詩⑤心地，争無俗者憎⑥？誓極刻苦，〔一〕誓絶圓熟。俗人口吻、腸胃斷吃不下也，〔二〕安得不憎哉！

【校記】

① 呈：英華（卷二六五）、全詩（卷七一六）作『呈進士』。
② 寒：英華作『中』。
③ 分：英華作『明』。
④ 折：英華校『集作「拆」』。
⑤ 詩：英華、全詩作『論』。
⑥ 憎：律髓（卷一五）作『情』。

【注釋】

〔一〕晢：通『逝』。發語詞。刻苦：謂鍾煉極其用心、勤苦。

〔二〕口吻：嘴。唐劉禹錫《上中書李相公啓》：『言出口吻，澤濡寰區。』

鐘陵野步

岡扉聊自啓，信步出波邊。野火風吹闊，春冰鶴啄穿。渚檣齊驛樹，山鳥入公田。閑妙！○此時安得有公田？〔一〕聊借成好句耳。○人知三、四之煉，不知五、六之妙。未創孤雲勢，『創』字再考。空思白閣年。

【趙本】此時焉得公田？聊借成好句耳。

【注釋】

〔一〕公田：公家田地。封建官府控制的土地。亦稱『官田』。《漢書·食貨志上》（卷二四上）：『令命家田三輔公田。』顏師古注引韋昭曰：『命家，謂受爵命一爵爲公士以上，令得田公田，優之也。』

觀山寺僧穿井

雲僧鑿山井，寒碧在中庭。先放一句，格法。〔一〕況是分岩眼，【趙本】『分』字。同來下石瓶。【趙本】『下』字。旁痕終變蘚，逆想遠而確。〔二〕圓影即澄星。現匠！〔三〕妙以真。異夜天龍蟄，應聞説葉經。極奇險却極平實，學賈生上乘。〔四〕

此等題，不學長江，〔五〕無處著手。【趙本】此等題，不學長江，無下手處。

【注釋】

〔一〕先放一句：謂先以『寒碧』句狀寫井鑿成的情景，激發讀者的想象。格法：指堪爲範式的藝術表現技法。

〔二〕逆想：推想，猜想。逆，猜測。北周庾信《蕩子賦》：『逆想行人至，迎前含笑來。』

〔三〕現匠：謂描繪當下之景傳神。匠，見卷上張籍《山中古祠》注釋〔一〕。

〔四〕賈生：賈島。生平見本卷《賈島傳》。

〔五〕長江：賈島。曾官長江縣（治今四川蓬溪縣西）主簿，故稱。

訪山友

一徑通高屋，重雲翳兩原。『翳』字用賈生。〔一〕山寒初宿頂，泉落未知根。『頂』『根』二字全用賈，〔二〕而各成其妙。○此等煉句直與賈師伯仲，亦惟賈門擅此法力。急雨洗【趙本】（『洗』字）俗字。荒壁，驚風開靜門。聽君吟廢夜，苦却建①溪猿。

【趙本】『頂』『根』二字全用賈生，而各成其妙。○『翳』字亦賈。

【校記】

①建：全詩（卷七一六）校『一作「見」』。

【注釋】

〔一〕『翳』字用賈生：謂『翳』字乃學賈島。如賈島《夜喜賀蘭三見訪》：『泉聒栖松鶴，風除翳月雲。』賈生，賈島。生平見本卷《賈島傳》。

〔二〕『頂』『根』二字全用賈：謂『頂』『根』二字完全是學賈島。賈島喜用此二字，如『西峰絶頂寒』（《寄白閣默公》）、『峰頂夜禪遥』（《寄龍池寺貞空二上人》）、『遠夢歸華頂』（《送天台僧》）、『高頂白雲盡』（《送厲宗上人》）、『瀑流蓮岳頂，河注華山根』（《馬戴居華山因寄》）、『静想泉根水』（《雨後宿劉司馬池上》）、『楂根積古苔』（《訪李甘原居》）等。

猿

曾宿三巴路，今來不願聽。雲根啼片白，峰頂擲尖青。二句下三字（徐按：指『啼片白』『擲尖青』）過煉有病，〔一〕然不可改矣。【趙本】此等峭病（徐按：指『啼片白』『擲尖青』），〔二〕開晚唐惡習。護果憎禽啄，栖霜覷葉零。五字匠物傳神。〔三〕○古云惟魚知魚，松其猿乎？〔四〕【趙本】惟魚知魚，松其猿乎？唯應卧嵐客，憐爾傍岩扃。【趙本】五、六體物之工，真奪造化矣。〔五〕

【注釋】

〔一〕過煉：錘煉過分。

〔二〕峭病：　見本卷李洞《宿鳳翔天柱寺窮易元上人院》注釋〔一〕『肖病』。

〔三〕匠物：　見前《重訂中晚唐詩主客圖説》注釋〔八七〕。

〔四〕惟魚知魚：　語出《莊子》。其《秋水》：『莊子與惠子游於濠梁之上。莊子曰：「儵魚出游從容，是魚樂也。」惠子曰：「子非魚，安知魚之樂？」莊子曰：「子非我，安知我不知魚之樂？」惠子曰：「我非子，固不知子矣；子固非魚也，子之不知魚之樂，全矣。」莊子曰：「請循其本。子曰『汝安知魚樂』云者，既已知吾知之而問我，我知之濠上也。」』松：　曹松。

〔五〕體物：　見卷上《王建傳》懷民按語注釋〔五〕。奪造化：　巧奪天工。參見卷上王建《原上新居十三首》其十注釋〔一〕『筆有造化』。

秋日送方干游上元

天高淮泗白，料子趨修程。汲水疑山動，揚帆覺岸行。傳句不虛。〔一〕雲離①京口樹，雁②入石頭城。遠妙！　後夜分遥念③，諸峰霜露④生。

【趙本】三、四傳句不虛。

【校記】

①離：全詩(卷七一六)校『一作「迷」』。

②雁：三體(卷五)作『岸』。

③念：英華(卷二八三)作『處』。

④霜露：英華作『月霧』，百家(卷一九)、三體作『霧露』。

【注釋】

〔一〕傳句：見本卷喻鳧《懷鄉》注釋〔二〕。

山中言事

嵐靄潤窗櫺，吟詩得冷癥。自叙奇妙。○『冷癥』字樣奇，令人失笑。【趙本】(『冷癥』)字奇，令人失笑。片扉深著掩，經國自無能。本意甚遠。教餐有效藥，多愧獨行僧。雲濕煎茶火，【趙本】傳句不虛。〔一〕冰封汲井繩。傳句不虛。

【注釋】

〔一〕傳句：見本卷喻鳧《懷鄉》詩注釋〔二〕。

山中

此地似商嶺，雲霞空往還。衰條難定字法。鳥，缺月易依字法。山。傳句不虛。〔一〕野色耕不盡，溪容釣自閑。分因多卧退，百計少相關。

【注釋】

〔一〕傳句：見本卷喻鳧《懷鄉》詩注釋〔二〕。

寄崇聖寺僧①

不醉長安②酒，冥③心衹似師。望山吟過日，伴鶴立多時。溝遠流聲細，林寒緑色遲。字深妙。【趙本】(『遲』字)下字深細。菴西蘿月夕,重約語④空期。

須具此性情,乃可學唐賢詩,不獨長江、水部也,〔二〕讀者留意。【趙本】須具此情性……讀者留意。

【校記】

①詩題英華(卷二二四)作『關山寄詩贈清越』。

②長安:英華作『秦中』。

③冥:英華作『溟』。

④約語:英華作『得話』。

【注釋】

〔一〕長江:賈島。曾官長江縣(治今四川蓬溪縣西)主簿,故稱。生平詳見本卷《賈島傳》。水部:張籍。曾官水部員外郎,故稱。生平詳見卷上《張籍傳》。

都門送許棠① 東歸

舊客東歸遠，長安詩少朋。去愁分磧雁，行計逐鄉僧。高致可想。〔一〕〇學賈，少『僧』字不得。〔二〕

【趙本】學賈者，少『僧』字不得。華岳無時雪，黄②河漫處冰。知辭國門路，片席認西③陵。

【校記】

①許棠：英華（卷二八三）作『進士張喬』。

②黄：英華作『伊』。

③西：英華作『巴』。

【注釋】

〔一〕高致：高雅的情致。參見卷上張籍《春日李舍人宅見兩省諸公唱和因書情即事》注釋〔三〕。

〔二〕不得：不能。謂學不到位。

塞上

邊寒來處①闊，此句再考。今日復明朝。河凌去聲。堅通馬，胡②雲缺見雕。砂中程獨泣，鄉外隱誰招。回首若③經歲，靈州生④柳條。【趙本】（『靈州』句）味外味。〔一〕

【校記】

①處：全詩（卷七一六）作『所』。

②胡：《樂府詩集》（卷九二）作『朝』。

③若：百家（卷一九）作『苦』。

④生：全詩校『一作「在」』。

【注釋】

〔一〕味外味：見卷上趙嘏《東歸道中二首》其二注釋〔四〕。

題甘露寺

香①門接巨壘②，晝角間清鐘。北固一何峭，西僧多未③逢。天垂無際海，雲白久晴峰。旦暮燃④燈外，濤頭振蟄龍。生造。

【校記】

① 香：英華（卷二三九）作『禪』。
② 壘：全詩（卷七一六）校『一作「壑」』。
③ 未：英華、三體（卷六）、全詩作『此』。
④ 燃：三體、全詩作『然』。

吊賈島二首①　【懷民注】抄一②

先生不折桂，謫去抱何冤。已葬離燕骨，難招入劍魂。旅墳低却草，稚子哭勝猿。冥寞③如搜句，宜邀賀監論。賈詩何能當李白？而謂『宜邀賀監（徐按：「監」，底本、李本、劉本皆遺漏，據曹松詩句補）論』者，〔一〕則亦『可以泣鬼神』矣！〔二〕此與李洞皆極推贊之也。〔三〕

【趙本】按姚秘書《哭賈島》詩曰：『有名傳後世，無子過今生。』〔四〕疑長江固無後也。〔五〕今云『稚子哭勝猿』，未知孰是。

【校記】

① 二首：趙本無二字。

② 抄一：趙本無二字。

③ 寞：律髓（卷四九）作『漠』。

【注釋】

〔一〕賀監：賀秘監，即賀知章（六五九—七四四）。盛唐詩人。字季真，晚號『四明狂客』，越州永興（今浙江蕭山市）人。曾官秘書監、太子賓客，人稱『賀秘監』『賀賓客』。作品多散佚，今僅存二十首。

〔二〕可以泣鬼神：賀知章贊美李白《蜀道難》之語。唐孟棨《本事詩·高逸》：『李太白初自蜀至京師，舍於逆旅。賀監知章聞其名，首訪之。既奇其姿，復請所爲文。出《蜀道難》以示之。讀未竟，稱嘆者數四，號爲「謫仙」，解金龜換酒，與傾盡醉。期不間日。由是稱譽光赫。賀又見其《烏栖曲》，嘆賞苦吟曰：「此詩可以泣鬼神矣。」故杜子美贈詩及焉。』

〔三〕李洞極推贊之：謂李洞極其推重崇拜賈島。詳見本卷《李洞傳》。

〔四〕姚秘書：姚合。因官終秘書少監，世稱『姚秘書』或『姚秘監』。生平見卷上《姚合傳》。『有名』二句：姚合《哭賈島二首》其二詩句。全詩云：『杳杳黄泉下，嗟君向此行。有名傳後世，無子過今生。新墓松三尺，空階月二更。從今舊詩卷，人覓寫應争。』

〔五〕長江：賈島。曾官長江縣（治今四川蓬溪縣西）主簿，故稱。生平詳見本卷《賈島傳》。

馬戴

馬戴傳

戴，字虞臣，會昌四年進士第。〔一〕宣宗大中初，太原李司空闢掌書記，〔二〕以正言被斥，爲龍陽尉。〔三〕懿宗咸通末，佐大同軍幕，〔四〕終太學博士。〔五〕按：戴，未詳何處人。①〔六〕

【校記】

①按……何處人：趙本無此按語。

【注釋】

〔一〕會昌四年進士第：同榜及第者有項斯、趙嘏。會昌四年，即公元八四四年。詳見卷上《項斯傳》

注釋〔二〕所引宋張洎《項斯詩集序》。

〔二〕李司空：所指難以確考。檢郁賢皓《唐刺史考全編》，大中年間『李』姓太原尹、北都留守、河東節度使唯有兩位，即李拭（大中四年至五年在任）、李業（大中五年至六年在任）。《舊唐書·宣宗本紀》（卷一八下）：『（大中四年）九月，以朝請大夫、檢校禮部尚書、孟州刺史、河陽三城節度使李拭爲太原尹、北都留守、河東節度等使。』『（五年）五月，以太原尹、河東節度使李拭爲鳳翔節度使，李業檢校户部尚書、太原尹、北都留守，充河東節度使。』『（六年七月）檢校司空、太子少師、上柱國、范陽郡開國公、食邑二千户盧鈞可太原尹、北都留守、河東節度使。』然二人皆未帶『司空』銜。『大中初』，任河東節度使且帶『司空』銜者，唯王宰，然非『李』姓。掌書記：唐軍幕官職。《新唐書·百官志四下》（卷四九下）：『掌書記，掌朝覲、聘問、慰薦、祭祀、祈祝之文與號令升絀之事。……（景龍元年，置掌書記。）』

〔三〕龍陽：唐朗州屬縣，治今湖南省漢壽縣。《舊唐書·地理志三》（卷四〇）：『朗州，下。隋武陵郡。……領縣二……武陵……龍陽。』尉：縣官名。詳見前《項斯傳》注釋〔三〕。《唐六典·京縣畿縣天下諸縣官吏》（卷三〇）：『諸州下縣……尉一人，從九品下。』

〔四〕大同軍：指大同都防禦使。治雲州（今山西大同市）。《舊唐書·地理志一》（卷三八）：『大同軍防禦使。雲州刺史領之，管雲、蔚、朔三州。』《新唐書·方鎮表二》（卷六五）：『（會昌四年）升大同都團練使爲大同都防禦使。』

〔五〕太學博士：國子監屬官。《舊唐書·職官志三》（卷四四）：『國子監。……太學博士三人（正六品上）……掌教文武五品已上及郡縣公子孫，從三品曾孫之爲生者。教法并如國子。』

〔六〕未詳何處人：據楊軍等《馬戴詩注·前言》考，馬戴爲曲陽（唐海州東海縣，今江蘇連雲港市西南）人，或是。

懷民按：虞臣詩，今昔咸推爲晚唐之最。馬與賈、姚同時，〔一〕其稱晚唐，猶錢、劉之稱中唐也〔二〕。詩亦近體多於古體，短律富於長律，筆格視賈氏稍開展，〔三〕而體澀思苦，致極幽清，誠亦賈門之高弟也。斷爲升堂第一。

【注釋】

〔一〕賈、姚：賈島、姚合。生平分別見本卷《賈島傳》、卷上《姚合傳》。

〔二〕錢、劉：錢起、劉長卿。錢起（七二二？—七八〇），字仲文，吴興（今浙江湖州市）人。天寶十年（七五一）進士。官歷秘書省校書郎、藍田縣尉、司勳員外郎、考功郎中、翰林學士等。『大曆十才子』之一，與錢起并稱『錢劉』。劉長卿（？—七九〇？），見前《重訂中晚唐詩主客圖説》注釋〔一一四〕『劉隨州』。

〔三〕筆格：指藝術表現風格。

寄終南真空禪師

閑想白雲外，了然清淨僧。松門山半寺，夜雨①佛前燈。此等時人尚易道『好』。此境可長住②，浮生自不能。一從林下別，瀑布幾成冰。

全是賈生氣息。〔一〕【趙本】賈生氣息。

【校記】

① 夜雨：英華（卷二二三）、品彙（卷六八）作『雨夜』。

② 住：英華作『往』。

【注釋】

〔一〕賈生：賈島。生平見本卷《賈島傳》。

楚江懷古三首①

其一

露氣寒光集，微陽下楚邱。猿啼洞庭樹，人在木蘭舟。意景較寬，聲響較大，不知者認爲初、盛。勝『賈喻』也。〔一〕廣澤生明月，蒼山②夾亂流。何必是楚江？〔二〕確是楚江。【趙本】（『蒼山』句）賈句。〔三〕雲中君不降③，竟夕自悲秋。

【校記】

① 三首：趙本無二字；英華（卷三〇五）後有『蒼葭』二字，校『又玄、集作「蒼山」』。

② 山：英華作『葭』。

③ 降：全詩（卷五五五）校『一作「見」』。

【注釋】

〔一〕賈喻：賈島、喻鳧。詳見本卷《喻鳧傳》懷民按語。

〔二〕楚江：古楚國境内的江河。

〔三〕賈句：謂『蒼山』句師法賈島。賈，賈島。生平詳見本卷《賈島傳》。

其二

驚鳥去無際，寒蛩鳴我旁①。【趙本】（『寒蛩』句）狠拗。〔一〕蘆洲生早霧，【趙本】『生』字。蘭隰下微霜。【趙本】『下』字。列宿分窮野，空流注大荒。何必是楚江？確是楚江。【趙本】（『空流』句）何讓少陵？〔二〕看山候明月，聊自整雲裝。一結湊氣。〔三〕

【校記】

①旁：英華（卷三〇八）、全詩（卷五五五）作『傍』。

【注釋】

〔一〕拗：生峭不順口。

〔二〕少陵：杜甫。詳見卷上張籍《没蕃故人》注釋〔三〕。

〔三〕一結：結尾。詳見卷上司空圖《上陌梯寺懷舊僧二首》其一注釋〔一〕。湊氣：拼湊的習氣。

湊，拼湊。

其三

野風吹蕙帶，驟雨滴蘭橈。屈宋魂冥寞，江山思寂寥。陰霓侵反①景，海樹入回潮。二句發難顯。〔一〕欲折寒芳薦，明神詎可招。煉字之工，全得閬仙生拗之趣。〔二〕

【校記】

①反：英華（卷三〇八）、品彙（拾遺卷七）、全詩（卷五五五）作『晚』。

【注釋】

〔一〕發難顯：即歐陽修《六一詩話》引梅堯臣所謂『狀難寫之景，如在目前；含不盡之意，見於言外』。詳見前《重訂中晚唐詩主客圖説》注釋〔七七〕。

〔二〕閬仙：賈島之字。一作『浪仙』。生平見本卷《賈島傳》。生拗：生硬奇僻。

早發故園

語①別在中夜，登車離故鄉。曙鐘寒出岳②，殘月迥凝霜。置之賈集中，〔一〕遂無以別。【趙本】賈生得意之句。〔二〕風柳③條多折，沙雲氣盡④黃。閑句尤似。〔三〕【趙本】閑句都似。行逢海西雁，零落不成行。

【校記】

①語：英華（卷二九四）作『論』。
②岳：全詩（卷五五五）校『一作「寺」』。
③柳：英華作『篠』。
④盡：品彙（卷六八）作『轉』。

【注釋】

〔一〕賈：賈島。生平見本卷《賈島傳》。下文『賈生』所指相同。

〔二〕賈生得意之句：謂即使置於賈島詩集中，也是賈島得意的詩句。

〔三〕閑句尤似：謂二句尤其類似賈島詩句。閑句，見卷上于鵠《春山居》注釋〔一〕。

宿翠微寺

處處松陰①滿，樵開②一徑通。鳥歸雲壑③静④，『静』字易下。僧語石樓⑤空。『空』字難下。○此賈生未道之句。〔二〕【趙本】（『僧語』句）賈生未道之句。積翠含微⑥月，遥泉韵細風。經行心不厭⑦，憶⑧在故山中。

【校記】

① 陰：英華（卷二三九）、品彙（拾遺卷七）作『生』。

② 開：品彙作『間』。

③ 雲壑：英華、品彙作『霜磬』，英華校『霜』『集作「金」』。

④ 静：英華作『盡』。

⑤ 樓：英華校『集作「橋」』。

⑥微：　英華校『集作「明」』。

⑦厭：　英華校『集作「已」』。

⑧憶：　英華、品彙作『似』。

【注釋】

〔一〕賈生：　賈島。生平見本卷《賈島傳》。

送僧歸金山寺

金陵江①色裏，蟬急向秋分。迴寺橫洲島，歸僧渡水雲。畫。〔一〕夕陽依岸盡②，清磬隔潮聞。遙想禪林下，鑪③香帶④月焚。

【校記】

①江：　全詩（卷五五五）作『山』。

②盡：　全詩校『一作「落」』。

③ 罏：英華（卷二二三）、品彙（卷六八）、全詩作『鑪』。
④ 帶：品彙作『對』。

【注釋】

〔一〕畫：謂描繪如畫。

送人游蜀

別離楊柳陌，迢遞蜀門行。若①聽清猿後，應多白髮生。虹霓侵棧道，風雨②雜江聲。或問：何不學老杜而學中晚？曰：試看此等，正是與杜同撰力。〔一〕過盡愁人處，烟花③是錦城。

【校記】

① 若：英華（卷二八一）作『君』。
② 風雨：英華、三體（卷六）、品彙（卷六八）作『雨雪』。
③ 花：英華作『雲』。

【注釋】

〔一〕撰力：　詩歌創作能力與水平。

宿無可上人房①

稀逢息心侶，細話遠②山期。河③漢秋深④夜，杉松⑤露滴時。風傳林磬久⑥，『久』字繪聲。【趙本】『久』字。月掩⑦草堂遲。『遲』字繪色。【趙本】『遲』字。坐卧禪心在，浮生皆不知。

【校記】

① 詩題英華（卷二三九）校『一作「宿翠微寺」』。
② 遠：　英華校『集作「故」』。
③ 河：　英華校『集作「雲」』。
④ 深：　英華、品彙（拾遺卷七）作『生』。
⑤ 松：　英華、品彙作『梧』。

⑥久：　全詩（卷五五五）作『響』。

⑦月掩：　英華校『集作「螢掠」』。

灞上秋居

灞原風雨定，晚起①雁行頻。【趙本】意與孤僻，貫想貫思。〔一〕落葉他鄉樹，寒燈獨夜人。空園白露滴，【趙本】『滴』字。孤壁野僧鄰。極寫荒僻。【趙本】『鄰』字。寄卧郊扉久，何門②致此身。結應在此。〔二〕

意與孤僻，純是貫想。

【校記】

①起：　品彙（卷六八）、全詩（卷五五五）作『見』。

②門：　品彙作『年』。

【注釋】

〔一〕賈想賈思：謂極似賈島的藝術想象與構思。賈，賈島。生平見本卷《賈島傳》。

〔二〕結應在此：應以此意收煞全詩。

江亭贈别

長亭晚送君，秋色渡江濆。衰柳風難定，寒濤雪不分。虚實對妙。猿聲離楚峽，『離』字。帆影入湘雲。『入』字。獨泛扁舟夜，山鐘可卧聞。

寄剡中友人

故人今在剡，秋草意如何。嶺暮雲霞雜，【趙本】『雜』字。潮回島嶼多。『雜』字、『多』字俱妙！【趙本】『多』字。沃洲僧幾訪，天姥客誰過。歲晚偏相憶，風生隔楚波。

贈別空公

雲門①秋却入，微徑久無人。起調用閬仙格。〔一〕【趙本】起調純用閬仙格。後夜中峰月，空林百衲身。定虞臣爲賈派，正以此等。【趙本】想。〔二〕寂寥寒磬盡，盥漱瀑泉新。履迹誰相②見，松風掃石塵。

【校記】

① 門：英華（卷二二三）作『外』。

② 相：全詩（卷五五六）校『一作「重」』。

【注釋】

〔一〕閬仙：賈島之字。生平見本卷《賈島傳》。格：指堪爲範式的藝術表現技法。

〔二〕想：想象。

客行

路岐長不盡，客恨杳難通。蘆荻晚①汀雨，柳花南浦風。亂鐘嘶馬②急，殘日半帆紅。此等時人尚易道『好』。却羨漁樵侶，閑歌落照③中。

【校記】

①荻晚：英華（卷二九四）作『葉曉』。

②嘶馬：英華作『鳴鳥』。

③落照：英華作『溪谷』。

落日悵望

孤雲與歸鳥，千里片時間。【趙本】格調直與工部爭衡，〔一〕故謂賈詩源出老杜也。念我一何①滯，辭家久未還。微陽下喬木，遠色隱②秋山。臨水不敢照，恐驚平昔顔。

六朝已有此題，感極深。○格調真與工部争衡，故謂賈師源出老杜也。

【校記】

① 一何：品彙（卷六八）作『何留』。

② 色隱：品彙校『一作「燒入」』。

【注釋】

〔一〕工部：杜甫。因其入嚴武幕時曾加檢校工部員外郎，故稱。

送顧非熊下第歸江南

無成西别秦，返駕江南春。草際楚田雁，舟中吳苑人。殘雲掛絶島，迴樹入通津。想到長洲日，門前多白蘋。此即見下第意。

遠水①

蕩漾空沙際，虛明入遠天。【趙本】『遠』字入骨。秋光照不極，寫秋光正是寫水。鳥影②去無邊。寫鳥影正是寫水。○狀『遠』字入骨。勢引長雲斷③，波輕④片雪連。汀⑤洲杳難測⑥，萬古覆蒼烟。

與項子遷《遠水》詩同看，便知張、賈之別。〔一〕

【重出】

《唐詩品彙》（拾遺卷七）、明刊馬戴《會昌進士詩集》、清初席氏《唐詩百名家全集》本會昌集、《全唐詩》（卷五五五五）均作馬戴詩，《文苑英華》（卷一六三）亦署名馬戴。重出於明嘉萬本《唐張司業詩集》（卷八）、清席氏本《張司業詩集》（卷八）、《文淵閣四庫全書》本《張司業集》（卷三）、《全唐詩》（卷三八四）等張籍集；明嘉萬本、清席氏本張籍詩集皆題注見《木鐸集》，《木鐸集》爲宋初張洎所輯張籍詩集。又，此詩尾聯與張籍《舟行寄李湖州》尾聯『賴誦汀洲句，時時慰遠人』同寫及汀洲。或爲張籍所作，俟考。

【校記】

①遠水：嘉籍等張籍集皆作『水』。

②影：嘉籍等張籍集、品彙（拾遺卷七）作『色』。

③斷：嘉籍等張籍集、品彙作『闊』。

④輕：英華（卷一六三）、品彙作『凝』。

⑤汀：庫籍作『江』。

⑥測：英華、品彙、全詩（卷五五五）作『到』。

【注釋】

〔一〕項子遷：項斯。字子遷。生平見卷上《項斯傳》。《遠水》：見卷上項斯詩選。

夕發邠寧寄從弟①

半②酣走馬別③，別後鎖邊城。皮毛都不修飾，〔一〕却得神理。日落月未上，鳥栖人獨行。極常極淡語中有深情深味。【趙本】非燕本不能爲此。〔二〕方馳故國戀，復愴長年情。入④夜不能息，何當閑此生。

【校記】

①詩題又玄（卷下）作『夕發邠中路却寄舒從事』，英華（卷二九四）作『夕發邠寧寄舒從事』。
②半：又玄作『飲』。
③馬別：英華作『白馬』。
④入：全詩（卷五五五）校『一作「久」』。

【注釋】

〔一〕皮毛都不修飾：謂叙寫自然樸實。
〔二〕燕本：賈島。詳見前《賈島傳》懷民按語注釋〔四〕。此指賈派詩人。

送呂郎中牧東海郡

假道經淮泗，檣烏集①隼旟。蕪城沙荻接，波島石林疏。海鶴空②庭下，官之清可想。【趙本】

『下』字。 夷人遠岸居。民之安可想。【趙本】『居』字。 山鄉足③遺老，佇聽薦賢書。

【校記】

① 集：英華（卷二八一）作『逐』。
② 空：英華作『公』。
③ 足：全詩（卷五五五）校『一作「召」』。

霽後寄白閣①僧

蒼翠霾高雪，【趙本】奇。 西峰鳥外看。貫『外』字。〔一〕【趙本】（『西峰』句）貫。〔二〕 久披山衲②壞，『壞』字如何下？【趙本】貫。 孤坐石床寒。『寒』字似不難下，然在『坐』字下却又妙也。○貫云『禪定石床暖』，〔三〕此云『孤坐石床寒』，一『床』也而寒、暖分，妙不相妨。【趙本】貫。 盥手水泉滴，燃燈夜燒殘。終期③老雲嶠，煮藥伴中餐。

寫出真得道人。〔四〕【趙本】貫云『禪定石床④暖』，馬云『孤坐石床寒』，一『床』而寒、暖異，妙不相妨。

【校記】

①閣：英華（卷二二一三）作『閤』。
②衲：英華作『枘』。
③期：英華作『朝』。
④床：趙本作『林』，顯誤，據底本改。

【注釋】

〔一〕賈『外』字：謂『外』字乃師法賈島。賈島喜用『外』字，如『雲塞石房路，峰明雨外巔』（《送僧歸太白山》）、『孤冢北邙外，空齋中岳西』（《吊孟協律》）、『長江飛鳥外，主簿跨驢歸』（《謝令狐綯相公賜衣九事》）等。賈，賈島。生平見本卷《賈島傳》。
〔二〕賈：謂『西峰』句師法賈島。賈，賈島。
〔三〕『禪定』句：賈島《贈無懷禪師》詩句。詩見本卷賈島詩選。
〔四〕得道：見本卷賈島《送賀蘭上人》注釋〔一〕。

關山曲二首[1]

其一

金甲[2]耀兜鍪，黄金[3]拂紫騮。叛羌旗下戮，陷壁夜中收。寫出如見。霜霰戎衣月[4]，關河磧氣秋。箭瘡殊未合，更遣擊[5]蘭州。

【趙本】有力量，有識見，賈生集中未見，〔一〕此可以補其缺。

【校記】

① 二首：趙本無此二字。

② 甲：英華（卷一九八）、樂府（卷二七）作『鎖』。

③ 金：英華、樂府作『雲』。

④ 月：趙本、樂府作『故』。

⑤ 擊：英華作『在』。

【注釋】

〔一〕賈生：賈島。生平見本卷《賈島傳》。

其二

火發龍山北，中宵易左賢。勒兵臨漢水，驚雁散胡天。水①落防河急，軍孤受敵偏。字法。猶聞漢皇怒，按劍待開邊。結稍帶諷興。【趙本】此等幾似濫套矣，然其體應如是。

有力量，有識見，賈生集中未見，然讀此可以補其闕。○此學老杜耶？抑學岑嘉州耶？〔一〕都不是，祇要寫生，〔二〕讀者遂如親歷。

【校記】

① 水：樂府（卷二七）、品彙（卷六八）、全詩（卷五五五）作『木』。

【注釋】

〔一〕岑嘉州：岑參。生平詳見前《于鵠傳》李懷民按語注釋〔一〕。

〔二〕寫生：見劉得仁《宿宣義池亭》注釋〔一〕。

塞下曲二首①

其一

旌旗倒北風，霜霰逐南鴻。夜救龍城急，朝焚虜帳空。寫生如見。〔一〕骨銷金鏃在，鬢改玉關中。對法變。【趙本】對法即妙。却想羲軒氏②，無人尚③戰功。結稍帶感慨。

【趙本】此等詩不得不推少陵爲宗矣。〔二〕

【校記】

① 二首：趙本無此二字。

② 氏：英華（卷一九七）、樂府（卷九二）作『代』，全詩（卷五五五）校『又作「世」』。

③ 尚：樂府作『説』。

【注釋】

〔一〕寫生：見劉得仁《宿宣義池亭》注釋〔一〕。

〔二〕少陵：杜甫。詳見卷上張籍《没蕃故人》注釋〔三〕。

其二

廣漠雲凝慘，日斜飛霰生。燒山搜猛獸，伏道擊回兵。包括而曲盡，全是撰力，〔一〕全是煉功。風折旗竿曲，『曲』字匠出風。〔二〕沙埋樹杪①平。『平』字匠出沙。黄雲飛旦夕②，偏奏苦寒聲。

此等詩不得不推少陵爲宗矣。〔三〕

【校記】

①樹杪：樂府（卷九二）、全詩（卷五五五）校『一作「塞路」』。

②『黄雲』句：英華（卷一九七）作『雲飛日一夕』。

【注釋】

〔一〕包括：　謂寫出邊塞軍旅主要生活。　撰力：　詩歌創作能力與水平。

〔二〕匠：　刻畫，描繪。　詳見前《重訂中晚唐詩主客圖説》注釋〔八七〕『匠物』。

〔三〕少陵：　杜甫。　詳見卷上張籍《没蕃故人》注釋〔三〕。

寄西岳白石僧

掛錫中峰上，經行踏石梯。　雲房出定後，岳月在池西。空明！　刻苦。〔一〕【趙本】『岳月』字。　峭壁殘霞照，欹松積雪齊。　年年著山屐，曾得到招提。

【注釋】

〔一〕刻苦：　謂錘煉極其用心、勤苦。

懷故山寄賈島

心偶羨明代，【趙本】『偶』字妙。學詩觀國風。自從來闕下，未勝在山中。可知詩人懷抱性格。丹桂日應老，白雲居久空。誰能謝時去，聊與此生同。唐人學問半參佛氏。

○未第則曰『何門致此身』，〔一〕及第則云『未勝在山中』，豈非多事？却見唐賢高處。

唐詩人力求一官，若曹夢徵所謂『望榮來替愁』者，〔二〕即老杜《獻大禮賦》、老韓《上宰相書》，都是一般心腸；乃既得之後，却甚淡然，如杜之《曲江》諸什，韓之《朝歸》等篇，及虞臣此詩，可見胸次清超，〔三〕原不同後代之士專爲榮官起見也。【趙本】未第則曰『何門致此身』，及第又曰『未勝在山中』，豈非多事？然正見唐賢高處。

【注釋】

〔一〕『何門』句：馬戴《灞上秋居》尾句。詩見前。

〔二〕曹夢徵：曹松。生平見本卷《曹松傳》。『望榮』句：曹松《書懷》詩句。詩見本卷曹松詩選。

〔三〕胸次：見卷上張籍《酬韓庶子》注釋〔三〕。清超：清雅脱俗。

山中寄姚合員外①

朝與城闕别，暮同麋鹿歸。鳥鳴松觀静，此『静』字與『雲壑』句又不同。〔一〕人過石橋稀。木葉摇山翠，泉痕②入澗扉。敢招仙署客，暫此拂朝衣。高致。〔二〕

【校記】

①詩題英華（卷二六三）作『到山寄部姚員外』。

②痕：英華作『聲』。

【注釋】

〔一〕『雲壑』句：指前馬戴《宿翠微寺》第三句『鳥歸雲壑静』。

〔二〕高致：見卷上張籍《春日李舍人宅見兩省諸公唱和因書情即事》注釋〔三〕。

晚眺有懷

點點①抱離念，曠懷成怨歌。高臺試延望，落照在寒波。與『秋風生渭水，落葉滿長安』同看。〔一〕此地芳草歇，舊山喬木多。悠然暮天際，但見鳥相過。

此與《落日悵望》詩皆寓深感，〔二〕味之無盡。○古人詩寫景必有情在，故即其詩可以想見其人，想見其生平，想見其時世。孟子曰：『是以論其世也，是尚友也。』〔三〕可謂善讀矣。然亦必其中原有感寓。若近今人作詩，祇圖眼前塗抹點綴，人人可以通用，何足爲後來之追想哉？○此不惟唐詩也，自『三百篇』後若漢、魏、六朝，唐之後若五代、宋、南宋，無不皆然，故皆不可滅没。金、元以後，或離或合矣，然其卓卓者亦必主乎此，〔四〕故於此發凡云。〔五〕【劉本】此與《落日悵望》詩皆寓深感……聊於此發凡云。【趙本】三、四與『秋風生渭水，落葉滿長安』二句同看。

【校記】

① 點點：品彙（卷二二二）作『惻惻』，全詩（卷五五六）校『一作「默默」』。

【注釋】

〔一〕『秋風』二句：賈島《憶江上吴處士》詩句。詩見本卷賈島詩選。

〔二〕《落日悵望》：馬戴詩。見前。

〔三〕『是以……友也』：語出《孟子·萬章下》。論其世，研究其所處時代。尚友，與古人爲友。

〔四〕卓卓：高超出衆。宋曾鞏《寄歐陽舍人書》：『先祖之言行卓卓，幸遇而得銘其公與是。』

〔五〕發凡：揭示要旨。晉杜預《春秋經傳記集解序》：『其發凡以言例，皆經國之常制，周公之垂法，史書之舊章。』

隴上獨望

斜日掛邊樹，【趙本】『掛』字。蕭蕭獨望間。陰雲藏漢壘，飛火照胡山。隴首行人絶，河源夕鳥還。塞境如到。誰爲立勳者，可惜寶刀閑。

裴説

裴説傳

説，天祐三年登進士第，官終禮部員外郎。〔一〕

【注釋】

〔一〕禮部員外郎：尚書省禮部屬官。《舊唐書·職官志二》（卷四三）：『禮部……員外郎一員（從六品上）……掌貳尚書、侍郎。舉其儀制，而辨其名數。』

懷民按：説①亡其字，行事亦不甚可考。遺文之存者，五律外惟絶句六首、古體三章而已，他如『苦吟僧入定，得句將成功』『瘦肌寒帶粟，病眼餒生花』『雪留寒竹寺舍冷，風撼早梅城郭香』等句見諸他書者，不一而足，其全篇皆不可得；遺迹消亡，良可浩嘆！今讀其詩，風骨矯矯，宜學賈氏有得者。其峭削微不及周、喻諸君，〔一〕而沉刻過之。〔二〕位馬虞臣下，爲升堂之次。

【校記】

① 説：趙本作『裴説』。

【注釋】

〔一〕峭削：詩風奇險瘦削。清戴名世《〈野香亭詩集〉序》：『余讀相國之詩，雄健峭削，如長松千尋，孤峰萬仞，而不可攀躋也。』周、喻：分别指周賀、喻鳧。

〔二〕沉刻：深刻。清劉大櫆《贈大夫閔府君墓志銘》：『其爲制舉之文，覃思力索，沉刻簡遠。』

塞上曲

極目望空闊，馬羸程又賒。月生方見樹，【趙本】（『月生』句）奇。風定始無沙。寫邊塞如見。『方』字、『始』字可知終日有沙，常不見樹也。【趙本】（『風定』句）峭。〔一〕楚水辭魚窟，燕山到雁家。（『雁家』）

二字奇！確！妙！如斯名利役，争不老天涯。

【趙本】『雁家』二字新奇。

【注釋】

〔一〕峭：生新奇險。

漢南郵亭

高閣水風清，開門日送迎。帆張獨鳥起，樂奏大魚驚。驟雨拖山過，微風拂面生。閑吟雖得句，留此謝多情。

過洞庭湖

浪高風力大，掛席亦言遲。及到堪憂處，争如未濟時。二句深入，妙能顯出。〔一〕細思之，不過極寫其闊，極寫其險耳。【趙本】深思，妙能顯出。魚龍侵①莫測，雷雨動須疑。此際無聊賴②，將何③寄所思。

亦用加倍寫法，〔二〕正是寄托無限。【趙本】寄托無限。

【校記】

①侵：趙本、英華（卷二九五）作『深』。

②無聊賴：英華作『將情賴』，全詩（卷七二〇）作『情無賴』。

③將何：英華、全詩作『何門』。

【注釋】

〔一〕顯出：猶『發難顯』，即『發難顯之情』『狀難寫之景』。詳見前《重訂中晚唐詩主客圖說》注釋〔七七〕。

〔二〕加倍寫法：見卷上張籍《送友人歸山》注釋〔二〕『加倍寫』。

旅中作

行路非不厭，①其如饑②與寒。直說，是古情。〔一〕投人言去易，開口到③貧難。此中有壁立萬仞之概，學者當認得。【趙本】須知此中有壁立萬仞之概。澤國雲千片，湘江竹萬④竿。時明未忍別，猶待計窮看。骨力蔪然，〔二〕與陶淵明『卓爲霜下杰』出處不同，〔三〕負性則一。〔四〕【趙本】與曹夢徵一般氣骨。〔五〕

此所謂有個安身立命處，若後人感遇，不過自道窮苦耳。

【校記】

①『行路』句：英華（卷二九五）、全詩（卷七二〇）作『妄動遠抛山』。

②饑：英華作『餧』。

③到：英華、全詩作『説』。

④萬：英華、全詩作『一』。

【注釋】

〔一〕古情：古雅的情感。

〔二〕蔪然：鮮明突出貌。參見卷上劉得仁《陳情上知己》注釋〔三〕。

〔三〕『卓爲』句：陶淵明《和郭主簿二首》其二詩句。全詩云：『和澤周三春，清凉素秋節。露凝無游氛，天高風景澈。陵岑聳逸峰，遥瞻皆奇絶。芳菊開林耀，青松冠岩列。懷此貞秀姿，卓爲霜下杰。銜觴念幽人，千載撫爾訣。檢素不獲展，厭厭竟良月。』

〔四〕負性：稟性。清吴偉業《臨江參軍》：『臨江髯參軍，負性何貞烈。』

〔五〕曹夢徵：曹松。生平見本卷《曹松傳》。

旅次衡陽

欲往幾經年，今來意豁然。江風長借客，岳雨不因天。極確，極有力氣，便已幾賈師至處。〔一〕【趙本】(『岳雨』句)妙絶！戲鷺飛輕雪，【趙本】賈。〔二〕驚鴻叫亂弦①。三、四傳句也，〔三〕而吾尤愛此二句。每一吟之，便如身在湖湘間，〔四〕烟水渺茫，百感交集也。【趙本】賈。晚秋紅藕裏，十宿寄漁船。

【趙本】『岳雨不因天』可補賈集所無。〔五〕

【校記】

① 弦：全詩(卷七二〇)作『烟』。

【注釋】

〔一〕幾：達到。清顧炎武《日知録·史記通鑒兵事》：『太史公胸中，固有一天下大勢，非後代書生所能幾也。』

〔二〕賈：賈島。生平見本卷《賈島傳》。此謂此句師法賈島。

〔三〕傳句：見本卷喻鳧《懷鄉》詩注釋〔二〕。

〔四〕湖湘：今湖南省洞庭湖與湘江一帶。懷民曾奉母赴廣西岑溪縣（今岑溪市）就養於弟憲喬官所，分别於乾隆四十六年（一七八一）冬、五十一年春往返乘船經湖湘。

〔五〕賈集：賈島詩集。

春早① 寄華下同人②

正是花時節，思君寢復興。市沽終不醉，春夢亦無憑。岳面懸青③雨，河心走濁冰。『懸』字、『走』字煉，似生强，〔一〕正取真意。『青雨』『濁冰』則學賈而成峭病也。〔二〕東門車馬④路，離恨鎮⑤相仍。

【趙本】五、六極力模倣賈生，但成峭病矣。

【重出】

《全唐詩》卷七二〇作裴説詩，卷七五七湯悦詩集重出。據《文苑英華》卷二六五、《三體唐詩》卷六、《瀛奎律髓》卷一〇等皆作裴説詩可斷，當爲裴説之作。

【校記】

①春早：三體（卷六）、律髓（卷一〇）、全詩（卷七五七）作『早春』。
②人：三體、律髓、全詩（卷七五七）作『志』。
③青：三體、全詩（卷七五七）作『清』。
④車馬：英華（卷二六五）、三體、律髓、全詩（卷七五七）作『一條』。
⑤鎮：三體、全詩（卷七五七）作『正』。

【注釋】

〔一〕生强：生硬，勉强。
〔二〕賈：賈島。生平見本卷《賈島傳》。下文『賈生』同。峭病：見本卷李洞《宿鳳翔天柱寺窮易元上人院》注釋〔一〕『肖病』。

寄曹松①

莫怪②苦吟遲，詩成③鬢亦絲。鬢斑④猶可染，詩病却難醫。此中有骨力在。○一氣盤折，正欲爲學夢徵寫照，〔一〕須用加倍撰力，〔二〕推重之至也。【趙本】須知此中都有骨力在。山暝雲横處，星稠⑤月側時。長江。〔三〕冥搜不可⑥得，惟有夜猿知。⑦

【校記】

① 寄曹松：紀事（卷六五）作『洛中作』。
② 怪：英華（卷二六五）作『見』。
③ 詩成：英華作『吟遲』。
④ 斑：英華作『班』，紀事、全詩（卷七二〇）作『絲』。
⑤ 稠：紀事、全詩作『沈』。
⑥ 可：紀事作『堪』。

⑦『惟有』句：英華、紀事、全詩作『一句至公知』。

【注釋】

〔一〕夢徵：曹松之字。生平見本卷《曹松傳》。

〔二〕撰力：詩歌創作能力與水平。

〔三〕長江：賈島。曾官長江縣（治今四川蓬溪縣西）主簿，故稱。生平詳見本卷《賈島傳》。

對雪

大片向空舞，出門肌骨寒。賈句。〔一〕【趙本】（『出門』句）賈句。路岐平即①易，溝壑滿應難。此等即爲歐、蘇『白戰』之嚆矢矣。〔二〕兔穴歸時失，【趙本】累句。〔三〕禽枝宿處乾。偏向空處著想。〔四〕〇此等妙處，友人王希江擬爲白文印章，〔五〕趣甚。【趙本】（『禽枝』句）空處著想。豪家寧肯厭？五月畫圖看。此亦烘法。〔六〕

【趙本】酸寒處俱神似賈生。

【校記】

①即：趙本作『却』。

【注釋】

〔一〕賈句：謂二句師法賈島。賈，賈島。生平見本卷《賈島傳》。

〔二〕歐、蘇：宋歐陽修、蘇軾。白戰：見賈島詩《雪晴晚望》注釋〔二〕。嚆矢：響箭。因發射時聲先於箭而到，故常用以比喻事物的開端。猶『先聲』。《莊子·在宥》：『焉知曾史之不爲桀跖嚆矢也。』成玄英疏：『嚆，箭鏃有吼猛聲也。』唐陳越石《太甲論》：『司馬氏之有天下，其始也未嘗不伊不周，其終也未嘗不羿不浞，皆取伊周以爲嚆矢也。《孟子》曰：「無伊尹之心則篡也。」有旨哉！』

〔三〕累句：見本卷賈島《送朱休歸劍南》注釋〔一〕。

〔四〕著想：想象。

〔五〕王希江（？—一七八七）：王萬里。高密人。高密詩派『王氏五子』之一。余友林等《高密縣志·人物志·儒林》（卷一四上）：『王萬里，字希江，乾隆乙酉舉人。貌奇偉，制藝卓絶，試輒冠軍。鄉薦後得縣令，不就，設帳諸莒間。門下多知名士，東武劉文清公，其尤著者也。鄉謚貞敏。

著有周易、古文等書。詩入《山左詩鈔》。』參見後唐求《曉發》『王穎叔』注釋。擬：比擬，比方。

白文印章：即阴文印章。明楊慎《升菴詩話》卷三：『三代鐘鼎文有款識：隱起而凸曰款，以象陽；中陷而凹曰識，以象陰。刻之印章，則陽文曰朱文，陰文曰白文。』

〔六〕烘法：烘托手法。此指以『豪家』愛雪（『五月畫圖看』）烘托雪景之美。

夏日即事

僻居門巷静，竟日坐階墀。鵲喜還逢①信，蛩吟不見詩。賈生累句。〔一〕【趙本】（『蛩吟』句）累句。笋抽通②舊竹，梅墜③立閑枝。要看此於冷處著筆。【趙本】（『梅墜』句）空處著想。〔二〕此際無塵擾④，僧來稍⑤所宜。

【校記】

① 還逢：英華（卷一五七）、律髓（卷一一）、全詩（卷七二〇）作『雖傳』。

② 通：律髓作『過』。

③ 墜：英華、律髓、全詩作『落』。

④擾：趙本、英華作『繞』，律髓、全詩作『撓』。

⑤稍：趙本、英華、全詩作『稱』，律髓作『趁』。

【注釋】

〔一〕賈生累句：謂是賈派詩作中有瑕疵的詩句。賈生，賈島。生平見本卷《賈島傳》。累句，見本卷賈島《送朱休歸劍南》注釋〔一〕。

〔二〕著想：想象。

冬日後作

寂寞掩荆扉，昏昏坐欲痴。賈句。〔一〕【趙本】（『昏昏』句）賈。事無前定處，愁有并來時。到家語。〔二〕○古今如一之情，妙能寫出。日影纔添線，鬢①根已半絲。明廷②正公道③，應許苦心詩④。

【趙本】三、四古今如一之情，獨能寫得出。

【校記】

①髭：英華（卷一五八）、律髓（卷一三）、全詩（卷七二〇）作『鬢』。

②廷：英華、律髓、全詩作『庭』。

③正公道：趙本作『正公論』，律髓作『公正道』。

④詩：律髓作『知』。

【注釋】

〔一〕賈句：謂二句師法賈島。賈，賈島。生平見本卷《賈島傳》。

〔二〕到家：見卷上張籍《晚秋閑居》注釋〔一〕。

冬日作①

糲食擁敗絮，苦吟吟過冬。不惟詩格似賈，〔一〕性情乃絶相近。【趙本】不唯詩格似賈，性情乃絶相近。稍寒人却健，確！妙！太飽事多慵。確！妙！妙切『冬日』。〇二句却似王仲初。〔二〕【趙本】二句似王仲初。

樹老生烟薄，墻陰貯雪重。安能止②如此，公道會相容。

【校記】

①作：英華無此字。

②止：趙本、英華（卷一五八）、律髓（卷一三）、全詩（卷七二〇）作『衹』。

【注釋】

〔一〕詩格：指詩歌的藝術風格。賈：賈島。生平見本卷《賈島傳》。

〔二〕王仲初：王建。字仲初。生平見卷上《王建傳》。

華山上方

獨上上方頂①，立高聊稱心。氣衝雲易白②，影落縣多陰。有雪③草不死，無風松自吟。

會當求大藥，他日復追尋。

奇險僻澀，直作一首賈詩讀。〔一〕

【校記】

①頂：英華（卷一五九）、全詩（卷七二〇）作『上』。

②白：英華、全詩作『黑』。

③雪：英華、全詩作『雲』。

【注釋】

〔一〕直：真，簡直。詳見卷上姚合《縣居詩三十首》其五注釋〔三〕。賈：賈島。生平見本卷《賈島傳》。

廬山瀑布

静景憑高望，光分疊翠①開。日飛空際雪，暑退伏中雷。②牙齒之利，絶似長江口吻。〔一〕【趙本】齒牙間有多少力。過去雲衝斷，旁來燒隔回。【趙本】（『旁來』句）不甚了徹。〔二〕何當住峰下，終歲絶塵埃。

【校記】

①疊翠：趙本、英華（一六四）、全詩（卷七二〇）作『翠嶂』。

②『日飛』二句：英華、全詩作『嶮飛千尺雪，寒撲一聲雷』。

【注釋】

〔一〕牙齒：借指語言。長江：賈島。曾官長江縣（治今四川蓬溪縣西）主簿，故稱。生平詳見本卷《賈島傳》。

〔二〕了徹：明白。清周亮工《書影》（卷四）：『予謂二公之言，尚落擬議，不若廋辭之當下了徹也。』

不出院僧

四遠參尋遍，修行却不行。稍尖。〔一〕。【趙本】（『修行』句）稍尖。屐中無片迹，①門外是前生。意必造極。【趙本】（『門外』句）刻入。〔二〕塔見移來影，鐘聞過去聲。一齋長②默坐，應笑我營營。

【校記】

①『屐中』句：英華（卷三二四）、全詩（卷七二〇）作『耳邊無俗語』。

②長：英華、全詩作『唯』。

【注釋】

〔一〕尖：怪僻生硬。詳見卷上項斯《邊游》注釋〔一〕。

〔二〕刻入：雕琢深入。謂構思新奇峭拔。

牡丹

數朵欲傾城①，【趙本】起筆嫌庸常。安同桃李榮？起筆庸常。未曾②貧處見，無理！無理正妙！〔一〕不似地中生。更無理！無理更妙。〇礙而實通。〔二〕須知『礙』乃逾確逾妙。〇如此做題，抵多少『魏紫姚黃』腐爛語。〔三〕【趙本】如此做題，敵多少『姚黃魏紫』腐爛語。此物疑無價，當春獨有名。游蜂與蝴蝶，來往自多情。何嘗有心寄托？

【校記】

① 欲傾城：英華（卷三二一）校『集作「色堪驚」』。

② 曾：英華、全詩（卷七二〇）作『嘗』。

【注釋】

〔一〕無理正妙：見卷上項斯《中秋夜懷》注釋〔一〕『妙在無理』。

〔二〕礙而實通：見本卷賈島《偶作》注釋〔一〕『礙而通』。

〔三〕魏紫姚黃：兩個名貴牡丹品種。宋歐陽修《洛陽牡丹記・花釋名》：『姚黃者，千葉黃花。出於民姚氏家。此花之出，於今未十年。姚氏居白司馬坡，其地屬河陽，然花不傳河陽傳洛陽；洛陽亦不甚多，一歲不過數朵。』『魏家花者，千葉肉紅花。出於魏相（仁浦）家。始，樵者於壽安山中見之，斲以賣魏氏。……花傳民家甚多，人有數其葉者云「至七百葉」。錢思公嘗曰：「人謂牡丹花王，今姚黃真可爲王，而魏花乃后也。」』後泛指名貴花卉。宋曹冠《鳳栖梧・牡丹》詞：『魏紫姚黃凝曉露，國艷天然。』

鷺鷥

秋江清淺時，魚見①亦頻窺。倒裝句。【趙本】（『魚見』句）倒裝句。却爲分明極，翻令②所得遲。寓意高確。浴偎紅日色，栖壓碧蘆枝。會共鴛同侶，翱翔自③可期。

唐人營營一第，終不肯枉道，所以每至遲暮。裴君此詩正自見品格處。【趙本】唐末諸賢大抵營營一第，終不肯改節枉道，所以每至遲暮而不獲。裴君此詩足見品格處。

【校記】

① 見：英華（卷三二九）作『過』。
② 令：英華、全詩（卷七二〇）作『成』。
③ 自：英華、全詩作『應』。

春暖①送人下第

相送短亭前，知君愚復賢。事多憑夜夢，老爲待明年。到家語。〔一〕○『待』字誤多少人。【趙本】『待』字誤盡古今多少人。春樹添山脊，晴雲學燒②烟。雄文有公道，此別莫潸然。

【校記】

①暖：趙本作『晚』。

②燒：英華（卷二八三）作『曉』。

【注釋】

〔一〕到家：見卷上張籍《晚秋閑居》注釋〔一〕。

寄貫休

憶昔與吾師，山中静①論時。總無方是法，口訣。難得始爲詩。口訣。○詩學之敝，正在得之易耳。陸放翁詩『俗人猶愛未爲詩』，〔一〕乃是就外邊説；大都求爲俗人所愛者，皆得之易者也。【趙本】所以成爲貫派。凍犬眠乾葉，【趙本】賈思貫韵。〔二〕飢禽啄病梨。僻苦。他年白蓮②社，猶許重相期。

【校記】

①静：英華(二二四)、全詩(卷七二〇)校『一作「精」』。

②蓮：英華、全詩校『一作「雲」』。

【注釋】

〔一〕『俗人』句：陸游《朝飢示子聿》詩句。詩見卷上李咸用《友生携修睦上人詩見訪》注釋〔三〕。錢鍾書《談藝録·劍南與宛陵》：『《邵氏聞見後録》謂「魯直詩到人愛處，聖俞詩到人不愛處」。（按吴可《藏海詩話》引東坡謝李公擇惠詩帖云：「公擇遂做到人不愛處。」葉夢得《石林燕語》

卷八亦記東坡語云：「凡詩須做到衆人不愛可惡處，方爲工。」邵氏蓋用蘇語。《欒城遺言》載魯直盛稱聖俞詩事，可參觀。《匏廬詩話》卷上乃言：「宋詩能到俗人不愛者，庶幾黄豫章。」似僅本放翁詩，未考其源也。）放翁則屢用其語，《明日復理夢中作》曰：「詩到無人愛處工。」《山房》曰：「詩到令人不愛時。」《朝飢示子書》曰：「俗人猶愛未爲詩。」（按此意即昌黎《與馮宿論文書》所謂「小慚小好、大慚大好」之正面。……）」又，《永樂大典》卷八九九《詩》字引張功父《吟詩》：「一日吟成九首詩，傍人都愛少瑕疵。直須作到無人愛，始是吾詩長進時。」亦從東坡、放翁語來。

〔二〕賈思賈韵：謂效法賈島詩的構思，具有賈島詩的韵味。賈，賈島。生平見本卷《賈島傳》。

哭處默上人

凄凉繐幕下，香吐一燈分。閂老輪寒檜，『閂老』字法奇妙。留閑與白雲。『留閑』字法奇妙。挈盂曾幾度，傳衲不教焚。泣罷重回首，暮山鐘半聞。

較『哭柏岩和尚』詩，〔一〕自是降一等。【趙本】較『柏岩和尚』詩，自是降一等矣。

【注釋】

〔一〕哭柏岩和尚：指賈島《哭柏岩禪師》。詩見本卷賈島詩選。徐按：後趙本『柏岩和尚』所指相同。

旅行聞寇

動[①]步憂[②]多事，將行問四鄰。深山不畏虎，當路却防人。直捷透闢，是裴公法門。〔一〕豪富田園廢，疲羸屋舍新。自慚爲旅客，無計避烟塵。[③]

【校記】

① 動：紀事(卷六五)作『寸』。

② 憂：紀事作『邊』。

③ 後四句：紀事作『無事助明代，何門銷此身。空慚兩行泪，飄灑向紅塵』。

【注釋】

〔一〕直捷：徑直，乾脆。法門：見卷上崔塗《與友人同懷江南別業》注釋〔二〕。

贈衡山令

君吟三十①載，辛苦必能官。語奇創，似乎無理。〔一〕【趙本】發難。〔二〕造化猶難隱，生靈豈易謾。承明理，〔三〕却極確。蓋其詩不外窮理，〔四〕所以『能官』也。○唐人作詩，工夫正是致知格物之學，〔五〕其識力氣節即裕於此，故每以終身詣之，〔六〕卓然自負也。此詩可謂發凡，〔七〕若僅如後人率爾拈筆應酬時俗之作，乃是玩物喪志，聰明日錮，何能參造化？〔八〕何能明吏治耶？【趙本】解破。〔九〕猿跳高岳靜，魚擺大江寬。與我爲同道，相留夜話寒②。

【趙本】唐人一生學問都在五字（徐按：指『辛苦必能官』）中，蓋唐人詩不外窮理，所以『能官』也。

【校記】

①三十：英華（卷二六五）、全詩（卷七二〇）作『十二』。

②寒：英華、全詩作『闌』。

【注釋】

〔一〕無理：見卷上項斯《中秋夜懷》注釋〔一〕『妙在無理』。

〔二〕發難：發難顯，即『發難顯之情（理）』。詳見前《重訂中晚唐詩主客圖説》注釋〔七七〕。

〔三〕明理：明顯的道理。晉袁宏《後漢紀·孝靈皇帝紀上論》（卷二三）：『犯法當死，不應死自活，此明理也。』

〔四〕窮理：反映對生活、人生、社會或自然界的理性認識。參見本卷李洞《錦江陪兵部鄭侍郎話詩着棋》注釋〔六〕『不多窮理不足以極其至』。

〔五〕致知：推求窮究知識。語出《禮記·大學》：『致知在格物。物格而後知至。』格物：見前《重訂中晚唐詩主客圖説》注釋〔一二三〕。

〔六〕詣之：謂追求致知格物之學。詣，往。

〔七〕發凡：揭示要旨。詳見本卷馬戴《晚眺有懷》注釋〔五〕。

〔八〕參造化：領悟大千世界的奧妙。參，領悟。明馮夢龍纂輯《警世通言·王安石三難蘇學士》：『讀不盡者，天下之書，參不盡者，天下之理。』造化，自然界的創造者。此指大自然。

〔九〕解破：謂二句道破自然、人生、社會之至理。

南中縣令

寂寥雖下邑，良宰有清威。苦節長如病，爲官豈肯肥。此作詩之骨，『豈肯』二字有勉戒意。【趙本】（『豈肯』）有勉戒意。山多村地狹，水淺客舟稀。寫盡寂寥景象。上國搜賢急，陶公早晚歸。此『歸』字，歸於朝也。

寄僧尚顏

曾居五老峰，所得共誰同？才大天全與，（『天全與』）三字寫『大』，不測。〔一〕吟精楚①欲空。（『楚欲空』）三字寫『精』，尤不測。客來庭減日，鳥過竹生風。三、四奇極，此二句却平常極。須知奇中之高，易見易能；〔二〕平常中之高，不易見不易能也。早晚搖輕拂②，重歸瀑布中。

【趙本】俱加一倍寫。〔三〕

【校記】

① 楚：趙本作『景』。

② 輕拂：英華(二二二四)校『集作「金錫」』。

【注釋】

〔一〕不測：不可測量，不可估量。

〔二〕易能：容易做到。

〔三〕加一倍寫：見卷上張籍《送友人歸山》注釋〔二〕『加倍寫』。

棋

十九條平路，言平又嶮巇。真島。〔一〕人心無算處，國手有輸時。到家語。〔二〕俱加一倍寫。〔三〕勢迴流星遠，聲乾下雹遲。【趙本】(『聲乾』句)真島。臨軒纔一局，寒日又西垂。【趙本】去路妙絶！〔四〕

【注釋】

〔一〕真島：　謂酷似賈島詩句。島，賈島。生平見本卷《賈島傳》。

〔二〕到家：　見卷上張籍《晚秋閑居》注釋〔一〕。

〔三〕加一倍寫：　見卷上張籍《送友人歸山》注釋〔二〕「加倍寫」。

〔四〕去路妙絕：　謂棋局如何進行、勝負結果如何，發人想象。去路，猶「前路」，未來景況。

杜工部墳①

騷人久不出，安得國風清。擬掘孤墳破，重教大雅明②。加倍寫法。〔一〕必到極處乃爲尊，無二上。○宋人或譏此爲掘墳賊，〔二〕乃是游戲之談，亦如銀花盒、金銅針，〔三〕原無當於詩論也，何足聽熒哉！〔四〕【劉本】加倍寫法。……亦如銀花盒、金銅釘……何足聽熒哉！皇天高莫問，白酒恨難平。悒怏寒江上，誰人知此情。

工部爲詩之聖，不待言也；人人愛工部之詩，亦不待言也。必如此十分奇闢，乃能寫出用情真至。後來吊工部詩，惟王荆公稍具氣格，〔五〕然亦不免衍叙；近時所作，不過隨聲贊嘆而已，何足有無？【趙本】至性相契，〔六〕非同泛泛懷古。

【校記】

① 詩題全詩（卷七二〇）前有『經』字。

② 明：紀事（卷六五）、全詩作『生』。

【注釋】

〔一〕加倍寫法：見卷上張籍《送友人歸山》注釋〔二〕『加倍寫』。

〔二〕譏此爲掘墳賊：載於宋陶嶽《五代史補·漢二十條》（卷四）。其『廖氏世胄』條：『凝爲人不羈，好詼諧，嘗覽裴説《經杜工部墓》，詩曰：「擬鑿孤墳破，重教大雅生。」因曰：「如此，裴説乃劫墳賊耳！」聞者大笑。』

〔三〕銀花盒、金銅針：兩種器物。唐孟棨《本事詩·嘲戲》：『開元中，宰相蘇味道與張昌齡俱有名，暇日相遇，互相誇誚。昌齡曰：「某詩所以不及相公者，爲無『銀花合』故也。」蘇有《觀燈》詩曰：「火樹銀花合，星橋鐵鎖開。暗塵隨馬去，明月逐人來。」味道云：「子詩雖無『銀花合』，還有『金銅釘』。」昌齡贈張昌宗詩曰：「昔日浮丘伯，今同丁令威。」遂相與拊掌大笑。』

〔四〕聽熒：惶惑。《莊子·齊物論》：『是皇帝之所聽熒也，而丘也何足以知之！』成玄英疏：『聽熒，疑惑不明之貌也。』

〔五〕王荆公：　王安石（一〇二一—一〇八六）。字介甫，號半山，臨川（今江西省撫州市臨川區）人。北宋著名思想家、政治家、文學家、改革家。其『吊工部詩』指《杜甫畫像》：『吾觀少陵詩，謂與元氣侔。力能排天斡九地，壯顔毅色不可求。浩蕩八極中，生物豈不稠？醜妍巨細千萬殊，竟莫見以何雕鎪。惜哉命之窮，顛倒不見收。青衫老更斥，餓走半九州。瘦妻僵前子仆後，攘攘盗賊森戈矛。吟哦當此時，不廢朝廷憂。常願天子聖，大臣各伊周。寧令吾廬獨破受凍死，不忍四海赤子寒颼颼。傷屯悼屈止一身，嗟時之人我（一作「死」）所羞。所以見公像，再拜涕泗流。推公之心古亦少，願起公死從之游。』

〔六〕至性：　卓絶的品性。《後漢書・東平憲王蒼傳》（卷四二）：『陛下履有虞之至性，追祖禰之深思，然懼左右過議，以累聖心。』

許棠

許棠傳

棠，字文化，宣州涇縣人。〔一〕咸通十二年登進士第，授涇縣尉。〔二〕又嘗爲江寧丞。〔三〕

【注釋】

〔一〕宣州：治今安徽宣城市宣州區。涇縣：今屬安徽省宣城市。《舊唐書·地理志三》（卷四〇）：『宣州。隋宣城郡。……舊領縣八。……宣城……當塗……涇。漢涇縣，屬丹陽郡。』

〔二〕尉：縣官名。詳見前《項斯傳》注釋〔三〕。

〔三〕江寧：唐潤州（治今江蘇鎮江市）屬縣。治今南京市西南。《舊唐書·地理志三》（卷四〇）：『潤州上。隋江都郡之延陵縣。武德三年，杜伏威歸國，置潤州於丹徒縣。……舊領縣五。……

上元。楚金陵邑，秦爲秣陵。吳名建業，宋爲建康。晉分秣陵置臨江縣，晉武改爲江寧。武德三年……改江寧爲歸化。……貞觀……九年改爲江寧縣。……上元二年，復爲上元縣。』丞：縣令佐官。《唐六典·京縣畿縣天下諸縣官吏》（卷三〇）：『京畿及天下諸縣令之職，皆掌導揚風化，撫字黎氓……縣丞爲之貳。』

《唐詩紀事》：許棠『有洞庭詩爲工，〔一〕時號「許洞庭」』。

《全唐詩話》：『許棠久困名場，〔二〕咸通末』，馬『戴佐大同軍幕，〔三〕棠往謁之，一見如舊』，『留連數月』，『未嘗問所欲。一旦』，『以棠家書授之。棠驚愕，莫知其來。啓緘』，始『知戴潛遣』人『恤其家矣』。

【注釋】

〔一〕洞庭詩：指《過洞庭湖》。見後詩選。宋尤袤《全唐詩話·許棠》（卷五）：『棠洞庭詩，有「四顧疑無地，中流忽有山」之句，人以題扇。』

〔二〕名場：科舉考場。詳見本卷《曹松傳》注釋〔二〕。

〔三〕大同軍：見本卷《馬戴傳》注釋〔四〕。

懷民按：文化五、七言律之外，他體并絶句亦無之；沉著刻入，〔一〕略與馬虞臣相等，〔二〕宜其一見如故也。〔三〕次之升堂第三。

【注釋】

〔一〕沉著：謂抒情深切感人。詳見卷上張籍《没蕃故人》注釋〔二〕。刻入：雕琢深入。謂構思新奇峭拔。

〔二〕馬虞臣：馬戴。字虞臣。生平詳見本卷《馬戴傳》。

〔三〕宜：無怪，難怪。詳見前《重訂中晚唐詩主客圖説》注釋〔四七〕。

過洞庭湖

驚波常不定，半日鬢堪斑①。【趙本】次句亦本賈氏，〔一〕然學之易成晚唐惡派。四顧疑無地，中流忽有山。二句雖不是洞庭，然確是洞庭，非身到者不知也。〔二〕【劉本】二句何必是洞庭？……不知也。鳥高恒畏墜②，【趙本】想頭妙絶！〔三〕帆遠却如閑。想頭妙絶！漁父閑③相引，時④歌浩渺間。

力求新奇，乃力求寫生，〔四〕故妙。○文化以此詩得名，然在集中尚非極詣。〔五〕

【校記】

①斑：紀事（卷七〇）作『班』。

②『鳥高』句：紀事作『鳥飛應畏墮』，律髓（卷三四）作『鳥高常畏墜』。

③閑：紀事作『時』，律髓作『前』。

④時：紀事作『行』。

【注釋】

〔一〕賈氏：賈島。生平詳見本卷《賈島傳》。

〔二〕非身到者不知：懷民曾奉母赴廣西岑溪縣（今岑溪市）就養於弟憲喬官所，分別於乾隆四十六年（一七八一）冬、五十一年春往返乘船經洞庭湖，故謂。

〔三〕想頭：指構思想象。參見本卷李洞《送行脚僧》注釋〔四〕。

〔四〕寫生：見劉得仁《宿宣義池亭》注釋〔一〕。

〔五〕極詣：最高的造詣。明孫承恩《順天府鄉試録後序》：『觀於其文，莫不深造極詣，於所以修己治人者，言之切焉，説之詳焉，見之的焉。』

登渭南縣樓

近甸名偏著，登城①景又寬。半空分太華，極目是長安。雪助河流漲②，【趙本】（『助』字）貫。〔一〕人耕燒色殘。『助』字、『耕』字貫。【趙本】（『殘』字）貫。閑來時甚少，欲下重憑欄。

【校記】

① 城：品彙（卷六九）作『樓』。

② 漲：品彙作『急』，全詩（卷六〇三）校『一作「廣」』。

【注釋】

〔一〕賈：賈島。生平見本卷《賈島傳》。此謂『助』字師法賈島，如賈島《盧秀才南臺》云『下因岡助勢，上有樹交陰』。

早發洛中

半夜發①清洛，不知過石橋。雲增中岳大，【趙本】『大』字好。樹隱上陽遥。煉字奇確，正得『早』字神理。塹黑初沉月，河明②欲認潮。孤村人尚夢，無處暫停橈③。【趙本】『不知』字妙，恍惚中得『早發』神理。

【校記】

① 半夜發：英華（卷二九五）作『昨夜別』。
② 明：英華作『鳴』。
③ 橈：英華作『鑣』。

送龍州樊使君

曾見邛人説，龍州地未深。碧溪飛白鳥，紅旆映青林。【趙本】『碧』『白』『紅』『青』字俗，斷不可學。上①産惟②宜藥，王租祇貢金。與張水部『海國戰騎象，蠻州市用銀』一例。〔二〕○或有嫌其樸質者，正自不解唐詩耳。政成閑③宴日，誰伴使君吟？

【趙本】五、六句或有嫌其樸質太甚者，正自不解唐詩耳。

【校記】

①上：劉本、李本、趙本、英華（卷二八二）、律髓（卷四）、全詩（卷六〇三）作『土』。

②惟：英華、全詩作『唯』。

③閑：律髓、全詩作『閒』。

【注釋】

〔一〕張水部：張籍。曾官水部員外郎，故稱。生平詳見卷上《張籍傳》。『海國』二句：張籍詩《嶺南遷客》詩句。詩見卷上張籍詩選。一例：見卷上張籍《隱者》注釋〔二〕。

雁門關野望

高關閑獨望，望久轉愁人。紫塞唯①多雪，胡山不盡春。『不盡』二字著力。【趙本】『不盡』字著力。河遥分斷野，樹亂起飛塵。寫邊景逼真。【趙本】生刻，非賈生不能。〔一〕時見東來騎，心知近別秦。有餘味，耐思。【趙本】一結有餘味，〔二〕耐思。

生刻是賈。○文化久游邊塞，故詩中多得風沙寒闊之概。其於老杜詩，無意學之，亦每有相近處，後略做此。

【校記】

①唯：趙本作『惟』。

【注釋】

〔一〕生刻：生新僻澀。賈生：賈島。生平見本卷《賈島傳》。此指賈派詩人。

〔二〕一結：結尾。詳見卷上司空圖《上陌梯寺懷舊僧二首》其一注釋〔一〕。

送從弟歸泉州

問省歸南服，懸帆任北風。何山猶見雪，半路已無鴻。瘴雜春雲重，星垂夜海①空。極意求似。往來如不住，亦是一年中。

【趙本】『雜』『重』『垂』『空』字，刻意求似，煉力無窮。

【校記】

①夜海：英華（卷二八二）作『海夜』。

題張喬昇平里居

下馬似無人，開門祇一身。心同孤鶴静，此常語。行過老僧真。對却不常。○全襲長江格韻。〔一〕【趙本】長江格韻。亂木①藏幽徑，高原隔遠津。匡廬曾共隱，相見自相親。

【校記】

① 木：全詩（卷六〇三）作『水』。

【注釋】

〔一〕長江：賈島。曾官長江縣（治今四川蓬溪縣西）主簿，故稱。生平詳見本卷《賈島傳》。格韵：格調與韵味。

渭上送人南歸

遠役與歸愁，【趙本】起句便似。〔一〕同來渭水頭。南浮應到海，此常語。北去阻無州。對却不常。楚雨天連地，雨自天降，『天連地』似乎不明，〔二〕正妙於不明。胡風夏甚秋。江人如見問，爲話復貧游。

【趙本】雨自天降，『天連地』似乎不明，然正妙於不明也。

【注釋】

〔一〕便似：謂與賈島詩風相似。

〔二〕不明：未寫明白。謂難以理解。

出塞門

步步經戎虜，防兵不離身。極匠。山多曾戰處，路斷野行人。暴雨聲同瀑，極匠。〔一〕奔沙勢異塵。極匠。片時懷萬慮，白髮數莖新。

【注釋】

〔一〕匠：見卷上張籍《山中古祠》注釋〔一〕。

銀州北書事

南辭采石遠，北背乞銀深。磧路雖多險①，江山②不廢吟。鷴依孤堠立，鷗向迴沙沉。因共邊人熟，行行起戰心。

【校記】

① 險：全詩（卷六〇三）校『一作「阻」』。

② 山：趙本、全詩作『人』。

登淩歊臺

平蕪望已極，況復倚淩歊。江截吴山斷，天臨楚澤遙。煉字都契杜法。〔一〕雲帆高出樹，水市迴分橋。二句寫景絶工，然在此却是鱗甲中珠。〔二〕立久斜陽盡，無言似寂寥。

【注釋】

〔一〕杜：　杜甫。詳見卷上張籍《没蕃故人》注釋〔三〕『少陵』。

〔二〕鱗甲中珠：　謂此二句爲全詩之精粹。詳見本卷喻鳬《贈李商隱》注釋〔三〕。

野步

閑賞步易遠，野吟聲自高。路無人到迹，林有鶴遺毛。物外趣都别，塵中心枉勞。沿溪收墮果，坐石喚飢猱。

全從賈氏化出。〔一〕【趙本】全從閬仙脱化而出。〔二〕

【注釋】

〔一〕賈氏：　賈島。生平見本卷《賈島傳》。

〔二〕閬仙：　賈島之字。一作『浪仙』。

過湍溝①　谷

西去窮胡②處，岩崖境不常。石形相對聳，天勢一條長。狀出奇險，逼真賈句。〔一〕【趙本】逼真賈句。棧底鳴流水，林端斂夕陽。『斂』字妙。雖隨兵馬至，未免畏豺狼。

【校記】

①溝：英華（卷二九五）作『浦』。

②胡：英華作『湖』。

【注釋】

〔一〕賈句：賈島詩句。賈，賈島。生平見本卷《賈島傳》。

秋江霽望

高秋偏入望，霽景倍關情。落木①滿江水，離人懷渭城。此可與島師『秋風生渭水，落葉滿長安』并看，〔一〕然未便妄擬作盛唐。【趙本】賈。〔二〕山高孤戍斷，野極暮天平。賈句。【趙本】(『野極』句)賈。漁父時相問，羞②真道姓名。

【趙本】三、四與『秋風生渭水，落葉滿長安』同看。

【校記】

① 木：全詩(卷六〇三)校『一作「葉」』。

② 羞：全詩校『一作「修」』。

【注釋】

〔一〕『秋風』二句：賈島《憶江上吴處士》詩句。詩見本卷賈島詩選。

〔二〕賈：賈島。生平見本卷《賈島傳》。此謂二句師法賈島。後文『賈句』同。

下黄耳盤

獨下黄盤路，多虞部落連。雲晴仍著地，樹古自參天。非到邊塞，不見此景。亂鳥飛人上，驚麋起馬前。行行無郡邑，唯見虎狼烟。

題金山寺

四面波濤匝，中樓①日月鄰。上窮如出世，下瞷②忽驚神。極寫，却已著迹。〔一〕刹③礙長空鳥，船通外國人。房房皆疊石，風掃永無塵。

【校記】

①樓：律髓（卷四七）作『流』，全詩（卷六〇三）校『一作「峰」』。
②瞷：律髓作『瞰』。
③刹：全詩校『一作「塔」』。

【注釋】

〔一〕著迹：謂斧琢痕迹明顯。參見卷上許渾《洛中秋日》注釋〔二〕。

題慈恩寺元遂上人院

竹檻匝回廊，城中似外方。月雲開作片，枝鳥立成行。於此看出是賈門習氣。〔一〕徑接河源潤，庭容塔影涼。『容』字妙。【趙本】『涼』字。天台頻去説，誰占最高房。

【趙本】學賈生『微雲分片滅』。〔二〕

【注釋】

〔一〕賈：賈島。生平見本卷《賈島傳》。

〔二〕『微雲』句：賈島《寄白閣默公》詩句。詩見本卷賈島詩選。

隗囂宫晚望

西顧伊蘭近，方驚滯極邊。水隨空谷轉，【趙本】『轉』字煉。山向夕陽偏。『轉』『偏』煉字做賈。〔一〕【趙本】『偏』字煉。磧鳥多依地，無枝可栖也。【趙本】無枝可依也。胡雲不滿天。偏説『不滿』，妙！秋風動衰草，祇覺犬羊膻。

○問此比老杜『無風雲出塞』一聯如何？〔二〕【趙本】偏説『不滿』，更妙。

【注釋】

〔一〕賈：賈島。生平見本卷《賈島傳》。

〔二〕『無風』句：杜甫《秦州雜詩二十首》其七詩句。全詩云：『莽莽萬重山，孤城山谷間。無風雲出塞，不夜月臨關。屬國歸何晚，樓蘭斬未還。烟塵獨長望，衰颯正摧顏。』

過故洛城

七百數還窮，城池一旦空。夕陽惟照草，何其荒凉！【趙本】何其荒落！危堞不勝風。何其傾圮！岸斷河聲別，田荒野色同。去來皆過客，何處問遺宮。

下第東歸留別鄭侍御①

無才副至公，豈是命難通。分合吟詩老，家宜逐浪空。刻峭似賈。〔一〕別心懸闕下，歸念極吳東。惟畏重回日，初情恐不同。

【校記】

① 御：全詩（卷六〇四）校『一作「郎」』。

【注釋】

〔一〕刻峭：猶『生峭』。生新奇險。賈：賈島。生平見本卷《賈島傳》。

贈天台僧

赤城霞外寺，不忘舊登年。石上吟分海，『分』字奇。【趙本】『分』字。樓中語近天。刻峭似賈。〔一〕【趙本】『近』字。重游空有夢，再隱定無緣。獨夜休行道，星辰靜照禪。樸老似賈。〔二〕【趙本】（『星辰』句）樸老似賈。

【趙本】三、四刻峭，神似賈生。

【注釋】

〔一〕刻峭：猶『生峭』。生新奇險。賈：賈島。生平見本卷《賈島傳》。

〔二〕樸老：質樸老練。

邊城晚望

廣漠杳無窮，孤城四面空。馬行高磧上，日墮迴沙中。王右丞詩『大漠孤烟直，長河落日圓』即同寫此景，〔一〕而用筆不同如此，此盛唐與中晚之分也。逼曉人移帳，當川樹立①風。最難入景。〔二〕【趙本】（『當川』句）最難入景。迢迢河外路，知直去崆峒。

【校記】

①立：趙本、全詩（卷六〇四）作『列』。

【注釋】

〔一〕王右丞：王維。官至尚書右丞，故稱。生平詳見前《重訂中晚唐詩主客圖説》注釋〔九四〕『王摩詰』。『大漠』二句：王維《使至塞上》詩句。詩見本卷賈島《送李騎曹》注釋〔二〕引。

〔二〕入景：謂描寫形象生動，如在目前。

汴上暮秋

獨立長堤上，西風滿客衣。日臨秋草廣，煉『廣』字。【趙本】『廣』字。山接遠天微。煉『微』字。【趙本】『微』字。岸葉隨波盡，沙雲與鳥飛。秦人①寧有素，去②意自知歸。

【校記】

①人：品彙（卷六九）作『城』。

②去：品彙作『志』。

和薛侍御題興善寺松①

何年劚到城，滿國響②高名。半寺陰常匝，鄰房③景亦清。總於空處著筆，乃佳。代④多無朽⑤勢，風定有餘聲。寫生。〔二〕【趙本】（『風定』句）寫生。自得天然狀，非同澗底生。

【校記】

①詩題英華（卷三二四）作『松』；和，趙本作『同』。

②響：全詩（卷六〇四）校『一作「向」』。

③房：英華作『芳』，全詩作『坊』。

④代：英華作『伐』。

⑤朽：英華作『巧』。

【注釋】

〔一〕寫生：見劉得仁《宿宣義池亭》注釋〔一〕。

塞外書事

征路出窮邊，孤吟傍戍烟。河光深蕩塞，『深蕩』二字匠！〔一〕妙！【趙本】『蕩』字。磧色迴連天。『迴連』二字匠！妙！○此仍同右丞詩意，〔二〕其摹寫高迥逼真處，亦幾不多讓矣。【趙本】『連』字。殘日沉雕外，驚蓬到馬前。空懷釣魚所，未定卜歸年。

【注釋】

〔一〕匠：見卷上張籍《山中古祠》注釋〔一〕。

〔二〕右丞詩：指王維《使至塞上》頸聯『大漠孤烟直，長河落日圓』。右丞，王維。官至尚書右丞，故稱。生平詳見前《重訂中晚唐詩主客圖說》注釋〔九四〕『王摩詰』。

秋日陪陸校書游玉泉

共愛泉源異，頻來不覺勞。散光垂草細，句亦細。繁響出風高。句亦高。【趙本】（二句）細刻。〔一〕沫滯潭花片，沙遺浴鳥毛。【趙本】（二句）亦細。塵間喧與悶，須向此中逃。結句稍嫌率易。〔二〕

【注釋】

〔一〕細刻：　謂描寫細微峭拔。

〔二〕率易：　率直平易。詳見前《重訂中晚唐詩主客圖説》注釋〔一〇二〕。

唐求

唐求傳

求①，居蜀之味江山，〔一〕至性純②慤。〔二〕王建帥蜀，〔三〕召爲參謀，〔四〕不就。放曠疏逸，邦人謂之『唐隱居』。〔五〕爲詩撚稿爲圓，〔六〕納之大瓢。後卧病，投瓢於江，曰：『斯文苟不沈没，得者方知吾苦心爾。』至新渠，〔七〕有識者，曰：『唐山人瓢也。』接得之，十纔二三。

【校記】

① 求：紀事（卷五〇）作『球』，全詩（卷七二四）小傳校『一作「球」』。

② 純：趙本作『誠』。

【注釋】

〔一〕味江山：地名。位於唐蜀州青城縣味江之畔（今四川崇州市街子鎮），即宋青城縣味江鎮。宋黄休復《茅亭客話》（卷三）『味江山人』條：『唐末蜀州青城縣味江山人唐求。』宋王存《元豐九域志·成都府路·蜀州唐安郡》（卷七）：『青城……一十五鄉。陶垻、味江、堋市、白江四鎮。』

〔二〕慤：恭謹，誠實。《荀子·非十二子》：『其容慤。』楊倞注：『慤，謹敬。』《淮南子·主術訓》：『其民樸重端慤。』高誘注：『慤，誠也。』

〔三〕王建：五代前蜀皇帝（九〇七—九一八年在位）。字光圖，許州舞陽（今屬河南漯河市）人。

〔四〕參謀：唐元帥、都統、招討使等軍幕屬官。《新唐書·百官志四下》（卷四九下）：『行軍參謀，關豫軍中機密。（……開元十二年，罷行軍參謀，尋復置。）』

〔五〕邦人：鄉里之人。宋梅堯臣《南陽謝紫薇輓詞》其三：『里社當存祀，邦人定立碑。』

〔六〕撚：搓揉。宋賀鑄《芳草渡》詞：『羞泪下，撚青梅，低聲問道幾時回。』圓：丸，球。唐馮贄《雲仙雜記·竹節中神水》：『瀝取和獺肝爲圓，治心腹塊聚等疾。』徐按：以下所載見於宋黄休復《茅亭客話》（卷三）。其『味江山人』條：『（求）或吟或咏，有所得則將稿撚爲丸，内於大瓢中，二十餘年莫知其數……暮年因卧病，索瓢致於江中，曰：「斯文苟不沈没於水，後之人得者，方知我苦心耳。」漂至新渠江口，有識者，云：「唐山人詩瓢也。」探得之，已遭漂潤損壞，十得其二三，凡三十餘篇行於世。』

〔七〕新渠：地名。位於唐蜀州青城縣味江下游（今四川崇州市境）。宋王存《元豐九域志·成都府路·蜀州唐安郡》（卷七）：『永康……八鄉。新渠一鎮。一茶場。有天國山、味江。』

懷民按：隱居負性高古，〔一〕詩冷峻，得賈生之骨。〔二〕觀其不苟傳於後世，詩志可知矣。〔三〕惜瓢中之詩大半爲屈正則所收，〔四〕流傳人間者，如食罕味，忽忽欲盡耳。〔五〕特附賈氏升堂之後，以褒其志。

【注釋】

〔一〕隱居：唐求。詳見前《唐求傳》。負性：稟性。高古：高潔古樸。參見前《重訂中晚唐詩主客圖説》注釋〔六〕。

〔二〕賈生：賈島。生平見本卷《賈島傳》。

〔三〕詩志：詩歌審美理想。

〔四〕大半爲屈正則所收：謂多數沉入水中。屈正則，屈原。其《離騷》：『皇覽揆余初度兮，肇錫余以嘉名。名余曰正則兮，字余曰靈均。』清顧炎武《日知録》（卷二三）『兩名』條：『屈原名平，其作《離騷》也名正則，字靈均。』

〔五〕罕味：猶『珍味』。珍奇貴重的食物。忽忽：模糊，不清晰。《管子·内業》：『折折乎如在於側，忽忽乎如將不得，渺渺乎如窮無極。』此謂難於據以了解唐求詩歌藝術全貌。

客行

上山下山去，千里萬里愁。樹色野橋暝，雨聲孤館秋。南北眼前道，東西江畔舟。世人重金玉，無金徒遠游。拗轉句法。〔一〕【趙本】拗轉句法，皆本賈氏。〔二〕

此詩目作大拗體。〔三〕

【注釋】

〔一〕拗轉：平仄格律不合常規。

〔二〕賈氏：賈島。生平見本卷《賈島傳》。

〔三〕拗體：格律詩的變體，即變更詩格而用不合常規平仄格律的拗句。

題鄭處士隱居

不信最清曠，【趙本】清刻見骨。〔一〕及來愁已空。清刻見骨。數點石①泉雨，一溪霜葉風。高致。〔二〕業在有山處，道成無事中。酌盡一樽②酒，病③夫④顔亦紅。

通首不粘，〔三〕亦一拗體。〔四〕【趙本】深一步是學賈。〔五〕

【校記】

①石：紀事（卷五〇）作『水』。

②樽：趙本、全詩（卷七二四）作『尊』。徐按：『尊』通『樽』。

③病：紀事作『老』。

④夫：全詩校『一作「翁」』。

【注釋】

〔一〕清刻：清新峭拔。骨：喻詩人性情。

〔二〕高致：　見卷上張籍《春日李舍人宅見兩省諸公唱和因書情即事》注釋〔三〕。

〔三〕粘：　通常作『黏』。近體詩上聯對句與下聯出句之間平仄協調。宋陳鵠《耆舊續聞》（卷四）：『凡表、啓之類，近代聲律尤嚴，或乖平仄，則謂之失黏。』

〔四〕拗體：　見前詩《客行》注釋〔三〕。

〔五〕深一步：　謂不僅追求清奇峭拔，且使用拗體。賈：　賈島。生平見本卷《賈島傳》。

古寺

路傍古時寺，寥落藏金容。破塔有寒草，壞樓無曉鐘。怪僻酷似閬仙口吻。〔一〕【趙本】怪僻似浪仙口吻。亂紙失經偈，斷碑分篆蹤。日暮月光吐，繞門千樹松。

【注釋】

〔一〕閬仙：　賈島之字。一作『浪仙』。生平見本卷《賈島傳》。

贈著上人

掩門江上住，盡日更無爲。古木坐禪處，殘星鳴磬時。於此等定是賈派。【趙本】是燕僧。〔一〕水澆冰滴滴，珠數落纍纍。【趙本】本耶？淡耶？〔二〕自有閑行伴，青藤杖一枝。【趙本】神肖。

【注釋】

〔一〕是燕僧：謂二句酷似賈島詩歌風格。燕僧，賈島。島范陽（古爲燕地）人，初爲浮屠（僧），故謂。

〔二〕本耶、淡耶：是師承賈島還是學習淡然？賈島名無本，故稱『本』。淡，淡然。越地人，生平不詳。參見本卷《賈島傳》注釋〔四〕。徐按：所謂學賈島是指效法其《送烏行中還石淙別業》首聯『寒水長繩汲，丁泠數滴翻』（詩見前賈島詩選），學淡然是指效法《全唐詩》（卷八五一）所存其殘句『到處自鑿井，不能飲常流』。

馬嵬感事

冷氣生深殿，狼星渡遠關。九城①鼙鼓内，千騎道途間。鳳髻②隨秋草，鑾輿人暮山。慘怛。○古人賦感，止用一兩字，而含蘊無窮，即如此句，止加一『暮』字，便覺有十分蕭索悲凉，勝後人萬千語也。【趙本】（『鑾輿』句）慘怛。恨多留不得，悲泪滿龍顔。

不力求切合，正是高於『温李』處。〔一〕【趙本】不力求切合，正是高於『温李』一等處。

【校記】

①城：趙本作『成』。

②髻：趙本作『鞏』。

【注釋】

〔一〕温李：温庭筠、李商隱。温庭筠，生平見卷上許渾《送友人罷舉歸東海》注釋〔一〕『温岐』。李商隱，生平見本卷喻鳧《贈李商隱》注釋〔二〕『義山』。二人皆有咏馬嵬坡事變的詩歌。温庭筠

《馬嵬驛》：『穆滿曾爲物外游，六龍經此暫淹留。返魂無驗青烟滅，埋血空生碧草愁。香輦却歸長樂殿，曉鐘還下景陽樓。甘泉不復重相見，誰道文成是故侯。』李商隱《馬嵬二首》：『冀馬燕犀動地来，自埋紅粉自成灰。君王若道能傾國，玉輦何由過馬嵬？』『海外徒聞更九州，他生未卜此生休。空聞虎旅傳宵柝，無復雞人報曉籌。此日六軍同駐馬，當時七夕笑牽牛。如何四紀爲天子，不及盧家有莫愁。』

送友人歸邛州

鶴鳴山下去，滿篋荷瑤琨。放馬荒田草，看碑古寺門。皆憑空結想，〔一〕而宛如身歷。此詩興之真也。漸寒沙上雨①，『漸寒』字入微。欲暝②水邊村。『欲暝』字入微。【趙本】（領聯、頸聯）憑空結撰，〔二〕此等景非唐人不能，非賈氏門人不知。〔三〕莫忘分襟處，梅花撲酒罇①。

後人徒向實地討生活，〔四〕以爲切題，焉知古人妙諦？〔五〕【趙本】後人徒向實地討生活，以爲能切題，焉知古人妙諦哉？

【校記】

①雨：　紀事（卷五〇）作『鷺』。

②暝：　紀事作『暖』。

③罇：　趙本、全詩（卷七二四）作『尊』。徐按：　『尊』通『罇』。

【注釋】

〔一〕結想：　構思，想象。明李流芳《題畫册爲同年陳維立》：　『維立兄以素綾小幀索畫，且戒之曰：

「爲我結想世外，勿作常景。」』

〔二〕結撰：　見卷上劉得仁《聽夜泉》注釋〔一〕。

〔三〕賈氏：　賈島。生平見本卷《賈島傳》。

〔四〕向實地討生活：　謂描寫真實的生活。相對於本詩『憑空結撰』而言。

〔五〕妙諦：　見卷上張籍《不食姑》注釋〔一〕。

發邛州寄友人

茫茫驅一馬，自嘆又何之。出郭見山處，待船逢雨時。尋常景，寫來自覺超遠。【趙本】看個『愁』字。曉雞鳴野店，寒葉墮秋枝。寂寞前程去，閑吟欲共誰。

此等詩妙處正在尋常。○俗人寫奇闢之景皆庸，詩人寫尋常之景皆超。

舟行夜泊夔州

維舟鏡面中，迴對白鹽峰。夜静沙堤月，天寒水寺鐘。故園何日到，舊友幾時逢。欲作還家夢，青山一萬重①。後四率易。〔一〕

此等淺易之作，初學讀之，不失尺寸。〔二〕

【校記】

①重：趙本作『里』。徐按：作『里』不合轍，趙本誤。

【注釋】

〔一〕率易：率直平易。詳見前《重訂中晚唐詩主客圖説》注釋〔一〇二〕。

〔二〕不失尺寸：謂比較適合。尺寸，法則。《韓非子·安危》：『六曰有尺寸而無意度。』此指詩法。

山東蘭若遇静公夜歸

松門一徑微，苔滑往來稀。半夜聞鐘後，渾身帶雪歸。寫生手。〔一〕問寒僧接杖，辨語犬銜衣。長江得意句。〔二〕【趙本】長江得意之筆。又是安禪去，呼童閉竹扉。

此題情事本佳，故詩亦高妙，然非閑心冷眼，則不能相得此題，故欲學古人作詩，先當學古人置題。

【注釋】

〔一〕寫生：見劉得仁《宿宣義池亭》注釋〔一〕。

〔二〕長江得意句：謂此類詩句正是賈島所得意的。長江，賈島。曾官長江縣（治今四川蓬溪縣西）

主簿，故稱。生平見本卷《賈島傳》。

友人見訪不值因寄

門户寒江近，籬墻野樹深。晚風搖竹影，斜日轉山陰。砌覺披秋草，床驚倒古琴。更聞鄰舍説，一隻鶴來尋。【趙本】(『一隻』句)島。〔一〕

格法别，〔二〕須向前四句討消息。〔三〕【趙本】格法别，須向起四句討消息。

【注釋】

〔一〕島：謂此句師法賈島。賈島詩常借鶴寫僧、道等的清净生活與心境，如『漱泉秋鶴至，禪樹夜猿過』(《送厲宗上人》)、『鶴似君無事，風吹雨遍山』(《寄山中長孫栖嶠》)等。唐求此詩以鶴喻友，頗類。

〔二〕格法：指堪爲範式的藝術表現技法。

〔三〕討消息：謂(從中)領會、體會。

塗次偶作

歲月客中銷，崎嶇力自招。問人尋野寺，牽馬渡危橋。爲雨疑天晚，因山覺路遥。真！有此情亦到家語也。〔一〕前程何處是，一望又迢迢。

【注釋】

〔一〕到家：見卷上張籍《晚秋閑居》注釋〔一〕。

邛州水亭夜宴送顧非熊之官

寂寞邛城夜，如此盛會，却先加『寂寞』二字，以此坐間賓主性情皆高，不同俗衆也。寒塘對庾樓。先畫。〔二〕蜀關蟬已噪，秦樹葉應秋。道路連天遠，笙歌到曉愁。不堪分袂後，殘月正如鈎。

既爲公餞燕會，當極喧盛，而詩中通體冰静，且未嘗不言『笙歌』，且言『到曉』也，而加一『愁』字，則喧盛處正多悵悒。大概古人公燕等詩皆同此體例，後人不識，自不免擾擾耳。

【注釋】

〔一〕畫：謂寫景如畫。

曉發

旅館候天曙，整車趨遠程。幾處曉鐘斷，半橋殘月明。沙上①鳥猶在②，渡頭人已③行。去去古時道，馬嘶三兩聲。

此當與賈師《早行》詩合看。〔一〕極澹極常語，却有深味。若温飛卿『雞聲茅店月，人迹板橋霜』，〔二〕非不佳也，然有意煊染，不免取俗人喜悦矣。譬之近代畫品，此如王麓臺，〔三〕而飛卿則王石谷耳！〔四〕此中色味分寸，能辨者亦祇數人，若單廉夫、潘蘭公、王穎叔，〔五〕及吾家松圃、五星，〔六〕其庶幾乎！〔七〕

【校記】

①上：全詩（卷七二四）校『一作「際」』。

②在：律髓（卷一四）作『睡』。

③已：律髓、全詩作『未』。

【注釋】

〔一〕賈師：賈島。生平詳見本卷《賈島傳》。《早行》：見本卷賈島詩選。

〔二〕温飛卿：温庭筠。生平見卷上許渾《送友人罷舉歸東海》注釋〔一〕『温岐』。『雞聲』二句：温庭筠《商山早行》詩句。全詩云：『晨起動征鐸，客行悲故鄉。雞聲茅店月，人迹板橋霜。槲葉落山路，枳花明驛墻。因思杜陵夢，鳧雁滿迴塘。』

〔三〕王麓臺：王原祁（一六四二—一七一五）。清代畫家，與王時敏、王鑑、王翬并稱山水『四王』。字茂京，號麓臺，别號石師道人，江蘇太倉人。康熙九年（一六七〇）進士，十三年被召供奉内廷，充佩文齋畫譜總裁，後入值南書房。官至户部侍郎，人稱『王司農』。其畫宗家學，擅山水，用筆較爲繁密，層次豐厚，對李懷民影響很大。李放《畫家知希録》（卷六）：『李憲噩，字懷民……詩工律體，畫法麓臺，得意者，輒自題咏。（《山左詩續鈔》）』李濬之《清畫家詩史·李懷民》（丁下卷）：『所居有十桐，因以爲號，又號石桐……山水倣麓臺。』

〔四〕王石谷：王翬（一六三二—一七一七）。清代畫家。字石谷，號耕烟散人，自號清暉主人，又稱劍門樵客、烏目山人。江蘇常熟人。其畫承家學而廣采博覽，主張『以元人筆墨，運宋人丘壑，而澤以唐人氣韵』，創造出一種華滋渾厚、氣韵勃發的山水風格，被譽爲『清初畫圣』。

〔五〕單廉夫：　單昭。生卒年不詳。山東高密人，李懷民之至交。余友林等《高密縣志·人物志·文苑》（卷一四上）：『單昭，字廉夫，號菱浦。監生。天資英異，幼有神童譽。從父宦游二十餘年，誦讀攻苦，過於寒素。禪宗醫理，并詣精深。所作古文，長洲王芑孫亟稱之。著《邁廬文集》。工詩，載《山左詩續鈔》。』李詒經《單廉夫傳》：『平生不勤著述，嘗謂：「士之文章，使後世可借以窺其底藴，足矣！不必以少爲憾。」』（見《邁廬遺詩》）潘蘭公：　潘庭筠。生卒年不詳。字蘭公，號德園。錢塘人。乾隆四十三年（一七七八）進士，官至山西道御史。善畫，學識廣博，性情高潔。著有《稼書堂集》。王穎叔：　王克純。生卒年不詳。字穎叔。膠州（治今山東膠州市）珠山人。高密詩派『王氏五子』之一。清張鵬展《國朝山左詩續鈔》收其詩兩首，小傳：『王克純，字穎叔，膠州人。』清楊士驤等《（光緒）山東通志·藝文志十》（卷一四五）『《閑雲南中集》』條：『石桐兄弟訂《唐詩主客圖》以倡後進，先生（徐按：指王克紹）首尊信之，與弟克純穎叔、兄子夏蜀子，高密王萬里希江、王寧闇子和，同受學焉。少鶴集中所謂「薪蜀希穎和」，王氏五子是也。』

〔六〕松圃：　李秉禮。生平見本書劉大觀《序》注釋〔三〕『李松圃』。五星：　李詒經。生卒年不詳。高密詩派『後四靈』之一。字五星，山東高密人。余友林等《高密縣志·人物志·儒林·李詒經》（卷一四上）：『李詒經，字五星，號卓然，文齡子。少孤貧，與弟綸貫以養母，其父門人王寧焞勸之學，忍飢苦，讀六經外，旁及二氏，尤好邵子，學治《皇極經世》。工詩，喜孟郊、賈島之爲人，而詩肖之。李懷民評其詩，謂「當世詩人，無能及五星者」，以「後四靈」擬之。經身羸弱，端坐竟日無惰容。接物和易，人皆愛敬之，縉紳至密者，咸以式其廬爲幸。滇南李寄菴、領表袁子實諸人，萬里寄詩稿，乞爲點定。歿後，白衣送葬者數百人，哀聲震林木。門人表其墓云：「大清處士李卓然先生之墓。」』

〔七〕庶幾：差不多。《易・繫辭下》：『顏氏之子，其殆庶幾乎？』高亨注：『庶幾，近也，古成語，猶今語所謂「差不多」，贊揚之辭。』

張祜

張祜傳

祜①，字承吉，清河人，〔一〕以宫詞得名。長慶中，令狐楚表薦之，〔二〕不報。闢諸侯府，多不合，自劾去。〔三〕嘗客淮南，〔四〕愛丹陽曲阿地，〔五〕築室卜隱。集十卷。

【校記】

①祜：趙本作『祐』；全書同，後不再出校。徐按：作『祜』是，詳見《唐才子傳校箋·張祜》吴在慶考。

【注釋】

〔一〕清河：唐貝州屬縣。今屬河北省邢臺市。《舊唐書·地理志二》（卷三九）：『貝州。隋爲清河郡。……舊領縣九。……清陽……清河……』徐按：據《唐才子傳校箋·張祜》吴在慶所考，清河當爲張祜之郡望，其出生地似爲蘇州，『至少其少小時即已寓居此地』，『祜詩中每視蘇州爲其故鄉』，或是。

〔二〕令狐楚（七六六—八三七）：字殼士，太原（今山西太原市）人。貞元七年（七九一）進士及第。憲宗時歷右拾遺、職方員外郎、知制誥、翰林學士、中書舍人、華州刺史、河陽節度使，元和十四年（八一九）拜中書侍郎同平章事。穆宗即位，貶宣歙觀察使、衡州刺史；長慶元年（八二一）四月，量移郢州刺史，遷太子賓客分司東都；二年十一月擢陝虢觀察使，視事一日復授太子賓客，歸東都；四年九月爲宣武軍節度。大和年間歷户部尚書、東都留守、天平節度使、吏部尚書、左僕射。開成元年（八三六），出爲山南西道節度使；二年卒於鎮，贈司空，謚曰文。表薦之：載於五代王定保《唐摭言》。其卷一一『薦舉不捷』條：『張祜，元和、長慶中，深爲令狐文公所知。公鎮天平日，自草薦表，令以新舊格詩三百篇，隨表進獻。辭略曰：「凡製五言，苞含六義，近多放誕，靡有宗師。前件人久在江湖，早工篇什，研機甚苦，搜象頗深，輩流所推，風格罕及。云云。謹令録新舊格詩三百首，自光順門進獻，望請宣付中書門下。」祜至京師，方屬元江夏偃仰内庭，上因召問祜之詞藻上下，稹對曰：「張祜雕蟲小巧，壯夫恥而不爲者，或奬激之，恐變陛下風教。」上頷之，由是寂寞而歸。祜以詩自悼，略曰：「賀知章口徒勞説，孟浩然身更不疑。」』徐按：據《唐才子傳校箋·張祜》吴在慶所考，令狐楚表薦事當在『楚任宣歙觀察使之元和十五年（八二〇）秋』。

〔三〕諸侯：指唐代藩鎮節度使。唐陸龜蒙《和過張祜處士丹陽故居并序》：『或薦之於天子，書奏不下。亦受闢諸侯府，性狷介，不容物，輒自劾去。』

〔四〕淮南：指淮南節度使治所揚州（今江蘇省揚州市）。《舊唐書·地理志一》（卷三八）：『淮南節度使。治揚州，管揚、楚、滁、和、舒、壽、廬等州。』

〔五〕曲阿：唐潤州（治今江蘇省鎮江市）屬縣丹陽（今丹陽市）之古稱。《舊唐書·地理志三》（卷四〇）：『丹陽。漢曲阿縣，屬會稽郡。天寶元年改爲丹陽縣，取漢郡名。』唐陸龜蒙《和過張祜處士丹陽故居并序》：『以曲阿地古澹，有南朝之遺風，遂築室種樹而家焉。』元辛文房《唐才子傳·張祜》：『初過廣陵，曰：「十里長街市井連，月明橋上看神仙。人生祇合揚州死，禪智山光好墓田。」大中中，果卒於丹陽隱居，人以爲讖云。』徐按：廣陵，揚州；禪智山，當爲揚州江都县蜀岡，因寺而名。宋樂史《太平寰宇記·揚州·江都縣》（卷一二三）：『蜀岡。圖經云：「今枕禪智寺，即隋之故宫。岡有茶園，其茶甘香，味如蒙頂。」』因丹陽鄰近揚州，故云『人生祇合揚州死』爲『卒於丹陽隱居』之『讖』。

《全唐詩話》：武宗皇帝疾篤，〔一〕遷便殿。孟才人，以歌笙獲寵者，密侍其①右。上目之曰：『吾當不諱，〔二〕爾何爲哉？』指笙囊泣曰：『請以此就縊。』上憫然。復曰：『妾嘗藝歌，請歌一曲，以泄其憤。』乃歌一聲《河滿子》，氣亟立殞。〔三〕上令醫候之，曰：『脉尚温，而腸已絶。』及帝崩，柩重不可舉。議者曰：『非俟才人乎？』爰命其櫬，櫬至乃舉。按：所歌《河滿子》詞，祜作也，傳唱宫中，其言曰：『故國三千里，深宫二十年。一聲河滿子，雙泪落君前。』又曰：『自倚能歌日，先皇掌上憐。新聲何處唱？腸斷李延年。』後祜知其事，作《孟才人嘆》曰：『偶因歌態咏嬌嚬，傳唱宫中十二春。却爲一聲河滿子，下泉須吊舊才人。』

【校記】

①其：趙本作『左』。

【注釋】

〔一〕武宗：李炎（八一四—八四六）。本名瀍，臨死前改名炎。唐穆宗第五子，文宗弟。公元八四

○—八四六年在位。

〔二〕不諱：死亡的婉辭。《漢書·丙吉傳》（卷七四）：『君即有不諱，誰可以自代者？』顏師古注：『不諱，言死不可復言也。』

〔三〕亟：急速。《詩·豳風·七月》：『亟其乘屋，其始播百穀。』鄭玄箋：『亟，急。』

懷民按：承吉作宮詞絶句，韵味風情不下王仲初，〔一〕樂府長歌亦各成格調，獨五言近體刻入處太逼閬仙，〔二〕或亦私淑賈氏者也。〔三〕斷爲及門一人。

【注釋】

〔一〕王仲初：王建。字仲初。生平見卷上《王建傳》。

〔二〕刻入：雕琢深入。謂構思新奇峭拔。閬仙：賈島之字。一作『浪仙』。生平見本卷《賈島傳》。

〔三〕私淑：私下效倣。詳見前《重訂中晚唐詩主客圖説》注釋〔二一〕。

觀徐州李司空獵①

曉出郡②城東，分圍淺草中。紅旗開向③日，【趙本】（『開』字）煉。白馬驟迎風。『開』字、『驟』字煉。【趙本】(『驟』字)煉。背手抽金鏃,翻身控角弓。萬人齊指處,一雁落寒空。聲色俱到。

【趙本】聲色俱到。

【校記】

① 詩題又玄(卷中)作『觀魏博何相公獵』,類聚(前集卷三七)作『觀獵』。

② 郡: 又玄作『群』,類聚作『鳳』。

③ 向: 又玄作『何』。

殘獵①

殘獵渭城東,蕭蕭西北風。雪花鷹②背上,冰片馬蹄中。純似賈生句。〔一〕臂挂捎荆兔,腰懸落箭鴻。歸來逞餘勇,兒子亂彎弓。

二詩無大好處,〔二〕但取其寫興逼真。【趙本】峭刻似賈生,〔三〕亦復風流自喜。〔四〕

【校記】

①殘獵：宋祐、全詩（卷五一〇）作『獵』。

②鷹：全詩作『膺』。

【注釋】

〔一〕賈生：賈島。生平見本卷《賈島傳》。

〔二〕二詩：指此詩與前詩《觀徐州李司空獵》。

〔三〕峭刻：峭拔生新。

〔四〕風流：超逸絶妙。唐司空圖《二十四詩品・含蓄》：『不著一字，盡得風流。』

鸚鵡

栖栖南越鳥，色麗思沉淫。神匠。〔一〕【趙本】（『色麗』句）貫。〔二〕暮隔碧雲海，春依紅樹林。雕籠悲斂翼①，畫閣豈關心。無事能言語，人間②怨③恨深。

寄托。

【校記】

①翼：宋祐、全詩（卷五一〇）作『翅』。

②間：宋祐、全詩作『聞』。

③怨：宋祐作『悲』。

【注釋】

〔一〕匠：見卷上張籍《山中古祠》注釋〔一〕。

〔二〕賈：賈島。生平見本卷《賈島傳》。此謂師法賈島。

再吟鸚鵡

萬里去心違，奇毛覺自非。美人憐解語，凡①鳥畏多機。題鸚鵡詩，自太白後大概皆有感寓。未勝無丹嘴，何勞事綠衣。一憤至此。雕籠終不戀，會向故山歸。

【趙本】一憤至此。

【校記】

①凡：宋祐作『此』。

送蘇紹之歸嶺南

孤舟①越客吟，萬里曠離襟②。夜月江流闊，匠在『闊』字。〔一〕【趙本】『闊』字。春雲③嶺路深。匠在『深』字。〇勿認作杜，尚不能入少陵之室，〔二〕然賈氏固由杜出。〔三〕【趙本】『深』字。珠繁④楊氏果，翠耀孔家禽。無復天南夢，相思空樹林。

【趙本】三、四不知者認作杜，實尚不能入少陵室，然賈氏固由杜出也。

【校記】

①舟：全詩（卷五一〇）校『一作「身」』。

②襟：宋祐作『衿』。

③雲：英華（卷二七九）作『風』。

④繁：全詩作『緐』。

【注釋】

〔一〕匠：見卷上張籍《山中古祠》注釋〔一〕。

〔二〕杜、少陵：皆指杜甫。生平見卷上張籍《没蕃故人》注釋〔三〕。

〔三〕賈氏：賈島。生平見本卷《賈島傳》。

旅次上饒溪

碧溪行幾折，凝棹宿汀沙。角斷孤城掩，樓深片月斜。『斜』字從『深』字出，此畫有不能到也。

【趙本】『深』字妙絶。

夜橋昏水氣，【趙本】『昏』字妙絶。秋竹静霜華。更想曾題壁，凋零可嘆嗟。

送徐彦夫南遷

萬里客南遷，孤城漲海邊。瘴雲秋不斷，陰火夜長然。二句下三字着力。〔一〕【趙本】下三字着力。月上行虛①市，風回望舶船。知君還自潔，更爲酌貪泉。箴勉乃古人贈言之義，然迥異後來一味膚泛。〔二〕

此等詩從老杜『秦州』詩來，〔三〕即亦不必苦分盛、中。【趙本】南人謂『市』曰『虛』。

【校記】

①虛：品彙（拾遺卷七）作『墟』。

【注釋】

〔一〕下三字：指最後三字，即『秋不斷』『夜長然』。

〔二〕膚泛：膚淺空泛。宋陽枋《策問（紹慶府學）》：『若曰「……文武憲邦，循良稱職，足以臻此」，膚泛語耳，幸毋贅。』

〔三〕秦州：指杜甫《秦州雜詩二十首》。

送韋整尉長沙

遠遠①長沙去，憐君利②一官。風帆彭蠡疾，雲水洞庭寬。木客提蔬束，江烏接飯丸。祇五字而湘湖間之風景如目接矣！〔一〕須想其用筆煉字之妙處。莫言卑濕地，未必乏新歡。

【校記】

①遠：全詩（卷五一〇）校『一作「道」』。

②利：全詩校『一作「屈」』。

【注釋】

〔一〕湘湖：又作『湖湘』，今湖南省湘江與洞庭湖一帶。

送曾黯游夔州

不遠夔州路，層波瀲灎①連。下來千里峽，入去一條天。生刻峭直，〔一〕純是賈生腕力。〔二〕○與許洞庭『石形相對聳，天勢一條長』正同一用意。〔三〕【趙本】生刻峭直，純是賈氏腕力。樹色秋帆上，灘聲夜枕前。何堪正危側，百丈半山顛。

承吉本多情人，而撰力極生狠，〔四〕所以定爲賈派。

【校記】

① 瀲灎：趙本、宋祜、全詩（卷五一〇）作『灎澒』。

【注釋】

〔一〕生刻：生新僻澀。峭直：奇險明白。

〔二〕賈生：賈島。生平見本卷《賈島傳》。腕力：猶『筆力』。

〔三〕許洞庭：許棠。生平見本卷《許棠傳》。『石形』二句：許棠《過湍溝谷》詩句。詩見本卷許棠詩選。

〔四〕撰力：猶『筆力』。生狠：生新奇險。

贈薛鼎臣侍御①

一命前途遠，雙曹小②邑閑。夜潮人到③郭，妙！春霧鳥啼山。又妙！淺瀨横沙堰，高岩峻石斑。不堪曾倚棹，猶復夢昇攀。

賈生復出。〔一〕

【校記】

① 詩題英華（卷二七九）作『送劉崇德尉睦州建德縣』。

② 小：英華作『公』。

③ 到：英華（卷二六二）作『帶』。

【注釋】

〔一〕賈生：賈島。生平見本卷《賈島傳》。

送李長史歸涪州

涪江江上客，歲晚却還鄉。暮過高唐雨，秋經巫峽霜。急灘船失次，疊嶂樹無行。此梅都官所謂發難顯也。〔一〕○非此奇筆不能狀此奇景。好爲題新什，知君思不常。

【趙本】五、六妙絶，非此等手筆不能狀此等奇景。

【注釋】

〔一〕梅都官：梅堯臣。生平見前《重訂中晚唐詩主客圖説》注釋〔七七〕『梅宛陵』。發難顯：即歐陽修《六一詩話》引梅堯臣所謂『狀難寫之景，如在目前；含不盡之意，見於言外』。詳見前《重訂中晚唐詩主客圖説》注釋〔七七〕。

題上饒亭

溪亭拂一琴，促軫坐披襟①。夜月水南寺，秋風城外砧。此等氣味，〔一〕令人諷之不能盡，〔二〕置之不能忘，而不可以訓詁求之。早霜紅葉净②，【趙本】『早』字煉，『静』字煉。新雨碧潭深。【趙本】『新』字煉，『深』字煉。唯③是壺中物，憂來且自斟。自是眼前景，寫得出，由煉功深也。【趙本】眼前景耳，寫來如此新穎，由煉功深也。

【校記】

① 襟：宋祐、全詩（卷五一〇）作『衿』。

② 净：趙本、宋祐、全詩作『静』。

③ 唯：趙本作『惟』。

【注釋】

〔一〕氣味：猶『韵味』『意藴』。

〔二〕諷：誦讀。此謂體味、品味。

富陽道中送王正夫

枿枿上荒原，霜林赤葉翻。孤帆天外出，遠戍日中昏。妙絶！燕僧。〔一〕【趙本】（『遠戍』句）妙絶！燕僧。摘橘妨①深刺，攀蘿畏斷根。唐人體物入微。〔二〕【趙本】唐人體物，無不入微。何堪衰草色，一酌送王孫。

【校記】

①妨：趙本、宋祐、全詩（卷五一〇）作『防』。

【注釋】

〔一〕燕僧：賈島。詳見本卷唐求《贈著上人》注釋〔一〕。此謂二句師法賈島。

〔二〕體物：見卷上《王建傳》懷民按語注釋〔五〕。

寄靈澈①上人

老僧何處寺，秋夢繞江濱。獨樹月中鶴，孤舟雲外人。榮華長指幻，衰病久②觀身。應笑無成者，滄洲③垂一輪④。

【校記】

①澈：宋祐、英華（卷二二三）、品彙（卷六七）作『徹』。
②衰病久：英華作『病久不』。
③洲：宋祐作『州』。
④輪：趙本、劉本、英華、品彙作『綸』。

贈僧雲栖

麈尾與筇枝①，幾年離石壇。一起便似賈。〔一〕梵餘林雪厚，棋罷岳鐘殘。賈氏口吻。開卷喜先悟，漱瓶知早寒。衡陽寺前雁，今日到長安。看他結處。

【趙本】一起便似燕本，〔二〕結又妙絶。

【重出】

《全唐詩》卷五一〇收作張祜詩，卷五八二温庭筠詩集重出。《文苑英華》卷二六一作温庭筠詩。孰作不可考。佟培基《全唐詩重出誤收考》：『宋蜀刻張集一載，清顧嗣立箋注《温飛卿詩集》八別集中亦收。其後記云：「依宋本分爲詩集七卷，別集一卷。」則卷八別集乃宋槧原貌。僧雲栖生平待考，詩難確指。』

【校記】

① 枝：趙本、劉本、宋祜、英華（卷二六一）、全詩（卷五八二）作『杖』。

【注釋】

〔一〕賈：賈島。生平見本卷《賈島傳》。徐按：後『賈氏』所指同。

〔二〕燕本：賈島。詳見本卷《賈島傳》懷民按語注釋〔四〕。

將之衡陽道中作

萬里南方去，扁①舟泛自②身。『自』字率。〔一〕長年無愛物，深話少情人。閱歷語，少年不知。【趙本】閱歷之言，少年不知。醉卧襟長散，閑書字不真。衡陽路猶遠，獨與雁爲賓。

【校記】

①扁：全詩（卷五一〇）校『一作「孤」』。

②泛自：英華（卷二九四）校『一作「自貶」』。

【注釋】

〔一〕率：直率。

題①真娘墓 【原注】墓在虎邱西寺内②

佛地葬羅衣，孤魂③此是歸。舞爲蝴蝶夢，歌謝伯勞飛。翠髮朝雲在④，青蛾夜月微。唐人詩訣。傷心一花落，無復怨⑤春暉⑥。

【校記】

① 題：英華（卷三〇六）、品彙（拾遺卷七）無此字。

② 墓在虎邱西寺内：底本、李本、劉本無，據趙本、宋祜、英華、全詩（卷五一〇）等補。

③ 魂：品彙作『雲』。

④ 在：英華、品彙作『斷』。

⑤ 怨：英華、品彙作『戀』。

⑥ 暉：全詩作『輝』。

題山水障子

一見秋山色，方憐畫手稀。波濤連壁動，雲物下檐飛。『動』字、『飛』字是匠物，〔一〕而其妙尤在『連』『下』二字。嶺樹冬猶發，江帆暮不歸。二句同意，而此句（徐按：指『江帆』句）尤妙。【趙本】（『江帆』句）妙！妙！趣語令人失笑。端然是漁叟，相向日依依。

【注釋】

〔一〕匠物：見前《重訂中晚唐詩主客圖説》注釋〔八七〕。

江城晚眺

重檻構雲端，江城四鬱盤。河流出郭静，山色對樓寒。賈氏語。〔一〕○凡畫所能寫者，猶非至文也。即如此二句，評者謂『妙入畫矣』，細思『静』字、『寒』字，如何畫得出？浪草侵天白，霜林映日丹。悠然此江思，樹杪幾檣竿。

【注釋】

〔一〕賈氏：賈島。生平見本卷《賈島傳》。

題樟亭

曉霽憑虚檻，雲山四望通。地盤江岸絶，天映海門空。狀得出，妙下『絶』字、『空』字。○意在寫真，非力求闊大。樹色連秋靄，潮聲入夜風。煉在『入』字、『風』字。年年此光景，催盡白頭翁。

訪許用晦

遠郭日曛曛，停橈一訪君。小橋通野水，高樹入江雲。酒興曾無敵，詩情舊逸群。怪來音信少，五十我無聞。

晚秋江上作

萬里窮秋客，蕭條對落暉。烟霞山鳥散，風雨廟神歸。陰慘。○詩到此地位方可言氣韻。地遠蛩①聲切，天長雁影稀。那堪正砧杵，幽思想寒衣。

【校記】

① 蛩：宋祐作『蛩』。

旅次石頭岸

行行石頭岸，身事兩相違。舊國日邊遠，故人江上稀。水聲寒不盡，（『寒不盡』）三字妙。【趙本】『不盡』字。山色暮相依。（『暮相依』）三字尤妙。【趙本】『相依』字。惆悵未成語①，數行鴉又飛。暮天寥落，旅客悲愁，千古一情。【趙本】暮天寥落，旅客悲愁，千古此情，寫來如見。

【校記】

①語：宋祐作『話』。

鷺鷥

深窺思不窮，揭趾淺沙中。一點山光静①，孤飛潭影空。【趙本】真賈。〔一〕暗栖松葉露，輕②下蓼花風。匠。〔二〕〇用力做，〔三〕『輕』字妙！【趙本】用力做，『輕』字妙絶！好是滄波侣，垂絲趣③亦同。

【校記】

①静：趙本、宋祐、英華（卷三二九）、類聚（後集卷四六）、全詩（卷五一〇）作『净』。

②輕：宋祐、英華、類聚、全詩作『雙』。

③趣：類聚作『意』。

【注釋】

〔一〕真賈：謂二句酷似賈島詩句。賈，賈島。生平見本卷《賈島傳》。

〔二〕匠：見卷上張籍《山中古祠》注釋〔一〕。

〔三〕做：謂構思與推敲。

題萬道人禪房

何處鑿①禪壁，西南江上峰。殘陽過遠水，落葉滿疏鐘。世事靜中去，道心塵外逢。欲知情不動，床下虎留蹤。

【校記】

① 鑿：品彙（卷六七）作『聞』。

題潤州①金山寺

一宿金山寺②，微茫水國分③。僧歸夜船月，龍出曉堂雲。嘗游金山寺，〔一〕流覽古今人題什，無如二句之高妙，方嘆此詩真不可及也。樹色④中流見，鐘聲兩岸聞。【趙本】四語加力刻削。〔二〕因悲⑤在朝⑥市，終日醉醺醺。

加力刻削。【趙本】祜自謂此詩可敵綦毋潛『靈隱寺禪院』詩，〔三〕按綦句『塔影挂清漢，鐘聲和白雲』，與此有盛衰之分，不可强爲也。

【校記】

①題潤州：英華（卷二三八）、衆妙、品彙（卷六七）無此三字，百家（卷一五）、紀事作『題』。

②寺：英華、百家、紀事（卷五二）作『頂』。

③『微茫』句：宋祐、全詩（卷五一〇）作『超然離世群』。

④色：英華、百家、紀事、衆妙、品彙作『影』。

⑤因悲：宋祐、全詩作『翻思』。

⑥ 朝：品彙作『城』。

【注釋】

〔一〕嘗游金山寺：乾隆五十一年（一七八六）三月，懷民奉母由廣西岑溪縣（弟憲喬官所）返鄉途經鎮江，曾游金山寺，留有詩作《金山寺》《登金山寺塔》《與閑雲嘗中泠泉水》（三詩詳見拙著《李懷民集繫年校注》，黄山書社二〇二〇年版）。金山寺，位於今江蘇省鎮江市西北臨江之金山上，始建於東晉。金山古代爲江中島嶼，至清同治年間方與南岸陸地相連。《（嘉慶重修）大清一統志·鎮江府·山川》：『金山：在丹徒縣西北七里大江中。《九域志》：「唐時裴頭陀於江際獲金數鎰，李錡鎮潤州，表聞，賜名。古名氏父山，一曰獲符。」』同書《鎮江府·寺觀》：『江天寺：在丹徒縣金山。舊名澤心寺，又名龍游寺，通名金山寺。』

〔二〕四語：頷聯與頸聯四句。刻削：謂雕琢以求新奇峭拔。

〔三〕祜自謂此詩可敵綦毋潛『靈隱寺禪院』詩：見載於唐范攄《雲溪友議》。其卷中『錢塘論』條：『張（祜）曰：「……祜題金山寺詩曰（此寺大江之中）：『樹影中流見，鐘聲兩岸聞。』雖綦毋潛云『塔影掛青漢，鐘聲和白雲』，此句未爲佳也。」』綦毋潛，生卒年不詳，字孝通，虔州（今江西南康）人。約開元十四年（七二六）前後進士及第，授宜壽（今陝西周至）尉，遷右拾遺，終官著作郎，安史之亂後歸隱，後不知所終。其詩清麗典雅，恬淡適然，與王維相近。『靈隱寺禪院』詩，即

《題靈隱寺山頂禪院》。全詩云：『招提此山頂，下界不相聞。塔影挂清漢，鐘聲和白雲。觀空靜室掩，行道衆香焚。且駐西來駕，人天日未曛。』

題杭州孤山寺①

樓臺聳碧岑，一徑入湖心。不雨山常②潤，此句匠易。〔一〕無雲水自陰。此句匠難。難在入微却能逼真。斷橋荒蘚澀③，空院落花深。猶④憶西窗月⑤，鐘聲在北⑥林。昨夜山北時，惺惺聞此鐘。〔二〕【趙本】昨夜山北時，星星聞此鐘。（徐按：『惺惺』當作『星星』，趙本是。）

【校記】

① 詩題英華（卷二三八）無『題』字，類聚（前集卷三五）、三體（卷五）、律髓（卷四七）作『孤山寺』。
② 常：宋祐、英華、類聚、三體、全詩（卷五一〇）作『長』。
③ 澀：三體、律髓作『合』。
④ 猶：英華作『獨』。
⑤ 月：英華、三體、律髓作『夜』，英華校『一作「外」』。

⑥在北：英華作『盡北』，三體、律髓作『出北』；英華校『一作「到此」』。

【注釋】

〔一〕匠：刻畫，描繪。詳見《重訂中晚唐詩主客圖説》注釋〔八七〕『匠物』。

〔二〕『昨夜』二句：岑參《冬夜宿仙游寺南凉堂呈謙道人》詩句。詩云：『太乙連太白，兩山知幾重。路盤石門窄，匹馬行才通。日西到山寺，林下逢支公。昨夜山北時，星星聞此鐘。秦女去已久，仙臺在中峰。簫聲不可聞，此地留遺蹤。……寄報乘輦客，簪裾爾何容。』

題濠州鐘離寺

遥遥東郭寺，數里占原田。遠岫碧光合，長淮清派連。院藏歸鳥樹，鐘到落帆船。【趙本】（『鐘到』句）五字實妙。唯羡空門叟，栖心盡百年。

題惠山寺①

舊宅人②何在？空門客自過。泉聲到池盡，【趙本】『盡』字。山③色上樓多。嘗游張氏漪園，〔一〕見壁有王阮亭題句，〔二〕即以『山色上樓多』分韵，〔三〕方知此句之妙也。【趙本】『多』字。小洞生斜④竹，重階⑤夾細⑥莎。殷勤問⑦城市，雲水暮鐘和。

【校記】

① 詩題英華（卷二三三八）作『常州無錫縣惠山寺』，三體（卷五）、衆妙無『題』字。
② 宅人：宋祐作『人宅』。
③ 山：宋祐作『月』。
④ 生斜：英華、三體作『穿斜』，衆妙作『斜穿』。
⑤ 階：衆妙作『欄』。
⑥ 細：英華作『瘦』。
⑦ 問：趙本、宋祐、三體、衆妙、全詩（卷五一〇）作『望』，英華作『入』。

【注釋】

〔一〕漪園：園名。位於山東濟南原東流水街，爲清初張秀所建。園中以温泉爲池，池中飾有假山，水從石下，噴珠濺玉。池畔建有亭榭，雕樑畫柱，古樸典雅。『清皓閣』上書張祜此詩頷聯：『泉聲到池盡，山色上樓多。』清王贈芳等《道光濟南府志·古迹一·歷城縣》（卷一一）『漪園』條引縣志：『在西門外，邑人張秀園也，土人皆呼張家園，王阮亭有記。』

〔二〕王阮亭：王士禛。清代學者、文學家。本名士禛，字貽上，號阮亭，又號漁洋山人。生平詳見前《重訂中晚唐詩主客圖説》注釋〔八四〕『阮亭』。

〔三〕分韵：賦詩的一種方式。數人選定若干字爲韵，各自分拈，然後依拈得之韵作詩。

宿淮陰水館

積水自成陰，昏昏月映林。五更離浦棹，一夜隔淮砧。試換『隔江』字便不佳。○二句妙，不惟景，而在情，尤在韵，情、景皆由韵生也。漂母鄉非遠，王孫道豈沉。不當無健嫗，誰肯效前心。自感也，亦未免拙。【趙本】後四便容易著手。

【趙本】全是興，妙處不在紙上。〇『隔淮砧』妙，試换作『隔江（徐按：缺「砧」字）』便不佳，此故須參入。〔一〕

【注释】

〔一〕參入：見卷上張籍《送鄭秀才歸寧》注釋〔六〕。

鄭谷

鄭谷傳

谷，字守愚，袁州人。〔一〕光啓三年擢第，官右拾遺，〔二〕歷都官郎中。〔三〕幼即能詩，〔四〕名盛唐末。有《雲臺編》三卷，《宜陽集》三卷，外集三卷。

【注釋】

〔一〕袁州：治今江西省宜春市。《舊唐書·地理志三》（卷四〇）：『袁州下。隋宜春郡。武德四年，平蕭銑，置袁州。天寶元年，改爲宜春郡。乾元元年，復爲袁州。舊領縣三……宜春。州所理。』宋祖無擇《都官鄭谷墓志銘》：『公名谷，字守愚，袁州宜春人。』宋晁公武《郡齋讀書志·別集類中》（卷一八）『《雲臺編》三卷、《宜陽外編》一卷』條：『唐鄭谷，字守愚，宜春人。……

乾寧四年歸宜春，卒於別墅。』

〔二〕右拾遺：　中書省屬官。職事同門下省左拾遺。《唐六典・門下省》（卷八）：『左拾遺……皇朝所置。言國家有遺事，拾而論之，故以名官焉。』『掌供奉諷諫，扈從乘輿。凡發令舉事有不便於時，不合於道，大則廷議，小則上封。若賢良之遺滯於下，忠孝之不聞於上，則條其事狀而薦言之。』同書《中書省》（卷九）：『右拾遺二人，從八品上。』

〔三〕都官郎中：　尚書省刑部屬官。《唐六典・尚書刑部》（卷六）：『都官郎中一人，從五品上。』『掌配没隸，簿録俘囚，以給衣粮、藥療，以理訴競、雪免。』

〔四〕幼即能詩：　見載於鄭谷詩文。其《卷末偶題三首》其二：『七歲侍行湖外去，岳陽樓上敢題詩。』其《雲臺編序》：『自騎竹之年，則有賦咏。』《唐詩紀事》：『鄭谷以《鷓鴣》詩得名，人號「鄭鷓鴣」。』①〔一〕

【校記】

①『鄭谷……「鄭鷓鴣」』：　今存計有功《唐詩紀事》不見二句。檢宋籍，朱弁《風月堂詩話》（卷下）所載『（谷）初以「鷓鴣」詩得名，人謂之「鄭鷓鴣」』類似，阮閲《詩話總龜前集》所引佚名《古今詩話》亦有相關記載（見後注释〔一〕）。

【注釋】

〔一〕鷓鴣：鳥名。晋左思《吴都賦》：『鷓鴣南翥而中留。』劉逵注：『鷓鴣，如雞，黑色，其鳴自呼。或言此鳥常南飛不北。豫章已南諸郡處處有之。』（《六臣注文選》卷五）《本草綱目·禽·鷓鴣》（卷四八）『集解』李時珍云：『鷓鴣，性畏霜露，早晚稀出，夜栖以木葉蔽身，多對啼，今俗謂其鳴曰「行不得哥」也。』古人常借以寄托思鄉之情。宋阮閲《詩話總龜前集·詠諧門下》（卷四一）引《古今詩話》：『梅聖俞「河豚」詩曰：「春洲生荻芽，春岸飛楊花。河豚於此時，貴不數魚蝦。」劉原甫戲曰：「鄭都官有《鷓鴣》詩謂之『鄭鷓鴣』，聖俞有『河豚』詩當呼爲『梅河豚』也。」』徐按：梅堯臣詩題爲《范饒州坐中客語食河豚魚》。鄭谷《鷓鴣》：『暖戲烟蕪錦翼齊，品流應得近山雞。雨昏青草湖邊過，花落黄陵廟裏啼。游子乍聞征袖濕，佳人纔唱翠眉低。相呼相應湘江闊，苦竹叢深春日西。』

都官自《序》〔二〕：『谷勤苦於風雅者，自騎竹之①年，〔二〕則有賦咏。雖屬對聲律未暢，而不無旨諷。同年丈人古②川守李公朋、〔三〕同官丈人馬博士戴，〔四〕嘗撫頂嘆勉，〔五〕謂他日必垂名。及冠，則編軸盈笥。求試春闈，〔六〕歷干於大匠。〔七〕故少師相國太原公深推奬之，〔八〕故薛許昌能、李建州頻不以晚輩見待，〔九〕預於唱③和之流，而忝所得爲④多。游舉場凡十六年，著述近千餘首，自可者無幾。登第之後，孜孜忘倦⑤，甚於始學也。』

【校記】

①之：宋谷作『馬』。

②古：宋谷、庫谷皆作『故』。徐按：作『故』是。

③唱：趙本作『倡』。

④爲：宋谷作『未』。

⑤忘倦：宋谷作『不勞』。

【注釋】

〔一〕都官：鄭谷。曾官都官郎中，故稱。宋歐陽修《六一詩話》：『鄭谷詩名盛於唐末，號《雲臺編》，而世俗但稱其官，爲「鄭都官」詩。』宋晁公武《郡齋讀書志·別集類中》（卷一八）『《雲臺編》三卷、《宜陽外編》一卷』條：『谷詩屬思凝切於理，而格韵繁猥，語句浮俚不競，不爲議者所多，然一時傳諷，號「鄭都官」而弗名也。』自《序》：指鄭谷《雲臺編序》。

〔二〕騎竹之年：兒童時代。唐韋莊《洪州送西明寺省上人游福建》：『記得初騎竹馬年，送師來往御溝邊。』竹，竹馬。兒童游戲當馬騎的竹竿。南朝宋劉義慶《世説新語·品藻》：『桓公語諸人曰：「少時與淵源共騎竹馬。」』

〔三〕同年：唐代同榜進士間的互稱。唐李肇《唐國史補》卷下：『（進士）俱捷謂之同年。』後爲歷朝所沿用。丈人：對長輩或老者的尊稱。《易・師》：『貞，丈人，吉。』孔穎達疏：『丈人，謂嚴莊尊重之人。』《論語・微子》：『子路從而後，遇丈人以杖荷蓧。』何晏集解引包咸曰：『丈人，老人也。』此指與鄭谷之父鄭史同榜及第的李朋。孟二冬《登科記考補正・開成元年丙辰（八三六）》（卷二一）：『李朋……徐氏考云：「……谷爲鄭史之子，李侍郎蓋與史同年，其名俟考。」孟按：……「故川守李侍郎」，李朋。……李朋與鄭谷父史爲同年。』川守：指河南尹。唐李吉甫《元和郡縣圖志・河南府》（卷五）：『（秦）昭襄王立爲三川郡（三川，伊、洛、河也），漢改爲河南郡。』李朋：兩唐書無傳。據有關史料可知，曾官侍御史、吏部員外郎、刑部員外郎、侍郎。陶敏《全唐詩人名考證・鄭谷》：『《谷比歲受同年丈人故川守李侍郎教諭……》。川守，河南（三川）尹。李侍郎，李朋。《唐文拾遺》卷三三鄭谷《雲臺編序》：「谷勤苦於風雅者……謂他日必垂名。」《全唐文》卷七四八杜牧《李朋除刑部員外郎等制》：「將仕郎、侍御史内供奉李朋……可守尚書刑部員外郎。」《郎官石柱題名》吏部員外郎第十七行有李朋。』

〔四〕同官：謂與鄭谷父鄭史同朝爲官。馬博士戴：馬戴。因其『終太學博士』，故稱『馬博士』。生平詳見本卷《馬戴傳》。

〔五〕撫頂：撫摸腦袋。頂，頭頂。

〔六〕春闈：唐科舉之禮部試。因在春季舉行，故稱。唐李中《送相里秀才之匡山國子監》：『業成早赴春闈約，要使嘉名海内聞。』

〔七〕干：干謁。大匠：技藝高超的木工。《孟子·盡心上》：『大匠不爲拙工改廢繩墨。』此指詩文成就大而爲人崇敬之人。唐賈島《即事》：『心被通人見，文叨大匠稱。』

〔八〕故少師相國太原公：所指不詳。

〔九〕薛許昌能：（八一七？—八八〇？）晚唐詩人。字太拙，汾州（今山西汾陽）人。武宗會昌六年（八四六）登進士第。宣宗大中八年（八五四）書判入等，補盩厔尉。後累辟使府，歷官御史、都官、刑部員外郎，攝嘉州刺史，遷主客、度支、刑部郎中，權京兆尹，授工部尚書，節度徐州，徙忠武軍。僖宗廣明元年（八八〇），軍亂被逐，不知所終。因忠武節度治許州許昌縣（今屬河南省），世稱薛許昌。李建州頻：（？—八七六）晚唐詩人。字德新，睦州壽昌縣（治今杭州建德市壽昌鎮）人。從姚合學詩，合大爲獎掖并以女妻之。大中八年（八五四）擢進士第，調秘書郎，爲南陵主簿。試判入等，再遷武功令。懿宗時，以治績擢侍御史，遷累都官員外郎。僖宗乾符二年（八七五）表請爲建州刺史，卒於任。世稱李建州。

明嚴嵩鄭都官詩序〔一〕：『相傳州南仰山有都官書堂遺址，〔二〕及①予攀磴踐棘往尋之，不可復識，徒見泉聲巒彩，悄愴幽邃，殆非人間；意其時，謳吟嘯歌，斯境有助歟②？夫詩之道難言矣，非天景勝奇無以發靈智，〔三〕非功力深到無以造微賾。〔四〕予讀都官之作，精刻洗煉，時有月露烟雲之思，永夜靜吟； 至謂「得句勝於得好官」③，〔五〕則其平生殫力於斯，可謂勤矣。 世之士④落筆出語，未得古人一字，而遽已訾病之，豈可乎哉？』

【校記】

①及： 《鈐山堂集》（卷二一）作『乃』。

②歟： 趙本作『與』。 徐按： 與，通『歟』。

③得句勝於得好官： 《鈐山堂集》作『得句勝於得官』，趙本作『得好句勝於得好官』。

④士： 趙本無此字。

【注釋】

〔一〕嚴嵩： （一四八〇—一五六七）： 明朝權臣。 字惟中，號勉菴、介溪等。 分宜（今屬江西新餘市）人。 弘治十八年（一五〇五）進士，累官吏部尚書，謹身殿大學士、少傅兼太子太師，少師、華蓋殿大學士； 六十三歲拜相入閣。 鄭都官詩序： 指嚴嵩《鈐山堂集・雲臺編序》（卷二一）。

〔二〕州： 袁州。 仰山： 在宜春城南。 宋樂史《太平寰宇記・袁州・宜春縣》（卷一〇九）： 『仰山，在州南八十五里。 周迴連延一千里，高聳萬仞。 夏有雲氣覆其嶺上，雨即立降，冬若微陰，即停積雪。峻險不可登陟，但可仰觀，以此爲名。』

〔三〕天景：自然景色。唐盧綸《蕭常侍癭柏亭歌》：『松間汲井烟翠寒，洞里圍棋天景好。』靈智：智慧。唐房玄齡等《晋書·文苑傳·李充》（卷九二）：『夫極靈智之妙、總會通之和者，莫尚乎聖人。』

〔四〕微賾：事理微妙幽深之處。元劉壎《隱居通議·理學三》：『玉質金相，春明秋潔，絶出群言，探入微賾，先生之文若是已。』

〔五〕『得句』句：鄭谷《静吟》詩句。詩云：『騷雅荒凉我未（一作「自」）安，月和餘雪夜吟寒。相門相客應相笑，得句勝於得好官。』

懷氏按：守愚，世但傳其長律、絶句，不知五言詩生刻深細，〔一〕抉賈氏之精而變其貌。①〔二〕定②爲賈氏及門。

【校記】

①『抉賈……其貌』：趙本後有『至於如此之妙也』語。

②定：趙本作『今直定』。

【注釋】

〔一〕生刻：生新峭拔。

〔二〕抉：選擇。唐皮日休《郢州孟亭記》：『先生之作，遇景入咏，不拘奇抉異。』

久不得張①喬消息②

天末去程孤，沿淮復向吴。亂離何處甚，安穩到家無。樹盡雲垂野，檣稀月滿湖。看其刻意用力，是從賈氏門中來。〔一〕傷心繞村落③，應少舊耕夫。後四句皆亂後景象。

守愚登第在光啓三年，時僖宗在位十四年矣。盗賊蠭起，强藩争逼，車駕屢經播遷，迄唐之亡，不過再傳十四五年間事耳。詩中多言『亂離』，其在登第以前則指王仙芝、黄巢之亂，〔二〕登第以後則指朱温、李克用、李茂貞、王行瑜之屬，〔三〕蓋天下皇皇無寧日也。〔四〕而其詩憂傷凄厲，亦不免爲亡國之音矣。【趙本】看其刻意用力處，是從賈氏門中來。

【校記】

①張：宋谷作『長』。

②息：英華（卷二六四）後有『有寄』二字。

③落：英華作『路』。

【注釋】

〔一〕賈氏：賈島。生平見本卷《賈島傳》。

〔二〕王仙芝（？—八七八）：唐末起義軍領袖。濮州（今山東鄄城縣北）人。早年販賣私鹽，混迹江湖。乾符元年（八七四），聚衆數千，於長垣起義；五年，義軍被曾元裕包圍，不幸戰死。黄巢（八二〇—八八四）：唐末起義軍領袖。王仙芝死，被推爲主。曹州冤句（今山東菏澤西南）人。出身鹽商，屢試不第，響應王仙芝起義。廣明元年（八八〇）十二月，兵進長安，稱帝，國號『大齊』。中和四年（八八四），被唐朝將領李克用、王重榮等鎮壓戰死。

〔三〕朱温：梁太祖。生平見前《重訂中晚唐詩主客圖説》注釋〔一四一〕『不事朱温』。李克用（八五六—九〇八）：後唐太祖。本姓朱邪，字翼聖，定襄郡神武川新城（今山西應縣）人。驍勇善戰，鎮壓黄巢起義有功，授河東節度使。又大敗李茂貞、王行瑜與韓建，唐昭宗加封晋王。後長期割據河東，以復興唐朝爲名與後梁争雄。天佑五年（九〇八）病卒。其子李存勖建立後唐後，追謚爲武皇帝，廟號太祖。李茂貞（八五六—九二四）：原名宋文通，字正臣。深州博野（今河北蠡縣）人。唐末將領，官至鳳翔、隴右節度使，封岐王，加守尚書令，被賜名李茂貞。唐亡後，後唐莊宗李存勖改封秦王，不久病卒。王行瑜（？—八九五）：唐末將領。邠州（治今陝西彬縣）人。因功僖宗詔授邠寧節度使。昭宗乾寧二年（八九五）與李茂貞、韓建攻入長安殺宰相韋昭度、李谿，并謀廢昭宗，被李克用擊敗，後外逃爲部將所殺。

〔四〕皇皇：惶恐貌。皇，通『惶』。《孟子·滕文公下》：『孔子三月無君則皇皇如也。』

登杭州城①

漠漠②江天外，登臨返照間。潮來③無別浦，木落見他山。何必是杭州？却正能切。〔一〕沙鳥晴飛遠，漁人夜唱閑。歲窮歸未得，心逐片帆還。此亦爲亂阻耳。

後人於此等題不知若何張皇，〔二〕看他祇平平寫去。

【校記】

①詩題又玄（卷下）作『題杭州樟亭驛閣』，紀事（卷七〇）作『題杭州樟亭』。

②漠漠：又玄、才調（卷五）、紀事作『故國』。

③來：又玄、紀事作『平』。

【注釋】

〔一〕切：謂所寫契合杭州的風景特徵。

〔二〕張皇：見卷上張籍《酬韓庶子》注釋〔四〕。

奔避

奔避投人遠，漂離易感恩。愁髯霜颯颯，病眼淚昏昏。此等真氣鬱勃，便與杜同揆。〔一〕孤館秋①聲樹，寒江落照村。更聞歸路絶，新寨截荆門。乾符六年冬，黄巢陷潭州，遂趣襄陽，劉巨容屯兵荆門以拒之，俘斬十七八後，縱之不追，而賊勢復振。〔二〕此詩『新寨截荆門』必此時也，則尚在登第之前耳。

【校記】

①秋：宋谷作『愁』。

【注釋】

〔一〕杜：杜甫。同揆：同一法則。謂均因憂國憂民而傷身，誠如杜甫《春望》所云『感時花濺泪，恨别鳥驚心』『白頭搔更短，渾欲不勝簪』。揆，準則。《三國志·吴書·周魴傳》（卷六〇）：『夫物有感激，計因變生，古今同揆。』

〔二〕『乾符六年冬……賊勢復振』：見《舊唐書·僖宗本紀》（卷一九下）、《新唐書·僖宗本紀》（卷九）等史乘。

哭建州李員外頻

令終【趙本】嫌二字。〔一〕歸①故里，末歲道如初。舊友誰爲志，清風豈易書。都於虛處寫其實行。雨墳生野蕨，鄉奠釣江②魚。品高情深。獨夜吟兼③泣，前年伴直廬。

【校記】

① 終歸：紀事（卷六〇）作『歸終』。

② 江：紀事作『金』。

③ 兼：趙本、宋谷、英華（卷三〇四）、紀事、全詩（卷六七四）作『還』。

【注釋】

〔一〕嫌二字：謂二字不够妥帖。嫌，不滿。

通川客舍

奔走失前計，淹留非本心。都官每警於發端，〔一〕殊勝他家學賈氏者徒能刻削字句。〔二〕已難消永夜，況復聽秋霖。漸解巴兒語，誰憐越客吟。黄花徒滿手，白髮不勝簪。

【趙本】都官每警於發端，殊勝他家學賈氏者徒能刻削字句已也。

【注釋】

〔一〕都官：鄭谷。詳見前《鄭谷傳》所附都官自《序》注釋〔一〕。警：警策。

〔二〕賈氏：賈島。生平見本卷《賈島傳》。刻削：猶『雕琢』。

長安①夜坐寄懷②湖外嵇處士

萬里念江海，浩然天地秋。此憂亂之詩也，故用如此起。風高群木落，夜久數星流。或疑在僖宗中和元年八月，星交流如織即指此事。〔一〕却不必然，看詩意乃是尋常流星，中自寓意耳，若以實按之反拘，〔二〕且計其時，僖宗已幸成都，亦必不能如此閑静矣。鐘絶分宫漏，螢微隔御溝③。遥思④洞庭上，葦露滴⑤漁舟。

【校記】

①安：品彙（卷六九）作『樂』。

②寄懷：宋谷、英華（卷二三一）作『懷寄』。

③溝：英華、品彙作『樓』，校『集作「溝」』。

④ 思：英華、品彙作『知』，校『集作「思」』。

⑤ 滴：品彙作『滿』。

【注釋】

〔一〕星交流如織：謂天象異常。古人視爲災異或吉祥的徵兆。《新唐書·天文志二》（卷三二）：『中和元年，有異星出於輿鬼。占者以爲惡星。八月己丑夜，星隕如雨，或如杯椀者，交流如織，庚寅夜亦如之，至丁酉止。』《資治通鑑》卷二五四載同。

〔二〕按：查驗。拘：受限制。

送人之九江謁郡侯苗員外紳①

澤國尋知己，南浮不偶游。湓城分楚塞，廬岳對江州。止平排寫出，〔一〕自妙。曉飯臨孤嶼，春帆入亂流。雙旌②相望處，月白庾公樓。

【校記】

①紳：英華（卷二八二）、品彙（卷六九）無此字。

②旌：宋谷作『津』。

【注釋】

〔一〕平排寫出：謂羅列四地名形成對仗。

寄南浦謫官

多才翻得罪，天末抱窮憂。白首爲遷客，青山繞萬州。祇是撰力到。〔一〕〇借對之妙，〔二〕妙以情味。【趙本】祇是撰力到。醉歌①梅障曉②，歌厭竹枝秋。望闕懷鄉泪，荆江水共流。

【校記】

①歌：宋谷、庫谷、全詩（卷六七四）作『歆』。

②曉：全詩校『一作「晚」』。

【注釋】

〔一〕撰力：詩歌創作能力與水平。

〔二〕借對：一種對仗方法。有借義對與借音對兩類。此爲借音對，即以某字的同音字與對句對應的字相對。此聯上句『遷』音同『千』，借以與下句『萬』對。

送許棠先輩之官涇縣

白頭新作尉，縣在古①山中。高第能卑宦，『能』字下得高，正見骨格處。〔一〕前賢尚此風。蕪湖春蕩漾，梅雨晝冥②濛。佐③理人安後，篇章莫廢功④。

【校記】

①古：宋谷、庫谷、紀事（卷七〇）、全詩（卷六七四）作『故』。

②冥：趙本、宋谷、庫谷、紀事、全詩作『溟』。

③佐：宋谷作『化』。

④功：全詩校『一作「攻」』。

【注釋】

〔一〕骨格：喻許棠的精神品格。

趙林①郎中席上賦②蝴蝶

尋艷復尋香，似閑還似忙。暖烟沈蕙徑，微雨宿花房。書幌輕隨夢，歌樓誤采妝。王孫深屬意，繡入舞衣裳。

亦自匠工，〔一〕無甚深意，故不於『鷓鴣』之外更號『蝴蝶』也。〔二〕【趙本】鄭鷓鴣固妙於匠物。〔三〕

【校記】

①林：庫谷、才調（卷五）、全詩（卷六七四）作『璘』。

②賦：才調作『賦得』。

【注釋】

〔一〕匠工：謂描繪事物形象生動，精妙傳神。匠，見卷上張籍《山中古祠》注釋〔一〕。

〔二〕鷓鴣：鄭谷以《鷓鴣》詩著稱，人號『鄭鷓鴣』。詳見前《鄭谷傳》。

〔三〕匠物：見前《重訂中晚唐詩主客圖説》注釋〔八七〕。

潯陽姚宰廳作

縣幽公事稀，庭草是山薇。足①得招棋侶，何妨著道衣。野泉當案落，汀鷺入衙飛。寺去東林近，多應隔宿歸。

【校記】

①足：宋谷作『從』，庫谷作『縱』。

渠江旅思

流落復蹉跎，交親半逝波。謀身非不切，言命欲如何。故楚春田廢，窮巴瘴雨多。引人鄉泪盡，夜夜竹枝歌。

寄棋客

松窗楸局穩，相顧思皆凝。幾局賭山果，强對下句。一先饒①海僧。天妙句！〔一〕得未曾有，〔二〕亦正不可多得。○牙齒尖利，酷似賈生。〔三〕【趙本】（『一先』句）齒頭尖利，酷肖賈生。覆圖聞夜雨，下子對秋燈。鱗甲中珠。〔四〕何日無羈束，期君向杜陵。

【校記】

① 饒：宋谷作『飲』。

【注釋】

〔一〕天妙：　見卷上《王建傳》懷民按語注釋〔七〕。

〔二〕得未曾有：　見本卷賈島《寄山中長孫栖嶠》注釋〔二〕。

〔三〕牙齒：　借指語言。　賈生：　賈島。　生平見本卷《賈島傳》。

〔四〕鱗甲中珠：　謂二句爲鄭谷詩歌之精粹。　詳見本卷喻鳧《贈李商隱》注釋〔三〕。

峨嵋山①

萬仞白雲端，經春雪未殘。夏消江峽滿，晴照蜀樓寒。深刻，〔一〕從燕本得來。〔二〕【趙本】深刻，從燕本得力。造境知僧熟，歸林認鶴難。會須朝②闕去，祇有畫圖看。

苦澀全是長江。〔三〕○通首皆就雪言，以峨眉之勝全在雪也。然亦正不必於題中見之，即第二句一點，下皆照此看去。【趙本】苦澀全是長江。

【校記】

① 山：英華（卷一五五）、統谷（卷七一七）作『雪』。

② 朝：英華校『集作「上」』。

【注釋】

〔一〕深刻：謂寫景生新僻澀。

〔二〕燕本：賈島。詳見本卷《賈島傳》懷民按語注釋〔四〕。

〔三〕長江：賈島。曾官長江縣（治今四川蓬溪縣西）主簿，故稱。生平詳見本卷《賈島傳》。

旅寓洛南村舍

村落清明近，鞦韆稚女誇。字似嫩而有情味。【趙本】『誇』字活。春陰①妨柳絮，月黑見梨花。『妨』字、『見』字皆造微，〔一〕景與情并到。【趙本】（『月黑』句）枯寂。〔二〕白鳥窺魚②網，青帘認酒家。幽棲雖自適，交友在京華。

記自十四五時愛此詩，以爲得寒食天氣、心情；今三十餘年矣，每一諷之，〔三〕仍不能舍去。後來周清真詞『正是夜堂無月，沉沉暗寒食』，〔四〕倣佛此意，而遜其工妙遠矣。

【校記】

①陰：宋谷作『光』。

②魚：庫谷、英華（三一九）作『漁』。

【注釋】

〔一〕造微：達到精妙程度。唐王貞白《贈劉凝評事》：『談史曾無滯，攻書已造微。』

〔二〕枯寂：寂静。金元好問《鹿泉新居二十四韵》：『岩居枯寂朝市喧，喧寂兩間差有趣。』

〔三〕諷：誦讀。

〔四〕周清真：周邦彦（一〇五六—一一二一）。北宋詞人。字美成，號清真居士，錢塘（今浙江杭州市）人。作品多爲寫閨情、羈旅及咏物之作。格律謹嚴，語言典雅，長調尤善鋪叙。被尊爲婉約派的集大成者和格律詞派創始人。『正是』二句：周邦彦《應天長·寒食》詞句。

長安感興

徒勞悲喪亂，自古戒繁華。落日狐兔徑，近年公相家。可悲聞玉笛，不見走香車。寂寞牆匡裏，春陰挫杏花。

此廣明元年黃巢入長安，僖宗走興元以後作也。〔一〕

【注釋】

〔一〕僖宗走興元：事在光啓二年（八八六）。見《舊唐書·僖宗本紀》（卷一九下）、《新唐書·僖宗本紀》（卷九）等。興元，唐府名。治今陝西省漢中市，山南西道節度使理所。

哭進士李洞二首①

【原注】李生酷愛賈浪仙詩。〔一〕長江在東蜀境内，浪仙冢於此處。②【懷民注】選其二。【趙本懷民注】按才江求名未遂，〔二〕此言『進士』蓋舉而未及第也

自聞東蜀病，惟③我獨④關情。若近長江死，想君勝在生。⑤能抉得死者肺腑間語，所以能令死者

瞑目。○此亦自加倍寫法，〔三〕正是極切處；非知之深，如何能道得著？【趙本】真道得才江心事。瘴蒸丹旐濕，燈隔素帷清。冢樹僧栽後，新蟬一兩聲。【趙本】結筆幽深。長江在東蜀境内，有浪仙家。

【校記】

①二首：趙本無此二字。

②『李生酷愛……家於此處』：底本、劉本、李本、趙本、英華（卷三〇四）無此題注，據宋谷、庫谷、全詩（卷六七四）補。又，宋谷無『李生』『境内』四字。

③惟：宋谷、庫谷、英華作『唯』。

④獨：宋谷作『最』。

⑤頷聯後英華附注『先生酷愛賈浪仙詩。在長江東蜀嶺（一作境内），浪仙家在此處』。

【注釋】

〔一〕浪仙：賈島之字。一作『閬仙』。生平見本卷《賈島傳》。

〔二〕才江：李洞之字。生平見本卷《李洞傳》。求名：謀求功名。指科舉及第。

〔三〕加倍寫法：　見卷上張籍《送友人歸山》注釋〔二〕『加倍寫』。

贈圓昉公①

天階讓紫衣，冷格鶴猶卑。加倍寫。〔一〕【趙本】（『冷格』句）加一倍寫。道勝嫌名出，【趙本】沉刻極矣！〔二〕身閑覺老遲。身分絶高。○有賈生之沉刻而無其尖酸。〔三〕晚②香延宿火，寒磬③度高枝。字字煉。【趙本】無字不煉。見④説長松寺，他年與我期⑤。

【趙本】有賈生之沉刻而無其尖酸。○按：　昉，蜀僧。〔四〕僖宗幸蜀賜紫衣，昉堅辭不受。

【重出】

《全唐詩》卷六七四作鄭谷詩，卷六三二司空圖詩集重出。爲鄭谷之作，詳見祖保泉等《司空表聖詩文集箋校·前言》中關於此詩作者的考證。《全唐詩》重出司空圖詩集，當承明胡震亨《唐音統籤》（卷七〇四作司空圖詩，卷七一五作鄭谷詩）。胡氏所以誤收爲司空圖詩，蓋緣《文苑英華》卷二二四編鄭谷七詩（此詩爲第三首）於司空圖《上陌梯寺懷舊僧二首》之後，然鄭谷第一首題下漏署『鄭谷』名（該卷目録寫明『司空圖二首、鄭谷七首』），胡氏依『前人』例誤視鄭谷詩爲司空圖詩（其他六首詩《寄懷元秀上人》《次韵和秀上人游南五臺》《贈信美寺岑上人》《寄贈詩僧秀公》《重陽日訪元秀上人》《贈日東鑒禪師》皆然）。

【校記】

① 宋谷附題注『昉，蜀僧。僖宗幸蜀，昉恐，免紫衣』，庫谷、英華（卷二二四）、全詩（卷六三二、卷六七四）附題注『昉，蜀僧。僖宗幸蜀，昉堅免紫衣』。

② 晚：英華作『曉』。

③ 磬：英華作『碧』。

④ 見：宋谷、庫谷、全詩（卷六三一）作『長』，英華作『每』。

⑤ 英華於尾聯後附注『居長松山』。

【注釋】

〔一〕加倍寫：見卷上張籍《送友人歸山》注釋〔一〕。

〔二〕沉刻：深刻。詳見本卷《裴説傳》懷民按語注釋〔一〕。

〔三〕賈生：賈島。生平見本卷《賈島傳》。

〔四〕昉：蜀僧，生平不詳。鄭谷避亂西蜀期間，與其交游甚密。參見後鄭谷詩《谷自亂離之後在西蜀半紀……愴吟四韵以吊之》。

南游

凄凉懷古意，湘浦吊靈均。故國經新歲，扁舟寄病身。祇平澹寫，自深至。〔一〕山城多曉瘴，澤國少晴春。漸遠無相識，青梅獨向①人。

【校記】

①向：趙本、統谷（卷七一五）作『問』。

【注釋】

〔一〕深至：（意蘊）深厚。

送徐涣[1]端公南歸

青衿離白社，朱綬[2]始言歸。此去多應[3]羨，初心盡不違。江帆和日落，越鳥近鄉飛。一路春風裏，楊花雪滿衣。

【校記】

① 涣：英華（卷二八二）作『澳』，宋谷、庫谷無此字。
② 綬：英華、統谷（卷七一六）作『紱』。
③ 多應：庫谷、全詩（卷六七四）作『應多』。

搖落

夜來搖落悲，桑棗半空枝。說『桑棗』，生下『故國』也，然必是實境。【趙本】說『桑棗』者，生下……是實境。故國無消息，流年有亂離[1]。沉鬱。霜秦聞雁早，烟渭認帆遲。『霜秦』『烟渭』煉，字法。日暮寒鼙急②，邊軍在雍岐。

通體得工部神骨。〔一〕○此當指李茂貞輩。〔二〕按茂貞犯闕，帝如華州，〔三〕雖在昭宗之世，而亂勢已久肇矣。或曰此爲李克用近逼京師，僖宗奔鳳翔之時，〔四〕則尚在守愚登第之前也。此云『流年』，似在以後。【趙本】『霜』字、『烟』字刻學賈生煉字法，〔五〕其不嫌於尖者，〔六〕理足故也。〔七〕○通體得工部神骨。

【校記】

① 離：宋谷作『罹』。

② 急：宋谷、庫谷作『隱』。

【注釋】

〔一〕工部：杜甫。因入嚴武幕時曾加檢校工部員外郎，故稱。

〔二〕李茂貞：唐末將領。生平詳見前鄭谷《久不得張喬消息》注釋〔三〕。

〔三〕茂貞犯闕，帝如華州：事在乾寧三年（八九六）秋。見《舊唐書·昭宗本紀》（卷二〇）、《新唐書·昭宗本紀》（卷一〇）等。如，往。華州，治今陝西渭南市華州區。

〔四〕李克用近逼京師，僖宗奔鳳翔：事在光啓元年（八八五）冬。見《舊唐書·僖宗本紀》（卷一九下）、《新唐書·僖宗本紀》（卷九）等。李克用，後唐太祖。生平詳見前鄭谷《久不得張喬消息》注釋〔三〕。

〔五〕刻：致力。賈生：賈島。生平見本卷《賈島傳》。

〔六〕尖：怪僻生硬。詳見卷上項斯《邊游》注釋〔一〕。

〔七〕理：指自然界的事理與規律。

贈劉神童

【原注】六歲及第，上召於便殿親試，稱旨，賜以果實①

時果曾沾賜，春闈不挂情。還家雖解喜，登第未知榮。神童必無稚氣，然必如此說方妙。

習讀在前生，僧譚②是③可明。此句不難解，謂能悟得佛理耳。

燈前猶惡睡，寤④語讀書聲。【趙本】小欵如睹。〔二〕【趙本】既是神童，必無稚氣，然如此說方匠得情狀出。〔一〕

【趙本】上召於便殿親試，稱旨，賜以果食。

【校記】

①題注趙本、宋谷、庫谷、統谷（卷七一五）、全詩（卷六七六）皆作『六歲及第』。
②譚：庫谷、統谷、全詩作『談』。
③是：宋谷、庫谷、全詩、統谷作『足』。
④寤：趙本、宋谷作『寐』。

【注釋】

〔一〕匠：刻畫，描繪。詳見前《重訂中晚唐詩主客圖説》注釋〔八七〕『匠物』。
〔二〕小欸：短暫停留，小住。欸，同『款』。宋楊萬里《夜宿王才臣齋中睡覺聞風雪大作》：『終年才小欸，明日又言歸。』此指劉神童短暫留居宫中。

聞進士許彬①罷舉歸睦州悵然懷寄

桐廬歸舊廬，垂老復樵漁。吾子雖言命，鄉人懶讀書。祇直捷言之，自可感傷。○後來歐陽永叔烟舟撑晚浦②，雨屐剪春蔬。樂天云『身後文章合有名』，〔三〕王逢原送人下第詩『朝廷失士有司恥，貧賤不憂君子難』，〔一〕亦同一直捷語，而少委婉矣。

異代名方振，哀吟莫廢初。【趙本】此便不及『霜秦』『烟渭』煉字之工。〔二〕【趙本】亦是常意，筆力健舉。云『不信吾無萬古名』，〔四〕皆同此意。

【校記】

① 彬：宋谷、統谷（卷七一六）作『郴』。

② 浦：宋谷作『瀨』。

【注釋】

〔一〕永叔：宋歐陽修之字。『朝廷』二句：歐陽修《送王平甫下第》詩句。全詩云：『歸袂摇摇心浩然，曉船鳴鼓轉風灘。朝廷失士有司恥，貧賤不憂君子難。執手聊須爲醉别，還家何以慰親懽。自慚知子不能薦，白首胡爲侍從官。』

〔二〕『霜秦』『烟渭』：見前《摇落》詩。

〔三〕樂天：白居易之字。生平見前《重訂中晚唐詩主客圖説》注釋〔四〕『白居易』。『身後』句：白居易《編集拙詩成一十五卷因題卷末戲贈元九李二十》詩句。全詩云：『一篇長恨有風情，十首秦吟近正聲。每被老元偷格律（元九向江陵日，嘗以拙詩一軸贈行，自後格變），苦教短李伏歌行（李二十常自負歌行，近見予樂府五十首，默然心伏）。世間富貴應無分，身後文章合有名。莫怪氣粗言語大，新排十五卷詩成。』

〔四〕逢原：北宋詩人王令（一〇三二—一〇五九）之字。王令原籍元城（今河北大名），生長於廣陵（今江蘇揚州）。詩歌受韓愈、孟郊、盧仝、李賀影響較大，構思新奇，造語精闢，氣勢磅礴。『不信』句：王令《感憤》詩句。全詩云：『二十男兒面似冰，出門噓氣玉蜺横。未甘身世成虚老，大見天心却太平。狂去詩渾誇俗句，醉餘歌有過人聲。燕然未勒胡雛在，不信吾無萬古名。』

題興善寺

寺在帝城陰，清虚勝二林。蘚侵隋畫暗，茶助越甌深。貫生。〔一〕【趙本】貫氏氣味。巢鶴和鐘唳，詩僧倚錫吟。【趙本】（『詩僧』句）神似。烟莎後池水，前迹杳難尋。【原注】『十才子』詩集多有興善寺後池之作，〔二〕今寺在池無，每用追嘆。①

貫氏氣味。【趙本】『十才子』詩集多有興善寺後池之作，今寺在池無，每用追嘆。

【校記】

① 此注底本、劉本、李本皆無，據宋谷、庫谷、英華（卷二三九）、全詩（卷六七六）補。又，『興善寺』，宋谷作『興善』；『池無』，英華作『池蕪没』。

【注釋】

〔一〕賈生：賈島。生平見本卷《賈島傳》。此謂二句師法賈島。

〔二〕十才子：大曆十才子。唐代宗大曆年間的十位詩人。據姚合《極玄集》以及《新唐書》等載，爲李端、盧綸、吉中孚、韓翃、錢起、司空曙、苗發、崔洞（一作峒）、耿湋、夏侯審。盧綸有《題興善寺後池》，李端有《宿興善寺後堂池》。

梁燭處士辭金陵① 相國杜公歸舊山因以寄贈 【趙本懷民注】俗手必

向上半截張皇矣〔二〕

相。庭。②留。不。得，題如此鄭重，詩中却祇消五字提過，所以爲高——即可想其人之高。【趙本】意到。江野有苔磯。兩浙尋山遍，孤舟載鶴歸。世間書讀盡，雲③外客來稀。諫署搜賢急，應難惜④布衣。

『惜』字勿庸泥看，即同『愛』字義耳。【趙本】『惜』字似不如『戀』字顯豁。

【趙本】結法唐人體例如此，勿疑爲應酬熟套。

【校記】

① 金陵：宋谷無二字。

② 庭：宋谷作『延』。

③ 雲：英華（卷二三一）作『僧』。

④ 惜：宋谷、英華作『借』。

【注釋】

〔一〕上半截：指題中『梁燭處士辭金陵相國杜公』。張皇：見卷上張籍《酬韓庶子》注釋〔四〕。

水軒

日日狎沙禽，偷安且放吟。讀書老不入，確。愛酒病還深。確。入情處，張、賈同工。〔一〕歎①後爲羈②客，兵餘問故林。皆亂後景也。楊花滿床席，搔首度春陰。

【趙本】三、四入情之句，張、賈同工。

【校記】

① 歎：英華（卷三一六）作『亂』，校『集作「兼」』。

② 羈：英華校『集作「饑」』，全詩（卷六七四）校『一作「饑」』。

【注釋】

〔一〕張、賈：分別指張籍和賈島。

贈泗①口苗居士

歲晏樂園林，維摩契道心。江雲寒不散，庭雪夜方深。清挺！〔一〕絶得賈氏撰力。〔二〕酒勸漁①人飲，詩憐稚子吟。四郊多壘日，勉我捨朝簪。

【校記】

①泗：英華（卷二三〇）作『滔』。

②勸漁：宋谷、庫谷作『共游』。

【注釋】

〔一〕清挺：清新挺拔。清何世璂《然鐙記聞》：『詩要清挺。纖巧濃麗，總無取焉。』

〔二〕賈氏：賈島。生平見本卷《賈島傳》。撰力：指詩歌創作能力與水平。

別同志

所立共寒苦，平生同與游。相看臨遠水，獨自上孤舟。澹語深情，味之無盡，似張氏派。〔一〕【趙本】清淡有深味，似水部派。〔二〕天淡滄浪晚，風悲蘭杜秋。前程吟此景，爲子上高樓。

【趙本】重兩『上』字，可知詩不拘此。

【注釋】

〔一〕張氏：指張籍。生平見卷上《張籍傳》。

〔二〕水部：張籍。曾官水部員外郎，故稱。

舟次通泉精舍

江清如洛汭，寺好似香山。勞倦孤舟裏，登臨半日間。樹涼巢鶴健，『健』字。岩響語僧閑。『閑』字。貫句。〔一〕更共幽雲約，秋隨絳帳還。①

【趙本】『僧語石樓空』『兩廊僧話深』并此『岩響語僧閑』三句，〔二〕盡僧語之妙。

【校記】

① 詩末英華（卷二三九）、全詩（卷六七四）附注：『時谷將之盧（全詩作「瀘」）州，省拜恩地。』

【注釋】

〔一〕賈句：謂二句師法賈島。賈，賈島。生平見本卷《賈島傳》。

〔二〕『僧語』句：馬戴《宿翠微寺》詩句。詩見本卷馬戴詩選。『兩廊』句：周賀《宿開元寺樓》詩句。詩見本卷周賀詩選。

谷自亂離①之後在西蜀半紀②多寓止精舍與圓昉上人爲净侶昉公於③長松山舊齋嘗約他日訪會勞生多故游宦數年曩契未諧忽聞謝世愴吟四韻以吊之【懷民注】題似序，開宋法。【趙本懷民注】題似叙，古無此制，非長題。比（徐按：『比』似爲『此』之訛）例實宋人鼻祖，初學且勿效之。

每④思聞静⑤話⑥，雨夜對禪床。未得重相見，秋燈照影堂。隔句直叙，正自令人憮然。孤雲終負約，薄宦轉堪傷。夢繞長松塔，遥聞⑦一炷香。【趙本】結韵短。〔一〕

【校記】

① 離：宋谷作『罹』。

②半紀：宋谷、全詩（卷六七四）作『半紀之餘』。

③昉公於：宋谷無此三字。

④每：趙本作『幾』。

⑤静：趙本、宋谷、全詩作『净』。

⑥話：趙本作『語』。

⑦聞：庫谷、趙本、全詩作『焚』。

【注釋】

〔一〕結韵短：謂結尾缺乏韵味。韵，韵味。

張谷田舍

縣官清且儉，深谷有①人家。將不『清』『儉』，遂無『人家』耶？妙！一徑入寒竹，小橋穿野花。碓喧春澗滿，梯倚緑桑斜②。絶不照顧『清』『儉』，〔一〕而清儉自在，唐詩之妙也。自説年來稔，前村酒可賒。『鍾譚』必謂深於吏治，〔二〕可厭。

此詩出入諸家集中，卒難辨其誰作也。【趙本】上言『縣官清』『儉』，而接言『深谷有人家』，豈不清儉將無人家乎？三、四、五、六總不照顧『清』『儉』，而清儉自在，此唐詩之妙也。『鍾譚』必謂深於吏治，却又可厭。【趙本】或謂此詩寔儲光義作，〔三〕按筆姿不類光義，或略近劉文房。〔四〕龔半千著都官集後，〔五〕未知何據。細玩亦不似都官，且光化、天復之間，都官所遭喪亂荒凉，安得有此極樂之境？即有之，類於《桃源》，〔六〕起處必見世亂意。今既不然，即亦不必辨其爲儲爲鄭，而皆足以光吾《主客圖》也已。

【重出】

《雲臺編》（卷上）、《全唐詩》（卷六七四）等鄭谷詩集收此詩，《文淵閣四庫全書》本《唐儲光義詩集》卷五重出。據《文苑英華》（卷三一九）、《古今事文類聚·前集》（卷三六）、陳景沂《全芳備祖後集》（卷二〇）、劉克莊《後村詩話》（卷一二）以及《鄭守愚文集》（卷一）等宋籍皆作『鄭谷』詩（英華於『鄭谷』名下注『見集本』），而《全唐詩》儲光義詩集不載可斷，此詩當爲鄭谷而非儲光義之作。

【校記】

① 有：全詩校「一作『自』」。

② 斜：英華(卷三一九)作「科」。

【注釋】

〔一〕照顧「清」「儉」：謂圍繞「清」「儉」寫景叙事。

〔二〕「鍾譚」：明代後期文學流派「竟陵派」。代表人物爲鍾惺、譚元春，故稱。詳見前《重訂中晚唐詩主客圖説》注釋〔二三二〕「竟陵」。

〔三〕儲光羲(約七〇六—七六三)：盛唐詩人。潤州延陵(今江蘇金壇)人，祖籍兖州。開元十四年(七二六)進士，累官監察御史。安史亂中，迫受僞職。亂平，被繫下獄，後貶謫嶺南。

〔四〕劉文房：劉長卿。字文房。生平見前《重訂中晚唐詩主客圖説》注釋〔一一四〕「劉隨州」。

〔五〕龔半千：龔賢。生平見前《重訂中晚唐詩主客圖説》注釋〔五五〕。都官：鄭谷。詳見前《鄭谷傳》所附都官自《序》注釋〔一〕。

〔六〕《桃源》：陶淵明《桃花源記》。其通過描繪世外桃源的安寧和樂與自由平等，表現了作者對現實社會的不滿與對美好生活的嚮往。

方干

方干傳

干，字雄飛，新定人。〔一〕徐凝一見器之，〔二〕授以詩律，〔三〕始舉進士。謁錢塘太守姚合，〔四〕合視其貌陋，甚卑之。坐定覽卷，乃駭目變容。館之數日，登山臨水，無不與焉。咸通中，一舉不得志，遂遁會稽，漁於鑒湖。太守王龜以其亢①直，〔五〕宜在諫署，欲薦之，不果。〔六〕干自咸通得名，迄文德，江之南無有及者。殁後十餘年，宰臣張文蔚奏名儒不第者五②人，請賜一官以慰其③魂，〔七〕干其一也。後進私謚曰『玄英先生』。門人楊弇與釋子居遠，〔八〕收得詩三百七十餘篇。

【校記】

① 亢：趙本作『抗』。
② 五：《鑒戒録》（卷八）作『十五』。詳見後注釋〔七〕所引。
③ 其：趙本作『幽』。

【注釋】

〔一〕新定：唐郡名，即睦州，治建德縣（今杭州建德市梅城鎮）。《舊唐書·地理志三》（卷四〇）：『睦州。隋遂安郡。武德四年，平汪華，改爲睦州……萬歲登封二年，移治建德。天寶元年，改爲新定郡。乾元元年，復爲睦州。舊領縣三：雉山、遂安、桐廬。』徐按：關於方干里貫，有『新定』、『桐廬』、『歙』州（縣）、『新安』四種記載，據現存資料考證，其祖籍爲唐睦州新安縣（即清溪縣，今浙江淳安縣；漢代屬歙縣），里貫爲唐新定郡（睦州）桐廬縣（今屬浙江杭州市）。詳見拙作《晚唐著名詩人方干里貫考辨》，載《中國韵文學刊》二〇一五年第三期。

〔二〕徐凝：生卒年不詳。睦州人。唐憲宗元和中有詩名。曾於杭州開元寺題牡丹詩，爲白居易所賞。至長安，游韓愈之門，竟不成名（《唐詩紀事》引《郡閣雅談》云『官至侍郎』），遂歸隱故鄉，優游而終。

〔三〕授以詩律：事見宋晁公武《郡齋讀書志·别集類中》（卷一八）『方干詩集一卷』條。

〔四〕謁錢塘太守姚合：始見於唐孫郃《方元（玄）英先生傳》。傳云：『始謁錢塘守姚公合，公視其貌陋，初甚侮之。坐定覽卷，駭目變容而嘆之。』又，五代王定保《唐摭言》（卷一三）『矛盾』條載：『方干姿態山野，且更兔缺，然性好凌侮人。』宋晁公武《郡齋讀書志·别集類中》（卷一八）『方干詩集一卷』條：『其貌寢陋，又兔缺，而喜凌侮。』姚合，生平見卷上《姚合傳》。

〔五〕王龜（？—八七四）：字大年。王起之子。少以詩酒琴書自適，不從科舉。會昌間，徵拜右補闕，尋遷侍御史、尚書郎。大中末，出爲宣歙團練觀察副使，入爲祠部郎中、史館修撰；又出爲河中觀察副使，入爲兵部郎中，尋知制誥。咸通末，改太常少卿，檢校散騎常侍、同州刺史；十四年（八七三），轉越州刺史、御史大夫、浙東團練觀察使，尋越州亂，被害。

〔六〕不果：謂王龜未及薦而遇害。詳見唐孫郃《玄英先生傳》、五代王定保《唐摭言》（卷一〇）『韋莊奏請追贈不及第人近代者』條等。

〔七〕張文蔚（？—九〇八）：字友華，河間（今屬河北）人，唐昭宗天復四年（九〇四）初拜相。天祐四年（九〇七），朱全忠灭唐，任後梁宰相。奏名儒不第者請賜一官：史料有不同記載。或曰爲張文蔚等所奏。後蜀何光遠《鑒戒録》（卷八）『屈名儒』條：『唐末宰臣張文蔚、中書舍人封舜卿等奏：「前有名儒屈者十有五人，請賜孤魂及第。」方干秀才是其數矣。』或曰爲韋莊所奏。五代王定保《唐摭言》（卷一〇）『韋莊奏請追贈不及第人近代者』條：『……方干，桐廬人也。……前件人俱無顯遇，皆有奇才，麗句清詞，遍在時人之口；銜冤抱恨，竟爲冥路之塵。但恐憤氣未銷，上衝穹昊，伏乞宣賜中書門下，追贈進士及第，各贈補闕、拾遺，見存明代。』明彭大翼《山堂肆考·科第》（卷八四）『追賜及第』條：『唐方干，字雄飛，以唇缺有司不取登科。晚年，遇醫補之。光化中，韋莊奏：「詞人才子，時有遺賢，不沾一命於聖朝，徒作千年之恨骨，如李賀、陸龜蒙、羅鄴、方干、賈島、温庭筠、劉德仁，皆有奇才，伏望追賜進士及第，贈補闕、拾遺。」上從之。』

〔八〕楊弇：生平不詳。釋子居遠：生平不詳。

懷民按：雄飛受詩律於徐侍郎，〔一〕遂舉進士，其源蓋出徐氏也。今考侍郎集，絶句之外，近體三篇而已，卒難定其何體。但讀方詩，生新刻苦，〔二〕似游泳長江而出者，〔三〕七言尤逼肖，即安知徐之不爲賈氏流耶？今但編雄飛爲閫仙及門云爾。〔四〕

【注釋】

〔一〕徐侍郎：徐凝。或載曾官侍郎，故稱。詳見前《方干傳》注釋〔二〕『徐凝』。

〔二〕刻苦：謂錘煉極其用心、勤苦。

〔三〕長江：賈島。曾官長江縣（治今四川蓬溪縣西）主簿，故稱。生平詳見本卷《賈島傳》。

〔四〕閬仙：賈島之字。一作『浪仙』。

寄李頻

衆①木已②搖落，望君猶未③還。軒車在何處④？雨雪滿前山。流動中有力量，故非張派。〔一〕思苦文⑤星動，出句似近時。〔三〕鄉遥釣渚閑。妙！看此骨力强毅處。如此結句，便直説不諱。明年見名姓⑥，唯我獨何顔。唐人以科名爲重，雖韓退之不無此見；〔四〕然志求必得而惡不由其道，正見

【趙本】三、四妙，流動中有力量，故不是水部一派。〔二〕對法。

【校記】

① 衆：紀事（卷六三）作『山』。

② 已：又玄（卷下）、英華（卷二六二）、紀事、全詩（卷六四八）作『又』。

③ 猶未：又玄、英華、紀事、全詩作『還不』。

④ 在何處：紀事作『何處去』。

⑤ 文：紀事作『寒』。

⑥姓：紀事作『字』。

【注釋】

〔一〕張：張籍。生平見卷上《張籍傳》。

〔二〕水部：張籍。曾官水部員外郎，故稱。

〔三〕出句：格律詩的單數句。近時：近似晚唐時尚。

〔四〕韓退之：韓愈。生平詳見前《重訂中晚唐詩主客圖説》注釋〔一〇四〕『吏部』。

東溪別業寄段①郎中

前山含遠翠②，羅列在窗中。盡日③人不到，【趙本】故求生拗。〔一〕一樽④誰與同。涼隨蓮葉雨，暑避柳條風。豈分長岑⑤寂，明時有至公。此亦以科名言。

【趙本】『避』字奇，學賈氏，〔二〕然最易客氣。〔三〕

【校記】

①段：英華（卷三一八）、全詩（卷六四八）作『吉州段』。

②遠翠：英華、全詩校『一作「翠晚」』。

③盡日：英華、全詩校『一作「晝夜」』。

④樽：趙本作『尊』。徐按：『尊』通『樽』。

⑤岑：英華作『孤』。

【注釋】

〔一〕生拗：生硬拗口。

〔二〕賈氏：賈島。生平見本卷《賈島傳》。

〔三〕客氣：（文風）虛誇浮泛。詳見卷上張籍《酬韓庶子》注釋〔五〕。

中路寄喻鳧①

求名如未遂，白首亦難歸。送我尊前②酒，典君身上衣。寒蕪隨楚盡③，落葉渡淮稀。

莫嘆④干時晚，前心豈便非⑤。骨力嶄然。〔一〕

浩氣直達退之《上宰相書》。〔二〕同一心腸，〔三〕世俗詭隨者却不肯直言。〔四〕【趙本】沉著有力。〔五〕

【校記】

①喻鳧：英華（卷二六二）、全詩（卷六四八）作『喻鳧先輩』。

②前：英華作『中』。

③盡：全詩校『一作「闊」』。

④嘆：英華作『笑』。

⑤非：英華作『飛』。

【注釋】

〔一〕嶄然：鮮明突出貌。參見卷上劉得仁《陳情上知己》注釋〔三〕。

〔二〕退之：韓愈之字。生平詳見前《重訂中晚唐詩主客圖說》注釋〔一〇四〕『吏部』。《上宰相書》：指韓愈在貞元十一年（七九五）正月廿七日至三月十六日期間接連向當朝宰相趙憬、賈耽、盧邁所上的三封書信。

〔三〕心腸： 借指思想情感。

〔四〕詭隨： 不辨是非而妄隨人意。《詩·大雅·民勞》：『無縱詭隨，以謹無良。』朱熹集傳：『詭隨，不顧是非而妄隨人也。』

〔五〕沉著： 謂抒情深切感人。詳見卷上張籍《没蕃故人》注釋〔二〕。

送趙明府還北

故林①終不住②，劍鶴在扁舟。盡室無餘俸，還家得白頭。唐人識見高。〇『得』字妙。【趙本】唐人祇是識見高。鐘催吳岫曉③，『催』是賈氏字，〔一〕須善學。月照④渭河流。曾是栖安邑，恩期異日酬。

【趙本】『催』字亦易客氣，〔三〕須慎用之。何嘗不作申謝語？〔二〕然自無失其高；若在後人，不知幾多常瑣，可厭矣！

【校記】

① 林： 全詩（卷六四八）作『園』。

②住：　英華（卷二八〇）作『在』。

③曉：　玄英、英華作『晚』。

④照：　全詩作『繞』。

【注釋】

〔一〕『催』是賈氏字：　謂『催』字師法賈島。賈島喜用『催』，如《子規》：『夢邊催曉急，愁處送風頻。』《重與彭兵曹》：『硯冰催臘日，山雀到貧居。』《送皇甫侍御》：『曉鐘催早朝，自是赴嘉招。』賈氏，賈島。生平見本卷《賈島傳》。

〔二〕申謝：　表示謝意。清西湖墨浪子《西湖佳話·西泠韵迹》：『芳卿之情，深於潭水，非片言所能申謝。』

〔三〕客氣：　（文風）虛誇浮泛。詳見卷上張籍《酬韓庶子》注釋〔五〕。

夏日登靈隱寺後峰

絶頂無煩暑，登臨三伏中。一起便似賈。〔一〕深蘿難透日，喬木更含風。山疊雲霞際，川傾

世界東。加力寫。○莫嘆其奇，應想其匠工。〔二〕那知兹夕興，不與古人同。興會。〔三〕

【趙本】一起便似賈生。

【注釋】

〔一〕賈：賈島。生平見本卷《賈島傳》。徐按：後趙本『賈生』所指同。

〔二〕匠工：見本卷鄭谷《趙林郎中席上賦蝴蝶》注釋〔一〕。

〔三〕興會：因登臨而産生的興致。

聽新蟬寄張書①

細聲頻斷續，審聽亦難分。髣髴應移處，從容却不聞。亦不肯省力。○此等與王右丞聞鶯詩格相似，〔一〕且却須辨其不同處。【趙本】即此等，亦不肯省力。蘭栖朝咽露，樹隱暝吟雲。非賈而何？〔二〕【趙本】非島而何？莫②遣鄉愁起，吾懷衹似③君。

【校記】

①詩題英華(卷三三〇)、類聚(後集卷四八)作『蟬』。

②莫：英華、類聚作『若』。

③似：英華、類聚、全詩(卷六四八)作『是』。

【注釋】

〔一〕王右丞：王維。官至尚書右丞，故稱。生平詳見前《重訂中晚唐詩主客圖説》注釋〔九四〕『王摩詰』。聞鶯：指王維《聽宫鶯》。全詩云：『春樹繞宫墻，宫鶯囀曙光。忽驚啼暫斷，移處弄還長。隱葉栖承露，攀花出未央。游人未應返，爲此始思鄉。』詩格：指詩歌藝術風格。

〔二〕賈：賈島。生平見本卷《賈島傳》。後文『島』同。

別喻鳧①

知心似古人，著此句，真古誼。〔一〕歲久分彌親。惟超惟真。離別波濤闊，留連槐柳新。蟆陵寒②貫③酒，漁浦夜垂綸。自④此星居後，音書豈厭頻。

【趙本】惟超惟真。

【校記】

① 詩題英華（卷二八〇）作『別喻凫先輩』。
② 螟陵寒：英華作『武陵閑』。
③ 貫：趙本、英華、全詩（卷六四八）作『貫』。
④ 自：英華作『若』。

【注釋】

〔一〕古誼：見卷上劉得仁《春日雨後作》注釋〔一〕。

送相里燭

相逢未作①期，相送定②何之。不得長年少，那堪遠別離。理足情至，古今不易也。〔一〕泛湖乘月早，踐雪過山遲。永望多時立，翻如在夢思。

一氣如話，略似水部派。〔二〕【趙本】略近水部。○一氣如話，却不熟滑。〔三〕

【校記】

①作：玄英作『卜』。

②相送定：英華（卷二八〇）作『此逆欲』。

【注釋】

〔一〕理：此指人生感悟與生活事理。不易：不改變。

〔二〕水部：張籍。曾官水部員外郎，故稱。生平詳見卷上《張籍傳》。

〔三〕熟滑：熟套，油滑。指華而不實的文風。

君不來

閑花未零①落，心緒②已紛紛。久客無人見，新禽何處聞。舟隨一水遠③，路出萬山分。

夜月生愁望，孤光必照君。

【校記】

①零：趙本作『露』。

②緒：趙本作『續』。

③遠：玄英作『過』。

將謁商州呂①郎中道出楚州留獻章②中丞

江流盤復直，浮棹出家林。商洛路猶遠，山陽春已深。青雲應可③望，白髮未相侵。才小知難薦，終勞許郭心。

【校記】

①呂：英華（卷二六二）作『李』。

②章：英華作『韋』。

③可：全詩（卷六四八）作『有』。

途中逢孫輅①因得李頻消息

灞上寒仍在，柔條亦自新。山河雖度臘，雨雪未知春。前四説景，全是感。正憶同袍者，『正憶』二字妙。堪逢共國人。『堪逢』二字妙。銜②杯益③無語，與爾轉相親。淡極深極。

欲識此詩之妙，先看此題之妙。有此題而不能如此叙述，虚此情矣！妙處正在淡而深摯無盡。【趙本】看其製題之法。

【校記】

①輅：英華（卷二一八）作『路』。

②銜：趙本作『御』。

③益：英華作『亦』。

送從兄郜①

道路本無限，又②應何處逢。流年莫虛擲，華髮不相容。野渡波搖月，空③城雨翳鐘。

『翳』字生而不尖，〔一〕無絲毫客氣。〔二〕【趙本】（『空城』句）賈生字法。〔三〕此心隨去馬④，迢遞過千⑤峰。

【趙本】『翳』字妙絶，生而不尖，無絲毫客氣。

【校記】

① 詩題英華（卷二八〇）作『送從兄韋郜』，三體（卷六）作『途中別孫璐』。
② 又：英華作『更』。
③ 空：玄英、英華、三體作『寒』。
④ 馬：玄英作『鳥』。
⑤ 千：玄英、三體作『重』。

【注釋】

〔一〕生：生新。尖：怪僻生硬。詳見卷上項斯《邊游》注釋〔一〕。

〔二〕客氣：指虚誇浮泛的文風。詳見卷上張籍《酬韓庶子》注釋〔五〕。

〔三〕賈生：賈島。生平見本卷《賈島傳》。

經周處士故居

愁吟與獨行，【趙本】絶似閬仙。〔一〕何事不傷①情。絶似閬仙。久立釣魚處，唯聞啼鳥聲。莫作省力語看。〔二〕【趙本】莫作省力語讀。山蔬②和草嫩③，海樹④入籬⑤生。吾在兹溪上，懷君恨不平。

【校記】

① 傷：三體（卷六）作『闕』。

② 蔬：三體作『花』。

③ 草嫩：三體作『雨歇』。

④樹：玄英作『柳』。

⑤籬：三體作『雲』。

【注釋】

〔一〕閬仙：賈島之字。一作『浪仙』。生平見本卷《賈島傳》。

〔二〕省力語：見本卷賈島《寄無可上人》注釋〔一〕『省力句』。

贈喻鳧

所得非衆語，衆人那得知。十字詩訣。○唐人真實學術、真實識力，全在此等處，不然，區區吟咏何關世教耶？〔一〕【趙本】詩訣。纔吟五字句，又白幾莖髭。月閣①欹眠夜，霜軒正坐時。嘗見陳老蓮寫《唐人索句圖》，〔二〕正如此傳真。【趙本】燕本復生。〔三〕沈思②心更苦，恐作滿頭絲。無本復生。〔四〕【劉本】燕本復生。

【校記】

①閣：律髓（卷四二）作『閤』。

② 沈思：玄英作『此時』。

【注釋】

〔一〕世教：當世正統的儒家思想。唐權德輿《浩歌》：『心爲世教牽，迹寄翰墨場。』

〔二〕陳老蓮：陳洪綬（一五九九—一六五二）。明末清初書畫家、詩人。字章侯，幼名蓮子，一名胥岸，號老蓮，別號小净名，晚號老遲、悔遲，又號悔僧、雲門僧。浙江紹興府諸暨縣（今浙江省諸暨市楓橋鎮陳家村）人。《唐人索句圖》：陳洪綬畫作。今存。索句，作詩時思索覓句。

〔三〕燕本：指賈島。詳見本卷《賈島傳》懷民按語注釋〔四〕。

〔四〕無本：賈島之名。

早發洞庭

長天接廣澤，二氣共含秋。舉目無平地，何心戀直鈎。寄托見人品。孤鐘鳴大①岸，片月落中流。何必是洞庭？然却是洞庭。此不同時俗所謂『切合』也。却憶鴟夷子，當時此泛舟。

【趙本】劉隨州云『中流没太陽』，〔一〕此云『片月落中流』：詩人之言無實，詩人之言無理，〔二〕蓋指此等，不然詩人安得無實言？安得不窮理也？〔三〕學者審之。

【校記】

①大：玄英作『夾』。

【注釋】

〔一〕劉隨州：劉長卿（？—七九〇？）。生平見前《重訂中晚唐詩主客圖説》注釋〔一一四〕。『中流』句：劉長卿《岳陽館中望洞庭湖》詩句。全詩云：『萬古巴丘戍，平湖此望長。問人何淼淼，愁暮更蒼蒼。疊浪浮元氣，中流没太陽。孤舟有歸客，早晚達瀟湘。』

〔二〕無理：不必符合事理。參見卷上項斯《中秋夜懷》注釋〔一〕『妙在無理』。

〔三〕窮理：反映對自然、人生、社會等的理性認識。參見本卷李洞《錦江陪兵部鄭侍郎話詩着棋》注釋〔六〕『不多窮理不足以極其至』。

貽錢塘縣路明府①

志業②不得力，至③今猶苦吟。吟成五字句，用破一生心。世路屈聲遠④，寒⑤溪怨⑥氣

深。下字狠硬處是賈。〔一〕【趙本】下字狠硬處，全是賈生。前賢多晚達，莫怕鬢⑦霜侵。此即同陶公『賴古多此賢』意。〔二〕

【校記】

①詩題紀事（卷六三）作『感懷』。
②志業：玄英作『至學』，紀事作『至葉』。
③至：紀事、全詩（卷六四八）作『到』。
④遠：紀事、全詩作『滿』。
⑤寒：紀事作『雲』。
⑥怨：紀事作『寃』。
⑦鬢：玄英作『雪』。

【注釋】

〔一〕賈：賈島。生平見本卷《賈島傳》。徐按：後趙本『賈生』所指同。
〔二〕陶公：陶淵明。生平見前《重訂中晚唐詩主客圖説》注釋〔九三〕『陶元亮』。『賴古』句：陶淵明《咏貧士七首》其二詩句。全詩云：『凄厲歲雲暮，擁褐曝前軒。南圃無遺秀，枯條盈北園。傾壺絶餘瀝，闚灶不見烟。詩書塞座外，日昃不遑研。閑居非陳厄，竊有愠見言。何以慰吾懷，賴古多此賢。』

新正

華門惆悵内①，時節暗來頻。每見新正雪，長思故國春。此等與水部派是一是二。〔一〕【趙本】此等學之易率。〔二〕雲西斜去雁，江上未歸人。【趙本】（『江上』句）妙！又一②年爲客，何媒得到秦。

【趙本】五字可賈可張。〔三〕

【校記】

① 内：玄英作『久』，全詩（卷六四九）校『一作「日」』。

② 一：玄英作『憶』。

【注釋】

〔一〕水部：張籍。曾官水部員外郎，故稱。生平詳見卷上《張籍傳》。是一是二：謂風格相近。

〔二〕率：直率。

〔三〕五字可賈可張：謂此詩與張、賈兩派詩風均相似。五字，五言詩。唐齊己《秋夕書懷》：『平生樂道心常切，五字逢人價合高。』賈，賈島。張，張籍。

滁上懷周賀

就枕忽不寐，孤懷興嘆初。南譙收舊曆，上苑絶來書。①暝雪細②聲積，晨鐘寒韵疏。澀似賈。〔一〕【趙本】澀句絶似賈生。侯門昔彈鋏，曾共食江③魚。

【校記】

① 頷聯全詩（卷六四九）校『一作「已經天目歲，未寄漢陽書」』。

② 雪細：全詩校『一作「雨亂」』。

③江：紀事（卷七六）作『無』。

【注釋】

〔一〕賈：賈島。生平見本卷《賈島傳》。徐按：後趙本『賈生』所指同。

寄石溢清越上人

寺處賈字法。〔一〕唯①高僻，雲生石枕②前。承亦是賈。〔二〕【趙本】承句亦是。靜吟因③得句，獨夜不妨禪。窗接停猿樹，岩飛浴鶴泉。相思有書札，俱倩獵人傳。

【校記】

①唯：趙本作『惟』。

②石枕：全詩（卷六四九）校『一作「枕石」』。

③因：英華（卷二二三）作『應』。

【注釋】

〔一〕賈：賈島。生平見本卷《賈島傳》。

〔二〕承：承接。指第二句。

陳式水墨山水

造化有功力，平分歸筆端。不惜餘力。〔一〕○『平分』二字妙，若云『如同』『化工』，〔二〕仍是常語。○書畫小事耳，乃必如此鄭重言之，老杜『真宰上訴天應泣』亦同此旨。〔三〕【趙本】不借（徐按：當作『惜』）餘力。溪如冰後聽，山似燒①來看。【趙本】不成話，力除此弊。立意霜髭②出，支頤烟汁③乾。刻苦！匠出慘澹經營之妙。〔四〕【趙本】全做無本。〔五〕世間從爾後，應覺致名難。

全做賈。

【校記】

①燒：玄英作『曉』。

② 霜髭：玄英、全詩（卷六四九）作『雪髯』。

② 汁：全詩作『汗』。

【注釋】

〔一〕不惜餘力：謂盡力雕琢錘煉。

〔二〕化工：自然形成的工巧。

〔三〕『真宰』句：杜甫《奉先劉少府新畫山水障歌》詩句。全詩云：『堂上不合生楓樹，怪底江山起烟霧。聞君掃却赤縣圖，乘興譴畫滄洲趣。畫師亦無數，好手不可遇。對此融心神，知君重毫素。豈但祁嶽與鄭虔，筆迹遠過楊契丹。得非元圃裂？無乃瀟湘翻？悄然坐我天姥下，耳邊已是聞清猿。反思前夜風雨急，乃是蒲城鬼神入。元氣淋灕障猶濕，真宰上訴天應泣。野亭春還雜花遠，魚翁暝踏孤舟立。滄浪水深青且闊，欹岸側島秋毫末。不見湘妃鼓瑟時，至今斑竹臨江活。劉侯天機精，愛畫入骨髓。自有兩兒郎，揮灑亦莫比。大兒聰明到，能添老樹巔崖裏。小兒心孔開，貌得山僧及童子。若耶溪，雲門寺，吾獨胡爲在泥滓？青鞋布襪從此始。』

〔四〕刻苦：謂錘煉極其用心、勤苦。匠：刻畫，描繪。詳見前《重訂中晚唐詩主客圖説》注釋〔八七〕『匠物』。慘澹經營：指作畫前苦心構思。唐杜甫《丹青引贈曹將軍霸》：『詔謂將軍拂絹素，意匠慘澹經營中。』

〔五〕無本：　賈島之名。生平見本卷《賈島傳》。

陳秀才亭際木蘭

昔見初栽日，今逢成樹時。存思心更感，繞①看步還遲。一句切處正在『感』。蝶舞搖風蕊，鶯啼含露枝。徘徊不忍去，應與醉相宜。【趙本】即情懷中酒意。

無愁不到心。〔二〕

【校記】

①繞：　玄英作『遠』。

【注釋】

〔二〕無愁不到心：　朱慶餘《叙吟》詩句。詩見卷上朱慶餘詩選。

贈雪竇僧①

登寺尋盤道，人烟遠更微。石窗秋見海，山靄暮侵衣。此是賈法。〔一〕衆木隨僧老，不曰『僧隨木老』而曰『木隨僧老』，妙！高泉盡日飛。虚實對法，又當句對法。〔二〕誰能厭軒冕，來此便忘機。

【趙本】視無本、清塞等詩，〔三〕獨無僧氣。

【校記】

① 詩題玄英、全詩（卷六四九）作『登雪竇僧家』，校『一作「書竇雲禪者壁」』。

【注釋】

〔一〕賈：　賈島。　生平見本卷《賈島傳》。

〔二〕當句對：　謂『高泉』對『盡日』。

〔三〕無本：　賈島之名。　清塞：　周賀之法名。　生平見本卷《周賀傳》。

途中逢進士許巢①

聲望②著③已遠，問④人無不知。義行相識處，必有實際。貧過少年時。妨寐夜吟苦，澀。愛閑身達遲。妙！如此説亦正見氣骨。【趙本】澀味全是賈生，〔一〕寫來亦的是高踪。〔二〕難求似君者，我去更逢誰。

【校記】

①巢：趙本作『棠』。徐按：當作『棠』，許棠爲賈派重要詩人（生平見本卷《許棠傳》）。

②望：全詩（卷六四九）校『一作「價」』。

③著：玄英、全詩作『去』。

④問：玄英、全詩作『門』。

【注釋】

〔一〕賈生：賈島。生平見本卷《賈島傳》。

〔二〕的：的確，確實。高踪：高尚的行迹。

閏春①

幂幂復蒼蒼，微和傍早陽。前春寒②已盡，待閏月③猶長。似無可説處，却有深情。〔一〕柳變雖因雨，花遲豈爲霜。自兹延聖曆，誰不駐年光？

甚淺而切，爲初學地。

【校記】

①春：劉本、趙本、玄英作『月』。

②前春寒：類聚（前集卷一二）作『惜寒春』。

③月：玄英、全詩（卷六四九）作『日』。

【注釋】

〔一〕似無可説處：看似平常而缺乏意藴的叙寫。

送人游日本國①

蒼茫大荒外，風教②即③難知。連夜揚帆去，經年到岸遲。波濤含④左界，星斗定東維⑤。

煉。『含』字、『定』字確妙。○楊用修輩皆喜此等句。〔一〕或有歸風便，當爲相見期。

【趙本】如此詩五、六句，古人初不以此見長，然世人專喜此等，雖楊升菴猶不能免。

【校記】

①游日本國：英華（卷二八〇）、品彙（拾遺卷七）作『之日本』。

②教：全詩（卷六四九）作『勢』。

③即：律髓（卷三八）作『却』。

④含：英華、品彙作『吞』。

⑤定東維：英華、品彙作『正東夷』。

【注釋】

〔一〕楊用修：楊慎。明代文學家。字用修，號升菴。生平見前《重訂中晚唐詩主客圖説》注釋〔五六〕『楊升菴』。

處州洞溪

氣象四時清，無人畫得成。衆山寒疊翠，【趙本】『寒』却『翠』。兩派緑分聲。【趙本】『緑』却『聲』。坐月何曾夜，聽松不似晴。真島。〔一〕混元融結後，便有此溪名。撰力狠苦，〔二〕正是賈師法門。〔三〕【趙本】真島。

【注釋】

〔一〕真島：謂酷似賈島詩句。島，賈島。生平見本卷《賈島傳》。

〔二〕撰力：猶言『筆力』。

〔三〕賈師：賈島。法門：見卷上崔塗《與友人同懷江南別業》注釋〔一〕。

贈功成將

定難在明略，何曾勞戰爭。飛書諭强寇，計日下重城。此等與馬虞臣《塞下曲》等篇合看。〔一〕深雪移營①夜，寒沙②出塞情。苦心殊易老，新髮早年生。

【趙本】氣概不讓馬虞臣。

【校記】

① 營：全詩（卷六四八）作『軍』。

② 沙：全詩作『笳』。

【注釋】

〔一〕馬虞臣：馬戴。字虞臣。生平見本卷《馬戴傳》。《塞下曲》：見本卷馬戴詩選。

白① 艾原客

原上桑柘瘦，再來還見貧。滄州②幾年隱，白髮一莖新。好！敗葉平空塹，殘陽滿近鄰。荒寂。可念！〔一〕閑言説知己，半是學禪人。

【校記】

① 白：全詩（卷六四八）校『一作「自」』。

② 州：玄英、衆妙、全詩作『洲』。

【注釋】

〔一〕可念：可愛。詳見本卷賈島《訪李甘原居》注釋〔一〕。

送沛縣司馬丞之任

舉酒一相勸，逢春聊盡歡。羈游故交少，遠別後期難。極尋常語，却是深感，故能該今古之情也。〔一〕路上野花發，雨中青草寒。悠悠兩都夢，小沛與長安。晚唐習氣。【趙本】晚唐習氣，斷勿效之。

【注釋】

〔一〕該：包括。唐高適《酬裴員外以詩代書》：『賴得日月明，照耀無不該。』

送郭太祝①歸江東

鄉人欲去②盡，北雁又南飛。京洛風塵久，江淮③音信稀。澹語深感。舊山知獨往，一醉莫相違。未得解④羈旅，無勞問是非。

又能以淺妙勝，才人真不可及。〔一〕【趙本】又能以淺妙勝，才人真不可及。○此等處閬仙却不會。〔二〕

【重出】

《全唐詩》卷六四九、《唐詩品彙》卷六九作方干詩；《全唐詩》卷二七三戴叔倫詩集重出，《文苑英華》卷二七三亦作戴叔倫詩。當爲戴叔倫作。陶敏《全唐詩人名考證》考方干《新秋獨夜寄戴叔倫》詩云：『重作戴叔倫《新秋夜寄江右友人》，此誤收。……方干與戴叔倫詩重出十二首，均戴作。』佟培基《全唐詩重出誤收考》亦云：『當依《英華》作叔倫詩。』

【校記】

①太祝：英華（卷二七三）、全詩（卷二七三）作『太祝中孚』。

②欲去：趙本、玄英、英華、品彙（卷六九）、全詩（卷六四九）作『去欲』。

③淮：英華作『湖』。

④解：英華作『辭』。

【注釋】

〔一〕才人：有才華的人。此指方干。

〔二〕閬仙：賈島之字。一作『浪仙』。生平見本卷《賈島傳》。

客行

藕葉綴爲衣，東西①泣路岐。鄉心日落後，身計酒醒時。入情。○每當孤羈，諷此二句，輒不勝茫茫。〔一〕觸目多添感，凝情足所思。羈愁難盡遣，行坐一低眉。後四不免率氣。〔二〕

【趙本】三、四入情之句，張、賈同工。〔三〕後四不免率氣矣。

【校記】

① 東西：劉本、趙本作『西風』。

【注釋】

〔一〕孤羈：孤獨羈旅。諷：誦讀。

〔二〕率氣：直率，明白。

〔三〕張、賈：指張籍、賈島兩詩派。

方著作畫竹

疊葉與高節，俱從毫末生。流①傳千古譽，研煉十年情。二句平常。向月本無影，臨風疑有聲。何必是竹？却正是竹。吾家釣臺畔②，似此兩三莖。

【趙本】好詩。

【校記】

① 流：趙本、玄英作『留』。

② 臺畔：全詩（卷六四九）校『一作「磯側」』。

于鄴

于鄴傳

鄴，唐末進士，〔一〕他無考。

【注釋】

〔一〕唐末進士：于鄴約於僖宗中和二年（八八二）或三年登進士第。孟二冬《登科記考補正·中和二年》（卷二三）：『鄴曾自郿縣入斜谷，經褒谷，至褒中，過百牢關入蜀。鄴《過百牢關貽舟中者》云：「蜀國少平地，方思京洛間。遠爲千里客，來度百牢關。帆影清江水，鈴聲碧草山。不因名與利，爾我各應閑。」詞謂入蜀所求者名利，殆係入蜀應進士舉。因黄巢攻占長安，僖宗入蜀，中和元年、二年、三年，均在蜀試舉。鄴與同舟人入蜀既曰因名與利，則似係爲應舉而來。中和二年進士登第二十八人，三年登第三十人，今《登科記考》此兩年間僅考得七人，蓋因戰亂，《登科記》闕如故也。鄴殆係中和二、三年登第。』

懷民按：于鄴五律外無別體，所得句亦鏤心刻骨者也，雖乏峭削之致，〔一〕然自不得混水部派。〔二〕附賈氏門後。

【注釋】

〔一〕峭削：謂詩風奇險瘦削。詳見本卷《裴説傳》懷民按語注釋〔一〕。致：情趣。此指風格。

〔二〕水部：張籍。曾官水部員外郎，故稱。生平詳見卷上《張籍傳》。

【徐按】自元辛文房後，學界或以爲于鄴即于武陵。《唐才子傳·于武陵》：『武陵，名鄴，以字行，杜曲人也。』《唐才子傳校箋》梁超然考：『武陵，兩《唐書》無傳，《新唐書·藝文志》四分別著録「《于武陵詩》一卷」、「《于鄴詩》一卷」，至使有關于鄴之記載混亂不清。《唐詩紀事》於卷五八列于武陵，卷六三又列于鄴，然於二人所列詩均係重出；又謂于武陵「會昌時人」，謂鄴「唐末進士」，不知何據。《直齋書録解題》著録有「《于武陵集》一卷」，不另有《于鄴集》。席啓寓《唐詩百名家全集》有《于鄴詩集》，所收詩爲今《全唐詩》分置於于武陵、于鄴名下者。考《全唐詩》于武陵、于鄴之詩，詩風如出一轍，應是一人所作。殆於集曾以兩名流行，故《新志》分列爲二人，實誤。』陳尚君補正：『原箋贊同辛説』，『不能無疑』；『南宋以前，并無于武陵與于鄴爲一人之記載』，『于武陵詩稱于鄴作者，僅可視爲作者之異傳』，『疑《于鄴詩集》一卷，爲南宋以後人據《于武陵詩集》所改題。今存詩，大多或全部皆應爲于武陵作』。陳説是。李懷民贊同辛文房説，所選于鄴詩僅《秋夕聞雁》《春過函谷關》《路旁草》《題華山麻處士所居》四首出自于鄴集，其它十八首皆選自于武陵集。

西歸

不繫與舟閑，悠悠吴楚間。羞將新白髮，却到①舊青山。在貫派中却不賞此等。一葉初飛②樹，幾人同入關。颯然令人生感。〔二〕長安家尚在③，秋至又西還。

【校記】

① 到：　全詩（卷五九五）校『一作「去」，一作「對」』。

② 初飛：　趙本作『初凋』，英華（卷二九四）、全詩作『忽離』。

③家尚在：英華作『有家住』。

【注釋】

〔一〕颯然：凄凉冷落貌。

宿江口

南渡①人來絶，喧喧雁滿沙。著此句尤妙！妙用『喧喧』字，正是極其寂歷。自生江上月，長有客思家。生力獨闢。〔一〕〇越推開説，越寫得自己意思無盡。【趙本】生力獨闢，奄有燕僧之勝。〔二〕半夜下霜岸，北風吹荻花。自驚歸夢斷，不得到天涯。

此詩寫羈懷寥落情景，皆至真，絶調也！

【校記】

①渡：趙本作『浦』。

【注釋】

〔一〕生力獨闢：用盡氣力，獨闢蹊徑。謂詩句生新奇僻。生力，猶『氣力』『生命力』。

〔二〕奄：覆蓋。引申爲『盡』『全』。《詩·魯頌·閟宮》：『奄有下國，俾民稼穡。』鄭玄箋：『奄猶覆也。』燕僧：賈島。詳見本卷唐求《贈著上人》注釋〔一〕。

南游

窮秋幾日雨，處處生蒼苔。舊國寄書後，涼天方①雁來。全以韻勝。○本閬仙『葉下故人去，天中新雁來』，〔二〕尤覺有深味。露繁山草濕，洲暖水花開。去盡同行客，一帆猶未回。

【校記】

①方：英華（卷二九四）作『逢』。

【注釋】

〔一〕本：源於，肇自。閬仙：賈島之字。一作『浪仙』。生平見本卷《賈島傳》。『葉下』二句：賈島《思游邊友人》詩句。全詩云：『凝愁對孤燭，昨日飲離杯。葉下故人去，天中新雁來。連沙秋草薄，帶雪暮山開。苑北紅塵道，何時見遠回。』

客中

楚人歌《竹枝》，游子泪沾衣。異國久爲客，寒宵頻①夢歸。此賈派之近張者。〔二〕一封書未返，千樹葉皆飛。古人得一意，常作數句煉之，如『一葉初飛樹』〔二〕、『千樹又黄葉』〔三〕與『千樹葉皆飛』，同一感也，而以此二句爲最，以能匠此情至極也。〔四〕南過②洞庭水，更應消息稀。

他人泛作晚唐調，不知實賈氏之變格也。【趙本】五、六妙！他人泛作晚唐詞，不知實是賈氏之變格也。

【校記】

①頻：全詩(卷五九五)校『一作「方」』。

②過：紀事(卷五八)作『度』。

【注釋】

〔一〕賈：賈島。生平見本卷《賈島傳》。張：張籍。生平見卷上《張籍傳》。

〔二〕『一葉』句：于鄴《西歸》詩句。詩見前。

〔三〕『千樹』句：于鄴《秋夕聞雁》詩句。詩見後。

〔四〕匠：刻畫，描繪。詳見前《重訂中晚唐詩主客圖說》注釋〔八七〕『匠物』。

南游有感

杜陵無厚業，不得駐車輪。重到曾游處，多非舊主人。東風千嶺①樹，西日一洲蘋。

又②渡瀟湘水③，瀟湘④水復春。此是賈。〔一〕○數句中已是逾年矣。【趙本】此即是賈。

【重出】

《文苑英華》卷二九四、《唐百家詩選》卷九、《衆妙集》、《三體唐詩》卷六、《唐詩品彙》卷六九、《全唐詩》卷五九五等皆作丁武陵詩，而《瀛奎律髓》卷三作杜荀鶴詩。《瀛奎律髓》誤，清馮班即云『此詩于武陵作』。

【校記】

①嶺：英華（卷二九四）、衆妙作『里』。

②又：全詩（卷五九五）校『一作「好」』。

③瀟湘水：英華、百家（卷九）、衆妙作『湘江水』，全詩作『湘江去』。

④瀟湘：英華、百家、衆妙、全詩作『湘江』。

【注釋】

〔一〕賈：賈島。生平見本卷《賈島傳》。

夜尋僧不遇①

數歇渡②烟水，漸非塵俗間。泉聲入秋寺，月色遍寒山。匠出空浄。〔一〕【趙本】較賈詩似好看。〔二〕石路幾迴雪，竹房猶閉關。不知雙樹客，何處與③雲閑。較賈似好看。

【校記】

① 詩題英華(卷二三二)、品彙(卷六九)作『夜尋僧僧游山未歸』。

② 渡：全詩(卷五九五)作『度』。

③ 與：全詩校『一作「伴」』。

【注釋】

〔一〕匠：刻畫，描繪。詳見前《重訂中晚唐詩主客圖説》注釋〔八七〕『匠物』。

〔二〕賈：賈島。生平見本卷《賈島傳》。好看：景色美麗。唐陳陶《新月》殘句：『好看如鏡夜，莫笑似弓時。』此謂寫景美麗自然，没有賈島的生僻險怪。

秋夕聞雁

星漢欲沉盡，誰家砧未休。作意爲起。〔一〕忽聞涼雁至，如報杜陵秋。尚嫌此『報』字。〔二〕千樹又①黄葉，幾人新白頭。洞庭今夜客，一半却登②舟。偏泛説，〔三〕妙！○結句及前『江口』詩正以泛説乃寫出深至，〔四〕後人每求粘貼，〔五〕却不能寫到深至處。【趙本】好結。

【趙本】結處偏泛説，妙絶！妙絶！

【校記】

① 又：全詩（卷七二五）校『一作「有」』。

② 登：全詩校『一作「回」』。

【注釋】

〔一〕作意：見卷上張籍《酬韓庶子》注釋〔二〕。起：開頭。

〔二〕嫌：不滿，認爲不好。

〔三〕泛説：謂泛寫客游洞庭的旅人。

〔四〕江口：指于鄴《宿江口》。詩見前。深至：情感深厚真切。

〔五〕粘貼：謂切題、妥當。

寄北客

窮邊足風慘，何處醉樓臺。家去幾①千里，月圓十二回。《老學菴筆記》：『十』字亦可讀平。〔一〕唐人多用之，不然不宜單平。〔二〕寒阡②隨日遠，畫。〔三〕雪路向城開。畫。游子久無信，年年空雁來。

【校記】

① 幾：全詩（卷五九五）校『一作「數」』。

② 寒阡：趙本作『寒牛』，全詩校『一作「雲山」』。

【注釋】

〔一〕『十』字亦可讀平： 語出陸游《老學菴筆記》。 其卷五云： 『故都里巷間人言利之小者曰「八文十二」，謂十爲諶，蓋語急，故以平聲呼之。 白傅詩曰： 「緑浪東西南北路，紅欄三百九十橋。」宋文安公《宫詞》曰： 「三十六所春宫館，二月香風送管弦。」晁以道詩亦云： 「煩君一日殷勤意，示我十年感遇詩。」則詩家亦以十爲諶矣。』

〔二〕單平： 祇有一個平聲字。

〔三〕畫： 謂描繪如畫。

過洛陽城

古來利與名，俱在洛陽城。九陌鼓初起，萬車輪已行。合寫乃狀得出。〔一〕周秦時幾變，伊洛水猶清。二月中橋路，鳥啼春草生。

雖是用力之作，却不碍味外味。〔二〕

【注釋】

〔一〕合寫：謂二句從不同角度描寫同一事物。

〔二〕味外味：見卷上趙嘏《東歸道中二首》其二注釋〔四〕。

夜與故人別

白日去難駐，故人非舊容。今宵一别後，何處更①相逢。學此等，最忌熟率。〔一〕過楚水千里，到秦山幾②重。語③來天又④曉，月落滿城鐘。

【校記】

①更：全詩（卷五九五）校『一作「復」，一作「再」』。

②幾：英華（卷二八八）、類聚（別集卷二五）作『萬』。

③語：才調（卷八）、英華、類聚作『話』。

④又：才調、英華、類聚作『未』。

【注釋】

〔一〕熟率：熟套，直率。

夜泊湘江

北風吹楚樹，此地獨先秋。真秋興。何事屈原恨，不隨湘水流。看結句，知此非止傷古也。涼天生片①月，竟夕伴孤舟。一作南行客，無成空白頭。

真氣。〔一〕

【校記】

①片：英華（卷二九四）作『半』。

【注釋】

〔一〕真氣：剛正之氣。謂詩歌表達出詩人壯志未酬的感傷。

東門路

東門車馬路，此①路在②浮沉。白日若不落③，紅塵應更深。逆筆寫，即加倍寫法也。〔一〕○與老杜『斫却月中桂，清光應更多』同意。〔二〕從來名④利地⑤，皆起⑥是非心⑦。所以青青草，『所以』二字，每嫌此等處帶訓詁氣。年年起⑧漢陰。

【趙本】三、四與『斫却月中桂，清光應更多』同調。○或嫌不藴藉，然正道得着。

【校記】

①此：全詩（卷五九五）校『一作「北」』。

②在：才調（卷八）作『有』。

③若不落：才調作『不西落』，全詩校『一作「不西没」』。

④名：全詩校『一作「多」』。

⑤地：全詩校『一作「計」』。

⑥起：全詩校『一作「見」，一作「是」』。

⑦是非心：全詩校『一作「起争心」』。

⑧起：才調、全詩作『生』。

【注釋】

〔一〕逆筆：違背常理而出奇制勝的表現手法，如倒叙、從反面寫等。逆，逆向。參見賈島《寄龍池寺貞空二上人》注釋〔三〕『搏挽』。加倍寫法：見卷上張籍《送友人歸山》注釋〔二〕『加倍寫』。

〔二〕『砍却』二句：杜甫《一百五日夜對月》詩句。全詩云：『無家對寒食，有泪如金波。斫却月中桂，清光應更多。仳離放紅蕊，想像嚬青蛾。牛女漫愁思，秋期猶渡河。』

春過函谷關

幾度作游①客，客行長苦辛。愁看函谷路，老盡布衣人。文皇乃謂墮其術中。〔一〕歲遠關猶固，時移草亦春。何當名利息，遣此絶征輪。深感。○即『欲斷城南路』意。〔二〕

【校記】

① 游：全詩(卷七二五)校『一作「行」』。

【注釋】

〔一〕文皇：唐太宗李世明。因太宗謚文武大聖皇帝，故稱。《宋史·寇准》(卷二八一)：『上由是嘉之，曰：「朕得寇準，猶文皇之得魏徵也。」』墮其術中：謂落入他布置的圈套。語出《梁書·傅岐傳》(卷四二)：『今若許澄通好，正是墮其計中。』此指唐太宗所謂『天下英雄，入吾彀中矣』。五代王定保《唐摭言》(卷一五)『雜記』条：『貞觀初放榜日，上私幸端門，見進士於榜下綴行而出，喜謂侍臣曰：「天下英雄，入吾彀中矣！」』

〔二〕欲斷城南路：當指張籍《遠別離》詩句『幾時斷得城南陌，勿使居人有行役』。全詩云：『蓮葉團團荇葉折，長江鯉魚鰭鬣赤。念君少年棄親戚，千里萬里獨爲客。誰言遠別心不易，天星墜地能爲石。幾時斷得城南陌，勿使居人有行役。』

訪道者不遇①

人間惟此路②，長得③緑苔衣。及户無行迹，游方應未歸。平生無④限事，到此盡知非。

【趙本】真悟。〔一〕非寫己悟，〔二〕正寫其境之空静也。

獨倚松門久，陰雲昏翠微。

【校記】

①詩題英華（卷二二三）作『訪僧不遇』。

②路：全詩（卷五九五）校『一作「道」』。

③長得：英華作『獨得』，全詩校『一作「獨長」』。

④無：英華作『何』。

【注釋】

〔一〕己悟：詩人自己的感悟。

〔二〕真悟：謂寫出詩人真實的感受。

感懷①

青山長寂寞，南望獨高歌。四海故人盡，九原新②壟③多。此亦到家語。〔一〕【趙本】人生到此，亦覺無味。西沉浮世日，東注逝川波。不使年華駐，此生能④幾何。

【校記】

①詩題才調（卷八）作『有感』，全詩（卷五九五）作『感情』。

②新：才調作『青』。

③壟：才調作『冢』，百家（卷九）作『冢』。

④能：才調、百家作『看』。

【注釋】

〔一〕到家：見卷上張籍《晚秋閑居》注釋〔一〕。

路旁①草

春至②始青青，香車碾已平。不知山下處，來向③路旁④生。每歲有人在，何時無馬行。應隨⑤塵與土，吹滿洛陽城。深感意寫得出。

苦思極想，無所不到，故爲賈氏門也。〔一〕【趙本】苦思極想……所以爲賈氏門也。

【校記】

① 旁：全詩（卷七二五）作『傍』。
② 至：趙本作『草』。
③ 向：全詩校『一作「繞」』。
④ 旁：全詩作『傍』。
⑤ 隨：全詩校『一作「和」』。

【注釋】

〔一〕賈氏：賈島。生平見本卷《賈島傳》。

題華山麻處士所居①

貴賤各擾擾，皆逢朝市間。到此馬無迹，始知君獨閑。高妙！對法尤妙！冰破聽敷水，雪晴②看華山。匠！〔一〕〇賈句。〔二〕西風寂寞③地，惟④我坐忘還。

【校記】

①所居：全詩（卷七二五）校『一本無「所居」二字』。
②晴：全詩校『一作「消」，一作「時」』。
③寞：全詩作『寥』。
④惟：全詩作『唯』。

【注釋】

〔一〕匠：見卷上張籍《山中古祠》注釋〔一〕。

〔二〕賈句：謂二句師法賈島。賈，賈島。生平見本卷《賈島傳》。

江樓春望

樓下①長江路，舟車晝②不閑。鳥聲非故國，春色是他山。一望雲復水，幾重河與關。愁心隨落日，萬里各③西還。結超。〔二〕

日暮鄉關之感，真無盡也。【趙本】結超。

【校記】

①下：英華（卷三一三）作『上』。

②晝：英華作『盡』。

③各：全詩（卷五九五）校『一作「爲」』。

【注釋】

〔一〕超：高超。明馮夢龍《酒家傭·王成贈米》：『你把名繮脱，利鎖逃，隱田間，識見超。』

匣中琴

世人無正心，直説，所以上接《國風》。蟲網匣中琴。【趙本】見得到，説得出，後人不喜讀，實不敢讀。何以經時廢，爲非①娱耳音。獨令高韵在，誰感隙塵深。應是南風曲，聲聲不合今。

與張水部『廢瑟』同看，〔一〕皆是唐賢自評其詩格。〔二〕【趙本】與張水部『廢瑟』詩同看，俱是自評其詩格也。

【校記】

①爲非：全詩（卷七二五）作『非爲』。

【注釋】

〔一〕張水部：張籍。曾官水部員外郎，故稱。生平詳見卷上《張籍傳》。廢瑟：指張籍《廢瑟詞》。全詩云：『古瑟在匣誰復識，玉柱顛倒朱絲黑。千年曲譜不分明，樂府無人傳正聲。秋蟲暗穿塵作色，腹中不辨工人名。幾時天下復古樂，此瑟還奏《雲門》曲。』

〔二〕詩格：指詩歌的藝術風格。

斜谷道

亂峰連疊嶂，千里①緑峨峨。蜀國路如此，『如此』二字中括盡險難。游人車亦過。遠烟當驛②斂，驟雨逐風多。匠。〔二〕獨憶紫芝叟，臨風歌舊歌。

【校記】

① 里：趙本作『重』。

② 驛：全詩（卷五九五）作『葉』。

【注釋】

〔一〕匠：見卷上張籍《山中古祠》注釋〔一〕。

長安逢隱者

征車千里至，碾遍六街塵。向此有營地，忽逢無事人。昔時顏未改，浮世路多新。且脱衣沽酒，終南山欲春。

贈賣松人

入市雖求利，憐君意獨真。劚①將寒澗樹，賣與翠樓人。匠。〔一〕【劉本】妙。瘦葉幾經雪，淡花應少春。長安重桃李，徒染六街塵。

【趙本】與上一首意相近。

【校記】

①劚：英華（卷二六〇）作『欲』。

【注釋】

〔一〕匠：見卷上張籍《山中古祠》注釋〔一〕。

林寬

林寬傳

寬，侯官人，〔一〕餘無考。

【注釋】

〔一〕侯官：福州屬縣名。《新唐書·地理志五》（卷四一）：『福州長樂郡，中都督府。……縣十……侯官，緊。武德六年置，八年省，長安二年析閩復置。元和三年省，五年復置。』『侯』本作『候』，清以後通作『侯』。

懷民按：林君無所考，或言①與許洞庭同時。〔一〕《律髓》止録其《少年行》一詩。今檢全集，實賈氏派也。〔二〕才少力薄，不及李才江、馬虞臣諸君，〔三〕而幽僻苦澀足徵無②本衣鉢。〔四〕録之爲初學入手。然須分别觀之，勿使瑕瑜相掩。

【校記】

①言：趙本作『謂』。

②無：劉本、趙本作『燕』。

【注釋】

〔一〕許洞庭：許棠。生平詳見本卷《許棠傳》。

〔二〕賈氏：賈島。生平見本卷《賈島傳》。

〔三〕李才江：李洞。字才江。生平見本卷《李洞傳》。馬虞臣：馬戴。字虞臣。生平見本卷《馬戴傳》。

〔四〕無本：賈島之名。生平見本卷《賈島傳》。

送許棠先輩歸宣州

髮枯窮律韵，字字合塤篪。言合古音也。足知唐人之學。〇一起便學閬仙。〔一〕【劉本】言合古意也。足知唐人之學。〇一起便學閬仙。【趙本】起便學閬仙。日月所到處，姓名無不知。極寫，即加倍法。〔二〕【趙本】極力寫。鶯啼謝守壘，苔老謫仙碑。『老』字客氣。〔三〕【趙本】（『老』字）客氣。詩道喪來久，東歸爲吊之。晚唐惡習，學之易入時率。〔四〕【趙本】（『吊之』二字）惡率。

【趙本】看首一句足知唐人詩學。

【注釋】

〔一〕閬仙：賈島之字。一作『浪仙』。生平見本卷《賈島傳》。

〔二〕加倍法：見卷上張籍《送友人歸山》注釋〔二〕『加倍寫』。

〔三〕客氣：（文風）虚誇浮泛。詳見卷上張籍《酬韓庶子》注釋〔五〕。

〔四〕時率：世俗，直率。

陪鄭誠郎中假日省中寓直【懷民注】假日而猶寓直，或入省而不理事之日也。①

憲廳名最重，假日許從容。此『許』字便不客氣。〔一〕【趙本】此『許』字不客氣。床滿諸司印，庭高五粒松。如此對便俱高。井尋芸吏汲，酸俗。茶拆岳僧封。五字真島師。〔二〕【趙本】真島。鳥度簾旌暮，猶吟隔苑鐘。

【趙本】祇有五字詩。

【校記】

① 趙本無此題注。

【注釋】

〔一〕客氣：（文風）虛誇浮泛。詳見卷上張籍《酬韓庶子》注釋〔五〕。

〔二〕島師：賈島。生平見本卷《賈島傳》。徐按：後趙本『島』所指同。

寄省中知己

門掩清曹晚，静將烏府鄰。花開封印早，雪下典衣頻。俗中情事，能説得高致。〔一〕怪木風吹閣，廢巢時落薪。每憐吾道苦，長説向同人。的是刻意學賈氏。〔二〕【趙本】刻意學賈。

【注釋】

〔一〕高致：情致高雅。參見卷上張籍《春日李舍人宅見兩省諸公唱和因書情即事》注釋〔三〕。

〔二〕的：的確，確實。賈氏：賈島。生平見本卷《賈島傳》。

送人歸日東

滄溟西畔望，一望一心摧。賈師。〔一〕【趙本】（『一望』句）賈師句。地即同正朔，天教阻往來。用逆筆寫，〔二〕正是賈派。○全是用意思去學，不徒牙關力。〔三〕波翻夜作電，鯨吼晝爲雷。『作』字、『爲』字俱有意學賈。門外人蕿徑，到時花幾開。

【趙本】『作』字、『爲』字俱是有意摹擬。

【注釋】

〔一〕賈師：賈島。生平見本卷《賈島傳》。此謂二句師法賈島。

〔二〕逆筆：見于鄴《東門路》注釋〔一〕。此謂從反面寫，即以『阻往來』寫『送人歸』。

〔三〕意思：心思。牙關力：語言表現力。牙關，上下頜之間的關節。借指語言。

寓興

西母一杯酒，空言浩劫春。英雄歸厚土，日月照閑人。合看乃妙。〔一〕衰草珠璣冢，冷灰龍鳳身。二句上二字與下三字，色相絶不稱，〔二〕其妙正在於絶不稱處生感。茂陵驪岫晚，過者暗傷神。

【趙本】千古此理，浮生碌碌，真是淡煞人。〔三〕

【注釋】

〔一〕合看：謂將『英雄』與『閑人』聯繫起來思考。

〔二〕色相：指詞語的色彩。

〔三〕淡煞人：形容懷才不遇而寂寞之至。宋楊萬里《新晴讀樊川詩》：『不是樊川珠玉句，日長淡殺個衰翁。』淡，無聊。煞，同『殺』。

少年行

柳烟侵御道，門映夾城開。白日莫空過，青春不再來。或以『青春』切合題中『少年』二字，淺矣。報仇衝雪去，乘醉臂鷹回。【趙本】『臂』字活用，妙絶！看取歌鐘地，殘陽滿壞臺。應三、四句。【趙本】應三、四。

此少年即游俠也，起處寫其地，五、六寫其行，三、四、結句寫其心懷。雖律詩當作樂府讀。

哭栖白供奉

侍輦才難得，三朝有上人。著此二句起，以見不宜『貧』也。【趙本】（『三朝』）未詳。琢詩方到骨，【趙本】『方』字古。至死不離貧。二句撰力純是『賈喻』矣，〔一〕然愚意不甚取者，以此可贊高士，不宜贊高僧，蓋貧乃僧之本等，〔二〕何足異耶！風帳孤螢入，霜階積葉頻。不及出句。【趙本】遜出句。夕陽門半掩，過此亦無因。

刻意學長江。〔三〕

【注釋】

〔一〕撰力：詩歌創作能力與水平。賈喻：賈島、喻鳧。詳見本卷《喻鳧傳》懷民按語。

〔二〕本等：本分。明徐渭《漁陽弄》：『你爲鼓史，自有本等服色，怎麽不穿？』

〔三〕長江：賈島。曾官長江縣（治今四川蓬溪縣西）主簿，故稱。生平詳見本卷《賈島傳》。

送僧游太白峰

雲深游太白，莫惜遍探奇。頂上多靈迹，塵中少客知。懸崖倚凍瀑，『倚』字匠得出。〔一〕【趙本】『倚』字。飛狖過孤枝。『過』字匠得出。【趙本】『過』字。出定更何事，相逢必有詩。

【注釋】

〔一〕匠：刻畫，描繪。詳見前《重訂中晚唐詩主客圖説》注釋〔八七〕『匠物』。

哭造微禪師

神遷不火葬，新塔露疏欞。【趙本】（『新塔』句）便似。〔二〕是物皆磨滅，唯師出死生。語透爽，〔三〕然説破又不是賈派。〔三〕【趙本】全倣長江澀硬。〔四〕虛堂①散釣叟，怪木②哭山精。險怪肖賈，其實不過老樹風號耳，必如此方警。〔五〕〇學賈處，看此等實從賈師『唯嗟聽經虎，時到壞菴邊』、李洞『齋猿散雪峰』等句脱化而來，〔六〕遂自各成其妙。【趙本】（『怪木』句）險怪處更似。林下路長在，無因更此行。

【趙本】『怪木哭山精』，要知非誕妄也，其實祇説老樹風號耳，然必如此説方警。

【校記】

①堂：全詩（卷六〇六）校『一作「壑」』。

②木：全詩校『一作「土」』。

【注釋】

〔一〕似：謂類似賈島詩風。

〔二〕透爽：透闢而明白。

〔三〕賈：賈島。生平詳見本卷《賈島傳》。

〔四〕長江：賈島。曾官長江縣（治今四川蓬溪縣西）主簿，故稱。

〔五〕警：警策。

〔六〕『唯嗟』二句：賈島《哭宗密禪師》詩句。詩見本卷賈島詩選。『齋猿』句：李洞《吊草堂禪師》詩句。詩見本卷李洞詩選。

送惠補闕

詔下搜[1]巖野，高人入竹[2]林。長因抗疏日，便[3]作去官心。唐人識見、氣骨，實有真卓不可及處，如此等可見。【趙本】具此付識見，方許入道。清俸供僧盡，滄洲[4]寄迹深。東門有歸路，徒自棄華簪。『徒自』二字不必深看。【趙本】二句費解。

【趙本】必具此付識見，方許入道。

【校記】

①搜：衆妙作『徵』。

②竹：衆妙作『仕』，全詩（卷六〇六）校『一作「舊」』。

③便：衆妙作『更』。

④洲：衆妙作『州』。

主客圖　下卷　補遺

無可

無可傳

無可，范陽人，〔一〕姓賈氏，島從弟，居天仙寺。〔二〕詩名亦與島齊。集一卷。

【注釋】

〔一〕范陽：縣名。見本卷《賈島傳》注釋〔一〕。

〔二〕天仙寺：所在不詳。

寧焯按：〔一〕可師與無本同源，〔二〕并以詩著。後之言唐詩者，於釋侶往往從略，遺集雖存，率置高閣，可惜也。其詩，五言長短律外，絶鮮他體，蓋精苦於此者。先子和兄檢得之，〔三〕先生嘉其有功。〔四〕今補抄入卷，爲本公塤篪。〔五〕

【注釋】

〔一〕寧焯：王熙甫。高密詩派『後四靈』之一。見卷上《于鵠傳》懷民按語注釋〔五〕『寧焯』。

〔二〕無本：賈島之名。生平見本卷《賈島傳》。

〔三〕子和：王寧闇。字子和，高密人。高密詩派『王氏五子』之一。清楊士驤等《（光緒）山東通志・藝文志十》（卷一四五）『《閑雲南中集》』條：『（王）克紹字薪亭，別號閑雲，膠州人。……《山左詩彙鈔》云：「……石桐兄弟訂《唐詩主客圖》以倡後進，先生首尊信之，與弟克純潁叔、兄子夏蜀子，高密王萬里希江、王寧闇子和，同受學焉。少鶴集中所謂『薪蜀希潁和』，王氏五子是也。……」』余友林等《高密縣志・人物志・文苑》（卷一四上）：『王清眼，字少荀。單汝惺，字静子。俱明經能詩，與同邑諸生王曾疇字東野……解元王寧闇字子和、舉人單湘字雲汀、布衣王堉後字尚農，同入《山左詩續鈔》。』

〔四〕先生：指李懷民。生平見本書劉大觀《序》注釋〔四〕『石桐』。

〔五〕本公：賈島。島名無本，故謂。塤篪：兩種古代樂器，合奏時聲音相應和，故用以比喻親密的兄弟。《詩·小雅·何人斯》：『伯氏吹壎，仲氏吹篪。』毛傳：『土曰壎，竹曰篪。』鄭玄箋：『伯仲，喻兄弟也。我與女恩如兄弟，其相應和如壎篪，以言俱爲王臣，宜相親愛。』壎，同『塤』。此謂無可與賈島詩風格相近，彼此輝映。

送呂郎中赴滄①州

出守滄州去②，西風送旆旌。接落法。〔一〕路遙經③幾郡，地盡到孤城。以健近乃兄。〔二〕拜廟千山緑，登④樓遍海清⑤。何人共東望，日⑥向積濤生。承第七句。本師語。〔三〕

【校記】

① 滄：英華（卷二七九）、衆妙、品彙（卷七〇）作『海』。

②去：衆妙、品彙作『上』。
③經：衆妙、品彙作『過』。
④登：衆妙、品彙作『開』。
⑤清：英華、衆妙作『晴』。
⑥日：英華、衆妙、品彙作『月』。

【注釋】

〔一〕接落：承接前文。
〔二〕乃兄：指賈島。詳見前《無可傳》。乃，其。
〔三〕本師：業師。詳見卷上朱慶餘《送淮陰丁明府》注釋〔一〕。此指賈島。

書馬如文石門居

別業逸高情，暮泉喧客亭。以『喧』寫静。林回天闕近，雨過石門青。野果誰來拾，山禽獨卧聽。要迎文會友，時復掃柴扃。

送張①正字秩滿東歸

朝衣登别席，春色滿秦關。芸閣吏誰替，海門身又還。得乃兄之苦澀。〔一〕尋僧流水僻，『僻』字。見月遠林閑。『閑』字。雖是忘機者，難齊去住間。

【校記】

①張：弘秀（卷三）、全詩（卷八一三）作『章』。徐按：作『章』是。『章正字』即章孝標（詳見卷上《章孝標傳》）；朱慶餘有《題章正字道正新居》，題下注『孝標』。

【注釋】

〔一〕乃兄：指賈島。詳見前《無可傳》。乃，其。

送宜春裴宰①是將軍旻之孫②

垂白方爲縣，徒③知大父雄。山春南去棹，楚夜北飛鴻。疊嶂和雲滅，孤城與嶺通。置本

公集，〔一〕誰能辨之？誰知持惠化，一境動清④風。

【校記】

①宰：英華（卷二七九）、品彙（拾遺卷七）作『明府』。

②是將軍旻之孫：品彙作本詩題注。徐按：據語意推斷，品彙作題注是。

③徒：品彙作『從』。

④清：全詩（卷八一三）校『一作「秋」』。

【注釋】

〔一〕本公：賈島。島名無本，故稱。生平見本卷《賈島傳》。

送朴①山人歸日本

海霽②晚帆開，應無鄉信催。諧。〔一〕水從荒外積，人指日邊回。望國乘風久，『久』字煉。浮天絕島來。『來』字尤奇。儻因華夏使③，書札轉悠哉。

本公集中亦名作也。〔二〕

【校記】

①朴：品彙（卷七〇）作『林』。

②霽：英華（卷二三二）、品彙作『際』。

③夏使：全詩（卷八一三）校『一作「下夢」』。

【注釋】

〔一〕諧：詼諧，戲謔。詳見卷上張籍《古樹》注釋〔三〕。

〔二〕本公：賈島。島名無本，故稱。生平見本卷《賈島傳》。

送姚宰任吉州安福縣①

落絮滿衣裳，携琴問水②鄉。挂帆南入楚，到縣半浮湘。吏散翠禽下，庭閑斑③竹長。三唐無異法也。〔一〕人安宜④遠泛，沙上蕙蘭香⑤。

【校記】

①詩題英華（卷二七九）作『送王明府之任安福』。

②水：全詩（卷八一三）作『酒』。

③斑：英華作『班』。

④宜：英華作『知』。

⑤香：英華作『芳』。

【注釋】

〔一〕三唐：指唐代。詳見前《重訂中晚唐詩主客圖説》注釋〔一四〕。

游①山寺

千峰路盤②盡，林寺昔何③名。接落是島。〔一〕步步入山影，房房聞水聲。調度是島。〔二〕多年人迹斷④，殘照⑤石陰⑥清。『清』字難下。自⑦可求居止，安閑過此生。

【校記】

① 游：紀事（卷七四）作『廬』，律髓（卷四七）作『廢』。
② 路盤：英華（卷二三七）作『盤落』，弘秀（卷三）作『盤路』，紀事、律髓作『盤磴』。
③ 何：紀事、律髓作『年』。
④ 斷：紀事、弘秀、律髓作『絶』。
⑤ 照：英華、弘秀、律髓作『日』，紀事作『月』。
⑥ 陰：全詩（卷八一三）校『一作「冰」』。
⑦ 自：紀事、律髓作『便』。

【注釋】

〔一〕接落是島：謂承接前文類似賈島。接落，承接前文。島，賈島。生平見本卷《賈島傳》。

〔二〕調度：格調與氣度。詳見上卷補遺雍陶《贈金河戍客》注釋〔二〕。

酬姚員外見過林下

掃苔迎五馬，蔬①藥過申②鐘。絶是。鶴共林僧見，見鶴耳，必共林僧，方是本公家法。〔一〕雲隨野客逢。入樓山隔水，滴旆露垂松。句法純是乃兄。〔二〕日暮題詩去，空知雅調重③。

【校記】

① 蔬：全詩（卷八一三）作『蒔』。

② 申：英華（卷二四五）作『中』。

③ 重：英華作『濃』。

【注釋】

〔一〕本公：賈島。島名無本，故稱。生平見本卷《賈島傳》。

〔二〕乃兄：指賈島。詳見前《無可傳》。乃，其。

秋夜寄青龍①寺空貞②二上人

夜來思道侶，木葉向人飄。妙！『向人』是賈氏法。〔一〕精舍池邊古，秋山月③下遙。磬寒④徹幾⑤里，雲白已經⑥宵。未得同居止⑦，蕭⑧然自寂寥。

【校記】

①青龍：英華（卷二二二）、品彙（卷七〇）作『龍池』。

②空貞：英華、品彙作『真空』。

③月：全詩（卷八一三）作『樹』。

④寒：英華作『聲』。

⑤ 徹幾：品彙作『通數』。

⑥ 經：英華、品彙作『終』。

⑦ 同居止：全詩校『一作「居名世」』。

⑧ 蕭：英華、品彙作『翛』。

【注釋】

〔一〕賈氏：賈島。生平見本卷《賈島傳》。

送僧歸中條①

夜葉動飄飄，寒來話數宵。總帶澀趣。卷經歸鳥②外，轉雪過③山椒。畫。〔一〕舊長④松杉⑤大，難行水石⑥遥。元戎宗内學，應就白雲招。

【校記】

① 詩題英華（卷二二二）、品彙（拾遺卷七）作『送覺法師往中條舊隱』。

②鳥：英華、弘秀（卷三）、品彙作『物』。

③過：英華、弘秀、品彙作『下』。

④長：英華、弘秀、品彙作『坐』。

⑤松杉：英華、品彙作『杉松』。

⑥水石：英華作『石水』。

【注釋】

〔一〕畫：謂描繪如畫。

林下對雪送僧歸草堂寺①

殘臘雪紛紛，林間起送君。苦吟行迥野，投迹向寒雲。隨手寫來，全是畫想。〔一〕【劉本】清寒蕭索，全是畫想。絶頂晴多去②，幽③泉凍不④聞。唯應草堂寺，高枕脱塵氛⑤。

【校記】

①詩題全詩（卷八一三）作『金州冬月陪太守游池』。

②去：品彙（卷七〇）作『出』。

③幽：英華（卷二二二）、品彙作『遙』。

④不：英華、品彙作『未』，全詩校『一作「來」』。

⑤塵氛：英華、品彙、全詩作『人群』。

【注釋】

〔一〕畫想：繪畫的構思。

寄青龍寺原上人①

斂屨②入寒竹，安禪過漏聲。高杉殘子③落，深井凍痕生。苦思。罷磬風枝動，懸燈雪屋明。苦思。名句。何當招我宿④，乘月上方行。

【重出】

《全唐詩》卷八一三作無可詩，卷二四八郎士元詩集重出；《唐詩品彙》拾遺卷七作無可詩，卷六四署名郎士元。又，《文苑英華》卷二二二、《唐詩紀事》卷七四、《唐僧弘秀集》卷三、《瀛奎律髓》卷一三作無可詩，《唐百家詩選》卷七、衆妙作郎士元詩。孰作不可考。

【校記】

①詩題英華（卷二二二）作『冬日寄青龍寺源上人』，百家（卷七）、衆妙作『冬日寄青龍寺源公』，紀事（卷七四）作『冬日寄僧友』，律髓（卷一三）作『冬夕寄清龍寺源公』，品彙（拾遺卷七）作『冬夜寄僧』。

②屨：紀事作『履』。

③子：紀事作『葉』。

④宿：紀事作『友』。

秋寄從兄賈島①

暝蟲②喧③暮色，默思坐④西林。聽雨寒更徹⑤，開門落葉深。寒僻之思，幽窅之興，真是本公難弟。〔一〕昔因京邑病，并起洞庭心。祇拈一事，萬感俱集。亦是吾兄事⑥，遲回共⑦至今。古極。樸直處，亦是本公。

【校記】

①詩題紀事（卷七四）作『秋夜宿西林寄賈島』，衆妙作『晚秋寄賈島』，律髓（卷一一）作『秋寄賈島』。
②暝蟲：紀事、弘秀（卷三）、律髓作『暗蟲』，衆妙作『暗螢』。
③喧：衆妙作『生』，律髓作『分』。
④思坐：弘秀、律髓作『坐思』。
⑤徹：紀事、衆妙、弘秀、律髓作『盡』。
⑥事：紀事作『弟』。
⑦共：衆妙、弘秀、律髓作『直』。

【注釋】

〔一〕本公：賈島。島名無本，故稱。生平見本卷《賈島傳》。難弟：與兄難分軒輊的賢弟。典出南朝宋劉義慶《世説新語·德行》：『陳元方子長文有英才，與季方子孝先，各論其父功德，争之不能决。咨於太丘。太丘曰：「元方難爲兄，季方難爲弟。」』劉孝標注：『一作「元方難爲弟，季方難爲兄」。』謂元方卓爾不群，他人難爲其兄；季方俊異出衆，他人亦難爲其弟。後遂以『難兄難弟』指才德俱佳而難分軒輊的兄弟。

新年

燃①燈朝復夕，漸作長年身。紫②閣未歸日，青門又見③春。掩關寒過盡，開④定草生新。

好句天開。〔一〕

自有林中趣，誰驚歲去⑤頻。

【校記】

①燃：紀事（卷七四）作『然』。

②紫：全詩(卷八一三)校『一作「白」』。
③見：紀事作『值』。
④開：紀事作『出』。
⑤去：紀事作『月』。

【注釋】

〔一〕天開：上天予以開發、啓示。三國魏曹植《王仲宣誄》：『天開之祚，末胄稱王。』此謂受到大自然的啓示。

送李騎曹之武寧①

一歲一歸寧，涼天數騎行。晝。〔一〕河來當塞曲②，山遠與沙平。縱獵旗風卷，聽笳帳月生。新鴻引寒色，回日滿③京城。

又近水部派。〔二〕

【重出】

《全唐詩》卷八一三作無可詩，卷二四八郎士元詩集重出；《唐百家詩選》卷七作郎士元詩，《文苑英華》卷二八四、《唐僧弘秀集》卷三署名無可。非郎士元作。張籍、賈島、姚合分別有《送李騎曹靈州歸覲》《送李騎曹》《送李琮歸靈州覲省》，據内容可斷，與此詩所送爲同一人，知李騎曹非郎士元同時代人。又，《瀛奎律髓》卷三〇署名顧非熊，孰是不可考。李騎曹，疑指李琮，唐戰將李晟孫，李聽子。詳見拙著《張籍集繫年校注》卷二《送李騎曹靈州歸覲》注釋〔一〕。

【校記】

① 詩題英華（卷二八四）作『送威衛李騎曹之靈武寧省』，百家（卷七）、全唐詩（卷二四八）作『送李騎曹之靈武寧侍』。

② 曲：全詩（卷八一三）校『一作「盡」，一作「斷」』。

③ 滿：全詩（卷八一三）校『一作「落」』。

【注釋】

〔一〕畫：謂描繪如畫。

〔二〕水部：張籍。曾官水部員外郎，故稱。生平詳見卷上《張籍傳》。

贈詩僧

寒山對水塘①，竹葉影侵堂。洗藥冰生岸，開門月滿床。病多身又老，枕倦夜兼長。來謁吾曹②者，呈詩問否臧。『者』字、『否臧』字酸腐。

【校記】

① 塘：弘秀（卷三）作『廊』。

② 曹：弘秀作『僧』。

寒夜過叡川師院

長生推獻壽，法坐四朝登。問難無强敵，聲名掩古僧。樸直是本公。〔一〕絶塵苔積地，栖竹鳥驚燈。與『懸燈雪屋明』同工。〔二〕語默俱忘寐，殘窗半月稜①。本公。

【校記】

①稜：律髓、全詩（卷八一三）作『稜』。

【注釋】

〔一〕本公：賈島。島名無本，故稱。生平見本卷《賈島傳》。

〔二〕『懸燈』句：無可《寄青龍寺原上人》詩句。詩見前。

冬日諸禅自商山禮正師真塔回見訪①

久思今忽②來，雙屨污③青苔。拂④雪從山⑤起，過房禮塔回。前四看其置題之法。偈⑥留閑夜作，禅請暫時開。是本公口齒。〔一〕欲作孤雲去，賦詩⑦余不才。

【校記】

① 詩題英華（卷二二二）作『冬日喜緒法師往歧陽禮塔回』。
② 忽：英華作『欲』。
③ 屨污：英華作『履滑』。
④ 拂：英華作『掃』。
⑤ 山：英華作『雲』。
⑥ 偈：英華作『句』。
⑦ 賦詩：英華作『此時』。

【注釋】

〔一〕本公：賈島。島名無本，故稱。生平見本卷《賈島傳》。口齒：猶『口吻』。

題①青龍寺縱公②房

從誰得③法印，不離上方傳。夕磬城霜下，寒房④竹月圓。烟⑤殘衰木畔⑥，客住積⑦雲邊。苦思。未忍⑧滄洲去，時來於此禪。是本公拙趣。〔一〕

【校記】

① 題：英華（卷二三七）無此字。

② 縱公：紀事（卷七四）作『僧』。

③ 得：紀事作『傳』。

④ 房：全詩（卷八一三）校『一作「窗」』。

⑤ 烟：英華作『燈』。

⑥畔：英華作『落』。

⑦住積：英華作『往磧』。

⑧忍：英華、紀事作『隱』。

【注釋】

〔一〕本公：賈島。島名無本，故稱。生平見本卷《賈島傳》。拙趣：藏於笨拙表達中的令人回味無窮的情趣韵味。

贈圭峰禪師①

絶壑禪床底，泉分落石層。奇警。霧交②高頂草，雲③隱④下方燈。可師善於用『燈』。朝滿傾心客，溪連⑤學道僧。妙！二句合看尤妙！半句持⑥一食，此行⑦有誰能。本公結法。〔一〕

【校記】

①詩題英華（卷二二二）作『寄圭峰宗密師』。

②霧交：紀事（卷七四）作『露澆』。
③雲：紀事作『雪』。
④隱：英華作『影』。
⑤連：弘秀（卷三）作『通』。
⑥持：英華作『時』。
⑦行：紀事、全詩（卷八一三）作『事』。

【注釋】

〔一〕本公：賈島。島名無本，故稱。生平見本卷《賈島傳》。

陪姚合游金州南池①

柳暗清波漲，衙萍復漱苔。張筵②白鳥起③，掃岸使君來。洲島秋應没，荷花晚④盡開。

高城吹角絶⑤，驧馭尚徘徊。

高絶。

【校記】

①詩題才調（卷九）作『金州陪姚員外游南池』，英華（卷一六五）作『金州晚夏陪姚員外南池』。

②筵：英華作『帆』。

③鳥起：才調作『馬下』。

④晚：英華作『曉』。

⑤絶：英華作『罷』。

夏日送田中丞赴蔡州

出守汝①南城，應多戀闕情。地遥人久望，風起斾初行。畫。〔一〕楚廟繁蟬斷，淮田細雨生。憑空著想。〔二〕賞心知有處，蔣宅古津②平。

【校記】

①汝：英華（卷二七九）作『海』。

②津：又玄（卷下）、才調（卷九）作『松』。

【注釋】

〔一〕畫：謂描繪如畫。

〔二〕著想：想象。

行漢① 水晚次神灘阻風

驚風山半②起，舟子忽停橈。岸荻吹先亂，灘聲③落更跳。聽松今欲暮，過島或④明朝。若盡平生趣，東浮看石橋。

一片是興。〔一〕

【校記】

①行漢：全詩（卷八一三）校『一作「竹溪」』。

②山半：英華（卷二九四）校『集作「半山」』。

③ 聲：英華作『波』。

④ 或：全詩校『一作「忽」』。

【注釋】

〔一〕一片是興：謂詩主要寫『晚次神灘阻風』引發的興致。

送董正字① 歸覲毗陵

暫辭雠校去，未發見新鴻。張調貫想。〔一〕路入江波上，人歸楚邑東。山遥晴出樹，工！野極暮連空。更工！無可寫處偏寫得出。何以念兄弟，應思潔膳同。

【校記】

① 正字：英華（卷二八四）後有『武』字。

【注釋】

〔一〕張：張籍。生平見卷上《張籍傳》。調：格調。賈：賈島。生平見本卷《賈島傳》。想：想象，構思。

送薛重中丞充太原副使

中司出華省①，直起。〔一〕副相晉陽行。書答偏州啓，籌參上將營。踏沙夜②馬細，吹③雨曉笳清。正報胡塵滅，桃花汾水生。

亦近水部。〔二〕

【校記】

①『中司』句：英華（卷二七九）作『中書華省外』。

②夜：英華作『寒』。

③吹：英華作『收』。

【注釋】

〔一〕直起：直接就題意開篇。

〔二〕水部：張籍。官水部員外郎，故稱。生平詳見卷上《張籍傳》。

冬夜姚侍御宅送李廓少府

王事圭峰下，將還禁漏餘。偶歡新歲近，惜别後期疏。常情古味。〔一〕雪罷見來吏，川昏聊整車。獨吟多暇日，應寄柏臺書。

亦近水部。〔二〕

【注釋】

〔一〕古味：古雅的意韵。參見卷上張籍《春日留别》注釋〔一〕。

〔二〕水部：張籍。曾官水部員外郎，故稱。生平詳見卷上《張籍傳》。

寄姚諫議

鳴鞭静路塵，籍籍[1]諫垣臣。函疏辭專[2]密，爐香立獨[3]親。篋多臨水作，窗宿卧雲人。

危坐開寒紙，燈前起草頻。

妙！

亦近水部。〔一〕

【重出】

《全唐詩》卷八一三作無可詩，卷五四四劉得仁詩集重出。《文苑英華》卷二六〇作無可詩，并據其本集校勘，據此知載於無可本集。孰作不可考。徐按：姚諫議，姚合；據無可與姚合現存多首交往詩推測，或爲無可作。

【校記】

① 籍籍：英華（卷二六〇）作『寂寞』。

② 辭專：英華作『封還』。

③立獨：全詩（卷五四四）作『侍立』。

【注釋】

〔一〕水部：張籍。曾官水部員外郎，故稱。生平詳見卷上《張籍傳》。

酬厲侍御秋中思歸樹石所居見寄

三峰居接近，數里躡雲行。深去通仙境，思歸厭宦名。樸直。月從高掌出，泉向亂松鳴。『從』字、『向』字有力。坐石眠霞侶，秋來短褐成。欲從之去也。

寄興善寺崔律師

沐浴前朝像，奇。深秋白髮師。從來居此寺，未①省有東池。奇。幽石叢圭片，孤松動雪枝。襯寫俱工。頃曾聽道話②，別起遠山思。直欲與乃兄争席。〔一〕

【校記】

①未：英華（卷二二二）作『應』。

②話：英華作『語』。

【注釋】

〔一〕乃兄：指賈島。詳見前《無可傳》。乃，其。争席：争座位。謂親密無間，不拘禮節。典出《莊子·寓言》：『其往也，舍者迎將其家，公執席，妻執巾櫛，舍者避席，煬者避竈。其反也，舍者與之争席矣。』唐王維《積雨輞川莊作》：『野老與人争席罷，海鷗何事更相疑？』此謂争上下。

送清散①游太白山

卷經歸太白，躡蘚別蘿龕。若履浮雲上，須看積翠南。倚身松入漢，瞑目月離潭。本公法度如此。〔一〕此境堪長往，塵中事可諳。拗轉結。〔二〕

【校記】

① 散：英華（卷二二二）作『徹』。

【注釋】

〔一〕本公：賈島。島名無本，故稱。生平見本卷《賈島傳》。法度：藝術規範。參見前《重訂中晚唐詩主客圖説》注釋〔三〕『法度一則』。

〔二〕拗轉：平仄格律不合常規。

冬晚姚諫議宅會送元緒上人歸南山

禪客詩家見，凝寒忽告①還。分題回諫筆，留偈在商關。盤徑緣高雪，閑②房在半山。

自知麋鹿性，亦欲離人間。

又一首水部詩，〔一〕却是賈門撰力。〔二〕

【校記】

① 告：全詩（卷八一四）校『一作「過」』。

② 閑：弘秀（卷三）作『開』。

【注釋】

〔一〕水部：張籍。曾官水部員外郎，故稱。生平詳見卷上《張籍傳》。

〔二〕賈門：賈島詩派。撰力：詩歌創作能力與水平，此指創作風格。

送契公自桂陽赴南海

南行登嶺首，與俗洗煩埃。磬罷孤舟發，禅移積瘴開。中①餐湘鳥下，朝講海人來。莫便將經卷，炎方去不回。

亦近水部，〔一〕却是賈氏口吻。〔二〕

【校記】

①中：英華（卷二二二）作『午』。

【注釋】

〔一〕水部：張籍。曾官水部員外郎，故稱。生平詳見卷上《張籍傳》。

〔二〕賈氏：賈島。生平見本卷《賈島傳》。

送僧

四海無拘繫，行心興自濃。百年三事衲，萬里一枝筇。夜減當晴影，春消過雪蹤。此乃兄『獨行潭底影』一聯翻出。〔一〕傳授心法者，〔二〕可公也。白雲深處去，知宿在何峰。

【重出】

《瀛奎律髓》卷四七、《全唐詩》卷八一四作無可詩；《唐詩紀事》卷七七、《唐僧弘秀集》卷五、《全唐詩》卷八二五作可止詩。孰作不可考。

【注釋】

〔一〕乃兄：指賈島。詳見前《無可傳》。乃，其。『獨行』句：賈島《送無可上人》詩句。詩見本卷賈島詩選。

〔二〕心法：授受的重要心得和方法。詳見前《重訂中晚唐詩主客圖説》注釋〔四九〕。

送贊律師歸嵩山

禅意歸心急①，山深定易安。清貧修道苦，孝②友別家難。妙是送僧語。雪路尋溪轉，花宮映岳看。到時孤③塔暮，松月向人寒。

又近水部。〔一〕

【重出】

《瀛奎律髓》卷四七、《全唐詩》卷八一四作無可詩；《文苑英華》卷二二〇、《唐僧弘秀集》卷五、

《唐詩品彙》卷七〇、《全唐詩》卷八一二作清江詩。『但江標刊宋本《無可集》中不載』（佟培基《全唐詩重出誤收考・清江》）。孰作不可考。

【校記】

①『禪意』句：英華（卷二三〇）、律髓（卷七〇）作『禪客歸山意』。

②孝：英華作『老』。

③孤：英華、律髓作『松』，弘秀（卷五）作『瞻』。

【注釋】

〔一〕水部：張籍。曾官水部員外郎，故稱。生平詳見卷上《張籍傳》。

京口別① 崔固

積雨晴時近，西風葉滿泉。可公慣法。相逢嵩岳客，共聽楚城蟬。與李咸用同調，〔一〕而氣格自高。宿館横秋島，歸帆張遠②田。別君③還寂寞，不似剡中年。

水部高作。〔二〕

【重出】

《全唐詩》卷八一四作無可詩，卷五〇三周賀詩集重出。《文苑英華》卷二八八作周賀詩，《續修四庫全書》影印宋臨安陳氏書鋪刻本《周賀詩集》亦收，而『江標刊宋本《無可集》不載』（佟培基《全唐詩重出誤收考·周賀》），據此推測，當爲周賀所作。

【校記】

① 别：　全詩（卷五〇三）、宋賀作『贈』。
② 張遠：　英華（卷二八八）、全詩（卷五〇三）作『漲遠』，宋賀作『遠漲』。
③ 君：　全詩（卷五〇三）、宋賀作『多』。

【注釋】

〔一〕李咸用：　張籍詩派詩人。生平見卷上《李咸用傳》。
〔二〕水部高作：　謂是張籍詩派的杰作。水部，張籍。曾官水部員外郎，故稱。生平詳見卷上《張籍傳》。

中秋夜隴州徐常侍座中咏月

隴城秋月滿，太守待停歌。妙在『停歌』。與鶴來松杪，妙在『與鶴』。開烟出海波。奇！『出』平對。〔一〕鶴，師屢言之，〔二〕要須撰力到。〔三〕氣籠星欲盡，光滿露初多。若遣山僧説，高明不可過。

【注釋】

〔一〕『出』平對：謂出句『來』平聲，對句『出』亦是平聲。

〔二〕師：指賈島。賈島詩中多寫鶴，見本卷賈島詩選。

〔三〕撰力：創作能力與水平。

題後

訂中晚唐詩人主客圖既①成慨然有感②題卷末二首③

其一

古來躭此道，清味本酸寒。〔一〕思入如中病，吟成勝拜官。〔二〕物生皆不隱，情動即教看。〔三〕未識成何用，憑將鬢髮殘。〔四〕

【校記】

①既：余友林等《高密縣志·藝文志·詩》（卷一五下）無此字。

②慨然有感：《高密縣志·藝文志·詩》無此四字。慨，趙本作『悵』。

③ 趙本題下署名『李懷民』。

【注釋】

〔一〕此道：指詩歌創作。清味：清淡的菜肴。南唐李璟《保大五年元日大雪同太弟景遂汪王景遏齊王景達進士李建勳中書徐鉉勤政殿學士張義方登樓賦》：『坐有賓朋樽有酒，可憐清味屬儂家。』此喻清苦的詩歌創作活動。

〔二〕思入：沉浸於構思中。中病：生病。徐按：『吟成』句脱化於鄭谷《静吟》詩句『得句勝於得好官。』

〔三〕物生：萬物生長。唐鮑溶《秋懷五首》其五：『物生春不留，年壯老還迫。』此借指自然萬物的情狀與變化。皆不隱：無所不寫。教看：出示詩作與人切磋。教，讓。

〔四〕憑：任憑。唐王建《原上新居十三首》其十一：『古碣憑人拓，閑詩任客吟。』

其二

前生因①有罪，天罰②作詩人。但見無雙士，常膺不次貧。〔一〕青山窮道路，白首役精神。〔二〕獨爲求知己，淹留萬古身。〔三〕

【趙本】二作皆《主客圖》稟臼。〔四〕

【校記】

①因：趙本作『應』。

②罰：趙本作『譴』，余友林等《高密縣志·藝文志·詩》（卷一五下）作『遣』。

【注釋】

〔一〕無雙士：詩藝絶倫之人。無雙，獨一無二。膺：承受。《書·畢命》：『予小子永膺多福。』不次：不按尋常次序。謂不同尋常，超常。唐白居易《長慶二年七月自中書舍人出守杭州路次藍溪作》：『老逢不次恩，洗拔出泥滓。』此形容極其貧困。

〔二〕『青山』句：謂漫游天下，廣交詩友，切磋詩藝。役精神：勞神費心。元楊公遠《有感》：『勘破浮生且任真，底須苦苦役精神。』此謂竭盡心智鑽研詩藝。役，役使。二句取法唐張籍《送南遷客》詩句『青山無限路，白首不歸人』。

〔三〕獨：衹。淹留：久留。萬古身：流芳萬世之身。徐按：以上六句寫『無雙士』，亦間接寫詩人自己的人生追求。

〔四〕《主客圖》稟臼：遵從《主客圖》的詩法。稟臼，喻現成的法則。

重刻主客圖跋

石桐先生選訂《主客圖詩》，〔一〕格律精警，允爲學者津梁。〔二〕前歲劉君松嵐寓書於余，〔三〕欲刊刻；以公同好已共襄厥事矣，〔四〕第板存京師，〔五〕郵筒所寄，不過數十部，求者甚多，竟無以應，因取原刻，重付諸梓，并其間訛字悉命猶子宗澳校正，〔六〕所以廣石桐之傳，亦以志余嚮往之意也。嘉慶壬申三月既望，臨川李秉禮題於桂林之湘南别墅。〔七〕

【注釋】

〔一〕石桐：李懷民。生平見本書劉大觀《序》注釋〔四〕。

〔二〕允：確實。學者：學習作詩的人。

〔三〕前歲：往年。據本書劉大觀《序》可知，當指『嘉庆乙丑』年（一八〇五）。松嵐：劉大觀之號。生平見本書劉大觀《序》注釋〔一〕『劉大觀』。寓書：寄信。《左傳·襄公二十四年》：『子産寓書於子西以告宣子。』

〔四〕公：對平輩的敬稱。此指劉大觀。同好：志趣相同的人。三國魏曹植《與楊德祖書》：『雖未能藏之於名山，將以傳之於同好。』此指王熙甫等。襄：完成。厥：其。

〔五〕第：祇是。

〔六〕猶子：侄子。《禮記·檀弓上》：『喪服，兄弟之子猶子也，蓋引而進之也。』謂子卒而服期服，兄弟之子卒亦服期服。因稱兄弟之子爲猶子。唐鄭谷《顔惠詹事即孤侄舅氏謫官黔巫舟中相遇愴然有寄》：『猶子在天末，念渠懷渭陽。』

〔七〕嘉慶壬申：公元一八一二年。李秉禮：李松圃。生平見本書劉大觀《序》注釋〔三〕『李松圃』。

跋

乾隆間，高密李石桐先生選唐貞元後諸家五言律詩，〔一〕倣張爲例重訂《主客圖》，〔二〕自爲《説》，以著其鑒别苦心。嘉慶中，臨川李松圃先生刻於桂林，〔三〕板尋毁於火，存者無幾，復補刻之。先湘皋叔父館其家時，〔四〕曾携歸一帙，授瑶兄弟；〔五〕時瑶方在髫齡，今冉冉已三十餘年矣！〔六〕曩讀其詩，愛之，晨夕置案頭，後不知爲何人携去，嘗懊甚。客歲勞辛，皆中丞師招爲桂林之游。〔七〕既至，索其書，弗得。頃，趙子繩明府語瑶曰：〔八〕『《主客圖》舊板今歸余矣！其殘闕者，依原本補之。』旋以初印本屬校。見之如獲故物；以語余師，亦喜甚。噫！以人人意所欲得之書，藏匿久之，始見於世，蓋甚矣！物之顯晦，固有時也。趙君志趣高雅，喜聚書，暇輒縱覽；『物常聚於所好』，永叔斯語殆不誣耶〔九〕。校竟，因識數語歸之。至諸家詩評選精嚴，石桐先生言之詳矣，不敢贅。時咸豐四年二月，〔一〇〕新化鄧瑶敬跋。

【注釋】

〔一〕李石桐： 李懷民。生平見本書劉大觀《序》注釋〔四〕『石桐』。

〔二〕張爲： 晚唐詩人。生平見本書劉大觀《序》注釋〔六〕。

〔三〕李松圃： 李秉禮。生平見本書劉大觀《序》注釋〔三〕。

〔四〕湘皋： 鄧顯鶴（一七七七—一八五一）。字湘皋、子立。新化縣（今屬湖南婁底市）人。嘉慶九年（一八〇四）舉人，官寧鄉訓導。因點校刊刻王夫之著作而使船山之學顯揚於世，湖南後學尊爲『楚南文獻第一人』，梁啓超則稱他爲『湘學復興之導師』。清卞寶第等《（光緒）湖南通志·人物志·國朝·寶慶府·新化縣》（卷一八九）有傳。

〔五〕瑤： 鄧瑤。生卒年不詳。字伯昭。新化縣（今屬湖南婁底市）人。鄧顯鶴之侄。道光丁酉拔貢，歷官麻陽縣教諭、江蘇知縣、陝西知縣。清曾國藩《鄧湘皋先生墓表》：『自先生以名儒篤行昌其家，群從子姓皆孝友力學，兄子瑤尤賢而能文章。』清卞寶第等《（光緒）湖南通志·人物志·國朝·寶慶府·新化縣》（卷一八九）有傳。

〔六〕髫齡： 垂髫之年，幼年。冉冉： 時光漸進貌。戰國屈原《離騷》：『老冉冉其將至兮，恐修名之不立。』吕向注：『冉冉，漸漸也。』

〔七〕客歲： 去年。清儲大文《答張耀先》：『自客歲長至後，亦羸疾七十餘日，今未全瘳也。』中丞師： 所指不詳。中丞，御史臺長官。明、清兩代常以副都御史或僉都御使出任巡撫，清代各省巡撫例兼右都御史銜，故明、清巡撫也稱中丞。徐按： 或指勞崇光。勞崇光（一八〇二—一八六七），字辛階，湖南善化（治今長沙市）人。道光十二年進士。咸豐初，任廣西巡撫。

〔八〕趙子繩： 名準。生卒年不詳。江西人。清末學者況周頤之師、太岳丈。同治六年官臨桂（治今廣西桂林市）知縣。清吴徵鼇等《（光緒）臨桂縣志·職官表》（卷二）『知縣』欄： 『趙準： 江西籍，順天大興監生，同治六年任。』鄭煒明《況周頤先生年譜·同治九年》： 『同治庚午辛未間，殿之梁。經雷擊，斷而墜。時外王舅趙子繩先生（自注： 準）官臨桂知縣，撰良木敬易之。』明府： 唐時縣令的别稱。詳見卷上朱慶餘《送淮陰丁明府》注釋〔三〕。

〔九〕物常聚於所好： 宋歐陽修語。其《集古録目序》： 『物常聚於所好，而常得於有力之强。有力而不好，好之而無力，雖近且易，有不能致之。』永叔： 歐陽修之字。

〔一〇〕咸豐四年： 公元一八五四年。

附録

趙本《重刻唐賢主客圖詩序》

庰邱劉大觀松嵐撰〔一〕

唐賢主客圖詩，始於張爲；〔二〕改五主爲二主，〔三〕辨其源流，求其切當，以位置諸客，〔四〕則高密李先生石桐也。〔五〕

觀初在桂林，與老友李松圃同受①詩法於石桐季弟少鶴先生；〔六〕未幾，兩先生辭世。後死者分無所逃，〔七〕遂致書嶺外，〔八〕分任剞劂，〔九〕傳遺稿於黄金臺下；〔一〇〕既又刻《重訂主客圖詩》。今十餘年矣，海内詩人，走『清真雅正』一路者取法水部，〔一一〕走『清奇僻苦』一路者取法長江，〔一二〕此風大行，足慰九泉。然都門紙貴，〔一三〕焉得如天女散花，〔一四〕娱及衆生，人人贈與，飽其所願乎？

吾鄉萊陽趙睦堂②，〔一五〕以此本品擇之精，天下覘覦之廣，爲析薄俸，重役梓人，〔一六〕而問序於觀。觀不辭謬妄，告於睦堂③曰：『昔秋谷先生之論詩也：〔一七〕「可以驚四筵，不可以適獨坐。」〔一八〕蓋猶龍氏知希者貴之義。〔一九〕老杜則曰：「文章千古事，得失寸心知。」〔二〇〕是獨坐之適。亦未然矣！精言之，又侈言之，〔二一〕曰：可驚風雨泣鬼神。〔二二〕蓋言此物此志，除我之爲我，獨鬼神許其知也，獨風雨許其知也。嗚呼！難言之矣！而忻州元裕之又爲之説，〔二三〕曰：「萬古才人嘔肺肝，乾坤清氣得來難。」〔二四〕於心所獨知之中，拈出一「清」字。余初儻恍不解所謂，及由嶺外還山左，〔二五〕雨後過洞庭湖，澄然皎然，千里一碧，風在帆上，日浮水上，覺天地盤薄之氣未有清於此時者也。〔二六〕夫人身一小天地，使其心肝臟腑得此氣，發而爲詩，焉有不清者乎？清而焉有不真者乎？真而焉有不雅者乎？雅而焉有不正者乎？其由清而奇，由奇而僻，由僻而苦，此清氣中之間氣也。〔二七〕其視今之以客氣、濁氣、傖夫氣充塞於五七字之中，〔二八〕不啻蠛蠓之視孔翠、仙鶴矣！〔二九〕此余聞於石桐、少鶴兩先生，研精砥志二十餘年，求得其説於《主客圖》者也。』

語未竟，有峨冠博衣而來者，〔三〇〕曰：『高叟將破余愚，用詡厥智，持初、盛、中、晚之見，以爲難於張、賈。』〔三一〕余撫掌以語之曰：『桃花煮飯，有人喫得下，有人喫不下，④君請

休矣。』〔三二〕

【校記】

①受：趙本原作『授』，據玉磬改。

②趙睦堂：玉磬作『趙三兄』。

③睦堂：玉磬作『趙兄』。

④桃花煮飯……喫不下：玉磬作『茘支與江瑤柱同味，此意不可告人』。

【注釋】

〔一〕㡿邱：邱縣（今屬河北邯鄲市）的古稱。㡿，同『斥』，鹽碱地。《説文解字·鹵部》（卷一二上）『鹵』：『西方鹹地也。……東方謂之㡿，西方謂之鹵。』因邱縣多鹽碱地，故稱。清盛百二《邱縣志序》：『邑爲古斥邱、平恩二縣地。……壤地多斥鹵。』《漢書·地理志八上·魏郡》（卷二八上）『斥丘』。顔師古注：『闞駰云地多斥鹵，故曰斥丘。』劉大觀：高密詩派主要詩人。詳見本書劉大觀《序》注釋〔一〕。

〔二〕張爲：晚唐詩人。生平見本書劉大觀《序》注釋〔六〕。

〔三〕五主：『五』當作『六』，指張爲《詩人主客圖》以白居易爲廣大教化主、孟雲卿爲高古奧逸主、李益爲清奇雅正主、孟郊爲清奇僻苦主、鮑溶爲博解宏拔主、武元衡爲環奇美麗主。二主：指李懷民《重訂中晚唐詩主客圖》分中晚唐五律爲兩派，一派學張籍，一派學賈島。

〔四〕位置諸客：確定張、賈兩派詩人『上入室』『入室』等主客關係。

〔五〕李石桐：李懷民。生平見本書劉大觀《序》注釋〔四〕『石桐』。

〔六〕李松圃：李秉禮。生平見本書劉大觀《序》注釋〔三〕。少鶴：懷民弟憲喬，號少鶴。生平見本書劉大觀《序》注釋〔二〕『李少鶴』。

〔七〕分：責任。《後漢書・温序傳》（卷八一）：『受國重任，分當效死，義不貪生苟背恩德。』

〔八〕嶺外：亦稱『嶺表』。五嶺以南地區。此指廣西。劉大觀乾隆年間曾知廣西永福、象州、馬平、賀縣、天保等州縣，與李秉禮等『同授詩法於石桐季弟少鶴先生』。嶺，五嶺，爲長江與珠江流域分水嶺。《漢書・張耳傳》（卷三二）：『北爲長城之役，南有五領之戍。』顔師古注引鄧德明《南康記》：『大庾領一也，桂陽騎田領二也，九真都龐領三也，臨賀萌渚領四也，始安越城領五也。』

〔九〕分任：分別承擔。剞劂：刻鏤的刀具。漢嚴忌《哀時命》：『握剞劂而不用兮，操規榘而無所施。』洪興祖補注引應劭曰：『剞，曲刀；劂，曲鑿。』此指雕板印刷。明鄒元標《瀧江講義題辭》：『偶有管窺，得二十八章，同志諸君剞劂以傳。』

〔一〇〕遺稿：指懷民、憲喬詩稿《二客吟》。黄金臺：燕地古迹。又稱金臺、燕臺。相傳戰國燕昭王築，置千金於臺上，延請天下士，故名。后借作燕地之稱。此指京師，即今北京。

〔一一〕水部：張籍。籍曾官水部員外郎，故稱。生平詳見卷上《張籍傳》。

〔一二〕長江：賈島。曾官長江縣（治今四川蓬溪縣西）主簿，故稱。生平詳見卷下《賈島傳》。

〔一三〕都門紙貴：化用『洛陽紙貴』之典。既謂印書成本不低，難以海量印刷，又稱譽《重訂中晚唐詩主客圖》受人歡迎。

〔一四〕天女散花：佛教故事。《維摩經・觀衆生品》：『時維摩詰室有一天女，見諸大人聞所説法，便現其身，即以天華散諸菩薩、大弟子上，華至諸菩薩即皆墮落，至大弟子便著不墮。……天曰：「……結習未盡，故華著身耳；結習盡者，華不著也。」』華，同『花』。後多形容拋灑東西或大雪紛飛的樣子。

〔一五〕趙睦堂：趙擢彤。生卒年不詳。號睦堂。山東萊陽（今山東萊陽市）人。乾隆戊申（一七八八）副榜貢生，官知縣。王丕煦等《萊陽縣志・人事志・科第・貢生》（卷三之一）：『趙擢彤，視稼樓村，起彬三子，（乾隆）戊申副。』同書同卷《鄉宦》：『趙擢彤，副貢。歷任浙江太平、黄岩，河南孟津縣知縣。』（徐按：太平縣，即今浙江温嶺縣。）清陳鍾英等《黄岩縣志・職官志》（卷一〇）『嘉慶元年丙辰』：『知縣：……趙擢彤，號睦堂，萊陽人。以太平知縣兼理，禮士愛民，有惠政。許恂：……九月初二日署。』知其嘉慶元年（一七六九）由太平知縣兼任黄岩知縣，九月罷。清趙擢彤等增修《孟津縣志・職官表》（卷五）：『知縣：……趙擢彤，萊陽副貢，（嘉慶）十五年（一八一〇）任。』同書趙擢彤《跋》：『余自庚午（一八一〇）春來宰孟津……余在津五年，無善績之可紀……嘉慶二十一年（一八一六）二月萊陽趙擢彤跋。』知其嘉慶十五年任孟津知縣，二十一年仍在任。

〔一六〕梓人：刻版工人。因雕版以梓木爲上，故稱。梓，落葉喬木。木質優良，輕軟，耐朽。

〔一七〕秋谷先生：趙執信（一六六二—一七四四）。清代詩人、詩論家、書法家。王士禛甥婿。字仲符，號秋谷，晚號飴山老人、知如老人。濟南府淄川縣（治今淄博市）人。十七歲中舉，十八歲進士及第，後任右春坊右贊善兼翰林院檢討。二十八歲因佟皇后喪葬期間觀看洪昇所作《長生殿》戲劇，被劾革職。遂終身不仕，徜徉林壑。論詩强調『文意爲主，言語爲役』。詩文深沉峭拔，不乏反映民生疾苦的内容。

〔一八〕『可以驚四筵』二句：金周昂語。謂没有内涵的文章，至多能够新人耳目，而不可以細心玩味。《金史・藝文下・周昂傳》（卷一二六）：『其甥王若虚嘗學於昂，昂教之曰：「文章工於外而拙於内者，可以驚四筵而不可以適獨坐，可以取口稱而不可以得首肯。」又云：「文章以意爲主，以言語爲役，主强而役弱則無令不從。今人往往驕其所役，至跋扈難制，甚者反役其主，雖極辭語之工，而豈文之正哉。」』趙執信於《談龍録》中征引此語，并感慨：『余不覺俯首至地。蓋自明代迄今，無限巨公，都不曾有此論到胸次。』

〔一九〕猶龍氏：指老子李耳。謂其高深莫測，猶如龍之變化。典出孔子語。《史記・老子列傳》（卷六(三)：『孔子適周，將問禮於老子。……孔子去，謂弟子曰：「鳥，吾知其能飛；魚，吾知其能游；獸，吾知其能走。走者可以爲罔，游者可以爲綸，飛者可以爲矰。至於龍，吾不能知其乘風雲而上天。吾今日見老子，其猶龍邪？」』知希者貴：老子語。《老子》第七十章：『知我者希，則我者貴。』河上公章句：『希，少也。惟達道者，乃能知我，故爲貴也。』

〔二〇〕『文章千古事』二句：杜甫《偶題》詩句。詩云：『文章千古事，得失寸心知。作者皆殊列，名聲豈浪垂。……故山迷白閣，秋水隱黄陂。不敢要佳句，愁來賦別離。』

〔二一〕侈言：誇張地説。

〔二二〕可驚風雨泣鬼神：杜甫稱贊李白語。杜甫《寄李十二白二十韵》：『昔年有狂客，號爾謫仙人。筆落驚風雨，詩成泣鬼神。聲名從此大，汩没一朝伸。……老吟秋月下，病起暮江濱。莫怪恩波隔，乘槎與問津。』

〔二三〕元裕之：元好問（一一九〇—一二五七）。字裕之，號遺山，太原秀容（今山西忻州市）人，金末元初文學家。

〔二四〕『萬古才人』二句：元好問《自題〈中州集〉後五首》詩句。其三：『萬古騷人嘔肺肝，乾坤清氣得來難。詩家亦有長沙帖，莫作宣和閣本看。』

〔二五〕山左：山東省舊時的別稱。因位於太行山之左側，故稱。

〔二六〕盤薄：亦作『盤礴』。雄偉，廣大。宋文天祥《建康》：『山勢猶盤礴，江流已變更。』

〔二七〕閒氣：諱書所謂五帝座之外的各星官之氣，感其氣而生可爲人臣中的英豪。

〔二八〕客氣：虛誇浮泛（的文風）。詳見卷上張籍《酬韓庶子》注釋〔五〕。傖夫：貧賤的粗漢。明袁宏道《謝於楚歷𠚊草引》：『古云：「詩能窮人。」又云：「詩非能窮，窮者而後工也。」夫使窮而後工，曹氏父子當爲傖夫。』

〔二九〕蠛蠓：蟲名。體微細，將雨，群飛塞路。漢揚雄《甘泉賦》：『歷倒景而絶飛梁兮，浮蠛蠓而撇天。』李善注引孫炎《爾雅》注：『蠛蠓，蟲小於蚊。』孔翠：指孔雀。唐李德裕《懷鴞賦》：『標静素於鴻鵠，賦妍華於孔翠。』

〔三〇〕峨冠博衣：同『峨冠博帶』。高冠和闊衣帶。儒生或士大夫的裝束。

〔三一〕高叟：高老先生。名不詳，齊人。孟子批評他治《詩》機械片面。詳見卷上王建《原上新居十三首》其五注釋〔一〕『高叟之見』。此借指當時承傳明前後『七子』之説而鄙視晚唐詩歌的學者。將：欲，打算。破：批駁。三國魏劉劭《人物志·材理》（卷上）：『夫辯有理勝，有辭勝。理勝者正白黑以廣論，釋微妙而通之；辭勝者破正理以求異，求異則正失矣。』厥：其。爲難：謂發難，批評。

〔三二〕桃花：桃花米，即糙米。因米粒紅衣未經春去，故稱。清朱彝尊《送曹郡丞（貞吉）之官徽州》：『名山謝康樂，隱吏許宣平。晚飯桃花米，春厨竹笋萌。』『喫得下』『喫不下』：喻因才智、性情等不同，世人對詩歌藝術的感悟、認識也不同。休：謂不要與其計較。

趙本跋

唐人主客圖由來久矣，吾鄉李石桐與其弟少鶴，〔一〕耑以水部、閬仙兩家作主，〔二〕集成一帙，加批評，以示初學，較前人爲尤詳。吾鄉學詩者，每録而藏之，視若珍寶。嗣後，余同年侍御王熙甫，〔三〕倡率同人刻於京師；〔四〕熙甫亡而板片不知所存。兹同邑宋吟山廣文，〔五〕不遠二千里慰予於河清，〔六〕携李氏更訂主客圖而來；公務之餘，細讀一過，〔七〕誠如石桐所云，學詩者由此入門，方可漸入唐人之室。遂偕冷君崇之、鄧君鶴圃，〔八〕重加校閲，付諸梓，以廣其傳，庶幾石桐、熙甫期望後學之志畢矣！嘉慶癸酉六月萊陽睦堂趙擢彤跋於河清傳舍。〔九〕

【注釋】

〔一〕李石桐：李懷民。生平見本書劉大觀《序》注釋〔四〕『石桐』。少鶴：懷民弟憲喬，號少鶴。生平見本書劉大觀《序》注釋〔二〕『李少鶴』。

〔二〕耑：同『專』。專門。水部：唐詩人張籍。曾官水部員外郎，故稱。生平詳見卷上《張籍傳》。閬仙：唐詩人賈島之字。一作『浪仙』。賈島生平見卷下《賈島傳》。

〔三〕同年： 見卷下《鄭谷傳》所附都官自《序》注釋〔三〕。侍御： 唐代通稱御史臺殿中侍御史與監察御史爲『侍御』。唐趙璘《因話録·徵部》(卷五)： 『御史臺三院……二曰殿院。其僚曰殿中侍御史,衆呼爲「侍御」。……三曰察院。其僚曰監察御史,衆呼亦曰「侍御」。』清代沿襲以稱監察官員。王熙甫： 王寧焯。生平見卷上《于鵲傳》懷民按語注釋〔五〕『寧焯』。

〔四〕倡率： 倡導,引導。宋樓鑰《績谿縣尉樓君墓志銘》： 『登覽勝地,好風佳月,必倡率儕輩,觴咏酣適。』同人： 志同道合者。唐陳子昂《偶遇巴西姜主簿序》： 『逢太平之化,寄當年之歡,同人在焉,而我何嘆?』

〔五〕宋吟山廣文： 生平不詳。名吟山,字廣文。據『同邑』知爲萊陽(今山東萊陽市)人。

〔六〕河清： 河南府孟津縣(今屬河南省洛陽市)。唐武德二年(六一九)置大基縣,先天元年(七一二)更名河清縣； 金熙宗天卷三年(一一四〇)改名孟津,沿用至今。趙擢彤於嘉慶十五年(一八一〇)任孟津知縣。詳見前趙本《重刻〈唐賢主客圖詩〉序》注釋〔一五〕『趙睦堂』。

〔七〕一過： 一遍。《黄帝内經·素問·玉版論要》： 『八風四時之勝,終而復始,逆行一過,不復可數。』王冰注： 『過,謂遍也。』

〔八〕冷崇之、鄧鶴圃： 生平皆不詳。

〔九〕嘉慶癸酉： 公元一八一三年。趙擢彤： 生平見前趙本《重刻〈唐賢主客圖詩〉序》注釋〔一五〕『趙睦堂』。傳舍： 旅館。

後記

本書與黄山書社前不久出版的《李懷民集繫年校注》同爲筆者所主持的國家社科基金一般項目『李懷民與《重訂中晚唐詩主客圖》研究』（批號12B ZW 070）成果，項目研究背景在《李懷民集繫年校注・後記》中已簡要交代，此不再贅述。

站位决定思想境界，視野决定理論高度。作爲守居鄉間的布衣詩人，李懷民没有高層政治生活的體驗，缺乏與思想大家的交往碰撞，甚至社會閲歷也不夠廣泛豐富，却能提出精闢獨到、具有現實意義且影響深遠的詩學思想，不禁令人嘆服！他緣何至此？何能至此？睿智之外的因素是值得探討的，也值得我們借鑒，期盼當今學界能湧現大量的『李懷民』。

本書的成書與出版，得到很多領導、同事、親友的關心和支持，以及巢湖學院、國家圖書館、南京圖書館、黄山書社等單位的大力幫助，尤其是陳海銀、徐興菊兩位老師以及濟南大學文學院何家興教授，爲本書的校勘做了不少工作，在此一并表示誠摯的感謝！

徐禮節

二〇二〇年端午志於湯山之麓